Für Kenner der modernen Literatur ist Joseph Brodsky nicht erst seit der Verleihung des Nobelpreises auch einer der bedeutendsten Essayisten der Gegenwart. Analytische Begabung und historisches Wissen, rückhaltlose Bewunderung und poetologische Genauigkeit bilden das Viereck seiner Bemühungen, die zeitgenössische Poesie in ihren Grundbedingungen darzustellen.
Anna Achmatowa und Marina Zwetajewa, Mandelstam, Auden, Kavafis und Montale sind einige der herausragenden Gestalten, denen seine interpretatorische Liebe gilt.
Es kann nicht verwundern, daß er sie auch zu sich in Beziehung setzt: Einigen von ihnen ist er noch persönlich begegnet, andere haben mittelbar auf ihn gewirkt. Diese Fähigkeit, sich an anderen durch einen intensiven Dialog zu messen, erreicht ihren Höhepunkt in dem Titel-Essay *Flucht aus Byzanz:* Auf den Spuren Konstantins, dessen Fußstapfen folgend, gelingt es Brodsky mit fast übermütiger Leichtigkeit, Entwicklung und Veränderung gegensätzlicher religiöser, politischer und philosophischer Sehweisen und deren Ursachen sichtbar zu machen. Selten hat ein Autor so originell und beeindruckend über intellektuelle Fragen nachgedacht.

Joseph Brodsky, am 24. Mai 1940 in Leningrad geboren, verließ mit fünfzehn die Schule, lernte mehrere Sprachen, übersetzte und schrieb Lyrik. 1964 wurde Brodsky wegen »Parasitentums« zu fünf Jahren Zwangsarbeit verurteilt. Nach den Interventionen mehrerer Schriftsteller, darunter Anna Achmatowa, Kornej Tschukowskij und Konstantin Paustowskij, sowie heftigen Protesten in der westlichen Presse, wurde Brodsky 1965 nach achtzehn Monaten Verbannung frühzeitig entlassen. 1972 wurde er zur Ausreise gezwungen und ließ sich in den Vereinigten Staaten nieder. Inzwischen unterrichtete er dort an mehreren Universitäten und war als Übersetzer tätig. Er veröffentlichte in russisch und englisch vier Gedichtbände, Essays, Erinnerungstexte und ein Theaterstück. 1987 erhielt er den Nobelpreis für Literatur. Joseph Brodsky starb in der Nacht vom 27. auf den 28. Januar 1996 in New York.

Im Fischer Taschenbuch außerdem lieferbar: Joseph Brodsky *Gedichte* (Band 9232); *Erinnerungen an Leningrad* (Band 9539); *Römische Elegien und andere Gedichte* (Band 9540); *Marmor* (Band 9541).

Joseph Brodsky
Flucht aus Byzanz

Essays

Fischer Taschenbuch Verlag

Die Originalausgabe erschien unter dem Titel
Less Than One. Selected Essays
bei Farrer, Straus & Giroux, New York 1986

6.–7. Tausend: Februar 1996

Veröffentlicht im Fischer Taschenbuch Verlag GmbH,
Frankfurt am Main, September 1991

Lizenzausgabe mit freundlicher Genehmigung des
Carl Hanser Verlags München Wien

Umschlaggestaltung: Buchholz / Hinsch / Hensinger
unter Verwendung einer Zeichnung
von Francesco Cairo
Satz: Dörlemann-Satz, Lemförde
Druck und Bindung: Clausen & Bosse, Leck
Printed in Germany
ISBN 3-596-29542-4

Gedruckt auf chlor- und säurefreiem Papier

Inhalt

Das Volk muß die Sprache der Dichter sprechen

Rede bei der Entgegennahme des Nobelpreises für Literatur

I

Für einen Privatmann wie mich, für einen, der sein Leben lang die private Existenz jeder Rolle von sozialer Bedeutung vorgezogen hat, und der in dieser Bevorzugung einen weiten Weg gegangen ist – weit weg von seinem Vaterland, um das mindeste zu sagen – denn es ist besser, ein Versager in einer Demokratie zu sein als ein Märtyrer oder Mitglied der *crème de la crème* in einer Tyrannei – für einen solchen Menschen stellt es eine unbequeme Herausforderung dar, sich auf diesem Podium wiederzufinden. Dieses Gefühl wird noch zusätzlich beschwert durch den Gedanken nicht so sehr an diejenigen, die vor mir hier gesprochen haben, als durch das Gedenken derer, denen diese Ehrung vorenthalten blieb und die nie die Möglichkeit hatten, von diesem Podium aus zu Gott und der Welt zu sprechen; ihr gesammeltes Schweigen drängt heute, wenn auch vergeblich, durch mich zum Sprechen.

Den einzigen Trost in einer derartigen Situation bietet die schlichte Einsicht, daß – schon allein aus Stilgründen – ein Schriftsteller nicht für den anderen und ein Dichter nicht für den anderen sprechen kann; hätten Ossip Mandelstam, Marina Zwetajewa, Robert Frost, Anna Achmatowa oder W. H. Auden hier gestanden, so hätte jeder von ihnen nur für sich selbst sprechen können und deshalb vielleicht ein ähnliches Unbehagen empfunden wie ich.

Ihre Schatten verfolgen mich, und sie suchen mich auch hier heim. Sie spornen mich nicht gerade zur Eloquenz an. In meinen besseren Momenten hafte ich für sie mit meinem Gesamtvermögen, obwohl ich jedem einzelnen von ihnen unfehlbar unterlegen bin. Genausowenig, wie sich die von ihnen beschriebenen Seiten korrigieren lassen, läßt sich das von ihnen gelebte Leben nachträglich verbessern. Und es sind gerade ihre Leben, ganz gleich wie tragisch oder bitter sie waren, um deretwillen ich, vielleicht öfter, als es der Fall sein sollte, das Vergehen der Zeit bedaure. Falls es ein ewiges Leben gibt – eine Möglichkeit, die ich ebensowenig ausschließen möchte wie ich ihre diesseitige Existenz vergessen kann – falls eine jenseitige Welt existiert, werden sie, so hoffe ich, Nachsicht üben mit mir und dem wenigen, was ich vorzubringen habe: schließlich sind es nicht unsere Auftritte auf dem Podium, an denen sich die Ehre unseres Berufes mißt. Ich habe nur fünf Namen genannt, deren Taten und deren Schicksal mir am meisten bedeuten, weil ich ohne sie als Mensch und als Schriftsteller bedeutungslos wäre und heute nicht hier stehen würde. Aber es gab mehr solcher Schatten – oder soll ich Lichtquellen sagen, Leuchten, Sterne? – mehr als nur diese fünf. Und jeder von ihnen strahlt so hell, daß es mir die Sprache verschlägt. Ihre Präsenz ist wesentlich im Leben jedes bewußten *homme-de-lettre*; in meinem Fall verdoppelt sich ihre Zahl dank der zwei Kulturen, denen anzugehören das Schicksal mir beschieden hat. Meine Aufgabe wird nicht leichter gemacht beim Gedanken an zeitgenössische Schriftsteller in diesen beiden Kulturen, Dichter und Romanciers, deren Talente ich weit über meine eigenen stelle, und die, stünden sie heute auf diesem Podium, längst zur Sache gekommen wären, denn sie haben der Welt mehr zu sagen als ich.

Ich möchte mir deshalb einige Bemerkungen gestatten, unzusammenhängend, stolpernd, und vielleicht sogar verwirrend in ihrer Willkürlichkeit. Die kurze Zeit, die mir zugestanden wurde, um meine Gedanken zu ordnen, ebenso wie mein Beruf, werden mich hoffentlich vor dem Vorwurf schützen, ein Chaot zu sein. Jemand, der in meinem Beruf arbeitet, stützt sich nur selten auf eine systematische Denkweise; im schlimmsten Fall beruft er sich auf ein System, das er aus einem sozialen Milieu oder aus einer philosophischen Schule geborgt hat, der er in jüngeren Jahren anhing. Nichts überzeugt einen Künstler mehr von der Fragwürdigkeit der

Mittel, die er zur Erreichung eines bestimmten Ziels einsetzt, wie dauerhaft auch immer dieses ihm erscheint – als der Schaffensprozeß selbst, die Arbeit der künstlerischen Komposition. Verse wachsen, mit den Worten Anna Achmatowas, auf dem Müll; auch die Prosa hat hier ihre Wurzeln.

2

Wenn die Kunst den Künstler – in erster Linie – überhaupt etwas lehrt, dann ist es die Privatheit der menschlichen Existenz. Als älteste Form der Privatinitiative fördert sie in jedem Menschen, wissentlich oder unwissentlich, das Bewußtsein seiner Einzigartigkeit, seiner Individualität und Einsamkeit, und verwandelt ihn so von einem sozialen Lebewesen in ein empfindendes Ich. Viele Dinge können geteilt werden: ein Bett, ein Stück Brot, Überzeugungen, eine Geliebte, aber nicht ein Gedicht von, sagen wir, Rainer Maria Rilke. Ein Werk der Kunst, speziell der Literatur, und ganz besonders ein Gedicht springt den Leser frontal an, sozusagen *tête-à-tête*, und tritt ohne Mittelsmänner direkt mit ihm in Kontakt. Das ist auch der Grund, warum die Kunst im allgemeinen, die Literatur im besonderen, ganz besonders aber die Poesie nicht gerade geschätzt werden von den Predigern des Gemeinwohls, den Lenkern der Massen, den Herolden der historischen Notwendigkeit. Dort, wo die Kunst zu Hause ist, wo Gedichte gelesen werden, entdecken sie, an Stelle von Konsens und Harmonie, Pluralismus und Polyphonie; an Stelle des Entschlusses zur Tat – Trägheit und Indifferenz. Mit anderen Worten: zwischen die runden Nullen, mit denen die Herolde des Gemeinwohls und die Lenker der Massen am liebsten rechnen, setzt die Kunst ihr »Punkt, Punkt, Komma, Strich« und verwandelt so jede Null in ein kleines, wenn auch nicht immer hübsches, menschliches Gesicht.

Der große Baratynskij charakterisierte seine Muse, indem er ihr ein »unverwechselbares Gesicht« andichtete. Im Erwerb dieses »unverwechselbaren Gesichts« liegt der Sinn der menschlichen Existenz, denn für dieses Unverwechselbare hat die Natur den Menschen genetisch vorprogrammiert. Unabhängig davon, ob einer Leser oder Schriftsteller ist, hat er zuallererst die Pflicht, ein Leben zu meistern, das nur ihm gehört, und das ihm nicht aufoktroyiert oder von außen vorgeschrieben worden ist, auch wenn es noch so glänzend erscheint. Denn jeder von uns hat nur dieses eine Leben, und wir wissen nur zu gut, wie es ausgehen wird. Es wäre deshalb unverzeihlich, die einmalige Chance zu vergeuden, um in eine andere Haut zu schlüpfen, fremde Erfahrungen zu übernehmen und quasi als Tautologien zu leben – und dies um so mehr, da die Herolde der historischen Notwendigkeit, in deren Namen wir eine solche Tautologie akzeptieren sollen, nicht mit uns ins Grab gehen und uns noch nicht einmal ihren Dank abstatten werden.

Die Sprache und vermutlich auch die Literatur sind älter und notwendig dauerhafter als jede Form sozialer Organisation. Wenn die Literatur den Staat verabscheut, sich über ihn lustig macht oder ihm die kalte Schulter zeigt, so ist dies wesentlich eine Reaktion des Überzeitlichen, vielleicht sogar des Unendlichen, gegen das zeitlich Gebundene. Zumindest hat die Literatur das Recht, solange der Staat sich anmaßt, über ihre Angelegenheiten zu entscheiden, sich ihrerseits in die Angelegenheiten des Staates einzumischen. Jedes politische System, jede Form sozialer Organisation, jedes System überhaupt ist *per definitionem* eine Form der Vergangenheit, die sich der Gegenwart aufzudrängen versucht (und damit auch der Zukunft) – eine Tatsache, die am allerwenigsten derjenige übersehen darf, dessen Werkzeug die Sprache ist. Die eigentliche Gefahr für den Schriftsteller ist nicht so sehr die Möglichkeit (häufig sogar die Gewißheit) der Verfolgung durch den Staat, als vielmehr die Gefahr, von der Fratze des Staates hypnotisiert zu werden: ob er nun monströs erscheint oder einen Wandel zum Besseren durchmacht – das Gesicht des Staates ist immer zeitgebunden.

Die Philosophie des Staates, seine Ethik – ganz zu schweigen von seiner Ästhetik – stammen immer von gestern; die Sprache der Literatur dagegen kommt immer aus dem Heute, und überall dort, wo eine politische Orthodoxie herrscht, nimmt sie das Morgen vorweg. Einer der größten Vorzüge der Literatur liegt darin, daß sie dem Menschen dazu verhilft, seine Existenz als spezifische Zeit zu erleben, und sich von der Menge seiner Vorgänger ebenso abzuheben wie von der seiner Zeitgenossen, um die Tautologie zu vermeiden, »Opfer der Geschichte« zu sein, wie es euphemistisch heißt.

Was die Kunst im allgemeinen und die Literatur im besonderen auf bemerkenswerte Weise vom Leben unterscheidet, ist, daß sie die Wiederholung verabscheuen. Im Alltag kann jemand den gleichen Witz dreimal hintereinander erzählen und, indem er jedesmal Gelächter hervorruft, zum Mittelpunkt der Party werden. In der Kunst bezeichnet man ein solches Verhalten als Klischee. Die Kunst ist eine rückstoßfreie Waffe, und ihre Entwicklung wird nicht allein determiniert von der Individualität des Künstlers, sondern von der inneren Logik und Dynamik ihres Materials, dessen überlieferte Mittel eine qualitativ neue ästhetische Organisation erfordern.

Da sie ihre eigene Genealogie, Logik, Dynamik und Zukunft besitzt, ist die Kunst nicht synonym mit Geschichte, sondern bestenfalls parallel zu ihr und erfindet durch ihre bloße Existenz die ästhetische Realität immer wieder neu. Deshalb ist die Kunst stets weiter als der geschichtliche Fortschritt, dessen Werkzeug – wenn Sie mir gestatten, Marx zu korrigieren – das Klischee ist.

Es gibt heutzutage eine weitverbreitete Ansicht, derzufolge der Schriftsteller, insbesondere der Dichter in seinem Werk die Sprache der Straße, die Sprache der Menge benutzen soll. Trotz ihres pseudodemokratischen Anspruchs und ihrer greifbaren Vorteile für den Schriftsteller, erscheint mir diese Forderung absurd und stellt einen weiteren Versuch dar, die Kunst, in diesem Fall die Literatur, der Geschichte zu unterwerfen. Nur wenn man davon überzeugt ist, daß die Entwicklung des *homo sapiens* zum Stillstand kommen sollte, darf die Literatur die Sprache des Volkes sprechen. Umgekehrt sollte das Volk die Sprache der Literatur sprechen. Im ganzen gesehen hat jede neue ästhetische Erfahrung das ethische Bewußtsein der Menschen geschärft. Denn die Ästhetik ist die Mutter der Ethik: unsere Kategorien von »gut« und »schlecht« sind zuallererst ästhetischer Natur, und etymologisch älter als unsere Begriffe von »gut« und

»böse«. Wenn in der Ethik »nicht alles erlaubt« ist, dann eben darum, weil auch in der Ästhetik »nicht alles erlaubt« ist, weil die Zahl der Farben im Spektrum begrenzt ist. Der zarte Säugling, der durch sein Weinen den Fremden abweist oder aber die Hand nach ihm ausstreckt, tut dies instinktiv und bringt so eine ästhetische, nicht eine moralische Entscheidung zum Ausdruck.

Jede ästhetische Wahl ist eine hochindividuelle Angelegenheit, und ästhetische Erfahrung ist immer privater Art. Jede neue ästhetische Realität läßt diese Erfahrung noch privater werden, und diese Art der Privatheit, die sich manchmal als literarischer oder sonstiger Geschmack tarnt, ist zwar keine Garantie, aber doch eine wirksame Verteidigung gegen jede Form von Versklavung. Ein Mensch mit sicherem Geschmack, besonders in Stilfragen, ist nämlich weniger anfällig für die primitiven Refrains und rhythmischen Beschwörungsformeln, die jeder Art von politischer Demagogie eigen sind. Zwar ist die Tugend keine Voraussetzung zur Schaffung eines Meisterwerks, aber das Böse, besonders das Böse in der Politik, ist immer ein schlechter Stilist. Je substantieller die ästhetische Erfahrung eines Menschen ist, je gesunder sein Geschmack, desto schärfer ist auch seine moralische Urteilskraft und desto freier – wenn auch nicht unbedingt glücklicher – ist er. In diesem angewandten eher als im platonischen Sinn sollten wir Dostojewskijs Bemerkung verstehen, daß die Schönheit die Welt erlösen wird, oder Matthew Arnolds Glauben, daß die Menschheit nur durch Poesie gerettet werden kann. Wahrscheinlich ist es zu spät für die Welt, aber für das Individuum gibt es immer eine Chance. Ein ästhetischer Instinkt entwickelt sich im Menschen ziemlich schnell, denn auch ohne zu wissen, wer er ist und was ihm fehlt, weiß er instinktiv, was er nicht mag und was nicht zu ihm paßt. In anthropologischer Hinsicht, darauf möchte ich insistieren, ist der Mensch ein ästhetisches Wesen noch bevor er zu einem ethischen wird. Die Kunst, insbesondere die Literatur, ist deshalb kein Nebenprodukt der menschlichen Entwicklung, sondern das Gegenteil ist der Fall. Wenn das, was uns von anderen Mitgliedern des Tierreichs unterscheidet, die Sprache ist, dann ist Literatur, besonders die Poesie als höchste Form der Sprache, vereinfacht gesagt die Bestimmung unserer Gattung. Ich habe keineswegs vor, das Gedichteschreiben als Pflichtübung an den Schulen einzuführen; trotzdem scheint mir die Unterteilung der Gesellschaft in die Intelligentsia auf der einen und alle übrigen Menschen auf der anderen Seite inakzeptabel. Moralisch gesprochen ist dies vergleichbar der Einteilung der Gesellschaft in arm und reich; aber während sich für die Existenz sozialer Ungleichheit noch immer physische oder materielle Ursachen anführen lassen, ist dasselbe für die intellektuelle Ungleichheit nicht vorstellbar. Anders als in anderen Bereichen sind wir auf diesem Gebiet von Natur aus gleichberechtigt. Ich spreche hier nicht von Erziehung im allgemeinen, sondern von sprachlicher Bildung, da die kleinste Ungenauigkeit in der Sprache eine falsche Entscheidung im Leben nach sich ziehen kann. Die Existenz der Literatur setzt eine Existenz auf der Fallhöhe der Literatur voraus – und dies nicht nur im moralischen, sondern auch im lexikalischen Sinn.

Wenn ein Musikstück uns noch immer die Wahl erlaubt zwischen der passiven Rolle des Zuhörers und der aktiven des Ausführenden, so macht die Literatur – eine hoffnungslos semantische Kunst, mit den Worten Montales – jeden zum Mitspieler.

In dieser Rolle, so scheint mir, sollten die Menschen öfter erscheinen als in jeder anderen. Darüber hinaus glaube ich, daß als Ergebnis der Bevölkerungsexplosion und der sie begleitenden Atomisierung der Gesellschaft und zunehmenden Isolierung des Individuums diese Rolle für jeden von uns immer unausweichlicher wird. Ich gebe nicht vor, mehr über das Leben zu wissen als andere Leute meines Alters, aber mir scheint, daß ein Buch ein zuverlässigerer Gesprächspartner ist als ein Freund oder eine Geliebte. Ein Roman oder Gedicht ist kein Monolog, sondern eine Unterhaltung zwischen Autor und Leser, und zwar eine Unterhaltung, die sehr privater und fast misanthropischer Natur ist, weil sie alle anderen ausschließt. Für die Dauer dieser Unterhaltung ist der Autor dem Leser gleichgestellt (und *vice versa*), unabhängig davon, ob es sich um einen bedeutenden Autor handelt oder nicht. Diese Gleichheit ist eine des Geistes und sie wirkt im Leser für den

Rest seines Lebens fort in Gestalt einer je nachdem genauen oder nebelhaften Erinnerung und sie wird früher oder später in irgendeiner Form sein Verhalten beeinflussen. Genau das habe ich im Sinn, wenn ich von der Rolle des Mitspielers spreche, die sich zwingend aus der Tatsache ergibt, daß ein Roman oder ein Gedicht immer ein Produkt der Einsamkeit des Autors oder des Lesers ist.

In der Geschichte unserer Gattung, in der Geschichte des *homo sapiens*, stellt das Buch eine anthropologische Leistung dar ähnlich der Erfindung des Rades. Entstanden, um uns eine Idee zu vermitteln nicht so sehr von unseren Ursprüngen als von den in uns schlummernden Fähigkeiten, stellt das Buch ein Mittel der Fortbewegung durch einen Erfahrungsraum dar, dessen Tempo dem Umblättern einer Seite entspricht. Diese wie jede andere Bewegung auch wird zur Flucht vor dem gemeinsamen Nenner, zum Versuch, die Sprunghöhe, die sonst nur bis zur Hüfte reicht, nach oben zu verschieben, in Höhe des Herzens, des Geistes oder der Phantasie. Es ist eine Flucht hin zum »unverwechselbaren Gesicht«, vom Nenner zum Zähler, in Richtung auf Privatheit und Individualität. Ganz gleich nach wessen Bild man uns geschaffen hat, wir sind schon fünf Milliarden, und es gibt keine andere Zukunft für den Menschen als diejenige, welche die Kunst ihm vorgezeichnet hat. Sonst läge nur noch die Vergangenheit vor uns, die politische vor allem, als Massenkrimi und Polizeispiel.

Wie dem auch sei: das Leben in einer Gesellschaft, in der die Kunst im allgemeinen und die Literatur im besonderen Privileg einer Minderheit sind, erscheint mir ungesund und gefährlich. Ich plädiere nicht für die Ersetzung des Staates durch eine Bibliothek, obwohl ich gelegentlich mit solchen Gedanken gespielt habe, aber ich zweifle nicht daran, daß das Leben auf der Erde besser bestellt wäre, wenn wir unsere Führer aufgrund ihrer Lektüre gewählt hätten und nicht aufgrund ihres politischen Programms. Die potentiellen Lenker unserer Geschicke sollten anstatt über den künftigen Kurs ihrer Außenpolitik über ihr Verhältnis zu Stendhal, Dickens und Dostojewskij befragt werden. Da das A und O der Literatur aus menschlicher Diversität und Perversität besteht, erweist sie sich als zuverlässiges Gegengift gegen jeden bekannten oder noch unbekannten Versuch, die Probleme der menschlichen Existenz auf massenhafte und totalitäre Weise zu lösen. Als moralische Rückversicherung ist die Literatur zuverlässiger als ein Glaubenssystem oder eine philosophische Doktrin.

Da keine Gesetze uns vor uns selbst schützen können, lassen sich Verbrechen gegen die Literatur durch keine Strafjustiz verhindern: wir können zwar ihre materielle Unterdrückung verbal verdammen – die Verfolgung von Schriftstellern, Zensuraktionen, das Verbrennen von Büchern – aber dem schlimmsten Delikt, Bücher gar nicht erst zu lesen, stehen wir machtlos gegenüber. Wer dieses Verbrechen begeht, büßt dafür mit seinem Leben; eine Nation, die dieses Verbrechen begeht, büßt mit dem Verlust ihrer Geschichte. Im Hinblick auf das Land, in dem ich zur Zeit lebe, neige ich zu der Annahme, daß das materielle Wohlbefinden einer Gesellschaft und deren literarische Ignoranz einander bedingen; was mir diese Schlußfolgerung verbietet, ist die Geschichte jenes anderen Landes, in dem ich geboren und aufgewachsen bin. Reduziert auf ein grobes Schema von Ursache und Wirkung, liegt die Tragödie der russischen Gesellschaft darin, daß ihre Literatur das Privileg einer Minderheit geblieben ist – der gefeierten russischen Intelligentsia.

Ich möchte mich nicht weiter über dieses Thema auslassen und den heutigen Abend nicht verdunkeln durch Hinweise auf die Millionen von Menschenleben, die von anderen Millionen vernichtet worden sind. Was in Rußland in der ersten Hälfte des 20. Jahrhunderts geschah noch vor der Erfindung moderner Massenvernichtungswaffen, geschah im Namen des Triumphs einer politischen Doktrin, deren Unvernunft sich allein schon an der Tatsache zeigt, daß ihre Verwirklichung Menschenopfer erforderte. Ich möchte hinzufügen, daß ich davon überzeugt bin – leider nicht empirisch, nur theoretisch – daß es für einen, der Charles Dickens gelesen hat, problematischer ist, seine Mitmenschen im Namen einer Idee zu töten, als für einen anderen, der nichts von Dickens gelesen hat. Und ich spreche hier nicht allein von Dickens, sondern auch von Sterne, Stendhal, Dostojewskij, Flaubert,

Balzac, Melville, Proust, Musil und so weiter; das heißt, ich spreche von Literatur, nicht bloß von Belesenheit oder Bildung. Ein literarisch gebildeter Mensch ist selbstverständlich in der Lage, nachdem er dieses oder jenes politische Traktat gelesen hat, seine Mitmenschen zu töten, ohne Skrupel, aus voller Überzeugung. Lenin war belesen, Stalin war belesen, Hitler ebenso; Mao Tse-tung schrieb sogar selbst Gedichte. Was diese Männer miteinander verbindet, ist die Tatsache, daß ihre schwarzen Listen länger waren als ihre Lektürelisten.

Bevor ich auf die Poesie zu sprechen komme, möchte ich hinzufügen, daß es sinnvoll ist, die Rußland erteilte Lektion als Warnung zu betrachten, und zwar schon allein deshalb, weil die soziale Struktur des Westens bis heute der Rußlands vor 1917 ähnelt. (Dies erklärt, ganz nebenbei, die Popularität des russischen psychologischen Romans des 19. Jahrhunderts und den relativen Mißerfolg der zeitgenössischen russischen Prosa im Westen. Die sozialen Beziehungen, die sich im 20. Jahrhundert in Rußland herausgebildet haben, sind nämlich für westliche Leser nicht weniger exotisch als die Namen in alten russischen Romanen, die sie sich nicht merken können.) Beispielsweise war die Zahl der politischen Parteien, am Vorabend des Putsches vom Oktober 1917, nicht kleiner als heutzutage in den Vereinigten Staaten oder Großbritannien. Ein leidenschaftsloser Beobachter könnte daher zu dem Schluß kommen, daß das 19. Jahrhundert im Westen weitergeht, während es in Rußland zum Stillstand gekommen ist; und wenn es als Tragödie zu Ende ging, dann vor allem aufgrund dieses sozialen – oder chronologischen – Wandels. Denn in der echten Tragödie stirbt nicht der Held, sondern der Chor.

3

Obwohl es für einen, dessen Muttersprache das Russische ist, ebenso natürlich ist, über das Böse in der Politik zu sprechen wie über seine Verdauung, möchte ich das Thema wechseln. Das Fragwürdigste an Diskursen über das Selbstverständliche ist die Leichtigkeit und Schnelligkeit, mit der sie den Geist korrumpieren, indem sie einem das Gefühl vermitteln, moralisch im Recht zu sein. Darin liegt eine Versuchung, ähnlich der Versuchung, der ein Sozialreformer erliegt, der das Übel, das er bekämpft, fortzeugt. Die Einsicht oder besser die Erkenntnis dieser Versuchung und ihre Zurückweisung sind bis zu einem gewissen Grade verantwortlich für das Los vieler meiner Zeitgenossen und für die Literatur, die unter ihrer Feder entstanden ist. Diese Literatur bedeutet weder eine Flucht vor der Geschichte, noch ein Verstummen der Erinnerung, wie es von außen betrachtet scheinen könnte. »Wie kann man Gedichte schreiben nach Auschwitz?« fragt Adorno, und jeder, der mit der russischen Geschichte ein wenig vertraut ist, könnte seine Frage variieren, indem er einfach nur den Namen des Lagers ändert, und dies mit um so größerem Recht, als die Zahl der Opfer, die in Stalins Lagern umkamen, die der deutschen Konzentrationslager noch übertrifft. »Und wie können Sie Essen zu sich nehmen?« antwortete der amerikanische Lyriker Mark Strand auf Adornos Frage. Wie dem auch immer sei – die Generation, zu der ich gehöre, hat diese Gedichte geschrieben.

Diese Generation, geboren in einer Zeit, als die Krematorien von Auschwitz mit Hochdruck arbeiteten und als Stalin im Zenith seiner göttergleichen, absoluten Macht stand, die ihm Mutter Natur selbst verliehen zu haben schien – diese Generation also kam auf die Welt, um das fortzuführen, was in diesen Krematorien und in den anonymen Massengräbern von Stalins GULag theoretisch für immer beendet werden sollte. Die Tatsache, daß nicht alles unterbrochen worden ist, jedenfalls nicht in Rußland, kann in nicht geringem Maße meiner Generation zugute gehalten werden, und ich bin nicht weniger stolz darauf, zu ihr zu gehören, wie heute hier zu stehen. Und die Tatsache, daß ich heute hier spreche, ist eine Anerkennung des Beitrags, den meine Generation zur Erhaltung der Kultur, oder, um ein Wort von Mandelstam aufzugreifen, der Weltkultur geleistet hat. Rückblickend möchte ich sagen, daß wir unsere Arbeit begonnen haben in einem wüsten, schrecklich zerstörten Land, und daß wir mehr intuitiv als bewußt hinarbeiteten auf die Wiederherstellung einer kulturellen Kontinuität, die Neuschöpfung ihrer Formen und

Formeln, indem wir die wenigen überlebenden, oft total kompromittierten Gattungen der Literatur mit uns neu erscheinenden, zeitgenössischen Inhalten füllten.

Als Alternative dazu bot sich ein anderer Weg an: der Weg der fortschreitenden Deformation, eine Poetik des Schutts und der Ruinen, ein kurzatmiger Minimalismus. Wenn wir diesen Weg nicht einschlugen, so nicht deshalb, weil er uns zu melodramatisch erschien in seiner Selbstinszenierung oder weil wir erfüllt gewesen wären von unserer Mission, den ererbten Adel der Kultur zu erhalten, in deren Formen wir die Würde des Menschen widergespiegelt sahen. Wir schlugen diesen Weg nicht ein, weil wir keine andere Wahl hatten, weil nicht wir die Kultur, sondern die Kultur uns gewählt hatte. Normalerweise sieht der Mensch sich selbst nicht als Werkzeug der Kultur, sondern als deren Schöpfer und Bewahrer. Wenn ich jetzt das Gegenteil behaupte, so nicht allein deshalb, weil im ausgehenden 20. Jahrhundert ein gewisser Reiz darin liegt, Plotin, Shaftesbury, Schelling oder Novalis zu paraphrasieren, sondern weil, im Unterschied zu anderen Menschen, die Dichter stets gewußt haben, daß das, was wir rhetorisch als die Stimme der Muse bezeichnen, in Wahrheit das Diktat der Sprache ist; daß nicht die Sprache das Werkzeug der Dichter ist, sondern daß sich die Sprache der Dichter als Werkzeug bedient, um ihr Weiterleben zu sichern. Die Sprache aber, sofern wir sie uns – was nur zu berechtigt wäre – als eine Art Lebewesen vorstellen, kann nur eine ästhetische Wahl treffen.

Jemand schreibt ein Gedicht aus den verschiedensten Gründen: um das Herz seiner Geliebten zu erobern; um eine Haltung auszudrücken zu der ihn umgebenden Realität, sei es die einer Landschaft oder eines Staates; um seinen Gemütszustand in einem bestimmten Augenblick festzuhalten; oder um, wie er in diesem Moment glaubt, eine Spur auf Erden zu hinterlassen. Er benutzt die Form des Gedichts aus unbewußt mimetischen Gründen: der aufrecht stehende Knoten schwarzer Wörter auf dem weißen Papier erinnert ihn vermutlich an seine eigene Stellung in der Welt, an das prekäre Gleichgewicht seines Körpers im Raum. Aber aus welchen Motiven auch immer er zur Feder greift und welche Wirkung auch immer er beim Publikum hervorruft, sei sie nun groß oder klein – die unmittelbare Folge dieses Unternehmens ist die Empfindung, in direkten Kontakt mit der Sprache zu treten oder, genauer gesagt, sich in Abhängigkeit von ihr zu begeben und damit von allem, was in dieser Sprache gesprochen, geschrieben und geleistet worden ist.

Diese Abhängigkeit ist absolut, despotisch; aber sie wirkt zugleich befreiend. Dadurch, daß sie viel älter ist als der Autor, verfügt die Sprache über die gewaltige zentrifugale Energie ihres zeitlichen Potentials, das heißt all der Zeit, die noch vor ihr liegt. Und dieses Potential wird determiniert nicht so sehr durch den quantitativen Umfang der Nation, die sie spricht (obwohl auch dies eine Rolle spielt), als vielmehr durch die Qualität des in ihr geschriebenen Gedichts. Es genügt, an dieser Stelle Dante zu nennen. Und was heute auf russisch oder englisch geschrieben wird, sichert die Existenz dieser Sprachen für das nächste Millenium. Die Dichter sind die Existenzmittel der Sprache oder, um meinen geliebten Auden zu zitieren, sie sind es, durch die sie lebt. Ich, der ich diese Zeilen schreibe, werde aufhören zu sein, genau wie du, der du diese Zeilen liest. Aber die Sprache, in der sie geschrieben sind, wird bleiben, nicht nur weil die Sprache dauerhafter, sondern auch weil sie wandlungsfähiger ist als der Mensch.

Jemand, der ein Gedicht schreibt, tut dies nicht, weil er um Nachruhm buhlt, obgleich er hofft, daß sein Gedicht ihn überleben wird, wenn auch nur kurz. Jemand, der ein Gedicht schreibt, tut dies, weil ihm die Sprache die nächste Zeile diktiert oder souffliert. Am Anfang des Gedichts weiß er in der Regel nicht, auf welche Weise es enden wird, und häufig ist er über den Ausgang selbst überrascht, wenn es eine unerwartete Wendung nimmt und seine Gedanken ihn weiter getragen haben, als er wollte. Das ist der Augenblick, in dem die Zukunft der Sprache in die Gegenwart einbricht. Bekanntlich gibt es drei Arten der Erkenntnis: die analytische, die intuitive und das, was von den biblischen Propheten als Offenbarung bezeichnet wurde. Der Unterschied der Poesie zu anderen Formen der Literatur liegt darin, daß sie alle drei Erkenntnisarten zur gleichen Zeit benutzt (dabei der zweiten und dritten zuneigend). Denn alle drei werden vermittelt durch die Sprache; und es gibt Zeiten, wo der Verfasser eines Gedichts sich mit Hilfe eines einzelnen Wortes, eines einzigen Reims an einem Ort wiederfindet, wo noch niemand vor ihm gewesen ist, tiefer im Unbekannten, als ihm selbst lieb ist.

Jemand, der ein Gedicht schreibt, tut dies vor allem, weil das Schreiben von Gedichten den Geist, das Denken und das Erfassen des Universums auf außerordentliche Weise beschleunigt. Wer diese Beschleunigung einmal am eigenen Leib erlebt hat, ist nicht länger in der Lage, auf die Chance einer Wiederholung dieses Erlebnisses zu verzichten: er wird abhängig von diesem Schaffensprozeß, so wie andere abhängig werden von Drogen oder Alkohol. Wer in dieser Weise abhängig wird von der Sprache, ist das, was man einen Dichter zu nennen pflegt.

Die klagende Muse

Als der Vater erfuhr, daß seine Tochter eine Auswahl ihrer Gedichte in einer St. Petersburger Zeitschrift veröffentlichen wollte, rief er sie zu sich und teilte ihr mit, er habe zwar nichts dagegen, daß sie schreibe, aber er bitte sie doch dringend, »einen ehrbaren guten Namen nicht zu besudeln« und ein Pseudonym zu verwenden. Die Tochter willigte ein, und so hielt »Anna Achmatowa« anstelle von Anna Gorenko Einzug in die russische Literatur. – Daß sie einwilligte, geschah weder aus Unsicherheit über ihre Begabung oder die erwählte Tätigkeit noch in Vorahnung dessen, welchen Nutzen eine gespaltene Identität für einen Schriftsteller haben kann. Der Grund war einfach die »Wahrung des Anscheins«, da literarische Betätigung in den Adelsfamilien – zu denen die Gorenkos zählten – allgemein als ziemlich unpassend galt, angebracht für Leute einfacherer Herkunft, die keine bessere Möglichkeit hatten, sich einen Namen zu machen.

Trotzdem war das väterliche Ansinnen etwas übertrieben. Schließlich waren die Gorenkos keine Fürsten. Doch lebte die Familie in Zarskoje Selo – Zarendorf –, der Sommerresidenz der kaiserlichen Familie, und diese Topographie könnte den Mann beeinflußt haben. Für seine siebzehnjährige Tochter dagegen hatte der Ort eine andere Bedeutung. Zarskoje war die Stätte des Lyzeums, in dessen Gärten ein Jahrhundert zuvor der junge Puschkin »sorglos erblüht« war.

Was das Pseudonym betraf, so hatte seine Wahl mit Anna Gorenkos Ahnen mütterlichseits zu tun, die sich bis zum letzten Chan der Goldenen Horde zurückverfolgen ließen: bis zu Achmat (Ahmed) Chan, einem Nachkommen Tschingis Chans. »Ich bin Tschingisin«, pflegte sie nicht ohne einen Anflug von Stolz zu bemerken; und für das russische Ohr hat »Achmatowa« einen deutlich orientalischen, genauer: tatarischen Beiklang. Allerdings legte sie es keineswegs auf exotische Wirkung an, schon deshalb nicht, weil ein auch nur entfernt tatarisch klingender Name in Rußland nicht auf Neugierde, sondern auf Vorurteile stößt.

Gleichviel, die fünf offenen ›A‹ in Anna Achmatowa hatten eine hypnotische Wirkung und verankerten die Trägerin dieses Namens im Alphabet der russischen Lyrik ganz obenan. Es war gewissermaßen ihre erste gelungene Zeile; einprägsam, weil man sich ihrem Klang nicht entziehen konnte, mit dem weniger vom Gefühl als von der Geschichte getragenen langen A. Die Zeile sagt eine ganze Menge aus über Intuition und Gehör dieser Siebzehnjährigen, die bald nach ihrer ersten Veröffentlichung Briefe und Dokumente als Anna Achmatowa zu unterschreiben begann. In seiner Suggestion einer aus der Verschmelzung von Klang und Zeit hergeleiteten Identität erwies sich das erwählte Pseudonym als prophetisch.

Anna Achmatowa gehört zu jener Kategorie von Dichtern, die weder eine Genealogie noch eine erkennbare »Entwicklung« aufweisen. Sie zählt zu jenen Dichtern, die einfach »vom Himmel fallen«; die zur Welt kommen mit einer bereits fertigen Sprache und mit ihrer ureigenen Sensibilität. Sie kam, mit allem versehen, und glich nie jemand anderem. Noch bezeichnender vielleicht war, daß keiner ihrer zahllosen Nachahmer jemals ein überzeugendes Imitat zustandebrachte; letztlich glichen sie sich untereinander mehr als ihr.

Dies läßt darauf schließen, daß Anna Achmatowas Sprache nicht raffinierter stilistischer Kalkulation entsprang, sondern etwas, das weniger faßlich war, und stellt uns vor die Notwendigkeit, den zweiten Teil von Buffons berühmter Gleichung für den Begriff des »Selbst« – »Le style est l'homme même« – aufzuwerten.

Von den geheiligten allgemeinen Aspekten dieses Wesens – des »Selbst« – abgesehen, war dessen Einzigartigkeit im Falle der Achmatowa zusätzlich durch ihre unbestreitbare äußere Schönheit gewährleistet. Sie sah einfach überwältigend aus. Ein Meter achtzig groß, dunkelhaarig, hellhäutig, mit den blassen graugrünen Augen der Schneeleoparden, schlank und unglaublich geschmeidig – so wurde sie ein halbes Jahrhundert lang von einer Vielzahl von Künstlern, beginnend mit Amadeo Modigliani, skizziert, gemalt, modelliert, geschnitzt und photographiert. Und die ihr gewidmeten Gedichte würden mehr Bände füllen als ihre eigenen gesammelten Werke.

All dies soll nur zeigen, daß der sichtbare Teil dieses Wesens ziemlich atemberaubend war; daß der verborgene dem vollkommen entsprach, dafür zeugt ihr Werk, das beide verbindet.

Hauptkennzeichen dieser Verbindung sind Adel und Zurückhaltung. Die Achmatowa ist die Dichterin strenger Metren, genauer Reime und kurzer Sätze. Ihre Syntax ist einfach und frei von Nebensätzen, deren gnomische Windungen für den Großteil der russischen Literatur symptomatisch sind; ja, in ihrer Einfachheit ähnelt ihre Syntax dem Englischen. Vom ersten Tag ihrer dichterischen Laufbahn an bis zum Schluß war die Achmatowa immer vollkommen klar und verständlich. Unter ihren Zeitgenossen ist sie eine Jane Austen. Und wenn manche Aussagen dunkel waren, lag es jedenfalls nicht an ihrer Grammatik.

In einer Ära so vieler technischer Experimente in der Lyrik war sie entschieden nicht-avantgardistisch. Wenn überhaupt, ähnelten ihre Mittel optisch dem, was in Rußland wie überall um die Jahrhundertwende die Erneuerungswelle in der Lyrik ausgelöst hatte: den allgegenwärtigen Vierzeilern der Symbolisten. Diese optische Übereinstimmung wurde von der Achmatowa bewußt aufrechterhalten, aber nicht, um sich ihre dichterische Aufgabe dadurch zu vereinfachen, sondern um keine Vorgabe zu haben. Sie wollte fair und offen spielen, ohne Regeln zu beugen oder zu erfinden. Kurz, ihre Verse sollten den Anschein wahren.

Nichts enthüllt so sehr die Schwächen eines Dichters wie der klassische Vers, und darum wird er auch so allgemein gemieden. Ein Verspaar zu finden, das weder komisch noch wie das Echo eines anderen, sondern unerwartet klingt, ist eine äußerst verwickelte Angelegenheit. Dieser Echoaspekt strenger Metren macht einem sehr zu schaffen, und auch wenn man die Zeile mit noch so vielen konkreten Details befrachtet, hilft einem das nicht weiter. Die Achmatowa klingt so souverän, weil sie sich von Anbeginn den Feind zunutze zu machen wußte.

Sie tat es durch eine collageartige Buntheit des Inhalts. Innerhalb nur einer Strophe behandelte sie oft eine Vielzahl scheinbar unzusammenhängender Dinge. Wenn eine Person in einem Atemzug über die Tiefe ihrer Empfindung, über Stachelbeerblüten und darüber spricht, daß sie den linken Handschuh über die rechte Hand zieht, dann überfordert das den Atem – im Gedicht also das Metrum – so sehr, daß man darüber seine Herkunft vergißt. Das Echo, mit anderen Worten, wird der Diskrepanz der Dinge untergeordnet, versieht sie sogar mit einem gemeinsamen Nenner; es hört auf, eine Form zu sein, und wird zu einer Sprachnorm.

Früher oder später erleiden das Echo und die Dinge in ihrer Vielfalt immer dieses Schicksal – in der russischen Dichtung durch die Hand der Achmatowa; genauer, durch die Hand jenes Wesens, das ihren Namen trug. Man kann nicht umhin sich vorzustellen, daß – während der innere Teil dieses Wesens hört, was mittels des Reims die Sprache selbst über die Nähe jener disparaten Dinge andeutet – der äußere diese Nähe buchstäblich vom Blickpunkt seiner tatsächlichen Körpergröße aus sieht. Die Achmatowa paart nur, was schon verbunden ist: in der Sprache und in ihren Lebensumständen, wenn nicht sogar, wie es heißt, im Himmel.

Dies macht den Adel ihrer Ausdrucksweise aus, zumal sie mit dem, was an ihren Gedichten neu ist, sehr zurückhaltend verfährt. Ihr Reime sind diskret, das Metrum ist unaufdringlich. Manchmal ließ sie ein, zwei Silben in der letzten oder vorletzten Zeile einer Strophe weg, um die Wirkung eines Würgens im Hals oder einer durch Gefühlsanspannung hervorgerufenen unabsichtlichen Unbeholfenheit zu erzielen. Aber weiter ging sie nicht, denn sie fühlte sich sehr heimisch in den Grenzen des klassischen Verses, deutete damit auch an, daß ihre Verzückungen und Offenbarungen formal nicht anders behandelt werden mußten, ja, daß sie keinesfalls mehr Gewicht hatten als die ihrer Vorgänger, die zuvor diese Metren benutzten.

Natürlich stimmte das so nicht ganz. Niemand nimmt die Vergangenheit so gründlich in sich auf wie ein Dichter, und sei es nur aus Sorge, das schon Erfundene noch einmal zu erfinden. (Aus diesem Grunde, nebenbei gesagt, gilt der Dichter so oft als »seiner Zeit voraus«, weil diese mit dem Widerkäuen von Klischees beschäftigt ist.) Gleichgültig, was ein Dichter zu sagen vorhat – im Augenblick des Sprechens weiß er immer, daß das Thema ererbt ist. Die große Literatur der Vergangenheit demütigt einen nicht nur durch ihre Qualität, sondern ebenso durch ihre thematische Vorwegnahme. Daß ein guter Dichter zurückhaltend über seinen eigenen Kummer spricht, liegt daran, daß er, dem Ewigen Juden gleich, mit dem Kummer aller Zeiten vertraut ist. In diesem Sinn war die Achmatowa durchaus das Produkt der Petersburger Tradition in der russischen Lyrik, deren Begründer ihrerseits den europäischen Klassizismus wie auch dessen römische und griechische Ursprünge hinter sich wußten. Zudem gehörten auch sie der Aristokratie an.

Wenn die Achmatowa zurückhaltend war, dann zumindest teilweise deshalb, weil sie das Erbe ihrer Vorgänger in die Kunst dieses Jahrhunderts hinüberbrachte. Es war dies offensichtlich nicht mehr als eine Huldigung an sie, da es ja gerade dieses Erbe war, das sie zu einer Dichterin dieses Jahrhunderts machte. Sie sah sich selbst, mit ihren Verzückungen und Offenbarungen, lediglich als ein Postskriptum zu der Botschaft ihrer Vorgänger an, zu dem, was sie über ihr Leben aufgezeichnet hatten. Deren Leben war tragisch, und daher war es die Botschaft auch. Wenn das Postskriptum düster aussieht, dann weil die Botschaft voll aufgenommen wurde. Wenn die Achmatowa nie schreit oder Asche auf ihr Haupt streut, dann weil ihre Vorgänger es nicht taten.

Mit diesem Stichwort, in dieser Tonart fing sie an. Ihre ersten Bände hatten ungeheuren Erfolg bei Kritik und Publikum. Im allgemeinen sollte man die Reaktion auf ein Werk als letztes in Betracht ziehen, weil sie das ist, woran der Dichter zuletzt denkt. Anna Achmatowas Erfolg war bemerkenswert, wenn man den Zeitpunkt bedenkt – vor allem bei ihrem zweiten und dritten Band: 1914 (Ausbruch des Ersten Weltkriegs) und 1917 (Oktoberrevolution in Rußland). Andererseits war es vielleicht genau dieses ohrenbetäubende Donnergrollen des weltgeschichtlichen Hintergrunds, das das private Tremolo der jungen Lyrikerin um so vernehmlicher und um so lebensnotwendiger machte. Auch hier wieder nahm der Beginn ihrer dichterischen Laufbahn prophetisch den weiteren Verlauf in dem folgenden halben Jahrhundert vorweg. Der prophetische Eindruck verstärkt sich noch dadurch, daß damals – für russische Ohren – dem weltgeschichtlichen Donnergrollen nur das unablässige, gänzlich bedeutungslose Gemurmel der Symbolisten begegnete. Schließlich schrumpften beide Geräusche und gingen auf in dem unzusammenhängenden bedrohlichen Dröhnen der neuen Ära, gegen das anzusprechen der Achmatowa für den Rest ihres Lebens bestimmt war.

Jene frühen Bände (*Abend*, *Rosenkranz* und *Weiße Schar*) handelten überwiegend von dem Gefühl, daß für frühe Bände *de rigueur* ist: dem der Liebe. Die Gedichte in diesen Bänden hatten eine tagebuchartige Intimität und Direktheit; sie beschrieben nicht mehr als ein tatsächliches Ereignis oder seelisches Geschehen und waren kurz – höchstens sechzehn bis zwanzig Zeilen. So konnte man sie sich rasch einprägen, was Generationen von Russen auch taten und noch heute tun.

Und doch waren es weder ihre Kompaktheit noch ihr Sujet, deretwegen man sie im Gedächtnis behalten wollte; derartiges war dem erfahrenen Leser durchaus vertraut. Neu daran war die Art der Empfindung, die sich darin äußerte, wie die Autorin ihr Thema behandelte. Betrogen, von Eifersucht oder Schuld gequält, spricht die verwundete Heldin dieser Gedichte häufiger in Selbstvorwürfen als in Zorn, verzeiht beredter als sie anklagt, fleht eher, als daß sie schreit. Sie entfaltet die ganze emotionale Subtilität und psychische Komplexität der russischen Prosa des neunzehnten Jahrhunderts und all die Würde, die die Lyrik desselben Jahrhunderts sie lehrte. Daneben findet sich auch sehr viel Ironie und Distanz, die nur ihr eigen sind, Ergebnis ihrer Metaphysik und nicht etwa der kürzeste Weg in die Resignation.

Unnötig zu sagen, daß diese Eigenheiten ihrer Leserschaft gelegen kamen. Mehr als irgendeine andere Kunst ist Lyrik eine Form der *éducation sentimentale*, und die Verse, die die Achmatowa-Leser auswendig lernten, stählten ihre Herzen gegen den Ansturm von Vulgarität in der neuen Zeit. Wer die Metaphysik eines individuellen Dramas begreift, hat größere Chancen, dem Drama der Geschichte zu trotzen. Aus diesem Grund – und nicht nur wegen der epigrammatischen Schönheit ihrer Verse – klammerte sich das Publikum unbewußt so sehr an sie. Es war eine instinktive Reaktion; und zwar die des instinktiven Selbsterhaltungstriebs, denn das wilde Grollen der Geschichte wurde immer vernehmlicher.

Die Achmatowa jedenfalls hörte es ganz deutlich. Den intensiv persönlichen Lyrismus der *Weißen Schar* färbt ein Ton, der ihr Kennzeichen werden sollte: der Ton beherrschten Entsetzens. Der Mechanismus, der dazu dienen sollte, Gefühle romantischer Natur unter Kontrolle zu halten, erwies sich als ebenso wirksam gegenüber tödlichen Ängsten. Beide Aspekte dieses Mechanismus verflochten sich zunehmend miteinander, bis eine emotionale Tautologie daraus wurde, und die *Weiße Schar* bezeichnet den Beginn dieses Vorgangs. Mit diesem Band prallte die russische Lyrik gegen das »wahre, nichtkalendarische zwanzigste Jahrhundert«, ohne jedoch bei dem Aufschlag zu zerbrechen.

Die Achmatowa zumindest schien für dieses Aufeinandertreffen besser gerüstet als die meisten ihrer Zeitgenossen. Zum Zeitpunkt der Revolution war sie achtundzwanzig: weder jung genug, um an sie zu glauben, noch zu alt, um sie zu rechtfertigen. Außerdem war sie eine Frau, und es wäre gleichermaßen unpassend für sie gewesen, das Ereignis zu preisen oder zu verdammen. Sie entschloß sich auch nicht, den Wandel der Gesellschaftsordnung als Aufforderung zu verstehen, ihr Metrum und ihre Assoziationsketten zu lokkern. Denn Kunst ahmt das Leben nicht nach, wenn auch nur aus Angst vor Klischees. Sie blieb ihrer Diktion treu, dem privaten Timbre, der Brechung eher als der Reflexion des Lebens durch das Prisma des individuellen Gefühls. Außer daß die Details, die früher in den Gedichten die Aufmerksamkeit von einem emotionsträchtigen Gegenstand hatten ablenken sollen, zunehmend weniger Trost boten und den Gegenstand selbst zu überschatten begannen.

Sie lehnte die Revolution nicht ab: Trotzhaltung lag ihr auch nicht. Im neueren Sprachgebrauch würde man sagen, sie verinnerlichte sie. Sie nahm sie einfach als das, was sie war: ein schrecklicher nationaler Aufruhr, der einen enormen Anstieg des Kummers für jeden einzelnen bedeutete. Sie begriff dies nicht nur, weil auf sie selbst ein zu hoher Anteil davon entfiel, sondern zu allererst durch ihre dichterische Arbeit. Der Dichter ist nicht nur auf Grund seiner prekären Stellung ein geborener Demokrat, sondern auch, weil er sich an das ganze Volk richtet und dessen Sprache verwendet. Dasselbe tut die Tragödie, daher ihre Affinität. Die Achmatowa, deren Lyrik immer zum Volkstümlichen, Volksliedhaften neigte, konnte sich viel eingehender mit den Leuten identifizieren als jene, die damals ihre literarischen oder anderen Programme forcierten: sie ließ Kummer einfach gelten.

Von ihrer Identifizierung mit dem Volk zu sprechen, heißt aber auch eine verstandesmäßige Einordnung vornehmen, die in Wirklichkeit, weil völlig überflüssig, nie stattfand. Sie war Teil des Ganzen, und ihr Pseudonym war ihrer klassenmäßigen Anonymität nur förderlich. Zudem verabscheute sie die Überlegenheitsaura des Wortes »Dichter« gründlich. »Dichter, Billiarde«, pflegte sie zu sagen, »so große Worte verstehe ich nicht.« Das war nicht Demut; es war das Ergebnis des nüchternen Blicks, mit dem sie ihr Dasein umschloß. Allein schon, daß die Liebe so beharrlich das Thema ihrer Dichtung blieb, weist deutlich auf ihre Nähe zum Durchschnittsmenschen hin. Wenn sie sich von ihrem Publikum unterschied, dann darin, daß ihre ethischen Grundsätze keiner historischen Anpassung unterzogen wurden.

Davon abgesehen, war sie wie alle anderen. Und die Zeit ließ auch keine große Variationsbreite zu. Wenn ihre Gedichte nicht direkt die *vox populi* waren, dann weil ein Volk nie mit einer Stimme spricht. Aber ebenso war ihre Stimme nicht die der Oberschicht, wenn auch nur, weil sie völlig frei war von der sentimentalen Volkstümelei, die der russischen Intelligentsia eigen ist. Das »Wir«, das sie um diese Zeit in Notwehr gegen die Unpersönlichkeit des ihr von der Geschichte zugefügten Schmerzes zu verwenden beginnt, wurde nicht von ihr selbst, sondern von den übrigen, die in dieser Sprache redeten, bis an die Grenzen seiner sprachlichen Tragfähigkeit erweitert. Was die Zukunft brachte, war so, daß dieses »Wir« bleiben und die Autorität seiner Urheberin weiter zunehmen sollte.

Jedenfalls besteht von der inneren Einstellung her kein Unterschied zwischen Anna Achmatowas »staatsbürgerlichen« Gedichten aus dem Ersten Weltkrieg und den Jahren der Revolution und denjenigen, die sie gut dreißig Jahre später während des Zweiten Weltkriegs schrieb. Ja, Gedichte wie *Gebet* könnten – ließe man das Datum weg – auf praktisch jeden Moment der russischen Geschichte dieses Jahrhunderts bezogen sein, der den Titel dieses speziellen Gedichts rechtfertigt. Dies beweist die Empfindsamkeit ihrer Membran, aber vor allem auch, daß die historischen Umstände in den letzten achtzig Jahren die Arbeit des Dichters erleichtert haben. So sehr sogar, daß der Dichter einen möglicherweise prophetischen Vers eher verschmäht und einer schlichten Beschreibung von Tatsachen oder Gefühlen den Vorzug gibt.

Daher das charakteristische Benennen in Anna Achmatowas Versen ganz allgemein und zu jener Zeit im besonderen. Sie wußte nicht nur, daß die Gefühle und Wahrnehmungen, mit denen sie sich befaßte, ziemlich verbreitet waren, sondern auch, daß die Zeit, deren Natur die Wiederholung ist, sie allgemeingültig machen würde. Sie spürte, daß die Geschichte, wie ihre Objekte, nur begrenzte Möglichkeiten hat. Noch wichtiger war jedoch, daß jene »staatsbürgerlichen« Gedichte lediglich Partikel waren, getragen von dem breiten Strom ihrer Lyrik, der das »Wir« jener praktisch ununterscheidbar machte von dem häufigeren gefühlsbeladenen »Ich«. Da sie sich überschnitten, gewannen beide Pronomen an Wahrscheinlichkeit. Da der Name des Stroms »Liebe« war, durchzog die Gedichte über die Heimat und die damalige Zeit eine fast unangebrachte Intimität; ebenso bekamen die Gedichte über Gefühle einen epischen Tonfall. Letzteres bedeutete ein Breiterwerden des Stroms.

In ihren späteren Jahren nahm es die Achmatowa stets übel, wenn Kritiker und Wissenschaftler ihre literarische Bedeutung auf ihre Liebeslyrik der Jahre 1910-1920 beschränken wollten. Völlig zu Recht, denn das Werk der folgenden vierzig Jahre wiegt ihre erste Dekade zahlenmäßig wie qualitativ mehr als auf. Dennoch sind diese Wissenschaftler und Kritiker zu begreifen, da Anna Achmatowa von 1923 an bis zu ihrem Tod im Jahre 1966 nicht einen einzigen eigenen Band veröffentlichen konnte und sie so gezwungen waren, sich mit dem zu befassen, was zugänglich war. Vielleicht aber gab es noch einen anderen Grund, weniger offensichtlich oder auch von jenen Wissenschaftlern und Kritikern weniger begriffen, weshalb es sie zu der frühen Achmatowa hinzog.

Im Lauf des Lebens redet die Zeit den Menschen in verschiedenen Sprachen an: in denen der Unschuld, Liebe, Treue, Erfahrung, Geschichte, Erschöpfung, Schuld, in denen des Zynismus, des Verfalls usw. Von all diesen ist die Sprache der Liebe eindeutig die *lingua franca*. Ihr Wortschatz nimmt den aller anderen Zungen in sich auf, und ihre Äußerung beschwingt ein Sujet, so unbeseelt es auch sein mag. So ausgedrückt zu werden, verleiht dem Sujet einen geistlich verbindlichen, fast heiligen Namen, worin sich sowohl unsere Art und Weise, die Gegenstände unserer Leidenschaften wahrzunehmen, widerspiegelt als auch die der Bibel entsprungene Ahnung dessen, was Gott ist. Liebe ist im wesentlichen eine bestimmte Haltung des Unendlichen gegenüber dem Endlichen. Die Umkehrung begründet entweder Glauben oder Dichtung.

Anna Achmatowas Liebesgedichte waren natürlich in erster Linie einfach nur Gedichte. Von allem anderen abgesehen besaßen sie aber auch eine enorme erzählerische Qualität, und ein Leser hätte sich auf angenehmste Art die Zeit damit vertreiben können, die diversen Drangsale und Anfechtungen ihrer Heldin aus ihnen herauszulesen. (Einige taten genau das, und die erhitzte Phantasie des Publikums sah daher die Autorin dieser Gedichte in »romantischer Verbindung« mit Alexander Blok – dem Dichter jener Zeit – wie auch mit Seiner Kaiserlichen Majestät höchstpersönlich, obwohl sie weitaus bessere Gedichte schrieb als jener und zwanzig Zentimeter größer war als letzterer.) Halb Selbstporträt, halb Maske, fügte die handelnde Person dieser Gedichte zu einem realen Drama das Schicksalhafte des Theaters hinzu, um so ihre eigenen Grenzen und die des Schmerzes zu erproben. Glücklichere Zustände wurden der gleichen Probe unterworfen. Kurz, der Realismus diente als Transportmittel zu einem metaphysischen Ziel. Trotzdem hätte dies nur die Belebung der Tradition des Genres bedeutet, wäre da nicht die schiere Menge an Gedichten, die von besagtem Gefühl handeln.

Diese Menge sperrt sich gegen biographische wie freudianische Betrachtungsweisen, denn sie läßt die konkreten Adressaten weit hinter sich und macht aus ihnen Redevorwände der Autorin. Das Gemeinsame von Kunst und Sexualität ist, daß beide Sublimierungen der eigenen schöpferischen Energie sind, und das läßt keine Rangordnung zu. Das fast idiosynkratisch Beharrliche der frühen Liebesgedichte der Achmatowa läßt weniger auf stete Wiederkehr von Leidenschaft schließen als auf häufiges Gebet. Dementsprechend weisen diese Gedichte, so verschieden ihre erdachten oder wirklichen Protagonisten auch sind, beträchtliche stilistische Ähnlichkeiten auf, da das Thema Liebe die formalen Möglichkeiten nun einmal einschränkt. Dasselbe gilt für den Glauben. Es gibt eben nur eine gewisse Zahl angemessener Äußerungen für wahrhaft starke Gefühle; was – letztlich – die Rituale erklärt.

Es ist die Sehnsucht des Endlichen nach dem Unendlichen, die der steten Wiederkehr des Liebesmotivs in den Versen der Achmatowa zugrundeliegt, nicht die realen Liebschaften. Liebe ist in der Tat für sie eine Sprache geworden, ein Code, um die Botschaften der Zeit aufzuzeichnen oder wenigstens ihren Tonfall zu vermitteln; sie hörte sie einfach besser so. Denn was diese Dichterin am meisten interessierte, war nicht ihr eigenes Leben, sondern die Zeit und die Auswirkung ihrer Eintönigkeit auf die menschliche Psyche und insbesondere auf ihre eigene Ausdrucksweise. Wenn sie später die Versuche, nur ihre frühen Gedichte gelten zu lassen, verübelte, dann nicht weil ihr der Status des ständig liebeskranken Mädchens unangenehm war: sondern weil ihre Ausdrucksweise und damit ihr Code sich in der Folgezeit stark verändert hatten, um die Eintönigkeit des Unendlichen hörbarer zu machen.

In *Anno Domini MCMXXI*, ihrem fünften und, genaugenommen, letzten Band, war diese Eintönigkeit des Unendlichen schon durchaus vernehmlich. In einigen Gedichten dieses Bandes gehen das Eintönige und die Stimme der Autorin so sehr ineinander über, daß diese die Konkretheit eines Details oder Bildes schärfer fassen muß, um sie – und damit auch den eigenen Geist – vor der unmenschlichen Neutralität des Metrums zu retten. Die Verschmelzung, oder vielmehr die Unterordnung ersterer unter letztere, erfolgte später. In der Zwischenzeit versuchte die Autorin ihre eigenen Daseinsvorstellungen davor zu bewahren, von dem, was die Prosodie ihr lieferte, überrollt zu werden: denn Prosodie weiß mehr über eine Zeit, als ein menschliches Wesen wahrhaben möchte.

Diesem Wissen oder genauer: dieser Erinnerung neu gefügter Zeit unmittelbar ausgesetzt zu sein, hat eine übermäßige geistige Akzeleration zur Folge, die die Einsichten, die sich aus den realen Gegebenheiten herleiten, ihrer Neuheit, wenn nicht ihres Gewichts beraubt. Kein Dichter vermag diese Kluft je zu überbrücken, doch kann er, wenn er gewissenhaft ist, die Stimme senken oder seine Sprache dämpfen, um seine Entfremdung vom wirklichen Leben herunterzuspielen. Manchmal tut er das aus rein ästhetischen Gründen: um die eigene Stimme weniger theatralisch, weniger belcantohaft klingen zu lassen. Häufiger jedoch ist der Zweck dieser Camouflage, bei klarem Verstand zu bleiben, und als Dichterin strenger Metren benutzte die Achmatowa die Tarnung genau zu diesem Zweck. Aber je mehr sie das tat, desto unerbittlicher näherte sich ihre Stimme der unpersönlichen Tonlage der Zeit selber an, bis sie zu etwas verschmolzen, das einen schaudern macht bei dem Versuch zu erraten – wie in ihren *Nordischen Elegien* –, wer sich hinter dem Pronomen »Ich« verbirgt.

Was den Pronomen geschah, geschah auch anderen Redeteilen, die in der von der Prosodie gelieferten Zeitperspektive versickerten oder sich drohend auftürmten. Die Achmatowa war eine sehr konkrete Lyrikerin, doch je konkreter das Bild, desto außerzeitlicher wurde es durch das begleitende Metrum. Kein Gedicht wird je um seiner erzählerischen Linie willen geschrieben, so wie kein Leben um eines Nachrufs willen gelebt wird. Was die Musik eines Gedichts genannt wird, ist im wesentlichen die Zeit, neu gefügt auf eine Weise, daß der Gedichtsinhalt in einen sprachlich zwingenden, einprägsamen Brennpunkt gerückt wird.

Der Klang, mit anderen Worten, ist im Gedicht der Sitz der Zeit, ein Hintergrund, vor dem sein Inhalt Raumwirkung gewinnt. Die Kraft der Verse Anna Achmatowas rührt von ihrer Fähigkeit her, das unpersönlich-epische Brausen der Musik mitzuteilen, das dem eigentlichen Inhalt der Gedichte nur allzu sehr entsprach, besonders von den zwanziger Jahren an. Die Wirkung dieser Instrumentierung auf ihre Themen ließe sich vergleichen mit der Reaktion von jemandem, der gewohnt ist, vor die Wand gestellt zu werden, und sich plötzlich vor den Horizont gestellt findet.

Ausländische Leser sollten sich das immer wieder ins Gedächtnis zurückrufen, da dieser Horizont sich in Übersetzungen auflöst und auf dem Papier fesselnde, aber inhaltlich eindimensionale Texte zurückläßt. Andererseits mag es den ausländischen Leser vielleicht trösten, daß auch die einheimische Leserschaft dieser Dichterin mit ihrem Werk in sehr entstellter Gestalt umzugehen gezwungen war. Übersetzungen und Zensur haben miteinander gemein, daß beide nach dem Prinzip des Möglichen vorgehen, und es muß festgehalten werden, daß sprachliche Barrieren ebenso hoch sein können wie die vom Staat errichteten. Anna Achmatowa jedenfalls ist von beiden umringt, und lediglich erstere weisen Anzeichen von Auflösung auf.

Anno Domini MCMXXI war ihr letzter Band: in den folgenden vierundvierzig Jahren brachte sie kein eigenes Buch heraus. In den Nachkriegsjahren gab es zwar zwei schmale Ausgaben ihrer Texte, die hauptsächlich einige wenige Nachdrucke früher Gedichte enthielten, dazu wirklich patriotische Kriegsgedichte und ungelenkes Gereime, das die Ankunft des Friedens pries. Letzteres hatte sie verfaßt, um die Entlassung ihres Sohnes aus den Arbeitslagern zu erreichen, in denen er dennoch achtzehn Jahre zubrachte. Diese Veröffentlichungen können aber in keiner Weise als ihre eigenen angesehen werden, denn die Gedichte waren von den Lektoren der staatseigenen Verlage ausgewählt worden mit dem Ziel, die Öffentlichkeit (vor allem im Ausland) davon zu überzeugen, daß die Achmatowa am Leben, bei guter Gesundheit und staatstreu war. Insgesamt waren es etwa fünfzig Texte, und sie hatten nichts mit dem zu tun, was sie in jenen vier Jahrzehnten geschaffen hatte.

Für jemanden von der dichterischen Statur Anna Achmatowas hieß das, lebendig begraben zu sein, mit ein paar Steinplatten, die den Grabhügel bezeichneten. Ihr Zugrundegehen war das Ergebnis mehrerer Kräfte, in erster Linie der Geschichte, deren Hauptelement Vulgarität ist, und als deren direkter Vertreter der Staat handelt. Bereits MCMXXI, d.h. im Jahre 1921, hatte der neue Staat es geschafft, mit der Achmatowa über Kreuz zu sein; ihr erster Mann, der Lyriker Nikolaj Gumiljow, war von der Tscheka hingerichtet worden, angeblich auf direkten Befehl des Staatsoberhauptes Lenin. In seiner irrwitzigen Schulmeistermentalität des Auge-um-Auge war der neue Staat außerstande, von der Achmatowa daraufhin etwas anderes als Vergeltung zu erwarten, besonders angesichts ihrer bekannten Neigung zum autobiographischen Detail.

Derart war vermutlich der Gedankengang des Staates, und er wurde durch die Auslöschung ihres gesamten Kreises (einschließlich ihrer engsten Freunde, der Dichter Wladimir Narbut und Ossip Mandelstam) in den folgenden anderthalb Jahrzehnten bekräftigt. Er gipfelte in den Verhaftungen ihres Sohnes Lew Gumiljow und ihres dritten Mannes, des Kunsthistorikers Nikolaj Punin, der 1953 im Lager starb. Dann kam der Zweite Weltkrieg.

Jene fünfzehn Jahre, die dem Krieg vorangingen, waren vielleicht die düstersten in der gesamten russischen Geschichte; zweifellos waren sie es im Leben der Achmatowa. Das Material, das dieser Zeitraum lieferte, oder genauer: die Menschenleben, die er nahm, trugen ihr schließlich den Titel der »klagenden Muse« ein. Diese Jahre tauschten einfach die Häufigkeit von Liebesgedichten gegen die von Gedichten in memoriam aus. Der Tod, den sie früher als Lösung dieser oder jener gefühlsmäßigen Anspannung beschworen hatte, wurde zu real, als daß er noch für irgendwelche Gefühle eine Rolle spielte. Von einer Sprachfigur wurde er zu einer Figur, die sprachlos macht.

Wenn sie zu schreiben fortfuhr, dann weil Prosodie den Tod in sich aufnimmt und weil sie sich schuldig fühlte, daß sie weiterlebte. Die Stücke, die ihren *Totenkranz* bilden, sind einfach Versuche, diejenigen, die sie überlebt hatte, Prosodie in sich aufnehmen oder sie zumindest daran Anteil haben zu lassen. Nicht, daß sie ihre Toten »unsterblich« zu machen versuchte: die meisten von ihnen waren längst der Stolz der russischen Literatur und hatten sich daher selbst bereits unsterblich genug gemacht. Sie versuchte nur, mit der Sinnlosigkeit des Daseins irgendwie umzugehen, die sich, weil die Quellen seiner Sinnhaftigkeit zerstört waren, plötzlich abgrundgleich vor ihr auftat, versuchte, die verwerfliche Unendlichkeit zu domestizieren, indem sie sie mit vertrauten Schatten bevölkerte. Die Toten anzusprechen war außerdem der einzige Weg, das Sprechen davor zu bewahren, in Geheul überzugehen.

Elemente von Geheul sind jedoch in anderen Achmatowa-Gedichten dieser und späterer Jahre durchaus hörbar. Sie tauchen auf als gereizt-übersteigertes Reimen oder als eine völlig unverbundene Zeile innerhalb einer ansonsten zusammenhängenden Darstellung. Nichtsdestoweniger sind die Gedichte, die direkt vom Tod eines Menschen handeln, frei von derartigen Dingen, als ob die Autorin die Adressaten nicht durch ihre extremen Gefühlsäußerungen beleidigen wollte. Diese Weigerung, die letzte Gelegenheit zu nutzen, sich ihnen aufzudrängen, spiegelt natürlich ihre lyrische Praxis wider. Doch indem sie die Toten weiterhin anspricht, als wären sie lebendig, indem sie ihre Ausdrucksweise nicht dem »Anlaß« anpaßt, weist sie ebenso die Gelegenheit zurück, die Toten als jene idealen, absoluten Gesprächspartner auszunutzen, die jeder Dichter sucht und entweder bei den Toten oder unter Engeln findet.

Tod als Thema ist ein guter Prüfstein für die ethische Einstellung eines Dichters. Das »in memoriam«-Genre dient häufig als Übung in Selbstmitleid oder zu metaphysischen Trips, die die unterbewußte Überlegenheit des Überlebenden gegenüber dem Opfer anzeigen, der Mehrheit (der Lebenden) gegenüber der Minderheit (der Toten). Die Achmatowa will nichts von alledem wissen. Sie hebt ihre Gefallenen einzeln hervor, anstatt sich allgemein über sie zu ergehen, weil sie für eine Minderheit schreibt, mit der sich zu identifizieren für sie jedenfalls leichter ist. Sie behandelt sie einfach weiterhin als Individuen, die sie kannte und die, wie sie spürt, sich höchst ungern als Ausgangspunkt zu irgendeinem Ziel, und sei es noch so spektakulär, benutzen lassen würden.

Nur allzu begreiflich, daß derartige Gedichte nicht veröffentlicht werden konnten, nicht einmal aufgeschrieben oder abgetippt. Als einziges blieb, sie auswendig zu lernen – was die Autorin und mit ihr etwa sieben andere Leute taten, da sie ihrem eigenen Gedächtnis nicht traute. Von Zeit zu Zeit traf sie sich heimlich mit einer dieser Personen und bat ihn oder sie, ganz ruhig diese oder jene Texte aufzusagen, als Bestandsaufnahme gewissermaßen. Eine keineswegs übertriebene Vorsichtsmaßnahme: Menschen verschwanden auf immer auf Grund geringerer Dinge als eines Stücks Papier mit ein paar Zeilen darauf. Außerdem fürchtete sie nicht so sehr um ihr eigenes Leben als um das ihres Sohnes, der im Lager war und um dessen Freilassung sie sich achtzehn Jahre lang verzweifelt bemühte. Ein kleines Stück Papier mit ein paar Zeilen darauf konnte viel kosten, ihn mehr als sie, die nur noch die Hoffnung und – vielleicht – den Verstand verlieren konnte.

Beider Tage jedoch wären gezählt gewesen, hätten die Staatsorgane ihr *Requiem* gefunden. In diesem Gedichtzyklus beschreibt sie den Leidensweg einer Frau, deren Sohn verhaftet wurde, die mit einem Päckchen für ihn an Gefängnismauern wartet und scheu über Schwellen von Amtszimmern hastet, um etwas über sein Schicksal in Erfahrung zu bringen. Nun, hier war die Achmatowa wirklich autobiographisch, und doch liegt die Stärke des *Requiems* darin, daß ihre Autobiographie nur allzu alltäglich war. Dieses Requiem betrauert die Trauernden: Mütter, die ihre Söhne verloren, Frauen, die zu Witwen wurden, manchmal beides, wie im Fall der Autorin. Es ist eine Tragödie, in der der Chor eher als der Held zugrundegeht.

Das Maß an Mitleid, mit dem die verschiedenen Stimmen des *Requiems* wiedergegeben sind, läßt sich nur aus dem orthodoxen Glauben der Autorin erklären; das Maß an Verständnis und Vergebung, auf das der bohrende, fast unerträgliche lyrische Ton dieses Werkes gründet, nur aus der Einzigartigkeit ihres Herzens, ihres Wesens und dem Zeitempfinden ihrer Persönlichkeit. Kein Glaubensbekenntnis hätte helfen können, diese zweimalige Witwenschaft durch die Hand des Regimes, dieses Sohnesschicksal, diese vierzig Jahre des erzwungenen Schweigens und der Ächtung zu verstehen, geschweige denn zu vergeben und erst recht nicht zu überleben. Keine Anna Gorenko wäre fähig gewesen, das zu ertragen. Anna Achmatowa ertrug es, als hätte sie gewußt, was sie erwartete, als sie diesen Namen wählte.

In gewissen Phasen der Geschichte ist nur die Lyrik imstande, mit der Wirklichkeit adäquat umzugehen, indem sie sie zu etwas Faßlichem kondensiert, zu etwas, das anders vom Verstand nicht begriffen werden kann. In diesem Sinn nahm das ganze Volk den Namen Anna Achmatowa an – was ihre Beliebtheit erklärt und, was noch wichtiger war, ihr ermöglichte, für das Volk zu sprechen und ihm etwas zu sagen, was es nicht wußte. Im Grunde ihres Wesens war sie eine Dichterin der menschlichen Bindungen: der liebevoll gehegten, angespannten, zerrissenen. Sie zeigte diese Entwicklungen zuerst durch das Prisma des individuellen Gefühls, dann durch das Prisma des historischen Ablaufs, so wie er war. Das ist ungefähr das, was man an Optik überhaupt erreichen kann.

In den Brennpunkt gerückt wurden diese beiden Sehweisen durch Prosodie, die nichts anderes als ein Zeitspeicher innerhalb der Sprache ist. Daher übrigens auch ihre Fähigkeit zu vergeben – weil Vergebung keine vom Bekenntnis geforderte Tugend ist, sondern eine Eigenheit der Zeit in weltlichem wie metaphysischem Sinn. Deshalb auch werden Anna Achmatowas Verse, gedruckt oder nicht, überleben: wegen der Prosodie, wegen ihrer Beladenheit mit Zeit in beiderlei Sinn. Sie werden überleben, weil Sprache älter ist als der Staat und weil Prosodie die Geschichte immer überlebt. In der Tat bedarf sie der Geschichte kaum. Was sie braucht, sind Dichter, und genau das war Anna Achmatowa.

1982

Das Lied des Pendels

I

Konstantin Kavafis wurde 1863 in Alexandria, Ägypten, geboren und starb dort siebzig Jahre später an Kehlkopfkrebs. Die Ereignislosigkeit seines Lebens hätte den strengsten Vertreter des »New Criticism« zufriedengestellt. Kavafis war das neunte Kind einer wohlhabenden Kaufmannsfamilie, deren Vermögen nach dem Tode des Vaters rasch zusammenschmolz. Im Alter von neun Jahren ging der zukünftige Dichter nach England, wo »Kavafis & Sons« Niederlassungen besaßen, und ging im Alter von sechzehn Jahren nach Alexandria zurück. Er wurde in der griechisch-orthodoxen Religion unterwiesen. Vorübergehend besuchte er das Hermes-Lyzeum, eine Handelsschule in Alexandria, und einigen Quellen zufolge soll er sich dort mehr für klassische und historische Studien als für die Handelskunst interessiert haben. Aber dies könnte auch nur ein Klischee in der Biographie eines Dichters sein.

1882, als Kavafis neunzehn Jahre alt war, fand in Alexandria eine Erhebung gegen dort ansässige Europäer statt, die ein schlimmes Blutvergießen (gemessen an den Verhältnissen des vergangenen Jahrhunderts) zur Folge hatte, und die von den Briten mit einer Bombardierung der Stadt von See aus vergolten wurde. Da Kavafis und seine Mutter sich kurz zuvor nach Konstantinopel begeben hatten, verpaßte er seine Chance, Zeuge des vielleicht einzigen historischen Ereignisses zu sein, das zu seinen Lebzeiten in Alexandria stattfand. Die nächsten drei Jahre verbrachte er in Konstantinopel, Jahre, die seiner Entwicklung bedeutsam wurden. Denn in Konstantinopel riß das historische Tagebuch, das er mehrere Jahre hindurch geführt hatte, ab: bei einer Eintragung, die mit »Alexander« überschrieben war. Hier machte er angeblich auch seine erste homosexuelle Erfahrung. Im Alter von achtundzwanzig Jahren erhielt Kavafis seine erste Anstellung als Aushilfskraft im Amt für Wasserwirtschaft des Ministeriums für Öffentliche

Arbeiten. Diese provisorische Stellung sollte in eine ziemlich dauerhafte münden: für die nächsten dreißig Jahre blieb er ihr treu und verdiente sich gelegentlich ein Zubrot als Makler an der Börse von Alexandria.

Kavafis konnte Alt- und Neugriechisch, Lateinisch, Arabisch, Französisch; er las Dante auf italienisch, und er schrieb seine ersten Gedichte auf englisch. Wenn aber irgendwelche literarischen Einflüsse geltend zu machen wären – und Edmund Keeley nimmt in seinem Buch *Cavafy's Alexandria** Einflüsse der englischen Romantiker an –, dann müßte man sie auf die Phase poetischer Entwicklung bei Kavafis eingrenzen, die er selber aus dem »Kanon« seiner Arbeit, wie Keeley es definiert, aussonderte. Was in der späteren Phase Kavafis' Umgang mit den zu hellenistischen Zeiten Mimjamben genannten Figuren und seine Verwendung des Epitaphs angeht, spiegelt sein Eigenstes so sehr, daß Keeley recht daran tut, uns mit der Zumutung einer *Palatine Anthology* zu verschonen.

Die Ereignislosigkeit im Leben Kavafis' geht so weit, daß er nie ein Buch mit seinen Gedichten veröffentlichte. Er lebte in Alexandria, schrieb Gedichte (die er gelegentlich als *feuilles volantes*, Heftchen oder lose Blätter in streng limitierter Auflage drucken ließ), unterhielt sich in den Caféhäusern mit einheimischen oder durchreisenden Literaten, spielte Karten, setzte beim Pferderennen, suchte homosexuelle Bordelle auf und begab sich hin und wieder zum Gottesdienst.

Ich glaube, es gibt mindestens fünf Ausgaben der Kavafis-Gedichte auf Englisch. Die gelungensten Übertragungen sind die von Rae Dalven** und von Edmund Keeley und Philipp Sherrard***, deren Fassung in der gebundenen Ausgabe zweisprachig erschien. Da in der Welt des Übersetzens wenig oder gar keine Zusammenarbeit stattfindet, leisten die Übersetzer manchmal in Unkenntnis der Vorgänger doppelte Arbeit. Als Leser kann man aus solcher Verdopplung nur Nutzen ziehen, und als Dichter auf seine Weise auch. In diesem Fall trifft es

* Cambridge, Mass. Harvard University Press 1976.
** Harcourt, Brace, Jovanovich, New York 1968.
*** Princeton University Press, Princeton 1975.

wenigstens für den Dichter zu, obwohl zwischen den beiden Büchern im selbstgesteckten Ziel einer schnörkellosen Übertragung ein hohes Maß an Ähnlichkeit besteht. Gemessen an diesem Ziel sind die Übertragungen von Keeley und Sherrard den anderen gewiß überlegen. Es ist nur ein Glück, daß kaum die Hälfte des Werks von Kavafis gereimt ist, und das gilt überwiegend für die frühen Gedichte.

Jeder Dichter verliert in der Übersetzung, und Kavafis ist keine Ausnahme. Was ihn ausnimmt, ist, daß er dabei auch gewinnt. Er gewinnt nicht nur, weil er ein ziemlich didaktischer Dichter ist, sondern auch, weil er schon zwischen 1900 und 1910 damit anfängt, in seinen Gedichten ohne alle poetische Feuerwerkskunst – wie überladene Bilder, Vergleiche, metrisches Blendwerk und, wie schon gesagt, Reime – auszukommen. Das ist die Ökonomie der Reife, und Kavafis hält sich vorsätzlich an »arme« Mittel, an die Verwendung der Wörter in ihrem ursprünglichen Sinn als ein weiterer Schritt in Richtung Sparsamkeit. So nennt er Smaragde »grün« und beschreibt Körper als »jung und schön«. Diese Technik leitet sich aus Kavafis' Vorstellung ab, daß Sprache kein Instrument der Erkenntnis, sondern der Assimilierung ist, daß das menschliche Wesen naturgemäß bürgerlich ist und die Sprache zum gleichen Zweck wie Wohnen oder Kleiden benutzt. Dichtkunst scheint die einzige Waffe zu sein, die imstande ist, die Sprache mit rein sprachlichen Mitteln zu schlagen.

Kavafis' Einsatz »armer« Adjektive ruft den unerwarteten Effekt hervor, eine bestimmte geistige Tautologie zu setzen, die die Einbildungskraft des Lesers schwächt, während raffiniertere Bilder oder Vergleiche jene Einbildungskraft im Maße ihrer Vollkommenheit fesseln würden. Aus diesen Gründen ist eine Kavafis-Übersetzung der nächstliegende Schritt in die Richtung, die der Dichter selber einschlug, ein Schritt, den Kavafis gern vollzogen hätte.

Vielleicht war dies nicht einmal nötig: allein seine Handhabung der Metapher reichte ihm hin, innezuhalten am Punkt seiner Wahl oder sogar früher. Kavafis tat etwas sehr Einfaches. Zwei Elemente machen gewöhnlich eine Metapher aus: das Objekt der Beschreibung (der »Tenor« [das Gemeinte], wie I. A. Richards es nannte), und das Objekt, das dem ersten sich bildlich oder bloß grammatisch hinzugesellt (das »Vehikel« [das Bild]). Der Gehalt, der dem zweiten Teil gewöhnlich innewohnt, verschafft dem Schreibenden die Möglichkeit einer virtuell endlosen Entwicklung. Denn so funktioniert ein Gedicht. Was Kavafis fast gleich von Anfang seiner Laufbahn als Dichter an auszeichnet, ist, daß er umstandslos auf den zweiten Teil abhob und für den Rest seiner Laufbahn eigene Begriffe entwickelte und ausbaute, ohne die Absicht, je auf den ersten Teil zurückzukommen, den er für selbstverständlich hielt. Das »Vehikel« war Alexandria, der »Tenor« das Leben.

2

Cavafy's Alexandria trägt als Untertitel »Studie zu einem im Entstehen begriffenen Mythos«. Obwohl die Wendung vom »entstehenden Mythos« von Giorgos Seferis geprägt wurde, könnte ein Titel wie »Studie zu einer im Entstehen begriffenen Metapher« den gleichen Zweck erfüllen. Mythos ist wesentlich ein Attribut der vorhellenistischen Zeit, und das Wort »Mythos« scheint unglücklich gewählt, bedenkt man nur Kavafis' eigene Ansicht vom abgedroschenen Umgang mit griechischen Themen – Mythos und Heldenerhebung, nationalistischer Eifer, usw. –, wie ihn zahlreiche Literaten, Kavafis' Landsleute wie auch Ausländer pflegten.

Das Alexandria des Kavafis ist nicht gerade Yoknapatawpha County, noch ist es Tilbury Town oder Spoon River. Es ist zunächst einmal ein verkommener und desolater Ort im Stadium des Niedergangs, wenn ein unaufhaltsamer Verfall die echte Regung des Bedauerns lähmt. Die Eröffnung des Suez-Kanals 1869 trug sozusagen mehr dazu bei, Alexandrias Glanz zu trüben, als die römische Vorherrschaft, das Aufkommen des Christentums und die arabische Eroberung zusammen: die meisten Schiffstransporte, Alexandrias Haupteinnahmequelle, wurden nach Port Said umgeleitet. Doch Kavafis könnte dies als ein fernes Echo aus einer Zeit vernommen haben, die achtzehn Jahrhunderte früher die Flucht der letzten Schiffe Kleopatras auf gleichem Wege nach der verlorenen Schlacht von Aktium bezeugte.

Er nannte sich selbst einen historischen Dichter, und Keeleys Buch stellt infolgedessen eine Art archäologischen Unternehmens dar. Man sollte aber nicht vergessen, daß das Wort »Geschichte« gleichermaßen anwendbar ist auf die Bestrebungen der Nationen wie einzelner Menschen. In beiden Fällen besteht Geschichte aus Gedächtnis, Aufzeichnung und Interpretation. *Cavafy's Alexandria* ist eine Art weitreichender Archäologie, weil es Keeley um die Schichten einer imaginierten Stadt zu tun ist; im Bewußtsein, daß derlei Schichten leicht durcheinander zu werfen sind, verfährt er mit der größten Sorgfalt. Keeley unterscheidet eindeutig mindestens fünf Schichten: die eigentliche Stadt, die metaphorische Stadt, die sinnliche Stadt, das mythologische Alexandria und die Welt des Hellenismus. Am Ende erstellt er eine chronologisch-systematische Übersicht, die angibt, welcher Kategorie jedes Gedicht angehört. Dieses Buch bietet für das imaginierte Alexandria einen so wunderbaren Zugang wie E. M. Forsters Buch für die reale Stadt. (Forsters Buch war Kavafis gewidmet, und Forster war der erste, der Kavafis dem englischen Publikum vorstellte.)

Keeleys Funde sind ebenso hilfreich wie seine Methode; selbst wenn man mit einigen seiner Schlußfolgerungen nicht übereinstimmt, dann liegt es daran, daß Kavafis als Phänomen von Keeleys Funden nicht auszuloten ist. Das umfassende Geständnis beruht hingegen auf Keeleys hervorragender Leistung als Übersetzer des Werkes von Kavafis. Wenn Keeley in seinem Buch bestimmte Dinge nicht zur Sprache bringt, dann liegt es größtenteils daran, daß seine Übersetzung sie schon zur Sprache brachte.

Eine der Haupteigenschaften des historischen Schreibens und besonders der Geschichte des Altertums liegt unabweisbar in der stilistischen Doppeldeutigkeit, die entweder dem Überfluß an widersprüchlicher Evidenz oder nachdrücklich widersprüchlicher Einschätzung jener Evidenz geschuldet ist. Herodot und Thukydides zum Beispiel, von Tacitus ganz zu schweigen, hören sich passagenweise wie Autoren paradoxer Literatur späterer Tage an. Doppeldeutigkeit ist mit anderen Worten unabweisbar ein Nebenprodukt im Kampf um Objektivität, in den seit den Romantikern mehr oder weniger jeder ernstzunehmende Dichter verwickelt war. Wir wissen, daß Kavafis als Stilist sich bereits in diese Richtung bewegte; wir kennen auch seine Gefühlsbindung an die Geschichte.

Um die Jahrhundertwende hatte Kavafis sich jenen objektiven, doch eigenwillig doppeldeutigen, leidenschaftlichen Ton zugelegt, den er für die nächsten dreißig Jahre beibehalten sollte. Sein Sinn für die Geschichte, genauer gesagt: seine Lesegewohnheiten verfestigten sich und verliehen ihm eine Maske. Man ist, was man liest; und ein Dichter erst recht. In dieser Hinsicht ist Kavafis eine Bibliothek griechischer, römischer und byzantinischer Autoren (vor allem Psellos). Insbesondere ist er ein Kompendium von Dokumenten und Inschriften, die sich auf das griechisch-römische Zwischenspiel während der letzten drei Jahrhunderte v. Chr. und der ersten vier Jahrhunderte n. Chr. beziehen. Die neutralen Kadenzen der Zeit v. Chr. und das hochgradig formale Pathos der Zeit n. Chr. sind verantwortlich für die Entstehung des stilistischen Idioms bei Kavafis, diese Kreuzung zwischen Aufzeichnung und Abgesang. Dieser Typus seines Schreibens, sei er auf die »historischen Gedichte« bezogen oder auf eigentlich lyrische Themen, schafft einen eigenartigen Effekt, der seine Verzükkung und seine Entrückung vorm Wortschwall bewahrt und die beiläufigsten Äußerungen mit Verschwiegenheit unterlegt. Unter Kavafis' Feder werden sentimentale Klischees und Konventionen – ganz ähnlich wie seine »armen« Adjektive – zur Maske.

Es ist immer unangenehm, Grenzen zu setzen, geht man mit einem Dichter um, doch Keeleys Archäologie erfordert es. Keeley stellt uns den Kavafis vor, der als Dichter schon seinen Ton und sein Thema gefunden hat. Zu dem Zeitpunkt war Kavafis schon über vierzig Jahre alt und hatte seine Ansicht über viele Dinge festgelegt, besonders über die »eigentliche Stadt« Alexandria, in der zu bleiben er entschlossen war. Keeley findet sehr gute Gründe für die Schwierigkeit von Kavafis, diese Entscheidung zu treffen. Mit Ausnahme von sechs oder sieben zusammenhanglosen Gedichten taucht die »eigentliche« Stadt im Kanon von Kavafis' 220 Gedichten nicht auf. Was zuerst an den Tag tritt, ist die »metaphorische« und die mythische Stadt. Das spricht nur für Keeleys Argument, denn utopisches Denken, auch wenn es sich wie in Kavafis' Fall an der Vergangenheit ausrichtet, kann gewöhnlich nicht vom unerträglichen Charakter der Gegenwart absehen. Je verkommener und desolater der Ort ist, desto stärker wird das Verlangen, ihn zu beleben. Was gegen die Behauptung spricht, es sei etwas äußerst Griechisches bei Kavafis' Entscheidung, in Alexandria zu bleiben, ausschlaggebend gewesen (als ob er entschieden hätte, sich mit dem Fatum abzufinden, das ihn dort festhielt, als ob er entschieden hätte, sich mit *Parkos* abzufinden), ist Kavafis' eigenes Unbehagen am Mythologisieren; vielleicht spielt auch eine Rolle, daß man sich als Leser inne wird: jede Wahl ist wesentlich eine Flucht vor der Freiheit.

Eine andere mögliche Erklärung für Kavafis' Entscheidung zu bleiben ist, daß er sich selbst nicht genug mochte, um zu glauben, er habe es besser verdient. Aus welchem Grund auch immer, sein imaginiertes Alexandria existiert ebenso lebhaft wie die eigentliche Stadt. Kunst ist eine Ersatzform von Existenz, wobei die Betonung dieser Behauptung auf dem Wort »Existenz« liegt, denn der schöpferische Prozeß ist weder eine Flucht vor der Realität, noch deren Sublimation. Auf keinen Fall war Kavafis ein Verdränger, wie seine Behandlung der gesamten sinnlichen Stadt in seinem Werk beweist.

Er war homosexuell, und seine freizügige Behandlung dieses Themas war nicht nur gemessen am Standard seiner Zeit fortgeschritten, wie Keeley nahelegt, sondern ebenso vom Standpunkt der Gegenwart aus. Bringt man sein Denken mit Haltungen in Verbindung, die traditionellerweise im östlichen Mittelmeerraum zu finden sind, hilft das zur Erklärung herzlich wenig; der Unterschied zwischen der hellenischen Welt und der zur Zeit des Dichters herrschenden Zeit war zu groß. Wenn das moralische Klima der damaligen Stadt Techniken der Tarnung nahelegte, hätten Erinnerungen an die gute alte ptolemäische Zeit ein Stück prahlerischer Übertreibung erfordert. Keine dieser Strategien war für Kavafis annehmbar, denn er war in erster Linie ein Dichter der Kontemplation, und beide Haltungen sind mehr oder weniger nicht mit dem wahren Gefühl für die Liebe in Einklang zu bringen.

Neunzig Prozent der besten lyrischen Dichtung ist *post coitum* geschrieben, wie auch die von Kavafis. Gleich welches Thema seine Gedichte hatten, sie wurde allemal aus der Rückschau verfaßt. Homosexualität an sich schärft die Selbstanalyse mehr als Heterosexualität. Ich glaube, die homosexuelle Vorstellung von der Sünde ist sehr viel ausgefeilter als die hetorosexuelle Vorstellung: die Heterosexuellen verfügen wenigstens über den Ausweg sofortiger Errettung mittels Heirat oder sonstiger Formen gesellschaftlich abgesegneter Konstanz. Die homosexuelle Psychologie ist wie die Psychologie jedweder Minderheit entschieden geprägt von Nuancen und Zweideutigkeit: sie dreht sich um ihre eigene Verwundbarkeit, indem sie noch einen geistigen Überschlag vollführt, der das Zuschlagen erst recht ermöglicht. In gewisser Weise ist die Homosexualität eine Form des sinnlichen Maximalismus, der sowohl die rationalen wie auch die emotionalen Fähigkeiten eines Menschen so vollständig absorbiert und verbraucht, daß schließlich T. S. Eliots alter Freund, der »erfühlte Gedanke«, auftaucht. Der homosexuelle Begriff vom Leben verfügt alles in allem vermutlich über mehr Facetten als der Begriff des heterosexuellen Gegenspielers. Ein solcher Begriff gibt einem theoretisch gesehen das ideale Motiv in die Hand, Gedichte zu schreiben, obwohl dieses Motiv im Falle von Kavafis nichts weiter als ein Vortext ist.

Was die Kunst ausmacht, ist natürlich nicht die sexuelle Zuschreibung, sondern: was man daraus macht. Nur ein oberflächlicher oder voreingenommener Kritiker würde Kavafis' Gedichte schlicht als »homosexuell« bezeichnen oder sie bloß als Beispiele seiner »hedonistischen Vorliebe« bewerten. Kavafis' Liebesgedichte wurden im gleichen Geist wie seine historischen Gedichte verfaßt. Aufgrund seines retrospektiv ausgerichteten Wesens könnte man sogar annehmen, daß die »Vergnügungen« – eines der von Kavafis meistverwandten Wörter, um die sexuellen Begegnungen zu bezeichnen, derer er sich entsinnt – ebenso »armselig« waren wie etwa das eigentliche Alexandria in Keeleys Beschreibung ein armseliges Überbleibsel grandioser Tage war. Vielmehr ist der Protagonist dieser lyrischen Gedichte ein solitärer Mensch, in die Jahre gekommen, der sein eigenes Gesicht verachtet, das ihm durch eben jene Zeit abhanden kam, die so viele andere Dinge entstellte, die seine Existenz ausmachten.

Das einzige Instrument, über das ein menschliches Wesen verfügt, um die Zeit in den Griff zu kriegen, ist das Gedächtnis; und sein einzigartiges sinnliches Gedächtnis für die Geschichte bewirkt, daß Kavafis so herausragt. Das Kräftespiel der Liebe baut eine Art Brücke zwischen dem Sinnlichen und dem Geistigen und geht manchmal bis zur Vergöttlichung. Die Vorstellung, wir hätten ein Leben nach dem Tode, spielt nicht nur in unsere Paarungen, sondern auch in unsere Trennungen hinein. Es mag paradox anmuten, aber Kavafis' Gedichte sind, im Maße wie sie jene hellenische »Spielart der Liebe« behandeln und konventionelles Grübeln und Sehnen *en passant* berühren, Versuche – oder vielmehr eingestandene Fehlschläge –, die einst geliebten Schatten erstehen zu lassen. Auch als Photographien.

Die Literatur über Kavafis neigt dazu, seine Perspektive ihrer Optik zu unterwerfen, und seine Hoffnungslosigkeit mit Abstand, seine Absurdität mit Ironie zu verwechseln. Kavafis' Liebesdichtung ist nicht »tragisch«, sondern furchterregend, denn während die Tragödie es mit dem *fait accompli* zu tun hat, ist Terror das Produkt der Einbildung (gleichgültig, ob diese sich auf die Zukunft oder die Vergangenheit bezieht). Sein Sinn für Verlust ist viel geschärfter als sein Sinn für Gewinn, schon deshalb, weil Trennung eine länger anhaltende Erfahrung als das Beisammensein ist. Es sieht fast so aus, als ob Kavafis auf dem Papier sinnlicher war als in Wirklichkeit, in der allein Schuld und Hemmungen starke Einschränkungen bewirken. Gedichte wie »Bevor die Zeit sie wandelt« oder »Verborgene Dinge« stellen eine vollständige Umkehrung von Susan Sontags Formel dar: »Das Leben ist ein Film; der Tod ist ein Photograph.« Mit anderen Worten, Kavafis' hedonistische Vorliebe, wenn es denn eine ist, klingt an sich schon voreingenommen durch seinen historischen Sinn, denn Geschichte heißt unter anderem, daß sie nicht rückgängig zu machen ist. Noch anders gesagt: Wiesen Kavafis' historische Gedichte keine Tendenz zum Hedonismus auf, wären sie ins bloß Anekdotische abgeglitten.

Eines der besten Beispiele, das zeigt, wie diese duale Technik funktioniert, ist das Gedicht über Kaisarion, den fünfzehnjährigen Sohn der Kleopatra, nominell der letzte König der ptolemäischen Nachfolge, der auf Befehl des Kaisers Oktavian von den Römern im »eroberten Alexandria« hingerichtet wurde. Kaum war der Erzähler eines Abends in einem Geschichtsbuch auf den Namen Kaisarion gestoßen, ergeht er sich in Phantasien über diesen Jungen und »modelliert ihn sich frei« in seinem Geist zurecht, »so vollständig«, daß wir gegen Ende des Gedichtes, wenn Kaisarion umgebracht wird, die Hinrichtung fast als Vergewaltigung erleben. Dann erhalten die Wörter »erobertes Alexandria« eine eigene Dimension: die quälende Anerkennung eines persönlichen Verlustes.

Weniger die Kombination als die Gleichung von Sinnlichkeit und Geschichte ließ Kavafis seinen Lesern (und sich selbst) die klassische griechische Geschichte [*story*] von Eros als dem Herrscher der Welt erzählen. Im Munde von Kavafis klingt sie überzeugend, und dies um so stärker, je mehr seine historischen Gedichte mit dem Untergang der hellenischen Welt befaßt sind, einer Situation, die er als Individuum in Form von Miniaturen oder Spiegeln reflektierte. Als sei er nicht in der Lage, seine Miniaturen genau zu handhaben, stellt uns Kavafis Modelle im großen Maßstab von Alexandria und der benachbarten hellenistischen Welt vor Augen. Es ist ein Fresco, und wenn es fragmentarisch scheint, dann zum Teil deshalb, weil es einen Urheber reflektiert, zum größeren Teil aber, weil die hellenistische Welt an ihrem Tiefpunkt sowohl politisch als auch kulturell zerfiel. Mit dem Tode Alexander des Großen begann das Reich abzubröckeln, und Kriege, Scharmützel und Reibereien rissen es weiter auseinander, so wie Widersprüche einem die Vorstellungen, die man im Kopf nährt, zerreißen. Die einzige Kraft, die noch die gescheckten kosmopolitischen Teile des Reiches zusammenhielt, war die *Magna Lingua Grecae* – dasselbe konnte Kavafis von seinem Leben behaupten. Vielleicht hören wir die Stimme in Kavafis' Dichtung dann am ungehemmtesten sprechen, wenn sie im Ton der erhöhten und gespannten Faszination die Schönheiten des hellenistischen Alltags aufzählt – Hedonismus, Kunst, Philosophie der Sophisten und »besonders unsere große griechische Sprache«.

3

Es war nicht die römische Eroberung, die mit der hellenistischen Welt Schluß machte: es war der Tag, an dem Rom sich dem Christentum anheimgab. Die Wechselbezüge zwischen heidnischer und christlicher Welt in Kavafis' Dichtung ist das einzige seiner Themen, das in Keeleys Buch nicht ausreichend behandelt wird. Man sieht schnell ein, warum, denn dieses Thema verdient sein eigenes Buch. Kavafis auf einen Homosexuellen zu reduzieren, der gegen das Christentum ein Unbehagen hegte, wäre einfach. Was das angeht: im Heidentum fühlte er sich nicht wohler. Er war hellsichtig genug zu erkennen, daß in seinen Adern eine Mischung aus beidem floß, daß ihm diese Mischung angeboren war. Fühlte er sich der Spannung ausgesetzt, war das weder dem einen Bestandteil noch dem anderen geschuldet, sondern beiden zugleich: gespaltene Loyalität kam bei ihm nicht in Frage. Wenigstens äußerlich war er Christ; er trug stets ein Kreuz, ging am Karfreitag zur Kirche und empfing die letzte Ölung. Vielleicht war er sogar ein überzeugter Christ: seine schärfsten Ironien galten einem der Hauptübel der Christenheit – frommer Intoleranz. Doch was für uns als Leser zählt, ist natürlich nicht Kavafis' kirchliche Bindung, sondern wie er die Mischung zweier Religionen handhabte – und die Art von Kavafis war weder als christlich noch als heidnisch auszumachen.

Gegen Ende der vorchristlichen Ära (obwohl die Leute, warnt man sie nun vor dem kommenden Messias oder dem drohenden Holocaust, ihre Zeit nicht rückwärts rechnen) war Alexandria ein Marktplatz der Glaubensbekenntnisse und Ideologien wie Judentum, lokale koptische Kulte, Neoplatonismus und, selbstredend, das gerade aufkommende Christentum. Um Polytheismus und Monotheismus gab es vertraute Auseinandersetzungen in dieser Stadt, die Sitz der ersten richtigen Akademie in der Geschichte unserer Zivilisation war – das Museion. Spielen wir einen Glauben gegen den anderen aus, lösen wir sie sicher aus ihrem Kontext, und genau auf den Kontext kam es den Bewohnern von Alexandria an, bis auf jenen Tag, an dem man ihnen nahelegte, es käme auf eine Entscheidung für den einen oder den anderen

Glauben an. Das gefiel weder ihnen noch Kavafis. Benutzt Kavafis die Wörter »Heidentum« und »Christentum«, müssen wir gewärtig sein, was ihm geläufig war: daß die Wörter Annäherungen, Konventionen, gemeinsame Nenner sind, und daß die Zivilisation sich an den kleinsten gemeinsamen Nenner hält.

In seinen historischen Gedichten verwendet Kavafis das, was Keeley »gewöhnliche« Metaphern nennt, d.h. Metaphern, die auf politischem Symbolismus beruhen (wie in den Gedichten »Dareios« und »Die Barbaren erwartend«); und dies ist ein weiterer Grund, warum Kavafis in der Übersetzung beinahe besser wird. Die Politik ist nämlich eine Art Meta-Sprache, eine geistige Uniform, und im Gegensatz zu den meisten modernen Dichtern gelingt es Kavafis sehr gut, die Uniformknöpfe zu öffnen. Der »Kanon« enthält sieben Gedichte über Julian Apostata – ziemlich viele, bedenkt man die Kürze (drei Jahre), die Julian als Kaiser herrschte. Es muß schon seinen Grund für Kavafis' Interesse an Julian haben, und Keeleys Interpretation greift da zu kurz. Julian wurde im christlichen Glauben erzogen, doch als er den Thron bestieg, wollte er das Heidentum als Staatsreligion wieder einführen. Gleichwohl die Idee einer Staatsreligion an sich die christliche Seite an Julian betont, ging er die Sache auf ganz andere Weise an: weder verfolgte er die Christen, noch unternahm er Bekehrungsversuche an ihnen. Er entzog bloß dem Christentum den Rückhalt im Staat und sandte seine Weisen aus, die mit den christlichen Priestern sich öffentliche Dispute lieferten.

In diesem verbalen Trainingsboxen verloren die Priester oft den Kampf, teils wegen dogmatischer Widersprüche innerhalb der Auslegung zu jener Zeit, und teils, weil die Priester auf eine Debatte gewöhnlich schlechter vorbereitet waren als ihre Gegner, denn sie hielten schlicht ihre christliche Lehre für die überlegene. Jedenfalls erwies Julian sich als tolerant dem gegenüber, was er »Galiläertum« nannte, dessen Dreieinigkeit er als ein rückständiges Gemisch aus griechischem Polytheismus und jüdischem Monotheismus hielt. Das einzige, was man in Julians Handeln als einen Akt der Verfolgung erachten könnte, war die Rückgabe bestimmter Tempel an die Heiden, die Christen unter der Herrschaft von Julians Vorgängern beschlagnahmt hatten, und das Verbot christlicher Proselytenmacherei in den Schulen. »Wer die Götter mißachtet, sollte nicht die Jugend lehren und die Werke des Homer, Hesiod, Demosthenes, Thukydides und Herodot auslegen, die jene Götter ehrten. Sollen sie in ihren eigenen, galiläischen Kirchen Matthäus und Lukas auslegen.«

Da die Christen noch über keine eigene Literatur verfügten, und im ganzen gesehen Julians Argumenten nicht viel entgegenzusetzen hatten, warfen sie ihm gerade seine Toleranz vor, die er ihnen zukommen ließ, und schimpften ihn einen Herodes, eine fleischfressende Vogelscheuche, einen Erzlügner, der mit teuflischer Tücke seine Verfolgung heimlich aufnimmt und so die im Geiste Armen täuscht. Was immer Julian wirklich erreichen wollte – Kavafis war offensichtlich daran interessiert, wie dieser römische Kaiser mit dem Problem zurecht kam. Es scheint, daß Kavafis Julian als einen Mann erachtete, der sich zwei metaphysische Möglichkeiten offen lassen wollte, indem er einer Wahl aus dem Weg ging, ja, jene Möglichkeiten miteinander so verband, daß es zu ihrem Besten geschah. Gewiß ist das eine rationale Haltung, die da in geistigen Auseinandersetzungen zutagetritt, aber schließlich war Julian Politiker. Sein Versuch war heldenhaft, berücksichtigt man die Problemstellung wie auch ihre mögliche Lösung. Um den Preis, sich dem Vorwurf der Idealisierung auszusetzen, könnte man in Julian eine große Seele sehen, die von der Erkenntnis geschlagen war, daß weder das Heidentum noch das Christentum an sich ausreichen, und nimmt man jedes für sich, keines von beiden die geistige Fähigkeit des Menschen ganz erfüllen kann. Immer bleiben quälende Reste, immer bleibt das Bewußtsein eines bestimmten Unausgefülltseins, das im besten Fall ein Bewußtsein für die Sünde schafft. Tatsache ist, daß die geistige Unruhe des Menschen von keiner Seite zufriedengestellt wird, und von keiner Doktrin läßt sich behaupten, ohne daß man sich Verdammung zuzieht, sie verbände beides, ausgenommen vielleicht der Stoizismus oder der Existentialismus (den man für eine durchs Christentum geförderte Form des Stoizismus halten könnte).

Ein sinnlicher und das heißt: auch geistiger Extremist kann sich mit dieser Lösung nicht zufriedengeben, aber er kann sich in sie einfinden. Worauf es bei jeder Resignation ankommt, ist aber weniger, *wohin* man sich zurückzieht, sondern *wovon*. Es erweitert die Sicht auf Kavafis' Dichtung, wird man gewahr, daß er zwischen Heidentum und Christentum nicht wählte, sondern zwischen ihnen wie ein Pendel hin- und herschwang. Früher oder später lernt das Pendel die Grenzen kennen, die seine Einfassung ihm setzt. Außerstande über die Wände hinauszuschwingen, vermag das Pendel jedoch, kurze Blicke auf das Außenreich zu werfen und einzusehen, daß sein Dasein Dienen ist, und daß die ihm auferlegten Schwingrichtungen vorherbestimmt sind, daß sie von der Zeit regiert werden: wenn nicht vom Vergehen, dann vom Fortschreiten.

So erklärt sich der nachhaltige Beiklang von Ennui, der Kavafis' Stimme in ihrem hedonistisch-stoischen Tremolo so bestürzend klingen läßt. Sie klingt noch bestürzender, wird man gewahr, daß man auf der Seite dieses Mannes steht, man seine Situation erkennt und sei es auch nur in einem Gedicht, das von der Assimilierung eines Heiden an fromme christliche Lehre handelt. Ich denke dabei an das Gedicht »Sollte er gestorben sein« über Apollonius von Tyana, den heidnischen Propheten, der nur dreißig Jahre nach Christus lebte, für Wunder und Heilungen bekannt war und kein Zeugnis seines Todes hinterließ. Im Gegensatz zu Christus konnte er schreiben.

1975

Führung durch eine umbenannte Stadt

Die Welt in Gestalt von Bildern besitzen heißt nichts anderes, als die Wirklichkeit und Ferne des Realen aufs neue erfahren.
Susan Sontag: *Über Fotografie.*

Vor dem Finnischen Bahnhof, einem der fünf Bahnhöfe, durch die der Reisende in diese Stadt gelangen oder sie verlassen kann, steht unmittelbar am Newa-Ufer das Denkmal des Mannes, dessen Namen die Stadt heute trägt. Eigentlich hat jeder der Bahnhöfe ein ähnliches Monument, entweder davor in voller Lebensgröße oder drinnen als ein massives Brustbild. Doch das Denkmal vor dem Finnischen Bahnhof ist einmalig. Und das liegt nicht an dem Standbild als solchem, denn Genosse Lenin ist auf die übliche Weise dargestellt, mit ausgestrecktem Arm, als wende er sich an die Massen, nein, es liegt an dem Sockel: Deklamierend steht Genosse Lenin nämlich auf einem Panzerwagen. Gestaltet ist das alles im Stil des frühen Konstruktivismus, der im Westen heute so populär ist, und insgesamt hat schon die Idee, einen Panzerwagen aus Stein herauszuhauen, den Beigeschmack einer gewissen Akzeleration, so, als sei das Standbild seiner Zeit ein wenig voraus. Soviel ich weiß, gibt es auf der Welt kein zweites Denkmal eines Mannes auf einem Panzerwagen. Also, wenigstens in dieser Beziehung haben wir es mit dem Symbol einer neuen Welt zu tun. Die alte Welt wurde gewöhnlich von Männern auf Pferden repräsentiert.

In voller Übereinstimmung mit dieser Tatsache steht etwa drei Kilometer flußabwärts, am gegenüberliegenden Ufer, das Denkmal des Mannes, dessen Namen diese Stadt vom ersten Tag ihrer Gründung an getragen hatte: Peters des Großen. Die Reglosigkeit dieses Monuments, das weltweit als »Eherner Reiter« bekannt ist, mag sich teilweise aus der Unentwegtheit erklären, mit der es photographiert wird. Es ist ein beeindrukkendes Monument, an die sechs Meter hoch, das beste Werk von Etienne Maurice Falconet, der der Auftraggeberin, Katharina der Großen, von Diderot und Voltaire empfohlen worden war. Auf einem riesigen Granitfelsen, der von der Karelischen Landenge hierhergeschleppt wurde, ragt Peter der Große empor, mit der linken Hand das Pferd, Symbol für Rußland, zügelnd, den rechten Arm gen Norden ausgestreckt.

Dieweil diese beiden Männer für die Namensgebung der Stadt im gleichen Maße verantwortlich sind, ist die Verlokkung groß, nicht nur die beiden Denkmäler, sondern auch ihre unmittelbare Umgebung miteinander zu vergleichen. Links von dem Mann auf dem Panzerwagen liegen der pseudoklassizistische Bau des Stadtbezirkskomitees der Partei und das weithin nicht unbekannte »Kresty« – das größte Untersuchungsgefängnis Rußlands. Rechts – die Artillerie-Akademie und, schaut man in die Richtung, in die sein ausgestreckter Arm weist, das höchste Gebäude, das nach der Revolution auf dem linken Newa-Ufer errichtet worden ist: die Leningrader Verwaltung des KGB. Was den »Ehernen Reiter« betrifft, so hat auch er rechterhand ein militärisches Gebäude – die Admiralität, links freilich – den Senat, heute das Staatliche Geschichtsarchiv, mit dem ausgestreckten Arm aber weist er über den Fluß hinweg auf die Universität, die er gebaut und in der der Mann auf dem Panzerwagen in späteren Zeiten einiges an Bildung mitbekommen hat.

So existiert die zweihunderteinundachtzigjährige Stadt also unter zwei Namen – als eine »geborene« und eine »alias« –, und ihre Einwohner ziehen es vor, sich weder des einen noch des anderen Namen zu bedienen. In Dokumenten und auf postalischen Sendungen schreiben sie natürlich »Leningrad«, im gewöhnlichen Gespräch sagen sie jedoch eher »Piter«. Und dabei geht es nicht so sehr um Politik als vielmehr darum, daß »Leningrad« und »Petersburg« nicht allzu bequem auszusprechen sind; auch sind Menschen immer geneigt, den von ihnen bewohnten Orten einen Spitznamen zu geben und damit im Grunde eine gewisse Phase ihres Bewohntseins zu signalisieren. In diesem Sinne ist »Lenin« nicht recht zu gebrauchen, allein schon, weil es ein Familienname (obendrein ein ausgedachter) ist. »Piter« aber klingt sehr natürlich. Erstens nennt man die Stadt schon seit zweihundert Jahren so. Auch ist der Geist Peters des Großen hier immer noch viel spürbarer als die Kleingeisterei späterer Epochen. Abgesehen von allem anderen aber klingt »Piter« – weil doch der eigentliche russische Name des Imperators »Pjotr« ist – ein wenig ausländisch, was auch entschieden dem ausländischen, fremdartigen Flair der hiesigen Atmosphäre entspricht: den Gebäuden von europäischem Aussehen, vielleicht auch dem Standort: im Delta eines nördlichen Flusses, der ins offene feindliche Meer fließt. Mit anderen Worten: am Ausgang und Ende der so sehr vertrauten Welt.

Rußland ist ein extrem kontinentales Land, sein Gebiet erstreckt sich über ein Sechstel der Erdoberfläche. Die Idee, eine Stadt am äußersten Rand der Erde zu errichten und sie dann zur Metropole des Reichs zu erklären, wurde von den Zeitgenossen Peters des Ersten zumindest als unglücklich erachtet. Die urige, warme, bis zur völligen Ablehnung aller Fremdelemente traditionsgebundene, klaustrophobisch verinnerlichte russische Welt erzitterte fröstelnd in dem durchdringend kalten baltischen Wind. Peters Reformen stießen auf ungeheuren Widerstand vor allem deshalb, weil das Gebiet um das Newa-Delta tatsächlich schlecht war. Es war reich an Brücken und Sümpfen, und man mußte den Boden befestigen, ehe man dort bauen konnte. Wälder gab es rundum genug, nicht aber Freiwillige, um sie zu fällen, erst recht nicht, um Pfähle in die Erde zu rammen.

Doch Peter der Erste hatte die Vision einer Stadt – und mehr als einer Stadt: die Vision Rußlands mit einem der Welt zugewandten Gesicht. Der Welt – das hieß zu jener Zeit: dem Westen; nach den Worten eines italienischen Schriftstellers, der damals Rußland besucht hatte, sollte die Stadt zu einem Fenster nach Europa werden. Das heißt, praktisch brauchte Peter ein Tor, obendrein ein weit geöffnetes. Im Gegensatz zu seinen Vorgängern und Nachfolgern auf dem russischen Thron litt dieser zwei Meter große Monarch nicht an der traditionellen russischen Krankheit – dem Minderwertigkeitskomplex in bezug auf Europa. Er wollte nicht etwa Europa nachahmen, er wollte, daß Rußland zu Europa werde, so wie er selbst, und sei es auch nur teilweise, Europäer war. Viele seiner persönlichen Freunde und Gefährten, wie auch viele seiner grundsätzlichen Feinde, gegen die er ankämpfte, waren Europäer, mehr als ein Jahr verbrachte er arbeitend, reisend oder einfach dahinlebend in Europa; er ist auch später einige Male dorthin gereist. Der Westen war für ihn keine terra incognita. Ein Mann von nüchternem Verstand, wenn auch zu erschreckenden Trunkexzessen neigend, betrachtete er jedes Land, das er betrat (sein eigenes nicht ausgeschlossen), lediglich als eine Fortsetzung des Raumes. In gewisser Weise war Geographie für ihn realer als Geschichte, und die von ihm bevorzugten Himmelsrichtungen waren der Norden und der Westen.

Alles in allem war er in die Weite verliebt, insbesondere in die des Meeres. Er wollte, daß Rußland eine Flotte besitze, und mit eigenen Händen hat dieser »Zar-Zimmermann«, wie er von Zeitgenossen genannt wurde, das erste Schiff gebaut (heute im Kriegsmarine-Museum zu besichtigen), wobei er sich der bei seiner Arbeit auf holländischen und englischen Werften erworbenen Kenntnisse bediente. Seine Vision war also durchaus konkret. Er wollte, daß die Stadt zum Hafen der russischen Flottillen würde, zur Festung gegenüber den Schweden, die seit Jahrhunderten diese Ufer heimsuchten, zur nördlichen Feste des Reiches. Gleichzeitig sah er die Stadt als das geistige Zentrum des neuen Rußlands: als einen Born der Vernunft, der Wissenschaften, der Bildung, der Kenntnisse. Der Verwirklichung dieser Version galt all seine bewußte Tätigkeit; das war etwas anderes als die Restbestände militärischer Ansprüche in den folgenden Epochen.

Wenn ein Seher gleichzeitig Herrscher ist, handelt er unbarmherzig. Wollte man die Methode, derer sich Peter I. bei der Verwirklichung seines Projekts bediente, »Nötigung« nennen, wäre das reichlich milde ausgedrückt. Er belegte mit Steuern alles und jedes, um seine Untertanen zu zwingen, sich das neue Land zu erobern. Unter Peter hatte ein Untertan der russischen Krone eine recht beschränkte Wahl: die Einberufung zur Armee oder den Abtransport zur Errichtung von Sankt Petersburg, wobei schwer zu sagen ist, was tödlicher war. Zehntausende starben namenlos in den Sümpfen des Newa-Deltas, deren Inseln sich kaum eines besseren Rufs erfreuten als der heutige GULag. Mit dem Unterschied höchstens, daß man im 18. Jahrhundert wenigstens gewußt hat, was man baut, und die Chance hatte, die letzte Ölung zu bekommen und ein hölzerndes Kreuz auf dem Grab.

Wahrscheinlich hatte Peter keine andere Möglichkeit, seinen Plan zu verwirklichen. Vor seiner Regierungszeit kannte Rußland keine Zentralisation außer in Kriegszeiten, niemals trat es als Einheit auf. Die durchgehende Unterwerfung, die der Eherne Reiter anstrebte, hat den russischen Totalitarismus gezeugt, dessen Früchte kaum besser schmecken als dessen Samen. Die Masse forderte Massenentscheidungen, und weder Kraft seiner Bildung noch Kraft der russischen Geschichte als solcher war Peter zu etwas anderem imstande. Mit Menschen verfuhr er ebenso wie mit dem Land für seine künftige Hauptstadt. Zimmermann und Navigator, gebrauchte dieser Herrscher beim Planen seiner Stadt ein einziges Instrument: das Lineal. Die Weite um ihn dehnte sich absolut eben aus, horizontal, und er hatte Grund genug, diese Weite wie eine Karte zu handhaben, auf der gerade Linien am praktikabelsten sind. Und wenn in dieser Stadt sich gelegentlich auch etwas krümmt, so nicht deshalb, weil es so geplant, sondern weil er ein flüchtiger Zeichner war – sein Finger glitt zuweilen vom Lineal ab, und die Linie krümmte sich unter dem Fingernagel. Genau wie die verängstigten Untertanen.

Diese Stadt steht wirklich ebenso auf den Knochen ihrer Erbauer wie auf den von ihnen in den Boden getriebenen Pfählen. In gewissem Sinne trifft dieses auf jeden beliebigen Ort in der Alten Welt zu, doch gewöhnlich vertuscht die Geschichte die unangenehmen Erinnerungen. Für eine verfeinernde Mythologie ist Petersburg zu jung, und jedes Mal, wenn hier eine natürliche oder eine vorbedachte Katastrophe eintritt, könnt ihr in der Menge ein gleichsam ausgehungertes, altersloses Gesicht mit tiefsitzenden weißlichen Augen ausmachen und eine Stimme hören, die flüstert: »Es ist euch ja gesagt worden – dieser Ort ist verflucht!« Ihr zuckt zusammen, doch einen Augenblick darauf, wenn ihr versucht, den Sprechenden genauer ins Auge zu fassen, ist er spurlos verschwunden. Vergebens späht ihr in die langsam umhertrottende Menge, auf den vorüberkriechenden Verkehr. Ihr werdet nichts sehen – nur gleichgültige Fußgänger und durch das schräge Gespinst des Regens die majestätischen Umrisse der herrlichen kaiserlichen Gebäude. Die Geometrie der architektonischen Perspektiven in dieser Stadt prädestiniert hervorragend für unwiederbringliche Verluste.

Insgesamt jedoch hat das ortsgebundene Gefühl für die Natur seine Logik; irgendwann einmal wird sie wiederkehren, um ihr Eigentum, das sie einst unter dem Ansturm des Menschen preisgab, zurückzugewinnen. Es ist nicht so sehr die Folge einer nicht gar so langen Geschichte stadtverheerender Überschwemmungen als vielmehr die körperlich spürbare Nähe des Meeres. Obwohl es so gut wie nie zu Schlimmerem kommt als zu den Versuchen der Newa, sich ihrer Zwangsjacke aus Granit sprungartig zu entledigen, läßt allein schon der Anblick der auf die Stadt zurollenden bleigrauen baltischen Wolken die Bewohner vor banger Spannung vergehen – obgleich an Spannung auch sonst kein Mangel herrscht. Manchmal, besonders im Spätherbst, dauert ein solches Wetter mit Windböen, peitschendem Regen und einer Newa, die die Gehsteige übersprudelt, einige Wochen lang. Auch wenn sich in Wirklichkeit dadurch gar nichts ändert, zwingt allein schon der Zeitfaktor einem den Gedanken auf, es werde zusehends schlimmer.

In solchen Tagen kommt einem in den Sinn, daß die Stadt nicht durch Deiche geschützt und daß man dicht von der fünften Kolonne der Kanäle und Fleete umzingelt ist, daß man praktisch auf einer Insel lebt, auf einer von hundert, auf einer von denen, die du im Kino – oder war es im Traum? – gesehen hast als jene gigantische Welle ... und so weiter, und so weiter; und du schaltest das Radio ein, um den Wetterbericht zu hören. Der klingt gewöhnlich munter und optimistisch. Doch der Hauptgrund für dieses Gefühl – das ist das Meer selbst. So seltsam es bei all der maritimen Macht, über die Rußland heute verfügt, auch sein mag: Die Idee des Ozeans ist der Mehrheit der Bevölkerung immer noch fremd. Sowohl die Folklore als auch die offizielle Propaganda behandeln dieses Thema in einer nebulosen, wenn auch positiven, romantischen Art. Der Normalbürger assoziiert den Begriff Meer in erster Linie mit dem Schwarzen Meer – mit Süden,

Urlaub, Badeort, vielleicht auch Palmen. In Liedern und Gedichten wird es am häufigsten mit den Beiwörtern »weit«, »blau«, »wunderbar« belegt. Gelegentlich entdeckt man das Adjektiv »grollend«, aber irgendwie ergänzt es ganz gut die anderen. Der Begriff der Freiheit, einer offenen Weite, des Drangs, auf alles zu pfeifen, alles hinter sich zu lassen – all diese Vorstellungen sind zutiefst verdrängt und tauchen folglich in der negativen Form als Angst vor dem Wasser, Angst vor dem Ertrinken auf. Allein schon deshalb ist die Stadt an der Newa eine Herausforderung an die nationale Psyche und verdient den Beinamen »Ausländerin ihres Vaterlandes«, den Gogol ihr gegeben hat. Und wenn schon keine Ausländerin, dann zumindest ein Matrose. In gewisser Weise hat Peter der Erste erreicht, was er wollte: Die Stadt ist ein Hafen geworden, und nicht nur im direkten, physikalischen Sinne: im metaphysischen auch. Es gibt keinen zweiten Ort in Rußland, wo die Imagination sich mit solcher Leichtigkeit von der Realität loslöst: Die russische Literatur begann mit dem Entstehen Petersburgs.

Es mag vielleicht stimmen, daß Peter ein neues Amsterdam geplant hatte, doch das, was dabei entstanden ist, hat mit der holländischen Stadt nicht mehr gemein als deren ehemalige Namensschwester am Ufer des Hudson. Freilich – das, was in der letztgenannten in die Höhe wuchs, floß bei der ersten horizontal in die Breite, jedoch mit der gleichen Wucht. Denn allein schon die Breite des Flusses verlangt andere architektonische Maßstäbe.

In den Epochen nach Peter baute man nicht einzelne Gebäude, sondern ganze architektonische Komplexe, genauer: architektonische Landschaften. Das bis dahin von europäischen architektonischen Stilrichtungen unberührte Rußland öffnete seine Schleusen – Barock und Klassizismus überfluteten die Straßen und Kais von Sankt Petersburg. Orgelartig wuchsen die Wälder der Kolonnaden parallel zu den Schloßfassaden empor, sich in die Unendlichkeit ihres kilometerlangen euklidischen Triumphs verlierend. In der zweiten Hälfte des 18. und im ersten Viertel des 19. Jahrhunderts wurde diese Stadt zu einem wahren Mekka für die besten italienischen und französischen Architekten, Bildhauer und Dekorateure. In allem, was ihr kaiserliches Antlitz betraf, war die Stadt bis in die kleinsten Details gewissenhaft durchkomponiert. Die Graniteinfassungen der Flüsse und Kanäle, die Grazie eines jeden Schnörkels ihrer schmiedeeisernen Geländer sprechen für sich, ebenso wie die innere Gestaltung der Schloßsäle und der außerhalb der Stadt gelegenen Residenzen der Zarenfamilie und der Aristokratie. Eleganz und Raffinement dieses Dekors grenzen an Ausschweifung. Und noch etwas – nach welchen Vorbildern die Architekten sich auch richten mochten, sei es Versailles oder Fontainebleau oder was noch –, das Ergebnis war unverkennbar russisch, denn es war eher das Übermaß an Raum, das dem Architekten eingab, wo und wie noch ein Flügel hinzuzufügen, in welchem Stil dieser zu gestalten sei, als der launenhafte Geschmack der oft unkultivierten, wenn auch grenzenlos reichen Auftraggeber. Schaut man auf das Newa-Panorama, das sich einem von der Trubezkoj-Bastion der Peter-Pauls-Festung bietet, oder auf die Peterhof-Kaskaden am Finnischen Meerbusen, so überkommt einen das seltsame Gefühl, dies alles sei nicht Rußland, das die europäische Zivilisation zu erreichen strebt, sondern die durch eine laterna magica vergrößerte Projektion eben dieser Zivilisation auf eine grandiose Leinwand aus Raum und Wasser.

Ihr rasches Wachsen und ihre Pracht verdankt die Stadt letzten Endes der allgegenwärtigen Präsenz des Wassers. Zwanzig Kilometer des Newa-Flusses innerhalb der Stadtgrenzen, die sich im eigentlichen Zentrum auf 25 kleinere und größere Flußarme verteilen, garantieren der Stadt eine Wasserspiegelung, die unausweichlich zum Narzißmus führt. Sekunde für Sekunde sich in den abertausend Quadratmetern fließenden silbrigen Amalgams spiegelnd, wird die Stadt gleichsam ständig von der Newa abgelichtet, und diese Film-Bilder ergießen sich in den Finnischen Meerbusen, der an einem sonnigen Tag wie ein Sammelbecken all der hell glitzernden Abbilder wirkt. Kein Wunder, daß die Stadt bisweilen den Eindruck eines eitlen Egoisten macht, ausschließlich mit dem eigenen Aussehen beschäftigt. Zweifellos achtet man an solchen Orten mehr auf Fassaden als auf das Äußere der eigenen Spezies. Die unerschöpfliche, zum Wahnsinn treibende Vervielfältigung all der Pilaster, Kolonnaden, säulengeschmückten Portale weist auf die Natur dieses zu Stein gewordenen Narzißmus hin, auf die Möglichkeit, daß – wenigstens in der unbeseelten Welt – Wasser als verdichtete Zeit betrachtet werden kann.

Doch womöglich noch stärker als durch Flüsse und Kanäle spiegelt sich diese, wie Dostojewskij meinte, »ausgedachteste Stadt der Welt« in der russischen Literatur. Wasser kann die Oberflächen erfassen, kann sie – und nur sie – wiedergeben. Die Darstellung des äußeren und des geistigen Interieurs der Stadt, ihr Einfluß auf den Menschen und seine innere Welt wurden zum Hauptthema der russischen Literatur beinahe seit dem Gründungstag Petersburgs. Wenn, wie es heißt, alle russischen Schriftsteller »aus dem *Mantel* von Gogol hervorgegangen« sind, so kann daran erinnert werden, daß dieser Mantel eben hier, in Petersburg, von den Schultern eines armen Beamten heruntergerissen wurde, zu Anfang des 19. Jahrhunderts. Den Grundton freilich hat Puschkin angeschlagen, im »Ehernen Reiter«, in dem der Held, ein kleiner Verwaltungsbeamter, der das geliebte Mädchen durch die Überschwemmung verloren hat, das Standbild des Imperators der Nachlässigkeit (keine Dämme!) zeiht und wahnsinnig wird, als er sieht, daß der erzürnte Peter auf seinem Roß vom Sockel springt und ihm nachgaloppiert, um ihn, den dreisten Empörer, in Grund und Boden zu stampfen. (Das wäre nur eine simple Geschichte von Verfolgungswahn eines kleinen Mannes und von seiner Rebellion gegen unbegrenzte Macht, wären da nicht die großartigen Verse, die besten, die zum Ruhme dieser Stadt geschrieben wurden – außer den Gedichten Mandelstams, der nun buchstäblich in den Grund und Boden des Imperiums eingestampft wurde, ein Jahrhundert nachdem Puschkin im Duell getötet worden war.)

Jedenfalls war Petersburg schon zu Beginn des 19. Jahrhunderts die Metropole des russischen Schrifttums, und zwar keineswegs deshalb, weil es unter ihren Helden oder ihren Schöpfern dem Hofe nahestehende Leute gab. Schließlich hatte der Hof jahrhundertelang in Moskau residiert, von da ist aber nichts gekommen. Der Grund für eine so unerwartete schöpferische Eruption war wieder in erster Linie geographisch bedingt. Unter den Umständen des damaligen russischen Lebens war die Entstehung St. Petersburgs gleichbedeutend mit der Entdeckung einer neuen Welt: Die denkenden Menschen jener Zeit erhielten die Möglichkeit, sich selbst und das Volk gleichsam von außen her zu sehen. Mit anderen Worten, diese Stadt bot ihnen einen objektiven Blick auf das eigene Land. Die Idee, daß die Kritik von außen die wertvollste ist, findet auch heute allgemein Anklang. Damals aber, verstärkt durch den alternativen und – wenigstens im Formalen – utopischen Charakter der Stadt, erfüllte sie die, die zum erstenmal einen Federhalter ergriffen, mit dem Gefühl fast unbezweifelbarer Autorität in bezug auf ihre wertenden Aussagen. Wenn es stimmt, daß ein Schriftsteller Abstand zur eigenen Erfahrung gewinnen muß, um sie kommentieren zu können, so verhalf ihm die Stadt mit ihrem Verfremdungseffekt dazu, sich Reisen zu ersparen.

Dem hohen und mittleren Adel oder der Geistlichkeit entstammend, gehörten all diese Schriftsteller, wirtschaftlich betrachtet, dem Mittelstand an, dem, wo immer es auch sein mag, die Existenz von Literatur fast ausschließlich zu verdanken ist. Abgesehen von zwei, drei Ausnahmen lebten sie alle vom Schreiben, d.h. karg genug, um ohne Kommentare der Verwunderung die Lebensbedingungen der Allerärmsten genauso zu verstehen wie den Luxus derer, die oben waren. Die letzteren weckten ihre Aufmerksamkeit bei weitem weniger, und sei es nur deshalb, weil die Chance, sich ihnen anzuschließen, viel geringer war. Entsprechend haben wir ein sehr genaues, fast stereoskopisches Bild des internen, realen St. Petersburg, weil ja gerade das Vegetieren die Grundlage der Realität bildet; der kleine Mann ist immer universal. Mehr noch – je schöner seine unmittelbare Umgebung, um so frappanter ist sein Kontrast zu ihr. Es ist darum nicht erstaunlich, daß sie alle – die Offiziere a.D., die armen Witwen, die ausgeraubten Staatsbeamten, die hungrigen Journalisten, die gedemütigten Schreiber, die schwindsüchtigen Studenten und so fort – vor dem Hintergrund klassisch makelloser, utopischer Säulenhallen gesehen, die Phantasie der Schriftsteller verfolgten und die ersten Kapitel der russischen Prosa füllten.

Und so häufig entstanden diese Figuren auf dem Papier, und so viele Menschen waren es, die das Papier mit ihnen bevölkerten, so makellos beherrschten sie ihr Material, und so gut war dieses Material – das geschriebene Wort –, daß sich in der Stadt sehr bald etwas Seltsames anbahnte. Der Prozeß des Erkennens dieser unverbesserlich semantischen, von Moral getragenen Figuren verwandelte sich in einen Prozeß der Identifikation mit ihnen. Wie es nicht selten einem Menschen vor dem Spiegel ergeht, so begann die Stadt in eine Abhängigkeit von ihrer plastischen Spiegelung in der Literatur zu geraten. Nicht, daß sie sich ungenügend vervollkommnete (obwohl – natürlich war es ungenügend!), aber mit der angeborenen Sensibilität eines Narziß vertiefte sich die Stadt mit wachsender Aufmerksamkeit in den Spiegel, den die russischen Schriftsteller – um Stendhal zu paraphrasieren – durch Straßen, Höfe und die armseligen Behausungen ihrer Bewohner trugen. Gelegentlich versuchte der Gespiegelte, die Spiegelung zu korrigieren oder einfach zu zerschlagen, was denkbar einfach hätte getan werden können, dieweil fast alle Autoren eben hier, in dieser Stadt, auch lebten. In der Mitte des 19. Jahrhunderts verschmelzen Spiegelung und das Gespiegelte miteinander: die russische Literatur hatte die Wirklichkeit so weit eingeholt, daß, denkt man heute an St. Petersburg zurück, das Erdachte vom wirklich Existierenden nicht mehr zu trennen ist. Was für einen erst 281 Jahre alten Ort einigermaßen seltsam ist. Der heutige Fremdenführer zeigt Ihnen das Haus der berüchtigten Dritten Abteilung*, in dem Dostojewskij vor Gericht gestanden hatte, aber er zeigt auch das Haus, in dem eine der Romanfiguren Dostojewskijs, Raskolnikow, die alte Wucherin erschlagen hat.

Die Rolle der Literatur des 19. Jahrhunderts bei der formalen Ausgestaltung der Stadt war um so bestimmender, als gerade in diesem Jahrhundert die Petersburger Anhäufung von Palästen und Gesandtschaften sich zu einem bürokratischen, politischen, geschäftlichen, militärischen und, zu guter Letzt, industriellen Zentrum Rußlands erweiterte. Die fast bis zur Absurdität vollkommene Architektur begann ihren ab-

* Damals die Geheimpolizei

strakten Charakter zu verlieren, wurde mit jedem neuen Gebäude formal schlechter. Das ergab sich sowohl aus der Tendenz zur Funktionalität (simpler gesagt – zur Rentabilität) als auch aus dem allgemeinen ästhetischen Verfall. Mit Ausnahme Katharinas der Großen zeichneten sich Peters Nachfolger nicht gerade durch Weitblick und Phantasie aus, haben auch nicht aus seiner Einsicht gelernt. Jeder von ihnen versuchte, seine eigene Sicht Europas zu imitieren, und zwar möglichst sorgfältig, doch das Europa des 19. Jahrhunderts war nicht sonderlich nachahmenswert. Von Regentschaft zu Regentschaft wurde der Niedergang immer offensichtlicher. Das einzige, was die neuen Unternehmungen teilweise rettete, war die Notwendigkeit, sie der Größe ihrer Vorgänger anzupassen. In unseren Tagen kann natürlich sogar der Kasernenstil von Nikolaus I. (1825-1855) das verwirrte Gemüt eines Ästheten erwärmen, weil er ja wenigstens den Geist der Zeit gut wiedergibt. Doch alles in allem macht dieses kommißhafte, outriert preußische Ideal in russifizierter Ausführung zusammen mit den häßlichen Mietskasernen, die sich zwischen die klassischen Baukomplexe gedrängt haben, einen ziemlich deprimierenden Eindruck. Danach kam die Ära des viktorianischen Eklektizismus mit ihrem Gekringel, und am Ende des Jahrhunderts glich die Stadt, die als Aufbruch aus der Geschichte in die Zukunft begonnen hatte, hie und da schon einem ganz gewöhnlichen nordeuropäischen Bourgeois.

Das ist es eben. Wenn in den dreißiger Jahren des vorigen Jahrhunderts der Kritiker Belinskij ausrief: »Petersburg ist origineller als alle Städte Amerikas, denn es ist eine neue Stadt in einem alten Land, folglich ist es eine neue Hoffnung, die herrliche Zukunft dieses Landes«, so äußerte sich ein Vierteljahrhundert später Dostojewskij zu diesem Thema schon wesentlich sarkastischer: »Hier die Architektur eines riesigen modernen Hotels – das ist schon die Geschäftstüchtigkeit des Amerikanismus, Hunderte von Zimmern, ein riesiges Handelsunternehmen, man sieht doch gleich, daß auch bei uns Eisenbahnen gebaut werden, daß auch wir plötzlich zu Geschäftsleuten geworden sind.«

Von »Amerikanismus« in bezug auf die kapitalistische Periode der Petersburger Geschichte zu sprechen, mag immerhin eine Übertreibung sein, doch die äußere Ähnlichkeit mit Europa war tatsächlich frappierend. Und nicht allein die Fassaden der Banken und Aktiengesellschaften glichen sich in ihrer elefantenhaften Solidität den Berliner und Londoner Partnern an; das innere Dekor solcher Unternehmungen wie das des Delikateßgeschäfts von Jelissejew (immer noch in Betrieb, unangetastet gelassen, und sei es nur, weil es keinen Sinn hätte, es für das heutige dürftige Angebot zu vergrößern) konnte mühelos den Vergleich mit Fouchon in Paris aushalten. Die Sache ist eben die, daß jeder »Ismus« einen internationalen Maßstab aufweist, der nationale Eigenheiten ausschließt; der Kapitalismus macht in dieser Hinsicht keine Ausnahme.

Die Stadt war im Aufstieg begriffen; die männliche Bevölkerung überwog die weibliche im Verhältnis zwei zu eins, die Prostitution florierte, die Waisenhäuser waren überfüllt; das Wasser im Hafen schwappte über vor Schiffen, die den russischen Weizen ausführten, genau wie es heute überschwappt vor Schiffen, die Weizen nach Rußland einführen. Es war eine internationale Stadt mit großen ausländischen Wohnvierteln – einem französischen, einem deutschen, einem holländischen und einem englischen, gar nicht zu reden von denen der Diplomaten und der Geschäftsleute. Puschkins prophetische Worte, dem Ehernen Reiter in den Mund gelegt: »Alle Flaggen werden bei uns zu Gast sein«, hatten sich verwirklicht. Wenn im 18. Jahrhundert die Nachahmung des Westens sich kaum in wesentlicheren Dingen äußerte als in Kosmetik und Mode in Kreisen der Aristokratie (»Diese Russen sind Affen!« klagte ein französischer Adliger nach einem Ball im Winterpalais. »Wie schnell haben sie sich angepaßt! Übertreffen an Prunk schon unseren Hof!«), so wurde St. Petersburg im 19. Jahrhundert mit seiner neureichen Bourgeoisie, der Hofwelt, der Halbwelt und so weiter schon so sehr zur westlichen Stadt, daß es sich sogar eine gewisse Verachtung Europas gestatten konnte.

Aber diese Verachtung, vor allem in der Literatur manifestiert, hatte nichts mit der traditionellen russischen Xenophobie zu tun, die häufig bei den Beweisführungen der Überlegenheit der Orthodoxen über die Katholische Kirche zum Ausdruck kommt. Es war eher die Reaktion der Stadt auf sich selbst, der Zusammenprall gepredigter Ideale mit der merkantilen Realität, die Reaktion des Ästheten auf den Bourgeois. Was aber diese ganze Geschichte der Gegenüberstellung der Orthodoxie zum übrigen Christentum betrifft, so ging sie niemals zu weit, weil die Kathedralen und Kirchen von denselben Architekten entworfen wurden wie die Schlösser. So daß, solange man die Schwelle der Kirche noch nicht überschritten und auch keinen Blick auf die Form des Kreuzes geworfen hat, man unmöglich wissen kann, welcher Art Christentum dieses Gebetshaus dient; nebenbei: Es gibt in dieser Stadt auch keine Zwiebeltürme. Und dennoch: In die Verachtung, von der die Rede war, spielte auch das religiöse Gefühl hinein.

Jegliche Kritik der menschlichen Existenz setzt beim Kritiker das Wissen um ein bestimmtes Höchstmaß, um die idealste Ordnung, voraus. Im Entstehungsprozeß der russischen Ästhetik ergab es sich, daß die architektonischen Gebilde von St. Petersburg, einschließlich der Kirchen, als der reinste Ausdruck einer solchen Ordnung empfunden wurden und immer noch werden. Jedenfalls ist jemand, der in dieser Stadt lange genug gelebt hat, geneigt, harmonische Proportionen als Tugend aufzufassen. Diese Idee aus dem alten Griechenland nimmt, unter den nördlichen Himmel verpflanzt, einen etwas militanten Charakter an, sie zwingt den Künstler, gelinde ausgedrückt, eine übermäßige Sorge um die Form auf. Ein solcher Einfluß ist besonders auffällig in bezug auf die russische – oder, ihrer Entstehung nach, auf die Petersburger – Poesie. Denn im Laufe von zweieinhalb Jahrhunderten existierte diese Schule – von Lomonossow und Dershawin bis Puschkin und seinem Kreis (Baratynskij, Wjasemskij, Delwig) und in unserem Jahrhundert bis zu den Akméisten (Achmatowa, Mandelstam) – unter dem gleichen Zeichen, unter dem sie gezeugt worden war: dem des Klassizismus.

Indessen: Weniger als fünfzig Jahre trennen Puschkins Hymne an die Stadt im Poem »Eherner Reiter« von dem Satz Dostojewskijs aus den »Aufzeichnungen aus dem Kellerloch«: »Es ist ein Unglück, in Petersburg, der abstraktesten und ausgedachtesten Stadt in der Welt, zu leben.« Die Blitzartigkeit eines solchen Umschwungs erklärt sich damit, daß die Entwicklungsgeschwindigkeit der Stadt im Grunde keine Geschwindigkeit war: Die Beschleunigung begann gleich bei der Entstehung. Ein Ort, dessen Bevölkerungszahl im Jahre 1700 gleich Null war, hatte 1900 anderthalb Millionen Einwohner. Was anderswo ein Jahrhundert gedauert hätte, zwängte sich hier in Jahrzehnte. Die Zeit gewann mythische Qualitäten, denn es ging um den Mythos der Schöpfung. Die Industrie blühte auf, und um die Stadt herum wuchsen Fabrikschornsteine empor wie ein ziegelsteinernes Echo auf ihre Kolonnaden. Das Kaiserliche Russische Ballett stellte Anna Pawlowa in der Choreographie von Petipa vor und entwickelte in rund 20 Jahren die Auffassung vom Ballett als symphonischer Struktur – eine Auffassung, der es vergönnt war, die Welt zu erobern. Der Petersburger Hafen beherbergte jährlich an die dreitausend Schiffe unter russischer und ausländischen Flaggen, mehr als ein Dutzend politischer Parteien tagten 1906 im Saal des damaligen russischen Parlaments, der sogenannten *Duma* (*Duma*, das russische Wort für »Gedanke« – aber klingt da nicht das englische *doom*, »Verhängnis«, wie ein böses Omen mit auf?). Das Beiwort »Sankt« verschwand allmählich, doch durchaus berechtigt, aus dem Namen der Stadt, und zu Beginn des Ersten Weltkrieges, im Zusammenhang mit antideutschen Tendenzen, wurde der Name selbst russifiziert. »Petersburg« verwandelte sich in »Petrograd«. Die einst so faszinierende Idee der Stadt schimmerte immer weniger durch das sie überziehende Gespinst aus Industrie, Politik und bürgerlicher Demagogie hindurch. Mit anderen Worten – die Stadt des Ehernen Reiters galoppierte mit riesigen Sprüngen der Zukunft einer gewöhnlichen Hauptstadt entgegen, trat dabei ihrem kleinen Mann auf die Fersen und stieß ihn vorwärts. Und eines schönen Tages traf am Finnischen Bahnhof ein Zug ein, ihm entstieg ein mittelgroßer Mann und kletterte auf den Panzerwagen.

Diese Ankunft, die ein nationales Unglück einleitete, war zugleich für die Stadt eine Rettung. Denn damit brach die

Bautätigkeit, wie ja auch das ganze Wirtschaftsleben des Landes, vollständig ab. Die Stadt erstarrte gleichsam in stummer Verblüffung über die aufziehende Epoche. Der Genosse Lenin verdient seine Monumente, und sei es nur deshalb, weil er die Stadt vor dem Abstieg zum weltweiten Dorf und vor der Schande, die Residenz seiner Regierung zu werden, gerettet hat: 1918 hatte er Moskau wieder zur Hauptstadt erklärt.

Allein dieser Entschluß macht Lenin Peter vergleichbar. Übrigens hätte Lenin selbst die Umbenennung der Stadt ihm zu Ehren wohl kaum gebilligt, und sei es nur, weil er hier, alles in allem, nicht mehr als zwei Jahre gelebt hat. Wäre es nach ihm gegangen, er hätte es vorgezogen, daß Moskau oder irgendeiner anderen urrussischen Stadt die Ehre widerfahren wäre, seinen Namen zu tragen. Das Meer interessierte ihn nicht sonderlich, er war ein erdgebundener Mensch, ganz einfach ein Städter. Und wenn er sich in Petrograd ungemütlich fühlte, so war es gerade des Meeres wegen; freilich fürchtete er weniger die Überschwemmungen als vielmehr die englische Flotte.

In zwei Punkten mag er wohl Peter dem Großen geähnelt haben: in seiner Kenntnis Europas und in seiner Erbarmungslosigkeit. Doch wenn Peter mit der Vielschichtigkeit seiner Interessen, mit seiner überschäumenden Energie, mit seinen dilettantisch-grandiosen Projekten ein verspäteter – oder auch zeitgemäßer – Renaissance-Mensch gewesen ist, so war Lenin durchaus ein Produkt seiner Zeit: ein engstirniger Revolutionär mit der typisch kleinbürgerlichen, monomanisch selbstbezogenen Gier nach Macht.

Lenin kam also nach Petersburg, weil er dachte, eben hier verberge sie sich: die Macht. Er wäre Gott weiß wohin gefahren, an jeden beliebigen Ort, hätte er sie dort vermutet. (Er hatte es ja wirklich versucht: in der Schweiz, in Zürich.) Kurz gesagt war er einer der ersten, für die die Geographie zur politischen Wissenschaft wurde. Doch die Sache war die, daß Petersburg niemals, nicht einmal in der reaktionären Regierungsperiode Nikolaus' I., ein Zentrum der Macht gewesen ist. Jede Monarchie gründet auf dem feudalistischen Prinzip der freiwilligen oder unfreiwilligen Unterordnung unter die Herrschaft eines einzelnen, die von der Kirche gestützt wird.

Letzten Endes ist jede Form der Unterordnung ein Willensakt, genau wie das Ausfüllen eines Wahlzettels. Die Basis der Lenischen Idee aber war es, den menschlichen Willen selbst zu manipulieren, den Verstand zu kontrollieren, und das war für Petersburg etwas Neues. Denn früher war Petersburg der Stützpunkt der kaiserlichen Verwaltung; die Verquickung architektonischer Größe mit bürokratischer Tradition macht allein schon die Idee der Macht einfach absurd. Hätte Lenin in dieser Stadt etwas länger gelebt, seine Vorstellungen von der Staatsmacht wären bescheidener geworden. Aber seit seinem 30. Lebensjahr hatte er 16 Jahre im Ausland verbracht, vor allem in Deutschland und der Schweiz, wo er seine politischen Ideen reifen ließ. Nach Petersburg war er nur einmal zurückgekehrt, 1905, für drei Monate, als er versucht hatte, den Widerstand der Arbeiter gegen das zaristische Regime zu organisieren, sich aber alsbald wieder gezwungen sah, ins Ausland zurückzugehen – zurück zum Politisieren in Kaffeehäusern, zu Schachpartien, zum Herumblättern in den Schriften von Marx. Das alles konnte ihn unmöglich toleranter machen: Mißerfolg trägt selten zur Erweiterung des Horizonts bei.

Als Lenin 1917 in der Schweiz durch einen Passanten von der Abdankung des Zaren erfuhr, bestieg er mit einer Gruppe Gleichgesinnter einen plombierten Eisenbahnwagen, der ihnen vom deutschen Generalstab in der Hoffnung zur Verfügung gestellt worden war, daß sie als fünfte Kolonne hinter der russischen Front agieren würden. Der Mann, der 1917 am Finnischen Bahnhof aus dem Zug stieg, war 47 Jahre alt, und ihm bot sich, so schien es, die letzte Möglichkeit, Revanche zu nehmen: entweder sein Ziel zu erreichen oder wegen Verrats vor Gericht gestellt zu werden. Sein ganzes Gepäck bestand aus Träumen von der Sozialistischen Weltrevolution, die, in Rußland beginnend, eine Kettenreaktion auslösen sollte, und dem darauf folgenden Wunschtraum – sich zum Regierungschef des russischen Staates aufzuschwingen, um den ersten Traum zu verwirklichen. Während der sechzehntägigen durchrüttelnden Reise bis zum Finnischen Bahnhof vermengten sich diese beiden Träume zu einer recht schauerlichen Konzeption der Macht. Doch als er den Panzerwagen erklomm, wußte er noch nicht, daß es nur einem seiner Träume beschieden sein würde, in Erfüllung zu gehen.

Denn nicht Lenin war nach Petersburg gekommen, um die Macht zu ergreifen: diese Macht hatte ihn schon seit langem selbst ergriffen und nach Petersburg geschleift. Das, was in sowjetischen Geschichtsbüchern die »Große Sozialistische Oktoberrevolution« heißt, war in Wirklichkeit ein simpler Umsturz – unblutig, nebenbei gesagt. Auf ein Signal hin – einem Blindschuß aus der Heckkanone des Panzerkreuzers »Aurora« – drang eine Kompanie der unlängst geschaffenen Roten Garde ins Winterpalais ein und verhaftete Minister der Provisorischen Regierung, die dort – in dem vergeblichen Bemühen, nach der Abdankung des Zaren Rußland zu regieren – getagt hatten. Die Rotgardisten stießen auf keinen Widerstand. Sie vergewaltigten die Hälfte des Frauen-Bataillons, das den Palast bewachte, und plünderten in den Räumen. Dabei wurden zwei Rotgardisten erschossen, einer ertrank im Weinkeller. Das richtige Geknatter auf dem Schloßplatz, als Leichen übereinanderstürzten und Scheinwerferstrahlen sich am Himmel kreuzten, hat viel später stattgefunden – in der Filminszenierung von Sergej Eisenstein.

Wahrscheinlich hat die offizielle Propaganda eben wegen der bescheidenen Dimension jener Aktivitäten vom 25. Oktober die Stadt »die Wiege der Revolution« getauft. Eine Wiege ist sie auch geblieben, eine leere Wiege, und mit diesem Status ist sie einverstanden. Ausschreitungen im größeren Maße blieben der Stadt erspart. »Gott schütze uns«, hatte einst Puschkin gesagt, »eine russische Rebellion, sinnlos und grausam, zu erleben«; doch Petersburg hat sie auch nicht erlebt. Der Bürgerkrieg wütete drumherum, und im ganzen Lande spaltete eine entsetzliche Kluft die Nation mitten entzwei in einander feindliche Lager; aber hier, an den Ufern der Newa, herrschte zum erstenmal seit zwei Jahrhunderten Ruhe, und das Gras grünte zwischen dem Kopfsteinpflaster der verlassenen Plätze und in den Fugen der Gehsteige. Der Hunger holte sich seinen Teil, das gleiche tat auch die Tscheka (das KGB im Jungfernstand), doch in allem übrigen war die Stadt sich selbst und ihren Spiegelungen überlassen.

Während das Land mit der nach Moskau zurückgekehrten Metropole in seinen urtümlichen, klaustro- und xenophobischen Zustand zurückrollte, erstarrte Petersburg, dem sich keine Ausweichmöglichkeit bot, in der Form einer Stadt des 19. Jahrhunderts, als posiere sie für Photographen. Die dem Bürgerkrieg folgenden Jahrzehnte veränderten sie nicht allzusehr: Neubauten entstanden zwar, doch vorwiegend in den Industrie-Vororten. Dazu kam, daß sich die Wohnungspolitik im wesentlichen auf »Verdichtung« beschränkte, d. h. auf die Einquartierung der Armen in die Wohnungen der ehemals reichen Leute. Wohnte z. B. eine Familie in einer abgeschlossenen Drei-Zimmer-Wohnung, so hatte sie sich auf ein Zimmer zu »verdichten«, damit zwei andere Familien in die beiden übrigen Zimmer einziehen konnten. So wurde das städtische Interieur immer dostojewskijscher, während die Fassaden abblätterten und den Staub in sich aufsogen, diese Sonnenbräune der Epochen.

Ruhig, entspannt lag die Stadt und beobachtete den Wechsel der Jahreszeiten. In Petersburg kann sich alles verändern – nur nicht sein Wetter. Und nicht sein Licht. Das ist ein nördliches Licht, blaß und zerstreut, in ihm gewinnen Gedächtnis und Auge eine außergewöhnliche Schärfe. In diesem Licht, und auch dank der Gradlinigkeit und Länge der Straßen, wandern die Gedanken eines Fußgängers über das Ziel seiner Wanderung hinaus, und ein normalsichtiger Mensch kann auf eine Entfernung von anderthalb Kilometern die Nummer des nahenden Busses oder das Alter des ihn verfolgenden Spitzels erkennen. Einer, der in dieser Stadt geboren ist, wandert zu Fuß, jedenfalls in jungen Jahren, nicht weniger als ein zünftiger Beduine. Und nicht etwa deshalb, weil Autos rar sind und teuer (dafür ist das Netz der öffentlichen Verkehrsmittel ausgezeichnet) und auch nicht wegen der kilometerlangen Schlangen vor den Lebensmittelgeschäften. Sondern weil das Gehen unter diesem Himmel, über die Kais aus braunem Granit, entlang des breiten grauen Flusses, eine Erweiterung des Lebensgefühls und eine Schule der Weitsicht ist. An dem narbigen Granit der Uferwege neben dem immer strömenden, davonfließenden Wasser ist etwas, das die Schuhsohlen mit dem sinnlichen Verlangen nach Schritten durchtränkt. Der entgegenwehende, nach Algen duftende Wind vom Meer heilte hier nicht wenige Herzen, die an Lüge, Verzweiflung und Hilflosigkeit litten. Wenn das der Sklaverei Vorschub leistet, kann man dem Sklaven verzeihen.

Das ist eine Stadt, in der Einsamkeit irgendwie leichter zu ertragen ist als an anderen Orten, weil die Stadt selbst einsam ist. Man findet seltsamen Trost in dem Bewußtsein, daß diese Steinplatten nichts mit der Gegenwart zu tun haben, und erst recht nichts mit der Zukunft. Je tiefer die Fassaden ins 20. Jahrhundert eintauchen, um so unnahbarer sehen sie aus, unempfindlich gegen die neue Zeit und ihre Sorgen. Das einzige, was sie an die Gegenwart gemahnen läßt, ist das Klima, und am selbstsichersten fühlen sie sich bei dem miserabelsten Wetter im Spätherbst oder im vorzeitig anbrechenden Frühling, wenn sich der Regen mit nassem Schnee vermischt und die Windböen rasen. Oder inmitten des Winters, wenn Paläste und Villen sich über dem gefrorenen Fluß erheben wie alte kaiserliche Würdenträger – mit Halstüchern aus Schnee und wie in schneeverbrämte Pelzmäntel gehüllt. Wenn die purpurne Scheibe der sinkenden Januarsonne ihre hohen venezianischen Fenster mit flüssigem Gold überzieht, erblickt der durchfrorene Fußgänger auf der Brücke unversehens das, was Peter beim Errichten dieser Mauern im Sinne hatte: einen gigantischen Spiegel des einsamen Planeten. Und, eine Atemwolke vor dem Mund, empfindet er fast so etwas wie Mitleid mit den nackten Säulen und ihren korinthischen Frisuren, vereist, versunken in diesen rücksichtslosen Frost, in diesen knietiefen Schnee.

Je tiefer das Quecksilber im Thermometer fällt, desto abstrakter wirkt diese Stadt. Minus 25 Grad ist schon kalt genug, aber die Temperatur fällt und fällt, und, als ließe sie Menschen, Fluß und Gebäude hinter sich, scheint sie pure Ideen, abstrakte Begriffe anzupeilen. Mit dem über die Dächer hinziehenden weißen Rauch gemahnen die Häuser längs der Ufer immer mehr an einen zum Stehen gekommenen Zug – Richtung Ewigkeit. Die Bäume in den Gärten und Parks schauen wie menschliche Lungen auf Lehrtafeln aus – mit den schwarzen Kavernen der Rabennester. Und immer versucht in der Ferne die goldene Nadel des Admiralitäts-Turms wie ein umgekehrter Strahl den Inhalt der Wolken zu anästhesieren. Und man könnte unmöglich sagen, was diesem Hintergrund heute weniger entspricht: die kleinen Leute oder ihre mächtigen Herren, die in schwarzen Limousinen, von Leibwächtern berstend, durch die Straßen brausen. Die einen wie die anderen fühlen sich, gelinde gesagt, höchst unwohl in ihrer Haut.

Sogar Ende der dreißiger Jahre, als die ortsansässige Industrie fast das vorrevolutionäre Niveau zu erreichen begann, war die Bevölkerungszahl nicht etwa entsprechend gewachsen, sie schwankte so um die zwei Millionen. In Wirklichkeit ist der Prozentsatz der seit zwei und mehr Generationen in Petersburg ansässigen Familien ständig gefallen: wegen des Bürgerkrieges, der Emigration der zwanziger Jahre, der Säuberungen Ende der dreißiger Jahre. Dann kamen der Zweite Weltkrieg und die 900 Tage währende Blockade mit ihrem Beschuß und dem Hunger, die Millionen Menschenleben gekostet hat. Die Blockade ist die tragischste Seite in der Geschichte der Stadt, und ich denke, daß eben damals der Name »Leningrad« von den Überlebenden endlich angenommen wurde im Gedanken an ihre Toten: Grabinschriften sind zwingend genug. Die Stadt sah plötzlich gealtert aus; als hätte die Geschichte ihre Existenz endlich anerkannt und beschlossen, das hier Versäumte auf ihre übliche makabre Art aufzuholen – mit Bergen von Leichen. Heute, 39 Jahre danach, scheinen die Decken und Fassaden dieser unbezwungenen Stadt, obwohl verputzt und gestrichen, immer noch die Spuren der letzten Atemzüge, der letzten Blicke ihrer Bewohner als Flecke zu bewahren. Vielleicht aber ist einfach die Farbe schlecht, der Verputz untauglich ...

Heute hat die Stadt an die fünf Millionen Einwohner, und um acht Uhr morgens fahren die überfüllten Straßenbahnen, Trolleybusse und Autobusse kreischend über die unzähligen Brükken und bringen die in Trauben an ihnen hängenden Menschen zu Fabriken und Behörden. Die »Verdichtung« wurde abgelöst durch vorstädtische Neubauten in dem weltweit bekannten Stil, der im Volk »Baracke« heißt. Man kann es den heutigen Stadtvätern als großes Verdienst anrechnen, daß sie den zentralen Teil der Stadt praktisch unangetastet ließen. Hier gibt es keine Wolkenkratzer, kein Geflecht von Stadtautobahnen. Rußland hat architektonische Gründe, dem Eisernen Vorhang dankbar zu sein – der half dem Land, seine äußere Eigenart zu bewahren. Bekommt man in unserer Zeit eine Ansichtskarte, beginnt man zu rätseln, woher sie wohl kommt: aus Caracas (Venezuela) oder aus Warschau (Polen).

Nicht, daß die Stadtväter sich nicht gern in Glas und Beton verewigt wüßten – sie trauen sich nur nicht. So unbedeutend sie auch immer sein mögen, auch sie geraten unter den Einfluß der Stadt und wagen nicht mehr, als allenfalls hie und da ein modernes Hotel zu errichten, in dem alles von Ausländern (Finnen) ausgeführt wird – mit Ausnahme der elektrischen Leitungen; diese unterliegen ausschließlich russischer Findigkeit. In der Regel sind diese Hotels nur den Touristen vorbehalten, oft genug den Finnen, dank der Nähe ihres Landes zu Leningrad.

Die Bevölkerung vergnügt sich in rund 100 Kinos und einem Dutzend Bühnen für Theater, Oper und Ballett; es gibt auch zwei große Fußballstadien – die Stadt unterhält zwei professionelle Fußballmannschaften und eine Hockey-Mannschaft: Insgesamt wird der Sport von den Machthabern gründlich gefördert, und es ist bekannt, daß der leidenschaftlichste Hockey-Fan im Kreml residierte. Die beliebteste Form des Zeitvertreibs ist freilich in Leningrad, wie überall in Rußland, der »halbe Liter«. Bezüglich des Alkoholismus ist diese Stadt das Fenster zu Rußland, und zwar ein weit aufgerissenes. Schon um 9 Uhr morgens sieht man eher einen Betrunkenen als ein Taxi. In der Alkohol-Abteilung einer staatlichen Kaufhalle bemerkt man immer mal zwei Männer mit unbeteiligter, doch zugleich suchender Miene; sie lauern auf einen »dritten«, um mit ihm den Preis und den Inhalt einer Flasche zu teilen. Das erste – am Kassenschalter, das zweite – im nächsten Hauseingang. Im Halbdunkel der Toreinfahrten erreicht das restlose Ausschenken des halben Liters in drei gleiche Portionen den höchsten Grad an Perfektion. Seltsame, unerwartete, manchmal lebenslange Freundschaften entstehen hier ebenso wie die widerwärtigsten Verbrechen. Und obwohl die Propaganda mündlich und schriftlich gegen den Alkoholismus ankämpft, fährt der Staat unbeirrt fort, Wodka zu verkaufen und dessen Preis zu erhöhen, denn der berühmte halbe Liter ist die Quelle der größten staatlichen Einnahme: Sein Selbstkostenpreis beträgt 5 Kopeken, der Verkaufspreis – 5 Rubel. Indes ist Trunksucht überall auf der Welt unter Küstenbewohnern keine Seltenheit. Die charakteristischsten Merkmale der Leningrader sind jedoch folgende: schlechte Zähne (Folge des Vitaminmangels während der Blockade), Prägnanz in der Aussprache der Zischlaute, Selbstironie und ein gewisser Hochmut in bezug auf den Rest des Landes. Geistig ist diese Stadt immer noch die Metropole, sie verhält sich zu Moskau so wie Florenz zu Rom oder Boston zu New York. Wie einige der Helden Dostojewskijs verwandelt Leningrad sein »Nicht-Anerkannt-Sein«, sein Außenseitertum, in Stolz und einen fast sinnlichen Genuß. Und außerdem ist diese Stadt begreiflicherweise für die, deren Muttersprache Russisch ist, realer als alle anderen Orte auf der Welt, in denen russisch gesprochen wird.

Denn es gibt ein anderes Petersburg, gebildet aus russischen Gedichten und russischer Prosa. Diese Prosa wird gelesen und wieder gelesen, diese Gedichte werden auswendig gelernt, und sei es nur, weil die Kinder in den sowjetischen Schulen sie auswendig büffeln müssen, wenn sie die Schule absolvieren wollen. Dieses Auswendiglernen ist es, was den heutigen Status der Stadt ebenso garantiert wie ihren Platz in der Zukunft – solange die russische Sprache lebt. Dieses Auswendiglernen macht sowjetische Schüler zu russischen Menschen.

Gewöhnlich endet das Schuljahr in den letzten Tagen des Mai, wenn hier die Weißen Nächte anbrechen, um den ganzen Juni hindurch zu herrschen. Die Weiße Nacht ist eine Nacht, in der die Sonne für kaum zwei Stunden untergeht – ein in nördlichen Breiten weitverbreitetes Phänomen. In dieser Stadt ist es die unwirklichste, berückendste Zeit: du kannst um zwei Uhr nachts ohne Lampe lesen und schreiben; die aufragenden Häuser, schattenlos, mit golden verbrämten Dächern wirken wie zerbrechliche Porzellangebilde. Es ist so still, daß du fast das Klirren des Löffels hören kannst, der in Finnland hinunterfällt. Das gläserne Rosa des Himmels ist so hell, daß die hellblaue Aquarellfläche des Flusses es kaum widerzuspiegeln vermag. Und die Zugbrücken sind weit geöffnet, als faßten sich die Inseln des Deltas nicht mehr bei den Händen, als ließen sie sich langsam von der Strömung treiben, der Ostsee entgegen. In solchen Nächten kann man nur schwer einschlafen, es ist zu hell, und kein Traum reicht an die Wirklichkeit heran. An diese Wirklichkeit, in der der Mensch keinen Schatten wirft – wie Wasser.

1979

Im Schatten Dantes

Kunst besteht, im Gegensatz zum Leben, nie für sich. Jedes Werk erscheint zwischen Vor- und Nachläufern. In der Lyrik gehen die Geister der Großen besonders sichtbar um. Denn ihre Worte sind weniger wandelbar als ihre Sinnbezüge.

Zum Tagewerk jedes Dichters gehört so die Abwehr der Schatten, deren Atem er heiß oder kalt im Nacken spürt; oder die Literaturkritik sorgt dafür, daß sie ihm zusetzen. Von »Klassikern« geht ein Druck aus, der mitunter zu sprachlicher Lähmung führt. Und weil es uns leichter fällt, an der Zukunft zu zweifeln, als es mit ihr aufzunehmen, sind wir geneigt, uns an einem Endpunkt zu sehen. Da ist Unwissenheit oder Unschuld ein wahrer Segen; sie erlaubt es uns, solche Gespenster gar nicht erst zu beachten und bloß im Gefühl der eigenen Bühnenpräsenz zu »singen« (am liebsten in »freien Rhythmen«).

Wer so sein Tun für einen Abschluß hält, verrät meist nicht so sehr mangelndes Zutrauen wie unzureichende Phantasie. Lebt aber ein Dichter lange genug, wird er mit solchen Beklemmungen (woher sie nun rühren) allmählich fertig und macht sie sich zunutze. Die Schrecken der Zukunft sind immer noch leichter zu ertragen als die der Gegenwart; sei es auch nur, weil die menschliche Voraussicht viel mehr Zerstörung bereit hält, als die Zukunft bringen kann.

Eugenio Montale ist jetzt einundachtzig und hat viele Zukünfte hinter sich, eigene und fremde. Seine Biographie weist nur zwei spektakuläre Momente auf: im Ersten Weltkrieg diente er als Offizier im italienischen Heer, und 1975 erhielt er den Nobelpreis für Literatur. Dazwischen traf er Anstalten, Opernsänger zu werden (seine Stimme war ansehnlich), widersetzte sich dem Faschismus – und zwar von Anfang an, was ihn schließlich sein Amt als Bibliothekar des Vieusseux-Kabinetts in Florenz kostete –, schrieb Artikel, half Zeitschriften herausgeben, berichtete dreißig Jahre lang über musikalische und sonstige Kulturereignisse für den »Corriere della Sera«, und während sechzig Jahren sind seine Gedichte entstanden. Zum Glück hat er nichts weiter Chronikwürdiges erlebt.

Seit den Romantikern sind uns Biographien von Dichtern geläufig, deren glänzende Laufbahn so früh wie ihr Schaffen endete. In dieser Hinsicht fällt Montale aus dem Rahmen; sein Beitrag zur Literatur, zur Lyrik, hat anachronistische Ausmaße. Er ist ein Zeitgenosse Apollinaires, Eliots, Mandelstams, und er gehört nicht nur chronologisch zu ihrer Generation. Jeder dieser Autoren hat in seiner Literatur eine qualitative Veränderung bewirkt; so auch Montale, und seine Aufgabe war bei weitem die schwerste.

Meist ist der Zufall im Spiel, wenn ein angelsächsischer Dichter einen Franzosen liest (Laforgue zum Beispiel); ein Italiener wird durch die Geographie dazu angehalten. Die Alpenübergänge, früher Einbahnstraßen der Kultur nach Norden, dienen jetzt dem Transport aller möglichen literarischen Ismen in beiden Richtungen. Geisterscharen, die das Tun eines Dichters umwölken – bevölkern. Jeder italienische Autor muß Schritt für Schritt die aus Gegenwart und Vergangenheit übermittelten Lasten heben; und die Gewichte der Gegenwart sind Montale wohl leichter geworden.

Die französische Nachbarschaft abgerechnet, hat sich die Situation der italienischen Dichtung in den ersten zwei Jahrzehnten nach 1900 nicht allzu sehr von der übrigen europäischen Literatur unterschieden. Sie war geprägt vom ästhetischen Überschwang, den die Alleinherrschaft der romantischen Poetik (ob nun in ihrer naturalistischen oder in ihrer symbolistischen Spielart) erzeugte. Die damaligen Hauptfiguren der italienischen Literaturszene – D'Annunzio und Marinetti – brachten fast ausschließlich diesen Überschwang, jeder auf seine Weise, zum Ausdruck. D'Annunzio trieb übersteigerte Harmonie zur letzten (und höchsten) Vollendung, Marinetti und die andern Futuristen betrieben das Gegenteil, sie zerfleischten die Harmonie. In beiden Fällen kämpften Mittel gegen Mittel; eine festgefahrene Ästhetik provozierte und bestimmte eine künstlerische Reaktion. Nachträglich leuchtet ein, daß dann drei Dichter kommen mußten – Ungaretti, Saba, Montale –, um die italienische Sprache auf moderne Lyrik einzustimmen.

Für geistige Odysseen gibt es kein Ithaka, und auch die Worte sind nur Transportmittel. Als metaphysischer Realist mit einer ausgesprochenen Vorliebe für dichte Bildhaftigkeit hat sich Montale seine eigene dichterische Ausdrucksweise geschaffen, indem er »gehobene« und »prosaische« Sprache einander zuordnete; eine Ausdrucksweise, die man den *amaro stile nuovo* nennen könnte (im Gegensatz zu Dantes Programm, das die italienische Dichtung mehr als sechs Jahrhunderte lang beherrschte). Es ist Montales bedeutendste Leistung, daß er trotz dem Diktat des *dolce stil nuovo* vorankam. Er versuchte nicht etwa, sich diesem Diktat zu entziehen, sondern er nahm variierend, zitierend das Vokabular wie die Metaphorik Dantes auf. Von solchen Anspielungen rührt teilweise die Dunkelheit her, die ihm Kritiker gelegentlich vorwerfen. Aber Zitate und Paraphrasen gehören wesentlich zur literarischen Sprache (ein Reden, das davon frei ist oder befreit wird, besteht bloß noch aus Gebärden), vor allem in der italienischen Tradition. Michelangelo und Raffael, um nur diese beiden zu nennen, waren eifrige Interpreten der »Divina Commedia«. Ein Kunstwerk soll Abhängigkeiten schaffen. Der am tiefsten verschuldete Künstler ist dann der reichste.

Die Reife, die Montale in seinem ersten Buch (»Ossi di seppia«, 1925) bewies, macht es allerdings schwierig, von seiner Entwicklung zu sprechen. Er hat schon hier die unfehlbare Musikalität des italienischen Elfsilblers aufgebrochen, hat eine absichtlich einförmige Intonation angenommen, die er durch zusätzliche Versfüße steigert oder durch Kürzung erstickt – eines der vielen Verfahren, die er benützt, um prosodischen Leerlauf zu vermeiden. Erinnert man sich an Montales unmittelbare Vorgänger (unter denen zweifellos D'Annunzio die große Leuchte ist), so wird klar, daß er stilistisch keinem etwas schuldet – oder allen, gegen die er in seinen Gedichten anschreibt; denn Polemik ist auch eine Art, Erbe zu sein.

Die Kontinuität im Widerspruch zeigt sich in Montales Verwendung des Reims. Nicht nur ein linguistisches Echo, ein *hommage* an die Sprache, gibt der Reim auch der Aussage des Dichters einen Zug ins Endgültige. Bei all seinen Vorteilen droht ein Reimschema (wie übrigens jedes Schema) durch seine Wiederholsamkeit eine Überbetonung hervorzubringen; ganz abgesehen von der historischen Distanz für den Leser. Um dieser Gefahr zu begegnen, wechselt Montale oft im selben Gedicht zwischen gereimten und reimlosen Versen hin und her. Ganz offensichtlich ist seine Abwehr gegen stilistische Übertreibungen sowohl ethisch wie ästhetisch zu verstehen – sie beweist, daß ein Gedicht das engste mögliche Zusammenspiel von Ethik und Ästhetik bilden kann.

Leider droht gerade dieses Zusammenspiel in der Übersetzung zu verschwinden. Und doch kann Montale, bei aller Einbuße an »zerebraler Dichte« (nach dem Wort seines scharfsichtigsten Kritikers, Glauco Cambon), im fremdsprachigen Text bestehen. Verfällt die Übersetzung wohl oder übel in ein anderes Tonsystem, so holt sie das Original – dank ihrer interpretierenden Haltung – doch irgendwie ein, indem sie klärt, was der Autor als selbstverständlich betrachtete und dem italienischen Leser dadurch vielleicht vorenthielt. Von der hintergründigen, feinstimmigen Musik geht vieles verloren, doch der amerikanische Leser versteht die Bedeutungen leichter und würde von einem Italiener den Vorwurf der Dunkelheit nicht ohne weiteres übernehmen. Bei der vorliegenden Ausgabe bedauert man nur, daß die Fußnoten keine Hinweise auf Metrik und Reimschema der Gedichte geben. Wo die Kultur doch eigentlich in Fußnoten überlebt.

Vielleicht ist das Wort »Entwicklung« auf einen Dichter wie Montale nicht anwendbar; schon weil es einen linearen Prozeß voraussetzt. Dichtendes Denken ist stets zusammenfassende Energie; es verwendet – wie Montale selbst einmal sagt – eine Radartechnik, es arbeitet auf 360 Grad. So ist auch ein Dichter zu jeder Zeit im Besitz der gesamten Sprache; fällt seine Wahl auf ein altertümliches Wort, so leitet ihn eher sein Thema oder sein Nervenzustand als ein vorgefaßtes stilistisches Programm. Gleiches gilt von der Syntax, von der Strophenform und von anderem mehr. Während sechzig Jahren hat Montale seine Dichtung auf einer stilistischen Höhe gehalten, die man auch in der Übersetzung noch spürt.

»New Poems« ist wohl schon Montales sechstes Buch, das in englischer Sprache erscheint. Doch im Gegensatz zu früheren Ausgaben, die einen Überblick über das ganze Schaffen des Dichters zu geben versuchten, enthält dieser Band ausschließlich Gedichte, die er im letzten Jahrzehnt geschrieben hat, die Gedichte der neuesten Sammlung »Satura« (1971). Auch wenn es kaum sinnvoll wäre, in ihnen das letzte Wort ihres Autors zu sehen, so vermitteln sie doch – durch das Alter des Dichters und durch das gemeinsame Thema, den Tod seiner Frau – eine Endstimmung. Aus dem Thema des Todes entsteht immer ein Selbstporträt.

Im Gedicht wie in jeder anderen Form der Rede ist der Angesprochene ebenso wichtig wie der Sprecher. Der Wortführer der »New Poems« versucht die Entfernung zwischen sich und seinem »Gesprächspartner« auszumachen und dann die Antwort zu ermitteln, die »sie« ihm gegeben hätte, wäre sie gegenwärtig gewesen. Das Schweigen, in das seine Rede gerichtet sein mußte, ist naturgemäß reicher an Antworten, als die menschliche Vorstellungskraft hergibt; daraus erwächst »ihr« gegenüber ihm eine nicht zu bestreitende Überlegenheit. In dieser Hinsicht läßt sich Montale weder mit Eliot noch mit Thomas Hardy vergleichen, sondern eher mit dem Robert Frost der »New-Hampshire-Periode«, der meinte, die Frau sei aus einer Rippe (scherzhaft für Herz) des Mannes geschaffen worden, nicht um geliebt zu werden und nicht um zu lieben, nicht um gerichtet zu werden, sondern um »dir ein Richter« zu sein. Doch hat es Montale, anders als Frost, mit dem *fait accompli* der Überlegenheit zu tun – mit einer Überlegenheit *in absentia*, die nicht so sehr ein Schuldgefühl in ihm weckt wie den Eindruck einer Abkoppelung: seine Person ist in die »äußere Zeit« verbannt worden.

So sind dies Liebesgedichte, in denen der Tod annähernd die gleiche Rolle spielt wie in der »Divina Commedia« oder in Petrarcas Sonetten an Laura: die Rolle des Führers. Doch folgt ein ganz anderer den vertrauten Spuren: in einer Sprache, die nicht auf das Heilige vorgreift. In den »New Poems« spricht sich die hartnäckige Vorstellungskraft im Wetteifer mit dem Tod aus, die einem Mann wohl die Kraft geben könnte, beim Betreten des Schattenreichs und beim Anblick der Worte »Kilroy war da« die eigene Schrift zu erkennen.

Und doch ist in diesen Versen keine krankhafte Faszination durch den Tod zu verspüren; der Dichter redet hier von der Abwesenheit, und die läßt sich in ganz denselben Nuancen des Gefühls und der Sprache vernehmen wie einst »ihre« Anwesenheit: in Nuancen des tiefen Vertrautseins. Daher der private Ton der Gedichte: in ihrer Metrik, im einzelnen der Motive. Die Stimme eines Menschen, der mit sich selbst spricht (oft murmelt), ist auch sonst charakteristisch für die Lyrik Montales. Hier aber wird die persönliche Note dadurch verstärkt, daß des Dichters Persona von Dingen redet, die nur der wirkliche »er« und die wirkliche »sie« kannten – von Schuhlöffeln, Koffern, Hotelnamen, von gemeinsamen Bekannten oder von Büchern, die beide gelesen hatten. Aus dieser Art von Realien und aus der Lässigkeit der intimen Verständigung geht eine private Mythologie hervor, die nach und nach alle Züge annimmt, die zu jeder Mythologie gehören, surrealistische Durchblicke, Metamorphosen und dergleichen nicht ausgenommen. In dieser Mythologie steht nicht eine Sphinx mit den Brüsten einer Frau, sondern das Bild von »ihr«, ohne die Brille: das ist der Surrealismus der Subtraktion, und die Subtraktion, von der bald das Thema, bald der Stil betroffen wird, gibt der Gedichtsammlung ihre Einheit.

Das Lied vom Tod ist stets ein Lied der »Unschuld«, niemals der Erfahrung. Und seit er dichtet, verrät Montale, daß er das Lied dem Bekenntnis vorzieht. Es ist weniger ausdrücklich, und auch weniger wiederholbar; wie der Verlust. Im Lauf eines Lebens werden seelische Erwerbungen wirklicher als realer Besitz. Nichts ist so bewegend wie ein vereinsamter Mann, der seine Zuflucht zur Elegie nimmt:

Mit dir am Arm bin ich wohl eine Million Treppen
hinuntergestiegen,
und nun, da du nicht da bist, begegnet mir auf jeder Stufe Leere.
Auch so ist unsere lange Reise kurz gewesen.
Die meine dauert noch an, aber Vorbestellungen
und Anschlußzüge brauche ich nicht mehr,
heimtückische Fallen, Enttäuschungen für den,
der glaubt, die Wirklichkeit sei das, was man sieht.

Mit dir am Arm bin ich Millionen Treppen hinuntergestiegen,
nicht weil man mit vier Augen etwa mehr sieht.

Ich bin sie mit dir hinuntergestiegen, weil ich wußte,
daß von uns beiden nur du das wahre, wenn auch sehr
verschleierte
Augenlicht hattest.
(Deutsch von Michael Marschall von Bieberstein)

Von anderen Bezügen abgesehen, erinnert das Bild eines dauernden Abstiegs über Treppen an Dantes »Divina Commedia«. »Xenia I« und »Xenia II« so gut wie »Diario del '71« und »Diario del '72«, die Gedichte des vorliegenden Bandes, sind voll von Hinweisen auf dieses Werk. Bald liegt der Hinweis in einem einzelnen Wort, bald ist ein ganzes Gedicht ein Echo, wie das dreizehnte in »Xenia I«, das auf den Schluß des 21. Gesangs des »Purgatorio« antwortet. Was aber Montales poetische und menschliche Weisheit kennzeichnet, ist seine karge und fast erschöpft verklingende Tongebung. Er spricht ja auch zu einer Frau, mit der er viele Jahre lang gelebt hat: er kennt sie gut genug, um zu wissen, daß ein tragisches Tremolo ihr nicht zusagen würde. Er weiß, daß er in die Stille hineinspricht; die Pausen, die er in seinen Versen macht, deuten die Undurchdringlichkeit dieses Leerraums an – eines nicht bewohnten, nur eben ein wenig vertrauten Raums, da er »sie« dort vermutet. Und das Gefühl ihrer Anwesenheit bewahrt ihn davor, expressionistische Signale, ausgeklügelte Metaphern, übersteigerte Formulierungen und dergleichen zu verwenden. Sie, die nicht mehr lebt, würde sich auch aus steilen Worten nichts machen. Montale ist alt genug, um zu wissen, daß der große klassische Zug, so rein er gedacht sein mag, dem Publikum schmeichelt und mehr oder minder Selbstzweck ist; wogegen er genau weiß, zu wem und wohin seine Rede geht.

In solcher Verlassenheit wird die Kunst bescheiden. All unserem zerebralen Fortschritt zum Trotz neigen wir immer noch sehr zu Rückfällen in die romantische (und so auch realistische) Vorstellung, daß die Kunst »das Leben nachahmt«. Wenn die Kunst irgend etwas derartiges tut, so spiegelt sie allenfalls die wenigen Inhalte der Existenz, die über das »Leben« hinausweisen, die es über seinen Endpunkt hinweg ausdehnen – was oft als Bemühen der Kunst oder des

Künstlers um die eigene Unsterblichkeit mißverstanden wird. Mit anderen Worten, die Kunst ahmt eher den Tod als das Leben nach: die Sphäre, von der das Leben nicht zu berichten hat. Im Bewußtsein der eigenen Kürze versucht die Kunst, die längste mögliche Lesart der Zeit einzuholen. Was letztlich die Kunst vom Leben unterscheidet, ist ihre Fähigkeit, einen höheren Grad der lyrischen Diktion zu erzeugen als sonst eine menschliche Umgangsform. Darum ist die Dichtung die Nachbarin – wenn nicht sogar die Erfinderin – des Lebens nach dem Tode.

In »New Poems« begegnet man einer qualitativ neuen Sprechweise. Montales eigener größtenteils; doch stellenweise rührt sie von der Übersetzung her, deren begrenzter Spielraum die Strenge des Originals nur noch steigert. Die doppelte Wirkung macht den Leser nicht so sehr darum betroffen, weil die hier porträtierte Psyche in der Weltliteratur nirgends vorgebildet ist, wie vielmehr deshalb, weil sich ein solcher Seelenzustand in ursprünglich englischer Rede nicht kundtun könnte. Zu fragen, warum das so sei, macht den Sachverhalt nicht viel klarer; denn schließlich ist diese Innenschau in Montales Muttersprache schon ungewöhnlich genug und hat ihm den Ruf eines sehr besonderen Dichters eingetragen.

Dichtung ist im Grunde selber Übertragung; anders gesagt, eine Möglichkeit, der Psyche sprachliche Gestalt zu verleihen. Dichtung ist nicht so sehr eine Kunstform, wie die Kunst eine Form ist, deren die Dichtung sich oft bedient. Letztlich ist Dichtung ein Kundtun von Wahrnehmung, ein Übersetzen der Wahrnehmung in das Erbgut der Sprache – der Sprache, die noch immer das beste Instrumentarium ist. Doch bei all seiner Leistungsfähigkeit, wo es darum geht, die Wahrnehmung nachzuzeichnen und zu vertiefen – wobei sich oft mehr offenbart, als beabsichtigt war, und die Wiedergabe im günstigsten Falle selbst Wahrnehmung wird –, weiß jeder einigermaßen erfahrene Dichter, daß dieses Instrumentarium vieles nicht greift und manches verbiegt.

So ist aber Dichtung der Sprache auch fremd – sei es nun Italienisch, Englisch oder Suaheli – und widersetzt sich ihr; und die menschliche Psyche ist in ihrer Komplexität jeder Sprache, auf die wir angewiesen sind, weit überlegen. Hätte die Seele ihre eigene Zunge, so wäre der Abstand zwischen ihr und der Sprache der Dichtung etwa so groß wie der zwischen Dichtung und Alltagssprache. Montales Diktion verringert die beiden Entfernungen.

Man sollte »New Poems« mehrmals wiederlesen, ob nun in der Absicht, sie auf ihre stereoskopischen Ursprünge hin – ihre Lebensform im Bewußtsein des Dichters – zu analysieren oder nur schon um der flüchtigen Schönheit der behutsam murmelnden, doch stoisch festen Stimme willen, die uns verrät, die Welt werde weder mit einem Knall noch mit einem Wimmern enden, sondern mit dem Sprechen, dem Schweigen, dem Sprechen eines Menschen. Wer so lange gelebt hat, für den ist der Untergang nicht nur ein Wort unter andern.

Gewiß ist dieses Buch ein Monolog, kann nichts anderes sein, da der Partner ja abwesend ist wie in fast jeder Dichtung. Doch dem Programm nach stammt die Idee des Monologs aus der »Dichtung der Abwesenheit«, wie man die bedeutendste literarische Bewegung seit dem Symbolismus auch nennen kann – eine Bewegung, die in den zwanziger und dreißiger Jahren in Europa und namentlich in Italien aufkam: die »hermetische Dichtung«. Die folgenden Verse, mit denen die vorliegende Sammlung beginnt, zeugen für dieses Programm und zugleich für seinen Erfolg:

Das »du«

Die Kritiker, irregeleitet
von mir, erklären, mein »du«
sei eine Institution.
Es war mein Fehler; sie hätten erkannt,
daß in mir alle eins sind, obwohl sie
vielfach gespiegelt erscheinen. Das Schlimme
ist, daß der Vogel im Netz
nicht weiß, ob er selbst es ist oder eines
von vielen Abbildern.

Montale stieß zur »hermetischen« Bewegung in den späten dreißiger Jahren, in Florenz, wohin er 1927 von seiner Vaterstadt Genua gezogen war. Die Hauptfigur war damals Ungaretti, der die Ästhetik von Mallarmés »Un coup de dés« wohl ein wenig zu wörtlich genommen hatte. Um aber den »Hermetizismus« zu verstehen, muß man nicht nur wissen, wer die Bewegung anführte, sondern auch, wer in Italien überhaupt führte, nämlich der »Duce«. Der »Hermetizismus« war weitgehend eine Reaktion der italienischen Intelligentsia auf die politische Situation Italiens in den zwanziger und dreißiger Jahren, ein Akt der kulturellen Selbstverteidigung – der sprachlichen Selbstverteidigung im Falle der Dichtung – gegen den Faschismus. Diesen Aspekt der Bewegung zu übersehen wäre ein Fehler, eine Vereinfachung; und man darf ihn auch nicht überbewerten.

Das italienische Regime ging gegen die Kunst weit weniger gewalttätig vor als das russische oder das deutsche, aber seine Unvereinbarkeit mit den Traditionen der eigenen Kultur war viel deutlicher und bedrückender. Man kann es beinahe als Regel ansehen, daß die Kunst unter totalitärem Druck eine Dichte erreicht, die der Stärke des Drucks entspricht. Die ganze italienische Kulturgeschichte trug zu der nun benötigten Substanz bei; das übrige leisteten die »hermetischen« Dichter. Was hätte ihnen, die auf literarische Askese, verdichtete Sprache, auf Klang und Anklang (eher als auf die Bedeutung) der Wörter drangen, verhaßter sein können als die Propagandaschwälle und die staatlich geförderten Spielarten des Futurismus?

Montale hat den Ruf, der schwierigste Dichter dieser Schule zu sein, und gewiß ist er schwieriger – im Sinn von komplexer – als Ungaretti oder Quasimodo. Aber mit all seinen Zwischentönen, Gedankensprüngen, verhohlenen Anspielungen hat er den »Hitlerfrühling« geschrieben, der so beginnt:

> Die weiße Wolke tollgewordner Falter wirbelt
> dicht um die bleichen Lichter an den Mauern
> und legt ein Laken aus, darauf der Fuß
> wie über Zucker knirscht ...

Das Bild des Fußes, der auf toten Faltern wie auf ausgestreutem Zucker knirscht, vermittelt ein so ton- und ausdruckslses Unbehagen und Erschrecken, daß ein wenig später der Satz:

das Land wird unterspült und keiner mehr ist schuldlos

wahrhaft lyrisch anmutet. Hier ist vom »Hermetizismus«, von der asketischen Spielart des Symbolismus, wenig zu spüren. Die Wirklichkeit forderte eine konkretere Antwort, und der Zweite Weltkrieg brachte eine »Enthermetisierung« mit sich. Trotzdem wurde Montale das Etikett des »Hermetikers« weiterhin umgehängt, und man hörte nicht auf, seine Dichtung »dunkel« zu nennen. Aber wann immer von »dunklen« Texten die Rede ist, sollte man darüber nachdenken, was man sich unter »hell« oder »klar« vorstellt; denn da bleibt es dann meistens bei dem, was man schon kennt oder mag oder, schlimmstenfalls, in Erinnerung hat. In diesem Sinn gilt: je dunkler, desto besser; und in diesem Sinn fahren auch Montales »dunkle« Gedichte immer noch fort, die Kultur zu verteidigen, diesmal gegen eine noch weiter verbreitete Bedrohung:

»Der heutige Mensch hat ein Nervensystem geerbt, das den gegenwärtigen Lebensbedingungen nicht gewachsen ist. In Erwartung des Menschen von morgen reagiert der Mensch von heute auf den veränderten Stand der Dinge nicht dadurch, daß er den Kampf mit ihm aufnimmt, sondern dadurch, daß er wieder zu Masse wird.«

Diese Sätze stehen in dem Band »Poet in Our Time«, einer Sammlung von Prosatexten Montales, die er selber eine »Collage von Anmerkungen« genannt hat. Die Passagen stammen aus Essays, Rezensionen, Interviews usw., die zu verschiedenen Zeiten und an verschiedenen Orten erschienen sind. Das Buch ist weit mehr als ein Kommentar zur eigenen Arbeit des Autors, wenn es das überhaupt ist. Montale wäre der letzte, der seinen Denkweg, geschweige denn die »Geheimnisse seines Metiers« aufdeckte. Er nimmt Einblick – als Privatmann in das öffentliche Leben –, er gewährt ihn nicht. »Poet in Our Time« gibt Rechenschaft über solchen Einblick, und die Betonung liegt eher auf »unserer Zeit« als auf dem »Dichter«.

Das Fehlen von chronologischen Anhaltspunkten und die luzide Härte der Sprache geben dem Buch einen Zug ins Diagnostische und Apodiktische. Der Kranke oder der Angeklagte ist die Zivilisation, die »zu gehen glaubt, während sie in Wirklichkeit durch ein Fließband befördert wird«. Aber der Dichter erkennt sich selbst als das Fleisch und Blut dieser Zivilisation, und so ist weder von Heilung noch von Rehabilitierung die Rede. »Poet in Our Time« ist das ebenso illusionslose wie anspruchsvolle Testament eines Mannes, der keine anderen Erben zu haben scheint als einen »stereophonen Menschen der Zukunft, der nicht einmal über sein eigenes Schicksal nachzudenken vermag«. Dieser Ausblick mutet zwar rückständig an – er verrät den Europäer –, aber man kann sich fragen, welcher Ausblick Montales bedenklicher sei – dieser oder der folgende, der seinem »Piccolo Testamento« entnommen ist, einem Gedicht, das wohl neben Yeats' »Second Coming« bestehen kann:

> Nur diesen Schimmer kann ich noch
> dir hinterlassen, Zeugnis eines Glaubens,
> der angefochten war,
> und einer Hoffnung, die
> langsamer brannte als ein Scheit im Herd.
> Davon bewahre dir den Puder
> in deinem Spiegel, gehn die Leuchten aus
> und die Sardana wird zum Höllentanz
> und Luzifer sinkt düster auf ein Schiff
> der Themse oder Seine, des Hudson,
> schlägt mit den müden, halb gebrochenen
> Pechflügeln, dir zu sagen: es ist Zeit.

Das Gute an Testamenten ist immerhin, daß sie eine Zukunft voraussetzen. Im Unterschied zu Philosophen und Gesellschaftswissenschaftlern denkt der Dichter aus beruflicher Sorge um sein Publikum oder im Hinblick auf die Sterblichkeit der Kunst über die Zukunft nach. Dieser zweite Gesichtspunkt spielt für den »Poet in Our Time« die größere Rolle, weil »der Inhalt der Kunst sich vermindert, genau wie die Verschiedenheit der Individuen sich verringert«. Wo Montale weder polemisch noch elegisch spricht, beschäftigt er sich mit der Kunst des Schreibens:

»Es bleibt die Hoffnung, daß die Wortkunst, eine unheilbar semantische Kunst, früher oder später sogar auf die Künste wieder einwirken wird, die sich von jeder Verpflichtung zur Identifikation oder Repräsentation der Wahrheit losgesagt haben.«

Das klingt so affirmativ, wie Montale im Umgang mit Literatur nur sein kann; doch er sagt über sie auch:

»Zu einer Generation zu gehören, die an nichts mehr glaubt, mag ein Grund zum Stolz für jeden sein, der vom Adel oder von einer geheimnisvollen Notwendigkeit dieser Leere überzeugt ist; aber es ist noch keine Entschuldigung dafür, daß man diese Leere in eine paradoxe Lebensbejahung umwandelt, nur um sich einen Stil anzueignen . . .«

Montale zu zitieren ist eine gefährliche Versuchung, denn es wird leicht zu einer Haupttätigkeit. Italiener haben eine besondere Art, von der Zukunft zu reden – seit Leonardo, bis Marinetti. Doch die Versuchung rührt bei Montale weniger von der aphoristischen oder selbst von der prophetischen Qualität seiner Aussagen her als vom Ton seiner Stimme, die Vertrauen zu diesen Aussagen einflößt, weil sie so frei von Bangnis ist. Es liegt etwas in ihr, das nach Wiederkehr klingt, wie die Ankunft der Wellen am Strand oder die unveränderliche Brechung des Lichtstrahls in einer Linse. Wenn einer so lang gelebt hat wie er, dann werden die »vorläufigen Begegnungen des Realen mit dem Idealen« für den Dichter häufig genug, daß er mit dem Idealen ein wenig vertraut wird und etwas über seine möglichen Wandlungen sagen kann. Diese Wandlungen sind für den Künstler vielleicht die einzigen tauglichen Zeitmaße.

Merkwürdig dieses fast gleichzeitige Erscheinen der beiden Bücher; sie scheinen ineinander überzugehen. »Poet in Our Time« liefert im Grund die beste Erläuterung zu der »äußeren

Zeit«, in der die Persona der »New Poems« sich aufhält. Auch dies eine Entsprechung zur »Divina Commedia«, wo diese Welt als »jene Sphäre« verstanden wird. »Ihre« Abwesenheit für Montales Persona ist so greifbar, wie für diejenige Dantes »ihre« Anwesenheit war. Der Modus der Wiederholung, die hier die Existenz über das Leben hinaus prägt, ist nahe verwandt mit dem Kreisen Dantes in den Ordnungen derer, »die als Menschen gestorben sind, ehe ihr Körper starb«. »Poet in Our Time« gibt uns eine Skizze – und Skizzen sind immer ein wenig überzeugender als Gemälde – der übervölkerten Spirale einer Landschaft, wo solch sterbende und doch lebende Wesen hausen.

Das Buch mutet nicht sehr »italienisch« an, obschon die alte Kultur sehr viel zu dem hohen Rang seines Autors beiträgt. Die Wörter »europäisch« und »international« nehmen sich hier wie abgenützte Umschreibungen von »universal« aus. Montale ist ein Schriftsteller, dessen sprachliche Meisterschaft aus seiner geistigen Unabhängigkeit erwachsen ist. So sind »New Poems« und »Poet in Our Time« noch das, was Bücher waren, bevor sie zu bloßen Büchern wurden: Chroniken der Seele. Der Seele, die keiner Chronik bedarf. Das letzte der »New Poems« lautet:

Zum Ende

Meinen Nachfahren (wenn es welche gibt)
im Bereich der Literatur, und das
ist unwahrscheinlich, empfehle ich,
einen schönen Scheiterhaufen zu errichten
aus allem, was mein Leben betrifft,
aus all meinem Tun und Lassen.
Ich bin kein Leopardi, hinterlasse wenig dem Feuer,
ist es doch schon zuviel, in Prozenten zu leben.
Ich lebte zu fünf Prozent, erhöht nicht
die Dosis. Allzuoft regnet es doch
auf den nassen Boden.

(Deutsch von Michael Marschall von Bieberstein)

1977

Über Tyrannei

Krankheit und Tod sind vielleicht die einzigen Dinge, die ein Tyrann mit seinen Untertanen gemeinsam hat. Nur in diesem Sinne ist die Herrschaft eines alten Mannes für eine Nation von Vorteil. Es ist nicht etwa so, als ob einem das Bewußtsein der eigenen Sterblichkeit notwendigerweise Erleuchtung oder Abgeklärtheit brächte, aber die Zeit, die ein Tyrann mit der Betrachtung, sagen wir: seines Metabolismus verbringt, ist von den Staatsangelegenheiten gestohlene Zeit. Sowohl nationale als auch internationale Zustände der Ruhe verhalten sich genau proportional zur Anzahl der Krankheiten, die euren Ersten Parteisekretär oder Präsidenten-auf-Lebenszeit befallen. Selbst wenn er aufmerksam genug ist, um jenes zusätzliche Maß an Rücksichtslosigkeit zu erlernen, das zu jeder Krankheit gehört, so ist er gewöhnlich doch zimperlich, wenn es darum geht, dies erworbene Wissen für seine Palastintrigen oder seine Außenpolitik zu verwenden, wenn auch vielleicht nur, weil er instinktiv um die Wiederherstellung seines früheren gesunden Zustands besorgt ist, oder weil er an eine völlige Wiederherstellung glaubt.

Was den Tyrannen betrifft, so wird die Zeit, die er seiner Seelenbetrachtung widmet, immer gebraucht, um Pläne für die Erhaltung des Status quo zu schmieden. Das ist so, weil ein Mann in seiner Position nicht zwischen der Gegenwart, der Geschichte und der Ewigkeit unterscheidet, die zu seinem und der Bevölkerung Nutzen von der Staatspropaganda miteinander verschmolzen wurden. Er klammert sich an die Macht wie jeder andere ältere Mensch an die Pension oder die Ersparnisse. Was manchmal als eine Säuberung auf höchster Ebene erscheint, wird von der Nation als ein Versuch gesehen, jene Stabilität zu erhalten, für die diese Nation von vornherein war, als sie die Errichtung der Tyrannei zuließ.

Die Stabilität der Pyramide hängt selten von ihrer Spitze ab, und doch erregt unsere Aufmerksamkeit genau diese Spitze. Nach einer Weile wird das Auge des Betrachters ihrer unerträglichen geometrischen Vollendung müde und verlangt geradezu nach Veränderungen. Wenn es dann allerdings zu Veränderungen kommt, dann geraten sie immer zum Schlechteren. Um wenigstens dies zu sagen: Ein alter Mann, der darum kämpft, daß ihm Ungnade und Unannehmlichkeiten erspart bleiben, die in seinem Alter besonders ärgerlich sind, ist durchaus berechenbar. So blutig und böse er in jenem Kampf auch erscheinen mag, weder die Struktur der Pyramide noch ihr äußerer Schatten werden davon berührt. Und die Anlässe seines Kampfes, die Rivalen, verdienen diese bösartige Behandlung allein schon wegen ihres Ehrgeizes, der angesichts des Altersunterschiedes tautologisch erscheinen muß. Denn Politik ist lediglich eine Form geometrischer Reinheit, die das Gesetz des Dschungels einschließt.

Dort oben, auf der Spitze der Nadel, ist Raum nur für einen, und der sollte besser alt sein, weil alte Männer niemals vorgeben, sie wären Engel. Das einzige Bestreben des alternden Tyrannen ist es, seine Stellung zu halten, und seine Demagogie und Scheinheiligkeit belasten seine Untertanen nicht mit dem Zwang zu glauben oder endlos Schriften mit Kommentaren zu versehen. Bei einem jungen Emporkömmling mit seinem echten oder vorgetäuschten Eifer und Tatendrang läuft es dagegen schließlich immer darauf hinaus, daß der öffentliche Zynismus zunimmt. Schaut man sich die menschliche Geschichte an, so läßt sich mit Sicherheit sagen, daß Zynismus für den sozialen Fortschritt der beste Maßstab ist.

Denn neue Tyrannen bringen immer eine neue Mischung von Scheinheiligkeit und Grausamkeit mit sich. Die einen sind mehr auf Grausamkeit bedacht, die anderen auf Scheinheiligkeit. Man muß nur an Lenin, Hitler, Stalin, Mao, Castro, Gaddafi, Amin usw. denken. Jeder von ihnen übertrifft seine Vorgänger auf mehr als eine Weise und verdreht den Arm des Bürgers und den Kopf des Beobachters auf jeweils neue Art. Für den Anthropologen (besonders, wenn er außerordentlich hoch über den Dingen steht) ist dieser Entwicklungstyp von großem Interesse, denn er erweitert den Begriff von der Spezies. Man muß jedoch festhalten, daß die Verantwortung für die eben erwähnten Vorgänge genausosehr im technologischen Fortschritt und dem allgemeinen Bevölkerungswachstum begründet liegt wie in der spezifischen Bösartigkeit eines beliebigen Diktators.

Heute ist eine jede soziopolitische Einrichtung, sei es eine Demokratie oder ein autoritäres Regime, ein weiterer Schritt vom Geist des Individualismus hin zu einer Stampede der Massen. Die Vorstellung von der existentiellen Einzigartigkeit eines Menschen wird durch die von seiner Anonymität ersetzt. Der einzelne kommt nicht so sehr durch das Schwert als durch den Penis um, und wie klein auch immer ein Land sein mag, es bedarf der zentralen Planung oder es wird ihr unterworfen. So etwas erzeugt leicht verschiedene Formen der Autokratie, in denen die Tyrannen selbst als überholte Computermodelle angesehen werden können.

Doch wären sie nur überholte Computermodelle, wäre es nicht so schlimm. Das Problem besteht darin, daß ein Tyrann in der Lage ist, neue Computer zu kaufen, die auf der Höhe der Technik sind, und daß er darauf aus ist, sie zu bedienen. Beispiele überholter *hardware*, die sich eine fortschrittliche Form zunutze gemacht haben, sind der Führer, der sich des Lautsprechers bediente, oder Stalin, der die Telephonabhöranlage benutzte, um seine Gegner im Politbüro zu beseitigen.

Menschen werden nicht etwa Tyrannen, weil sie eine Berufung fühlten, doch auch nicht aus reinem Zufall. Wenn ein Mann diese Berufung fühlt, nimmt er normalerweise eine Abkürzung und wird zum Familientyrannen, wohingegen wirkliche Tyrannen bekanntermaßen scheue und nicht sonderlich interessante Familienväter sind. Das Hilfsmittel einer Tyrannei ist eine politische Partei (oder militärische Gliederungen, die ja ähnlich wie eine Partei strukturiert sind), denn wenn man von irgend etwas die Spitze erreichen will, dann muß es eine vertikale Topographie haben.

Nun, eine Partei ist – anders als ein Berg, oder noch besser: ein Wolkenkratzer – im Grunde eine von geistig oder anderweitig Unbeschäftigten erfundene fiktive Realität. Sie kommen an in dieser Welt und finden die physische Realität, Wolkenkratzer und Berge, schon ganz und gar besetzt. Daher haben sie die Wahl, entweder auf eine Einstiegsmöglichkeit ins alte System zu warten, oder ein neues und eigenes alternatives System zu erschaffen. Letzteres erscheint ihnen als die praktikabelste Vorgehensweise, wenn auch vielleicht nur darum, weil sie sofort anfangen können. Der Aufbau einer Partei ist selbst schon eine, und zwar eine ausfüllende, Beschäftigung. Sie zahlt sich gewiß nicht sogleich aus; aber dann wiederum ist die Arbeit nicht sonderlich schwer, und die Inkohärenz dieses Bestrebens vermittelt viel geistige Beruhigung.

Um ihre rein demographische Herkunft zu verbergen, entwickelt eine Partei gewöhnlich ihre eigene Ideologie und Mythologie. Im allgemeinen wird eine neue Ideologie immer nach dem Bilde einer alten geschaffen und äfft die existierenden Strukturen nach. Solch eine Technik verhüllt das Fehlen an Einbildungskraft und gibt dem ganzen Unternehmen zugleich den Anstrich von Authentizität. Dies ist, nebenbei gesagt, der Grund, warum so viele dieser Leute realistische Kunst so bewundern. Im großen und ganzen ist das Fehlen der Einbildungskraft authentischer als ihre Anwesenheit. Die dröhnende Langeweile eines Parteiprogramms und das graue, unauffällige Auftreten ihrer Führer sprechen die Massen an, weil sie sich selbst darin reflektiert sehen. Im Zeitalter der Überbevölkerung wird das Böse (wie das Gute) ebenso mittelmäßig wie die Untertanen. Wer ein Tyrann werden möchte, sollte besser langweilig sein.

Und langweilig sind sie, so wie ihr Leben. Ihre einzigen Belohnungen erhalten sie während des Aufstiegs: sie sehen Rivalen ausgeschaltet, verdrängt, degradiert. Um die Jahrhundertwende, in der großen Zeit der politischen Parteien, gab es noch weitere Freuden; sie bestanden zum Beispiel in der Veröffentlichung eines konfusen Pamphlets oder in der Flucht vor der Überwachung durch die Polizei; in einer glühenden Rede auf einer heimlichen Tagung oder in einer auf Parteikosten genossenen Kur in den Schweizer Alpen oder an der französischen Riviera. All das gibt es jetzt nicht mehr: brennende Fragen, falsche Bärte, marxistische Studien. Übriggeblieben sind das Warten auf die Beförderung, endlose Formalitäten, Schreibtischarbeit und die Suche nach zuverlässigen Kumpanen. Selbst der Reiz, seine Zunge hüten zu müssen, ist dahin, denn es gibt nichts zu sagen, was der Aufmerksamkeit der flächendeckend verwanzten Wände wert wäre.

Zur Spitze befördert wird man durch den langsamen Lauf der Zeit, über den man nur durch das Gefühl von Authentizität hinweggetröstet wird, den er dem Unternehmen gibt: was Zeit verschlingt, ist wirklich. Selbst in den Reihen der Opposition kommt man nur langsam voran; was aber die Partei an der Macht betrifft, so muß sie nirgendwohin eilen, und nach einem halben Jahrhundert der Herrschaft ist es an ihr, Zeit auszugeben. Allerdings, was Ideale im viktorianischen Sinn des Wortes angeht, so unterscheidet sich das Ein-Parteien-System nicht sehr von einer modernen Version des politischen Pluralismus. Dennoch bedarf es einer mehr als durchschnittlichen Portion an Unehrlichkeit, um der einzig vorhandenen Partei beizutreten.

Und trotzdem, wie voller Schläue man auch ist, und wie pieksauber die Akte, vor sechzig wird man es nicht ins Politbüro schaffen. In diesem Alter ist das Leben völlig unumkehrbar geworden, und wenn man die Zügel der Macht ergreift, wird man seine Fäuste erst für die letzte Kerze wieder öffnen. Es ist unwahrscheinlich, daß ein sechzigjähriger Mann irgendein wirtschaftliches oder politisches Risiko eingehen wird. Er weiß, daß er noch ungefähr zehn Jahre vor sich hat, und seine Freuden sind meistens gastronomischer und technologischer Art: exquisites Essen, ausländische Zigaretten und ausländische Autos. Er ist ein Mann des Status quo, was sich in der Außenpolitik bezahlt macht, wenn man sein ständig wachsendes Raketenarsenal betrachtet, und es ist unaushaltbar im Inland, wo Nichtstun die vorhandene Situation verschlimmert. Und obwohl vom letzteren seine Rivalen profitieren, würde er sie eher beseitigen, als Änderungen einführen, denn gegenüber jener Ordnung, die einem zum Erfolg verhalf, ist man immer ein bißchen nostalgisch eingestellt.

Die durchschnittliche Dauer einer Tyrannei beträgt fünfzehn, höchstens zwanzig Jahre. Werden es mehr, gerät sie unausweichlich zu einem Monstrum. Man bekommt dann jene Sorte Grandeur, die sich im Führen von Kriegen oder durch Terror im Inland äußert, oder beidem. Die Natur fordert glücklicherweise ihr Recht, manchmal gerade noch rechtzeitig durch die Hände der Rivalen; das heißt, bevor der Mann sich entschließt, durch eine Wahnsinnstat Unsterblichkeit zu erlangen. Die jüngeren Kader, die ohnehin gar nicht mehr so jung sind, drängen von unten und schieben ihn ins Blau des reinen Chronos. Denn nachdem er die höchste Spitze erreicht hat, gibt es nur diesen Weg für ihn. Häufiger allerdings ist die Natur auf sich allein gestellt und trifft auf formidablen Widerstand sowohl seitens der staatlichen Sicherheitsorgane als auch seitens der Leibärzte des Tyrannen. Es werden ausländische Ärzte eingeflogen, um unseren Mann aus den Tiefen der Senilität, in die er gesunken ist, wieder emporzufischen. Manchmal ist ihre humanitäre Mission erfolgreich (denn ihre Regierungen sind am Erhalt des Status quo selbst höchst interessiert), erfolgreich genug, um dem großen Mann die Fähigkeit zu geben, die Todesdrohung an die Adresse ihrer jeweiligen Länder zu wiederholen.

Am Ende geben beide auf; die Organe weniger freiwillig als die Ärzte, denn die Medizin hat weniger an Hierarchie, die von den bevorstehenden Veränderungen betroffen werden kann. Aber schließlich werden sogar die Organe von ihrem Herrn gelangweilt, den sie ohnehin überleben werden, und schon schlüpft, während die Leibwächter wegsehen, der Tod herein mit Sense, Hammer und Sichel. Am nächsten Morgen wird die Bevölkerung nicht durch die pünktlichen Hähne geweckt, sondern durch Chopins *Marche Funèbre*, der in Wellen aus den Lautsprechern strömt. Dann kommt mit militärischen Ehren das Begräbnis: Pferde ziehen die Lafette, voran eine Abteilung Soldaten, die auf kleinen scharlachfarbenen Kissen die Medaillen und Orden tragen, welche den Rock des Tyrannen schmückten wie die Brust eines preisgekrönten Hundes. Und wenn, wie es oft geschieht, die Bevölkerung sein Dahinscheiden betrauert, so sind es die Tränen von Glücksspielern, die verloren haben: die Nation trauert um ihre verlorene Zeit. Und dann erscheinen die Mitglieder des Politbüros und nehmen auf ihre Schultern den fahnengeschmückten Sarg: ihren einzigen gemeinsamen Nenner.

Während sie ihren toten Nenner dahintragen, sirren Kameras und klicken, und Ausländer und Einheimische blinzeln aufmerksam in die unbewegten Gesichter, um den Nachfolger auszumachen. Vielleicht war der Verstorbene eitel genug, ein politisches Testament zu hinterlassen, aber veröffentlicht wird es doch nicht werden. Die Entscheidung wird im Geheimen getroffen, während einer – für die Bevölkerung – geschlossenen Sitzung des Politbüros. Das heißt, im Verborgenen. Heimlichkeit ist ein alter Trick der Partei, ein Echo ihrer demographischen Herkunft, ihrer ruhmreichen illegalen Vergangenheit. Und die Gesichter geben nichts preis.

Darin sind sie um so erfolgreicher, weil es nichts preiszugeben gibt. Denn es wird einfach mehr vom Gleichen geben. Der neue Mann wird sich nur körperlich vom alten unterscheiden. Geistig – und auch auf jede andere Weise – wird er ein genauer Abguß der Leiche sein. Überhaupt ist dies vielleicht das allergrößte Geheimnis. Wenn ich darüber nachdenke, so findet sich die größte Annäherung an die Auferstehung, die wir haben, in den Ersatzleuten der Partei. Natürlich erzeugt Wiederholung Langeweile, aber wird etwas heimlich wiederholt, dann bleibt immer noch Raum für Witze.

Am witzigsten von allem ist jedoch die Erkenntnis, daß einfach irgendeiner dieser Männer ein Tyrann werden kann. Ungewißheit und Verwirrung aber wird vor allem dadurch erzeugt, daß das Angebot die Nachfrage übersteigt; daß wir es nicht mit der Tyrannei eines einzelnen, sondern mit der Tyrannei einer Partei zu tun haben, die schlankweg und im Handumdrehen die Produktion von Tyrannen auf eine industrielle Basis gestellt hat. Was von dieser Partei schon ganz im allgemeinen klug und im besonderen passend gedacht war, wenn man einmal das schnelle Schwinden des Individualismus an sich betrachtet. Mit anderen Worten: das Ratespiel des »Wer-wird-was-werden« ist deshalb heute so romantisch und altmodisch wie das Fangbecherspiel, und nur frei gewählte Menschen können es sich erlauben. Die Zeit der Adlerprofile, der Spitz- und Vollbärte, der Walroß- oder Zahnbürstenschnurrbärte ist lang schon vorbei; was die Augenbrauen betrifft, so wird die Zeit dafür auch bald vergangen sein.

Doch irgendwie ist etwas Unheimliches an diesen ausdruckslosen, grauen, unauffälligen Gesichtern: sie sehen aus wie jedes andere, was ihnen einen Hauch von Untergrund verleiht; sie ähneln sich wie Grashalme. Die visuelle Redundanz verleiht dem Prinzip der »Regierung des Volkes« zusätzliche Tiefe: durch die Herrschaft eines Niemand. Denn von einem Niemand regiert zu werden, ist nämlich eine viel weiter verbreitete Form der Tyrannei, da der Niemand aussieht wie jedermann. Er repräsentiert die Massen auf mehrerlei Weise, und deshalb beschwert er sich nicht mit Wahlen. Für die Vorstellungskraft ist es eine undankbare Aufgabe, sich die möglichen Folgen eines Systems vorzustellen, in dem jeder eine Stimme hat, etwa China mit seiner Bevölkerung von einer Milliarde. Was für ein Parlament würde daraus hervorgehen, und wieviele Millionen würden dort als Minorität gelten.

Das Auftauchen politischer Parteien um die Jahrhundertwende kündigte frühzeitig und unüberhörbar die Überbevölkerung an, und deshalb haben sie es heute so gut getroffen. Während die Individualisten sich über sie lustig machten, schlugen sie aus der Entpersönlichung Kapital, und bald verging den Individualisten das Lachen. Das Ziel ist jedoch weder der Triumph der Partei noch der irgendeines bestimmten Bürokraten. Es ist wahr, sie erwiesen sich als ihrer Zeit voraus, doch der Zeit ist noch sehr viel mehr voraus, vor allem eine Menge Leute. Das Ziel besteht darin, ihrer zahlenmäßigen Expansion in einer nicht expandierenden Welt Platz zu schaffen, und das kann man nur auf dem Wege der Entpersönlichung und Bürokratisierung aller Lebenden erreichen. Das Leben selbst ist nämlich ein gemeinsamer Nenner; und das sollte eine zureichende Basis sein, um die Existenz auf detaillierte Weise zu strukturieren.

Und genau das tut die Tyrannei: sie strukturiert dein Leben für dich. Sie tut dies so peinlich genau wie nur möglich, auf jeden Fall aber viel besser als eine Demokratie. Auch tut sie das um deinetwillen, denn jedweder Individualismus, der zur Schau getragen wird, könnte schädlich sein: und zwar in erster Linie für die Person, die sich ihn leistet; doch sollte man auch an jene denken, die einem nahe stehen. Dafür ist er da, der Parteistaat, mit seinem Sicherheitsdienst, seinen Irrenanstalten, seiner Polizei und dem Loyalitätsdenken seiner Bürger. Doch reichen all diese Instrumente noch nicht aus: jedermann soll sein eigener Bürokrat werden, das ist der Traum. Und der Tag, an dem solch ein Traum wahr werden wird, ist durchaus in Sicht. Denn die Bürokratisierung der individuellen Existenz beginnt, wenn man politisch denkt, und mit dem Erwerb eines Taschenrechners hört sie nicht auf.

Wenn man also beim Begräbnis des Tyrannen elegische Gefühle verspürt, dann vor allem aus autobiographischen Gründen, und weil dieser Abschied die Nostalgie für »die gute alte Zeit« noch verstärkt. Immerhin war der Mann auch ein Produkt der alten Schule, als die Menschen noch unterscheiden konnten zwischen dem, was sie sagten, und dem, was sie taten. Falls er nicht mehr als eine Zeile im Geschichtsbuch verdient, nun, um so besser: er hat einfach nicht genug Blut seiner Untertanen vergossen, um einen Absatz darin zu verdienen. Seine Geliebten waren eher rundlich, und er hatte nur wenige. Er schrieb nicht viel, auch malte er nicht und spielte kein Musikinstrument; auch ein neuer Möbelstil wurde von ihm nicht eingeführt. Er war ein ganz schlichter Tyrann, und doch bemühten die Führer der größten Demokratien sich eifrig darum, ihm die Hand zu drücken. Kurz, er wirbelte keinen Staub auf. Und zum Teil verdanken wir es ihm, wenn wir morgens unsere Fenster öffnen, daß der Horizont immer noch nicht vertikal ist.

Auf Grund der besonderen Beschaffenheit seines Amtes kannte niemand seine wahren Gedanken. Es ist durchaus möglich, daß er sie selbst nicht kannte. Das würde eine gute Grabinschrift geben. Aber da ist noch eine Anekdote, die die Finnen über das Testament Urho Kekkonens, ihres Präsidenten-auf-Lebenszeit, erzählen. Sie beginnt wie folgt: »Falls ich sterben sollte ...«

1980

Kind der Zivilisation

Aus unerfindlichen Gründen klingt »Tod eines Dichters« immer irgendwie konkreter als »Leben eines Dichters«. Vielleicht weil »Leben« wie »Dichter« als Worte in ihrer ausdrücklichen Unbestimmtheit beinahe synonym sind. Wogegen »Tod« – sogar als Wort – etwa ebenso fest umrissen ist wie das Werk des Dichters, d.h. wie ein Gedicht, in dem die letzte Zeile das Wesentliche ist. Gleich woraus ein Kunstwerk besteht, es läuft auf das Finale zu, das seine Form mitbestimmt und das eine Wiederbelebung nicht zuläßt. Auf die letzte Zeile eines Gedichts folgt nichts als Literaturkritik. Wenn wir also einen Dichter lesen, haben wir teil an seinem Tod oder dem seines Werks. Im Falle Mandelstams haben wir teil an beidem.

Ein Kunstwerk ist immer darauf angelegt, seinen Schöpfer zu überdauern. Den Philosophen paraphrasierend, könnte man sagen, daß auch Gedichte schreiben eine Übung im Sterben ist. Was einen aber schreiben läßt, ist, von rein sprachlicher Notwendigkeit einmal abgesehen, nicht so sehr die Sorge um die Vergänglichkeit des eigenen Fleisches als das Bedürfnis, Nachsicht walten zu lassen gegenüber gewissen Dingen der eigenen Welt, der persönlichen Zivilisation, des eigenen Kontinuums im nichtsemantischen Bereich. Kunst ist nicht eine bessere, sondern eine andere Art der Existenz; sie ist nicht der Versuch, der Realität zu entfliehen, sondern das Gegenteil: ein Versuch, sie zu beseelen. Sie ist der Geist, der einen Leib sucht und Worte findet. Im Falle Mandelstams waren es zufällig die Worte des Russischen. Für diesen Geist gibt es möglicherweise keine bessere Unterkunft: Russisch ist eine stark flektierte Sprache. Was bedeutet, daß das Substantiv ohne weiteres ganz hinten am Satzende sitzen kann und daß die Endung dieses Substantivs (oder Adjektivs oder Verbs) nach Genus, Numerus und Kasus variiert. All dies verleiht jedem sprachlichen Ausdruck eine stereoskopische Qualität der Wahrnehmung, ja, schärft und fördert diese (bisweilen). Das anschaulichste Beispiel hierfür ist Mandelstams Umgang mit einem der Hauptthemen seiner Lyrik, dem Thema der Zeit.

Nichts ist absonderlicher, als ein analytisches Verfahren auf ein synthetisches Phänomen anwenden zu müssen; zum Beispiel, auf englisch über einen russischen Dichter zu schreiben. Allerdings wäre es bei Mandelstam auch nicht viel leichter, ein derartiges Verfahren in russischer Sprache anzuwenden. Dichtung ist höchste Leistung der gesamten Sprache, und sie zu analysieren heißt nur, den Brennpunkt diffus werden zu lassen. Das gilt in noch stärkerem Maße für Mandelstam, der im Kontext der russischen Dichtung eine extrem einsame Gestalt ist, und gerade die Dichte seines Brennpunkts ist der Grund für seine Isolation. Literaturkritik ist nur dann zu Einsichten fähig, wenn der Kritiker sich in psychologischer und sprachlicher Hinsicht auf derselben Ebene wie der Autor bewegt. So wie es derzeit aussieht, ist es Mandelstam bestimmt, in beiden Sprachen von einer Kritik beurteilt zu werden, die eindeutig unter seinem Niveau ist.

Die Unzulänglichkeit der Analysen zeigt sich schon am Themenbegriff, sei es nun ein Zeit-, Liebes- oder Todesthema. Dichtung ist zuallererst eine Kunst der Verweise, Anspielungen, der sprachlichen und bildlichen Parallelen. Zwischen dem *Homo sapiens* und dem *Homo scribens* klafft ein riesiger Abgrund, weil für den Schreibenden die Vorstellung von einem Thema sich erst aus der Kombination der oben erwähnten Techniken und Verfahren ergibt, wenn überhaupt. Schreiben ist ein buchstäblich existentieller Vorgang; es benutzt das Denken für seine eigenen Zwecke, es verbraucht Begriffe, Themen und dergleichen, nicht umgekehrt. Die Sprache ist es, die ein Gedicht diktiert, die Stimme der Sprache nämlich, die wir unter den Spottnamen Muse oder Inspiration kennen. Es ist daher besser, nicht vom Thema der Zeit in Mandelstams Lyrik zu sprechen, sondern von der Gegenwärtigkeit der Zeit selbst, als Entität wie als Thema, und sei es nur, weil die Zeit ihren Sitz ohnehin im Gedicht hat, und zwar als Zäsur.

Dessen sind wir uns voll bewußt, und deshalb sagt Mandelstam, anders als Goethe, nie zum Augenblick: »Verweile doch! Du bist so schön!«, sondern versucht nur, die Zäsur auszudehnen. Mehr noch, er tut dies nicht wegen der speziellen Schönheit oder Unschönheit dieses Augenblicks, sein Anliegen (und folglich auch sein technisches Vorgehen) ist ein ganz anderes. Was der junge Mandelstam in seinen ersten beiden Gedichtsammlungen zu vermitteln suchte, war das Gefühl einer überreich gesättigten Existenz, und als Medium wählte er die Abbildung der überfrachteten Zeit. Unter Einsatz aller Klang- und Anspielungskraft der Worte drückt seine Lyrik jener Periode das sich verlangsamende, zähflüssige Vergehen der Zeit aus. Weil Mandelstam (wie immer) das gelingt, was er will, nimmt der Leser die Worte und sogar die Buchstaben – vor allem die Vokale – als nahezu greifbare Gefäße der Zeit wahr.

Andererseits geht es ihm keineswegs um jene Suche nach vergangenen Tagen mit ihrem zwanghaften Umhertasten, um die Vergangenheit wieder einzufangen und neu zu überdenken. Mandelstam blickt in einem Gedicht selten zurück; er ist ganz und gar in der Gegenwart – in diesem Augenblick, den er andauern, sich über seine natürliche Begrenzung hinaus hinziehen läßt. Für die Vergangenheit, ob die persönliche oder historische, ist schon durch die Wortetymologie gesorgt. Doch so unproustisch seine Behandlung der Zeit auch ist, die Dichte seiner Verse ist der Prosa des großen Franzosen nicht unverwandt. In gewisser Weise ist es die gleiche totale Kriegführung, der gleiche Frontalangriff, in diesem Fall allerdings ein Angriff auf die Gegenwart und mit Mitteln anderer Art. Es ist beispielsweise außerordentlich wichtig, sich klarzumachen, daß Mandelstam fast jedesmal, wenn er dieses Zeitthema aufnimmt, einen stark zäsurierten Vers verwendet, der in Hebungen oder Inhalt den Hexameter anklingen läßt. Gewöhnlich ist es ein jambischer Pentameter, der in einen Alexandriner entgleitet, und es findet sich immer eine Paraphrase oder ein direkter Bezug auf eines der Homerischen Epen. In der Regel spielt dieses Gedicht irgendwo an der See, im Spätsommer, womit direkt oder indirekt der griechisch-antike Hintergrund heraufbeschworen wird. Betrachtet doch die russische Lyrik traditionell die Krim und das Schwarze Meer als die einzig greifbare Annäherung an die griechische Welt, zu der diese Gegenden – Tauris und Pontos euxeinos – als

Randgebiete gehörten. Man denke zum Beispiel an Gedichte wie »Aus der Flasche ein Strom – wie der goldgelbe Honig da floß ...«, »Schlaflosigkeit. Homer. Gespannte Segel ...« und »Goldamseln drin im Wald, die Länge der Vokale ...«, in dem folgende Zeilen stehen:

In der Natur jedoch zum jährlich einen Male
Fließt lang die Dehnung hin, als wärs im Vers Homers.
Und gleich einer Zäsur klafft heute dieser Tag ...

(Diese und alle folgenden
Übersetzungen von Ralph Dutli)

Die Auswirkungen dieses griechischen Echos sind mannigfach. Man könnte es als rein technisches Problem abtun, aber der entscheidende Punkt ist, daß der Alexandriner der nächste Verwandte des Hexameters ist, und sei es nur hinsichtlich der Verwendung einer Zäsur. Da wir schon von Verwandtschaft sprechen: Die Mutter aller Musen war Mnemosyne, die Muse der Erinnerung, und ein Gedicht (sei es ein kurzes oder ein Epos) muß auswendig gelernt werden, um zu überleben. Der Hexameter war eine hervorragende mnemotechnische Erfindung, und sei es auch nur, weil er so schwerfällig ist und so verschieden von der Umgangssprache jedweder Zuhörerschaft, einschließlich der Homers. Wenn Mandelstam also auf dieses Gedächtnisvehikel innerhalb eines anderen – d. h. in seinem Alexandriner – Bezug nimmt, stellt er zugleich mit der fast physischen Wahrnehmung des Zeittunnels den Effekt eines Spiels im Spiel her, einer Zäsur in einer Zäsur, einer Pause in einer Pause. Was letztlich eine Form der Zeit ist, wenn nicht ihr Sinn: wenn die Zeit dadurch nicht angehalten wird, wird sie doch wenigstens im Brennpunkt konzentriert.

Nicht, daß Mandelstam dies bewußt, mit Absicht, täte. Oder daß dies sein Hauptziel wäre, während er ein Gedicht schreibt. Er tut es beiläufig, in Nebensätzen, während er schreibt (oft über etwas anderes), *nie*, indem er auf diesen Punkt hinschrieb. Themenbezogene Lyrik ist nicht seine Sache. Ebensowenig die der russischen Lyrik allgemein. Ihre Grundtechnik ist die des Um-den-heißen-Brei-Herumschleichens, der Annäherung an das Thema von verschiedenen

Blickwinkeln aus. Die klar umrissene Darstellung des Gegenstandes, die so typisch für die englischsprachige Lyrik ist, wird normalerweise in dieser oder jener Zeile abgehakt, und dann geht der Dichter zu etwas anderem über; sie füllt selten ein ganzes Gedicht. Themen und Begriffe sind – ungeachtet ihres Gewichts – nichts als Material, wie Wörter, und sie sind immer da. Die Sprache hat Namen für sie alle, und der Dichter ist der Meister der Sprache.

Griechenland war immer da, ebenso Rom und ebenso das biblische Judäa und das Christentum. Diese Ecksteine unserer Zivilisation werden in Mandelstams Lyrik etwa so behandelt, wie die Zeit selbst sie behandeln würde: als Einheit – und *in* ihrer Einheit. Mandelstam zu einem Verbünder einer dieser Lehren (und vor allem der letztgenannten) zu erklären, hieße nicht nur, ihn kleiner zu machen, als er ist, sondern auch, seine historische Perspektive oder vielmehr seine historische Landschaft zu verzerren. Thematisch wiederholt Mandelstams Lyrik die Entwicklung unserer Zivilisation: sie fließt nach Norden, doch vermischen sich die parallelen Strömungen in diesem Strom gleich von Anfang an miteinander. Gegen 1920 beginnen die römischen Themen gegenüber den griechischen und biblischen zu überwiegen – in erster Linie deshalb, weil Mandelstam sich zunehmend mit der archetypischen Kategorie des »Dichters gegen ein Imperium« identifiziert. Diese Haltung war nur zum geringsten Teil durch die damalige politische Lage in Rußland bedingt, sie entsprang vor allem Mandelstams eigener Einschätzung dessen, wie sein Werk sich zum Rest der zeitgenössischen Literatur wie auch zu dem moralischen Klima und den intellektuellen Problemen der restlichen Nation verhielt. Es war deren moralischer und geistiger Niedergang, der ihm den imperialen Horizont suggerierte. Und doch überwogen die römischen Themen nur, sie wurden nie übermächtig. Sogar in *Tristia*, dem römischsten seiner Gedichte, in dem Mandelstam deutlich den exilierten Ovid zitiert, ist ein gewisser Hesiodscher Patriarchenton zu spüren, der darauf hindeutet, daß das Ganze durch ein irgendwie griechisches Prisma gesehen wurde.

Tristia

Ich lernte Abschied: eine Wissenschaft,
In Klagen – nachts – von unbedecktem Haar.
Gekau der Ochsen. Warten. Und kein Schlaf.
Den letzten Gang der Wache nehm ich wahr.
Und folg dem einen Kult: der Nacht der Hähne,
Als ich die Lasten hob, den Schmerz – für lang,
Ein Aug ins Ferne sah durch seine Träne,
Und Schluchzen mischte sich zum Musensang.

Wer weiß, hört er das Wort da: Abschiednehmen,
Welch eine Trennung es uns bringt –
Was er verheißen mag, der Schrei der Hähne
Auf der Akropolis, wenn alles brennt?
Und da es tagt, das irgendneue Leben,
Während er immer kaut, der Ochse, träg –
Warum der Hahn, der Künder neuen Lebens,
Auf seinem Wall die Flügel schlägt?

Ich lieb das Weiterspinnen all der Fäden:
Ein Schiffchen fliegt, und eine Spindel surrt ...
Da schau: zu dir, wie Flaum der Schwäne,
Fliegt Delia, da kommt sie, unbeschuht!
O unsres Lebens Grund, der karge, sehre –
Wie arm der Freude Sprache, wie begrenzt!
Und alles war schon und wird wiederkehren:
Dein Glück – nur der Moment, da du's erkennst.

So sei es denn: ein Wachsfigürchen, hell,
Das sich auf einer irdnen Schale zeigt
(Die Form – ein Eichhorn, sein gestrafftes Fell) –
Ein Mädchen, schauend, übers Wachs geneigt.
Nicht uns steht zu, den Erebos zu ahnen,
Den Männern Kupfer, Wachs den Frauen.
Uns fällt das Los, die Schlacht zu schlagen,
Doch sie: sie sterben, in die Zukunft schauend.

Später, in den dreißiger Jahren, während der sogenannten Woronescher Zeit, als alle diese Themen – einschließlich dem Roms und des Christentums – dem »Thema« nackten existentiellen Grauens wichen und einer erschreckenden geistig-seelischen Akzeleration, wird das Muster wechselseitiger Beeinflussung und Abhängigkeit jener Bereiche noch offenkundiger und dichter.

Nicht daß Mandelstam ein »zivilisierter« Dichter gewesen wäre; vielmehr war er ein Dichter der Zivilisation, für die er schrieb. Als er einmal gebeten wurde, den Akmeismus – die literarische Bewegung, der er angehörte – zu definieren, antwortete er: »Sehnsucht nach Weltkultur.« Dieser Begriff Weltkultur ist entschieden russisch. Auf Grund seiner Lage (weder Osten noch Westen) und seiner mit Mängeln behafteten Geschichte hat Rußland immer unter einem kulturellen Minderwertigkeitsgefühl gelitten, zumindest gegenüber dem Westen. Aus dieser Unterlegenheit erwuchs die Idealvorstellung von einer kulturellen Einheit »da draußen«, und die Folge war eine intellektuelle Gier nach allem, was aus dieser Richtung kam. In gewisser Weise ist dies eine russische Version des Hellenismus, und Mandelstams Bemerkung über Puschkins »hellenistische Blässe« kam nicht von ungefähr.

Das Zentrum dieses russischen Hellenismus war St. Petersburg. Vielleicht wäre das beste Emblem für Mandelstams Einstellung zu dieser sogenannten Weltkultur der streng klassizistische Portikus der Petersburger Admiralität, den Reliefs trompetender Engel schmücken und von dem die nadelgleiche goldene Spitze aufragt, die die Silhouette eines Klippers trägt. Um seine Dichtung besser zu verstehen, sollte sich der nicht Russisch sprechende Leser vielleicht klarmachen, daß Mandelstam ein Jude war und in der Hauptstadt des zaristischen Rußland lebte, dessen herrschende Religion der russisch-orthodoxe Glaube, dessen politische Struktur zuinnerst byzantinisch und dessen Alphabet die Erfindung zweier griechischer Mönche war. Historisch betrachtet, war diese organische Mischung am stärksten in St. Petersburg zu spüren, das für Mandelstam die eschatologische Nische, ihm »zum Weinen vertraut«, für den Rest seines nicht allzu langen Lebens wurde.

Es war jedoch lang genug, um diesen Ort unsterblich zu machen, und wenn man seine Lyrik gelegentlich »petersburgisch« genannt hat, so darf man diese Bezeichnung aus mehr als einem Grund als ebenso treffend wie ehrenvoll ansehen. Treffend deshalb, weil Petersburg nicht nur die Regierungshauptstadt des Zarenreiches war, sondern auch sein geistiges Zentrum, und zu Beginn des Jahrhunderts verschmolzen dort die Elemente jenes Stroms auf die gleiche Weise wie in Mandelstams Gedichten. Ehrenvoll deshalb, weil der Dichter wie die Stadt durch ihre Konfrontation an Bedeutung gewannen. War der Westen Athen, so war Petersburg im zweiten Jahrzehnt dieses Jahrhunderts Alexandria. Dieses »Fenster nach Europa«, wie Petersburg von einigen freundlichen Seelen der Aufklärung genannt wurde, diese »erfundenste Stadt«, wie sie später Dostojewskij definierte, die auf dem Breitengrad von Vancouver liegt, in der Mündung eines Flusses, der so breit ist wie der Hudson zwischen Manhattan und New Jersey, hatte und hat jene Art von Schönheit, die der Wahnsinn hervorbringen kann – oder die versucht, diesen Wahnsinn zu verbergen. Klassizismus hatte nie so viel Raum, und die italienischen Architekten, die von einer ganzen Reihe russischer Monarchen ins Land geholt wurden, hatten das nur zu gut begriffen. Die unendlichen gigantischen vertikalen Flöße der weißen Säulen an den Fassaden der Uferpaläste, die dem Zaren, seiner Familie, dem Adel, den Botschaften und den *nouveaux riches* gehören, werden von dem spiegelnden Fluß zur Ostsee hinabgetragen. Die größte Prachtstraße des Reiches – den Newskij-Prospekt – säumen Kirchen aller Glaubensrichtungen. Die endlosen breiten Straßen sind voller Einspänner, neumodischer Automobile, müßiger, wohlgekleideter Menschen, erstklassiger Geschäfte, Konditoreien usw. Unermeßlich weite Plätze mit berittenen Statuen früherer Herrscher und mit höheren Triumphsäulen als die Nelsons. Ungezählte Verlage, Journale, Zeitungen, politische Parteien (mehr als im heutigen Amerika), Theater, Restaurants, Zigeuner. Das Ganze umgeben von dem Kranz rauchender Fabrikschlote – einem backsteinernen Birnamswald – und bedeckt von dem weit ausgebreiteten feuchten, grauen Laken des Himmels der nördlichen Hemisphäre. Ein Krieg ist verloren, ein anderer – ein Weltkrieg – droht, und man ist ein kleiner jüdischer Junge mit einem Herzen voll russischer jambischer Pentameter.

In dieser riesenmaßstäblichen Verkörperung vollkommener Ordnung ist der jambische Takt so natürlich wie Kopfsteinpflaster. Petersburg ist eine Wiege russischer Lyrik und, mehr noch, ihrer Prosodie. Die Idee einer edlen Struktur ohne Ansehen der Qualität des Inhalts (manchmal genau *gegen* seine Qualität, was einen ungeheuren Eindruck von Widersprüchlichkeit schafft – Hinweis auf die Wertung des beschriebenen Phänomens, nicht durch den Autor, sondern durch den Vers selbst) ist rein ortsgebunden. Die ganze Sache fing im vorigen Jahrhundert an, und Mandelstams Gebrauch strenger Metren in seinem ersten Buch *Der Stein* gemahnt deutlich an Puschkin und dessen Plejade. Und doch ist dies weder das Ergebnis einer bewußten Entscheidung, noch ein Zeichen dafür, das Mandelstams Stil durch frühere oder zeitgenössische Vorgänge in der russischen Lyrik vorherbestimmt gewesen wäre.

Das Vorhandensein eines Echos ist das Hauptmerkmal jeder guten Akustik, und Mandelstam schuf lediglich eine große Kuppel für das Echo seiner Vorläufer. Die ausgeprägtesten Stimmen gehören Derschawin, Baratynskij und Batjuschkow. Jedoch handelte er weitgehend unabhängig, ohne sich um vorhandene Idiome, besonders das zeitgenössische, zu kümmern. Er hatte einfach zuviel zu sagen, als daß es ihm darauf angekommen wäre, stilistisch einzigartig zu sein. Doch war es gerade diese Überfrachtung seines ansonsten regelmäßigen Verses, die ihn einzigartig machte.

Rein äußerlich sahen seine Gedichte nicht so sehr viel anders aus als die der Symbolisten, die die literarische Szene beherrschten: er verwendete relativ regelmäßige Reime, eine Standardstrophenform, und die Länge seiner Gedichte war die übliche – sechzehn bis vierundzwanzig Zeilen. Aber mit diesem bescheidenen Vehikel trug er seine Leser viel weiter fort als irgendeiner jener anheimelnden (weil schwammigen) Metaphysiker, die sich als russische Symbolisten bezeichneten. Der Symbolismus war sicher die letzte große Bewegung (und das nicht nur in Rußland); doch Lyrik ist eine extrem individualistische Kunst, sie hat etwas gegen Ismen. Die Lyrikproduktion des Symbolismus war so umfangreich und seraphisch, wie es die Mitgliedschaft und die Postulate dieser Bewegung waren. Ein Höhenflug so bar jeder inneren Notwendigkeit, daß auch Universitätsabsolventen, Offiziersanwärter und Büroangestellte sich versucht fühlten und das Genre bereits an der Jahrhundertwende als inflationäres Wortgeklingel kompromittiert war, etwa so wie es heute bei dem freien Vers in Amerika der Fall ist. Zwar sank die Wertschätzung, als dann unter den Namen Futurismus, Konstruktivismus, Imaginismus usw. die Gegenbewegung einsetzte. Doch waren dies eben nur Ismen, die gegen Ismen kämpften, Schreibweisen gegen Schreibweisen. Nur zwei Dichter, Mandelstam und Marina Zwetajewa, brachten inhaltlich qualitativ Neues, und ihr Schicksal spiegelte in furchtbarer Weise das Ausmaß ihrer geistigen Autonomie wider.

In der Dichtung wie anderswo auch wird der Streit um geistige Überlegenheit stets auf physischer Ebene ausgetragen. Man muß einfach annehmen, daß es genau der (von antisemitischen Obertönen nicht ganz freie) Bruch mit den Symbolisten war, der die Keime zu Mandelstams Zukunft in sich trug. Ich beziehe mich nicht so sehr auf Georgij Iwanows Verhöhnung eines Mandelstam-Gedichts im Jahre 1917, deren Nachhall die offizielle Ächtung in den dreißiger Jahren war, als auf Mandelstams zunehmende Absonderung von jeglicher Form von Massenproduktion, speziell sprachlicher und seelisch-geistiger Art. Die Wirkung war, daß eine Stimme, je klarer sie wird, desto dissonanter klingt. Das stört jeden Chor, und die ästhetische Isolierung erreicht damit physische Ausmaße. Wenn ein Mensch sich eine eigene Welt schafft, wird er zu einem Fremdkörper, gegen den alle Gesetze gerichtet sind: Schwerkraft, Druck, Abstoßung, Vernichtung.

Mandelstams Welt war groß genug, sie alle herauszufordern. Hätte Rußland einen anderen historischen Weg gewählt – ich glaube nicht, daß sein Schicksal so sehr viel anders gewesen wäre. Seine Welt war zu autonom, um mit einer anderen zu verschmelzen. Außerdem ging Rußland nun einmal seinen Weg, und für Mandelstam, dessen dichterische Entwicklung auch so schon schnell verlief, konnte jene Richtung nur eines bringen – eine beängstigende Akzeleration. Diese Akzeleration beeinflußte zuallererst den Charakter seines Verses. Dessen herrlicher meditativer zäsurierter Fluß verwandelte sich in ein rasches, ruckartiges Getrappel. Seine Dichtung wurde die einer hohen Geschwindigkeit und bloßgelegter Nerven, manchmal kryptisch, mit leicht verkürzter Syntax das Selbstverständliche überspringend. Und doch wurde sie auf diese Weise mehr zu einem Gesang denn je zuvor, nicht Barden-, sondern Vogelsang, mit unvorhersehbaren schrillen Doppelschlägen und Intervallen, etwa wie das Tremolo eines Stieglitzes.

Und wie dieser Vogel wurde er Zielscheibe für alle möglichen Steine, die sein Mutterland reichlich nach ihm warf. Nicht daß Mandelstam gegen die politischen Veränderungen war, die sich in Rußland vollzogen. Er besaß genügend Sinn für Maß und genügend Ironie, um die epische Qualität des ganzen Unternehmens anzuerkennen. Außerdem war er ein heidnisch lebensfroher Mensch, und andererseits waren schließlich die Wimmertöne völlig von den Symbolisten mit Beschlag belegt. Auch war ja seit Beginn des Jahrhunderts die Luft voll loser Reden über eine Neuaufteilung der Welt, so daß fast jeder, als die Revolution kam, das Geschehene für das Ersehnte hielt. Mandelstams Reaktion war vielleicht die einzig nüchterne auf die Ereignisse, die die Welt erschütterten und so viele nachdenkliche Köpfe schwindeln machten:

> Nun los, versuchen wir's: die große, linkische,
> Die Wende! Knirsch nur, Ruderblatt ...
>
> (aus *Die Dämmerung der Freiheit*)

Aber die Steine flogen schon, und der Vogel auch. Ihre jeweiligen Flugbahnen sind in den Erinnerungen der Witwe Mandelstams ausführlich verzeichnet, und das erforderte zwei Bände. Diese Bücher sind nicht nur ein Führer durch seine Gedichte, obwohl sie das auch sind. Doch drückt jeder Dichter, egal wieviel er schreibt, physisch wie statistisch gesehen, in seinen Versen höchstens ein Zehntel seines Lebens aus. Der Rest ist normalerweise in Dunkelheit gehüllt; falls irgendein zeitgenössisches Zeugnis überdauert, enthält es gähnende

Lücken, von den unterschiedlichen Blickwinkeln, die das Objekt verzerren, gar nicht zu reden.

Die Erinnerungen der Witwe Ossip Mandelstams befassen sich genau damit, mit jenen neun Zehnteln. Sie bringen Licht in die Dunkelheit, füllen die Lücken, merzen die Verzerrungen aus. Das Endergebnis kommt einer Wiederbelebung nahe, nur daß alles, was den Mann tötete, ihn überlebte, was weiter existiert und an Popularität gewinnt, ebenfalls auf diesen Seiten wiederersteht, wieder in Kraft gesetzt wird. Wegen der tödlichen Macht des Materials geht Mandelstams Witwe bei der Wiedererschaffung dieser gegnerischen Elemente so umsichtig vor, als handle es sich um das Entschärfen einer Bombe. Wegen dieser Präzision und auf Grund dessen, daß seine Verse, sein Tun im Leben und sein Sterben jemanden zu großer Prosa beflügelten, begreift man schlagartig – auch ohne eine einzige Zeile von Mandelstam zu kennen –, daß es in der Tat ein großer Dichter ist, dessen auf diesen Seiten gedacht wird: wegen der gegen ihn gerichteten Masse und Energie des Bösen.

Dennoch bleibt festzuhalten, daß Mandelstams Einstellung zu jener historisch neuen Situation keineswegs offene Feindschaft war. Im großen und ganzen sah er sie als eine eben etwas härtere Form der existentiellen Wirklichkeit an, als qualitativ neue Herausforderung. Seit den Romantikern haben wir diese Vorstellung von dem Dichter, der seinem Tyrannen den Fehdehandschuh hinwirft. Falls es eine solche Zeit je gegeben hat – heute wäre eine derartige Handlung völlig unsinnig: Tyrannen stellen sich für solche Tête-à-têtes nicht mehr zur Verfügung. Die Entfernung zwischen uns und unseren Herren kann nur von letzteren verkürzt werden, was selten geschieht. Ein Dichter gerät wegen seiner sprachlichen und damit auch geistig-seelischen Überlegenheit in Schwierigkeiten, nicht wegen seiner politischen Anschauungen. Ein Lied ist eine Form sprachlichen Ungehorsams, und sein Klang zieht erheblich mehr in Zweifel als ein konkretes politisches System: es stellt die gesamte existentielle Ordnung in Frage. Und die Zahl seiner Gegner wächst proportional an.

Es wäre eine Vereinfachung zu meinen, daß es das Gedicht gegen Stalin war, das Mandelstams Verhängnis heraufbeschwor. Dieses Gedicht war trotz all seiner zerstörerischen Kraft nur ein Nebenprodukt in der thematischen Behandlung dieser gar nicht so neuen Ära durch Mandelstam. Im übrigen gibt es eine sehr viel explosivere Zeile in dem Gedicht *Ariosto*, das einige Monate früher in demselben Jahr (1933) entstanden ist: »Die Macht ist widerlich wie Baderhände ...« Und davon gab es noch viele mehr. Trotzdem glaube ich, daß allein dieser verbalen Ohrfeigen wegen das Vernichtungsgebot nicht unbedingt hätte angewendet werden müssen. Der eiserne Besen, der in Rußland umging, hätte ihn aussparen können, wäre er nur ein politischer Dichter gewesen oder ein Lyriker, der sich hie und da in die Politik verirrt. Er war schließlich gewarnt, und er hätte daraus lernen können. Und doch tat er das nicht, weil sich sein Selbsterhaltungstrieb längst seiner Ästhetik unterworfen hatte. Es war die ungeheure lyrische Intensität der Dichtung Mandelstams, die ihn von seinen Zeitgenossen absonderte und ihn zu einer Waise seiner Epoche machte, »heimatlos im Allunionsmaßstab«. Denn Lyrik ist Sprachethik, und die Überlegenheit dieses Lyrischen gegenüber allem, was im menschlichen Zusammenspiel welcher Konfession auch immer erreicht werden könnte, ist das, was ein Kunstwerk ausmacht und es überleben läßt. Eben deshalb konnte der eiserne Besen, dessen Ziel die geistige Kastrierung der gesamten Bevölkerung war, ihn nicht aussparen.

Es war ein Fall reiner Polarisierung. Gesang ist letztlich umstrukturierte Zeit, der gegenüber stummer Raum von Natur aus feindselig ist. Ersteren verkörperte Mandelstam; letzteren hatte der Staat sich zur Waffe gewählt. Von erschreckender Logik ist der Ort des Konzentrationslagers, in dem Ossip Mandelstam 1938 starb: nahe Wladiwostok, in den tiefsten Eingeweiden staatseigenen Raumes. Innerhalb Rußlands von Petersburg noch weiter weg zu sein ist kaum möglich. Und in der Dichtung – im Sinne des Lyrischen – Höheres zu erreichen als hier ist auch kaum möglich (es ist ein Gedicht zur Erinnerung an eine Frau, Olga Waksel, die angeblich in Schweden starb, und entstand während Mandelstams Zeit in Woronesch, wohin er von seinem vorherigen Verbannungsort nahe dem Ural nach einem Nervenzusammenbruch verbracht worden war). Nur vier Zeilen:

. . . Und starre Schwalben gerundeter Brauen(a)
flogen(b) vom Grab zu mir her,
mir zu sagen, sie hätten genug geruht in ihrem(a)
kalten Stockholmer Bett(b).

Stellen Sie sich einen vierfüßigen Amphibrachus vor mit alternierendem Reim (abab).

Diese Strophe ist eine Apotheose umstrukturierter Zeit. Zum einen ist Sprache selbst ein Produkt der Vergangenheit. Die Rückkehr der starren Schwalben impliziert das periodisch Wiederkehrende ihrer Gegenwart wie auch des Vergleichs selbst, sei es als innerer Gedanke oder als gesprochener Satz. Auch deutet »flogen . . . zu mir her« auf Frühling, Wiederkehr der Jahreszeiten. »Mir zu sagen, sie hätten genug geruht« suggeriert wieder Vergangenheit: unfertige, weil trostlose Vergangenheit. Und dann schließt die letzte Zeile den Kreis, dadurch, daß das Adjektiv »Stockholmer« die verborgene Anspielung auf Hans Christian Andersens Märchen preisgibt, das von der verwundeten Schwalbe erzählt, die im Maulwurfsbau überwintert, dann wieder zu Kräften kommt und heimfliegt. Jedes Schulkind in Rußland kennt diese Geschichte. Das bewußte sich Erinnern erweist sich als so stark in der unterbewußten Erinnerung verwurzelt und löst ein so stechendes Schmerzgefühl aus, daß es ist, als hörten wir nicht einen leidenden Menschen, sondern unmittelbar die Stimme seiner verwundeten Psyche. Eine Stimme dieser Art kollidiert sicher mit allem, sogar mit dem Leben ihres Mediums, d.h. des Dichters. Es ist wie Odysseus, der sich selbst an einen Mast bindet gegen das Rufen seiner Seele; dies – und nicht nur die Tatsache, daß Mandelstam verheiratet ist – ist der Grund, warum er hier so elliptisch ist.

Dreißig Jahre arbeitete er mit an der russischen Lyrik, und was er tat, wird so lange bestehen, wie die russische Sprache existiert. Es wird sicher das gegenwärtige und jedes spätere Regime in jenem Land überdauern – durch seinen Lyrismus wie durch seine Tiefe. Offen gestanden kenne ich in der Dichtung der Welt nichts, was einer Offenbarung eher gleichkäme als diese vier Zeilen aus seinen *Versen vom unbekannten Soldaten,* die er gerade ein Jahr vor seinem Tod schrieb:

Und Arabiens Krumen und Krollen,
Die zermahlte, die Schnellkraft des Lichts –
Dieser Strahl und gebogene Sohle:
Meine Netzhaut empfängt ihr Gewicht ...

Kaum noch vorhandene Grammatik, was aber nichts mit modernistischer Schreibweise zu tun hat, sondern die Folge einer unvorstellbaren psychischen Akzeleration ist, wie sie zu anderen Zeiten für die Ausbrüche Hiobs und Jeremias verantwortlich war. Dieses Zermahlen von Schnelligkeiten (»Schnellkraft«) ist gleichermaßen ein Selbstporträt wie eine unglaubliche astro-physikalische Einsicht. Was er hinter seinem Rücken »sich hastig nähern« hörte, war nicht ein »geflügelter Wagen«, sondern sein »Wolfshund-Jahrhundert«, und er rannte, solange Raum war. Als der Raum endete, erreichte er die Zeit.

Was besagen soll: uns. Dieses Programm steht nicht nur für seine Russisch sprechenden Leser, sondern auch für die anderssprachigen. Vielleicht mehr als sonst jemand in diesem Jahrhundert war er ein Dichter der Zivilisation: er trug bei zu dem, was ihn inspiriert hatte. Es läßt sich sogar behaupten, daß er Teil von ihr geworden war, lange bevor ihn der Tod traf. Natürlich war er Russe, aber doch nicht mehr als Giotto Italiener war. Zivilisation ist die Gesamtsumme unterschiedlicher Kulturen, die von einem gemeinsamen geistigen Nenner beseelt sind, und ihr Hauptträger – metaphorisch wie wörtlich gesprochen – ist die Übersetzung. Die Wanderung eines griechischen Portikus in die geographischen Breiten der Tundra ist eine Übersetzung.

Sein Leben wie sein Tod ergaben sich aus dieser Zivilisation. Bei einem Dichter ist die ethische Haltung, im Grunde sogar das Temperament, durch die eigene Ästhetik vorbestimmt und geformt. Das erklärt auch, warum die Dichter mit der gesellschaftlichen Wirklichkeit unweigerlich auf Kriegsfuß stehen, und ihre Todesrate zeigt die Entfernung an, die jene Wirklichkeit zwischen sich und die Zivilisation legt. Gleiches gilt für die Qualität einer Übersetzung.

Als Kind einer auf den Prinzipien Ordnung und Opfer gründenden Zivilisation verkörpert Mandelstam beides; und es ist nichts als angemessen, von seinen Übersetzern zumindest einen Anschein von Entsprechungen zu erwarten. Die Rigorosität, die das Hervorbringen eines Echos erfordert, so ungeheuer hart sie einem auch erscheinen mag, ist auch eine Hommage an jene Sehnsucht nach Weltkultur, die das Original antrieb und ihm Gestalt gab. Die formalen Aspekte der Verse Mandelstams sind nicht das Produkt irgendeiner rückständigen Poetik, sondern im Grunde die Säulen des oben erwähnten Portikus. Sie zu entfernen, heißt nicht nur die eigene »Architektur« auf Bruchbuden und Schrotthaufen zu reduzieren: es heißt zu lügen hinsichtlich all dessen, wofür der Dichter lebte und starb.

Übersetzen ist die Suche nach einem Äquivalent, nicht nach einem Ersatz. Es erfordert stilistische, wenn nicht geistig-seelische Kongenialität. Beispielsweise wäre das stilistische Idiom, das man zur Übertragung Mandelstams ins Englische verwenden könnte, das des späten Yeats (mit dem er auch thematisch vieles gemeinsam hat). Das Problem ist natürlich, daß ein Mensch, der ein derartiges Idiom beherrscht – falls ein solcher existiert –, zweifellos sowieso lieber eigene Gedichte schreibt, anstatt sich das Gehirn beim Übersetzen (das außerdem nicht sonderlich gut bezahlt wird) zu zermartern. Doch von technischem Können und sogar auch von geistig-seelischer Kongenialität abgesehen, ist das Entscheidende, was ein Übersetzer haben oder sonst entwickeln sollte, ein gleichgestimmtes Gefühl für die Zivilisation.

Mandelstam ist ein formaler Dichter im höchsten Sinn des Wortes. Für ihn beginnt ein Gedicht mit dem »klingenden Abguß der Form«, wie er es selbst nannte. Die fehlende Realisierung dieses Begriffs degradiert selbst die genaueste Wiedergabe seiner Bilder zu anregender Lektüre. »Ich allein in Rußland arbeite nach meiner Stimme, doch ringsum schreibt das dickfellige Pack«, sagt Mandelstam von sich selber in seiner *Vierten Prosa.* Er sagt dies mit dem Zorn und der Würde eines Dichters, der erkannt hat, daß der Quell seiner Schaffenskraft deren Methode bedingt.

Es wäre vergeblich und unvernünftig, von einem Übersetzer zu verlangen, diesem Beispiel zu folgen: die Stimme, nach der und durch die man arbeitet, ist zwangsläufig einzig in ihrer Art. Doch dem Timbre, der Tonhöhe und dem Tempo, wie es sich im Metrum widerspiegelt, kann man sich annähern. Man sollte dessen eingedenk sein, daß Versmetren an sich schon feste Größenordnungen sind und als solche durch nichts zu ersetzen. Ein Metrum kann nicht gegen ein anderes ausgetauscht werden, schon gar nicht gegen freien Vers. Unterschiede im Metrum sind Unterschiede in Atem und Herzschlag. Unterschiede im Reimschema sind solche der Gehirnfunktionen. Lässiger Umgang mit dem einen wie dem anderen ist bestenfalls ein Sakrileg, schlimmstenfalls Verstümmelung oder Mord. In jedem Fall ist es ein geistiges Verbrechen, für das der Täter – vor allem wenn er nicht dingfest gemacht wird – mit beschleunigter intellektueller Degeneration zahlt. Und was die Leser betrifft, so kaufen sie eine Lüge.

Jedoch – die Rigorosität, die das Hervorbringen eines anständigen Echos erfordert, ist zu hoch in ihrem Anspruch. Sie hemmt die Individualität im Übermaß. Die Rufe nach dem Einsatz eines »poetischen Instrumentariums unserer Zeit« werden nur allzu durchdringend. Und die Übersetzer machen sich hastig auf die Suche nach Ersatz. Dies geschieht in erster Linie deshalb, weil solche Übersetzer gewöhnlich selber Dichter sind und die eigene Individualität ihnen das Teuerste ist. Ihr Individualitätsbegriff schließt die Möglichkeit des Opfers einfach aus, das doch das Grundmerkmal des reifen Individuums ist (und auch die Grunderfordernis jeder – auch einer technischen – Übersetzung). Das Endergebnis ist, daß ein Mandelstamgedicht optisch wie strukturell irgendeinem witzlosen Text von Neruda gleicht oder einer Übersetzung aus dem Urdu oder Kisuaheli. Falls es das übersteht, dann nur auf Grund seiner seltsamen Bilder oder seiner eigenartigen Intensität, die in den Augen des Lesers eine gewisse ethnographische Bedeutung erlangen. »Ich kann nicht einsehen, wieso Mandelstam als großer Dichter gilt«, sagte der verstorbene W. H. Auden. »Die Übersetzungen, die ich kenne, überzeugen mich nicht davon.«

Kaum verwunderlich. In den verfügbaren englischsprachigen Übertragungen begegnet man einem absolut unpersönlichen Produkt, einer Art gemeinsamem Nenner moderner Wortkunst. Wären es einfach schlechte Übersetzungen, wäre es nicht einmal so schlimm. Denn schlechte Übersetzungen stimulieren, gerade weil sie schlecht sind, die Phantasie des Lesers und rufen den Wunsch hervor, aus dem Text auszubrechen oder sich von ihm zu lösen: sie spornen die Intuition an. In den vorliegenden Fällen ist diese Möglichkeit praktisch ausgeschaltet: die Übersetzungen tragen den Stempel eines selbstsicheren, unerträglichen stilistischen Provinzialismus, und die einzige optimistische Anmerkung, die man dazu machen kann, ist, daß Kunst so niederer Qualität ein untrügliches Zeichen einer von Dekadenz äußerst weit entfernten Kultur ist.

Russische Dichtung insgesamt und Mandelstam insbesondere haben es nicht verdient, wie arme Verwandte behandelt zu werden. Die Sprache und ihre Literatur, vor allem ihre Lyrik, sind das Beste, was das Land hat. Dennoch, nicht die Sorge um Mandelstams oder Rußlands Ansehen macht einen schaudern angesichts dessen, was seinen Zeilen auf Englisch angetan worden ist: vielmehr ist es der Eindruck, die englischsprachige Kultur sei geplündert, ihre eigenen Kriterien abgewertet, der geistigen Herausforderung sei ausgewichen worden. »Okay«, könnte ein junger amerikanischer Lyriker oder Leser von Lyrik nach Durchsicht der vorliegenden Bände resümieren, »in Rußland spielt sich dasselbe ab.« Aber was sich dort abspielt, ist ganz und gar nicht dasselbe. Die russische Lyrik hat – ihre Metaphern einmal außer acht gelassen – ein Beispiel für moralische Reinheit und Festigkeit gegeben, und das zeigt sich nicht zuletzt in der Bewahrung der klassischen Formen ohne gleichzeitige Beeinträchtigung der Inhalte. Dies zeichnet sie vor ihren westlichen Schwestern aus, wenn man sich auch keineswegs ein Urteil darüber anmaßen mag, wem diese Auszeichnung stärker zugute kommt. Jedoch es bleibt eine Auszeichnung, und in der Übersetzung sollte diese Eigenart, und sei es auch nur aus rein ethnographischen Gründen, gewahrt und nicht über irgendeinen gemeinsamen Leisten geschlagen werden.

Ein Gedicht ist das Ergebnis einer gewissen Notwendigkeit: es ist unvermeidlich, und dasselbe gilt von seiner Form. »Notwendigkeit«, sagt Mandelstams Witwe Nadeschda in ihrem *Mozart und Salieri* (einem Muß für jeden, den Kreativitätspsychologie interessiert), »ist kein Zwang und kein Fluch des Determinismus, sondern ein Glied zwischen den Zeiten, sofern die von den Vorfahren ererbte Fackel nicht ausgetreten wurde.« Für Notwendigkeiten gibt es natürlich kein Echo; aber die Mißachtung eines Übersetzers für Formen, die durch die Zeit erleuchtet und geheiligt sind, ist nichts anderes, als jene Fackel auszutreten. Die Theorien, die zur Rechtfertigung dieser Praxis vorgetragen werden, haben nur ein Positivum: daß ihre Verfasser für den Abdruck Honorar erhalten.

Ein Gedicht, als wäre es der Gebrechlichkeit und Unzuverlässigkeit der menschlichen Fähigkeiten und Sinne gewahr, zielt auf das Gedächtnis. Zu diesem Zweck setzt es eine Form ein, die im wesentlichen eine Gedächtnisstütze ist und dem Gehirn ermöglicht, eine Welt zu behalten – und die das Behalten erleichtert –, wenn das übrige Gestell zusammenklappt. Das Gedächtnis schwindet meist erst ganz am Ende, als ob es auch noch das Ende selbst aufzeichnen wollte. So könnte ein Gedicht das letzte sein, was über unsere sabbernden Lippen kommt. Niemand erwartet, daß einer, dessen Muttersprache Englisch ist, in diesem Augenblick Verse eines russischen Dichters murmelt. Murmelt er aber etwas von Auden, Yeats oder Frost, wird er näher an Mandelstam sein, als es die derzeitigen Übersetzer sind.

Mit anderen Worten, die Englisch sprechende Welt muß diese nervöse, hohe, reine Stimme erst noch hören, eine Stimme, in der Liebe, Schrecken, Erinnerung, Kultur, Glaube mitschwingen, zitternd vielleicht wie ein brennendes Streichholz bei starkem Wind und doch gänzlich unlöschbar. Eine Stimme, die bleibt, auch wenn ihr Besitzer nicht mehr ist. Er war, ist man versucht zu sagen, ein moderner Orpheus: er wurde zur Hölle geschickt und kehrte nicht zurück, während seine Witwe, ein Sechstel der Erdoberfläche durchmessend, von einem Schlupfwinkel zum nächsten floh, den Kochtopf fest an sich gedrückt, in dem zusammengerollt seine Gedichte lagen, die sie sich nachts immer wieder hersagte für den Fall, daß sie von Furien mit einem Durchsuchungsbefehl gefunden würden. Dies sind unsere Metamorphosen, unsere Mythen.

1977

Nadeshda Mandelstam
(1899-1980)
Ein Nekrolog

Von den einundachtzig Jahren, die Nadeshda Mandelstam lebte, verbrachte sie neunzehn Jahre als Frau des größten russischen Lyrikers dieses Jahrhunderts, Ossip Mandelstam, und zweiundvierzig Jahre als seine Witwe. Die Jahre, die übrigblieben, waren Kindheit und Jugend. In gebildeten Kreisen, vor allem unter Literaten, besorgt man sich eine Identität schon als Witwe eines berühmten Mannes. Und ganz besonders in Rußland, wo das Regime in den dreißiger und vierziger Jahren Schriftstellerwitwen mit einer derartigen Tüchtigkeit produzierte, daß Mitte der Sechziger hinreichend vorhanden waren, um eine Witwengewerkschaft auf die Beine zu stellen.

»Von allen Witwen hat Nadja am meisten Glück gehabt«, sagte Anna Achmatowa oft und dachte dabei an die weltweite Anerkennung, die Ossip Mandelstam zu dieser Zeit genoß. Ihre Bemerkung zielte, verständlicherweise, auf ihren Lyrikerkollegen, und obwohl sie recht hatte, blieb es doch die Ansicht einer Außenstehenden. Als Ossip Mandelstams Anerkennung wuchs, war Frau Mandelstam bereits über sechzig, ihre Gesundheit äußerst gefährdet, ihre Finanzlage nicht eben rosig. Hinzu kam, daß die Weltweitheit dieser Anerkennung das sagenhafte »Sechstel des ganzen Planeten«, Rußland selbst, nicht einschloß. Hinter ihr lagen bereits zwei Jahrzehnte als Witwe in äußerster Armut, der Große Krieg (vor dem jeder persönliche Verlust erlosch) und die tagtägliche Angst, von den Agenten des Staatssicherheitsdienstes als Frau eines Volksfeindes inhaftiert zu werden. Abgesehen vom Tod konnte alles weitere nur Strafaufschub heißen.

Ich traf sie zum ersten Mal zu genau jener Zeit, im Winter 1962 in Pskow (Pleskau), wo ich mir zusammen mit Freunden die Kirchen ansah (die schönsten, meiner Meinung nach, im ganzen russischen Reich). Als Anna Achmatowa hörte, daß wir nach Pskow fahren wollten, schlug sie vor, Nadeshda Mandelstam zu besuchen, die am dortigen »Pädagogischen Institut« Englisch unterrichtete, und gab uns mehrere Bücher für sie mit. Damals hörte ich ihren Namen zum ersten Mal: ich wußte nicht, daß es sie gab.

Sie lebte in einer kleinen Gemeinschaftswohnung, die aus zwei Räumen bestand. Den einen belagerte eine Frau, die, Ironie des Schicksals, Nezwetajewa hieß (wörtlich: Nicht-Zwetajewa), den anderen Frau Mandelstam, ein Zimmer von acht Quadratmetern, Größe eines durchschnittlichen amerikanischen Badezimmers. Ein gußeisernes Doppelbett nahm den größten Platz ein; dann waren da noch zwei Korbstühle, ein Kleiderschrank mit einem kleinen Spiegel und ein Vielzwecknachttisch, auf dem neben Tellern mit den Resten ihres Abendbrots eine aufgeschlagene Taschenbuchausgabe von Isaiah Berlins *Der Igel und der Fuchs* lag. Daß dieses Buch mit dem roten Umschlag in dieser winzigen Zelle lag, und daß sie es beim Läuten der Türglocke nicht unter dem Kissen versteckte, bedeutete nichts anderes als: Strafaufschub.

Das Buch, wie sich herausstellte, hatte ihr die Achmatowa geschickt, die engste Freundin der Mandelstams für ein halbes Jahrhundert: engste Freundin zunächst von beiden, dann von Nadeshda allein. Selbst zweifach Witwe (ihr erster Mann, der Lyriker Nikolai Gumiljow, wurde 1921 von der Tscheka erschossen – Mädchenname des KGB; ihr zweiter, der Kunsthistoriker Nikolai Punin, starb in einem Konzentrationslager derselben Firma), half die Achmatowa Nadeshda Mandelstam auf jede erdenkliche Art und rettete ihr während des Krieges buchstäblich das Leben, indem sie Nadeshda nach Taschkent schmuggelte (wohin einige Schriftsteller evakuiert worden waren) und ihre Tagesrationen mit ihr teilte. Obwohl das Regime ihre zwei Männer umgebracht hatte und ihr Sohn in den Lagern dahinvegetierte (sechzehn Jahre lang, wenn ich mich nicht irre), war die Achmatowa etwas besser dran als Nadeshda Mandelstam, und sei es nur, weil man sie, wenn auch nur zaghaft, als Schriftstellerin anerkannte und ihr erlaubte, in Leningrad und Moskau zu leben. Für die Frau eines Volksfeindes hieß es in den großen Städten schlichtweg: Betreten verboten!

Jahrzehntelang war diese Frau auf der Flucht, schlug sich durch die öden Gegenden und durch die Provinznester des Riesenreiches, ließ sich nieder an einem neuen Ort, nur um beim ersten Zeichen von Gefahr wieder aufzubrechen. Allmählich wurde ihr der Status der Un-Person zur zweiten Natur. Sie war eine kleine Frau, schmal, und mit den Jahren schrumpelte sie immer mehr, als wollte sie sich in etwas Gewichtsloses verwandeln, etwas, das man im Augenblick der Flucht leicht in die Tasche stecken konnte. Im übrigen hatte sie sage und schreibe keine Besitztümer: keine Einrichtungsgegenstände, keine Kunstwerke, keine Bibliothek. Die Bücher, auch fremdsprachige, blieben niemals lange in ihrem Besitz; wenn sie sie gelesen oder überflogen hatte, wanderten sie weiter an einen anderen – so wie man mit Büchern umgehen sollte. In der Zeit ihrer größten Wohlhabenheit Ende der sechziger und zu Beginn der siebziger Jahre war der kostspieligste Gegenstand in ihrer Einzimmerwohnung am Rande Moskaus eine Kuckucksuhr an der Küchenwand. Ein Dieb wäre hier verzweifelt; ebenfalls die Männer mit den Haussuchungsbefehlen.

In diesen Jahren der »Wohlhabenheit«, die der Veröffentlichung ihrer zweibändigen Memoiren folgte*, wurde diese Küche ein wahrer Wallfahrtsort. Fast jeden zweiten Abend versammelten sich die besten Überlebenden oder Neuhinzugekommenen der Nach-Stalin-Ära um den langen Holztisch, der zehnmal größer war als das Bettgestell in Pskow. Fast schien es, als würde sie nun für die Jahrzehnte ihres Paria-Daseins entschädigt. Doch ich bezweifle das, und ich kann mich besser an sie erinnern in diesem kleinen Zimmer in Pskow, oder auf einer Sofaecke in Achmatowas Wohnung in Leningrad, die sie, aus Pskow kommend, von Zeit zu Zeit illegal besuchte, oder wie sie aus den Tiefen des Schklowskischen Korridors in Moskau auftauchte, wo sie residierte, ehe sie ihre eigene Wohnung bekam. Vielleicht erinnere ich mich so gut daran, weil sie dort viel mehr in ihrem Element war: als Ausgestoßene, als Flüchtling, als »Bettlerfreundin«, wie Ossip

* Das Jahrhundert der Wölfe, S. Fischer Verlag, 1971; Generation ohne Tränen, S. Fischer Verlag, 1975.

Mandelstam sie in einem seiner Gedichte nennt – und die sie den Rest ihres Lebens blieb.

Es kann einem schon den Atem verschlagen, daß sie diese ihre zwei Bände im Alter von fünfundsechzig schrieb. In der Familie Mandelstam war Ossip der Schriftsteller, sie war es nicht. Wenn sie vor diesen zwei Bänden irgend etwas schrieb, so waren es Briefe an ihre Freunde oder Bittgesuche an den Obersten Gerichtshof. Auch gehörte sie nicht zu den Menschen, die ein langes und ereignisreiches Leben in der Beschaulichkeit des Ruhestands an sich vorüberziehen lassen. Denn ihre fünfundsechzig Jahre verliefen nicht ausgesprochen alltäglich. Es hat schon seinen Sinn, daß ein Paragraph im Sowjetischen Strafvollzugssystem besagt: ein Jahr Gefangenschaft in gewissen Lagern sind drei Jahre in andern. So gerechnet, erreichte das Leben vieler Russen dieses Jahrhunderts an Dauer das Leben der biblischen Patriarchen. Mit denen sie noch etwas anderes gemeinsam hatte: hemmungslose Hingabe an die Gerechtigkeit.

Aber es war nicht ihre Gerechtigkeitsliebe allein, die sie dazu brachte, sich mit fünfundsechzig hinzusetzen, um die Zeit ihres Strafaufschubs zum Schreiben dieser Bücher zu nutzen. Was diese Bände entstehen ließ, war die Wiederholung (im Maßstab eins zu eins) eines Prozesses, der in der russischen Literatur schon einmal stattgefunden hatte. Ich denke an das Auftauchen der großen russischen Prosa in der zweiten Hälfte des neunzehnten Jahrhunderts. Diese Prosa, die aus dem Nichts zu kommen scheint, als eine Wirkung ohne erkennbare Ursache, war tatsächlich einfach nur ein Ableger der russischen Lyrik des neunzehnten Jahrhunderts. Sie gab den Ton an für alles, was nachfolgend russisch geschrieben wurde, und die besten russischen Prosawerke können betrachtet werden als ein fernes Echo und eine penible Ausarbeitung der psychologischen und lexikalischen Feinheiten der russischen Lyrik im ersten Viertel des neunzehnten Jahrhunderts. »Die meisten Dostojewskij-Charaktere«, sagte Anna Achmatowa oft, »sind gealterte Puschkin-Helden, Onegins und dergleichen.«

Der Prosa geht immer die Lyrik voraus; auch im Leben Nadeshda Mandelstams, und nicht nur auf eine Weise. Als Schriftstellerin wie als Person ist sie das Geschöpf zweier Lyriker, mit denen ihr Leben unzertrennlich verbunden war: Ossip Mandelstam und Anna Achmatowa. Und nicht nur, weil er ihr Mann und sie ihre lebenslange Freundin war. Schließlich können vierzig Witwenjahre auch die glücklichsten Erinnerungen trüben (und im Fall dieser Ehe waren sie spärlich und weit auseinander liegend, und sei es nur, weil diese Ehe zeitlich zusammenfiel mit der ökonomischen Zerrüttung des Landes, verursacht durch Revolution, Bürgerkrieg und die ersten Fünfjahrespläne). Auch gab es Jahre, in denen sie mit der Achmatowa überhaupt nicht zusammenkam; und ein Brief war das letzte, dem man sich anvertraute. Papier war, ganz allgemein, gefährlich. Das Band dieser Ehe und dieser Freundschaft festigte ein rein technisches Problem: die Notwendigkeit, dem Gedächtnis anzuvertrauen, was dem Papier nicht anvertraut werden konnte: die Gedichte beider Autoren.

Dabei stand Nadeshda Mandelstam in dieser, wie Achmatowa sagt, »Vor-Gutenberg-Epoche« gewiß nicht allein. Doch indem sie die Worte ihres toten Mannes Tag und Nacht wiederholte, gewann sie nicht nur mehr und mehr Einsicht in diese Wortwelt, sondern erweckte auch seine ureigenste Stimme wieder zum Leben, seine ureigensten Klänge, obwohl seine Gegenwart sich verflüchtigte, obwohl sie erkannte, daß er seinen Teil des Paktes »in guten wie in schlechten Zeiten« eingehalten hatte, vor allem die zweite Hälfte. Dasselbe galt für die Gedichte der oft persönlich nicht anwesenden Achmatowa, denn dieser Mechanismus des Memorierens kann, einmal ausgelöst, nicht mehr stillstehen. Dasselbe galt für andere Autoren, für ein gewisses Denken, für ethische Prinzipien – für alles, was anders nicht überleben konnte.

Und allmählich wuchsen ihr diese Dinge ans Herz. Wenn es irgendeinen Ersatz gibt für Liebe, dann das Gedächtnis. Etwas im Gedächtnis zu bewahren bedeutet, Intimität lebendig zu halten. Allmählich prägten die Zeilen dieser Lyriker Nadeshdas Geisteszustand, ihre Identität. Sie verliehen ihr nicht nur eine Ebene der Wertschätzung oder einen Winkel, aus dem sie die Welt betrachtete; wichtiger noch: sie wurden zu ihrer sprachlichen Norm. Und als sie dann ihre eigenen Bücher schrieb, war sie gezwungen, ihre Sätze zu messen (zu dieser Zeit bereits ohne Berechnung, instinktiv) an den Sätzen der Freunde. Die Klarheit und Erbarmungslosigkeit ihrer Seiten, die die Wesensart ihres Bewußtseins spiegeln, sind die stilistische Konsequenz der Lyrik, die dieses Bewußtsein geformt hat. Inhaltlich und sprachlich sind ihre Bücher ein einziges Postskript zur Spracherhöhung, die Lyrik ihrem Wesen nach ist, und die ihr, indem sie die Zeilen ihres Mannes auswendig lernte, in Fleisch und Blut überging.

W. H. Audens Bemerkung, die große Lyrik »*hurt her into prose*«, traf auf sie zu, denn das Erbe dieser beiden Lyriker konnte weiterentwickelt oder ausgefeilt werden allein in der Prosa. In der Lyrik konnten nur Epigonen antreten. Und die traten an. Mit anderen Worten: Nadeshda Mandelstams Prosa war das einzige verfügbare Medium für die Sprache selbst, nicht in Stagnation zu fallen. Sie war gleichermaßen das Medium für die Psyche, die vom Sprachgebrauch dieses Lyrikers geformt worden war. Ihre Bücher waren demnach weniger Memoiren und Leitfäden durch das Leben zweier großer Lyriker, obwohl sie diese Funktionen hervorragend erfüllten; diese Bücher brachten Licht ins Bewußtsein der Nation, wenigstens in den Teil der Nation, der ein Exemplar ergattern konnte.

Kein Wunder also, daß dieses Licht im Bewußtsein der Nation zu einer Verurteilung des Systems führte. Diese beiden Bände der Frau Mandelstam bedeuten tatsächlich ein Jüngstes Gericht auf Erden, für ihr Zeitalter und dessen Literatur – ein Gericht, das um so angebrachter ist, als es dieses Zeitalter war, das sich die Schaffung des Paradieses auf Erden zum Plansoll gemacht hatte. Schon gar kein Wunder, daß diese Memoiren, besonders der zweite Band, weder innerhalb noch außerhalb der Kremlmauern gelitten wurden. Die Herrschenden, muß ich sagen, waren in ihren Reaktionen ehrlicher als die *Intelligentsia*: sie stellten den Besitz dieser Bücher klipp und klar unter Strafe. Und was die *Intelligentsia* betraf, besonders die Moskauer: sie erhob ein Protestgeheul gegen Nadeshda Mandelstams Vorwürfe, daß viele ihrer hochberühmten und weniger hochberühmten Mitglieder Komplizen des Regimes gewesen wären. Und auffällig verebbte die Menschenflut an ihrer Küchentür.

Es gab offene und halb-offene Briefe, entrüstete Resolutionen, sich nicht mehr die Hand zu geben, Freundschaften und Ehen, die über der Frage zerbrachen, ob sie recht oder unrecht hatte, diese oder jene Person als Spitzel zu entblößen. Ein prominenter Dissident erklärte mit rauschendem Bart: »Sie hat auf unsere gesamte Generation geschissen«; andere eilten in ihre Datschas, wo sie sich einschlossen, um ihre Anti-Memoiren in die Maschine zu hauen. Das war schon zu Beginn der siebziger Jahre, und kaum sechs Jahre später erhitzten sich die Gemüter derselben Leute über Solschenizyns Haltung gegenüber den Juden.

Es gibt etwas im Selbstverständnis der Literaten, das schon die Idee einer moralischen Autorität, egal bei wem, nicht ausstehen kann. Sie ergeben sich widerwillig der Tatsache eines Ersten Parteisekretärs oder eines Führers, wie einem notwendigen Übel, aber einen Propheten würden sie begierig in Frage stellen. Das liegt wahrscheinlich daran, daß die Nachricht, man sei ein Sklave, leichter zu verkraften ist als die Nachricht, man sei eine moralische Null. Schließlich sollte man einen gefallenen Hund nicht treten. Doch tritt ein Prophet den gefallenen Hund nicht, um ihn endgültig ins Jenseits zu befördern, sondern um ihm wieder auf die Beine zu helfen. Der Widerwillen gegen diese Tritte, das Infragestellen der Annahmen und Anklagen eines Schriftstellers, entspringt nicht dem Wunsch nach Wahrheit, sondern der intellektuellen Blasiertheit der Sklaverei. Umso schlimmer also für die Literaten, wenn die Autorität nicht nur im Moralischen besteht, sondern auch im Kulturellen – wie es bei Nadeshda Mandelstam der Fall war.

Ich möchte hier noch einen Schritt weiter gehen. Für sich genommen ist die Wirklichkeit keinen Pfifferling wert. Es ist die Wahrnehmung, die die Realität zur Bedeutung befördert. Und es gibt eine Hierarchie der Wahrnehmungen (und, entsprechend, der Bedeutungen); die durch feinste und empfindlichste Prismen gewonnenen Wahrnehmungen stehen an der

Spitze. Feinheit und Empfindlichkeit erhält solch ein Prisma aus einer einzigen Quelle: der Kultur, der Zivilisation, deren Hauptwerkzeug die Sprache ist. Die Bewertung der Wirklichkeit durch solch ein Prisma – eines der Ziele unserer Spezies – ist deshalb die genaueste, vielleicht sogar die gerechteste. (Schreie wie »Ungerecht!« und »Elitär!«, die dem eben Gesagten ausgerechnet aus den Universitäten folgen werden, müssen ungehört verhallen, denn die Kultur ist per definitionem »elitär«, und die Anwendung demokratischer Prinzipien auf das Gebiet des Wissens führt dazu, Weisheit mit Idiotie gleichzusetzen.)

Es ist der Besitz dieses Prismas (das ihr verliehen wurde von der besten russischen Lyrik des Jahrhunderts), und nicht die Einzigartigkeit des Ausmaßes ihrer Trauer, der Nadeshda Mandelstams Feststellungen über ihr Stück Wirklichkeit unangreifbar macht. Es ist ein gräßlicher Trugschluß zu glauben, daß Leiden größere Kunst hervorbringe. Leiden macht blind, taub, es ruiniert, und oft tötet es. Ossip Mandelstam war ein großer Lyriker noch *vor* der Revolution. Desgleichen Anna Achmatowa, desgleichen Marina Zwetajewa. Sie wären geworden, was sie wurden, auch wenn keines der historischen Ereignisse, die Rußland in diesem Jahrhundert heimsuchten, stattgefunden hätte: weil sie *begabt* waren. Im Grunde genommen braucht das Talent die Geschichte nicht.

Wäre Nadeshda Mandelstam geworden, was sie wurde, wenn es die Revolution und alles, was darauf folgte, nicht gegeben hätte? Wahrscheinlich nicht, denn sie traf ihren zukünftigen Mann im Jahre 1919. Aber schon die Frage ist gegenstandslos; sie führt uns in die trüben Gefilde der Wahrscheinlichkeitsgesetze und des historischen Determinismus. Schließlich wurde sie, was sie wurde, nicht aufgrund der Ereignisse in Rußland in diesem Jahrhundert, sondern eher diesen Ereignissen zum Trotz. Der Finger eines Kasuistikers wird gewiß darauf hinweisen, daß vom Standpunkt des historischen Determinismus dieses »trotz« ein Synonym des Wörtchens »wegen« ist. Soviel über historischen Determinismus, wenn er wegen der Semantik eines einzigen menschlichen »trotz« soviel Aufhebens macht.

Aus gutem Grund jedoch. Denn eine zerbrechliche Frau von fünfundsechzig erweist sich als fähig, den kulturellen Zerfall einer ganzen Nation zu verlangsamen, wenn nicht gar auf lange Sicht abzuwenden. Ihre Memoiren sind mehr als ein Zeugnis ihrer Zeiten; sie sind ein Blick auf die Geschichte im Licht von Bewußtsein und Kultur. Unter diesem Licht beginnt die Geschichte zu zappeln, und ein Individuum erkennt seine Wahl: die Quelle dieses Lichts zu suchen oder ein anthropologisches Verbrechen gegen sich selbst zu begehen.

Sie wollte weder so großartig sein, noch wollte sie einfach mit dem System abrechnen. Für sie war es eine Privatangelegenheit, eine Sache des Temperaments, ihrer Identität und dessen, was diese Identität geformt hatte. Und ihre Identität war von der Kultur geformt worden, von ihren besten Erzeugnissen: den Gedichten ihres Mannes. Sie sind es, nicht das Gedenken an ihren Mann, was sie am Leben erhalten wollte. Und im Verlauf von zweiundvierzig Jahren wurde sie die Witwe nicht ihres Mannes, sondern dieser Gedichte. Gewiß liebte sie ihn, aber die Liebe selbst ist die elitärste aller Leidenschaften. Sie erlangt ihre stereoskopische Substanz und Perspektive nur im Kontext der Kultur, denn sie nimmt mehr Platz ein im Bewußtsein als im Bett. Außerhalb dieses Arrangements verfällt sie einer eindimensionalen Fiktion. Sie war eine Witwe der Kultur, und ich glaube, sie liebte ihren Mann noch mehr zum Zeitpunkt ihres Endes als am Tag ihrer Hochzeit. Darum wahrscheinlich finden die Leser ihre Bücher so ergreifend. Und vielleicht, weil die Haltung der modernen Welt gegenüber der Zivilisation auch als Witwenschaft definiert werden kann.

Wenn sie etwas nicht hatte, dann Demut. In dieser Hinsicht war sie anders als ihre beiden Lyriker. Aber die hatten ihre Kunst, und die Qualität ihrer Leistungen verlieh ihnen genug Zufriedenheit, demütig zu sein, oder so zu scheinen. Sie hatte schreckliche Vorurteile, war kategorisch, launisch, zänkisch, pflegte ihre Abneigungen; viele ihrer Gedanken waren halbgar oder beriefen sich aufs Hörensagen. Kurz, sie hatte eine Menge Besserwisserisches an sich, was nicht überrascht, bei der Größe der Figuren, mit denen sie sich in der Wirklichkeit und später in ihrem Kopf auseinanderzusetzen hatte. Am

Ende vertrieb sie viele Menschen mit ihrer Intoleranz, aber das machte ihr wenig aus, denn sie hatte die Verehrung satt, wollte nicht mehr gemocht werden von Leuten wie Robert McNamara und Willy Fisher (der wahre Name von Oberst Rudolf Abel). Sie wollte nur noch in ihrem Bett sterben, und in gewisser Hinsicht freute sie sich aufs Sterben, denn »da Oben bin ich wieder bei Ossip«. »Nein«, antwortete die Achmatowa, als sie das hörte. »Da liegst du völlig falsch. Da Oben bin ich's, die bei Ossip ist.«

Ihr Wunsch erfüllte sich, und sie ist in ihrem Bett gestorben. Das zählt nicht wenig für eine Russin ihrer Generation. Ohne Zweifel werden sich Stimmen melden, die bitterlich beklagen, daß sie ihre Epoche falsch verstand, daß sie hinter dem Zug der Geschichte, der in die Zukunft saust, hinterherhinkte. Nun, wie fast jeder Russe ihrer Generation erfuhr sie nur zu gut, daß dieser Zug, der in die Zukunft saust, am nächsten Konzentrationslager oder in der Gaskammer hält. Wir sind froh, daß sie ihn verpaßt hat, und wir haben Glück, daß sie uns etwas über seine Stationen erzählte. Ich sah sie zum letzten Mal am 30. Mai 1972, in dieser ihrer Küche, in Moskau. Es war ein Spätnachmittag, und sie saß rauchend in der Ecke, im tiefen Schatten, den der hohe Küchenschrank auf die Wand warf. Der Schatten war so tief, daß man nur das schwache Glimmen ihrer Zigarette und die zwei durchdringenden Augen ausmachen konnte. Alles andere – ihr verkleinerter schrumpliger Körper unter dem Schal, ihre Hände, das Oval ihres aschfahlen Gesichts, ihr graues aschfarbenes Haar – alles verschluckte die Dunkelheit. Sie sah aus wie das Überbleibsel eines großen Feuers, wie ein verglühendes kleines Stück Holz, das aufflammt, wenn man es berührt.

1981

Die Macht der Elemente

Neben Luft, Erde, Wasser und Feuer ist Geld die fünfte Naturgewalt, mit der ein menschliches Wesen am häufigsten zu rechnen hat. Dies ist ein, wenn nicht *der* Grund dafür, daß Dostojewskijs Romane noch heute, hundert Jahre nach seinem Tod, ihre Bedeutung bewahrt haben. In Anbetracht der wirtschaftlichen Entwicklung der modernen Welt in Richtung allgemeiner Verarmung und Nivellierung des Lebensstandards darf dieser Schriftsteller als prophetisches Phänomen gelten. Denn Fehler im Umgang mit dem Künftigen vermeidet man am ehesten, wenn man die Zukunft durch das Prisma von Armut oder Schuld betrachtet. Nach Lage der Dinge benutzte Dostojewskij beide Prismen.

Jelisaweta Stackenschneider, eine Dame der höheren Gesellschaft St. Petersburgs und glühende Bewunderin Dostojewskijs, deren Haus in den siebziger und achtziger Jahren des vorigen Jahrhunderts ein veritabler Salon für Literaten, Frauenrechtlerinnen, Politiker, Künstler usw. war, schreibt 1880, also ein Jahr vor Dostojewskijs Tod, über ihn in ihrem Tagebuch:

> »... aber er ist ein Kleinbürger, ja doch, ein Kleinbürger. Weder Adliger noch Geistlicher, weder Kaufmann noch bunter Vogel wie etwa ein Künstler oder Gelehrter, sondern genau das: ein Kleinbürger. Und doch ist dieser Kleinbürger der profundeste Denker und ein genialer Schriftsteller ... Jetzt verkehrt er in den vornehmsten Häusern, sogar in denen des Hochadels, und natürlich zeigt er ein würdiges Benehmen, und doch kommt der Kleinbürger in ihm immer wieder durch. Das läßt sich an bestimmten Eigenarten erkennen, die in vertraulichem Gespräch, vor allem aber in seinen Werken, zutage treten ... wenn es bei ihm um großes Kapital geht, wird er immer 6000 Rubel für eine enorme Summe Geldes halten.«

Nun, ganz zutreffend ist dies natürlich nicht: eine ganze Menge mehr als sechstausend Rubel fliegen im *Idioten* in Nastasja Filipownas Kamin. Andererseits – eine der herzzerreißendsten Szenen der Weltliteratur, eine Szene, die keines Lesers Bewußtsein unversehrt übersteht – zertrampelt Hauptmann Snegirjow aus den *Brüdern Karamasow* nicht mehr als zweihundert Rubel in einer Schneewehe. Damals jedoch, und das ist der springende Punkt, konnte man von diesen sechstausend Rubel (dem Gegenwert von heutigen 20000 Dollar) ein Jahr lang anständig leben.

Was Mme. Stackenschneider, selbst ein Produkt ihrer sozialen Schicht, als Kleinbürgertum bezeichnet, nennt man heutzutage Mittelklasse, und zwar definiert nach Jahreseinkommen, nicht nach gesellschaftlicher Zugehörigkeit. Mit anderen Worten, die genannte Summe bedeutet weder großen Reichtum noch himmelschreiende Armut, sondern eine erträgliche menschliche Lage: eine Lage, die einen menschlich macht. Sechstausend Rubel sind der monetäre Ausdruck für eine maßvolle normale Existenz, und wenn es einen Kleinbürger braucht, um diese Tatsache zu begreifen, dann Heil dem Kleinbürger.

Denn eine normale, menschlich angemessene Existenz ist das, wonach der Großteil der Menschheit strebt. Ein Schriftsteller, der sechstausend Rubel für eine enorme Summe hält, bewegt sich daher auf demselben physischen und psychischen Niveau wie die Mehrzahl der Menschen; d.h. er legt seiner Darstellung des Lebens die für diese Mehrzahl geltenden Bedingungen zugrunde, denn wie jeder natürliche Prozeß tendiert das menschliche Leben ja zum Mittelmaß. Umgekehrt wird ein Schriftsteller, der einen gesellschaftlich höheren oder aber niedrigeren Rang einnimmt, unweigerlich ein leicht verzerrtes Abbild des Daseins liefern, weil er es in beiden Fällen aus einem allzu spitzen Augenwinkel betrachtet. Die Gesellschaft (ein Kosewort für das Leben) von oben herab oder von unten zu kritisieren, mag herrlichen Lesestoff hervorbringen, aber nur die von innen geführte Auseinandersetzung kann einem die moralischen Leitlinien liefern.

Überdies ist die Position eines Schriftstellers der Mittelklasse viel zu unsicher, als daß er nicht über das, was unterhalb vorgeht, mit beträchtlicher Schärfe urteilen würde. Gleichzeitig entbehrt die Lage oberhalb von ihm – auf Grund ihrer physischen Nähe – jeder himmlischen Anziehungskraft. Zahlenmäßig zumindest hat ein Schriftsteller der Mittelklasse mit einer größeren Vielfalt von Mißgeschicken zu tun, und dementsprechend wächst seine Zuhörerschaft. Jedenfalls ist dies eine mögliche Erklärung dafür, daß Dostojewskij wie auch Melville, Balzac, Hardy, Kafka, Joyce und Faulkner sich einer so breiten Leserschaft erfreuen. Es sieht ganz so aus, als biete der Gegenwert von sechstausend Rubel Gewähr für große Literatur.

Allerdings ist es weitaus schwieriger, zu so viel Geld zu kommen, als Millionär zu werden oder bettelarm zu bleiben, denn es gibt einfach schlicht mehr Mitbewerber um die Norm als um das Extrem. Der Erwerb der besagten Summe oder auch der Hälfte oder eines Zehntels davon strapaziert die Windungen von Hirn und Seele sehr viel mehr als jedes systematische Anstreben von Reichtum oder jegliche Form von Askese. Je geringer nämlich die Summe, um die es geht, desto mehr verausgabt man sich gefühlsmäßig, sie zu erlangen. Es liegt daher auf der Hand, wieso Dostojewskij, der sich in den Verästelungen der menschlichen Seele auskannte wie in seiner Westentasche, sechstausend Rubel als eine enorme Summe Geldes ansah. Für ihn bedeutete sie eine enorme menschliche Investition, eine enorme Menge an Nuanciertheit, eine enorme Menge an Literatur. Kurz, es war nicht so sehr reales wie metaphysisches Geld.

Fast ausnahmslos handeln seine Romane von Menschen in beengten Verhältnissen. Ein Stoff, der allein schon fesselnde Lektüre garantiert. Was jedoch Dostojewskij zu einem großen Schriftsteller machte, war weder die unvermeidliche Kompliziertheit seines Gegenstands noch auch seine einzigartige Gemütstiefe und seine Fähigkeit zum Mitleiden; es war sein Werkzeug oder vielmehr die Struktur des von ihm benutzten Materials, d.h. die russische Sprache.

Für kompliziert Verästeltes ist diese Sprache – in der die Substantive häufig ganz proper am Ende des Satzes sitzen, dessen wesentliche Stärke nicht in seiner Aussage, sondern in dem ihm untergeordneten Nebensatz liegt – wie geschaffen.

Dies ist kein analytisches Angelsächsisch des »Entweder-Oder« – dies ist die Sprache des »Obwohl«. Wie ein Geldschein in Kleingeld gewechselt wird, so schlägt in dieser Sprache jeder dargelegte Gedanke augenblicklich in sein Gegenteil um, und nichts drückt ihre Syntax lieber aus als Zweifel und Selbsttadel. Ihre polysyllabische Natur (die durchschnittliche russische Wortlänge beträgt drei bis vier Silben) ist besser geeignet, die elementare, ursprüngliche Kraft der durch das Wort verdeckten Phänomene zu enthüllen, als es irgendeine vernunftgemäße Deutung je könnte, und anstatt seinen Gedankengang fortzuentwickeln, stolpert ein Schriftsteller manchmal und ergötzt sich einfach am Klanggehalt eines Wortes und lenkt damit sein Anliegen auf einen unvorhergesehenen Nebenpfad. Und in Dostojewskijs Schreibweise werden wir zu Zeugen einer außerordentlichen, in ihrer Intensität nahezu sadistischen Reibung zwischen der Metaphysik des Sujets und der der Sprache.

Er machte das meiste aus der regellosen Grammatik des Russischen. Seine Sätze haben ein fiebriges, hysterisches, idiosynkratisches Tempo, und ihr lexikalischer Inhalt ist eine schier zum Wahnsinn treibende Verschmelzung von Schöngeistigem, Umgangssprachlichem und Beamtenjargon. Wohl wahr, er schrieb nie in Muße. Wie seine Romanfiguren arbeitete er, um mit knapper Not zurechtzukommen: stets drohten Gläubiger oder ein Ablieferungstermin. Dennoch neigte er für jemanden, der so unter dem Druck von Ablieferungsterminen stand, außerordentlich stark zu Abschweifungen, und diese Abschweifungen, wage ich zu sagen, wurden mehr durch die Sprache hervorgerufen als durch die Handlung. Wenn man ihn liest, wird einem ganz einfach klar, daß der Bewußtseinsstrom nicht dem Bewußtsein entspringt, sondern einem Wort, das das Bewußtsein ändert oder umlenkt.

Nein, er war nicht Opfer der Sprache; aber sein Umgang mit der menschlichen Psyche war viel zu inquisitorisch für einen Russisch-Orthodoxen, der er doch zu sein beanspruchte. Und für diesen Umgang ist mehr die Syntax als das Glaubensbekenntnis verantwortlich. Jede Schriftstellerlaufbahn beginnt als persönliche Suche nach Heiligkeit, nach Besserung. Früher oder später – in der Regel recht früh –

entdeckt der Schreibende, daß seine Feder erheblich mehr vollbringt als seine Seele. Diese Entdeckung führt sehr oft zu unerträglicher innerer Zerrissenheit des einzelnen und ist mit schuld an dem dämonischen Ruf, dessen sich die Literatur in gewissen geistlosen Bezirken erfreut. Im Grunde ist das gut so, denn was der Engel verliert, ist fast immer des Sterblichen Gewinn. Außerdem sind beide Extreme, für sich genommen, ziemlich langweilig, und im Werk eines guten Schriftstellers hören wir immer einen Dialog zwischen den himmlischen Sphären und der Gosse. Wenn nicht der Mensch oder das Werk dabei zerstört werden (wie im Falle des zweiten Teils der *Toten Seelen* von Gogol), ist diese Zerrissenheit genau das, was einen Schriftsteller erst entstehen läßt, dessen Anliegen in der Folge sein wird, seine Feder seiner Seele nacheifern zu lassen.

Genau darum ging es Dostojewskij, außer daß seine Feder seine Seele über die Grenzen seines russisch-orthodoxen Glaubens hinaustrieb. Denn Schriftsteller zu sein heißt unweigerlich, Protestant zu sein oder zumindest den protestantischen Menschenbegriff zu verwenden. Während sowohl in der russischen Orthodoxie als auch im Katholizismus der Allmächtige oder Seine Kirche über den Menschen richten, ist es im Protestantismus der Mensch, der an sich selbst eine Art Jüngstes Gericht vollzieht. Dabei ist er wesentlich unbarmherziger gegen sich als die Gottheit oder sogar die Kirche, und sei es nur deshalb, weil er sich selbst besser kennt (das meint er jedenfalls), als es diese beiden tun, und weil er nicht willens oder, um genau zu sein, nicht fähig ist zu vergeben. Da kein Schriftsteller bloß für seine Gemeinde schreibt, sollten eine literarische Figur und ihre Taten einen fairen Prozeß bekommen. Je gründlicher die Untersuchung, desto größer die Wahrscheinlichkeit, und Wahrscheinlichkeit ist das, worauf ein Schriftsteller in erster Linie abzielt. In der Literatur zählt göttliche Gnade nicht viel; das ist der Grund, warum Dostojewskijs heiliger Mann stinkt.

Natürlich war er ein großer Verteidiger der »guten Sache«, der Sache des Christentums. Aber wenn man es recht bedenkt, hat es kaum je einen besseren Advokaten des Teufels gegeben. Vom Klassizismus hatte er das Prinzip übernommen – wie sehr im Recht oder rechtschaffen man sich auch fühlt –, erst alle Argumente der Gegenseite aufzuführen, bevor man die eigenen vorbringt. Zwar ist es nicht so, daß man während des Aufzählens unter den Einfluß der Gegenseite geriete; nur ist einfach das Aufzählen als solches ein überaus kräftezehrendes Verfahren. Mag man auch zum Schluß von seiner Ausgangsposition nicht abgerückt sein – nachdem man alle Argumente zugunsten des Bösen erschöpfend abgehandelt hat, trägt man eben die eigenen Glaubensmaximen eher wehmütig als feurig vor. Auch dies kommt, auf seine Weise, der Sache der Wahrscheinlichkeit zugute.

Doch nicht nur um der Wahrscheinlichkeit willen entblößen die Helden dieses Schriftstellers ihre Seelen mit geradezu kalvinistischer Hartnäckigkeit vor dem Leser. Es ist noch etwas anderes, was Dostojewskij dazu zwingt, ihr Leben von innen nach außen zu kehren und jede Falte und jede Knitterstelle in der schmutzigen Wäsche ihrer Seele glattzustreichen; auch ist es nicht die Suche nach Wahrheit. Denn die Ergebnisse seines bohrenden Fragens zeigen mehr als Wahrheit; sie offenbaren das Gewebe des Lebens, und zugleich, daß dieses Gewebe fadenscheinig ist. Die Kraft, die ihn dazu treibt, ist die unersättliche Gefräßigkeit seiner Sprache, die schließlich an einen Punkt kommt, wo Gott, Mensch, Wirklichkeit, Schuld, Tod, Unendlichkeit, Erlösung, Luft, Erde, Wasser, Feuer, Geld ihr nicht mehr genügen, und dann geht sie auf sich selber los.

1980

Das Klingen der Gezeiten*

Da Zivilisationen endlich sind, gibt es im Leben einer jeden einen Augenblick, da ihre Zentren keinen Zusammenhalt mehr geben. In solcher Zeit bewahrt keine Legion, sondern die *lingua* sie vor dem Zerfall. Das war schon in Rom so und, vorher, im hellenischen Griechenland. Die Aufgabe des Zusammenhaltens wird in solchen Zeiten von Menschen aus der Provinz übernommen, aus den Randgebieten. Im Gegensatz zu einer weitverbreiteten Auffassung endet die Welt in den Randgebieten nicht – vielmehr franst sie genau dort aus. Die Sprache wird davon nicht weniger beeinflußt als das Auge.

Derek Walcott wurde auf der Insel St. Lucia geboren, wo, »des Reiches müde, die Sonne untergeht«. Sie erhitzt dabei allerdings einen Schmelztiegel von Rassen und Kulturen, viel größer als irgendein anderer nördlich des Äquators. Das Reich, aus dem dieser Dichter kommt, ist ein echtes genetisches Babel; Englisch, jedoch, ist seine Zunge. Wenn Walcott gelegentlich in kreolischer Mundart schreibt, dann nicht etwa, um seine stilistischen Muskeln spielen zu lassen oder sein Publikum zu vergrößern, sondern um dem Tribut zu zollen, was er als Kind sprach – bevor er, den Turm umkreisend, ihn erstieg.

Die wirklichen Biographien der Dichter gleichen denen der Vögel, sie sind fast identisch – in ihren Klängen sind ihre wirklichen Daten. Die Biographie eines Dichters ist in seinen Vokalen und Sibilanten, in Metrum, Reim und Metapher. Das Korpus des Werkes bezeugt das Wunder des Daseins. Auf gewisse Weise ist es immer ein Evangelium, dessen Zeilen radikaler als sein Publikum den Autor bekehren. Die Wahl der Worte sagt bei Dichtern unweigerlich mehr aus als das Erzählte; darum mögen die besten von ihnen nicht daran denken, daß ihre Biographien einmal geschrieben werden. Will man über Walcotts Ursprünge etwas lernen, dann sind die

* Dieser Essay erschien zuerst als Einführung zu *Poems of the Caribbean*, herausgegeben von Derek Walcott (Limited Editions Club, 1983).

Seiten dieser Auswahl die beste Einführung. Folgendes, erzählt von einer seiner Personen, kann durchaus als Selbstporträt des Autors gelten:

> I'm just a red nigger who love the sea,
> I had a sound colonial education,
> I have Dutch, nigger, and English in me,
> and either I'm nobody, or I'm a nation.

> (Ein roter Nigger, der lieben das Meer,
> Bin ich, mit echt kolonialem Diplom;
> Hab Holländisch, Nigger und Englisch in mir,
> Bin entweder niemand oder eine Nation.)

Dieser flotte Vierzeiler gibt Auskunft über seinen Autor so gewiß wie das Lied eines Vogels – und erspart dabei einen Blick aus dem Fenster. Daß er meint, was er sagt, wenn er sich einen »red nigger« nennt, spricht das dialektale »love« aus. »Sound colonial education« kann durchaus für die University of the West Indies stehen, wo Walcott 1953 seinen akademischen Grad erlangte, doch steckt in dieser Zeile noch viel mehr, dem wir uns später zuwenden wollen. Auf jeden Fall aber vernehmen wir darin die Verachtung für genau jene Ausdrucksweise, die für die Herrenrasse typisch ist, und den Stolz des Eingeborenen auf diese Ausbildung. »Dutch« kommt vor, weil Walcott in der Tat teils holländisches und teils englisches Blut in seinen Adern hat. Angesichts der Zusammensetzung der Region denkt man jedoch weniger an Blut als an Sprachen. Statt Holländisch – oder gleichzeitig damit – hätten es Französisch, Hindi, Kreolenpatois, Suaheli, Japanisch, ein Spanisch lateinamerikanischer Prägung usw. sein können – was auch immer zu hören war in der Wiege oder auf den Straßen. Die Hauptsache aber bleibt, daß es Englisch war.

Die Art und Weise, wie die dritte Zeile bei »English in me« anlangt, zeugt von bemerkenswerter Raffinesse. Nach »I have Dutch« wirft Walcott beiläufig »nigger« ein und läßt damit jazzig die Zeile abtrudeln, so daß, wenn sie mit »and English in me« wieder aufschwingt, sich uns ein großartiges Gefühl des Stolzes, ja der Größe mitteilt, das noch verstärkt wird durch den Schock der Synkope zwischen »English« und »in me«. Und auf dieser Höhe des »having English«, zu der seine Stimme mit der Zögerlichkeit des Bescheidenen und der Gewißheit des Rhythmus emporsteigt, läßt der Dichter mit »either I'm nobody, or I'm a nation« seiner machtvollen Rede freien Lauf. Die Würde und die erstaunliche Stimmkraft dieser Aussage verhalten sich genau proportional zu der Region, in deren Namen er spricht, und der ozeanischen Unendlichkeit, die sie umgibt. Wenn man eine solche Stimme hört, weiß man Bescheid: die Welt franst aus. Dies genau meint der Autor, wenn er sagt, er »lieben das Meer«.

Während der bald vierzig Jahre, die Walcott dabei ist, bei dieser Liebe zum Meer, haben ihn Kritiker an beiden Küsten des Meeres als »westindischen Dichter« oder als einen »schwarzen Dichter aus der Karibik« etikettiert. Diese Bezeichnungen sind genauso kurzsichtig und irreführend wie etwa die Bezeichnung des Heilands als Galiläer. Dieser Vergleich ist passend, wenn auch vielleicht nur deshalb, weil jedwede reduktive Tendenz der gleichen Angst vor dem Unendlichen entstammt; und was den Hunger aufs Unendliche angeht, so übertrifft die Poesie oft religiöse Glaubensbekenntnisse. In diesen Versuchen, den Mann als einen Regionalschriftsteller darzustellen, wird sowohl eine geistige als auch eine geistliche Feigheit sichtbar, die im weiteren wohl, seitens der Kritikerzunft, durch die fehlende Bereitschaft zuzugeben erklärt werden kann, daß der große Dichter der englischen Sprache ein Schwarzer ist. Man kann das auch einer völlig zerstörten Ohrleiste oder einer mit Speck umwachsenen Netzhaut zuschreiben. Schlechte geographische Kenntnisse sind immer noch die freundlichste Erklärung dafür.

Westindien nämlich ist ein riesiges Archipel, etwa fünf Mal so groß wie das griechische. Bestimmte man Poesie nur über ihre Gegenstände, dann hätte sich Mr. Walcott im Besitz von Material befunden, das dem des Barden, der in ionischem Dialekt schrieb und die See ebenfalls liebte, fünffach überlegen wäre. In der Tat, wenn es denn einen Dichter gibt, mit dem Walcott viel gemeinsam zu haben scheint, dann ist dies kein

Engländer, sondern eher der Autor der *Ilias* oder der *Odyssee* oder auch der von *Über die Natur der Dinge*. Denn Walcotts Beschreibungsmächtigkeit ist wahrhaft episch; was aber seine Zeilen vor der Langeweile bewahrt, die damit einhergeht, ist der Mangel dieser Region an tatsächlicher Geschichte und sein besonderes Ohr für die englische Sprache, deren Feinheiten an sich schon eine Geschichte darstellen.

Aber ganz abgesehen von seinen einzigartigen persönlichen Gaben, sind Walcotts Zeilen gerade deshalb von solcher Resonanz und Dreidimensionalität, weil diese »Geschichte« schon ereignisreich genug ist: diese Sprache selbst ist schon episches Mittel. Was immer dieser Dichter berührt, wirft Widerhall und Perspektiven aus, wie magnetische Wellen psychologischer Akustik, mit echoähnlichen Schwingungen. Und natürlich gibt es in seinem Reich, in Westindien, viel zu berühren – allein das Königreich der Natur hält viel frisches Material bereit. Doch hier ist ein Beispiel dafür, wie dieser Dichter mit einem dichterischen Gegenstand umgeht, der wohl von allen am meisten *de rigueur* ist – dem Mond. Er läßt ihn für sich selbst sprechen:

Slowly my body grows a single sound,
slowly I become
a bell,
oval, disembodied vowel,
I grow, an owl,
an aureole, white fire.

(Langsam erwächst meinem Körper ein einzelner Laut,
langsam werde ich
eine Glocke,
ein Oval, körperloser Vokal,
ich wachse, eine Eule,
eine Aureole, weißes Feuer.)

(aus: »Metamorphosen, I/Mond«)

Und hier redet er *über* den ungreifbarsten poetischen Gegenstand – vielmehr, hier ist, was ihn darüber zum Sprechen bringt:

a moon ballooned up from the Wireless Station. O
mirror, where a generation yearned
for whiteness, for candour, unreturned.

(aufstieg ein Mond, Ballon, von der Radiostation. O
Spiegel, wo sich eine Generation doch sehnte
nach Weißheit, Offenheit, unerwidert.)

(aus: »Another Life«)

Die psychologische Alliteration zwingt den Leser beinahe, den »moon« mit beiden *o*'s zu sehen und legt nicht nur das Wiederkehrende dieses Anblicks nahe, sondern auch die Wiederholung des Hinschauens. Besonders das Hinschauen ist diesem Dichter als menschliche Fähigkeit von größerer Bedeutung, und seine Beschreibung derer, die schauen, und ihrer Gründe dafür, erstaunt den Leser mit ihrer wahrhaft astronomischen Gleichung schwarzer Ovale mit dem weißen. Hier spürt man, daß des Mondes beide *o*'s sich über die *l*'s in »ballooned« zu den zwei *r*'s in »O mirror« mutiert haben, die – ihrem konsonantischen Wert entsprechend – für »*resisting reflection*« (sich gegen die Reflektion wehrend) stehen; daß auch der Schwarze Peter nicht der Natur oder den Menschen, sondern der Sprache und der Zeit zugewiesen wird. Es ist die Redundanz dieser beiden – nicht die Wahl des Autors –, die für diese Gleichung von Schwarz und Weiß verantwortlich ist – was wiederum der rassischen Polarisierung, in die unser Autor hineingeboren wurde, eher gerecht wird, als alles, was seine Kritiker mit ihrer zur Schau getragenen Unvoreingenommenheit leisten können.

Um es einfach zu sagen: anstatt eines reduktiven rassischen Auftrumpfens, das ihn zweifellos bei seinen Freunden und Feinden beliebt gemacht hätte, identifiziert sich Walcott mit jenem »körperlosen Vokal« der Sprache, der beiden Teilen seiner Gleichung gemeinsam ist. Wiederum ist die Weisheit dieser Wahl nicht so sehr seine eigene, als die Weisheit seiner Sprache – besser noch, die Weisheit ihres Buchstabens: von Schwarz auf Weiß. Walcott ist schlicht eine Schreibfeder, die sich ihrer Bewegung bewußt ist, und es ist diese Selbst-

Bewußtheit, die die folgenden Zeilen zu graphischer Beredsamkeit zwingt:

Virgin and ape, maid and malevolent Moor,
their immortal coupling still halves our world.
He ist your sacrificial beast, bellowing, goaded,
a black bull snarled in ribbons of its blood.
And yet, whatever fury girded
on that saffron-sunset turban, moon-shaped sword
was not his racial, panther-black revenge
pulsing her chamber with raw musk, its sweat,
but horror of the moon's change,
of the corruption of an absolute,
like a white fruit
pulped ripe by fondling but doubly sweet.

(Jungfrau und Affe, Maid und boshafter Moor,
ihre unsterbliche Paarung halbiert noch die Welt.
Brüllend, gereizt, ist euer Opfertier er,
mit Blutbändern umwunden, ein schwarzer Bulle.
Und doch, welch Wut gewunden um
den Turban saffran-sinkender Sinne, mondförmig Schwert
war seine rassisch pantherschwarze Rache nicht,
die in ihre Kammer rohen Moschus pulst, den Schweiß,
Horror jedoch vor des Mondes Wandel,
vor der Verderbnis eines Absoluten,
gleich weißer Frucht,
reif gequetscht durchs Kosen, aber doppelt süß.)

(aus: »Goats and Monkeys«)

Dies ist es, was eine »sound colonial education« ausmacht; dies steckt hinter dem »English in me«. Mit gleichem Recht hätte Walcott behaupten können, er habe in sich Griechisch, Lateinisch, Italienisch, Deutsch, Spanisch, Russisch, Französisch – wegen Homer, Lukrez, Ovid, Dante, Rilke, Machado, Lorca, Neruda, Achmatowa, Mandelstam, Pasternak, Baudelaire, Valéry, Apollinaire. Einflüsse sind dies nicht – es sind die Zellen im Strom seines Blutes, nicht weniger als Shakespeare oder Edward Thomas, denn Lyrik ist die Essenz der Kultur der Welt. Und falls die Kultur der Welt greifbarer ist zwischen von Urin verkrüppelten Bäumen, durch die sich »ein Schlammpfad windet wie eine flüchtende Schlange«, ein Hoch auf den Schlammpfad.

Und das tut Walcotts lyrischer Held. Als einziger Wächter der ausgehöhlten Zivilisation steht er auf dem Schlammpfad und beobachtet, wie »der Fisch patscht und Kreise macht, / die den ganzen Hafen vermählen« mit »Wolken, an den Rändern gewellt, wie verbranntes Papier« darüber, mit »Telephondrähten, die von Pfahl zu Pfahl singen, / Perspektive parodieren«. Der Dichter ähnelt in seiner Scharfsicht Joseph Banks, mit der Ausnahme, daß, wenn er seine Augen auf einen Gegenstand oder eine Pflanze richtet – »angekettet in ihrem eigenen Tau« –, er etwas zuwege bringt, wozu ein Naturkundler nicht fähig ist – denn er belebt sie. Gewiß, die Region braucht so etwas, und der Dichter selbst nicht weniger, um dort zu überleben. Wie auch immer – die Region gibt etwas zurück; und daher Zeilen wie:

Slowly the water rat takes up its reed pen
and scribbles leisurely, the egret
on the mud tablet stamps its hieroglyph...

(Langsam ergreift die Wasserratte ihre Rohrfeder
und schreibt gemächlich, der Silberreiher
drückt der Schlammtafel seine Hieroglyphe auf...)

Dies ist mehr als die Namensgebung im Garten Eden – es ist ja auch schon ein bißchen später geworden. Walcotts Lyrik ist in dem Sinne Adamisch, als beide, er und die Welt, das Paradies verlassen haben – er, indem er die Frucht des Wissens kostete; seine Welt durch die politische Geschichte.

»Ah, schöne dritte Welt!« ruft er einmal irgendwo aus, und in diesem Ausruf steckt mehr als einfach Sorge und Erbitterung. Es ist ein Kommentar der Sprache über größeres als nur örtliches Versagen von Nerven und Vorstellungskraft; es ist eine semantische Erwiderung auf die Sinnentleertheit und Überfülle der Realität, episch in ihrer Schäbigkeit. Verlassene, überwachsene Landebahnen, verfallene Herrenhäuser pensionierter Beamter, mit Wellblech gedeckte Hütten, einschlotige Küstenschiffe, die Rauch wie »Relikte aus Conrad« ausschnaufen, vierrädrige Leichen, ihren Schrottfriedhöfen entkommen, lassen ihre Knochen vorbeiklappern an Pyramiden aus Eigentumswohnungen, hilflose oder korrupte Politikusse und junge Dummbolde, die, um ihren Platz einzunehmen, den Finger am Abzug haben und revolutionären Schrott plappern, »Haie mit wohlgebügelten Schuppen, / so nehm mir aus die kleinen Puppen, / mit Klingengrinsen«; eine Region, wo »dir das Hirn platzt, bevor du ein Buch findest«, wo du, stellst du das Radio an, den Kapitän eines weißen Kreuzfahrtschiffes hören kannst, wie er darauf besteht, den zollfreien Laden einer vom Hurrikan heimgesuchten Insel wieder zu öffnen, egal wie, wo »die Armen immer arm, egal welchen Arsch sie fangen«, wo man das, was man mit der Region gemacht hat, zusammenfaßt mit den Worten, »wir warn in Ketten, doch die Ketten machten uns einig, / welche reich, gut für sie, und fressen, fressen«, und wo, »fern von ihnen, neben anderen Tieren, / im brennenden Mangrovensumpf / Ibisse für Briefmarken posieren«.

Ob man es akzeptiert oder ablehnt, dem kolonialen Erbe bleibt in Westindien weiterhin magnetische Anziehungskraft. Walcott versucht seinen Bann weder durch ein Abtauchen »in inkohärente Nostalgie« nach einer niemals gewesenen Vergangenheit zu brechen, noch durch die Sicherung eines Plätzchens in der Kultur der ehemaligen Herren (in das er, wegen der Größe seines Talents, ohnehin nicht passen würde). Er handelt in dem Glauben, daß die Sprache größer ist als die Herren oder ihre Diener, daß deshalb, als ihre höchstentwickelte Form, Lyrik gleichermaßen für beide ein Instrument in ihrer eigenen Entwicklung zum Besseren ist; ein Mittel also, um eine Identität zu gewinnen, die den Grenzen der sozialen Klasse, der Rasse oder des Ichs überlegen ist. Dies ist schlichte Vernunft; zugleich ist es das solideste Programm zur gesellschaftlichen Veränderung, das es gibt. Aber Lyrik ist schließlich auch die am meisten demokratische Kunst – sie beginnt immer mit dem, was sie am Nullpunkt zusammenkratzen kann. Eigentlich gleicht der Dichter wirklich einem zwitschernden Vogel, gleich auf welchem Zweig er landet und auf eine Zuhörerschaft hofft, sei sie auch nur Blattlaub. Walcott weiß genug über dieses »Laub«, diese »Blätter«, dieses Leben – sei es stumm oder voller Zischlaute, erblaßt oder starr über seine Impotenz und Selbstaufgabe –, um dich, angesichts der Zeilen auf diesem Blatt, beiseite blicken zu machen:

Sad is the felon's love for the scratched wall,
beautiful the exhaustion of old towels,
and the patience of dented saucepans
seems mortally comic...

(Traurig die Liebe des Gefangenen zur bekratzten Wand,
schön die Müdigkeit der alten Handtücher,
und die Geduld der eingedellten Tiegel
erscheint todkomisch...)

Und du findest, da du weiterliest:

...I know how profound is the folding of
a napkin
by a woman whose hair will go white...

(...Ich weiß, wie tief das Falten einer
Serviette
geht, wenn der Frau das Haar weiß werden wird...)

Trotz aller geradezu entmutigenden Präzision ist dieses Wissen frei von modernistischer Verzweiflung (die sich oft nur als ein wackliges Überlegenheitsgefühl dartut), und es teilt sich mit in einem Ton, der so ausgeglichen ist wie sein Ursprung. Was Walcotts Zeilen von Hysterie freihält, ist sein Glaube, daß:

...time that makes us objects, multiplies
our natural loneliness...

(...die Zeit, die uns verdinglicht, unsere natürliche
Einsamkeit vervielfacht...)

Was zu folgendem »Irrglauben« führt:

> ...God's loneliness moves in His smallest
> creatures.
>
> (...Gottes Einsamkeit bewegt sich in Seinen kleinsten
> Wesen.)

Kein »Blattlaub«, weder oben bei uns, noch in den Tropen, möchte so etwas hören, darum auch wird des Vogels Gesang so selten beklatscht. Eine größere Stille noch wird nach folgendem eintreten:

> All of the epics are blown away with leaves,
> blown with careful calculations on brown paper,
> these were the only epics: the leaves...
>
> (All die Epen sind mit Blättern fortgeweht,
> verweht mit vorsichtiger Rechnung auf braunem Papier,
> dies waren die einzigen Epen: die Blätter...)

Fehlende Reaktion auf sein Werk war manchen Dichters Ende, wie immer es auch aussah, so daß sich das Endresultat in jenem berüchtigten Equilibrium – oder auch einer Tautologie – zwischen Ursache und Wirkung befindet: Schweigen. Was Walcott davon abhält, eine angemessenere – und in seinem Fall wohl eine tragischere – Pose einzunehmen, ist nicht sein Ehrgeiz, sondern seine Bescheidenheit, die ihn und seine »Blätter« zu einem knappen Buch zusammenfaßt: »... doch wer bin ich denn ... unter den Absätzen von Tausenden, / die auf den Ausruf ihres gemeinsamen Namens zurasen, / *Sauteurs!*...«

Walcott ist weder Traditionalist noch Modernist. Keiner der bekannten Ismen paßt auf ihn. Er gehört keiner »Schule« an; es gibt in der Karibik, abgesehen von »schools of fish« (Fischschwärmen), einfach nicht so viele Schulen. Man könnte versucht sein, ihn einen metaphysischen Realisten zu nennen, doch definiert sich Realismus bereits über Metaphysik, und umgekehrt. Abgesehen davon, würde es nach Prosa riechen. Er kann naturalistisch, expressionistisch, surrealistisch, imagistisch, hermetisch, konfessionell sein – was auch immer. Er hat einfach – wie ein Wal Plankton oder ein Pinsel die Palette – alle stilistischen Idiome absorbiert, die der Norden zu bieten hatte; nun steht er allein und da in voller Größe.

Seine Vielseitigkeit im Umgang mit dem Metrum und den Gattungen ist beneidenswert. Jedoch neigt er überwiegend zum lyrischen Monolog und zu narrativer Lyrik. Das und die Tendenz, in Zyklen zu schreiben, sowie seine Versdramen zeigen die epische Ader dieses Dichters. Vielleicht ist es Zeit, ihn beim Wort zu nehmen. Fast vierzig Jahre lang schlugen seine hartnäckigen Zeilen, wie Flutwellen, in die englische Sprache und gerannen zu einem Archipel aus Gedichten, ohne die eine Karte der modernen Literatur kaum von Makulatur zu unterscheiden wäre. Er gibt uns mehr als sich selbst oder »eine Welt«; er gibt uns ein Gefühl für die Unendlichkeit, die die Sprache verkörpert ebenso wie der Ozean, der in seinen Gedichten immer vorhanden ist: als ihr Hintergrund und ihr Vordergrund, als ihr Gegenstand oder ihr Versmaß.

Um es anders auszudrücken: diese Gedichte sind entstanden aus der Fusion von zwei Unendlichkeiten, der Sprache und dem Ozean. Die beiden gemeinsame Herkunft, das dürfen wir nicht vergessen, ist die Zeit. Falls die Evolutionstheorie, besonders jener Teil davon, der lehrt, wir kämen alle aus dem Meer, überhaupt wasserdicht ist, dann repräsentiert Derek Walcotts Lyrik die höchste und logischste Entwicklungsstufe der Gattung. Gewiß kann er sich glücklich schätzen, daß er auf diesem Außenposten, diesem Kreuzweg des Englischen und des Atlantiks, geboren wurde, wo beide in Wellen nur anlanden, um wieder auszulaufen. Das gleiche Bewegungsschema – von Anlandung und Rückkehr zum Horizont – hält sich in Walcotts Zeilen, seinen Gedanken und seinem Leben.

Schlagt dies Buch auf und seht ». . . den grauen, eisernen Hafen an einer Möwe / rostiger Angel sich öffnen«, hört »das Himmelsfenster knirschen / bei hereingewürgtem Rückwärtsgang«, seid gewarnt: es wird »Am Ende dieses Satzes Regen setzen. / Am Rande des Regens ein Segel . . .« Dies ist Westindien, ein Reich, das einmal die Positionslaterne einer Karavelle für das Licht am Ende des Tunnels hielt und teuer dafür bezahlte – es war das Licht am Eingang des Tunnels. So etwas passiert oft, Archipeln und einzelnen Menschen; in diesem Sinne ist jedermann eine Insel. Wenn wir diese Erfahrung dennoch als westindisch festhalten müssen und dieses Reich Westindien nennen, dann laßt uns das tun; aber laßt uns auch klarstellen, daß wir einen Ort im Sinn haben, den Kolumbus entdeckte, den die Briten kolonisierten und den Walcott unsterblich machte. Auch dürfen wir hinzufügen, daß es großzügiger ist und von stärkerer Vorstellungskraft zeugt, einem Ort den Status lyrischer Realität zu geben, als etwas zu entdecken oder auszubeuten, das längst geschaffen war.

1983

Der Dichter und die Prosa

I

Die Unterteilung der Literatur in Poesie und Prosa geht auf die Anfänge der Prosa zurück, denn sie kann nur ein Produkt der Prosa sein. Seitdem ist es üblich, Poesie und Prosa als selbständige, völlig voneinander unabhängige Bereiche, besser: Sphären der Literatur zu betrachten. »Prosagedichte«, »rhythmische Prosa« u. ä. deuten jedenfalls eher auf eine psychische Disposition, Anleihen zu machen, d. h. auf eine polarisierte, weniger auf eine ganzheitliche Auffassung des Phänomens Literatur. Es ist interessant, daß uns diese Ansicht keineswegs von der Kritik, von außen aufgezwungen worden ist. Diese Ansicht ist vor allem das Resultat einer Auffassung von Literatur als Handwerk, die von der Zunft der Literaten selbst stammt.

Der Kunst ist die Idee der Gleichheit von Natur aus fremd, und das Denken eines jeden Literaten ist hierarchisch. In dieser Hierarchie steht die Poesie höher als die Prosa und der Dichter – im Prinzip – höher als der Prosaiker. Das ist nicht nur deshalb so, weil die Poesie faktisch älter als die Prosa ist, sondern liegt eher daran, daß ein Dichter, dessen Mittel knapp sind, sich hinsetzen und einen Artikel schreiben kann; während ein Prosaiker in dieser Situation wohl kaum mit dem Gedanken spielen wird, ein Gedicht zu schreiben. Selbst wenn er, der Prosaiker, das Zeug dazu hat, einen anständigen Gedichttext zustande zu bringen, weiß er nur zu gut, daß die Poesie sich sehr viel schlechter und langsamer auszahlt als die Prosa.

Von wenigen Ausnahmen abgesehen, haben alle mehr oder minder hervorragenden Schriftsteller der neuesten Zeit dem Verseschmieden ihren Tribut gezollt. Die einen – wie z. B. Nabokov – wollten sich und ihre Umgebung bis ans Ende ihrer Tage davon überzeugen, daß sie trotzdem – wenn nicht sogar hauptsächlich – Dichter sind. Die meisten aber sind, nachdem sie die Probezeit der Dichtung durchlaufen haben, nie wieder zu ihr zurückgekehrt, außer als Leser, bewahrten ihr gegenüber aber eine tiefe Dankbarkeit für die Lektionen in Lakonismus und Harmonie, die sie bei ihr erhalten hatten. Der einzige Fall in der Literatur des 20. Jahrhunderts, wo ein bedeutender Prosaiker sich in einen großen Dichter verwandelt hat, ist der Fall von Thomas Hardy. Insgesamt gesehen, kann man feststellen, daß ein Prosaiker, der keine aktive Erfahrung mit der Poesie hat, zu Redseligkeit und Gespreiztheit neigt.

Was kann der Prosaiker von der Poesie lernen? Das Wort in Abhängigkeit vom Kontext zu gewichten, das Denken zu fokussieren, Selbstverständliches wegzulassen, welche Gefahren in einer erhabenen Gestimmtheit liegen. Was kann der Dichter von der Prosa lernen? Nicht viel: Interesse für das Detail, Gebrauch von derber Umgangssprache und von Bürokratismen, in Einzelfällen Kompositionsverfahren (der beste Lehrer dafür ist die Musik). Aber all dies kann man mühelos auch der Poesie selbst entnehmen (besonders der Renaissancepoesie), und theoretisch – aber nur theoretisch – kann der Dichter ohne die Prosa auskommen.

Ebenfalls nur theoretisch kann er auch darauf verzichten, Prosa zu schreiben. Geldnot oder die Ignoranz eines Rezensenten, nicht zu reden vom einfachen Briefwechsel, bringen ihn früher oder später dazu, »wie alle Welt« in fortlaufenden Zeilen zu schreiben. Aber außer diesen Gründen hat der Dichter auch noch andere Motive, auf die wir im folgenden zu sprechen kommen wollen. Erstens kann ein Dichter einfach eines schönen Tages Lust bekommen, etwas in Prosa zu schreiben. (Der Minderwertigkeitskomplex, den der Prosaiker dem Dichter gegenüber hat, ist keineswegs eine Garantie für einen Überlegenheitskomplex des Dichters gegenüber dem Prosaiker. Dem Dichter gilt oft des letzteren Arbeit für weitaus ernstzunehmender als seine eigene, die er gar nicht immer überhaupt für Arbeit hält.) Außerdem gibt es Sujets, die man grundsätzlich nur in Prosa entfalten kann. Eine Erzählung von mehr als drei handelnden Personen widersetzt sich jeder beliebigen poetischen Form außer dem Epos. Überlegungen zu historischen Themen, Kindheitserinnerungen (denen sich der Dichter im selben Maß wie andere Sterbliche überläßt) wirken in Prosa wiederum natürlicher. »Die Geschichte des Pugatschow-Aufstandes«, »Die Hauptmannstochter«* – was sind das doch, so mag es scheinen, für dankbare Sujets, wie geschaffen für romantische Poeme! Und um so mehr in der Epoche der Romantik ... Das Ganze läuft jedoch darauf hinaus, daß der Roman in Versen immer häufiger von »Versen aus einem Roman« abgelöst wird.** Es ist unbekannt, inwieweit die Poesie verliert, wenn ein Dichter zur Prosa greift; sicher ist, daß die Prosa dadurch ungemein gewinnt.

Warum das so ist, darüber geben wohl besser als irgend etwas anderes die Prosawerke von Marina Zwetajewa Auskunft. Um Clausewitz umzuformulieren: die Prosa war für Zwetajewa nur die Fortsetzung der Poesie mit anderen Mitteln (d.h. das, was die Prosa historisch eigentlich auch ist). Überall, in ihren Tagebuchaufzeichnungen, ihren Artikeln zur Literatur, ihren belletristisch gefärbten Erinnerungen begegnet uns eben dies: die Methode poetischen Denkens wird auf den Prosatext übertragen, die Poesie entwickelt sich zur Prosa. Eine geringere Rolle spielt bei Zwetajewa das syntaktische Bauprinzip, nach dem das Prädikat dem Subjekt nachgestellt ist; entscheidend ist, daß bei ihr der Satz in einer strikt poetischen Technik komponiert ist: klangliche Assoziation, Wurzelreim, semantisches Enjambement usw. Das heißt, der Leser hat es durchweg nicht mit einem linearen (analytischen) Diskurs zu tun, sondern mit einem kristallförmigen (synthetischen) Anwachsen des Gedankens. Es dürfte kaum ein besseres Laboratorium zu finden sein, um die Psychologie des dichterischen Schaffens zu erforschen: alle Stadien des Prozesses liegen derart in Großaufnahme zutage, daß es an die Lapidarität einer Karikatur grenzt.

Zwetajewa sagt: »Lesen ist Teilhabe am Schaffen.« Das ist

* A. S. Puschkin (1799-1837) verwertete sein Quellenstudium des von Pugatschow angeführten Bauernaufstandes (1773-1775) in dem historiographischen Werk »Geschichte Pugatschows« und in dem späteren Roman »Die Hauptmannstochter«.

** Roman in Versen: Anspielung auf die Gattungsbezeichnung von Puschkins »Eugen Onegin«. Verse aus einem Roman: Anspielung auf Pasternaks »Doktor Schiwago«.

natürlich die Aussage eines Dichters; Leo Tolstoj hätte so etwas nicht sagen können. In dieser Aussage vernimmt ein feinhöriges oder zumindest ein zur Genüge sensibilisiertes Ohr eine Note, die extrem vom Stolz des Autors (und dazu noch eines weiblichen) gedämpft ist: eine Note der Verzweiflung von einem Dichter, der sehr müde ist angesichts der – mit jeder neuen Zeile – immer tiefer werdenden Kluft, die ihn von seiner Zuhörerschaft trennt. Und wenn der Dichter zur Prosa greift, dieser apriori »normalen« Form der Kommunikation mit dem Leser, dann steckt dahinter immer ein gewisses Motiv für die Verlangsamung des Tempos, für das Umschalten auf eine andere Gangart, für den Versuch, sich zu erklären, sein Ich zu erklären. Denn ohne Teilhabe am Schaffen gibt es kein Verstehen: was ist Verstehen, wenn nicht Teilhabe? Wie Whitman gesagt hat: »Große Dichtung ist nur möglich, wenn es große Leser gibt.« Indem sie zur Prosa greift, darin fast jedes einzelne eigene Wort in seine Bestandteile zerlegt, zeigt Zwetajewa dem Leser, woraus das Wort – der Gedanke – der Satz besteht; sie sucht – häufig gegen ihren Willen –, den Leser näher an sich heranzubringen: ihn sich ebenbürtig zu machen.

Es gibt noch eine weitere Erklärung für die Methode von Zwetajewas Prosa. Seit der Entstehung des narrativen Genres fürchtet jedes Kunstwerk – Erzählung, Novelle, Roman – vor allem einen Vorwurf: den, es sei unwahrscheinlich. Das hat zur Folge: entweder ein Tendieren zum Realismus oder die Einführung kompositioneller Finessen. Letzten Endes ist jeder Literat auf dasselbe aus: die verlorene oder gegenwärtige Zeit einzuholen oder festzuhalten. Dazu dienen dem Dichter Zäsur, unbetonte Versfüße, daktylische Reimklauseln; der Prosaiker hat nichts dergleichen. Wenn Zwetajewa zur Prosa greift, überträgt sie ganz unbewußt darauf die Dynamik des Liedes, das per se eine Form ist, die Zeit umzustrukturieren. (Schon allein deshalb, weil die Verszeile kurz ist, aber auf jedem Wort, häufig: auf jeder Silbe in ihr, das zwei- oder dreifache semantische Gewicht lastet. Die Vielzahl der Bedeutungen erfordert eine entsprechende Zahl von Interpretationsversuchen, d.h. mehrmals; und was ist *ein Mal* anderes als eine Zeiteinheit?) Zwetajewa ist in ihrer Prosarede nicht allzusehr auf Überzeugungskraft bedacht: egal, welches Thema die Erzählung hat, ihre Technik bleibt sich gleich. Außerdem ist ihre Erzählung eigentlich sujetlos und wird hauptsächlich von der Energie des Monologs in Gang gehalten. Anders als professionelle Prosaiker und als andere Dichter, die zur Prosa greifen, beugt sich Zwetajewa nicht der plastischen Trägheit des Genres, sondern zwingt ihm ihre eigene Technik, sich selbst auf. Das geschieht nicht, weil sie von ihrer eigenen Person besessen ist, wie gemeinhin angenommen wird, sondern weil sie von der Intonation besessen ist; sie ist ihr weit wichtiger als Gedicht oder Erzählung.

Der Effekt der Wahrscheinlichkeit einer Erzählung kann daran liegen, daß die Regeln des Genres eingehalten werden, er kann aber auch eine Reaktion auf das Timbre der Stimme sein, die erzählt. Im zweiten Fall treten die Wahrscheinlichkeit des Sujets und das Sujet selbst im Bewußtsein des Zuhörers in den Hintergrund; sie sind ein Zugeständnis an die Etikette. Im Vordergrund stehen das Timbre der Stimme und deren Intonation. Auf der Bühne wird ein solcher Effekt nur durch zusätzliche Gestikulation erreicht; auf dem Papier, d.h. in der Prosa beruht dessen Wirkung auf dem Verfahren dramatischer Arrhythmie, die meist durch eingesprengte Nominativsätze in die Masse der Nebensätze zustandekommt. Schon allein darin sind Elemente zu erkennen, bei der Poesie Anleihen zu machen. Zwetajewa aber, die es nicht nötig hat, bei irgend jemand irgendwelche Anleihen zu machen, beginnt mit einer extrem verdichteten Redestruktur und hält sie bis zur letzten Zeile durch. Der Grad der sprachlichen Expressivität ihrer Prosa bei einem Minimum an typographischen Mitteln ist außerordentlich. Erinnert sei nur an ihre Bühnenanweisung zur Charakterisierung von Casanova in ihrem Stück »Das Ende von Casanova«: »nicht herrenhaft – zarenhaft« (»ne barstvenen – zarstvenen«). Und stellen wir uns nun dagegen vor, wieviel Tschechow dafür gebraucht hätte. Dabei ist dies nicht Resultat bewußter Ökonomie – an Papier, Worten, Kräften –, sondern ein Nebenprodukt der Lakonik, die bei einem Dichter instinktiv am Werk ist.

Indem Zwetajewa die Poesie in die Prosa münden läßt,

verwischt sie nicht die Grenze, die im Massenbewußtsein zwischen ihnen liegt, sondern verschiebt sie in syntaktisch bisher wenig zugängliche Sprachsphären: nach oben. Und die Prosa, bei der die Gefahr der syntaktischen Sackgasse weitaus größer ist als bei der Poesie, gewinnt durch diese Verschiebung nur: dort, in der dünnen Luft ihrer Syntax, läßt Zwetajewa ihr eine Beschleunigung zuteil werden, deren Ergebnis die Veränderung des Begriffes der Trägheit selbst ist. »Telegrammstil«, »Bewußtseinsstrom«, »Literatur des Subtextes« haben damit nichts zu tun. Die Werke ihrer Zeitgenossen, ganz zu schweigen von den Autoren der folgenden Jahrzehnte, auf deren Schaffen solche Definitionen zutreffen, kann man im Ernst hauptsächlich nur aus Gründen der Nostalgie oder aus literaturwissenschaftlich historischen Gründen (was eigentlich auf dasselbe hinausläuft) lesen. Die Literatur der Zwetajewa ist eine Literatur des »Supra-Textes«, wenn ihr Bewußtsein überhaupt »strömt«, dann in der Bahn der Ethik; das einzige, was ihren Stil dem Telegrammstil ähnlich macht, ist das Hauptzeichen ihrer Interpunktion – der Gedankenstrich, der ihr sowohl dazu dient, die Identität von Phänomenen zu kennzeichnen, als auch dazu, Selbstverständliches zu überspringen. Im übrigen hat dieses Zeichen noch eine weitere Funktion: es streicht vieles in der russischen Literatur des 20. Jahrhunderts durch.

2

»Zwetajewa läßt das Gedicht häufig mit dem hohen ›C‹ einsetzen«, sagt Achmatowa. Dasselbe kann man teilweise auch von Zwetajewas Intonation in der Prosa sagen. Ihre Stimme war so beschaffen, daß die Rede fast immer am *anderen* Ende der Oktave einsetzt, im oberen Register, an dessen Grenze, wonach nur ein Abstieg oder bestenfalls eine Hochebene vorstellbar sind. Doch das Timbre ihrer Stimme war so tragisch, daß sie den Eindruck eines Aufstiegs hervorruft, unabhängig davon, wie lang sie klingt. Diese Tragik stammt nicht aus der Biographie: sie war *vorher* da. Die Biographie ist mit ihr nur zusammengefallen, hat darauf – als

Echo – geantwortet. Dieses Timbre ist schon in den »Jugendgedichten« deutlich erkennbar:

> Für meine Verse, die so früh entstanden,
> Daß ich nicht wußte, daß ich Dichter bin ...

Das ist nicht mehr etwas über sich Gesagtes: das ist eine Absage an sich selbst. Der Biographie blieb nichts anderes übrig, als ihrer Stimme zu folgen, wobei sie ständig hinter ihr herhinkte, denn die Stimme – überholte die Ereignisse: halsbrecherisch, mit Schallgeschwindigkeit. Überhaupt hinkt die Erfahrung immer hinter der Vorahnung hinterher.

Aber es geht nicht nur um das Verhältnis von Erfahrung und Vorahnung; es geht um die Unterschiede zwischen Kunst und Wirklichkeit. Einer der Unterschiede besteht darin, daß – infolge des spezifischen Materials – in der Kunst ein Grad an lyrischer Gestimmtheit erreicht werden kann, dem in der realen Welt nichts auch nur annähernd physisch gleichkommt. Genauso wie es in der realen Welt keine Entsprechung für das Tragische gibt, welches – das Tragische – die Kehrseite der lyrischen Tonlage ist – oder die Stufe, die darauf folgt. Wie dramatisch die spontane Erfahrung eines Menschen auch sein mag, sie wird immer von der Erfahrung eines Instrumentes übertroffen. Der Dichter aber ist eine Kombination aus Mensch und Instrument, wobei ersteres mit der Zeit über das zweite dominiert. Das Gespür für diese Dominanz prägt sein Timbre, das Bewußtsein davon prägt sein Leben.

Vielleicht muß man darin auch den Grund sehen, warum sich ein Dichter der Prosa, insbesondere der autobiographischen zuwendet. In Zwetajewas Fall ist es nicht der Versuch, die Geschichte einzuholen – dafür ist es zu spät; eher ist es ein Ausweichen in die Vorgeschichte, in die Kindheit. Aber es ist nicht das notorische »wenn noch alles im Unbekannten liegt«, die Kindheit des Memoirenschreibers. Es ist ein »wenn schon alles bekannt ist«, doch »als noch nichts begonnen hatte«, die Kindheit des reifen Dichters, der mitten im Leben von einer harten Periode überrascht wird. Die autobiographische Prosa – die Prosa überhaupt – ist in diesem Fall nur eine Atempause. Wie jede Abweichung ist sie lyrisch und zeitweilig. (Dieses

Gefühl – der Abweichung und was damit zusammenhängt – ist in den meisten ihrer Essays über die Literatur genauso präsent wie das starke autobiographische Moment. Deshalb sind ihre Essays in weit größerem Maße »Literatur über Literatur« als die ganze moderne »Textologie des Textes«.) Im Grunde ist alle Prosa von Zwetajewa mit Ausnahme der Tagebuchaufzeichnungen retrospektiv: denn nur, wenn man sich umschaut, kann man Atem holen.

So spielt das Detail in solch einer Prosa eine ähnliche Rolle wie das – im Vergleich zur poetischen Rede – verlangsamte Fließen der Prosa überhaupt: es ist eine rein therapeutische Rolle, die Rolle eines Strohhalms; und wer danach greift, ist allseits bekannt. Je detaillierter die Beschreibung ist, desto dringender wird der Strohhalm benötigt. Überhaupt gilt: je »Turgenew-hafter« solch ein Werk gebaut ist, um so »avantgarde-hafter« sind die Umstände von Zeit, Ort und Handlung bei dem Autor selbst. Sogar die Interpunktion bekommt zusätzliches Gewicht. So markiert der Punkt, der eine Erzählung beschließt, deren physisches Ende, die Grenze, den Abgrund, der in die Wirklichkeit, in die Nicht-Literatur führt. Die Unausweichlichkeit und Nähe dieses Abgrundes, die von der Erzählung angepeilt wird, läßt das Streben des Autors nach Vollkommenheit in den ihm gesteckten Grenzen auf das Zehnfache wachsen und erleichtert ihm teilweise sogar die Arbeit, denn diese Nähe nötigt ihn, alles Überflüssige abzuwerfen.

Das Abwerfen des Überflüssigen ist per se der Geburtsschrei der Poesie – der Klang gewinnt die Oberhand über die Wirklichkeit, das Wesen über die Existenz: Quelle tragischen Bewußtseins. In dieser Richtung ist Zwetajewa weiter gegangen als irgend jemand in der russischen Literatur und, wie es scheint, auch der Weltliteratur. In der russischen Literatur jedenfalls hat sie einen extrem isolierten Platz inne, sie verschanzte sich vor allen – selbst den hervorragendsten Zeitgenossen – hinter einer Mauer, die aus dem Material des weggeworfenen Überflüssigen bestand. Der einzige, der ihr nahekommt, und zwar gerade als Prosaiker, ist Ossip Mandelstam. Die Parallelität von Zwetajewa und Mandelstam als Prosaikern ist in der Tat bemerkenswert: Mandelstams »Rauschen der Zeit« und »Die ägyptische Briefmarke« können mit Zwetajewas »Autobiographischer Prosa« auf eine Stufe gestellt werden, seine »Notizen über Poesie« und »Gespräch über Dante« mit ihren Essays zur Literatur, seine »Reise nach Armenien« und die »Vierte Prosa« mit ihren »Seiten aus einem Tagebuch«. Die stilistische Ähnlichkeit – Sujetlosigkeit, Retrospektive, sprachliche und metaphorische Dichte – ist evidenter als die von Gattung und Thematik, auch wenn Mandelstam etwas konventioneller ist.

Es wäre aber falsch, wollte man diese stilistische und gattungsmäßige Nähe mit den ähnlichen Biographien der beiden Autoren oder dem allgemeinen Klima der Epoche erklären. Biographien sind im voraus so wenig bekannt wie »Klima« und »Epoche«, reine Periodisierungsbegriffe. Das Hauptmoment, in dem Zwetajewas und Mandelstams Prosawerke sich ähneln, ist der Grad ihrer rein linguistischen Übersättigung, die als emotionale Übersättigung wahrgenommen wird und sie nicht selten auch ausdrückt. Die »Dichtheit« des Stils, Bilderfülle, Dynamik des Satzes läßt die beiden so nah aneinander rücken, daß man, wenn nicht Blutsbande, so Cliquenbildung, die Zugehörigkeit zu einem gemeinsamen Ismus vermuten könnte. Zwar war Mandelstam Akmeist, aber Zwetajewa hat nie zu irgendeiner Gruppe gehört, und selbst die unverfrorensten Kritiker haben es sich nicht einfallen lassen, ihr irgendein Etikett anzuheften. Des Rätsels Lösung für die Ähnlichkeit von Zwetajewas und Mandelstams Prosa liegt da, wo der Grund für ihren Unterschied als Dichter liegt: in ihrem Verhältnis zur Sprache, genauer: im Grad ihrer Abhängigkeit von ihr.

Poesie, das heißt nicht »die besten Wörter in der besten Ordnung«, Poesie, das ist die höchste Existenzform der Sprache. Rein technisch läuft das natürlich darauf hinaus, Wörter mit möglichst großem spezifischen Gewicht in einer möglichst effektiven und äußerlich zwingenden Abfolge anzuordnen. Das Ideal liegt aber gerade darin, daß die Sprache ihre eigene Masse und die Gravitationsgesetze negiert, nach oben – oder zur Seite – strebt zu jenem Anfang, an dem das Wort war. Jedenfalls ist das die Bewegung der Sprache in vor-(über-)gattungsmäßige Bereiche, d.h. in die Sphären, aus denen sie kommt. Die scheinbar künstlichsten Organisationsformen der poetischen Rede – Terzinen, Sextinen, Dezimen u. ä. – sind in Wirklichkeit lediglich die natürliche mehrmalige Ausarbeitung des Echos in allen Einzelheiten, das auf das Anfangswort folgte. Deshalb brauchte Mandelstam, ein äußerlich mehr der Form verpflichteter Dichter als Zwetajewa, die Prosa, die ihn vom Echo, von der Macht des wiederholten Klangs befreit, genauso, wie Zwetajewa mit ihrem außerstrophischen – überhaupt außerversgebundenen – Denken, dessen Hauptkraft im Nebensatz beschlossen liegt, in der Wurzeldialektik.

Jedes gesagte Wort verlangt nach irgendeiner Fortsetzung. Die Fortsetzung kann unterschiedlich aussehen: logisch, phonetisch, grammatisch, als Reim. So entwickelt sich die Sprache, und wenn es keine logischen Beweise dafür gibt, so deutet doch die Phonetik darauf hin, daß die Sprache von sich aus nach ihrer Entwicklung verlangt. Denn das, was gesagt wird, ist niemals das Ende, sondern der Rand der Rede, nach dem – aufgrund der Existenz der Zeit – immer etwas folgt. Und das, was folgt, ist immer interessanter als das, was schon gesagt wurde – und zwar nicht wegen, sondern trotz der Zeit. Das ist die Logik der Rede, und das ist die Grundlage von Zwetajewas Poetik. Nie reicht ihr der Platz: weder im Gedicht noch in der Prosa; sogar ihre am ausgeprägtesten akademisch klingenden Essays sind immer wie Umarmungen, die über die Schwelle drängen. Das Gedicht ist nach dem Prinzip des verschachtelten Satzgefüges aufgebaut, die Prosa besteht aus grammatikalischen Enjambements: so rettet sie sich vor der Tautologie. (Denn das Erdichtete in der Prosa verhält sich genauso zur Realität wie der Reim im Gedicht.) Am Musendienst ist vor allem schrecklich, daß er keine Wiederholung duldet: weder von Metapher noch von Sujet oder Kunstgriff. Im Alltagsleben ist es kein Verbrechen, wenn man ein und denselben Witz zwei oder drei Mal wiederholt. Auf dem Papier aber kann man sich das nicht erlauben: die Sprache zwingt einen, den nächsten Schritt zu tun, zumindest stilistisch. Natürlich nicht um deines persönlichen Heils willen (obwohl sich später herausstellt, auch seinetwegen), sondern um des eigenen stereoskopischen (stereophonischen) Heils der Sprache willen. Das Klischee ist das Sicherheitsventil, mit dessen Hilfe die Kunst sich vor der Gefahr der Degeneration schützt.

Je häufiger ein Dichter diesen nächsten Schritt macht, desto isolierter wird er. Das Selektionsprinzip wendet sich im Endeffekt gewöhnlich gegen den, der es mißbraucht. Und wenn hier nicht die Rede von Zwetajewa wäre, könnte man in der Hinwendung des Dichters zur Prosa eine Art »nostalgie de la boue« sehen, den Wunsch, mit der (schreibenden) Masse zu verschmelzen. Aber wir haben es mit einem Dichter zu tun, der von Anfang an wußte, wo er hin will, oder: wohin die Sprache führt. Wir haben es mit dem Verfasser der Worte zu tun: »Der Dichter führt aus Fernen her die Rede. / Den Dichter führt in Fernen fort die Rede«*, wir haben es mit dem Autor des »Rattenfängers« zu tun. Die Prosa ist für Zwetajewa keineswegs ein Refugium, keine Form der – psychischen oder stilistischen – Ungehemmtheit. Die Prosa ist für sie eine bewußte Erweiterung der Isolationssphäre, d. h. der sprachlichen Möglichkeiten.

3

Das ist die einzige Richtung überhaupt, in die ein Literat, der auf sich hält, gehen kann. (Im Kern ist alle existierende Kunst bereits Klischee: insofern sie *bereits* existiert.) Und da die Literatur die linguistische Entsprechung des Denkens ist, trifft es sich, daß Zwetajewa, die von der Rede extrem weit fortgeführt wurde, der interessanteste Denker ihrer Zeit ist. Jede summarische Charakterisierung der Ansichten von jemand tendiert unweigerlich zur Karikatur, um so mehr wenn sie in künstlerischer Form geäußert wurden; jeder Versuch, an ein synthetisches Phänomen analytisch heranzugehen, ist von vornherein zum Scheitern verurteilt. Trotzdem kann man ohne sonderliches Risiko das System von Zwetajewas Ansichten als Philosophie der Unbehaglichkeit definieren, als Verkündigung weniger von Grenz- als von Randsituationen.

* Anfangszeilen aus dem Gedicht »Der Dichter« (1923)

Diese Haltung kann man weder stoisch nennen – denn sie hat zuallererst Gründe ästhetisch linguistischer Natur – noch existentialistisch – denn ihr Inhalt ist gerade die Negierung der Wirklichkeit. Zwetajewas Philosophie hat weder Vorläufer noch Nachfolger. Würden authentische Zeugnisse nicht fehlen, läge es auf der Hand, eine intensive Vertrautheit mit den Werken ihres Zeitgenossen Lew Schestow anzunehmen. Aber, o weh, solche Zeugnisse gibt es nicht bzw. sie sind absolut minimal, und der einzige russische Denker (genauer: Nachdenker), dessen Einfluß auf ihr Werk – und zwar in einem frühen Stadium – Marina Zwetajewa explizit anerkennt, ist Wassili Rosanow. Aber wenn ein solcher Einfluß überhaupt vorgekommen ist, so muß er im rein Stilistischen liegen, denn es existiert nichts, was Rosanows alles umfassender Toleranz diametraler entgegengesetzt ist als Zwetajewas unerbittlicher, zuweilen fast kalvinistischer Geist persönlicher Verantwortung, von dem ihr reifes Werk durchdrungen ist.

Es gibt viele Dinge außer dem Sein (insbesondere die Perspektive des Nicht-Seins), die das Bewußtsein bestimmen. Eines dieser Dinge ist die Sprache. Die Unerbittlichkeit sich selbst gegenüber, die an Kalvin erinnert (und deren Kehrseite Zwetajewas oft ungerechtfertigt großzügige Beurteilung ihrer Schriftstellerkollegen war), ist nicht nur Produkt der Erziehung, sondern – und dies in erster Linie – ein Spiegelbild oder die Fortsetzung der professionellen Beziehungen zwischen dem Dichter und seiner Sprache. Was die Erziehung betrifft, so sollte man übrigens nicht vergessen, daß Zwetajewa eine dreisprachige Erziehung genossen hat, wobei das Russische und Deutsche dominierten. Zwar konnte von einem Problem der Wahl natürlich keine Rede sein: ihre Muttersprache war das Russische; aber ein Kind, das Heine im Original liest, muß, ob es will oder nicht, deduktiven »Ernst und Ehr erlernen / Im Westen, bei ihm fremder Sippe Leuten«*. Das, was äußerlich stark wie Streben nach Aufrichtigkeit, Streben nach Präzision aussieht, ist linguistischer Natur, d. h. es wurzelt in der Sprache, hat seine Quelle im Wort. Das Selektionsprinzip, von dem oben die Rede war, die Notwendigkeit,

* Zeilen aus Mandelstams Gedicht »An die deutsche Sprache« (1932)

Überflüssiges wegzuwerfen, die bis zur Ausbildung eines instinktiven Reflexes geht, genauer: geführt wird, ist eines der Mittel, mittels derer dieses Streben in die Tat umgesetzt wird. Im Fall des Dichters nimmt dieses Streben zum Teil idiosynkratischen Charakter an, denn bis auf geringe Ausnahmen sind Phonetik und Semantik für ihn identisch.

Diese Identität bewirkt eine solche Beschleunigung des Bewußtseins, daß sie ihren Träger sehr viel früher und weiter aus dem Umkreis jedweder Polis schleudert, als es der eine oder andere Platon vorzuschlagen beliebt. Aber das ist noch nicht alles. Jedwede Emotion, die sich bei diesem fiktiven – oder häufiger realen – Ortswechsel einstellt, wird von eben dieser Identität redigiert; und die Form, in der – sowie auch das Faktum an sich, daß – diese Emotion zum Ausdruck kommt, hängt in ihrer Ästhetik von jener Identität ab. Allgemeiner formuliert, die Ethik gerät in Abhängigkeit von der Ästhetik. Was an Zwetajewas Werk bemerkenswert ist, ist aber die absolute Autonomie ihrer sittlichen Urteile bei einer so phänomenal gesteigerten sprachlichen Sensibilität. Eins der besten Beispiele für den Kampf des ethischen Prinzips gegen den linguistischen Determinismus ist ihr Artikel von 1932 »Der Dichter und die Zeit«: es ist ein Zweikampf, in dem keiner stirbt, wo beide siegen. In diesem Artikel, der für das Verständnis von Zwetajewas Werk unentbehrlich ist, wird eins der spannendsten Beispiele gegeben für eine frontale semantische Attacke auf die Positionen, die die abstrakten Kategorien in unserem Bewußtsein einnehmen (in diesem Fall: auf den Begriff der Zeit). Ein Nebeneffekt von dergleichen Manövern liegt darin, daß der literarischen Sprache beigebracht wird, die dünne Luft abstrakter Begriffe zu atmen, indes letztere das Fleisch von Phonetik und Sittlichkeit ansetzen.

Graphisch dargestellt, würde Zwetajewas Schaffen wie eine Kurve, nein, wie eine fast rechtwinklig ansteigende Gerade aussehen, denn sie sucht ständig, eine Note höher, eine Idee höher zu klettern (genauer: eine Oktave und einen Glauben höher). Sie spricht alles immer bis zu dem Ende aus, das irgend denkbar und dem Ausdruck zugänglich ist. Weder in ihren Gedichten noch in ihrer Prosa hängt etwas in der Luft und macht den Eindruck von Ambivalenz. Zwetajewa ist der einzigartige Fall, wo die geistige Haupterfahrung der Epoche (in unserem Fall: das Gefühl der Ambivalenz, der Doppelbödigkeit des Wesens der menschlichen Existenz) nicht Ziel des Ausdrucks ist, sondern dessen Vehikel; wo diese Erfahrung sich ins Material der Kunst verwandelt hat. Die Hinwendung eines Dichters zur Prosa mit ihrer Illusion konsequenterer gedanklicher Entwicklung als bei der Poesie ist schon an sich so etwas wie ein Beweis dafür, daß die wichtigste geistige Erfahrung nicht das Wichtigste ist. Daß Erfahrungen höherer Art möglich sind und daß der Leser von der Prosa bei der Hand genommen und dorthin gebracht werden kann, wohin man ihn andernfalls gewaltsam mit Hilfe des Gedichtes schubsen müßte.

Diesen Gedanken – die Sorge um den Leser – sollte man zumindest deshalb ins Auge fassen, weil das unsere einzige Chance ist, Zwetajewa doch noch irgendwie in eine russische Literaturtradition zu zwängen, deren Haupttendenz dahin geht, Trost zu spenden, die Wirklichkeit (möglichst auf der höchsten Ebene) sowie die Weltordnung insgesamt zu rechtfertigen. Zwetajewa, der »graue Wolf«, der, egal mit wieviel Zeit man ihn füttert, ständig nach dem »undurchdringlichen Wald« der Ewigkeit schielt, das Sprachrohr oder Ohr der Stimme »himmlischer gegen irdische Wahrheit« – Zwetajewa, die sich mit keinerlei Halbheiten zufriedengibt, steht in der russischen Literatur ansonsten in der Tat isoliert da, in äußerst entlegenem Abseits. Das Nicht-Akzeptieren der Wirklichkeit, erzwungen nicht nur von der Ethik, sondern auch von der Ästhetik, ist etwas, das für unsere heimische Literatur ungewöhnlich ist. Dafür kann man natürlich gerade diese Wirklichkeit selbst bei uns im Vaterland und außerhalb verantwortlich machen; aber der Grund ist wohl woanders zu suchen. Er liegt am ehesten darin, daß die neue Semantik eine neue Phonetik brauchte und Zwetajewa es war, die sie fand. In ihrer Person hat die russische Literatur eine Dimension entdeckt, die sie bis dahin nicht gekannt hatte: Zwetajewa machte deutlich, daß die Sprache von sich aus Interesse an einem tragischen Inhalt hat. Im Licht dieser Dimension ist eine Rechtfertigung oder Annahme der Wirklichkeit schon deshalb unmöglich, weil die Weltordnung eben rein phonetisch tragisch ist. Laut Zwetajewa neigt der Klang der Rede von sich aus zur Tragik, er gewinnt dadurch in gewisser Weise sogar: wie beim Klagegesang. Deshalb ist es nicht verwunderlich, wenn für eine Literatur, die so sehr ein Gebräu aus didaktischem Positivismus ist, daß die Wendung »legte los mit Hallo, schloß mit dem Grab ab« formelhaft das Abweichen von der Norm festhält, Zwetajewas Werk etwas völlig Neues war; und das hatte natürlich entsprechende soziale Konsequenzen. Zwetajewas Biographie hebt sich nur von den Biographien jener Zeitgenossen positiv ab, die früher als sie ums Leben kamen.

Aber das, was für die Literatur eine Innovation war, war für das nationale Bewußtsein keine. Mit Ausnahme von N. Kljujew steht Zwetajewa innerhalb der ganzen Schar großer russischer Dichter des 20. Jahrhunderts der Volksdichtung am nächsten, und der Stil des Klageliedes ist einer der Schlüssel zum Verständnis ihres Werks. Den dekorativen, um nicht zu sagen: salonmäßigen Aspekt der Volksdichtung, den eben jener Kljujew so erfolgreich entwickelt hat, ignoriert sie, denn sie war kraft der Umstände gezwungen, die Mechanik aufzugreifen, die das Wesen der Volksdichtung ausmacht: die Rede ohne Adressaten. Sowohl in ihren Gedichten als auch in ihrer Prosa hören wir ständig den Monolog; aber es ist nicht der Monolog der Heldin, sondern ein Monolog, weil kein Gesprächspartner da ist.

Das Besondere an solchen Reden besteht darin, daß Sprecher und Zuhörer eins sind. Die Volksdichtung – das Lied des Hirten – ist eine Rede, die an einen selbst, an sich selbst gerichtet ist: das Ohr lauscht dem Mund. Auf diese Weise, über das Hören ihrer selbst, vollzieht sich auch der Prozeß der Selbsterkenntnis der Sprache. Aber unabhängig davon, wie und womit man die Genealogie von Zwetajewas Poetik erklärt, der Grad der Verantwortung, der dem Leserbewußtsein in der Konsequenz von ihr auferlegt wird, überstieg – und übersteigt bis heute – das Maß, in dem der russische Leser darauf vorbereitet ist, diese Verantwortung zu übernehmen (das zu fordern ist aber wohl der Punkt, an dem Volksdichtung und Autorenliteratur auseinandergehen). Selbst wenn er durch den Panzer eines Dogmas oder durch einen nicht minder dicken Panzer aus absolutem Zynismus geschützt ist, ist er hilflos dem Licht der Kunst ausgeliefert, das sein Gewissen ausleuchtet. Daß damit voraussichtlich zwangsläufig ein destruktiver Effekt verbunden ist, ist Hirten wie Herde selbst annähernd gleich klar, und es gibt bis heute keine Gesamtausgabe von Zwetajewas Werken, weder außerhalb noch innerhalb des Landes, wo das Volk zuhause ist, in dessen Sprache sie schrieb. Theoretisch kann es die Würde einer Nation, die politisch unterdrückt wird, nicht allzu sehr verletzen, wenn ihr kulturelles Erbe totgeschwiegen wird. Aber im Unterschied zu Völkern, die das Glück haben, über eine Tradition der Legislative, institutionalisierte Wahlen u.ä. zu verfügen, ist Rußland nur über den Spiegel der Literatur imstande, zu einem Bewußtsein von sich selbst zu kommen; und die Verlangsamung des literarischen Prozesses, dadurch daß Werke ausgemerzt oder für nicht existent erklärt werden, kommt – sogar wenn dies einen zweitrangigen Autor betrifft – einem kriminellen genetischen Eingriff in die Zukunft der Nation gleich.

Wo auch immer die Gründe zu suchen sein mögen, die Zwetajewa veranlaßten, sich der Prosa zuzuwenden, und wieviel auch die russische Dichtung dadurch verloren haben mag – man kann bei Gott nur dafür dankbar sein, daß es diese Hinwendung gegeben hat. Außerdem dürfte die Dichtung kaum wirklich darunter gelitten haben: wenn ihr etwas in der Form entgangen ist, so ist sie sich doch im Sinne der Energie und im Wesen treu geblieben, d.h. sie hat ihre Substanz bewahrt. Jeder Autor entwickelt – auch durch Negation – die Postulate, die Idiomatik und Ästhetik seiner Vorgänger weiter. Wenn Zwetajewa sich der Prosa zuwendet, entwickelt sie sich selbst, reagiert auf ihr eigenes Ich. Ihre Isolation ist keine selbstgewählte Isolierung, sondern sie kam zwangsweise zustande, wurde von außen oktroyiert: von der Logik der Sprache, den historischen Umständen, den Eigenschaften ihrer Zeitgenossen. Sie ist absolut kein esoterischer Dichter – es gibt keine Stimme in der russischen Literatur des 20. Jahrhunderts, die leidenschaftlicher klingt. Und außerdem: esoterische Dichter verfassen keine Prosa. Daß sie trotzdem eine

Sonderstellung in der russischen Literatur hat, ist nur von Vorteil. In dem Gedicht des von ihr geliebten Rilke, das Pasternak, nicht minder von Zwetajewa geliebt, übersetzte – erweitert so der Stern, dem Licht im Fenster gleich »im letzten Haus am Rande der Gemeinde«, nur die Vorstellung der Gläubigen von der Größe der Gemeinde.

1979

Fußnote zu einem Gedicht

Am 7. Februar 1927 beendete Marina Zwetajewa in Bellevue bei Paris das Gedicht »Neujahrsbrief« (*Novogodnee*), in vieler Hinsicht Höhepunkt nicht nur ihres eigenen Schaffens, sondern auch der russischen Dichtung insgesamt. Dem Genre nach ist das Gedicht eine Elegie, gehört also zu der lyrischen Gattung, die am meisten Texte hervorgebracht hat; und man müßte es denn auch als Elegie betrachten, wenn nicht ein paar Begleitumstände hinzukämen. Einer dieser Umstände ist die Tatsache, daß es sich um eine Elegie auf den Tod eines Dichters handelt.

Jedes Gedicht »auf den Tod von« dient dem Autor in der Regel nicht nur als Mittel, seine Gefühle über den Verlust zum Ausdruck zu bringen, sondern auch als Anlaß zu Überlegungen allgemeinerer Art über das Phänomen des Todes überhaupt. Indem er über den Verlust trauert (eines geliebten Wesens, eines nationalen Helden, eines Freundes oder führenden Geistes), trauert der Autor – direkt, indirekt, manchmal unbewußt – häufig über sich selbst, denn die tragische Intonation ist fast immer autobiographisch. Mit anderen Worten, jedes Gedicht »auf den Tod« hat etwas von einem Selbstporträt. Dieses Moment kommt um so zwingender ins Spiel, wenn der Gegenstand der Trauer ein Dichterkollege ist, mit dem den Autor – reale oder fiktive – Bande verknüpfen, die zu eng sind, als daß er der Versuchung widerstehen könnte, sich selbst mit dem Gedichtgegenstand zu identifizieren. Was den Autor hindert, dieser Versuchung aus dem Weg zu gehen, ist das Gefühl der Zugehörigkeit zur selben Zunft, das einigermaßen erhabene Thema des Todes selbst und schließlich ein ganz persönliches, privates Erleben dieses Verlustes: es ist dir etwas genommen worden, folglich hast du selbst etwas damit zu tun. Der einzige Nachteil dieser in jeder Beziehung natürlichen und ehrbaren Gefühle ist vielleicht die Tatsache, daß wir mehr über den Autor und die Haltung zu seinem eigenen potentiellen Tod erfahren als darüber, was nun eigentlich mit der anderen Person geschehen ist. Andererseits ist ein Gedicht keine Reportage, und häufig gibt uns die tragische Musik des Gedichts genauer Auskunft über das Geschehen als dessen detaillierte Beschreibung. Dennoch ist die Situation schwierig, bisweilen schlicht peinlich, wenn man das Gefühl nicht loswird, der Schreibende verhalte sich im Hinblick auf sein Objekt wie der Zuschauer im Blick auf die Bühne und seine eigene Reaktion (Trauer, nicht Beifall) sei ihm wichtiger als das Entsetzliche des Geschehens; bestenfalls sitze er schlicht und ergreifend im Parkett, erste Reihe.

Das sind die Materialkosten dieses Genres, und die russische Literatur von Lermontow bis Pasternak ist ein Beleg dafür, daß sie nicht zu umgehen sind. Die einzige Ausnahme ist wohl Wjasemski mit seinem »In memoriam« von 1837. Daß diese Unkosten, diese letztendlich an Selbstbeweihräucherung grenzende Selbstbeweinung unvermeidlich ist, kann und muß dadurch erklärt werden, daß immer gerade Dichterkollegen die Adressaten waren, daß es um eine Tragödie in der heimischen russischen Literatur ging und daß das Selbstmitleid die Kehrseite der Vertrautheit und die Folge des Einsamkeitsgefühls ist, das einem Literaten ohnedies eigen ist und das mit dem Weggang eines jeden Dichters noch wächst. Wenn es dagegen um einen führenden Geist ging, der zu einer anderen Kultur gehörte (z.B. um den Tod von Byron oder Goethe), so lud das »Fremdländische« dieses Gegenstandes noch mehr zu Überlegungen allgemeinster, abstraktester Art ein, wie: über die Rolle des »Sängers« im Leben der Gesellschaft, über die Kunst an sich, über – wie Achmatowa sagt – »Jahrhunderte und Völker«. Die emotionale Unverbindlichkeit führte in diesen Fällen zu didaktischer Verschwommenheit, und so ein Byron oder Goethe war mitunter schwer von Napoleon oder den italienischen Carbonari zu unterscheiden. Das Moment des Selbstporträts verschwand in diesen Fällen auf natürliche Weise, denn – wie paradox das auch sein mag – obwohl der Tod alle Kriterien für einen allgemeinen Nenner erfüllt, verkürzte er nicht die Distanz zwischen Autor und dem betrauerten »Sänger«, sondern vergrößerte sie im Gegenteil, als ob die Unkenntnis der Lebensumstände des jeweiligen »Byron« sich auch auf das Wesen von dieses »Byron« Tod erstrecken würde. Mit anderen

Worten, der Tod wurde seinerseits wie etwas Fremd-, Ausländisches aufgenommen, was durchaus als indirekter Beweis für dessen – des Todes – Unfaßbarkeit gerechtfertigt werden konnte. Um so mehr, als das Unbegreifliche eines Phänomens oder zumindest das Gefühl für den bloßen Näherungswert der Erkenntnis Tenor des Pathos in der Romantik ist. Und die Tradition von Gedichten »Auf den Tod eines Dichters« geht gerade auf die Romantik zurück und trägt bis heute die Spuren ihrer Poetik.

Zwetajewas »*Novogodnee*« hat sehr viel weniger mit dieser Tradition und dieser Poetik zu tun als der eigentliche Held des Gedichts: Rainer Maria Rilke. Das einzige Bindeglied zwischen Zwetajewa und der Romantik in diesem Gedicht muß man vielleicht darin sehen, daß für Zwetajewa »Deutsch näher als Russisch liegt«, d.h. daß die deutsche Sprache im selben Maße wie die russische die Sprache ihrer um die Jahrhundertwende liegenden Kindheit war, und zwar mit allem, was sich aus der deutschen Literatur des 19. Jahrhunderts für ein Kind an Folgen ergeben haben mag. Dieses Bindeglied ist natürlich mehr als nur verbindend – darauf werden wir später noch zurückkommen. Hier wollen wir nur festhalten, daß es gerade die Kenntnis der deutschen Sprache war, die Zwetajewas Haltung Rilke gegenüber geprägt hat, so daß dessen Tod ein indirekter Schlag – über das ganze Leben hinweg – gegen ihre Kindheit war.

Schon allein deshalb, weil die kindliche Anhänglichkeit an eine Sprache (die nicht Muttersprache ist, sondern *noch näher* liegt) beim Erwachsenen in eine Verehrung der Dichtung (als Form der höchsten Reife dieser Sprache) mündet, muß »*Novogodnee*« notwendig ein selbstporträthaftes Moment haben. Aber »*Novogodnee*« ist mehr als ein Selbstporträt, genauso wie Rilke für Zwetajewa mehr als ein Dichter war. (Genauso wie auch der Tod eines Dichters etwas ist, das mehr bedeutet als den Verlust eines Menschen. Es ist vor allem ein Drama der Sprache selbst: ihrer Inadäquatheit gegenüber der existentiellen Erfahrung.) Sogar unabhängig von Zwetajewas Gefühlen Rilke gegenüber – Gefühle, die sehr stark waren und eine Evolution von platonischer Verliebtheit und stilistischer Abhängigkeit bis zum Bewußtsein einer gewissen Gleichheit durchlaufen haben – sogar unabhängig von diesen Gefühlen hatte der Tod des großen deutschen Dichters eine Situation geschaffen, in der Zwetajewa sich nicht mit dem Versuch eines Selbstporträts begnügen konnte. Um zu verstehen, was geschehen war – bzw. sogar, um es nicht zu verstehen –, mußte sie die Grenzen des Genres erweitern und gleichsam selbst vom Parkett auf die Bühne treten.

»*Novogodnee*« ist vor allem eine Beichte. Dazu muß man wissen, daß Zwetajewa ein äußerst offener, vielleicht der offenste Dichter in der Geschichte der russischen Dichtung überhaupt ist. Sie macht um nichts Geheimnisse und am wenigsten um ihre ästhetischen und philosophischen Credos, die ihre Gedichte und ihre Prosa mit der gleichen Häufigkeit wie das Personalpronomen der ersten Person Singular durchziehen. Deshalb ist der Leser auf die Manier, wie Zwetajewa in »*Novogodnee*« redet, den sogenannten lyrischen Monolog, einigermaßen vorbereitet. Worauf er aber absolut nicht vorbereitet ist, egal wie oft er sich »*Novogodnee*« vornimmt, das ist die Intensität dieses Monologs, die rein linguistische Energie dieser Beichte. Und das liegt nicht dran, daß »*Novogodnee*« ein Gedicht ist, d. h. eine Erzählform, die per definitionem maximale Kondensation der Rede und maximale Bündelung verlangt. Sondern es liegt daran, daß Zwetajewa nicht einem Priester, sondern einem Dichter beichtet. Und in Zwetajewas Rangliste steht der Dichter ungefähr um soviel höher als ein Priester, wie der Mensch – in der normativen Theologie – über den Engeln steht, da letztere nicht nach Gottes Bild und Ebenbild geschaffen sind.

Wie paradox und blasphemisch es auch klingen mag, Zwetajewa fand im toten Rilke das, wonach jeder Dichter strebt: den absoluten Zuhörer. Die verbreitete Überzeugung, der Dichter schreibe immer für jemanden, ist nur die halbe Wahrheit und kann leicht zu Mißverständnissen führen. Die beste Antwort auf die Frage »Für wen schreiben Sie« hat Igor Strawinsky gegeben: »Für mich und ein hypothetisches alter ego.« Bewußt oder unbewußt ist jeder Dichter im Verlauf seiner Karriere auf der Suche nach dem idealen Leser, diesem alter ego, denn der Dichter will nicht Anerkennung, sondern Verständnis. Schon Baratynski tröstete Puschkin in einem

Brief und sagte: es sei nicht eben verwunderlich, »daß die Husaren uns nicht mehr lesen«. Zwetajewa geht weiter und erklärt in ihrem Gedicht »Heimweh«:

> Der Muttersprache Trost, ihr Ruf
> Nach milchiger Verführung: fruchtlos.
> Mir ist die Sprache gleich, darin
> Ich jedem unverständlich bin.

Eine solche Haltung führt unweigerlich zur quantitativen Einengung des Leserkreises, was beileibe nicht immer eine höhere Leserqualität verbürgt. Doch ein Literat ist per definitionem Demokrat, und ein Dichter hofft immer, daß sich die Prozesse in seinem Werk und im Leserbewußtsein mit einer gewissen Parallelität vollziehen. Aber je weiter sich der Dichter in seiner Entwicklung versteigt, desto höher sind – unbewußt – seine Forderungen an die Zuhörerschaft, und desto mehr schmilzt sie zusammen. Das endet nicht selten damit, daß der Leser zu einer Projektion des Autors wird, der fast kein lebendes Wesen mehr nahekommt. In solchen Fällen wendet sich der Dichter entweder an die Engel, wie Rilke in den »Duineser Elegien«, oder an einen anderen Dichter – besonders, wenn er tot ist –, wie Zwetajewa an Rilke. In beiden Fällen findet ein Monolog statt, und in beiden Fällen nimmt er absolute Züge an, denn der Autor adressiert sein Wort an das Nichts, an Chronos.

Für Zwetajewa, deren Vers von einem fast pathologischen Bedürfnis gezeichnet ist, zu Ende sprechen, zu Ende zu denken, alle Dinge bis zu ihrem logischen Ende zu führen, war diese Adresse nichts Neues. Neu war – mit Rilkes Tod –, daß dort jemand wohnen kann, und für einen Dichter wie Zwetajewa mußte das von Interesse sein. Natürlich ist »*Novogodnee*« Resultat eines konkreten emotionalen Ausbruchs; aber Zwetajewa ist Maximalist, und der Vektor ihrer Seelenbewegungen ist im voraus bekannt. Dennoch kann man Zwetajewa schon allein deshalb nicht einen Dichter der Extreme nennen, weil das (deduktive, emotionale, linguistische) Extrem der Ort ist, wo bei ihr das Gedicht erst ansetzt. »Und das

Leben ist kein Kinderspiel«* oder »Odysseus kam heim, von den Räumen und Zeiten erfüllt«**, könnten bei Zwetajewa nie Schlußzeilen sein: das Gedicht würde bei ihr mit diesen Zeilen beginnen. Das »Extrem« markiert für sie weniger das Ende der erkannten Welt; vielmehr ist Zwetajewa ein Dichter der Extreme in dem Sinn, daß das Extrem den Anfang der unerkennbaren Welt bezeichnet. Die Technik der Anspielung, der Umschweife, des Nichtzuendesprechens, Verschweigens ist für sie ausgesprochen wenig charakteristisch. Noch ferner liegen ihr die höchsten Leistungen der harmonischen Schule, deren einlullendes metrisches Muster dem Leser psychisches Behagen garantieren. Aufgrund ihrer Überfrachtung mit Betonungen ist Zwetajewas Versharmonie unberechenbar; sie tendiert mehr zu Trochäen und Daktylen als zur Bestimmtheit des Jambus, die Anfänge der Zeilen sind eher trochäisch als unbetont, die Zeilenenden klagend, daktylisch. Es gibt kaum einen anderen Dichter, der so meisterhaft und reichlich von der Zäsur und katalektischen Versfüßen Gebrauch gemacht hätte. In formaler Hinsicht ist Zwetajewa interessanter als alle ihre Zeitgenossen einschließlich der Futuristen, und ihre Reimtechnik ist erfinderischer als die von Pasternak. Am wertvollsten aber ist, daß ihre technischen Leistungen sich nicht formalen Intentionen verdanken, sondern das Nebenprodukt - d.h. natürliches Produkt - einer Rede sind, für die der Gegenstand klar im Vordergrund steht.

Die Kunst kommt immer als Ergebnis einer nach innen, zur Seite gerichteten Aktivität zustande, und zwar um ein Objekt zu erreichen (zu begreifen), das keine direkte Beziehung zur Kunst hat. Sie ist ein Fortbewegungsmittel, ist die Landschaft, die im Fenster vorüberflimmert, nicht aber Endziel dieser Fortbewegung. »Wüßtet ihr, aus was für Müll Gedichte sprießen«***, sagt Achmatowa. Je weiter das Ziel der Bewegung entfernt ist, umso wahrscheinlicher ist die Kunst;

* Schlußzeile aus Pasternaks Gedicht »Hamlet« in der Übersetzung von Dietrich Gerhardt

** Schlußzeilen von Mandelstams Gedicht »Golden funkelnder Honig ergoß sich der Strahl ...« (1917)

*** Zitat aus einem Gedicht von 1940 aus Achmatowas Zyklus »Geheimnisse des Handwerks«

und der Tod (jeder und der eines großen Dichters insbesondere – denn was kann weiter von der alltäglichen Wirklichkeit entfernt sein als ein großer Dichter oder große Dichtung) verwandelt sich theoretisch zu einer Art Garantie für die Kunst.

Das Thema »Zwetajewa und Rilke« war, ist und wird noch Thema zahlreicher Untersuchungen sein; uns aber interessiert hier die Rolle – oder Idee – Rilkes als Adressat von »*Novogodnee*«, seine Rolle als Gegenstand seelischer Regung und der Grad, in dem er für das Nebenprodukt dieser Regung, das Gedicht, verantwortlich ist. Kennt man Zwetajewas Maximalismus, so kann einem nicht entgehen, wie natürlich ihre Themenwahl ist. Neben dem konkreten, verstorbenen Rilke taucht in dem Gedicht das Bild (oder die Idee) des »absoluten Rilke« auf, der nicht mehr ein Körper im Raum, sondern Seele geworden ist – in der Ewigkeit. Diese Entfernung ist eine absolute, äußerste Entfernung. Absolut sind die Gefühle – d. h. die Liebe – der Heldin des Gedichts gegenüber diesem ebenso absoluten Objekt, der Seele. Absolut sind auch die Ausdrucksmittel dieser Liebe: äußerste Selbstvergessenheit und äußerste Offenheit. All das mußte eine äußerst angespannte poetische Diktion zur Folge haben.

Das Paradox aber liegt darin, daß die poetische Rede – wie jede Rede überhaupt – ihre eigene Dynamik besitzt, die der seelischen Bewegung eine solche Beschleunigung zukommen läßt, daß der Dichter sehr viel weiter fortgeführt wird, als er zu Beginn des Gedichts annahm. Aber das ist eben die Art, wie der Mechanismus des kreativen Schaffens (die Verführung, wenn man so will) funktioniert, und ein Mensch, der einmal mit ihm in Berührung gekommen ist (oder sich ihm überlassen hat), lehnt ein für alle Mal sämtliche anderen Weisen zu denken, sich auszudrücken – sich fortzubewegen ab. Die Rede gibt dem Dichter einen Stoß, der ihn in jene Sphären treibt, denen er sich sonst nicht nähern könnte, unabhängig vom Grad der seelischen, psychischen Konzentration, zu der er außerhalb des Gedichteschreibens imstande ist. Und dieses Herausstoßen geht mit einer ganz ungewöhnlichen Schnelligkeit vonstatten: mit einer Schallgeschwindigkeit, höher als die, welche Fantasie oder Erfahrung kennen. In der Regel ist ein Dichter, wenn er das Gedicht zum Abschluß bringt, bedeutend älter, als er zu Beginn war. Zwetajewas extreme Diktion in »*Novogodnee*« führt sie entschieden weiter, als das Verlusterlebnis dies tut; vielleicht sogar weiter, als selbst Rilkes Seele in ihren posthumen Wanderungen gelangen kann. Nicht nur deshalb, weil jeder Gedanke an eine fremde Seele eine geringere Last an ihren Taten trägt als diese Seele selbst, sondern auch deshalb, weil ein Dichter überhaupt großzügiger als ein Apostel ist. Das poetische »Paradies« beschränkt sich nicht auf die »ewige Seligkeit«, und ihm droht nicht die Übervölkerung des dogmatischen Paradieses. Im Unterschied zum christlichen Standardparadies, das so etwas wie eine letzte Instanz, eine Sackgasse für die Seele ist, ist der poetische Garten Eden eher eine Gegend, und die Seele des Dichters vollendet sich dort weniger, vielmehr ist sie in ständiger Bewegung begriffen. Die poetische Idee des ewigen Lebens tendiert überhaupt eher zur Kosmogonie als zur Theologie, und den Maßstab für die Seele bildet häufig nicht der Grad ihrer Vollkommenheit, wie es für die Angleichung und Verschmelzung mit dem Schöpfer erforderlich ist, sondern eher die physische (metaphysische) Dauer und Distanz ihrer Reisen in der Zeit. Im Prinzip ist der poetischen Konzeption vom Sein jede endliche und statische Form fremd, darunter auch die der theologischen Apotheose. Dantes Paradies ist jedenfalls bei weitem interessanter als die kirchliche Version.

Selbst wenn der Verlust von Rilke Zwetajewa nur als »Einladung zu einer Reise« gedient hätte, die Topographie des »Jenseits« in »*Novogodnee*« wäre die Reise wert. Aber das trifft nicht wirklich zu, und Zwetajewa ersetzt den Menschen Rilke nicht durch die »Idee Rilke« oder die Idee seiner Seele. Zu einer solchen Substitution wäre sie schon deshalb nicht in der Lage, weil diese Seele sich bereits in Rilkes Werk verkörpert hat. (Die generell kaum begründete Polarisierung von Seele und Körper, die man besonders häufig überstrapaziert, wenn ein Mensch stirbt, verliert vollends an Überzeugungskraft, wenn wir es mit einem Dichter zu tun haben.) Mit anderen Worten, ein Dichter fordert den Leser schon zu

Lebzeiten auf, seiner Seele zu folgen, und Zwetajewa war Rilke gegenüber zuallererst Leser. Deshalb unterscheidet sich für sie der tote Rilke nicht allzu sehr vom lebenden, und sie folgt ihm ungefähr so, wie Dante Vergil folgte, und zwar mit um so größerem Recht, als Rilke selbst in seinen Werken solche Reisen unternommen hat (»Requiem für eine Freundin«). Kurz gesagt, das Jenseits ist für die poetische Fantasie wohnlich genug, als daß man bei Zwetajewa Selbstmitleid oder Neugier gegenüber dem Jenseits als Motiv für »*Novogodnee*« annehmen könnte. Die Tragödie von »*Novogodnee*« liegt in der Trennung, im fast physischen Bruch ihrer psychischen Verbindung mit Rilke, und sie begibt sich auf die »Reise«, nicht von Dantes Panther erschreckt, sondern aus dem Bewußtsein heraus, daß sie verlassen ist, ihm nicht mehr so folgen kann, wie sie ihm zu Lebzeiten folgte – jeder Zeile von ihm. Und neben dem Gefühl der Verlassenheit auch aus einem Schuldgefühl heraus: ich lebe, er aber – der bessere – ist tot. Aber die Liebe eines Dichters zu einem anderen (selbst wenn sie unterschiedlichen Geschlechts sind) ist nicht wie Julias Liebe zu Romeo: die Tragödie liegt nicht darin, daß ein Leben ohne ihn nicht denkbar ist, sondern gerade darin, daß ein solches Leben denkbar ist. Und weil es denkbar ist, ist die Haltung sich selbst, dem Lebenden gegenüber unerbittlicher, kompromißloser; wenn man zu sprechen beginnt und – falls das überhaupt eintritt – wenn man auf sich selbst zu sprechen kommt, spricht man deshalb wie bei der Beichte, denn es ist kein Pope oder Gott, der hört, sondern *er*, ein anderer Dichter. Daher rührt die Intensität von Zwetajewas Diktion in »*Novogodnee*« – wendet sie sich doch an den, der im Unterschied zu Gott ein absolutes Gehör hat.

»*Novogodnee*« beginnt auf eine für Zwetajewa typische Art, im rechten, d.h. oberen Winkel der Oktave, mit dem »hohen C«:

S Novym godom – svetom – kraem – krovom!
Frohes Neues Jahr – ‹Licht› Welt – ‹Land› Rand – Dach!

mit einem Ausruf, der nach oben, nach außen gerichtet ist. Im Verlauf des ganzen Gedichts bleiben Tonart wie auch Ausrichtung der Rede unverändert: die einzig mögliche Modifikation ist nicht eine Senkung der Stimme (selbst in den Klammern nicht), sondern eine Erhöhung. In dieser Zeile bringt die in diese Tonart eingebundene Technik des Substantivsatzes einen ekstatischen Effekt hervor, den Effekt eines emotionalen Aufschwungs. Dieses Gefühl verstärkt sich durch die äußerlich synonyme Aufzählung, (Treppen)Stufen-(Niveaus) ähnlich, wo die nächste Stufe jeweils höher als die vorige ist. Aber diese Aufzählung ist nur der Silbenzahl nach, die jedes Wort hat, synonym, und Zwetajewas Gleichheitszeichen (oder Ungleichheitszeichen) – der Gedankenstrich – trennt die Wörter mehr, als ein Komma es bewirken würde: der Strich wirft jedes folgende Wort höher als das vorhergehende.

Außerdem ist nur das Wort *god* (»Jahr«) in *S Novym godom* (»Frohes Neues Jahr«) in der Grundbedeutung gebraucht; alle anderen Wörter dieser Zeile sind mit Assoziationen und übertragener Bedeutung aufgeladen – überladen. *Svet* (»Welt/Licht«) hat dreierlei Bedeutung: erstens in Analogie zu »Neues Jahr« die von »neuer Welt«, d.h. geographisch neu, wie in dem Ausdruck »Neue Welt«. Aber diese Geographie ist eine abstrakte; Zwetajewa meint weniger auf der anderen Seite des Ozeans als vielmehr etwas, das hinter »dreimal neun Ländern liegt«, eine völlig andere Gegend. Aus diesem Verständnis der »neuen Welt« als andersartiger Gegend folgt die Idee des »Jenseits«, von dem hier ja in der Tat die Rede ist. Aber das »Jenseits« ist vor allem »*Licht*«, denn aufgrund der örtlichen Ausrichtung der Zeile und der euphonischen Überlegenheit von *svetom* (dessen Klang durchdringender ist) gegenüber *godom* liegt das Jenseits buchstäblich irgendwo über dem Kopf, oben, im Himmel, und der ist Quelle von Licht. Die Gedankenstriche davor und danach, die das Wort nahezu aus dem Kontext lösen, statten *svet* mit einem ganzen Arsenal positiver Konnotationen aus. Jedenfalls wird in der Idee vom »Jenseits« tautologisch gerade das Licht hervorgehoben und nicht wie üblich die Finsternis.

Weiter schwingt sich die Zeile akustisch und topographisch

vom geographisch abstrakten *svet* in die Höhe zum – wie ein kurzes Schluchzen klingenden – *kraj* (»Rand/Land«): Rand der Welt, Rand generell, Rand – zum Himmel, Rand – zum Paradies. Zu allen Bedeutungen von *s novym ... kraem* kommt folgende hinzu: frohe neue Gegend, frohe neue Grenze, frohe Grenzüberschreitung. Die Zeile endet mit einer phonetischen und semantischen Coda in *s novym krovom* (»Fröhliches neues (Ob)Dach«), denn *krovom* ist in seiner Lautgestalt fast identisch mit *godom*; aber diese zwei Silben klingen durch *svetom* und *kraem* eine ganze Oktave, acht Silben, höher als ursprünglich, und jede Möglichkeit, zur Anfangstonart und zu deren wörtlichen Sinn zurückkehren, ist ihnen versperrt. Aus der Höhe erblickt *krovom* in *godom* gleichsam sich selbst und erkennt weder seine Vokale noch seine Konsonanten wieder. Die Konsonanten *kr* in *krovom* gehören weniger zu *krov* als zu *kraj*, und das ist zum Teil der Grund dafür, daß die Bedeutung von *krov* extrem luftig, verdünnt wirkt: das Wort liegt in einer zu großen Höhe. Die Bedeutung von *krov* als Zufluchtsort am Rand der Welt und Haus, in das man heimkehrt, Dach, verbindet sich mit *krov* im Sinn von Himmel: Himmel aller, des Planeten, und individueller Himmel, letzter Zufluchtsort der Seele.

Im Grunde genommen benutzt Zwetajewa den fünfhebigen Trochäus hier wie eine Klaviatur, eine Ähnlichkeit, die durch den Gebrauch von Gedankenstrich statt Komma noch verstärkt wird: der Übergang vom einen zweisilbigen Wort zum nächsten vollzieht sich eher nach der Logik des Klaviers als nach der der Standardgrammatik, und jeder folgende Ausruf nimmt dort seinen Ausgang, wo der Klang des vorhergehenden verhallte, wie wenn man auf eine Klaviertaste drückt. So unbewußt dieser Kunstgriff auch sein mag, er entspricht optimal dem Wesen des Bildes, das in dieser Zeile entfaltet wird: der Himmel mit seinen zuerst dem Auge, nach dem Auge aber nur dem Geist zugänglichen Niveaus.

Rein emotional bekommt der Leser durch diese Zeile den Eindruck, als strebe eine kristallklare Stimme in die Höhe und verleugne sich gleichsam (gebe sich auf). Dabei darf man jedoch nicht vergessen, daß der erste – wenn nicht einzige – Leser, den der Autor hier anvisiert, der Adressat des Gedichtes: Rilke ist. Daher rührt die Tendenz, sich selbst zu verleugnen, allem Irdischen zu entsagen, d. h. die Disposition zur Beichte. Es versteht sich, daß all dies – Wahl der Worte wie Wahl des Tones – so unbewußt geschieht, daß der Begriff »Wahl« hier fehl am Platz ist. Denn die Kunst, und die Dichtung im besonderen, unterscheidet sich gerade dadurch von jeder anderen Form psychischer Aktivität, daß alles in ihr – Form, Inhalt und selbst der Geist des Werkes – dem Gehör nach arrangiert ist.

Das bedeutet keineswegs intellektuelle Verantwortungslosigkeit. Ganz im Gegenteil: die rationale Aktivität – Auswahl, Selektion – wird dem Gehör anvertraut oder (um mich schwerfälliger, aber auch präziser auszudrücken) bündelt sich im Ohr als Fokus. In gewissem Sinn handelt es sich um eine Miniaturisierung, Computerisierung der selektiven, d. h. analytischen, Prozesse, um eine Transformation oder deren Reduktion auf ein Organ: das Ohr.

Aber nicht nur die analytischen Funktionen werden vom Dichter ans Gehör delegiert; dasselbe trifft auch für die rein geistige, spirituelle Seite des Schaffens zu. »Nach dem Gehör« arrangiert ist der Geist des Werkes selbst, als dessen Träger oder Medium im Gedicht das Versmaß dient, denn gerade dieses ist die Ausgangsbasis für die Tonart des Werks. Wer ein bißchen Erfahrung im Gedichteschreiben hat, weiß, daß das Versmaß einem bestimmten Seelenzustand korrespondiert, bisweilen nicht nur einem, sondern mehreren. Der Dichter »arrangiert sich« mit dem Geist des Werkes mit Hilfe des Versmaßes. Die Gefahr des Automatismus, die im Gebrauch der Standardversmaße liegt, überwindet jeder Dichter auf seine Weise, und je schwieriger dieser Prozeß sich gestaltet, ein desto detaillierteres Bild des jeweiligen Seelenzustandes entsteht – für den Autor selbst wie für den Leser. Das endet häufig damit, daß der Dichter die Versmaße als beseelte – durchgeistigte – Gegenstände, als heilige Gefäße gewissermaßen anzusehen beginnt. Im Grunde genommen ist das richtig. In der Dichtung ist die Form noch weniger vom Inhalt zu trennen als der Körper von der Seele, und jeder Körper ist deshalb teuer, weil er sterblich ist (dem Tod vergleichbar ist in der Dichtung eben das automatische Klingen bzw. die Möglichkeit, ins Klischee zu verfallen). Jedenfalls hat jeder Dichter seine Lieblingsversmaße, die dominieren, und man kann sie als sein Autogramm betrachten, denn sie entsprechen dem Seelenzustand, der sich bei diesem Autor am häufigsten wiederholt. Ein solches »Autogramm« der Zwetajewa sind ihre Trochäen mit weiblichen oder – öfter – daktylischen Klauseln. Was die Häufigkeit ihres Gebrauchs angeht, übertrifft Zwetajewa wohl sogar den Dichter Nekrassow. Es ist übrigens durchaus möglich, daß die Tatsache, daß beide Dichter zu trochäischen Versmaßen griffen, durch die Übermacht des dreihebigen und vierhebigen Jambus bedingt ist, die sowohl für die Autoren der »Harmonischen Schule« als auch für die russischen Symbolisten charakteristisch war. Zwetajewa hatte wahrscheinlich noch einen weiteren Grund: im russischen Trochäus klingt immer die Volksdichtung an. Das wußte auch Nekrassow; aber in seinem Vers schwingt der narrative Ton der *Byline* (des russischen epischen Heldenliedes) mit, während bei Zwetajewa Klagelieder und Beschwörung anklingen.

Ihr Interesse an der Tradition des Klageliedes (besser: nicht Interesse, sondern daß ihr Ohr stimmlich darauf ausgerichtet war) kann unter anderem auf die zusätzlichen Möglichkeiten der Assonanz zurückgeführt werden, die in der dreisilbigen Klausel liegen; und diese ist in der Regel im Vers des Klageliedes durchgehalten. Am ehesten aber liegt der Grund darin, daß Zwetajewa sucht, die Psychologie des modernen Menschen mit den Mitteln der Volksdichtung wiederzugeben. Wenn dies gelingt – und Zwetajewa gelang das fast immer –, entsteht der Eindruck, daß jeder Bruch bzw. jede Ver-rücktheit des modernen Bewußtseins sprachlich eingelöst ist; und nicht nur sprachlich eingelöst, sondern, egal worauf die Rede kommt, es muß sich per se um einen Gegenstand bewußter Trauer handeln. Jedenfalls kann man sich für »*Novogodnee*« kaum etwas vorstellen, was besser am Platz wäre als der Trochäus.

Zwetajewas Dichtung unterscheidet sich vom Schaffen ihrer Zeitgenossen vor allem durch eine gewisse tragische Note apriori, durch ein Schluchzen, das latent im Vers liegt. Dabei darf man nicht außer acht lassen, daß diese Note in Zwetajewas Stimme nicht als Resultat einer persönlichen tragischen

Erfahrung anklang, sondern Nebenprodukt ihrer Arbeit an der Sprache war, insbesondere Resultat ihrer Experimente mit der Volksdichtung.

Zwetajewa neigte überhaupt eindeutig zur Stilisierung: der russischen Archaik – »Das Zarenmädchen«, »Lager der Schwäne« usw. –, der französischen Renaissance und Romantik – »Phönix« (in einer anderen Fassung »Das Ende von Casanova«), »Schneesturm« –, der deutschen Volksdichtung – »Der Rattenfänger« – u.a. Unabhängig von der Kultur jedoch, der sie sich zuwandte, unabhängig vom konkreten Inhalt und – was wichtiger ist – von bloß inneren, emotionalen Gründen, die sie veranlaßten, zu der einen oder anderen kulturellen Maske zu greifen – bahnte sich jedes beliebige Thema in einer tragischen Grundtonart den Weg. Allem Anschein nach liegt das nicht nur am (anfangs) intuitiven und (später) physischen Gefühl für die Epoche, sondern am allgemeinen Ton – Fond – der russischen poetischen Rede anfangs des Jahrhunderts. Jedes Schaffen ist Reaktion auf die Vorgänger, und die musikalische Stagnation des Symbolismus verlangte rein linguistisch nach einer Lösung. Jede Sprache, insbesondere aber die poetische, hat immer eine stimmliche Zukunft. Zwetajewas Werk war genau die stimmliche Auflösung, die man beim damaligen Zustand der poetischen Rede brauchte; aber die Höhe ihres Timbres war so gewaltig, daß der Bruch nicht nur mit der Lesermasse, sondern auch mit der Masse der Schriftsteller unvermeidlich war. Der neue Klang brachte nicht nur einfach einen neuen Inhalt, sondern einen neuen Geist. In Zwetajewas Stimme schwang etwas dem russischen Ohr Unbekanntes und Erschreckendes: daß die Welt unannehmbar ist.

Das war nicht die Reaktion eines Revolutionärs oder Kämpfers für den Fortschritt, der positive Veränderungen einklagt, und nicht der Konservatismus oder Snobismus eines Aristokraten, der bessere Tage gekannt hat. Auf der inhaltlichen Ebene ging es um die Tragik der Existenz an sich, unabhängig vom Zeitzusammenhang. Auf der klanglichen Ebene aber um ein Streben der Stimme in die einzige für sie mögliche Richtung: nach oben. Um ein Streben, ähnlich dem Streben der Seele zu ihrer Quelle. Mit den eigenen Worten der Dichterin: um »Gravitation weg von / der Erde, über die Erde, weg von / Wurm wie Korn«. Hinzufügen müßte man: weg von sich selbst, vom eigenen Kehlkopf. Die Reinheit (wie übrigens auch Frequenz), mit der diese Stimme vibrierte, war einem Echo-Signal verwandt, das in die mathematische Unendlichkeit ausgesandt wird und keinen Widerhall findet oder, wenn es ihn findet, sich sofort von ihm lossagt. Aber obwohl diese Absage der Stimme von der Welt in der Tat Zwetajewas Leitmotiv ist, muß man betonen, daß ihrer Rede jegliche Art von »Über-der-Welt-Stehen« fremd war. Ganz im Gegenteil: Zwetajewa ist ein im höchsten Maß diesseitiger, konkreter Dichter, dessen Präzision in den Details die der Akmeisten aussticht, dessen aphoristische Diktion und Sarkasmus alle übertrifft. Eher einem Vogel als einem Engel verwandt, wußte ihre Stimme immer, *worüber* sie sich erhob; wußte, was dort unten liegt (genauer: *was* es dort unten *nicht* gibt). Vielleicht stieg sie eben deshalb immer höher, um ihren Gesichtskreis zu erweitern – faktisch aber erweiterte sie nur den Kreis der Orte, wo das Gesuchte fehlte. Und deshalb auch fliegt ihr Trochäus in der ersten Zeile von »*Novogodnee*« hoch und erstickt das kurze Schluchzen durch ein Ausrufezeichen.

Von solchen Zeilen gibt es in »*Novogodnee*« 194. Die Analyse einer jeden würde nicht weniger Raum beanspruchen als die der ersten Zeile. Im Prinzip muß das auch so sein, denn Dichtung ist die Kunst, zu kondensieren, zusammenzuziehen. Am interessantesten ist es für den Forscher – und den Leser –, »rückwärts auf dem Strahl« zu gehen, d. h. zu verfolgen, wie diese Kondensierung ablief, ab welchem Punkt sich für den Dichter bei der uns allen gemeinsamen Zersplitterung der Durchbruch des sprachlichen Nenners abzeichnet. Aber wie sehr der Forscher auch im Verlauf dieses Prozesses belohnt werden mag, der Prozeß selber gestaltet sich ähnlich, wie wenn man etwas Gewebtes auftrennt, und diese Aussicht wollen wir vermeiden. Wir werden nur auf die Aussagen in Zwetajewas Gedicht eingehen, die ein Licht auf ihre generelle Einstellung, insbesondere aber auf die Psychologie und Methodik des Schaffens werfen. In »*Novogodnee*« gibt es eine Vielzahl von Aussagen dieser Art, aber wovon es noch mehr gibt, das sind die Mittel: metrische Finessen, Reime, Enjambements, klangliche Verfahren u. ä.; und sie sagen mehr über einen Dichter aus als jede Deklaration, und sei sie noch so aufrichtig und verheißungsvoll.

Um nicht lange nach Beispielen zu suchen, nehmen wir uns das Enjambement zwischen der zweiten, dritten und vierten Zeile von »*Novogodnee*« vor:

Pervoe pis'mo tebe na novom
– Nedorazumenie, čto zlačnom –
(Zlačnom – žvačnom) meste zyčnom, meste zvučnom
Kak Eolova pustaja bašnja.

Erster Brief für dich am neuen andern
– Falsch als fette Weide vorgestellten
(Fett gleich wiederkäuend) – Ort, der gellt und
Widerhallt wie Äols hohler Turmbau.

Dieses Bruchstück illustriert hervorragend das Denken auf vielen Ebenen zugleich, typisch für Zwetajewas Schaffen, und ihren Drang, alles zu berücksichtigen. Zwetajewa ist ein eminent realistischer Dichter, ein Dichter des endlosen Nebensatzes, ein Dichter, der es weder sich selbst noch dem Leser gestattet, an irgend etwas zu glauben.

Zwetajewas Hauptaufgabe bestand in diesen Zeilen darin, die Ekstase der ersten Zeile »Frohes Neues Jahr – Lichtwelt – Landrand – Dach!« zu erden. Zu diesem Zweck greift sie zu einem Prosaismus und nennt das »Jenseits« einen »neuen Ort«. Aber sie geht über eine einfache Prosaisierung hinaus. Die Wiederholung des Adjektivs »neu« aus »Neues Jahr« in der Wendung »neuer Ort« ist bereits an sich tautologisch genug, und allein das hätte gereicht, um den Senkungseffekt hervorzubringen: schon das Tautologische allein von »neuer« kompromittiert den »Ort«. Aber das Positive, das gegen den Willen des Autors apriori in dem Ausdruck »neuer Ort« liegt, besonders wenn man ihn für das Jenseits gebraucht, löst bei Zwetajewa einen sarkastischen Anfall aus, und der »neue Ort« wird von ihr durch das Epitheton *zlačnyj* (»grasreich, fett«) mit dem Ziel touristischer Pilgerfahrten gleichgesetzt (was wegen der Multiplizität des Todes als Phänomen legitim ist). Das ist umso bemerkenswerter, als *zlačnyj* zweifellos seinen Ursprung im orthodoxen Totengebet hat (»... am grasreichen Ort, am ruhigen Ort ...«). Zwetajewa aber legt das Gebetbuch schon allein deshalb aus der Hand, weil Rilke kein Orthodoxer war, und das Epitheton reiht sich nun wieder in den niederen modernen Kontext ein. Die Ähnlichkeit des »Jenseits« mit fast so etwas wie einem Kurort wird durch den Binnenreim des folgenden Adjektivs *žvačnyj* (»wiederkäuend«) verstärkt, worauf die Adjektive *zyčnyj* (»gellend«) und *zvučnyj* (»klangvoll«) folgen. Eine Anhäufung von Adjektiven ist auch in der normalen Rede immer suspekt. In einem Gedicht aber läßt sie besonders aufhorchen – und das nicht ohne Grund. Denn der Gebrauch von *zyčnyj* markiert hier den Punkt, an dem der Sarkasmus in eine ungebrochen elegische Intonation übergeht.

Zyčnyj führt natürlich noch das Thema der Menge, des Basars fort, das mit *zlačnyj – žvačnyj* angeschnitten wurde, aber der Mund hat jetzt noch eine andere Funktion, die der Stimme im Raum, was durch das letzte Epitheton *zvučnyj* verstärkt wird; und auch der Raum selbst ist erweitert durch die Vision eines einsamen Turms (des Äolus). »Hohl«, d.h. vom Wind bewohnt, d. h. hat eine Stimme. Der »neue Ort« nimmt ganz allmählich Züge des »Jenseits« an.

Theoretisch hätte der Prosaisierungseffekt schon allein vom Enjambement (*novom / ... meste*) bewirkt werden können. Zwetajewa gebraucht dieses Kunstmittel – den Zeilensprung – so häufig, daß das Enjambement wiederum als ihr Autogramm gelten kann, als ihr Fingerabdruck. Aber vielleicht stellte Zwetajewa dieses Kunstmittel gerade wegen seiner Häufigkeit nicht zufrieden, und sie hatte das Bedürfnis, es durch die Klammern – diesen auf ein Minimum reduzierten lyrischen Exkurs – zu »beleben«. (Zwetajewa hat überhaupt wie sonst keiner die typographischen Mittel überstrapaziert, um Nebenaspekte der Rede zum Ausdruck zu bringen.)

Aber der Hauptgrund dafür, daß sie das Enjambement auf drei Zeilen ausdehnt, ist weniger in der Gefahr eines Klischees zu sehen, die (bei aller Ironie des Tons) in der Wendung »neuer Ort« droht, als vielmehr in der Unzufriedenheit des

Autors darüber, daß der Reim *krovom – novom* so langweilig ist. Sie konnte es nicht erwarten, sich dafür zu revanchieren, und nach anderthalb Zeilen revanchiert sie sich denn auch. Aber solange das noch nicht geschehen ist, macht sie jedem eigenen Wort, jedem eigenen Gedanken bitterste Vorwürfe; d. h. kommentiert sich. Übrigens genauer: das Ohr kommentiert den Inhalt.

Kein einziger von Zwetajewas Zeitgenossen kennt dieses ständige Schielen auf eine einmal getroffene Aussage, diese ständige Selbstbespitzelung. Dieser Eigentümlichkeit (des Charakters? Auges? Ohrs?) ist es zu verdanken, daß ihren Gedichten die Überzeugungskraft der Prosa zufällt. Es gibt darin – vor allem in Zwetajewas reifem Werk – nichts apriori Poetisches, nichts, was nicht in Zweifel gezogen würde. Zwetajewas Vers ist dialektisch, aber es ist die Dialektik des Dialogs: die zwischen Sinn und Sinn, Sinn und Klang. Zwetajewa kämpft gleichsam ständig gegen die allmächtige Autorität der poetischen Rede an, sucht ständig, ihrem Vers das Gestelzte der Kothurne auszutreiben. Ihr wichtigstes Verfahren, zu dem sie in »*Novogodnee*« besonders oft greift, ist die Präzisierung. In der Zeile nach »Widerhallt wie Äols hohler Turmbau« tut sie, als streiche sie das bereits Gesagte durch, setzt zurück, zum Anfang, und beginnt das Gedicht noch einmal von vorn:

> Erster Brief an dich aus gestriger, in
> Der ich ohne dich mich ganz verzehre,
> Heimat …

Das Gedicht kommt wieder in Schwung, läuft stilistisch und reimmäßig aber durchaus in den Gleisen der vorhergehenden Zeilen. »In / Der ich ohne dich mich ganz verzehre« ist eingeklemmt in das Enjambement und hat weniger die Funktion, die persönliche Emotion des Autors hervorzuheben, als vielmehr die, »gestrige« von »Heimat« (hier in der Bedeutung von Erde, Planet, Welt) zu trennen. Diese Pause zwischen »gestrige« und »Heimat« ist nicht mehr aus der Perspektive des Autors gesehen – gehört, sondern aus der des Adressaten des Gedichts: Rilke. Zwetajewa blickt hier nicht mehr mit ihren eigenen Augen, sondern mit seinen, d. h. von außen, auf die Welt und auch auf sich selbst. Das ist vielleicht die einzige Form von Narzißmus, die sich bei Zwetajewa findet; und vielleicht ist eins der Motive, »*Novogodnee*« zu schreiben, eben dieser Reiz gewesen, sich von außen zu betrachten. Jedenfalls trennt sie hier »gestrig« von »Heimat«, um ein Bild der Welt aus der Perspektive von jemand, der diese Welt verlassen hat, zu geben, und bahnt so zugleich den Weg für eine der schrillsten Stellen – die erste unter vielen in diesem Gedicht –, wo sie sich – bei sich selbst – für die Banalität des Reims in den ersten beiden Zeilen revanchiert. Dem plumpen eingekeilten Nebensatz »In der ich ohne dich mich ganz verzehre« folgt:

> Heimat – jetzt bereits von einem andern
> Stern . . .

Das ist frappierend. Denn – sich von außen zu sehen, ist eins. Schließlich tat sie das ohnehin ihr ganzes Leben lang. Sich mit den Augen von Rilke zu betrachten, das ist etwas anderes. Doch auch das hat sie ziemlich oft getan, so muß man annehmen, wenn man ihre Beziehung zu diesem Dichter kennt. Sich aber von außen mit den Augen der im Raum umherwandernden Seele des toten Rilke betrachten und dabei nicht sich selbst, sondern die – von ihm – verlassene Welt erblicken, dazu braucht es eine Seelenoptik, von der wir absolut nicht wissen, ob es überhaupt jemand gibt, dem sie zur Verfügung steht. Auf eine solche Wendung der Dinge ist der Leser nicht gefaßt. Genauer: das bewußte Plumpe von »In / Der ich ohne dich mich ganz verzehre« läßt ihn alles mögliche erwarten, nur nicht den schwungvollen Daktylus von *Rodina* (»Heimat«) und schon gar nicht den wunderbaren gespaltenen Reim von *odnoj iz* (»von einem der«). Und am allerwenigsten ist er natürlich darauf gefaßt, daß auf *odnoj iz* wie eine Explosion das einsilbige Wort *Zvëzd* (»Sterne«) folgen könnte. Er wiegt sich noch behaglich im gemütlich klingenden »gestrig« (*včerašnej*), verweilt noch bei dem leicht manierierten *iznojus'* (»ich verzehre mich«), da bricht plötzlich die volle Lautstärke und Irreversibilität von »Heimat – jetzt bereits . . . ein andrer / Stern« über ihn herein. Nach zwei weit auseinandergerissenen Enjambements rechnet er am allerwenigsten mit einem dritten Enjambement traditioneller Art.

Vielleicht ist dieser Zeilensprung auch eine Verneigung, ein geheimes Zeichen, das Zwetajewa Rilke als Antwort auf die ihr gewidmete Elegie gibt, die er im Sommer eben jenes Jahres 1926 geschrieben und Zwetajewa geschickt hatte, und deren dritte Zeile nach einem Enjambement ebenfalls mit dem Wort »Stern« beginnt:

> O die Verluste ins All, Marina, die stürzenden Sterne!
> Wir vermehren es nicht, wohin wir uns werfen, zu welchem
> Sterne hinzu! Im Ganzen ist immer schon alles gezählt.

Es gibt wohl kaum zwei Begriffe, die im menschlichen Bewußtsein weiter voneinander angesiedelt sind, als »Heimat« (sc. Erde) und »Stern«. Schon allein ihre Gleichsetzung miteinander ist eine Vergewaltigung des Bewußtseins. Aber das eine Spur Despektierliche der Formulierung »von einem der (/ Sterne)«, das sowohl den »Stern« als auch die »Heimat« verkleinert, kompromittiert gleichsam beider Bedeutsamkeit und nimmt der potentiellen Vergewaltigung den Stachel und dem Bewußtsein die Würde. Hierbei ist Zwetajewas Takt hervorzuheben; weder hier noch später in dem Gedicht hängt sie ihr Exilschicksal an die große Glocke, sondern beschränkt die Bedeutung von »Heimat« und »Stern« auf den Kontext, der mit Rilkes Tod, nicht aber mit ihren eigenen Ortswechseln zusammenhängt. Dennoch kann man sich nicht völlig des Eindrucks erwehren, daß die eingenommene Perspektive unterschwellig autobiographisch motiviert ist. Denn die Qualität des Gesichtssinns – der Vision –, die der Autor seinem Adressaten zuschreibt, ist nicht nur durch die seelische Zuneigung zu letzterem bedingt. Bei jeder Zuneigung liegt der Schwerpunkt in der Regel nicht beim Objekt, sondern bei dem, der sich zu-neigt; selbst wenn von der Zuneigung eines Dichters zu einem anderen die Rede ist, lautet die Hauptfrage: wie steht er zu *meinen* Gedichten?

Was aber den Grad der Verzweiflung über den Tod eines geliebten Wesens betrifft, die sich in unserer Bereitschaft ausdrückt, mit ihm zu tauschen, so ist die evidente Nichtrealisierbarkeit eines derartigen Wunsches schon an sich tröstlich genug, denn sie setzt eine gewisse emotionale Grenze, durch die die Fantasie weiterer Verantwortung enthoben ist. Die Sichtweise hingegen, die für die Wahrnehmung von »Heimat« als »einem der Sterne« verantwortlich ist, zeigt nicht nur, daß der Autor von »*Novogodnee*« die Plätze der Subtrahenden verkehren kann, sondern auch, daß er imstande ist, in seiner Fantasie den Helden fahren zu lassen und selbst auf ihn einen Blick von außen zu werfen. Denn es ist weniger Rilke, der seine »Heimat von gestern« als einen der Sterne sieht, als vielmehr der Autor des Gedichts, der »sieht«, wie Rilke all das »sieht«. Und da liegt die Frage nah: Wo befindet sich der Autor, und wie ist er dahin gekommen?

Was die erste Hälfte der Frage betrifft, so kann man sich mit dem Hinweis auf Zeile 38 von Derschawins Gedicht »Auf den Tod des Fürsten Meschtscherski« (1779) begnügen: »Wo ist er?« »Dort.« »Wo: dort?« »Wer weiß?« Auf die zweite Hälfte der Frage gibt Zwetajewa selbst die beste Antwort, und wir wollen diese Zitate ein wenig später auch anführen. An dieser Stelle aber drängt sich die Vermutung auf, daß, was womöglich die allererste Voraussetzung für Kreativität ist und in gewissem Grad für jeden Literaten zutrifft: Übung darin, sich zu distanzieren – von der Realität, vom Text, von sich selbst, von Gedanken, die um einen selbst kreisen –, daß diese Versiertheit in Zwetajewas Fall einen Grad erreichte, wo sie zum Instinkt wird. Was als literarisches Verfahren begann, wurde zu einer Existenzform. Und nicht nur deshalb, weil sie zu vielem (einschließlich Vaterland, Lesern, Anerkennung) physisch in Distanz gerückt war. Und nicht deshalb, weil zu ihren Lebzeiten zu viel geschah, wovon man sich nur distanzieren kann, distanzieren muß. Sondern diese Transformation trat deshalb ein, weil der Dichter Zwetajewa mit dem Menschen Zwetajewa identisch war; zwischen Wort und Tat, Kunst und Leben stand für sie kein Komma und auch nicht ein Gedankenstrich; Zwetajewa setzte zwischen ihnen ein Gleichheitszeichen. Daraus folgt, daß das Kunstverfahren auf das Leben übergreift, daß nicht Können, sondern die Seele sich entwickelt, daß beides letztlich eins ist. Bis zu einem bestimmten Punkt tritt der Vers als Mentor der Seele auf; später – und zwar ziemlich bald – verkehrt sich dieses Verhältnis. »*Novogodnee*« entstand zu einer Zeit, als die Seele schon längst nichts mehr von der Literatur und sogar von Rilke lernen konnte. Und genau das machte es dem Autor von »*Novogodnee*« möglich, die Welt nicht nur mit den Augen eines Dichters, der diese Welt verlassen hat, zu sehen, sondern auch auf den Dichter selbst einen Blick von der Seite, von außen zu werfen, von da, wo die Seele dieses Dichters sich noch nicht aufgehalten hat. Mit anderen Worten, die Sichtweise kommt durch die metaphysischen Möglichkeiten des Individuums zustande, die ihrerseits eine Gewähr für Unendlichkeit sind, wenn nicht im mathematischen, so im stimmlichen Sinn.

So beginnt dieses Gedicht – mit einer Verbindung von äußerster Verzweiflung und äußerster Distanzierung. Psychologisch ist dies mehr als gerechtfertigt, denn letzteres ist häufig die direkte Konsequenz und der Ausdruck von ersterem, besonders im Fall von jemandes Tod, was die Möglichkeit einer adäquaten Reaktion ausschließt. (Und ist nicht die Kunst überhaupt Ersetzung dieser nicht existierenden Emotion? Und die poetische Kunst insbesondere? Und wenn dies so ist, ist dann das Gedichtgenre »Auf den Tod eines Dichters« nicht so etwas wie die logische Apotheose und das Ziel der Dichtung: ein Opfer, von der Wirkung auf dem Altar der Ursache niedergelegt?) Die gegenseitige Bedingtheit von Verzweiflung und Distanzierung ist so offensichtlich, daß es bisweilen schwerfällt, sie nicht gleichzusetzen. Jedenfalls wollen wir uns bemühen, ihre Genealogie nicht aus den Augen zu verlieren, wenn wir von »*Novogodnee*« sprechen: Distanzierung ist hier Methode und Thema in einem.

Um nicht in Pathos zu verfallen (was mit der Entfaltung der Metapher »Heimat – einer der Sterne« leicht hätte passieren können), sowie aufgrund ihrer Vorliebe für das Konkrete, für Realismus, widmet Zwetajewa die folgenden sechzehn Zeilen einer ziemlich detaillierten Beschreibung der Umstände, unter denen sie von Rilkes Tod erfuhr. In dieser Beschreibung (in der Form eines Dialogs mit einem Besucher – M. Slonim –, der ihr den Vorschlag macht, einen »Artikel« über

Rilke »loszulassen«), wird der Ekstase der vorhergehenden acht Zeilen die Buchstäblichkeit der direkten Rede kontrastiv gegenübergestellt. Das Natürliche, die Unberechenbarkeit der Reime, charakteristisch für diesen Dialog, das Bruchstückhafte der Repliken geben dieser Passage das Aussehen einer Tagebuchaufzeichnung, die Authentizität fast von Prosa. Gleichzeitig aber macht die Dynamik der Repliken selber, die sowohl durch ihre Einsilbigkeit als auch durch den dialektmäßigen Einschlag des Gesagten intensiviert wird, einen stenogrammartigen Eindruck, den Eindruck, als wolle sie so schnell wie möglich diese Details loswerden, um zur Hauptsache zu kommen. Um einen realistischen Effekt zu erzielen, greift Zwetajewa zu allen möglichen Mitteln; das wichtigste unter ihnen ist, ein Gemisch aus Sprachstilen verschiedenen Niveaus herzustellen, wodurch es ihr (manchmal in einer einzigen Zeile) gelingt, das ganze psychologische Spektrum, das von einer bestimmten Situation ausgelöst wird, abzudecken. So erfährt sie im Wortwechsel mit dem Besucher, der einen Artikel von ihr will, den Ort, wo Rilke starb – eine Pension in Val Mont bei Montreux, und ohne die Frage »wo«, um die Information irgendwie vorzubereiten, folgt der Nominativsatz:

»Sanatorium.«

Vorher hatte der Autor bereits abgelehnt, einen Artikel »loszulassen« – das heißt, er will seine Gefühle nicht vor der Öffentlichkeit zur Schau stellen und verbirgt sie deshalb auch dem Gesprächspartner. Unmittelbar im Anschluß an die Ortsangabe im Nominativsatz aber ist in Klammern hinzugefügt:

(Mietparadies).

Das ist ein merkliches Abrücken vom zwar hektischen, aber doch zivilen Dialogstil: ein Abrücken in Richtung auf Vulgarität, fast der Schrei eines Marktweibs (vgl. das stereotype »Ein Advokat ist ein Mietgewissen«). Diese Verschiebung – nennen wir sie eine Distanzierung nach unten – hängt nicht mehr einfach mit dem Versuch zusammen, seine Gefühle zu verbergen, sondern signalisiert den Drang, sich zu erniedrigen – und sich durch diese Erniedrigung einen Schutzwall gegen diese Gefühle zu schaffen. In dem Sinn von: »Nein, nicht ich, es muß jemand anderes sein, der da leidet. Ich könnte das nicht...« aus Achmatowas »Requiem«. Aber die poetische Spannung bleibt sogar in dieser Selbstgeißelung, in der Absage von sich selbst, in der Vulgarität aufrechterhalten, und der Beweis dafür ist das Wort »Paradies«. Denn die Idee des Gedichts ist, das »Jenseits« zu beschreiben, wobei die Vorstellungen darüber aus dem »Diesseits« geschöpft sind. Die Grobheit der Gefühle ist weniger Index für ihre Stärke als vielmehr für ihren Annäherungswert, und mit dem Ausruf »Mietparadies« gibt der Autor einen indirekten Hinweis auf seine noch nicht vollkommene Vorstellung vom »Jenseits«, auf das Verständnisniveau, auf dem er sich bisher noch bewegt; d. h. auf die Notwendigkeit, dieses Thema weiter auszuarbeiten, wonach in erster Linie die Geschwindigkeit des Verses selbst, erreicht durch die Anhäufung einsilbiger Worte, verlangt.

S nastupajuščim! (Roždalsja zavtra!) –
Rasskazat', čto sdelala uznav pro ...?
Tss ... Ogovorilas'. Po privyčke.
Žizn' i smert' davno beru v kavyčki,
Kak zavedomo-pustye splëty ...

Prost Neujahr! (Geboren ward es morgen!) –
Soll ich dir erzählen, was ich tat, als ...?
Pst ... 's ist ein Versprecher. Aus Gewohnheit.
Tod und Leben setz ich wie mit Vorsatz
Leeren Klatsch schon längst in Gänsefüßchen.

Im Verlauf des ganzen Gedichts gebraucht Zwetajewa kein einziges Mal die Formulierung »dein Tod«. Sie weicht dem sogar dann aus, wenn die Zeile dies zulassen würde; obwohl sie ihren kurzen Essay, geschrieben ein paar Tage nach »*Novogodnee*«, unumwunden »Dein Tod« nennt. Das liegt weniger am abergläubischen Unwillen, dem Tod das Eigentumsrecht auf Rilke zuzugestehen oder: Rilke das auf den Tod. Der Autor weigert sich einfach, seinerseits Hand an diesen letzten psychologischen Nagel für den Sarg des Dichters zu legen. Hauptsächlich deshalb, weil eine solche Formulierung den ersten Schritt zum Vergessen, zur Domestizierung bedeutet – d.h. zum Nicht-Verstehen – von einer Katastrophe. Außerdem, weil es unmöglich ist, vom physischen Tod eines Menschen zu sprechen, ohne von seinem physischen Leben zu reden, das sie nicht kennt. Rilkes Tod würde dann einen abstrakten Charakter annehmen, wogegen Zwetajewa sich einfach als Realist auflehnen würde. Das Ergebnis ist, daß der Tod zu genau so einem Rätsel wird, wie es auch Rilkes Leben war. Das heißt, die Formulierung »dein Tod« ist genauso unbrauchbar und inhaltsleer wie die »dein Leben«. Aber Zwetajewa geht noch etwas weiter, und da beginnt das, was wir »Distanzierung nach oben« und Zwetajewas Beichte nennen können.

Tod und Leben setz ich wie mit Vorsatz
Leeren Klatsch schon längst in Gänsefüßchen.

Die wörtliche Bedeutung dieser Zeilen – und Zwetajewa muß man immer gerade nicht in übertragener, sondern wörtlicher Bedeutung verstehen, genauso wie, sagen wir, die Akmeisten – ist folgende: »Leben« und »Tod« kommen dem Autor als mißlungener Versuch der Sprache vor, sich diesem Phänomen zu nähern, und mehr noch – als ein Versuch, der dieses Phänomen durch den Sinn, der üblicherweise in diese Worte gelegt wird, erniedrigt: »Mit Vorsatz leerer Klatsch«. Das heißt, das Leben des Soundso ist noch kein Sein, mit allen daraus auch für den Tod von Soundso resultierenden Konsequenzen. *Splëty* ist entweder das archaische Wort für *spletni* (»Klatsch«) oder volkssprachlich für *spletenija* (»Geflecht, Gespinst« von Umständen, Beziehungen usw.); jedenfalls ist »mit Vorsatz leer« ein Epitheton, das ausgesprochen gut paßt. Das Schlüsselwort hier ist aber *davno* (»schon längst«), denn es verweist auf den Wiederholungszwang, den massenhaften Charakter von »Klatsch / Gespinst«) (*splëty*), die »Leben« und »Tod« kompromittieren und die Anwendung dieser Begriffe auf Rilke ausschließen.

Die lyrische Heldin von »*Novogodnee*« ist vor allem anderen Zwetajewa selbst, ein Dichter; und als Dichter hat sie etwas gegen diese beiden Wörter, die nicht nur durch den

Sinn, der so lange und von so vielen in sie hineingelegt wurde, sondern auch durch Zwetajewas eigenen äußerst häufigen Gebrauch ihre Kraft verloren haben. Das ist es, was sie dazu bringt, sich mitten im Wort über den Mund zu fahren und den Finger an die Lippen zu legen:

Pst ... 's ist ein Versprecher. Aus Gewohnheit.

Das ist einer der vielen Aufstände des Dichters gegen sich selbst, die für Zwetajewas Lyrik typisch sind. Diese Aufstände sind von derselben Tendenz zu Realitätsnähe hervorgerufen, die für die Vermischung verschiedener Stilebenen verantwortlich ist. Das Ziel all dieser Verfahren – oder der Seelenbewegungen – besteht darin, ihre Rede von poetischer Apriorität freizumachen, demonstrativ gesunden Menschenverstand walten zu lassen. Mit anderen Worten, den Leser maximal vom Gesagten abhängig zu machen. Zwetajewa gaukelt dem Leser nicht vor, sie sei ihm gleich: sie macht sich ihm gleich – lexikalisch, logisch, und zwar bis zu dem Punkt und nicht weiter, daß er ihr folgen kann.

Tod und Leben sprech ich mit verborgnem
Lächeln aus ...

– fügt sie weiter unten hinzu, womit sie gleichsam die Bedeutung der vorigen Zeilen für den Leser wiederkäut. Aus denselben Gründen – und weil der Besucher ihr zu Beginn des Gedichtes vorschlägt, einen Artikel »loszulassen« – greift Zwetajewa zur Intonation – Maske – eines Journalisten, der jemanden interviewt:

Nun, wie war's denn unterwegs so?
Daß es brach und brach doch nicht entzwei – dein
Herz? Verschlug's den Atem dir beim Reiten
Adlergleich, *wie du sagst*, auf Orlovschen*
Pferden – oder gar um vieles toller?
Süßer?

* Pferde aus der Zucht des Grafen Orlóv. Der Nachname Orlov hängt mit dem russischen Wort für »Adler« (*orël*) zusammen.

Das Euphemistische dieser Ausdrucksweise »wie war's denn unterwegs« (zum »neuen Ort«, d.h. zum Himmel, Paradies usw.) sowie die Paraphrase von Rilke sind der Versuch, die Gefühle wieder unter Kontrolle zu bringen, die ein paar Zeilen weiter oben bei der Antwort auf die Frage: »Soll ich dir erzählen, was ich tat, als . . .?« aus den Fugen geraten waren:

Nichts hab ich getan, doch etwas hatte
Sich getan, was ohne Schatten, Echo
Auskommt!
Nun, wie war's denn unterwegs so?

Zwetajewa macht hier einen graphischen Einschnitt, der das Abbrechen der bisherigen Intonation und das physische Ausbrechen des Inhalts unterstreicht: nach oben (im Bewußtsein des Lesers), weil nach unten (auf dem Papier). Ab diesem Moment bewegt sich das Gedicht nur noch in diese Richtung, und wenn es auch mal für einen lyrischen Exkurs oder eine Senkung des Tons innehält, so geschieht das in Sphären, die so hoch liegen, daß eine topographische Differenzierung nicht mehr sinnvoll ist. Dasselbe meint Zwetajewa auch zum Teil, wenn sie statt einer Antwort auf ihre eigene Frage »toller? Süßer?« bemerkt:

Keine Höhen, keine Tiefen
Spürt, wer echte Russenadler fliegen
Hieß.

Das bedeutet, jemandem, der in Rußland gelebt hat, der die Erfahrung des metaphysischen russischen Auf und Ab durchgemacht hat, kommt jede Landschaft einschließlich des Jenseits nur noch mittelmäßig vor. Und Zwetajewa fügt mit der Bitterkeit und dem Stolz des Patrioten hinzu:

Blutsbande knüpfen uns ans Jenseits.
Wer in Rußland war – der sah die Welt des
Jenseits hier schon.

Das ist kein Hurrapatriotismus und auch kein liberaler Patriotismus, der in der Regel einen sardonischen Einschlag hat; das ist ein metaphysischer Patriotismus. »Wer in Rußland war – der sah die Welt des / Jenseits hier schon.« – Diese Worte haben ihren Grund in dem klaren Bewußtsein von der Tragik der menschlichen Existenz überhaupt und in der Auffassung, daß Rußland dem entschieden am nächsten gekommen ist.

Diese Zeile entzieht inhaltslosen Urteilen des Wortlauts: »Zwetajewa hat die Revolution nicht angenommen« voll und ganz den Boden. Natürlich hat sie sie nicht angenommen: denn Mord »akzeptieren« – egal im Namen welcher Ideale er verübt wird – heißt, zum Mittäter und zum Verräter an den Toten werden. So etwas akzeptieren, ist gleichbedeutend mit der Behauptung, die Toten seien schlechter als die, die am Leben geblieben sind. Einem solchen »Akzeptieren« liegt eine Überlegenheitsposition zugrunde, die die Mehrheit (der Lebenden) der Minderheit (der Toten) gegenüber einnimmt – d. h. die abstoßendste Form der Unmoral. Für jedes menschliche Wesen, das mit den christlichen Normen der Ethik aufgewachsen ist, ist ein solches »Akzeptieren« undenkbar, und Beschuldigungen, es sei politische Blindheit und Unverständnis gegenüber den historischen Prozessen, das sich im Nicht-Akzeptieren geäußert habe, verwandeln sich in ein Lob auf die sittliche Sehschärfe des entsprechenden Individuums.

»Wer in Rußland war – der sah die Welt des / Jenseits hier schon« – das ist gar nicht so weit entfernt von Aussagen wie »Abgeschritten hat dich, Heimaterde,/ Ganz der Himmelsherrscher, hat zum Sklaven / Sich gemacht und spricht dir Segen« oder »Verstand wird Rußland nie verstehn (...) An Rußland kann man nichts als glauben«.* Die zitierte Zeile von Zwetajewa besagt, daß sie wesentlich weiter ging, als die Revolution nur nicht anzunehmen: sie hat sie verstanden. Als eine extreme Bloßlegung des Wesens der Existenz – Bloßlegung bis auf die Knochen. Und vielleicht hängt damit auch das Verb »war« zusammen, das weniger auf Rilkes Rußland-

* Zeilen aus Gedichten von Fjodor Tjutschew (1803-1873). »Diese armen Bauerndörfer ...« (1855) und »An Rußland kann man nichts als glauben ...« (1866 in der Übersetzung von Rolf-Dietrich Keil).

besuche (1899 und 1900) Bezug nimmt als vielmehr auf Zwetajewa selbst, die sich jetzt außerhalb Rußlands befindet. Möglich ist auch, daß der auf »Jenseits hier schon« folgende Ausruf »Glatt läuft der Transport!« – d.h. die Leichtigkeit, mit der man vom Diesseits ins Jenseits gelangt – zum Teil auf die leichtfertige Revolutionsjustiz anspielt. Und umso natürlicher folgt direkt auf »Transport«:

Tod und Leben sprech ich mit verborgnem
Lächeln aus – berührst es mit dem deinen!
Tod und Leben sind mir Fußnote, ein
Sternchen ...

Die sperrige didaktische Masse löst sich mit »berührst es mit dem deinen« in einen hohen lyrischen Ton auf, denn die Identität der Ansichten von Autor und Adressat über »Tod und Leben« ist hier gewissermaßen in Gestalt einer Verschmelzung des verborgenen Lächelns der beiden zum Ausdruck gebracht – ein existentieller Kuß, dessen Zärtlichkeit euphonisch in dem wie ein Flüstern klingenden »berührst es« schwingt. Daß das Personalpronomen »du« in »berührst es mit dem deinen« ausgespart ist, verstärkt die Intimität, die auf die nächste Zeile übergreift: »Tod und Leben sind mir Fußnote, ein / Sternchen ...«, denn »Fußnote« klingt weniger dramatisch als »Gänsefüßchen« oder selbst »verborgnes Lächeln«. Indem sie immer noch das Gefühl, daß »Tod und Leben« für den Autor kompromittiert sind, wiedergibt – entwickelt, verlagert *snoska* (»Fußnote«), was wegen der Diminutivform fast liebkosend klingt, die Rede auf eine ganz persönliche Ebene und setzt den Adressaten gewissermaßen mit sich selbst gleich, wenn es zum »Sternchen« wird. Denn Rilke ist schon ein Stern oder bei den Sternen, und weiter folgen zwei Zeilen reiner Poesie in Klammern:

(Nacht, die ich ersehne: will, daß
Statt des Hirnes Hemisphäre die der
Sterne wäre!)

Diese Klammern sind umso bemerkenswerter, als sie quasi ikonographisch das Bild, das sie einschließen, visualisieren. Was das Bild selbst betrifft, so strahlt es eine zusätzliche Faszinationskraft dadurch aus, daß das Bewußtsein mit einer Blattseite identifiziert wird, die einzig und allein mit Fußnoten zu Rilke – Sternen bedeckt ist. Im archaischen »ersehne« seinerseits liegt die ganze Zärtlichkeit, doch auch die Unmöglichkeit, dieses Verlangen in die Tat umzusetzen; und das erfordert unverzüglich einen Registerwechsel. Deshalb hören wir nach den Klammern eine Rede, die sich von der vorigen Passage durch den äußerlich sachlichen Geschäftston abhebt. Aber dieser Ton ist nur eine Maske: der emotionale Inhalt ist derselbe wie vorher:

Und, mein Freund, vergiß nicht
Folgendes: daß, wenn nun russische Schrift
An die Stelle deutscher tritt, der Grund nicht
Ist, zu meinen, daß jetzt alles durchgeht,
Weil ein Toter (Bettler) alles frißt – nicht
Mit der Wimper zuckt! ...

Dieser Inhalt, hinter dem betont kanzleisprachlichen Stil von »Folgendes« versteckt, enthüllt sich recht eigentlich erst über den Sinn dieser Stelle: die Bitte, Rilke möge den Autor dafür entschuldigen, daß das Gedicht auf russisch und nicht auf deutsch geschrieben ist. Diese Bitte hat nichts mit Koketterie zu tun: Zwetajewa stand seit 1926 mit Rilke in Briefwechsel (der übrigens auf Initiative von B. Pasternak zustandekam), und dieser Briefwechsel fand auf deutsch statt. Emotional ist diese Bitte dadurch motiviert, daß Zwetajewa sich bewußt ist: wenn sie das Russische wählt – für Rilke nicht Muttersprache –, entfernt sie sich von ihrem Adressaten, und zwar weiter, als sie durch das Faktum seines Todes bereits von ihm entfernt wurde; weiter, als es der Fall wäre, wenn sie sich die Mühe gemacht hätte, deutsch zu schreiben. Eine zusätzliche Funktion dieser Bitte liegt darin, daß sie Distanz zur »reinen Lyrik« der vorigen Zeilen herstellen soll, denn Zwetajewa macht sich deswegen fast Vorwürfe. Jedenfalls erkennt sie, daß sogar ihre strikt poetischen Leistungen (wie der Inhalt in

Klammern) sie gleichfalls von Rilke entfernen, daß sie *sich* hat *hinreißen* lassen – sie sich und nicht ihr Adressat. Im vulgär hochstaplerischen Ton von »... wenn nun russische Schrift / An die Stelle deutscher tritt ...« schwingt eine Note leichter Verachtung sich selbst und ihrem eigenen Schaffen gegenüber mit. Und sie beginnt, sich zu rechtfertigen – und zwar in demselben dreist anpöbelnden Ton: »daß (...) der Grund nicht / Ist, zu meinen, daß jetzt alles durchgeht,/ Weil ein Toter (Bettler) alles frißt – nicht / Mit der Wimper zuckt!« Aber hinter diesem Ton verbirgt sich lediglich eine neue Abart des Masochismus. Die Dreistigkeit von »weil ein Toter (Bettler) alles frißt – nicht / Mit der Wimper zuckt!«, auf die Spitze getrieben durch die Vermischung des Sprichwortes mit dem volkssprachlichen Synonym für einen Verstorbenen: *žmurik* (»der die Augen zusammenkneift«), ist hier keine Charakterisierung des Adressaten, sondern fügt dem psychologischen Selbstporträt des Autors einen weiteren Strich hinzu: als Illustration dessen, wie tief er hat fallen können. Hier, ganz unten läßt Zwetajewa denn auch ihre Verteidigung einsetzen, deren Ergebnis in der Regel umso glaubwürdiger ist, je schlimmer der Ausgangspunkt war:

Nein, weil das Jenseits,
Unsres, – Dreizehnjährig wurde mir das
Klar: nicht keine – alle Sprachen spricht.

Das kommt wieder wie aus heiterem Himmel, weil die vorhergehenden Zeilen uns auf nichts dergleichen vorbereitet haben. Selbst ein einigermaßen geübter Leser von Zwetajewa, an ihre stilistischen Kontraste gewohnt, ist längst nicht immer auf diese ihre Aufschwünge vom Boden in die höchsten Sphären gefaßt. Denn in Zwetajewas Gedichten hat es der Leser nicht mit einer Dichterstrategie, sondern mit der Strategie der Ethik zu tun; um ihre eigene Definition zu gebrauchen: mit Kunst im Lichte des Gewissens*. Fügen wir hinzu: mit der absoluten Deckungsgleichheit von beiden: Kunst und Sittlichkeit. In der Logik des Gewissens (genauer: der Gewis-

* Titel eines Essays von Zwetajewa (1932)

senhaftigkeit), in der Logik der Scham, daß sie am Leben ist, während ihr Adressat tot ist, in dem Bewußtsein, daß der Gestorbene unweigerlich dem Vergessen anheimfallen wird und ihre Zeilen dem gerade Vorschub leisten, eben darin gründet die Bitte um Verzeihung für diese zusätzliche Flucht vor der Realität seines, sc. des Adressaten, Todes: für das russisch geschriebene Gedicht, mehr noch: ein *Gedicht* überhaupt. Das Argument, das Zwetajewa zu ihrer Rechtfertigung anführt: »weil das Jenseits . . . nicht keine – alle Sprachen spricht« ist vor allem deshalb bemerkenswert, weil es die psychologische Schwelle überschreitet, vor der fast alle haltmachen: der Tod wird als eine außersprachliche Erfahrung verstanden, wo jegliche linguistischen Gewissensbisse enden. »Nicht keine – alle Sprachen« geht entschieden weiter und zieht das Gewissen mit zu seinem Quell, dorthin, wo es von der Last irdischer Schuld frei ist. In diesen Worten liegen die Bereitschaft, die Arme weit auszubreiten, und die Feierlichkeit einer Offenbarung, die wohl nur von einem Kind – »mit dreizehn, auf dem Nowodewitschje-Friedhof« erlebt werden kann.

Aber auch dieses Argument reicht, wie sich herausstellt, nicht aus. Denn die Gewissensbisse, die Reflexionen über Sprache, die Kindheitserinnerungen, die Paraphrasen von Rilke und schließlich die Dichtung selbst mit ihren Reimen und Bildern – alles, was mit der Wirklichkeit versöhnt – kommen dem Autor als Flucht, als Abschweifen von der Realität vor:

Schweife ich ab?

– fragt Zwetajewa und faßt die vorige Strophe ins Auge, im Grunde genommen aber das gesamte Gedicht, ihre Abschweifungen, die weniger lyrischen Ursprungs als vielmehr vom Schuldgefühl diktiert sind.

Insgesamt ist festzustellen, daß Zwetajewas Stärke gerade in ihrem psychologischen Realismus liegt, in dieser von nichts und niemand zu beschwichtigenden Stimme des Gewissens, die sich entweder als Thema oder zumindest als Postscriptum des Gedichtes äußert. Ihr Werk ließe sich definieren als: der russische Nebensatz im Dienste des Kalvinismus. Eine andere Variante: der Kalvinismus, umarmt von diesem Nebensatz.

Jedenfalls hat niemand die Kongenialität zwischen dieser Weltanschauung und dieser Grammatik einleuchtender vor Augen geführt als Zwetajewa. Die Härte des Individuums sich selbst gegenüber impliziert natürlich bereits eine bestimmte Ästhetik; aber für die Selbstanalyse gibt es wohl kaum eine Form, die mehr absorbieren kann, die aufnahmebereiter und natürlicher wäre als die Form, die die vielfach abgestufte Syntax des russischen Satzgefüges bereitstellt. In diese Form eingepaßt, geht – »führt« der Kalvinismus das Individuum sehr viel weiter, als es kommen würde, wenn es sich der dem Kalvinismus angestammten deutschen Sprache bedienen würde. So weit, daß das Deutsche für die »besten Erinnerungen« reserviert ist, daß Deutsch Sprache der Zärtlichkeit wird:

Schweife ich ab? Aber derartiges
Gibt es gar nicht: von dir abzuschweifen.
Jeder Plan, beliebige, d u L i e b e r*,
Silbe führt in dich hinein – worüber
Sie auch sinnt ...

Dieses deutschsprachige »*du Lieber*« trägt dem Schuldgefühl (»russische Schrift tritt an die Stelle deutscher«) Rechnung und setzt es zugleich außer Kraft. Außerdem steckt dahinter der ganz persönliche, intime, fast physische Drang, Rilke näher zu kommen – ihn zu berühren auf eine für ihn natürliche Weise – mit dem Laut seiner Muttersprache. Aber wenn es nur darum gegangen wäre, hätte Zwetajewa, ein technisch äußerst vielseitiger Dichter, nicht zum Deutschen gegriffen, hätte andere Mittel auf ihrer Palette gefunden, um dies zum Ausdruck zu bringen. Wahrscheinlich ist der Grund darin zu sehen, daß Zwetajewa auf russisch bereits zu Beginn des Gedichts »*du Lieber*« gesagt hat: »Jemand trat ein – beliebig, wer – (Geliebter –/ Das bist du)«. Es ist eine generelle Regel, daß Wortwiederholungen im Gedicht nicht zu empfehlen sind; bei der Wiederholung von Worten mit eindeutig positiver Wertung aber ist das Risiko der Tautologie noch größer als sonst. Schon allein aus diesem Grund mußte Zwetajewa

* Durch Sperrung hervorgehobene Worte bedeuten: in Zwetajewas Original deutsch.

zu einer anderen Sprache greifen, und diese Rolle einer *anderen* Sprache spielt das Deutsche. »*Du Lieber*« ist hier weniger in seiner semantischen Bedeutung gebraucht als der Phonetik wegen. Da »*Novogodnee*« kein makkaronisches Gedicht ist, hat »*du Lieber*« entweder ein zu exaltiertes oder gar kein semantisches Gewicht. Ersteres ist unwahrscheinlich, denn Zwetajewa spricht »*du Lieber*« fast flüsternd aus und so automatisch wie ein Mensch, für den »das Deutsche näher liegt als Russisch«. »*Du Lieber*« ist einfach ein ganz eigen ausgesprochenes »selig sinnloses Wort«*, und seine verallgemeinernd selig sinnlose Funktion wird von dem genauso nichtssagenden Wort »worüber« bekräftigt, Reimwort zu »*du Lieber*«. Bleibt also die zweite Möglichkeit, d.h. die reine Phonetik. »*Du Lieber*«, Einsprengsel in der Masse des russischen Textes, ist vor allem Klang – russischer nicht, doch auch nicht unbedingt deutscher: wie jeder Klang. Was durch den Gebrauch eines Fremdwortes hervorgerufen wird, ist in erster Linie ein unmittelbar phonetischer Eindruck, und deshalb wirkt er irgendwie persönlicher, privater: Auge oder Ohr reagieren, bevor sich der Verstand einschaltet. Mit anderen Worten, Zwetajewa verwendet hier »*du Lieber*« nicht in der eigentlichen deutschen, sondern in einer übersprachlichen Bedeutung.

Der Übergang zu einer anderen Sprache, um einen Seelenzustand zu illustrieren, ist ein ziemlich extremes Mittel, und allein das sagt schon etwas über diesen Zustand aus. Die Dichtung ist aber per se so etwas wie eine *andere* Sprache – oder deren Übersetzung. Der Gebrauch des deutschen »*du Lieber*« ist ein Versuch von Zwetajewa, jenem Original nahezukommen, das sie in den auf das Reimwort zu »*du Lieber*« folgenden Klammern definiert, den vielleicht bedeutendsten Klammern in der Geschichte der russischen Dichtung:

> Jeder Plan, beliebige, du Lieber*,
> Silbe führt in dich hinein – worüber
> Sie auch sinnt (als Russisch näher liegt mir
> Deutsch, am nächsten aber: Engelsprache!) . . .

* Zeile aus Ossip Mandelstams (1891-1938) Gedicht »Petersburg ist wieder unser Ort« (1920) in der Übersetzung von Rainer Kirsch.

Das ist eins der wesentlichsten Bekenntnisse, die der Autor in »*Novogodnee*« macht. Es ist bemerkenswert, daß der euphemistische Klang von »Engel« vom ganzen Kontext des Gedichtes, vom »Jenseits«, wo Rilke weilt, von »jener« seiner unmittelbaren Umgebung fast völlig annulliert wird. Bemerkenswert ist auch, daß »Engel« nicht Verzweiflung anzeigt, sondern die – beinah buchstäbliche, physische – Höhe des Seelenaufschwungs, der sich weniger der mutmaßlichen Lage des »Jenseits« verdankt als der allgemeinen poetischen Orientierung des Autors. Denn die »Engelsprache« ist Zwetajewa *generell* näher, genauso wie ihr auch das Deutsche *generell* näher ist als das Russische: biographisch. Gemeint ist eine Höhe, die »näher« (*rodnej*) ist, d. h. unerreichbar sowohl für das Russische als auch das Deutsche: eine übersprachliche Höhe, in der Umgangssprache: geistige Höhe genannt. Die Engel verständigen sich letztendlich über Töne. Doch das Polemische des Tons, deutlich zu hören in »am nächsten aber Engelsprache!« (*vsech angel'skij rodnej*), visiert den absolut außerkirchlichen Charakter und die nur äußerst vermittelte Beziehung zur Seligkeit an, die dieses »Engel« hat. Im Grunde genommen ist dies eine andere Variante von Zwetajewas berühmter Formel: »Stimme himmlischer gegen irdische Wahrheit«. Die Hierarchie der Weltanschauung, die sich in beiden Formulierungen kundtut, ist eine Hierarchie ohne Grenzen: zumindest aber ohne die Grenzen einer religiösen Topographie. Insofern gebraucht Zwetajewa »Engel« einfach als Hilfsterminus, um die Höhe des *Sinns* kenntlich zu machen, bis zu dem sie sich, so drückt sie selbst es aus, »heranschreit«.

Diese Höhe läßt sich nur durch physische Raummaße veranschaulichen, und das ganze restliche Gedicht besteht aus einer Beschreibung ständig zunehmender Enfernungsgrade, wobei einer der Gradmesser für diese Entfernung die Stimme des Autors selbst ist. Zwetajewa greift wieder zur Maske eines Interviewers und fragt, indem sie bei sich selbst beginnt, sich aber wie üblich sofort zurücknimmt:

> Nein, du kannst mich doch nicht völlig?
> Wie ist die Umgebung, Rainer, fühlst du

Dich wohl? Inständig, ganz unbedingt teil
Mit: vom All den ersten Eindruck, wie ist
Es (das heißt: natürlich der Poet
Darin), und den letzten vom Planeten,
Da nur ein Mal dir gegeben: ganz!

Das ist schon eine Perspektive, die der eines Engels ziemlich nahekommt. Aber Zwetajewas Verständnis des Geschehens unterscheidet sich vom seraphischen dadurch, daß ihr nicht nur an der Seele liegt – übrigens genauso wenig wie nur am Körper (und dadurch unterscheidet sich ihres von einem rein menschlichen Verständnis): »Sie trennen, heißt beide kränken« sagt sie; ein Engel würde so etwas nicht sagen.

Daß eine Seele, die ihre Realisierung in körperlicher Aktivität – im dichterischen Schaffen – fand, unsterblich ist, illustriert Zwetajewa in »*Novogodnee*«, indem sie räumliche Kategorien und damit also körperliche verwendet, was ihr nicht nur den Reim von »Poet« mit »Planet« ermöglicht, sondern auch beider Identifizierung: den Kosmos im buchstäblichen Sinn mit dem traditionellen »Kosmos« des individuellen Bewußtseins. Auf diese Weise ist die Rede vom Auseinandergehen von zwei gleich großen Dingen, und der »Interviewer« beschreibt nicht »den ersten Eindruck des Dichters vom All« und auch nicht deren Treffen oder Trennung, sondern:

– Gegenüber –
Stellung: erstes Treffen und in einem
Trennung . . .

Die Glaubwürdigkeit von Zwetajewas Metaphysik liegt gerade in der Genauigkeit, mit der sie die Engelsprache in die Polizeisprache übersetzt, denn eine »Gegenüberstellung« ist immer sowohl Treffen als auch Trennung: zum ersten und letzten Mal. Und auf diese, vom Maßstab her gesehen, grandiose Gleichsetzung folgen unglaublich zärtliche und lyrische Zeilen, deren Eindringlichkeit direkt abhängt von dem Verhältnis zwischen jenem kosmischen Schauspiel und einem unbedeutenden (überdies in Klammern gesetzten) Detail, das sowohl Assoziationen mit dem künstlerischen Schaffen wie mit der Kindheit auslöst und die Unwiederbringlichkeit von beiden gleichsetzt:

Wie du deine Hand, die eigne,
Inspiziert hast (seltsam: Spuren Tinte),
Da in deiner soundsoviel (wieviel?)
Meilen hohen unendlichen, anfangs-
Losen Höhe über der kristallnen
Fläche vom – nebst andren Schälchen – Mittelmeer.

Diese Zeilen, Variation auf das Thema »So schaun die Seelen aus der Höhe . . .«*, faszinieren nicht nur dank der visionären Schärfe, die es dem Autor möglich macht, die Tintenspur auf der Hand eines »verlassenen« Körpers mit derselben Klarheit zu erkennen wie die »kristallne / Fläche vom – nebst andren Schälchen – Mittelmeer« (was die Millionen Meilen weite Entfernung dieser Schälchen von der Seele unterstreicht). Das Erstaunlichste an diesen Zeilen ist, daß Unendlichkeit als Anfangslosigkeit begriffen wird, ein Verständnis, das mit dieser visionären Schärfe einhergeht. Die ganze »entrückte Landschaft« befindet sich gleichsam im Schwebezustand, ist in einem Atemzug mit Hilfe eines einfachen Satzgefüges umrissen, das es schafft, zwischen der spontanen Naivität von »Tintenspur« und dem Abstraktionsgrad von »unendlichen, anfangslosen« sowie der Ironie der »Kristallschälchen« eine lexikalische (psychologische) Identität herzustellen. Das ist ein Blick aus dem Paradies, wo (von wo) alles gleich aussieht, von wo aus jeder Blick nach unten geht:

– wohin soll man denn *sonst* noch schauen,
Ellenbogen auf der Logenbrüstung,
Als vom Dies- ins Jenseits, und zurück vom
Jenseits wiederum auf diese Leiden.

Und an dieser Stelle »fallen« Zwetajewas Intonation und Blick buchstäblich aus der Paradies-»Loge« nach unten ins »Parkett« der Realität, in die Banalität der täglichen Existenz,

* Aus Tjutschew

in eine Banalität, die umso größer ist, als sie sich mit dem »ausländischen« französischen Namen »Bellevue« dekoriert (wörtlich: »schöne Aussicht«):

> Lebe in Bellevue. Ein Ort aus Zweigen,
> Nestern. Reiseführers Augenzwinkern:
> Bellevue. Mit wunderbarer Aussicht
> Auf Paris – der gallischen Chimäre
> Prunkschloß, auf Paris und etwas ferner ...

Mit dieser Beschreibung ihres Aufenthaltsortes, mit dem »lebe«, im Russischen »Bellevue« nachgestellt (*V Bellevju živu*), macht Zwetajewa für einen winzigen Augenblick ihrem Gefühl Luft, wie absurd alles ist, was mit ihr vor sich geht. In diesem Satz ist alles zu hören: sie verachtet den Ort, ist gezwungen, dort zu leben, rechtfertigt sich sogar – wenn man will – denn es heißt ja: »lebe«. »Lebe in Bellevue« wird für Zwetajewa noch unerträglicher, ist doch dieser Satz die physische Verkörperung der Tatsache, daß sich ihre Existenz mit dem, was mit Rilke geschehen ist, nicht vereinbaren läßt. Bellevue ist für sie der Gegenpol zum Paradies, zum »Jenseits«; vielleicht sogar eine andere Variante des »Jenseits«, denn an beiden Polen herrscht bittere Kälte, Existenz ist ausgeschlossen. Als lehne sie es ab, ihren Augen zu trauen, dem Faktum zu trauen, daß sie sich an diesem Ort aufhält, wählt Zwetajewa diesen Namen – Bellevue – als Sündenbock und spricht ihn extra zweimal laut aus, ein Balanceakt, der an Tautologie, ans Absurde grenzt. »Bellevue« ein drittes Mal zu wiederholen, würde hysterisch wirken, was Zwetajewa in »*Novogodnee*« vor allem unter poetischem Aspekt nicht zulassen kann: denn damit würde sie den Schwerpunkt des Gedichts von Rilke auf sich selbst verlagern. Mit Spott (eher in bezug auf sich selbst als gegenüber dem Ort) in der Stimme, führt sie statt dessen die wörtliche Übersetzung des Namens an, der umso paradoxer klingt, als die schöne Aussicht, wie sie wohl weiß, sich nicht hier, sondern von da, aus dem Paradies, von der »Loge« aus auftut:

Ellenbogen auf der roten Brüstung,
Unsere Bellevues und Belvederes,
Wie sie dir (wem) komisch scheinen müssen
Aus der Höhe ohne Maß (mir *sind* sie's)!

So endet die einzige Beschreibung in diesem Gedicht von des Autors eigener Welt, von der aus »man denn sonst noch wohin schauen soll« (doch wohl kaum auf Paris – »der gallischen Chimäre / Prunkschloß, auf Paris und etwas ferner ...«), wenn nicht dahin, wo sich des Autors Held verbirgt.

So sieht Zwetajewas Position generell aus, was ihr Verhältnis zu jeder beliebigen Realität, besonders zu ihren eigenen biographischen Umständen betrifft. Die Wirklichkeit ist ihr immer Ausgangspunkt, nicht aber Schwerpunkt oder Reiseziel, und je konkreter sie ist, desto stärker, weitergehender ist die Abweisung. Zwetajewa benimmt sich in ihren Gedichten wie ein klassischer Utopist: je unerträglicher die Wirklichkeit, desto aggressiver die Fantasie. Mit dem einzigen Unterschied übrigens, daß die Sehschärfe in ihrem Fall unabhängig vom Anschauungsobjekt funktioniert.

Man kann sogar sagen, je idealer – entfernter – das Objekt ist, desto minutiöser wird es dargestellt, als stimuliere – entwickele – die Distanz die Augenlinse. Deshalb kommen die »Bellevues und Belvederes« in erster Linie ihr selbst komisch vor – denn sie hat die Fähigkeit, sich nicht nur mit Rilkes Augen zu betrachten, sondern auch mit ihren eigenen.

Und hier, an diesem Ort – an diesem Ende des Alls und mit diesem Blick, flüchtig auf die eigene »Gegenwart« – auf sich selbst – geworfen, hebt auf ganz natürliche Weise das Gespräch in dem Gedicht an über das, was am undenkbarsten, unmöglichsten ist; es beginnt das wichtigste, ganz persönliche Thema – das Thema der Liebe zu dem Adressaten. Alles, was vorausging, ist im Grunde genommen eine gigantische Exposition, quasi jener proportional, die auch im wirklichen Leben einem Geständnis starker Gefühle vorausgeht. Bei der Entwicklung dieses Themas – genauer: in dem Maß, wie sie Worte der Liebe ausspricht, greift Zwetajewa zu Mitteln, die sie bereits in der Exposition benutzte, insbesondere: Veranschaulichung qualitativer Kategorien (z. B. der Höhe) durch räumliche Begriffe. Angesichts der stilistischen Einheit von »*Novogodnee*« ist es kaum zweckmäßig, sie im einzelnen zu analysieren (selbst trotz des mitunter beträchtlichen autobiographischen Elements, das sie enthalten). Genauso wenig zweckmäßig, ja unpassend wäre es, sich – anhand des Gedichtmaterials – in Spekulationen über den »wahren Charakter« von Zwetajewas Verhältnis zu Rilke zu ergehen. Ein Gedicht – jedes – ist eine Realität von nicht geringerer Bedeutung als die Realität, die sich in Raum und Zeit abspielt. Und mehr als das: ist etwas in der konkreten, physischen Realität vorhanden, so fällt in der Regel das Bedürfnis nach einem Gedicht weg. Anlaß für ein Gedicht ist gewöhnlich nicht die Realität, sondern die Irrealität: Anlaß zu »*Novogodnee*« speziell war eine Apotheose der Irrealität – Irrealität ihrer Beziehungen sowie metaphysische Irrealität: Rilkes Tod. Deshalb ist es entschieden sinnvoller, jene psychologische Ebene des restlichen Gedichtes zu untersuchen, die der Text selbst bereithält.

Die einzige »Realität«, die für unser Verständnis von »*Novogodnee*« Bedeutung hat, ist der schon erwähnte Briefwechsel von Zwetajewa mit Rilke, der 1926 begann und im selben Jahr mit Rilkes Tod abriß (Rilke starb an Leukämie, in einem Schweizer Sanatorium). Es sind drei Briefe von Zwetajewa an Rilke erhalten (bei dem Umfang und der Intensität des Inhalts dieser Briefe hat es vielleicht auch gar nicht mehr als drei gegeben). »*Novogodnee*« muß man so als vierten*, jedenfalls aber letzten Brief ansehen; als ersten aber, dessen Adresse nicht mehr die Schweiz, sondern das Jenseits ist:

> Erster Brief für dich am neuen andern ...
> Ort ...

* Der gesamte Briefwechsel zwischen Rilke und Zwetajewa wurde erst 1980 zum ersten Mal veröffentlicht. Er enthält zehn Briefe von Zwetajewa an Rilke und sechs von Rilke an Zwetajewa. Brodsky, dessen Artikel 1980 erschien, hatte davon offenbar noch keine Kenntnis. Vgl. hierzu: Rainer Maria Rilke, Marina Zwetajewa, Boris Pasternak. Briefwechsel, Frankfurt/M. 1983. (A. d. Ü.)

Als Brief enthält »*Novogodnee*« natürlich verschiedene Referenzen auf den Inhalt der vorausgehenden Briefe (sowohl von Zwetajewa an Rilke als auch von Rilke an Zwetajewa), auf die einzugehen, ohne die Briefe selbst anzuführen, ebenfalls nicht angebracht ist. Außerdem dienen diese Referenzen, Verweise und Paraphrasen in »*Novogodnee*« eher Zielen, die dem Gedicht immanent sind, als dem Ziel, den Briefwechsel fortzusetzen; einer der Adressaten ist ja tot. Das einzige aus dieser Korrespondenz, was einen unmittelbaren Bezug zur Poetik von »*Novogodnee*« gehabt haben mag, ist die Zwetajewa gewidmete »Elegie«, die Rilke ihr am 8. Juni 1926 schickte (offenbar sofort nach der Niederschrift). Aber abgesehen von zwei, drei Stellen (eine davon haben wir schon am Anfang dieses Artikels zitiert), die auf den Leser von »*Novogodnee*« wie ein Echo einiger Zeilen (Zeile 3, 20 und 45*) aus der »Elegie« wirken, ist die Ähnlichkeit dieser Gedichte unerheblich, wobei wir natürlich den gemeinsamen geistigen Vektor beider Autoren hier außer acht lassen.

Und schließlich geht aus diesem Briefwechsel hervor, daß Zwetajewa und Boris Pasternak (auf dessen Initiative dieser Briefwechsel ja zustandekam) die ganze Zeit verschiedene Pläne besprachen, um Rilke zu besuchen. Zuerst wollten sie dies gemeinsam unternehmen; später, als die Aussichten darauf, daß Pasternak an dieser Reise würde teilnehmen können, sanken, wollte Zwetajewa allein zu ihm fahren. In gewissem Sinn ist »*Novogodnee*« die Fortsetzung dieser Pläne für eine Begegnung, es ist die Suche nach dem Adressaten, jetzt schon im reinen Raum, die Vereinbarung eines Treffens, von dem jetzt klar ist, wo es stattfinden wird. Eine Fortsetzung bereits insofern, als man ein Gedicht schreibt, wenn man allein ist: wie einen Brief. Und vielleicht haben »unsere Bellevues und Belvederes« bei all ihrer Bitterkeit und Unerträglichkeit außer allem anderen die Nebenbedeutung der Anschrift,

* Zeile 20: »Wie die Engel gehen und die Türen bezeichnen jener zu Rettenden.«

Zeile 43–46: »(O wie begreif ich dich, weibliche Blüte am gleichen / unvergänglichen Strauch. Wie streu ich mich stark in die Nachtluft, / die dich nächstens bestreift.) Frühe erlernten die Götter / Hälften zu heucheln.«

vom Absender aus Gewohnheit angegeben – oder in der blinden, sinnlosen Hoffnung auf eine unmögliche Antwort.

Welche Gefühle des Autors auch für diese Zeile bestimmend gewesen sein mögen, Zwetajewa sagt sich sofort wieder von ihr los, und als schäme sie sich der Kleinlichkeit dieser Zeile, erklärt sie deren (dieser Gefühle) Entstehung mit dem vor der Tür stehenden Neujahrstag:

Themawechsel. Kleinkram. Hetze. Neujahr.

Und nachdem das Gedicht seiner Überschrift Genüge getan hat, fährt sie fort, wobei sie der Zäsur freien Lauf läßt und ihren Trochäus wie ein Pendel weit ausschlagen oder wie den Kopf von einer Seite zur anderen baumeln läßt:

Za čto, s kem čoknus'
Čerez stol? Čem? Vmesto peny – vaty
Klok. Začem? Nu, b'jët – a pri čëm ja tut?

Worauf, mit wem trinken? Was? Kein Schaum – ein
Wattefetzen. Glockenschlag. Wozu? Gut
Zwölf – und was hab ich damit zu tun?

Das Tohuwabohu der Fragezeichen und die dreisilbige Klausel, die den gespaltenen Reim zu *vaty* (»Watte«) in ein unartikuliert unverständliches Brummeln *apričemjatut* (»und was hab ich damit zu tun?«) verwandelt, machen den Eindruck aus dem Gleichgewicht geratener Kontrolle, schleifender Zügel, des Übergangs von strukturierter Rede in unbewußtes Klagen. Und obwohl Zwetajewa sich eine Zeile weiter unten (aber eine Note höher) anscheinend wieder fängt, den Wörtern so etwas wie einen Sinn wiedergibt, steht alles, was folgt, apriori im Bann einer Trauermusik, die zwar den Sinn des Gesagten nicht dämpft, ihm aber ihre Eigendynamik aufzwängt:

Was soll ich im Neujahrswirrwarr mit dem
Binnenreim von: Rainer – starb anfangen.
Wenn du, solch ein Auge brach, so heißt das,
Leben ist nicht Leben, Tod nicht Tod. Heißt,

Dunkel ist's, das Treffen erst bringt Licht mir!
Leben gibt es nicht und Tod, – ein Drittes,
Neues. Und darauf (streu Stroh dem Jahre
Sieben – sechsundzwanzig muß jetzt weichen –
Diesen Jahren widerfährt das Glück, mit
Dir zu enden, mit dir zu beginnen!)
Werde ich mein Glas erheben und mit
Deinem ferne still zum Klingen bringen
Glas an Glas?

Der Zweizeiler, der dieses Stück einleitet, ist phänomenal und steht sogar in Zwetajewas Werk nahezu einzig da. Entscheidend ist wohl weniger die Assonanz in *Rainer – umer* (»Rainer – starb«), die von einem Ohr (und zwar einem russischen Ohr) wahrgenommen wird, gewohnt an die Aussprache dieses Namens ob der Nähe des – eigenen – Mundes, der diesen Namen aussprach; ausschlaggebend ist vielmehr der staccatohafte, detaillierte Daktylus in *vnutrennij* (»innerer, Binnen-«). Dadurch, daß jeder Vokal dieses Adjektivs voll zur Geltung kommt, wird sowohl das Unerbittliche der Aussage als auch die physiologische Binnenstruktur des Wortes selbst unterstrichen. Es geht nicht mehr bloß um den Binnenreim, sondern um ein Erfassen mit dem Inneren, darum, bewußt (der Bedeutung wegen) und un-(über-)bewußt (der Phonetik wegen) alles zu Ende zu sagen – zu äußern – bis zum Schluß, bis zur akustischen Grenze des Wortes.

Man darf auch die Binnenstellung des Wortes *vnutrenneju* in der Zeile nicht übersehen sowie dessen organisierende – determinierende Funktion für die fünf *»r«* in dieser Zeile (*S ėtoj vnutrenneju rifmoj: Rainer – umer:* »mit dem Binnenreim von: Rainer – starb«), die den Eindruck des Binnenreims verstärken, denn sie wirken, als stammten sie nicht aus dem russischen Alphabet, sondern aus dem Namen »Rainer«. (Es ist durchaus möglich, daß für die Organisation dieser Zeile wie auch für Zwetajewas Verständnis dieses Dichters generell – sein voller Name eine nicht unerhebliche Rolle spielte. Im Namen Rainer Maria Rilke schwingen außer den vier *»r«* für ein russisches Ohr alle drei grammatikalischen Geschlechter, die unsere Sprache kennt: maskulin (endungslos: konsonantisch), feminin (auf -a) und neutral (auf -o oder -e). Mit anderen Worten, schon in dem Namen ist ein metaphysisches Moment definitiv angelegt.) Was übrigens tatsächlich aus dem Namen abgeleitet und im weiteren für das Gedicht genutzt wird, ist die erste Silbe des Namens »Rainer«, d. h. *raj* (»Paradies«). Zwetajewa deswegen den Vorwurf akustischer Naivität zu machen, wäre genauso wenig berechtigt, wie wenn man diesen Vorwurf gegen die Volksdichtung generell richten würde. Eben der Analogie zur Volksdichtung, deren unbewußter Nachahmung, verdanken sich ferner solche Wendungen wie *takoe oko smerklos'* (»solch ein Auge brach«) und *značit – t'mitsja* (»Heißt – dunkel ist's«). Dasselbe gilt zum Teil auch für *solomoj zasteliv* (»streu Stroh«), nicht nur in der Bedeutung eines Brauchs, sondern auch wegen der traditionellen Reimgestalt *solomu – sed'momu* oder – *šestomu* (»Stroh – sieben – sechs«); dasselbe gilt für *Budu čokat'sja s toboju tichim čokom / Stkla o stklo* (»Werde ich mein Glas mit Deinem still zum Klingen bringen / Glas an Glas«) und unter Umständen für das unmittelbar anschließende *ne kabackim ichnim* (»nicht auf Kneipenart«) (obwohl man diesen Ausdruck auch einfach als Manierismus betrachten kann). Am offensichtlichsten aber ist die Technik des Trauerns, Klagens, Schluchzens in »Wenn du, so ein Auge brach, so heißt das, / Leben ist nicht Leben, Tod nicht Tod. Heißt, / Dunkel ist's.« Man darf sich von der Rationalität des Verbs *est'* (»ist«) nicht in die Irre führen lassen, denn selbst wenn hier Definitionen suggeriert werden, ihre Wirksamkeit wird vom folgenden »Heißt, Dunkel ist's« und von den konkreten Datenangaben in Klammern außer Kraft gesetzt.

Diese Klammern sind eine außerordentliche Leistung von Zwetajewas Lyrik. Die emotionale Großzügigkeit, die in

> (. . . – sechsundzwanzig muß jetzt weichen –
> Diesen Jahren widerfährt das Glück, mit
> Dir zu enden, mit dir zu beginnen!)

liegt, kann von keiner zahlenmäßigen Rechnung erfaßt werden, denn sie ist bereits selbst in den größten Einheiten – in Kategorien der Zeit ausgedrückt.

Mit diesem Neid – fast Eifersucht – auf die Zeit, mit diesem schluchzenden »widerfährt das Glück«, das in der nächsten Zeile aus dem Tritt gerät (durch die regelwidrig vom Trochäus verlangte Verlagerung des Akzents auf die erste Silbe bei *toboj* – »mit dir«) und ins mundartliche Okanje* verfällt, beginnt Zwetajewa fast schon ganz offen von Liebe zu sprechen. Die Logik dieses Übergangs ist einfach und rührend: Die Zeit – das Jahr – hat mehr Glück gehabt als die Heldin. Und daraus folgt der Gedanke an die Zeit – alle Zeit –, in der sie nicht mit »ihm« zusammen sein kann. Die Intonation dieser Klammern ist die Intonation der Trauer um den Geliebten. Noch wichtiger aber ist die Rolle einer trennenden Kraft, die der Zeit zugewiesen wird, denn darin macht sich eine Tendenz zur Objektivierung und Verlebendigung der Zeit bemerkbar. In der Tat ist eine unerwünschte Variante der Zeit ja der Kern jeder Tragödie; am klarsten ist das bei den klassischen Tragödien, wo an die Stelle der Zeit (Zukunft) der Liebe die Zeit (Zukunft) des Todes tritt. Und der Inhalt einer typischen Tragödie, die Reaktion des auf der Bühne zurückbleibenden Helden oder der Heldin ist die Negierung, der Protest gegen eine Perspektive, die undenkbar ist.

Aber so pathetisch dieser Protest auch ist, er bedeutet immer eine Simplifizierung, Domestizierung der Zeit. Tragödien werden in der Regel von heißblütigen jungen Menschen geschrieben, die sich gerade die Finger verbrannt haben, oder von Greisen, die total vergessen haben, was eigentlich Sache war. Zwetajewa war 1926 34 Jahre alt, war Mutter von zwei Kindern und Autor mehrerer Tausend Gedichtzeilen, sie hatte den Bürgerkrieg und Rußland, die Liebe zu vielen und den Tod vieler hinter sich, einschließlich des Todes von Menschen, die sie geliebt hatte. Den Klammern (wie übrigens auch ihrem ganzen Werk ab 1914/15) nach zu urteilen, wußte sie über die Zeit schon etwas, dem ein paar Klassiker, Romantiker und wenige ihrer Zeitgenossen erst auf die Spur kamen. Und zwar, daß das Leben sehr viel weniger mit der Zeit zu

* Okanje: unbetontes o wie o aussprechen; statt entsprechend der literatursprachlichen Aussprachenorm: wie a. *Tobój* müßte ‹tabój› ausgesprochen werden, Zwetajewas Trochäus macht daraus ‹tóboj›.

tun hat als der Tod (der länger währt) und daß vom Standpunkt der Zeit Liebe und Tod ein und dasselbe sind: nur der Mensch macht einen Unterschied. D.h. 1926 befand sich Zwetajewa gewissermaßen auf der Höhe der Zeit, und ihr Denken schnitt sich nicht die Zeit zu, sondern paßte sich der Zeit und ihren erschreckenden Notwendigkeiten an. »Das Glück, mit / Dir zu enden, mit dir zu beginnen« ist in demselben Ton gesagt, in dem sie sich bei der Zeit bedankt hätte, wenn ihr eine Begegnung mit Rilke von der Zeit geschenkt worden wäre. Mit anderen Worten, der Grad ihrer emotionalen Großzügigkeit ist ein Echo auf die potentielle Großzügigkeit der Zeit ihr gegenüber, und daß sie nicht reale Formen annahm, stellt die Möglichkeit dazu nicht in Frage.

Außerdem wußte sie auch noch etwas über Rilke persönlich. In ihrem Brief an Pasternak, in dem es um ihre gemeinsamen Reisepläne zu Rilke ging, schreibt sie: »... ich muß dir sagen, daß Rilke überlastet ist, daß er nichts, niemand braucht ... Rilke ist ein Einsiedler ... Für mich geht von ihm die bitterste Kälte eines Besitzenden aus, in dessen Besitz ich wissentlich und von vornherein eingeschlossen bin. Ich kann ihm nichts geben: alles ist mir genommen. Ja, ja, trotz der Glut der Briefe, der Makellosigkeit seines Gehörs und Reinheit des Zuhörens – er braucht mich nicht und braucht dich nicht. Er ist älter, als Freunde es sind. Dieses Treffen läßt für mich ein großes altes Trauma wiederaufleben, ist ein Stich ins Herz, ja. Um so mehr, als er recht hat (die Kälte stammt nicht von ihm! von der Gottheit, die ihn schützt!), als ich in meinen besten höchsten stärksten entrücktesten Stunden selber so bin ...«

»*Novogodnee*« ist genau jene beste höchste stärkste entrückteste Stunde, und deshalb tritt Zwetajewa Rilke an die Zeit ab, mit der beide Dichter zu viel verbindet, als daß sich die Ähnlichkeit mit einem Dreiecksverhältnis vermeiden ließe. Zumindest war für beide ein hoher Grad von Entrücktheit charakteristisch, und das ist das Hauptmerkmal von Zeit. Und das ganze Gedicht (wie im Grunde genommen das Schaffen überhaupt) ist die Entwicklung, Ausarbeitung dieses Themas – besser: dieses Zustands, d.h. der Annäherung an die Zeit –, gefaßt in die einzig anschaulichen Raumkategorien:

Höhe, Jenseits, Paradies. Einfacher gesprochen, »*Novogodnee*« macht seinem Namen vor allem dadurch Ehre, daß es ein Gedicht über die Zeit ist, deren eine potentielle Verkörperung die Liebe, eine andere der Tod ist. Sowohl Liebe wie Tod assoziieren sich jedenfalls mit Ewigkeit; und die ist nur ein Bruchteil der Zeit und nicht, wie gemeinhin angenommen wird, umgekehrt. Deshalb liegt in den Klammern auch nicht die Spur von Beleidigtsein.

Außerdem: wenn man den zitierten Briefinhalt kennt, kann man mit Sicherheit davon ausgehen, daß, hätte das geplante Treffen stattgefunden, die Klammern nicht fortgefallen wären. Die Zeit wäre genauso Gegenstand von des Autors Eifersucht und/oder emotionaler Großzügigkeit, denn die glücklichste, d. h. entrückteste Liebe ist dennoch kleiner als die Liebe zur Entrücktheit, die die Zeit beim Dichter ausbildet. Die Zeit ist das buchstäbliche Nach-Wort zu allem auf der Welt, und der Dichter, der es ständig mit der sich selbst reproduzierenden Natur der Sprache zu tun hat, weiß am besten darum. Diese Identität von Zeit und Sprache ist genau jenes »dritte«, »Neue«, worüber »erst das Treffen« dem Autor »Licht bringen« wird, weshalb es für ihn »dunkel ist«, und, die Erleuchtung aufschiebend, zieht Zwetajewa ein anderes Register und schaltet den Sehsinn ein:

Dein Kreuz betracht ich.
Wieviel Plätze in der Vorstadt, Platz sich
Vor der Stadt dehnt! Wem winkt denn der Strauch noch
Außer uns? Nur unsre Plätze, sonst von
Niemand! Alle Blätter! Tannennadeln!
Unser beider Plätze (deine, deine).
(In dem Massenandrang mit dir stehen –
Um zu reden?) Plätze sind nichts gegen
Monate! Und Wochen! Regennasse
Vororte, von Menschen leer! Und Morgen!
Alles, nichts mit Nachtigallenschlagen!

Daß das Gesichtsfeld durch das Grabkreuz begrenzt ist, unterstreicht das Durchschnittliche, fast Massenhafte des beschriebenen Erlebnisses; auch die Landschaft, die in dieses

Feld eingebunden ist, ist durchschnittlich, stereotyp. Neutralität, das halb Illegale der Vorstadt ist ein typischer Hintergrund von Zwetajewas Liebeslyrik. In »*Novogodnee*« benutzt sie ihn nicht so sehr, um den Ton herabzudrücken. d.h. aus antiromantischen Gründen; eher liegt es an bloßer Gewohnheit, die sich mit den Poemen (»Poem vom Berg« und »Poem vom Ende«) bei ihr eingestellt hatte. Im Grunde genommen sind Adreßlosigkeit und Tristesse der Vorstadt schon deshalb universal, weil sie der Befindlichkeit des Menschen selber zwischen absoluter Künstlichkeit (Stadt) und absoluter Natürlichkeit (Natur) entsprechen. Jedenfalls wird ein Autor der Moderne, will er überzeugend wirken, nicht einen Wolkenkratzer oder eine Waldeslichtung als Hintergrund für sein Drama oder seine Pastorale wählen. Am ehesten wird es ein Ort der Vorstadt sein, in allen drei Bedeutungen, die Zwetajewa mit dem Wort »Platz« verbindet: Bahnstation (»Wieviel Platz in der Vorstadt«), Örtlichkeit – Raum (»Platz / vor der Stadt«) und Lieblingsplätzchen (»Nur unsre Plätze, sonst von / niemand!«) Die letzte Bedeutung wird noch weiter präzisiert durch die Ausrufe »Alle Blätter! Tannennadeln!«, in denen wir sehen, wie der Städter einen Platz in der Natur sucht, wo man sich hinlegen oder hinsetzen kann. Vom Stil her handelt es sich nach wie vor um ein Klagelied, aber die dörfliche, bäuerliche Diktion weicht in Wortwahl und Intonation nun der Diktion von »Fabrikarbeitern«:

> (In dem Massenandrang mit dir stehen –
> Um zu reden?) Plätze sind nichts gegen
> Monate!

Natürlich gründet die Vorstellung vom Massenandrang in dem Facettenreichtum (in der Vielgesichtigkeit) von Rilke, der für den Autor in allen und allem gegenwärtig ist. Und natürlich ist es Zwetajewa selbst, die *mesta* (»Plätze, Orte«) in *mesjacy* (»Monate«) hört. Aber das Ungeschliffene des Idioms, »Reden« bei Massenansammlungen und die Worte *mesjacovto*, (»gegen Monate«), lauthals von irgend jemand »Ungebildetem« in fehlerhaftem Russisch eingeworfen, lassen die Physiognomie der Heldin ein etwas allgemeineres Aussehen bekommen, als für ein lyrisches Ich zu erwarten ist. Das hat bei Zwetajewa keine demokratischen Gründe, zielt nicht darauf ab, den Kreis des Publikums zu erweitern (das hat sie sich nie zuschulden kommen lassen), ist aber auch kein Ablenkungsmanöver, um sich gegen allzu sensationslüsternde Geheimniskrämer abzuschotten. Sie nimmt diese »Redemasken« ausschließlich aus Takt an, und zwar weniger aus persönlich als aus professionell poetisch motiviertem. Sie will einfach den Effekt, zustandegekommen durch die Äußerung starker Gefühle, den Effekt des Geständnisses verringern – nicht steigern. Schließlich sollte man nicht vergessen, daß sie sich an jemand wendet, der »auch Dichter« ist. Deshalb benutzt sie die Montage, zählt charakteristische Elemente auf, die zu den Requisiten einer typischen Liebesszene gehören, wovon wir erst in der letzten Zeile dieser Aufzählung erfahren:

> Plätze sind nichts gegen
> Monate! Und Wochen! Regennasse
> Vororte, von Menschen leer! Und Morgen
> Alles, nichts mit Nachtigallenschlagen!

Nachdem sie schon mit diesen Nachtigallen – unentbehrlichen Attributen typischer Liebeslyrik – den Charakter der Szene und den Raum skizziert hat, wo sich diese Szene hätte an einem beliebigen Punkt abspielen können, was aber nicht geschah, da zieht sie sofort ihre Sehfähigkeit und damit ihre Interpretation des Raums in Zweifel:

> Meine Sicht ist schlecht, ich bin im Graben,
> Du mußt besser sehen, da von oben ...

Hier sind außerdem noch Gewissensbisse, Selbstvorwürfe ob der Ungenauigkeit von Blick? seelischer Regung? Wort im Brief? zu hören; aber ihr eventueller Sehfehler sowie auch *seine* seraphische Sehschärfe werden von einer Zeile nivelliert, die gerade aufgrund ihrer Banalität wie ein Blitz einschlägt – es ist eine der vielen »Klagen der Frauen aller Zeiten«:

> Mit uns beiden ist es nichts geworden.

Diese Wehklage wird noch herzzerreißender dadurch, daß sie die Funktion einer Liebeserklärung hat. Es ist nicht einfach ein »Ja«, angesichts der Umstände oder der Manieriertheit der Heldin in die Form eines »Nein« gehüllt; es ist ein »Nein«, das jeder Möglichkeit eines »Ja« zuvorkommt und sie zunichte macht, und darum klammert sich das »Ja«, begierig, ausgesprochen zu werden, an die Verneinung als einzige reelle Existenzform. Mit anderen Worten, »mit uns beiden ist es nichts geworden« formuliert das Thema durch die Negation, und der Akzent fällt auf »nichts geworden«. Aber es gibt keine Wehklage, die die letzte wäre; und vielleicht hängt es gerade damit zusammen, daß die dramatische Entwicklung des Gedichtes (wie auch die der darin beschriebenen Situation) hier an ihrem Ende angelangt ist, wenn Zwetajewa, sich selbst treu, den Schwerpunkt von »nichts geworden« auf »nichts« verlagert. Denn das »nichts« definiert sie und ihren Adressaten sehr viel mehr als irgend etwas von dem, was vielleicht irgendwann hätte »werden« können:

> So sehr, so rein und so einfach nichts, auf
> Unsre Kraft und Größe zugeschnitten
> So, daß Einzelheiten überflüssig
> Sind. Nichts, außer – nichts vom Üblichen
> Sich Unterscheidendes ...

»So sehr, so rein und so einfach« liest sich auf den ersten Blick wie eine emotionale Fortführung der vorhergehenden Zeile »mit uns beiden ist es nichts geworden«, denn der ereignislose (außer-ereignishafte) Charakter der Beziehungen zwischen diesen beiden Dichtern hat in der Tat etwas von Jungfräulichkeit. Aber in Wirklichkeit beziehen sich »rein« und besonders »einfach« auf »nichts«, und die Naivität dieser beiden Adverbien, die das Wort, das sie spezifizieren, grammatikalisch einem Substantiv annähern, vergrößert nur das durch »nichts« geschaffene Vakuum. Denn »nichts« ist kein Substantiv, und Zwetajewa interessiert dieses Wort hier gerade in dieser Eigenschaft, die ihnen beiden – ihr und ihrem Helden – so gelegen kam, »auf« ihre »Kraft und Größe zugeschnitten« war. D.h. in der Eigenschaft, die beim Übergang vom »nichts«

(Nicht-Haben) ins »Nichts« (Nicht-Sein) entsteht. Dieses »nichts« ist total, unbeschreiblich, ist in keinerlei Realien, irgend etwas Konkretes umzumünzen; es ist ein solcher Grad von Nicht-Haben und Nicht-Verfügen, daß ausnahmslos jede Vorstellung Neid auslöst:

Ein zum Tod Verurteilter im Fußblock,
Der erinnert sich an jenen Mund doch.

Vielleicht kommt dieses erhöhte Interesse an »nichts« durch die unbewußte Übersetzung der gesamten Konstruktion ins Deutsche zustande (wo »nichts« grammatikalisch entschieden aktiver ist). Am wahrscheinlichsten aber ist, daß sich in diesem Interesse das Bemühen des Autors niederschlägt, die Konstruktion »mit uns beiden ist es nichts geworden« vom Beigeschmack eines Klischees, der ihr anhaftet, zu befreien. Oder das Bemühen, diesen Beigeschmack zu steigern, um das Klischee bis zu dem Punkt zu überdehnen, an dem es die in ihm beschlossene Wahrheit freigibt. Jedenfalls verringert sich durch jenes Interesse das in diesem Satz enthaltene Moment, die Situation zu verniedlichen, ganz beträchtlich; und der Leser ahnt, daß der ganze Satz, vielleicht auch das ganze Gedicht nur geschrieben ist, um diese einfache Formel »... mit uns beiden ...« aussprechen zu können.

Die restlichen 58 Zeilen des Gedichts sind ein großes Postscriptum, ein Nachwort, diktiert von der Energie der in Schwung gekommenen Gedichtmasse, d. h. von der übriggebliebenen Sprache, der – nach dem Gedicht – verbleibenden Zeit. Ständig auf das Gehör einwirkend, setzt Zwetajewa zwei Mal dazu an, »*Novogodnee*« mit so etwas wie einem Schlußakkord zu Ende zu führen. Zuerst in:

Prost auf das
Unbebauteste der Randgebiete –
Neue Stelle, Rainer, Welt und, Rainer!
Äußersten Vorposten der Beweisbarkeit,
Neues Auge, Rainer, Hörsinn, Rainer!

wo der Name des Dichters bereits eine rein musikalische Rolle spielt (generell Spezifikum eines – jedes beliebigen – Namens), als komme er einem zum ersten Mal zu Ohren und werde deshalb wiederholt. Oder: wird wiederholt, da zum letzten Mal ausgesprochen. Aber die vielen Ausrufe der Strophe sind noch zu sehr vom Versmaß abhängig, als daß sie die Lösung bringen könnten; diese Strophe verlangt eher nach einer harmonischen oder didaktischen Entwicklung. Und Zwetajewa nimmt noch einmal Anlauf, ändert das Versmaß, um sich vom metrischen Automatismus freizumachen:

Alles war dir Hemmnis:
Leidenschaft und Freund.
Neuer Klang, du Echo!
Neues Echo, Klang!

Aber der Übergang vom fünfhebigen zum dreihebigen Trochäus und vom Paar- zum Kreuzreim, dessen weibliche Klauseln in den geraden Zeilen männlichen Klauseln Platz machen, bringt zwar den gewünschten Effekt hervor, aber das Abgehackte, die Härte des Rhythmus ist zu aufdringlich. Diese Härte und der aphoristische Inhalt, der damit einhergeht, erwecken den Anschein, als sei der Autor Herr der Lage – was keineswegs der Fall ist. Der rhythmische Kontrast dieser Strophe ist so abrupt, daß sie weniger die vom Autor beabsichtigte Funktion erfüllt, das Gedicht zu beschließen; statt dessen bekommt man Sehnsucht nach der Musik, die abriß. Als sei es durch diese Strophe abgeschmettert, zögert »*Novogodnee*« einen Moment und kehrt dann zurück wie ein Strom, der einen baufälligen Damm einreißt, oder wie ein Thema nach der eingeschobenen Kadenz, um wieder mit voller Kraft zu ertönen. Und in der Tat entfaltet sich die Stimme des Dichters in den ersten Zeilen aus dem Schlußteil des Gedichtes, die auf diese Strophe folgen, in faszinierend ungehemmtem Lauf. Diese Zeilen sind absolute Lyrik, ohne thematische Entwicklung (denn thematisch ist diese Passage ein Echo der vorhergehenden), sogar ohne Rücksichten auf den Adressaten. Es ist eine Stimme, die sich fast vom Text losgelöst hat, den Banden des Gedichtes entwunden, sich in die Freiheit schwingt:

Wieviel Mal die Fragen auf der Schulbank:
Was sind da für Berge? Flüsse? Ufer?
Ob Natur, touristenleer, wohl nett ist?
Hatt ich recht, das Paradies ist bergig,
Voll Gewittern, Rainer? Keine Witwen-
Ansprüche – denn überm einen wölbt sich
Noch ein Paradies? Terrassenförmig?
Wie die Tatra – muß das Paradies doch
Ein Amphitheater sein. (Der Vorhang:
Zu ...) Stimmt's, Rainer, Gott: ein Affenbrotbaum,
Und noch *wachsend*? Sonnenkönig nicht.
Einzig nicht, ein andrer thront darüber:
Gott?

Das ist wieder die Stimme der Mädchenjahre, der Erleuchtung »mit dreizehn auf dem Nowodewitschje-Friedhof« – richtiger: der Erinnerung daran, das glanzlose Spektrum, wie es sich im Prisma der Reifezeit reflektiert. Weder in den Gedichtbänden »Laterna magica« von 1912 noch im »Abendalbum« von 1910 hatte es diese Note gegeben, ausgenommen die Gedichte, wo die Rede von Trennung ist und wo – sofort! – die künftige Zwetajewa anklingt, als ob »Und Leidenschaft verführt zu Brüchen« sich auf sie selbst beziehe. »Wieviel Mal die Fragen auf der Schulbank« ist wie ein zustimmendes Kopfnicken, daß die Prophezeiung der hilflos tragischen Noten ihrer ersten Bücher in Erfüllung gegangen ist, deren Tagebuchsentimentalität und Banalität schon allein darin ihre Existenzberechtigung haben, daß Zwetajewas poetische Zukunft von dergleichen verschont war. Umso mehr als diese jugendliche Ironie (»Was sind da für Berge«, »Natur, touristenleer« u.ä.) – die Ironie überhaupt – auch in der reifen Zeit zur einzigen Möglichkeit wird, Worte zu finden und aneinanderzufügen, wenn es ums »Jenseits« als Reiseziel eines großen, geliebten Dichters geht: wenn konkret die Rede vom Tod ist.

Trotz aller Härte (besser: jugendlichen Brutalität) hat diese Ironie eine Logik, die mit Jugend absolut nichts zu tun hat. »Keine Witwen- / Ansprüche – denn überm einen wölbt sich / Noch ein Paradies? ...«, fragt eine Stimme, die ob ihrer

Fragilität auch noch einen anderen möglichen Standpunkt offenläßt: den eines frommen Menschen, einer alten Frau, einer Witwe. Nachdem Zwetajewa am ehesten un-(unter-) bewußt zu dem Wort »Witwe« gegriffen hat, wird sie sich sofort der potentiellen Assoziationen bewußt, die sich mit diesem Wort für sie verknüpfen, und, um sie schlagartig zu kappen, schwenkt sie auf einen fast sardonischen Ton ein: ». . . denn überm einen wölbt sich / Noch ein Paradies? Terrassenförmig? / Wie die Tatra . . .« Und hier, wo sich, wie es scheinen könnte, offener Spott nicht mehr vermeiden läßt, erklingt plötzlich dieser grandiose Satz, der alle Anstrengungen des Alighieri in einer Zeile komprimiert:

. . . muß das Paradies doch
Ein Amphitheater sein.

Die slowakische Tatra, an die sich Zwetajewa in Bellevue nicht ohne Grund liebevoll erinnerte, führt zum »Terrassenförmig?«, braucht aber außerdem ein Reimwort *(Tatram – amfiteatrom)*. Das ist ein typisches Beispiel dafür, wie die Erfahrung von der Sprache strukturiert wird: die Rolle der Sprache ist ihrem Wesen nach aufklärerisch. Zweifellos ist die Vorstellung vom Paradies als einem Theater in dem Gedicht bereits vorher aufgetaucht (»Ellenbogen auf der Logenbrüstung«), sie war da aber in eine individuelle und darum tragische Tonart eingebunden. Das »Amphitheater« hier aber, von einer ironischen Intonation vorbereitet, läßt jegliche emotionale Einfärbung verblassen und verleiht dem Bild ein gigantisches, massenhaftes (außerindividuelles) Ausmaß. Es geht hier nicht mehr um Rilke, selbst um das Paradies geht es nicht. Denn neben der eingeengten Bedeutung eines modernen Terminus technicus weckt »Amphitheater« zuallererst Assoziationen an die Antike und hat gleichsam außerzeitliche Dimensionen.

Weniger aus Angst, diese Zeile könne einen zu starken Eindruck hervorrufen, eher aus Furcht vor dem Stolz, der sich aufgrund solch gelungener Zeilen beim Autor einstellen kann, läßt Zwetajewa diese Zeile bewußt in die Banalität des wichtigtuerischen »der Vorhang: / Zu . . .« plumpsen und reduziert damit das »Amphitheater« auf ein »Theater«. Mit anderen Worten, Banalität wird hier als eins der Mittel aus ihrem Arsenal, als Echo auf die jugendliche Sentimentalität ihrer frühen Gedichte genutzt, das Zwetajewa braucht, um die Rede in dem Ton, den sie mit »wieviel Fragen auf der Schulbank« angeschlagen hat, fortzusetzen:

Stimmt's, Rainer, Gott: ein Affenbrotbaum,
Und noch *wachsend?* Sonnenkönig nicht.
Einzig nicht, ein andrer thront darüber:
Gott?

»Hatt ich recht, Stimmt's, Rainer« wiederholt sich wie ein Refrain, denn so hatte sie es sich – zumindest als Kind – vorgestellt, doch die Wiederholung des Ausdrucks ist zugleich auch Index für Verzweiflung. Und je offensichtlicher die Naivität der Frage ist (»Gott: ein Affenbrotbaum, / Und noch wachsend?«), umso mehr spürt man – wie oft bei den bohrenden »Warum«-Fragen von Kindern – die nahende Hysterie, die von dem, der spricht, mühsam zurückgehalten wird. Aber es geht hier nicht um Atheismus oder religiöse Suche, sondern um die bereits erwähnte poetische Version des ewigen Lebens, die mehr mit Kosmogonie als mit normativer Theologie gemein hat. Und Zwetajewa stellt Rilke all diese Fragen keineswegs, weil sie eine Antwort erwartet, sondern um ein »Programm« zu entwerfen (und je unprätentiöser die Terminologie, desto besser). Außerdem kennt sie die Antwort – schon allein deshalb, weil ihr die Möglichkeit – ja Unvermeidlichkeit – der nächsten Frage klar ist.

Wahrer Motor der Rede ist, wiederholen wir, die Sprache selbst, die losgelassene Gedichtmasse, die das Thema unter sich zermalmt und buchstäblich aufschäumt, wenn sie auf ihrem Weg auf einen Reim oder ein Bild stößt. Die einzige Frage, die hier Sinn bei Zwetajewa hat, d.h. deren Antwort ihr unbekannt ist, steht in dem Satz, der auf »ein andrer thront darüber: Gott?« folgt:

Wie schreibt es sich an neuer Stelle?

Eigentlich ist das weniger eine Frage als ein Hinweis, gibt wie in der musikalischen Notation die Viertel und »bs« des lyrischen Tons an, transponiert sie in einen rein spekulativen Raum, dem die Notenlinien fehlen: in ein über-stimmliches Sein. Die Unerträglichkeit und Unaussprechlichkeit dieser Höhe zeigt sich daran, daß das leicht sarkastische »an neuer Stelle« eine Wiederholung ist; wieder handelt es sich um die Maske eines Interviewers. Die Antwort aber schießt schon durch ihr Timbre weit über die Frage hinaus und kommt dem Essentiellen so nah –

> *Gibt* es dich – *gibt* es den Vers: denn selber
> Bist du Vers!

– daß die Stimme sich zu überschlagen droht und sofort tiefer gehen muß. Das geschieht in der folgenden Zeile, aber die Mittel sind so allbekannt, daß der Effekt die Intention in ihr direktes Gegenteil verkehrt: beabsichtigt war Ironie – was herauskommt, ist eine Tragödie:

> Wie schreibt es sich im schönen
> Leben ...

Weil er selbst – Rilke – Vers ist, wird »schreibt es sich« zu einem Euphemismus für die Existenz überhaupt (was es ja auch tatsächlich ist), und »im schönen Leben« drückt statt Arroganz Mitleiden aus. Damit nicht genug, vertieft Zwetajewa das Bild des »schönen Lebens«, indem sie das Fehlen von Attributen hervorhebt, die zum unvollkommenen, d.h. irdischen Leben gehören (diese Details führt sie später im Zyklus »Der Tisch« noch weiter aus):

> Wie schreibt es sich im schönen
> Leben ohne Tisch als Stütze, ohne
> Stirn für Hand (für Höhlung).

Die wechselseitige Bedingtheit dieser Details potenziert deren Abwesenheit zu einer wechselseitigen Abwesenheit, gleichbedeutend mit buchstäblicher Abwesenheit, physischer Vernichtung nicht nur der Wirkung, sondern auch der Ursache, was, wenn nicht eine der möglichen Definitionen, so jedenfalls eine der definitivsten Auswirkungen des Todes ist. In diesen beiden Zeilen gibt Zwetajewa die umfassendste Formel für das »Jenseits«, indem sie das Nichtsein als aktiven Prozeß darstellt. Die Abwesenheit üblicher (für das Verständnis von Sein als Schreiben primärer) Kennzeichen des Seins wird nicht einfach mit dem Nichtsein gleichgesetzt, sondern seine haptisch sinnliche Konkretion übersteigt die des Seins noch. Dieser Effekt – negativer Sinnlichkeit – wird jedenfalls vom Autor durch die Präzisierung »für Hand (für Höhlung)« erzielt. Abwesenheit ist letztendlich eine vulgäre Variante der Entrücktheit: psychologisch ist sie Synonym für Präsenz an irgendeinem anderen Ort und erweitert so den Begriff des Seins. Je bedeutender das abwesende Objekt seinerseits ist, desto mehr Kennzeichen hat seine Existenz; das ist im Fall eines Dichters besonders offensichtlich, denn dessen »Kennzeichen«, das ist die ganze von ihm beschriebene (erkannte) Welt der Phänomene und Spekulationen. Hierauf gründet sich die poetische Variante des »ewigen Lebens«. Mehr als das: der Unterschied zwischen Sprache (Kunst) und Wirklichkeit liegt insbesondere darin, daß jede Aufzählung dessen, was es nicht mehr oder noch nicht gibt, durchaus autonome Realität hat. Deshalb ist das Nichtsein, d. h. der Tod, der ganz und gar aus Abwesenheit besteht, nichts anderes als die Fortsetzung der Sprache:

> Rainer, freust du dich an neuen Reimen?
> Denn beim richtigen Verständnis vom Wort
> *Reim*, was andres soll er sein, der Tod, als
> Kette neuer Reime?

Da es außerdem um einen Dichter geht, der sich dem Thema von Tod und Leben überhaupt mit großer Regelmäßigkeit widmete, hat sich die linguistische Realität des »Jenseits« in einer Wortart, in der grammatikalischen Zeit materialisiert. Und der Autor von »*Novogodnee*« lehnt die Gegenwart ab zugunsten der Präsenz eben jener Zeit.

Diese Scholastik ist die Scholastik der Trauer. Je mehr Kraft das Denken eines Individuums hat, desto weniger hilfreich ist es ihm im Fall einer Tragödie. Traurigkeit hat zwei Momente: ein emotionales und ein rationales. Die Besonderheit ihrer Mischung liegt bei einem stark entwickelten analytischen Apparat darin, daß letzterer keine Erleichterung bringt, sondern die Situation des ersten, d.h. der Emotionen, noch schlimmer macht. In diesen Fällen verwandelt sich der Verstand von einem Bundesgenossen und Tröster in den Feind des Individuums und erweitert den Radius der Tragödie bis zu Dimensionen, von denen es keine Ahnung hatte. So führt der Verstand mitunter einem Kranken statt Bildern der Genesung die Szene unausweichlichen Untergangs vor Augen und sabotiert so das Funktionieren der Abwehrkräfte. Der Unterschied zwischen dem kreativen und dem klinischen Prozeß liegt allerdings darin, daß man weder dem Material (in diesem Fall der Sprache), aus dem das Werk geschaffen wird, noch dem Gewissen desjenigen, der es schafft, ein Schlafmittel verabreichen kann. Wenn ein Autor eines literarischen Werkes schreibt, lauscht er jedenfalls immer auf das, was ihm die furchterregende Stimme des Verstandes sagt.

Der emotionale Aspekt der Trauer, die den Inhalt von »*Novogodnee*« bildet, kommt vor allem plastisch zum Ausdruck: in der metrischen Struktur des Gedichts, in den Zäsuren, trochäischen Zeilenanfängen, im Prinzip des Paarreims, der die Möglichkeiten optimaler Wiedergabe von Emotionen im Vers erhöht. Der rationale Aspekt äußert sich in der Semantik des Gedichts, die so offensichtlich in dem Text dominiert, daß sie durchaus eine gesonderte Untersuchung verdienen würde. Diese Trennung – selbst wenn sie möglich wäre – ist natürlich in der Praxis wenig sinnvoll; aber wenn man sich einen Augenblick von »*Novogodnee*« entfernt und das Gedicht aus der Distanz betrachtet, dann fällt auf, daß sich dort mehr auf der Ebene »des reinen Gedankens« abspielt als auf dem reinen Versniveau. Übersetzt man, was auf diese Weise sichtbar wird, in eine einfache Sprache, so entsteht der Eindruck, daß die Gefühle des Autors ob der Schwere dessen, was über ihn hereingebrochen ist, sich schnellstens aufgemacht haben, um Trost beim Verstand zu suchen; der aber hat ihn extrem weit fortgeführt, weiß er doch selbst nicht, bei wem er Trost suchen soll. Nur bei der Sprache – und das heißt Rückkehr zur Hilflosigkeit der Gefühle. Mit anderen Worten, je rationaler, desto schlimmer – für den Autor jedenfalls.

Dieser destruktive Rationalismus ist der Grund, warum »*Novogodnee*« aus der russischen poetischen Tradition herausfällt; denn diese zieht es vor, Probleme, wenn nicht direkt positiv, so doch zumindest in einem tröstlichen Sinn zu lösen. Kennt man den Adressaten des Gedichts, könnte man auf die Idee kommen, die Stringenz von Zwetajewas Logik in »*Novogodnee*« sei ein Tribut an die legendäre Pedanterie des deutschen (und generell des westlichen) Denkens – ein Tribut, um so leichter zu entrichten, da »das Deutsche näher liegt als das Russische«. Diese Annahme mag eine gewisse Berechtigung haben. Doch der Rationalismus von »*Novogodnee*« ist durchaus kein Einzelfall bei Zwetajewa – im Gegenteil: er ist typisch. Das einzige, was »*Novogodnee*« wohl von Zwetajewas gleichzeitigen Gedichten unterscheidet, ist die breite Entfaltung der Argumentation; im »Poem vom Ende« und im »Rattenfänger« findet sich das umgekehrte Extrem: eine fast hieroglyphische Kondensation der Argumente. (Möglich ist auch, daß die Argumentation von »*Novogodnee*« deshalb so ins Detail geht, weil Rilke ein wenig Russisch konnte und Zwetajewa aus Angst vor Mißverständnissen, die bei geringer Sprachkenntnis besonders oft vorkommen, ihre Gedanken bewußt »häppchenweise serviert«. Schließlich ist dieser Brief ja der letzte, und es muß alles gesagt werden, solange Rilke noch nicht »völlig« fortgegangen, d. h. solange er noch nicht dem Vergessen anheimgefallen, solange ein Leben ohne Rilke noch nicht natürlich geworden ist.) Wie dem auch sei, wir begegnen hier der destruktiven Natur von Zwetajewas Logik: distinktives Merkmal ihrer Handschrift.

Sinnvoller wäre wohl zu sagen, nicht: »*Novogodnee*« fällt aus der russischen poetischen Tradition heraus, sondern: es erweitert sie. Denn dieses Gedicht – »national in der Form, Zwetajewas im Inhalt«* dehnt das Verständnis von dem, was national ist, aus, besser: präzisiert es. Zwetajewas Denken ist

* Abwandlung der Standarddefinition vom sozialistischen Realismus: »national in der Form, sozialistisch im Inhalt«.

nur für die russische Dichtung ein Einzelfall: für das russische Bewußtsein ist es natürlich, für die russische Syntax gar Prädestination. Aber die Literatur hinkt der individuellen Erfahrung immer hinterher, denn sie entsteht als deren Ergebnis. Außerdem geht die russische Dichtungstradition einem untröstlichen Ausgang immer ängstlich aus dem Weg, und zwar weniger wegen der Hysterie, die in der Untröstlichkeit womöglich angelegt ist, sondern eher infolge des gewohnheitsmäßigen Automatismus der Orthodoxie, die Weltordnung zu rechtfertigen (mit welchen Mitteln auch immer, vorzugsweise mit metaphysischen). Zwetajewa aber ist ein kompromißloser und höchstgradig unbehaglicher Dichter. Für sie entbehrt die Welt und vieles, was in ihr geschieht, außerordentlich oft jeglicher Rechtfertigung, einschließlich einer theologischen. Denn die Kunst ist älter und universeller als jedweder Glaube, mit dem sie eine Ehe eingeht, Kinder zeugt – doch mit dem sie nicht zusammen stirbt. Das Gericht der Kunst ist ein Gericht, unerbittlicher als das Jüngste Gericht. Die russische Dichtungstradition stand zur Zeit der Niederschrift von »*Novogodnee*« nach wie vor im Zeichen der gefühlsmäßigen Bindung an die orthodoxe Variante des Christentums, mit der sie erst vor dreihundert Jahren Bekanntschaft geschlossen hatte. Auf diesem Hintergrund wird ein Dichter, der ausruft: »Einzig nicht, ein andrer thront darüber: / Gott?« zum Ketzer. Für Zwetajewas Biographie hatte dieser Umstand fast eine größere Tragweite als der Bürgerkrieg.

Es ist eins der Hauptprinzipien der Kunst, den Dingen außerhalb ihres Kontextes und ohne Vermittlungsinstanzen bloßen Auges ins Gesicht zu sehen. »*Novogodnee*« ist ein Tête-à-Tête des Menschen mit der Ewigkeit oder – was noch schlimmer ist – mit der Idee der Ewigkeit. Zwetajewas christliche Variante der Ewigkeit ist hier nicht nur als Griff nach einer Terminologie zu verstehen. Selbst wenn sie Atheist wäre, hätte das »Jenseits« für sie konkret kirchliche Bedeutung: denn, obwohl man durchaus das Recht hat, an seinem eigenen Weiterleben nach dem Tod zu zweifeln, versagt ein Mensch diese Aussicht weniger gern jemand, den er geliebt hat. Außerdem konnte sie allein insofern nicht umhin, hartnäckig auf dem »Paradies« zu bestehen, als Zwetajewas typische Ausgangsbasis die Negation des Offensichtlichen ist.

Ein Dichter, das ist der, für den jedes Wort nicht das Ende, sondern der Anfang des Denkens ist; der, wenn er *raj* (»Paradies«) oder *tot svet* (»Jenseits«) sagt, in Gedanken den nächsten Schritt tun und ein Reimwort finden muß. Auf diese Weise kommen *kraj* (»Rand / Land«) und *otsvet* (»Abglanz«) zustande, und so verlängert sich die Existenz derer, deren Leben aufgehört hat.

Mit dem Blick dorthin, nach oben, nach der grammatikalischen Zeit und dem grammatikalischen Ort, wo »er« schon allein deshalb sein muß, weil »er« hier nicht ist, beendet Zwetajewa »*Novogodnee*« so, wie alle Briefe enden: mit der Adresse und dem Namen des Adressaten:

> Nichts soll draufspritzen, ich halt ihn in der
> Hand. – Hoch über Rhone und Raron,
> Über offen vollständiger Trennung
> Rainer – Maria – Rilke – zu Händen.

»Nichts soll draufspritzen« – was: Regen? über die Ufer getretene Flüsse (die Rhone)? ihre eigenen Tränen? Am ehesten letzteres, denn im allgemeinen spart Zwetajewa das Subjekt nur dann aus, wenn es sich von selbst versteht – und was könnte bei einem Abschied selbstverständlicher sein als Tränen, die den sorgfältig am Schluß geschriebenen Namen des Adressaten, als sei er mit flüssiger Tinte ausgeführt, verwischen könnten. »Ich halt ihn in der Hand« sieht, von außen betrachtet, wie eine Opfergeste aus, und ist natürlich über Tränen erhaben. »Hoch über Rhone«, die durch den Genfer See fließt, wo Rilkes Sanatorium war – d.h. fast über seiner früheren Adresse gelegen; »und über Raron«, wo er begraben ist, d.h. über seiner gegenwärtigen Adresse. Es ist wunderbar, wie Zwetajewa die beiden Eigennamen akustisch ineinander übergehen läßt und so die Abfolge in Rilkes Leben wiedergibt. In »über offen vollständiger Trennung« wird die Trennung noch stärker empfunden, dadurch, daß der Ort genannt ist, wo sich das Grab befindet, von dem es an einer früheren Stelle in dem Gedicht hieß, es sei der Ort, wo der Dichter nicht ist. Und schließlich der Name des Adressaten, der in voller Länge auf dem Briefumschlag steht, mit dem zusätzlichen Hinweis »zu Händen« – wie auch Zwetajewas frühere Briefe vermutlich aussahen. Die letzte Zeile wäre ein totaler Prosaismus (liest ein Postbote sie, wird er sich schnurstracks auf sein Fahrrad schwingen), wäre nicht der Name des Dichters selbst teilweise für die frühere Zeile »selber / Bist du Vers!« verantwortlich. Über den möglichen Effekt auf einen Postboten hinaus bringt diese Zeile Autor und Leser an den Punkt zurück, mit dem die Liebe zu diesem Dichter begann. Das Wichtigste hier – wie im ganzen Gedicht – ist das Bemühen, einen Menschen festzuhalten – und sei es nur durch eine Stimme, die ihn beim Namen ruft –, ihn vor dem Nichtsein zu bewahren; trotz des Offensichtlichen hartnäckig auf seinem vollen Namen zu bestehen, sc. auf seiner Präsenz, die durch den Hinweis »zu Händen« physisch spürbar gemacht wird.

Emotional und melodisch klingt diese letzte Strophe wie eine Stimme, die sich durch Tränen durchgerungen – von ihnen gereinigt – sich von ihnen losgerissen hat. Beim lauten Lesen schnürt es einem jedenfalls die Kehle zu. Das liegt vielleicht daran, daß niemand (gleich ob Leser oder Autor) dem Gesagten etwas hinzufügen kann, eine größere Tonhöhe die Kräfte übersteigt. Eine der zahlreichen Funktionen der schöngeistigen Wortkunst ist es, Zeugnis abzulegen von den stimmlichen und ethischen Möglichkeiten der menschlichen Gattung – und sie tut dies schon allein, indem sie diese ausschöpft. Für Zwetajewa, die immer an die Grenze des von der Stimme zu Leistenden herankam, war *»Novogodnee«* eine Möglichkeit, zwei Genres miteinander zu verbinden, die eine extrem hohe Stimmlage erfordern: Liebeslyrik und Totenklage. Erstaunlich, daß in der Polemik zwischen beiden erstere das letzte Wort behält: »in Hände«.

1981

Alle Anmerkungen stammen vom Übersetzer, wobei zum Teil auf die englische Übersetzung dieses Artikels von Harry Rubin zurückgegriffen wurde.

Katastrophen in der Luft*

Il y'a des remèdes à la sauvagerie primitive; il n'y en a point à la manie de paraître ce qu'on n'est pas.
Marquis de Custine, *Lettres de Russie*

I

Menge und Qualität der russischen Romane und Erzählungen des neunzehnten Jahrhunderts haben die weitverbreitete Ansicht entstehen lassen, diese große russische Prosa wäre automatisch, sozusagen aus Trägheit, mit in unser Jahrhundert hinübergewandert. Von Zeit zu Zeit waren im Verlauf unseres Jahrhunderts Stimmen zu vernehmen, die diesen oder jenen Autor zum russischen Großschriftsteller und Verweser der Tradition ernannten. Diese Stimmen kamen aus den Reihen der Kritiker, von offizieller sowjetischer Seite und auch aus der Intelligentsia selbst, und es ergaben sich dabei, grob geschätzt, etwa zwei Großschriftsteller pro Jahrzehnt.

Allein in den Nachkriegsjahren – die zum Glück bis heute andauern – schwirrten mindestens ein halbes Dutzend Namen durch die Luft. Die vierziger Jahre endeten mit Michail Soschtschenko, und die fünfziger begannen mit der Wiederentdeckung Babels. Dann kam das Tauwetter, und die Krone wurde vorübergehend Wladimir Dudinzew verliehen für sein *Der Mensch lebt nicht vom Brot allein.* Die sechziger Jahre entfielen in nahezu gleichen Teilen auf Boris Pasternaks *Doktor Schiwago* und den wieder erstandenen Michail Bulgakow. Der Löwenanteil der siebziger Jahre gehört eindeutig Solschenizyn. Zur Zeit ist sogenannte Bauernprosa Mode, und der am häufigsten genannte Name ist der Valentin Rasputins.

Der Apparat jedoch, das sollte anstandshalber festgehalten werden, ist in seinen Vorlieben weit weniger unbeständig: seit

* The Biddle Memorial Lecture, gehalten im Guggenheim-Museum in New York am 31. Januar 1984 unter der Schirmherrschaft der Academy of American Poets.

nunmehr fast fünfzig Jahren steht er in Treue fest zu Michail Scholochow. Die Beständigkeit zahlte sich aus – oder war es der Riesenauftrag für eine schwedische Schiffswerft? –, jedenfalls bekam Scholochow 1965 seinen Nobelpreis. Und doch scheint sich trotz all dieses Aufwands, trotz all dieses staatlichen Muskelspiels einerseits und hektischen Getues der Intelligentsia andererseits, das Vakuum, das die große russische Prosa des vorigen Jahrhunderts in dem unseren hat entstehen lassen, nicht zu füllen. Mit jedem Jahr wird es größer, und nun, da das Jahrhundert seinem Ende entgegengeht, keimt der Verdacht auf, Rußland könnte aus dem zwanzigsten Jahrhundert abtreten, ohne große Prosa hinterlassen zu haben.

Eine tragische Aussicht, und ein gebürtiger Russe braucht nicht lange nach einem Schuldigen zu suchen: Das Verschulden ist überall, da es den Staat trifft. Dessen allgegenwärtige Hand fällte die Besten und strangulierte den zweitklassigen Rest zu bloßem Mittelmaß. Weiterreichende und verheerendere Folgen jedoch hatte die vom Staat geförderte Bildung einer neuen Gesellschaftsordnung, deren Darstellung oder gar Kritisierung die Literatur automatisch zur Sozialanthropologie degradiert. Sogar das ließe sich vermutlich ertragen, hätte der Staat den Schriftstellern erlaubt, in ihre Palette die Einzel- oder Kollektiverinnerung an die vorangegangene, d. h. aufgegebene Zivilisation mit aufzunehmen: wenn nicht als direkte Anspielung, dann wenigstens in der Form technischer Experimente. Daß dies tabuisiert war, ließ die russische Prosa rasch zum schmeichelhaften Selbstporträt eines hinfälligen Geschöpfs verkommen. Ein Höhlenmensch begann seine Höhle zu malen; daß es sich dabei noch immer um Kunst handelte, war nur daraus zu schließen, daß die Höhle auf der Wand geräumiger und besser beleuchtet aussah als in Wirklichkeit. Auch beherbergte sie mehr Tiere sowie Traktoren.

Dieses Zeug hieß »sozialistischer Realismus« und wird heute allgemein belächelt. Doch Ironie ist nicht ungefährlich: Spott mindert in diesem Fall erheblich unsere Fähigkeit zu begreifen, wie es für eine Literatur möglich war, in weniger als fünfzig Jahren von Dostojewskij zu so etwas wie Bubennow oder Pawlenko zu verkommen. War dieser Abstieg die direkte Folge der neuen Gesellschaftsordnung, eines nationalen Umbruchs, der die Hirntätigkeit der Menschen über Nacht auf ein Niveau absinken ließ, wo der Konsum von Dreck zur Instinkthandlung wurde? (Auf- und Abtreten westlicher Beobachter, die sich gar nicht beruhigen können über den Hang der Russen, in öffentlichen Verkehrsmitteln Bücher zu lesen.) Oder trug jene Literatur des neunzehnten Jahrhunderts vielleicht doch einen Makel in sich, der diesen Abstieg heraufbeschwor? Oder war es einfach eine Sache von Aufs und Abs, von Pendelausschlägen, wie sie im geistigen Klima jeder Nation vorkommen? Und ist man überhaupt berechtigt, solche Fragen zu stellen?

Man *ist* dazu berechtigt, und besonders in einem Land mit einer autoritären Vergangenheit und einer totalitären Gegenwart. Denn anders als beim Unterbewußten erwartet man vom Über-Ich, daß es Stimme hat. Sicher, der nationale Umbruch, der sich in diesem Jahrhundert in Rußland vollzog, hat in der Geschichte der christlichen Welt keine Parallele. Dementsprechend einzigartig war seine Reduktionswirkung auf die menschliche Psyche, so daß die Machthaber durchaus von einer »neuen Gesellschaft« und einem »neuen Menschen« sprechen konnten. Aber das war ja schließlich das Ziel des ganzen Unternehmens: die Spezies geistig zu entwurzeln bis zu einem Punkt, wo es kein Zurück mehr gab. Denn wie sonst kann man eine wahrhaft neue Gesellschaft aufbauen? Man beginnt weder mit dem Fundament noch mit dem Dach: man beginnt mit dem Herstellen neuer Ziegel.

Was sich zugetragen hatte, war, mit anderen Worten, eine noch nie dagewesene anthropologische Tragödie, ein genetischer Rückschritt, dessen Endergebnis eine drastische Minderung menschlichen Potentials ist. Darum herumzureden, Politologengewäsch von sich zu geben, ist irreführend und unnötig. Tragödien sind das bevorzugte Genre der Geschichte. Besäße die Literatur nicht die ihr eigene Spannkraft, würden wir nie etwas anderes gekannt haben. Tatsächlich ist es ein Akt der Selbsterhaltung von seiten der Prosa, wenn sie eine Komödie oder einen Schlüsselroman hervorbringt. Doch was in Rußland in diesem Jahrhundert geschah, hatte solche Ausmaße, daß alle der Prosa verfügbaren Genres auf die eine oder andere Weise im Bann dieser Tragödie standen und noch stehen. Gleich, welchen Weg man einschlägt, man begegnet dem Gorgonenblick der Geschichte.

Für die Literatur, anders als für ihr Publikum, hat dies gute wie schlechte Seiten. Gut ist, daß das Tragische einem literarischen Werk zu mehr Substanz verhilft und breitere Leserkreise anzieht, weil es eine krankhafte Neugier anspricht. Schlecht ist, daß das Tragische der Phantasie des Schriftstellers nur wenig Raum läßt. Die Tragödie ist nämlich im wesentlichen ein didaktisches Unterfangen und als solches stilistisch einengend. Persönlich erfahrenes Drama, nationales erst recht, mindert, ja, lähmt sogar die Fähigkeit eines Schriftstellers, die ästhetische Unvoreingenommenheit aufzubringen, die für ein Kunstwerk von Dauer unabdingbar ist. Der Ernst der Angelegenheit schaltet einfach die Lust auf stilistische Bemühung aus. Jemand, der von Massenvernichtung erzählt, ist nicht besonders erpicht darauf, dem Bewußtseinsstrom freien Lauf zu lassen, und das mit Recht. So sympathisch eine solche Zurückhaltung jedoch ist – die Schriftstellerseele hat mehr Nutzen davon als das Papier.

Auf dem Papier drängen derartige Skrupel den Roman in Richtung Biographie ab, dieser letzten Bastion des Realismus (was weitaus besser als die Einzigartigkeit ihres Gegenstands die Beliebtheit dieses Genres erklärt). Letzten Endes ist jede Tragödie auf die eine oder andere Weise ein biographisches Ereignis. Als solches neigt es dazu, die aristotelische Nähe von Kunst und Leben so sehr zu verstärken, daß diese Begriffe zu Synonyma werden. Die allgemeine Ansicht, Prosa bilde die mündliche Rede nach, macht die Sache auch nicht besser. Die traurige Wahrheit ist, daß diese Gleichsetzung von Kunst und Leben immer auf Kosten der Kunst geschieht. Hätte jedes tragische Erlebnis garantiert ein Meisterwerk zur Folge gehabt, wären die Leser eine trübselige Minderheit gegenüber den illustren Scharen, die zerfallene und soeben errichtete Pantheons bevölkern. Wären Ethik und Ästhetik Synonyma, wäre die Literatur das Reich der Engel, nicht der Sterblichen. Glücklicherweise ist es genau umgekehrt: Engel würden sich aller Wahrscheinlichkeit nach kaum die Mühe machen, den

Bewußtseinsstrom zu erfinden, an dem sie allenfalls die aufsteigenden Schwaden interessieren.

Denn Prosa ist, von allem anderen abgesehen, ein Kunst-Stück, eine Trickkiste. Als Kunststück hat sie ihren eigenen Stammbaum, ihre eigene Dynamik, ihre eigenen Gesetze, ihre eigene Logik. Dies hat sich vielleicht klarer denn je in den Texten der literarischen Moderne gezeigt, deren Maßstäbe heute bei der Einschätzung eines schriftstellerischen Werks eine große Rolle spielen. Denn die Moderne ist nur die logische Fortsetzung – Verdichtung und Verknappung – des Klassischen. (Und darum zögert man, der Moderne eine eigene Ethik zuzugestehen. Darum auch ist es nicht völlig sinnlos, der Geschichte jene Fragen zu stellen. Denn entgegen dem allgemeinen Glauben antwortet die Geschichte: mit Mitteln von heute, Mitteln der Gegenwart; und das ist wahrscheinlich der Hauptreiz der Gegenwart, wenn nicht ihre einzige Rechtfertigung.) Sollten also diese Maßstäbe der Moderne irgendeine psychologische Bedeutung haben, dann die, daß der Grad ihrer Beherrschung Auskunft gibt, wie unabhängig ein Schriftsteller von seinem Stoff ist oder, in weiterem Sinn, wie weit ein Individuum über seinem eigenen Los oder dem seiner Nation steht.

Mit anderen Worten, es läßt sich behaupten, daß stilistisch zumindest die Kunst die Tragödie überlebt hat und mit ihr der Künstler. Daß es für den Künstler darauf ankommt, die Geschichte nicht mit ihren, sondern mit seinen Worten zu erzählen. Weil der Künstler für ein Individuum steht, einen Helden seiner eigenen Zeit, nicht der Vergangenheit. Seine Sensibilität verdankt den erwähnten Gesetzen seines künstlerischen Tuns und dessen Logik und Dynamik mehr als seiner unmittelbaren Geschichtserfahrung, von der er fast immer zuviel hat. Die Aufgabe des Künstlers gegenüber seiner Gesellschaft ist, diese Sensibilität auf das Publikum zu übertragen, sie anzubieten als den vielleicht einzig verfügbaren Weg, der in sich gefangenen wohlbekannten eigenen Individualität zu entkommen. Wenn Kunst die Menschen etwas lehrt, dann, wie Kunst zu werden: nicht wie andere Menschen. Falls die Menschen überhaupt eine Chance haben, etwas anderes als Opfer oder Schurken ihrer Zeit zu werden, besteht sie in der prompten Reaktion auf die Schlußzeilen von Rilkes *Archaischem Torso Apollos:*

> ... denn da ist keine Stelle,
> die dich nicht sieht. Du mußt dein Leben ändern.

Und genau hier versagt die russische Prosa dieses Jahrhunderts. Wie gebannt von der ungeheuren Tragödie, die dem Volk widerfuhr, stochert sie nur in ihren Wunden und ist außerstande, das Erlebte philosophisch oder stilistisch zu transzendieren. Eine wie vernichtende Anklage man auch gegen ein politisches System erhebt – vorgetragen wird sie nie anders als in den wuchernden Kadenzen der religiös-humanistischen Rhetorik des *fin de siècle.* Wie giftig-sarkastisch man auch wird, das Ziel eines derartigen Sarkasmus ist immer ein äußerliches: das System und die herrschenden Mächte. Der Mensch wird immer gepriesen, seine angeborene Güte gilt immer als Garantie für die letztliche Niederlage des Bösen. Resignation ist immer eine Tugend, wenn vielleicht auch nur wegen der unendlichen Zahl ihrer Beispiele.

In einer Zeit, die mit Proust, Kafka, Joyce, Musil, Svevo, Faulkner, Beckett usw. vertraut ist, sind es genau diese Charakteristika, die einen verächtlich gähnenden Russen zu einem Kriminalroman oder dem Buch eines ausländischen Autors – ob nun Tscheche, Pole, Ungar, Engländer oder Inder – greifen lassen. Und doch haben es gerade diese Charakteristika manchem westlichen Literaturauguren angetan, der über den betrüblichen Zustand der Romanliteratur seiner Sprache jammert und sich in dunklen oder äußerst durchschaubaren Andeutungen über die wohltuende Wirkung des Leidens auf die Kunst ergeht. Es mag paradox klingen, aber aus vielerlei Gründen – von denen der wesentliche die kulturelle Magerkost ist, auf die das Volk mehr als ein halbes Jahrhundert lang gesetzt war – ist der Geschmack des russischen Lesepublikums weit weniger konservativ als der der Wortführer westlicher Leser. Für letztere, die vermutlich übersättigt sind mit episch-distanzierter, experimenteller, absurder Literatur usw., ist die russische Prosa dieses Jahrhunderts, vor allem die der Nachkriegszeit, ein Lichtblick, eine Atempause; sie geraten ins Schwärmen und verbreiten sich über die russische Seele, die traditionellen Werte erzählender russischer Literatur, über das aus dem neunzehnten Jahrhundert überkommene Vermächtnis des religiösen Humanismus und all das Gute, das es der russischen Literatur gebracht habe, über – ich zitiere – den strengen Geist der russischen Orthodoxie. (Im Gegensatz zweifellos zur Laxheit des Katholizismus.)

Auf wen oder was es derartige Leute auch immer abgesehen haben, entscheidend ist, daß der religiöse Humanismus in der Tat ein Vermächtnis ist. Aber weniger ein Vermächtnis speziell des neunzehnten Jahrhunderts als der allgemeinen Haltung von Tröstung und Rechtfertigung der existierenden Ordnung auf höchster, vorzugsweise kirchlicher Ebene, einer Haltung, die der russischen Gefühlswelt und überhaupt dem russischen kulturellen Streben eigentümlich ist. Man kann ohne Übertreibung sagen, daß in der ganzen russischen Geschichte kein Schriftsteller von dieser Einstellung frei ist, die der göttlichen Vorsehung die düstersten Ereignisse zuschreibt und sie automatisch menschlicher Vergebung unterwirft. Das Problematische an dieser durchaus sympathischen Haltung ist, daß sie von der Geheimpolizei voll und ganz geteilt wird und von ihr beim Jüngsten Gericht als triftige Entschuldigung für ihre Praktiken vorgebracht werden könnte.

Praktische Aspekte beiseite – eines ist klar: diese Sorte kirchlichen Relativismus' (mehr nämlich bleibt auf dem Papier von den lahmen Flügelschlägen des religiösen Humanismus nicht übrig) führt natürlich zu erhöhter Aufmerksamkeit für das Detail, anderswo Realismus genannt. Bei einer solchen Weltsicht wetteifern Schriftsteller und Polizist miteinander an Präzision und versehen diesen Realismus, je nachdem wer von ihnen gesellschaftlich die Oberhand hat, mit dem entsprechenden Epithet. Was nur zeigt, daß der Übergang der russischen Erzählliteratur von Dostojewskij in ihr jetziges Stadium sich nicht über Nacht vollzogen hat und daß es genaugenommen auch gar kein richtiger Übergang war, da Dostojewskij, selbst für seine eigene Zeit, eine völlig eigenständige Einzelerscheinung war. Die traurige Wahrheit in dieser ganzen Angelegenheit ist, daß die russische Prosa sich schon seit einiger Zeit auf einem metaphysischen Tiefstand befindet, seit sie nämlich Tolstoj hervorbrachte, der den Gedanken von der Kunst als dem Spiegel der Wirklichkeit etwas zu wörtlich nahm, und in dessen Schatten die Nebensätze der russischen Prosa sich bis heute träge winden.

Dies mag wie eine grobe Vereinfachung klingen, denn für sich genommen hätte Tolstojs mimetische Lawine nur begrenzte stilistische Bedeutung gehabt – wäre nicht der Zeitpunkt gewesen: die Lawine traf die russische Leserschaft etwa zeitgleich mit Dostojewskij. Sicher, für den westlichen Durchschnittsleser ist diese Unterscheidung zwischen Dostojewskij und Tolstoj allenfalls als Exotikum von Belang. Da er beide in Übersetzungen liest, sieht er sie als *einen* großen russischen Schriftsteller, und der Umstand, daß sie häufig beide denselben Übersetzer haben (im englischen Sprachraum Constance Garnett) ist auch nicht gerade eine Hilfe. (Sogar heute noch – das muß man sich vor Augen halten – kann derselbe Übersetzer mit *Aufzeichnungen aus einem Totenhaus* und *Der Tod des Iwan Iljitsch* betraut werden, vermutlich weil man die Toten und den Tod für einen hinreichend gemeinsamen Nenner hält.) Daher das Spekulieren der Auguren über die traditionellen Werte der russischen Literatur; daher auch der verbreitete Glaube an einen einheitlichen Zusammenhang der russischen Prosa im neunzehnten Jahrhundert und die daraus folgenden Erwartungen eines ähnlichen Bildes ein Jahrhundert später. All das hat ziemlich wenig mit der Wirklichkeit zu tun. Um es deutlich zu sagen: die zeitliche Nähe von Dostojewskij und Tolstoj war der unglücklichste Zufall in der Geschichte der russischen Literatur. Die Folgen waren derart, daß die Vorsehung sich gegen den Vorwurf, der Geistesverfassung eines großen Volkes übel mitgespielt zu haben, möglicherweise nur mit dem Argument verteidigen kann, daß sie auf diese Weise die Russen daran gehindert habe, zu weit in ihre Geheimnisse einzudringen. Denn wer wüßte besser als die Vorsehung, daß jeder, der einem großen Schriftsteller folgt, notwendigerweise genau dort anknüpft, wo der große Mann aufhörte. Und Dostojewskij war vielleicht in höhere Sphären geraten, als der Vorsehung lieb war. Also sandte sie einen Tolstoj, wie um sicherzustellen, daß Dostojewskij in Rußland keine Nachfolge fände.

2

Es funktionierte; es gab keine. Mit Ausnahme von Lew Schestow, einem Literaturkritiker und Philosophen, nahm die russische Prosa den Weg Tolstojs, nur zu froh, sich das Erklimmen der geistigen Höhen Dostojewskijs ersparen zu können. Sie zog den ausgetretenen gewundenen Pfad mimetischen Schreibens hinab und erreichte nach mehreren Etappen – über Tschechow, Korolenko, Kuprin, Bunin, Gorkij, Leonid Andrejew, Gladkow – die Niederungen des sozialistischen Realismus. Der Berg Tolstoj warf einen langen Schatten, aus dem man nur heraustreten konnte, wenn man entweder Tolstoj an Genauigkeit übertraf oder einen qualitativ neuen Sprachgehalt bot. Sogar diejenigen, die den zweiten Weg wählten und heldenhaft gegen jenen alles verschlingenden Schatten beschreibender Erzählweise kämpften – Autoren wie Pilnjak, Samjatin, Babel –, waren von ihm wie gelähmt und brachten nur telegrammstilartiges Zungenzucken hervor, das eine Zeitlang als avantgardistische Kunst durchging. Dennoch – so großzügig diese Männer auch mit Talent bedacht waren, in geistiger Hinsicht waren sie bloß Produkte des oben erwähnten kirchlichen Relativismus; die Zwänge der neuen Gesellschaftsordnung machten sie zu offenen Zynikern und ihre Werke zu verlockenden Vorspeisen auf der leeren Tafel eines halb verhungerten Volkes.

Daß die russische Prosa den Weg Tolstojs nahm, liegt natürlich an dessen stilistischem Idiom, das unverhohlen zur Nachahmung auffordert. Daher nämlich der Eindruck, man könne ihn schlagen; daher auch die scheinbare Sicherheit, da man ja selbst, wenn man gegen ihn verliert, zu guter Letzt mit einem handfesten – erkennbaren! – Produkt dasteht. Nichts dergleichen ging von Dostojewskij aus. Ganz abgesehen von der Aussichtslosigkeit, ihn im Wettstreit zu schlagen, kam das reine Nachäffen seines Stils nicht in Frage. Vielleicht ließ sich Tolstoj einfach deshalb nicht vermeiden, weil Dostojewskij so einzigartig war. Weder sein bohrendes geistiges Suchen noch sein »Transportmittel« waren in irgendeiner Weise wiederholbar. Letzteres vor allem nicht: die sich mit der Logik des Skandals entwickelnde Handlung, die sich fieberhaft beschleunigenden Sätze, die in ihrem raschen Vorwärtsdrang Beamtenjargon, Kirchensprache, Argot des Lumpenproletariats, Beschwörungsformeln der französischen Utopisten, klassische Landadelsprosa – alles! sämtliche Schichten zeitgenössischen Ausdrucks – zusammenballten; es war undenkbar, diese Schreibweise nachzuvollziehen.

In vielerlei Hinsicht war er unser erster Schriftsteller, der sich mehr auf die Intuition der Sprache als auf seine eigene verließ – und auch mehr als auf Einflüsterungen seines Glaubenssystems oder seiner persönlichen Philosophie. Und die Sprache zahlte es ihm hundertfach zurück. Ihre Nebensätze trugen ihn oft viel weiter, als seine ursprünglichen Absichten sich vorzuwagen ihm gestattet hätten. Mit anderen Worten, er behandelte die Sprache weniger wie ein Romancier als wie ein Dichter – oder wie ein biblischer Prophet, der von seinen Zuhörern nicht Nachahmung, sondern Bekehrung verlangt. Als geborener Metaphysiker begriff er instinktiv, daß nichts so geeignet war, die Unendlichkeit – ob eine kirchengebundene oder die der menschlichen Psyche – forschend zu ergründen, wie seine stark flektierte Muttersprache mit ihrer gewundenen Syntax. Seine Kunst war alles andere als mimetisch: sie ahmte die Wirklichkeit nicht nach. Sie schuf eine, oder besser, sie jagte einer nach. In dieser seiner Motivation lag eine klare Abweichung von der Orthodoxie (wie im übrigen von jeglichem Bekenntnis). Er hatte das sichere Gefühl, daß Kunst nicht vom Leben handelt, und sei es nur, weil das Leben nicht vom Leben handelt. Für Dostojewskij handeln die Kunst wie das Leben von dem, wofür der Mensch existiert. Gleich den biblischen Parabeln sind seine Romane Mittel zum Auffinden der Antwort und nicht Selbstzweck.

Es gibt, grob gesagt, zwei Arten von Menschen und damit auch zwei Arten von Schriftstellern. Die erste Art, zweifellos die Mehrheit, betrachtet das Leben als die eine und einzige greifbare Wirklichkeit. Als Schriftsteller wird eine solche Person diese Wirklichkeit bis in ihre winzigsten Einzelheiten reproduzieren; er wird ein Schlafzimmergespräch, eine Schlachtenszene, die Beschaffenheit einer Polsterung, Duft und Gestank mit einer Genauigkeit wiedergeben, die mit unseren fünf Sinnen und mit den Linsen einer Kamera wetteifert, vielleicht sogar mit der Wirklichkeit selbst. Schließt man sein Buch, ist es wie beim Ende eines Films: das Licht geht an, und man tritt auf die Straße hinaus, ganz erfüllt von der Bewunderung für Technicolor und für diesen oder jenen Star, den man danach vielleicht sogar in Aussprache und Haltung nachzuahmen versucht. Die zweite Art, eine Minderheit, begreift ihr Leben und das jedes anderen als Test für bestimmte menschliche Eigenschaften, und ob diese äußerstem Druck standhalten oder nicht, entscheidet darüber, ob für das Erscheinen der Spezies eine kirchliche oder anthropologische Version anzunehmen ist. Als Schriftsteller wird so ein Mensch einem nicht viele Details gönnen; dafür aber wird er die Seelenzustände und -windungen seiner Personen dermaßen gründlich beschreiben, daß man dankbar ist, ihm nicht leibhaftig begegnet zu sein. Sein Buch zu schließen ist wie ein Aufwachen mit verändertem Gesicht.

Sicher hat jeder für sich zu entscheiden, mit wem er geht; und die russischen Erzähler scharten sich offensichtlich um den zuerst geschilderten Typ. Doch sollte man nicht vergessen, wer sie in jene Richtung scheuchte: die Geschichte und ihr gepanzerter Handlanger, der *Polizeistaat**. Und es wäre nicht vertretbar, über eine unter solchen Umständen getroffene Wahl zu urteilen, gäbe es nicht einige Ausnahmen, als gewichtigste den Lebensweg Andrej Platonows. Doch bevor wir zu ihm kommen, sollte man vernünftigerweise noch einmal betonen, daß die russische Prosa zur Jahrhundertwende in der Tat an einem Scheideweg angelangt war, an einer Weggabelung, und daß einer der beiden Wege nicht eingeschlagen wurde. Vermutlich passierten zu viele Dinge außerhalb und hielten einen davon ab, in dem berühmten Stendhalschen Spiegel die Verzerrungen der eigenen Psyche zu studieren. Die leichenbedeckten, verratbeladenen weiten historischen Panoramen, in denen das Geheul allgegenwärtiger Trauer selbst die Luft erstarren ließ, verlangten nach der Feder eines Epikers, nicht nach hinterhältigem Infragestellen – auch wenn dieses Infragestellen die epische Sicht hätte verhindern können.

* Im Original deutsch. (A.d.Ü.)

Diese Vorstellung einer Gabelung, eines Weges, der nicht eingeschlagen wurde, kann vielleicht – soweit das möglich ist – dem Durchschnittsleser dabei helfen, jene beiden großen russischen Schriftsteller auseinanderzuhalten und auf der Hut zu sein, sobald er etwas von den »traditionellen Werten« der russischen Literatur des neunzehnten Jahrhunderts hört. Das Entscheidende aber ist, daß der nicht eingeschlagene Weg derjenige war, der zur literarischen Moderne führte, wie es Dostojewskijs Einfluß auf jeden bedeutenderen Schriftsteller dieses Jahrhunderts von Kafka an augenfällig macht. Der eingeschlagene Weg führte zur Literatur des sozialistischen Realismus. Um es anders zu sagen: im Westen mußte die Vorsehung einige Rückschläge hinnehmen, was die Wahrung ihrer Geheimnisse betraf, in Rußland siegte sie. Doch sogar mit unserem geringen Wissen von den Wegen der Vorsehung haben wir Grund zu der Annahme, daß sie über ihren Sieg nicht restlos glücklich war. Hätte sie sonst der russischen Literatur Andrej Platonow geschenkt?

3

Wenn ich hier davon absehe zu erklären, Platonow sei ein größerer Schriftsteller als Joyce, Musil oder Kafka, dann nicht, weil solche Bewertungen geschmacklos sind oder weil Platonow trotz vorhandener Übersetzungen im wesentlichen ungreifbar ist. Das Problem bei solchen Bewertungen ist nicht die Geschmacklosigkeit (wann hätte die je einen Bewunderer abgeschreckt?), sondern die vage Vorstellung von einer Hierarchie, die ein solcher Überlegenheitsbegriff voraussetzt. Zur Unzulänglichkeit der Übersetzungen ist zu sagen, daß das Verschulden nicht bei den Übersetzern liegt; der schuldige Teil ist hier Platonow selber oder vielmehr der stilistische Extremismus seiner Sprache. Hinzu kommen die Extreme der Kategorie Mensch, die Platonow beschäftigen. Beides hält einen von einer solchen Bewertung ab, zumal die oben genannten Schriftsteller keinem dieser Extreme ausgesetzt waren. Eindeutig ist ihr literarischer Rang auch seiner; doch auf diesen Höhen gibt es keine Hierarchie.

Platonow wurde 1899 geboren und starb 1951 an Tuberkulose, mit der ihn sein Sohn angesteckt hatte; dessen Haftentlassung hatte er zwar erreicht, aber nur, um sein Kind in seinen Armen sterben zu sehen. Es gibt ein Foto: ein abgezehrtes Gesicht, von der Schlichtheit einer bäuerlichen Landschaft, blickt einen geduldig an, bereit, so scheint es, alles hinzunehmen. Von der Ausbildung her war er Ingenieur (er arbeitete mehrere Jahre an verschiedenen Bewässerungsprojekten), doch begann er ziemlich früh zu schreiben, in seinen Zwanzigern, die in die zwanziger Jahre dieses Jahrhunderts fielen. Er kämpfte im Bürgerkrieg, arbeitete für diverse Zeitungen und galt, obwohl er nur zögernd gedruckt wurde, in den dreißiger Jahren als einer der großen Namen. Dann kam die Verhaftung seines Sohnes unter der Beschuldigung antisowjetischer Verschwörung, dann kamen die ersten Anzeichen offizieller Ächtung, dann kam der Zweite Weltkrieg, den er als aktiver Soldat und Mitarbeiter der Armeezeitung mitmachte. Nach dem Krieg wurde er mundtot gemacht: auf eine 1946 veröffentlichte Kurzgeschichte reagierte der Spitzenkritiker der *Literaturnaja gaseta* mit einem ganzseitigen Hetzartikel, und damit war alles aus. Danach wurde ihm nur noch gelegentliche Ghostwriter-Tätigkeit erlaubt, wie etwa Märchen für Kinder zu bearbeiten; darüber hinaus nichts. Allerdings verschlimmerte sich zu der Zeit auch seine Tuberkulose, und er konnte schon deshalb nicht mehr viel tun. Er, seine Frau und seine Tochter lebten vom Gehalt seiner Frau, die Redakteurin war; er verdiente dazu als Straßenkehrer oder als Bühnenarbeiter in einem nahegelegenen Theater.

Er wurde nicht verhaftet, obwohl jener Verriß in der *Literaturnaja gaseta* ein deutliches Zeichen war, daß seine Tage als Schriftsteller gezählt waren. Aber sie waren ohnehin gezählt. Der zuständige Funktionär des Schriftstellerverbands weigerte sich sogar, den Geheimdienstbericht gegen Platonow gegenzuzeichnen, nicht nur aus widerwilliger Bewunderung für den Mann, sondern auch weil er von dessen Krankheit wußte. Wenn Platonow nach einer Krankheitsattacke wieder zu Bewußtsein kam, sah er oft irgendwelche Männer an seinem Bett, die ihn schärfstens beäugten: der Staatssicherheitsdienst überwachte den Verlauf seiner Krankheit, um sich darüber schlüssig zu werden, ob man sich mit diesem Typen abgeben sollte und ob die Dickköpfigkeit des Verbandsfunktionärs gerechtfertigt war. So starb Platonow eines natürlichen Todes.

Dies alles – oder jedenfalls das meiste hiervon – ist zweifellos in verschiedenen Nachschlagewerken, Vor- und Nachworten und in Dissertationen über sein Werk nachzulesen. Gemessen an Zeit und Ort war es ein normales Leben, wenn nicht sogar eine Idylle. Gemessen jedoch an dem Werk, das Platonow schuf, war dies Leben ein Wunder. Daß der Verfasser der *Baugrube* und von *Tschewengur* in seinem eigenen Bett sterben durfte, läßt sich nur auf göttliche Einmischung zurückführen, wenn auch hier in Gestalt allerletzter Bedenken in den Köpfen der Funktionäre des Schriftstellerverbands. Eine andere Erklärung könnte sein, daß keiner der beiden Romane je in Umlauf gewesen war, da sie vermutlich beide in Platonows Augen im Werden begriffene Werke waren und er sie zeitweilig liegenließ, ähnlich wie Musil seinen *Mann ohne Eigenschaften*. Doch sollte man in den Gründen, aus denen sie liegen blieben, ebenfalls göttliche Einmischung sehen.

Tschewengur ist etwa sechshundert Seiten lang, *Die Baugrube* hundertsechzig. *Tschewengur* handelt von einem Mann, den mitten im Bürgerkrieg die Vorstellung packt, daß der Sozialismus schon irgendwo auf natürliche, elementare Weise entstanden sein könne; er besteigt sein Pferd, das Rosa Luxemburg heißt, und zieht los, um herauszufinden, ob das der Fall ist oder nicht. *Die Baugrube* spielt zur Zeit der Kollektivierung in einer Provinzgegend, wo die gesamte Bevölkerung schon seit geraumer Zeit damit beschäftigt ist, eine riesige Baugrube auszuheben, um dort ein vielstöckiges, strahlend hell erleuchtetes Gebäude namens »Sozialismus« zu errichten. Falls jemand aus dieser entsetzlich törichten Beschreibung schließt, daß von einem weiteren antisowjetischen Satiriker, diesmal vielleicht mit surrealistischem Einschlag, die Rede ist, sollte er die Schuld daran bei dem Verfasser der Beschreibung suchen wie auch bei der Notwendigkeit, überhaupt eine Beschreibung abgeben zu müssen; vor allem aber sollte er wissen, daß er sich irrt.

Denn diese Bücher sind unbeschreibar. Die verheerende Gewalt, mit der sie über ihren Gegenstand hereinbrechen, übertrifft bei weitem jegliche Forderung der Sozialkritik und könnte nur in Einheiten gemessen werden, die mit Literatur sehr wenig zu tun haben. Diese Bücher wurden in Sowjetrußland nie veröffentlicht und werden dort auch nie veröffentlicht werden, weil sie dem System fast genau das antun, was das System seinen Untertanen angetan hat. Es ist auch fraglich, ob sie je in Rußland erscheinen werden, denn ihre eigentliche Zielscheibe, neben dem konkreten sozialen Übel, ist ja die Empfindsamkeit der Sprache, die das Übel herbeigeführt hat. Das Wesentliche an Andrej Platonow ist: Er ist ein chiliastischer Schriftsteller, und sei es nur, weil er das tragende Element chiliastischen Empfindens in der russischen Gesellschaft angreift: die Sprache selbst – oder, um es auf greifbarere Weise auszudrücken, die in die Sprache eingebettete revolutionäre Eschatologie.

Die Wurzeln des russischen Chiliasmus unterscheiden sich nicht sonderlich von denen anderer Völker. Diese Dinge haben immer mit den Vorahnungen einer Religionsgemeinschaft zu tun – Vorahnungen aufziehender Gefahr (seltener im Fall einer echten Bedrohung) – und mit der beschränkten Lese- und Schreibfähigkeit dieser Gemeinschaft. Die wenigen, die lesen, und die noch wenigeren, die schreiben, bringen die Sache in der Regel dadurch ins Rollen, daß sie eine neue Interpretation der Heiligen Schrift vorschlagen. Den geistigen Horizont jeder chiliastischen Bewegung bildet immer die Version eines Neuen Jerusalem, und wie nahe dessen Ankunft ist, wird durch die Gefühlsintensität bestimmt. Die Idee, Gottes Stadt sei greifbar nahe, steht in direktem Verhältnis zu dem religiösen Eifer, dem die ganze Bewegung entspringt. Die Variationen zu diesem Thema umfassen auch die Version einer Apokalypse, Vorstellungen vom Wandel der gesamten Weltordnung und den unbestimmten, aber um so anziehenderen Begriff einer neuen Zeit, chronologisch wie qualitativ. (Selbstverständlich sind auf dem Weg zum Neuen Jerusalem begangene Verstöße durch das edle Ziel gerechtfertigt.) Hat eine solche Bewegung Erfolg, ist das Ergebnis eine neue Glaubensrichtung. Schlägt sie fehl, degeneriert sie mit der Zeit und mit zunehmenden Lese- und Schreibkenntnissen zur Utopie, um dann schließlich im trockenen Sand der

Politikwissenschaft und auf den Seiten der Science fiction gänzlich zu versickern. Allerdings gibt es einiges, was die aschenbedeckte Glut wieder entfachen kann. Entweder harte Unterdrückung der Bevölkerung, wirkliche – höchstwahrscheinlich militärische – Gefahr, eine ausgedehnte Epidemie oder ein bedeutendes chronologisches Ereignis wie das Ende eines Jahrtausends oder der Beginn eines neuen Jahrhunderts.

Da das eschatologische Fassungsvermögen der Spezies immer gleichbleibt, bringt es wenig, die Wurzeln des russischen Chiliasmus im einzelnen zu erörtern. Auch waren seine Früchte nicht besonders vielfältig, außer in ihrem Umfang, und dieser Umfang beeinflußte die Sprache jener Epoche, in der Platonow zufällig lebte. Trotzdem sollten wir uns, wenn wir von Platonow und jener Epoche sprechen, an das Eigentümliche der Zeit erinnern, die dem Beginn jener Epoche in Rußland wie auch anderswo unmittelbar vorausging.

Die Zeit – die Jahrhundertwende – war in der Tat eigentümlich wegen ihres Klimas von Massenerregung. Dieses Klima wurde noch dadurch angeheizt, daß dies chronologische Nicht-Ereignis – die Jahrhundertwende – mit so symbolträchtigen Dingen befrachtet wurde wie diversen technologischen und wissenschaftlichen Durchbrüchen und der zunehmenden Verbreitung der Kommunikationsmittel, die einen qualitativen Sprung im Selbstbewußtsein der Massen zur Folge hatte. Es war eine Zeit starker politischer Betätigung: allein in Rußland gab es zum Zeitpunkt der Revolution mehr politische Parteien als heute in den USA oder Großbritannien. Gleichzeitig gab es eine Schwemme von philosophischen Schriften und von Science fiction mit starken utopischen oder gesellschaftsgestalterischen Tönen. Die Luft war voller Erwartungen und Prophezeiungen eines großen Wandels, einer künftigen neuen Ordnung der Dinge, einer Neugliederung der Welt. Am Horizont tauchte der Halleysche Komet auf und drohte, mit der Erde zusammenzustoßen; die Nachrichten meldeten militärische Niederlagen gegen die gelbe Rasse; und in einer undemokratischen Gesellschaft ist es gewöhnlich nur ein Schritt vom Zaren zum Messias oder eben auch zum Antichrist. Die Zeit war, vorsichtig ausgedrückt, leicht hysterisch. Daher nimmt es wirklich nicht wunder, daß die Revolution, als sie schließlich kam, von vielen für das gehalten wurde, worauf sie gewartet hatten.

Platonow schreibt in der Sprache des »qualitativen Wandels«, in der Sprache größerer Nähe zum Neuen Jerusalem. Genauer, in der Sprache von Paradieserbauern oder, wie im Fall der *Baugrube*, von Paradiesschauflern. Nun ist ja die Paradiesvorstellung das logische Ende menschlichen Denkens in dem Sinne, daß das Denken nicht darüber hinausgeht; denn jenseits des Paradieses ist nichts, geschieht nichts mehr. Man kann also zu Recht sagen, daß das Paradies eine Sackgasse ist; es ist die letzte Vision des Raumes, das Ende aller Dinge, die Bergspitze, der Gipfel, von dem aus kein Schritt irgendwohin mehr möglich ist außer in die Dimension des Chronos; daher taucht hier auch der Begriff des ewigen Lebens auf. Dasselbe gilt für die Hölle; strukturell zumindest haben beide Orte eine Menge gemein.

Das Dasein in der Sackgasse kennt keinerlei Schranken. Und wenn man annehmen muß, daß selbst dort »die Umstände das Bewußtsein bedingen« und ihre eigene seelische Verfassung erzeugen, so kommt diese Verfassung vor allem in der Sprache zum Ausdruck. Ganz allgemein gilt, daß in jedem Gespräch über eine – ersehnte oder erreichte – Utopie die Grammatik das erste Opfer ist; denn da die Sprache mit dieser Art zu denken nicht Schritt halten kann, beginnt sie im Konjunktiv nach Atem zu ringen und zu außerzeitlichen Kategorien und Konstruktionen Zuflucht zu nehmen. Dadurch entgleitet selbst den einfachsten Substantiven der Boden unter den Füßen, und allmählich umnebelt sie eine Aura von Willkürlichkeit.

Genau dies passiert ununterbrochen in Platonows Prosa. Von diesem Schriftsteller läßt sich guten Gewissens sagen, daß jeder seiner Sätze die russische Sprache in eine semantische Sackgasse lenkt oder, genauer, in der Sprache selbst einen Hang zum Ausweglosen aufdeckt, eine Sackgassenmentalität. Und zwar geschieht bei ihm auf dem Papier folgendes: er beginnt einen Satz auf hinlänglich vertraute Art und Weise, so daß man den Tonfall des restlichen Teils schon vorauszuahnen meint. Doch wird jedes Wort, das er benutzt, durch ein Attribut, eine Betonung oder durch seine unrichtige Stellung im Kontext bis zu einem Grade modifiziert, daß der restliche Satz einem weniger einen Eindruck von Überraschung vermittelt als das Gefühl, sich durch Unwissenheit über den Sprachtonfall im allgemeinen und über die Anordnung dieser Worte im besonderen bloßgestellt zu haben. Man findet sich eingesperrt, ausgesetzt, geblendet durch die übergroße Nähe zu der Bedeutungslosigkeit der Erscheinung, die dieses oder jenes Wort benennt, und man begreift, daß man sich durch die eigene sprachliche Nachlässigkeit, durch zu großes Vertrauen auf das eigene Gehör und auf die Worte selbst in diese mißliche Lage gebracht hat. Beim Lesen Platonows bekommt man ein Gefühl für das der Sprache innewohnende unnachsichtige, unerbittliche Absurde und dafür, daß jede neue Äußerung – eines jeden – dieses Absurde noch verstärkt. Und man spürt, daß es aus dieser Sackgasse keinen anderen Ausweg gibt als sich in eben die Sprache zurückzuziehen, die einen hineingetragen hat.

Dies ist vielleicht ein zu schwerfälliger – und nicht sonderlich genauer oder erschöpfender (weit entfernt davon!) – Versuch, Platonows Schreibtechnik darzustellen. Vielleicht lassen sich derartige Wirkungen auch nur im Russischen erzeugen, obwohl die Präsenz des Absurden in der Grammatik nicht bloß über ein spezielles sprachliches Drama etwas aussagt, sondern über die menschliche Rasse insgesamt. Ich habe lediglich versucht, einen der stilistischen Aspekte Platonows näher zu beleuchten, der eigentlich gar nicht einmal ein stilistischer ist. Platonow neigte einfach dazu, seine Worte bis an ihr logisches – d.h. absurdes, d.h. restlos lähmendes – Ende gelangen zu lassen. Mit anderen Worten, wie kein russischer Schriftsteller vor ihm oder nach ihm war er imstande, ein selbstzerstörerisches, eschatologisches Element innerhalb der Sprache aufzudecken, und das wiederum hatte äußerst entlarvende Folgen für die revolutionäre Eschatologie, die die Geschichte ihm als Stoff bescherte.

Wirft man einen kurzsichtigen, wie fremden Blick auf eine beliebige Seite dieses Schriftstellers, beschleicht einen das Gefühl, eine Keilschrifttafel vor sich zu haben: so voll ist sie von jenen semantischen Sackgassen. Oder aber seine Seiten sehen aus wie ein großes Warenhaus, in dem alle Kleidungsstücke ihre nach außen gewendete Innenseite zeigen. Dies soll keineswegs heißen, Platonow habe eine feindselige Haltung gegenüber dieser Utopie, diesem Sozialismus, dem Regime, der Kollektivierung usw. eingenommen; ganz und gar nicht. Nur was er mit der Sprache anstellte, ging einfach weit über den Rahmen dieser spezifischen Utopie hinaus. Doch genau das tut jede Sprache: sie geht über die Geschichte hinaus. Das Interessante an Platonows Stil ist jedoch, daß er sich bewußt dem Vokabular seiner Utopie vollständig untergeordnet zu haben scheint – mit all den plumpen Neologismen, Abkürzungen, Akronymen, dem Beamtenjargon, den unentwegten Schlagworten, den militärischen Imperativen und dergleichen. Von schriftstellerischem Instinkt einmal abgesehen, deutet diese Bereitwilligkeit – um nicht zu sagen Hingabe –, mit der er sich auf Neusprech einließ, allem Anschein nach darauf hin, daß auch er den Verheißungen, mit denen die neue Gesellschaft so großzügig umging, einigen Glauben schenkte.

Es wäre so falsch wie unnötig, Platonow von seiner Epoche trennen zu wollen; das geschah sowieso durch die Sprache, da Epochen ja endlich sind. Man kann in Platonow gewissermaßen eine Verkörperung der Sprache sehen, als die er vorübergehend ein Stück Zeit besetzt hält und von innen heraus berichtet. Der Kern seiner »Botschaft« ist: SPRACHE IST EIN INSTRUMENT DES CHILIASMUS, GESCHICHTE NICHT – und aus seinem Mund klänge das zutreffend. Natürlich – um nun den Stammbaum von Platonows Stil freizulegen – muß man unweigerlich das jahrhundertelang tradierte kunstvolle »Wortgeflecht« russischer Hagiographie erwähnen, dann Nikolaj Leskow mit seiner in höchstem Maße individualisierten, den Tonfall mündlicher Rede nachahmenden Erzählweise (der sogenannte *Skas* – eine Art Geschichtenspinnen), Gogols episch-satirischen Schwung und schließlich Dostojewskij mit seiner geballten Lawine fiebernd nach Atem ringender Idiome. Doch geht es bei Platonow nicht um Fragen der Erbfolge oder Fortsetzung einer bestimmten literarischen Tradition; viel wesentlicher ist seine Abhängigkeit von der synthetischen (oder, genauer, supra-analytischen) Qualität der russischen Sprache, die – oft vermittels rein phonetischen Anklangs – gänzlich inhaltsleere Begriffe bilden kann. Als Gestaltungsmittel setzte er vor allem die Inversion ein, und da er in einer total invertierten, stark flektierten Sprache schrieb, waren »Sprache« und »Inversion« für ihn das gleiche. Die normale Satzstellung – die »Version« geriet mehr und mehr in die Dienerrolle.

Wie bei Dostojewskij hätte dieser Umgang mit der Sprache eher zu einem Dichter gepaßt als zu einem Romancier. Und tatsächlich schrieb Platonow – darin Dostojewskij gleich – einige Gedichte. Nun kann Dostojewskij zwar auf Grund des Küchenschabengedichts von Hauptmann Lebjadkin in den *Dämonen* der erste Schriftsteller des Absurden genannt werden, Platonows Verse aber verschaffen ihrem Autor keine Nische in irgendeinem Pantheon. Szenen hingegen wie in der *Baugrube,* wo der Bär als Gehilfe des Dorfschmieds die Zwangskollektivierung betreibt und politisch orthodoxer als sein Meister ist, heben Platonow deutlich gegen den Status des reinen Romanciers ab. Natürlich könnte man sagen, daß er unser erster richtiger surrealistischer Schriftsteller war. Allerdings war sein Surrealismus keine literarische Kategorie, die in unserer Vorstellung an eine individualistische Weltanschauung gekoppelt ist, sondern ein Produkt philosophischer Besessenheit, das Produkt der Sackgassenmentalität breitester Massen. Platonow war kein Individualist; ganz im Gegenteil: sein Bewußtsein war ein Massenbewußtsein, determiniert durch den unpersönlichen wie entpersönlichenden Charakter dessen, was geschah. Seine Romane schildern nicht einen Helden vor einem Hintergrund, sondern diesen Hintergrund, wie er den Helden verschlingt. Und darum ist sein Surrealismus außerpersönlich, folklorehaft und in mancher Hinsicht der antiken – wenn nicht jeder – Mythologie verwandt, die von Rechts wegen als die klassische Form des Surrealismus gelten sollte.

Nicht die egozentrischen Individualisten, die vom Allmächtigen und der literarischen Tradition automatisch mit einer krisenanfälligen Empfindsamkeit begabt werden, sondern die traditionell leblosen Massen sind es, die in Platonows Werken der Philosophie des Absurden Ausdruck verleihen; und gerade dadurch gewinnt diese Philosophie sehr viel mehr Überzeugungskraft und nimmt Ausmaße an, die völlig unerträglich sind. Anders als Kafka, Joyce und auch Beckett, die ganz natürliche Tragödien ihres jeweiligen »alter ego« erzählen, spricht Platonow von einer Nation, die gleichsam zum Opfer ihrer eigenen Sprache geworden ist; oder richtiger: er erzählt eine Geschichte über diese Sprache, die eine fiktive Welt hervorzubringen vermag und dann in grammatikalische Abhängigkeit von ihr gerät.

Aus all diesen Gründen scheint Platonow so gut wie unübersetzbar zu sein, und in einer Weise hat das sein Gutes: für die Sprache, in die er nicht übersetzt werden kann. Doch ist sein Werk insgesamt beträchtlich und relativ vielgestaltig. *Tschewengur* und *Die Baugrube* wurden Ende der zwanziger bzw. zu Beginn der dreißiger Jahre geschrieben; und Platonow blieb auch noch eine ganze Weile danach schriftstellerisch tätig. Bei ihm war es genau umgekehrt wie im Fall von Joyce: er schuf sein *Portrait of the Artist as a Young Man* und seine *Dubliners* NACH *Finnegans Wake* und *Ulysses.* (Und da wir gerade beim Thema Übersetzung sind, sollte man erwähnen, daß eine von Platonows Kurzgeschichten irgendwann in den späten dreißiger Jahren in den Vereinigten Staaten veröffentlicht wurde und daß Hemingway sie in den höchsten Tönen lobte. Also ist es nicht ganz und gar hoffnungslos, obwohl die Geschichte allenfalls drittklassiger Platonow war; soviel ich weiß, *Der dritte Sohn.*)

Wie jedes lebende Wesen ist ein Schriftsteller eine Welt für sich, nur in noch stärkerem Maße. Immer gibt es zwischen ihm und seinen Kollegen mehr Trennendes als Verbindendes. Von seiner literarischen Herkunft zu sprechen, ihn in diese oder jene Tradition einzupassen suchen, heißt im Grunde, sich in eine Richtung zu bewegen, die der von ihm eingeschlagenen genau entgegengesetzt ist. Im allgemeinen ist die Versuchung, die Literatur als ein zusammenhängendes Ganzes zu sehen, immer dann besonders stark, wenn der Betrachter sehr weit außerhalb steht. Hierin ähnelt Literaturkritik möglicherweise der Astronomie; allerdings scheint fraglich, ob diese Ähnlichkeit wirklich schmeichelhaft ist.

Falls es eine russische literarische Tradition gibt, stellt Platonows Werk einen radikalen Bruch mit ihr dar. Ich jedenfalls sehe weder Vorläufer, außer vielleicht einige Passagen im

Leben des Erzpriesters Avvakum, noch Nachfolger. Eine Aura unheimlicher Eigenständigkeit umgibt diesen Mann, und so gern ich ihn in Verbindung zu Dostojewskij setzen würde, mit dem er vielleicht mehr gemein hat als mit irgend jemand anderem in der russischen Literatur – ich lasse es lieber; es würde nichts erhellen. Natürlich ist ganz offensichtlich, daß *Tschewengur* und *Die Baugrube* zumindest thematisch Dostojewskijs *Dämonen* fortsetzen, da sich Dostojewskijs Prophezeiung in ihnen verwirklicht. Doch wurde diese Verwirklichung von der Geschichte, von der Wirklichkeit besorgt; sie entsprang nicht dem Hirn eines Schriftstellers. Im übrigen kann man *Tschewengur* mit dem die Lande durchstreifenden Helden auf seiner Suche nach dem organisch entstandenen Sozialismus und mit seinen langen Monologen an ein Pferd namens Rosa Luxemburg auch als Echo auf *Don Quixote* oder die *Toten Seelen* deuten. Aber auch das bringt nichts – das Echo offenbart nur, wie riesig die Wildnis ist, in der man schreit.

Platonow war sehr auf sich gestellt, war stark auf seine Weise. Seine Eigenständigkeit ist die eines überempfindlichen Metaphysikers, eines Materialisten im wesentlichen, der das Universum unabhängig zu erfassen sucht – von seinem günstigen oder ungünstigen Ausgangspunkt aus, dem trüben kleinen Provinznest, das verloren ist wie ein Komma in dem unendlichen Buch des gewaltigen, weit ausgedehnten Erdteils. Seine Seiten sind übersät von Leuten solcher Art: Provinzlehrern, Ingenieuren, Mechanikern, die in ihren gottverlassenen Gegenden riesenhafte hausgemachte Ideen von der Weltordnung hegen, Ideen, die so verstörend und so phantastisch sind wie die Isolation dieser Menschen.

Ich habe so ausführlich von Platonow gesprochen, weil er in diesem Land kaum bekannt ist, vor allem aber um darauf hinzuweisen, daß die Geisteshaltung der zeitgenössischen russischen Prosa sich von dem grobschlächtigen Bild, das man im Westen von ihr hat, erheblich unterscheidet. Uniformität der gesellschaftlichen Ordnung heißt nicht Uniformität der Geistestätigkeit; die Ästhetik des einzelnen kapituliert nie vollständig vor einer persönlichen oder nationalen Tragödie, ebensowenig wie vor dem Glück der einen oder anderen Art.

Wenn es in der russischen Prosa eine Tradition gibt, ist es die des Suchens nach dem umfassenderen Gedanken, nach einer erschöpfenderen Analyse der *conditio humana* als gegenwärtig verfügbar, des Suchens nach einer Quelle, aus der sich mehr Kraft schöpfen ließe, um der Belagerung durch die Realität standzuhalten. Aber bei alledem sind die Triebfedern der russischen Prosa nicht so verschieden von denen anderer west- und östlicher Literaturen; auch sie ist Teil der christlichen Kultur, und weder ihr bestes noch ihr exotischstes Teil dazu. Es anders zu sehen, liefe auf umgekehrten Rassismus hinaus, darauf, daß man dem armen Verwandten wegen seines anständigen Benehmens auf die Schulter klopft, und das sollte lieber unterbunden werden: und sei es nur deshalb, weil diese Haltung schlampige Übersetzungen fördert.

4

Das vielleicht Problematischste an Platonow ist, daß der Rang seines Werks es schwierig macht, sich über seine Zeitgenossen und die, die nach ihm kamen, engagiert zu äußern. Dies mag sogar von den Machthabern als Grund für die Unterdrückung von *Tschewengur* und der *Baugrube* angeführt werden. Andererseits sind es gerade die Unterdrückung dieser beiden Bücher und die sich daraus ergebende Unkenntnis ihrer Existenz, die eine große Zahl von Schriftstellern – seine wie unsere Zeitgenossen – in ihrer Arbeit haben fortfahren lassen. Es gibt Verbrechen, die zu vergeben ebenfalls ein Verbrechen ist, und dies gehört dazu. Nicht nur, daß die Unterdrückung der beiden Romane Platonows die gesamte Literatur um fünfzig Jahre zurückwarf; ebenso lange hemmte sie auch die Entwicklung der nationalen Psyche. Bücher zu verbrennen ist letztlich bloß eine Geste; sie nicht zu veröffentlichen ist eine Verfälschung der Zeit. Genau dies aber ist das Ziel des Systems: eine eigene Version der Zukunft vorzulegen.

Nun ist diese Zukunft da, und obwohl sie nicht ganz das ist, worauf das System gesetzt hat, bleibt sie hinsichtlich der russischen Prosa weit hinter dem zurück, was hätte sein können. Es ist zwar gute Prosa, aber in Stil wie geistigem

Gehalt weit weniger kühn als die Prosa der zwanziger und dreißiger Jahre. Sie ist hinreichend konservativ, um sich in eine »russische Prosatradition« einordnen zu lassen, weiß aber sehr wohl, in welchem Jahrhundert sie sich befindet. Um auf dem laufenden zu bleiben, muß sie sich allerdings bei ausländischen Autoren umsehen, von denen die meisten immer noch weniger zu bieten haben als Platonow. In den sechziger Jahren holten sich die besten modernen russischen Schriftsteller ihre Stichworte bei Hemingway, Böll, Salinger und – in geringerem Maße – bei Camus und Sartre. Die Siebziger waren das Jahrzehnt Nabokovs, der mit Platonow verglichen das ist, was ein Seiltänzer im Vergleich zu einem Mount Everest-Besteiger ist. In den sechziger Jahren erschien auch die erste Kafkaauswahl auf Russisch; ihre Wirkung war beträchtlich. Dann kam Borges heraus, und die Übersetzung von Robert Musils großem Meisterwerk ins Russische deutet sich vage an.

Es gibt eine ganze Reihe weiterer ausländischer Autoren geringeren Formats, von Cortázar bis Iris Murdoch, die auf die eine oder andere Weise russischen Schriftstellern heute eine Lektion in literarischer Moderne erteilen; aber wie schon gesagt, sind nur die besten unter ihnen bereit, diese Lektion zu lernen. Diejenigen, die sie von Grund auf lernen, sind die Leser, und der russische Durchschnittsleser kennt sich heute um einiges besser aus als ein angehender russischer Schriftsteller. Die besten haben auch noch das Problem, daß sie primär Satiriker sind, und sie sehen sich von Anbeginn Hindernissen solchen Ausmaßes gegenüber, daß sie in allem, auch bei der Anwendung dieser Lektion, sehr vorsichtig sein müssen. Hiervon abgesehen, hat sich im letzten Jahrzehnt eine breite, wenn auch ziemlich unersprießliche Richtung herausgebildet, die die Stärkung des nationalen Selbstgefühls anstrebt, und manche Schriftsteller lassen sich absichtlich oder unbewußt von dieser Strömung tragen, die nicht zuletzt den Reiz hat, angesichts der entpersönlichenden Staatsmasse die nationale Identität zu behaupten. So natürlich und lobenswert ein solches Bestreben sein mag, für die Literatur bedeutet sie einen stilistischen und ästhetischen Rückschritt, einen Rückzug ohne Abfeuern einer zerstörerischen Salve, ein Sichabsondern in narzistischem Selbstmitleid, weil man die eigenen metaphysischen Fähigkeiten an die Kandare gelegt hat. Ich spreche von der »Bauernprosa«, die in ihrem antäischen Drang, den Boden zu berühren, ein bißchen zu weit ging und Wurzeln schlug.

Weder an Erfindung noch weltanschaulich bietet die heutige russische Prosa irgend etwas qualitativ Neues. Ihre bis dato tiefschürfendste Erkenntnis ist die, daß die Welt von Grund auf böse ist und der Staat dieses Bösen blindes, wenn auch nicht unbedingt stumpfes Werkzeug. Ihr avantgardistischstes Mittel ist der Bewußtseinsstrom; ihr brennendster Ehrgeiz ist, Erotisches und Vulgärsprache gedruckt zu sehen: nicht des Drucks wegen, leider, sondern um die Sache des Realismus zu fördern. Als Vertreterin durch und durch fundamentalistischer Werte setzt diese Prosa Stilmittel ein, deren Hauptreiz in ihrer vertrauten Solidität liegt. Das Spielchen heißt, kurz gesagt, klassischer Maßstab. Aber genau da liegt der Haken.

Was diesem Begriff des klassischen Maßstabs zugrundeliegt, ist die Vorstellung, der Mensch sei das Maß aller Dinge. Diesen Maßstab an eine bestimmte Geschichtsphase, etwa die viktorianische Ära, zu koppeln, kommt einem Leugnen der geistig-seelischen Entwicklung der menschlichen Art gleich. Es ist nicht viel anders, als glaubte man, ein Mensch des siebzehnten Jahrhunderts habe den Hunger stärker verspürt als sein modernes Gegenstück. Wenn die Kritikerzunft also auf den traditionellen Werten der russischen Literatur herumreitet, auf ihrem »strengen Geist der Orthodoxie« und was sonst noch, fordert sie uns dazu auf, diese Literatur nach Maßstäben zu beurteilen, die nicht so sehr klassisch als vielmehr gestrig sind. Ein Kunstwerk ist immer ein Produkt seiner Zeit und sollte nach den Maßstäben seiner Zeit beurteilt werden, zumindest nach denen seines Jahrhunderts (vor allem, wenn dieses Jahrhundert schon fast vorbei ist). Gerade weil Rußland im neunzehnten Jahrhundert so große Prosa hervorgebracht hat, besteht kein Bedarf an Sonderbestimmungen zur Wertung seiner zeitgenössischen erzählenden Literatur.

Dieses Jahrhundert hat auf allen Gebieten, so auch auf dem der Prosa, eine Menge erlebt. Was es zu schätzen gelernt hat, scheint – vom allzeit beliebten geradlinigen Geschichtenerzählen abgesehen – stilistische Erfindung als solche zu sein, strukturelle Verfahren: Montage, Puzzle, was immer. Mit anderen Worten, sie schätzt die Zurschaustellung eines Selbstbewußtseins, das sich in der Distanzierung des Erzählers vom Erzählten manifestiert. Schließlich ist das ja die Haltung der Zeit selbst gegenüber dem Dasein. Mit noch anderen Worten, in der Kunst hat dieses Jahrhundert (alias die Zeit) gelernt, sich selbst, die Reflexion der eigenen Züge zu mögen: Zersplitterung, Zusammenhanglosigkeit, Fehlen von Inhalt, ein getrübter Blick oder einer aus der Vogelperspektive auf das menschliche Dilemma, auf Leiden, Ethik und die Kunst selbst. Mangels eines besseren Namens wird die Zusammenfassung dieser Züge heute gemeinhin »Moderne« genannt, und hinter dieser »Moderne« bleibt die russische Prosa, ob gedruckt oder im Untergrund, merklich zurück.

Im großen und ganzen klammert sie sich immer noch ans ausführliche konventionelle Erzählen, bei dem der Held und dessen Entwicklung – in den Bahnen der Bildungsromantechnik – im Mittelpunkt stehen, und hofft – nicht unbegründet – durch die Abbildung der Wirklichkeit bis ins winzigste Detail einigermaßen surrealistische oder absurde Wirkung zu erzielen. Diese Hoffnungen haben natürlich eine solide Grundlage: die russische Realität; merkwürdigerweise jedoch erweist diese sich als nicht ausreichend. Was diese Hoffnungen zunichte macht, ist gerade die stilistische Konventionalität der Darstellungsmittel, die auf die geistige Atmosphäre zur Entstehungszeit dieser Mittel zurückgeht, d. h. auf das neunzehnte Jahrhundert, d. h. auf die Irrealität.

In Solschenizyns *Krebsstation* gab es zum Beispiel einen bestimmten Moment, in dem die russische Prosa wie auch den Autor selber nur noch zwei oder drei Absätze von einem entscheidenden Durchbruch trennten. Solschenizyn beschreibt in einem Kapitel die tägliche Schinderei einer Ärztin. Die Plattheit und Monotonie der Beschreibung paßt hervorragend zur episch langatmigen und schwachsinnigen Aufzählung der ärztlichen Obliegenheiten; aber diese Aufzählung dauert länger, als irgend jemand den leidenschaftslosen Ton, in dem sie vorgetragen wird, aushalten kann: der Leser erwartet eine Explosion: es ist zu unerträglich. Und genau dort hört der Autor auf. Wäre er noch zwei oder drei Absätze mehr in diesem Mißverhältnis von Ton und Inhalt fortgefahren, hätten wir vielleicht eine neue Literatur bekommen; wir hätten etwas wirklich Absurdes bekommen, etwas, das nicht der Autor in seinem stilistischen Bemühen, sondern die Realität der Dinge selber hervorgebracht hätte.

Warum also hörte Solschenizyn auf? Warum schrieb er nicht noch diese zwei oder drei Absätze? Fühlte er in dem Augenblick nicht, daß er ganz dicht vor einem entscheidenden Punkt stand? Vielleicht doch, obwohl ich es bezweifle. Das Problem ist, daß er kein Material mehr hatte, keine aufzählbaren Tätigkeiten mehr, mit denen er die zwei zusätzlichen Absätze hätte füllen können. Warum, ist man versucht zu fragen, hat er dann nicht welche erfunden? Die Antwort ist so edel wie traurig: weil er Realist ist und weil das Erfinden von Dingen unwahrhaftig wäre – gegenüber den Tatsachen wie gegenüber seiner schriftstellerischen Natur. Als Realist hatte er anders gebaute Instinkte, nicht solche, die die Phantasie in Gang setzen, sobald sich die Möglichkeit dazu bietet. Deshalb bezweifle ich, daß er fühlte, daß er vor einem Durchbruch stand: er konnte die Möglichkeit, die sich ihm eröffnete, einfach nicht spüren, er war nicht ausgeglichen genug, sie zu sehen. Und so schließt das Kapitel mit einer moralischen Betrachtung über den schlimmen Zustand der Dinge. Ich erinnere mich, wie ich dieses Kapitel mit beinahe zitternden Fingern las: »Jetzt, jetzt, jetzt passiert es.« Nichts passierte.

Diese Episode aus der *Krebsstation* ist um so symptomatischer, als Solschenizyn gleichzeitig offiziell veröffentlichter Schriftsteller und einer des Untergrunds ist. Was diese beiden Kategorien neben vielem anderem gemeinsam haben, sind ihre Fehler. Ein Schriftsteller des Untergrunds läßt sich von seinem anerkannten Kollegen vor allem am Sujet unterscheiden, sehr viel weniger an der Sprache, es sei denn, er ist gänzlich zur experimentellen Seite übergelaufen. Ein experimenteller Schriftsteller aber neigt dazu, mit Gewalt drauflos zu experimentieren. Da keinerlei Aussicht auf Veröffentlichung besteht, gibt er didaktische Rücksichten normalerweise bald auf, was ihn dann auch noch sein auf ein paar Kenner beschränktes Publikum kostet. Häufig ist die Flasche sein einziger Trost, und ihm bleibt die einzige Hoffnung, in einer westdeutschen Zeitschrift von einem Wissenschaftler mit Uwe Johnson verglichen zu werden. Weil sein Werk restlos unübersetzbar ist, aber auch, weil er gewöhnlich in einem Institut angestellt ist, wo geheime wissenschaftliche Forschung zu militärischen Zwecken betrieben wird, erwägt er nicht zu emigrieren und gibt schließlich seine künstlerischen Ambitionen auf.

Das ist der Lauf der Dinge, denn das Mittelfeld, das in Ländern mit einem besseren politischen System Leute wie Michel Butor, Leonardo Sciascia, Günter Grass oder Walker Percy besetzt halten, existiert in Rußland einfach nicht. Es ist eine Situation des Entweder-Oder, in der selbst eine Veröffentlichung im Ausland nicht entscheidend hilft, und zwar weil sie unweigerlich dem physischen Wohlergehen des Autors schadet. Unter solchen Umständen ein die Zeiten überdauerndes Werk zu schaffen, erfordert ein Maß an persönlicher Integrität, wie es sich häufiger bei tragischen Helden als bei den Autoren solcher Tragödien findet. Natürlich hat es die Prosa in dieser mißlichen Lage schwerer als andere Kunstformen, nicht nur weil ihre Erschaffung eher zögernd vor sich geht, sondern auch weil die Prosa ihrer didaktischen Natur wegen unter strengster Beobachtung steht. Kann der Observant dem Autor nicht mehr folgen, bedeutet das das sofortige Aus für das Werk; bemüht sich der Autor jedoch, so zu schreiben, daß das Werk dem Wachhund zugänglich bleibt, wird etwas völlig Unbeholfenes daraus. Und »für die Schublade« zu schreiben, wie es ein etablierter Autor gelegentlich zur Reinigung seines Gewissens tut, wirkt sich stilistisch auch nicht segensreich aus – was offensichtlich wurde, als im vergangenen Jahrzehnt fast die gesamten Schubladen geleert und ihr Inhalt im Westen veröffentlicht wurde.

Ein großer Schriftsteller ist einer, der der menschlichen Sensibilität eine weiterreichende Perspektive schafft, der einem Menschen, der am Ende ist, einen Lichtblick zeigt, einen Ausweg, ein Beispiel, an das er sich halten kann. Nach Platonow gab es einen solchen Schriftsteller in der russischen Prosa nicht wieder. Am nächsten kommen diesem Bild noch Nadeschda Mandelstam mit ihren Erinnerungen und in geringerem Maße Alexander Solschenizyn mit seinen Erzählungen und seiner dokumentarischen Prosa. Ich gestatte mir, diesen großen Mann erst an zweiter Stelle zu nennen – und zwar wegen seiner offensichtlichen Unfähigkeit, hinter dem grausamsten politischen System in der Geschichte des Christentums das menschliche Versagen zu erkennen, wenn nicht sogar das Versagen des Glaubens selbst (soviel zum strengen Geist der Orthodoxie!). Angesichts des gigantischen historischen Alptraums, den er beschreibt, ist diese Unfähigkeit an sich schon auffallend genug, um die Vermutung einer Abhängigkeit zwischen ästhetischem Konservatismus und der Resistenz gegenüber der Vorstellung, daß der Mensch von Grund auf schlecht sei, aufkommen zu lassen. Von den Folgen für den schriftstellerischen Stil einmal ganz abgesehen, trägt die Weigerung, diese Vorstellung zu akzeptieren, den Keim zur Wiederkehr des historischen Nachtmahrs in sich – bei hellem Tageslicht und jederzeit.

Außer diesen beiden Namen hat die russische Prosa im Augenblick einem Mann, der am Ende ist, sehr wenig zu bieten. Es gibt ein paar vereinzelte Werke, die in ihrer herzzerreißenden Lauterkeit oder Verschrobenheit beinahe meisterhaft sind. Aber sie verschaffen unserem Mann allenfalls eine flüchtige Katharsis oder momentane Befreiung durch Komik. Wenn dadurch auch letztlich die eigene Unterordnung unter den Status quo gefördert wird, zählt dies doch zu den besseren Diensten, die Prosa leisten kann. Und deshalb sollte das Lesepublikum dieses Landes Namen kennen wie Jurij Dombrowskij, Wassilij Grossman, Wenedikt Jerofejew, Andrej Bitow, Wassilij Schukschin, Fasil Iskander, Jurij Miloslawskij, Jewgenij Popow. Einige von ihnen haben nur ein, zwei Bücher verfaßt, einige sind schon tot. Doch zusammen mit den etwas besser bekannten Sergej Dowlatow, Wladimir Woinowitsch, Wladimir Maximow, Andrej Sinjawskij, Wladimir Maramsin, Igor Jefimow, Eduard Limonow, Wassilij Axjonow und Sascha Sokolow stellen sie eine reale Größe dar, mit der jeder, für den russische Literatur und Russisches überhaupt von Bedeutung sind, früher oder später rechnen muß.

Jeder von ihnen verdient, daß man sich mit ihm mindestens

so lange beschäftigt, wie diese Vorlesung nun schon dauert. Einige von ihnen sind meine Freunde, andere das genaue Gegenteil. Quetscht man sie in einen Satz, kommt etwas dabei heraus wie die Liste der Opfer bei einem Flugzeugabsturz; aber genau dort, in diesem Bereich, hat die Katastrophe sich ja auch ereignet: in der Luft, in der Welt der Ideen. In den besten Werken dieser Autoren sollte man die Überlebenden dieser Katastrophe sehen. Müßte ich ein oder zwei Bücher angeben, die ihre Verfasser und die gegenwärtige Lesergeneration überdauern werden, so würde ich Woinowitschs *Briefwechsel* und irgendeine Sammlung von Kurzgeschichten Jurij Miloslawskijs nennen. Ein Werk jedoch, dem eine völlig unberechenbare Zukunft bevorsteht, ist meiner Meinung nach Jus Aleschkowskijs *Känguruh,* das demnächst auf Englisch erscheinen soll (Gott stehe seinem Übersetzer bei!).

Känguruh ist ein Roman von absolut verheerender, erschreckender Heiterkeit, dem Genre nach eine Satire. Doch erzeugt er im Leser nicht Abscheu vor dem System, nicht Entspannung durch Komik, sondern reines metaphysisches Grauen. Diese Wirkung hat erheblich weniger mit der ziemlich apokalyptischen Weltanschauung des Verfassers zu tun als mit seinem Gehör. Aleschkowskij, der in Rußland als Liedermacher höchstes Ansehen genießt (einige seiner Lieder sind dort Allgemeingut), hat ein unglaubliches Ohr für die Sprache. Der Held in *Känguruh* ist ein professioneller Taschendieb, dessen berufliche Laufbahn die gesamte Zeitspanne sowjetrussischer Geschichte umfaßt, und der Erzählfaden dieses abenteuerlichen Romans ist aus der allerübelsten Vulgärsprache gesponnen, vor der »Slang« wie »Argot« als Definitionen versagen. Wie ein Intellektueller eine Privatphilosophie oder ein Bündel fester Überzeugungen braucht, so dient die Vulgärsprache den Massen als Gegengift zu dem überwiegend positiven, aufdringlichen Monolog des Regimes. Ganz wie in der russischen Alltagssprache ist in *Känguruh* ein solches Mehr an Gegengift enthalten als der Heilzweck erfordert, daß man damit bequem ein weiteres Universum versorgen könnte. Während das Buch in Handlung und Aufbau vielleicht eine gewisse Ähnlichkeit mit Werken wie *Der brave Soldat Schwejk* oder *Tristram Shandy* hat, steht es sprachlich absolut in der Tradition von Rabelais. Es ist ein bösartiger, krankhafter, schrecklich ausufernder Monolog in einem Tonfall, der an Bibelverse erinnert. Um noch einen Namen zu nennen: dieses Buch klingt wie Jeremia – wenn er lachen würde. Für einen Mann, der am Ende ist, ist das schon eine ganze Menge. Allerdings ist es weniger die Sorge um diesen zwar anonymen, aber allgegenwärtigen Mann, die einen dieses spezielle Werk schätzen läßt, sondern sein alles mitreißender stilistischer Vorstoß in eine Richtung, die der heutigen russischen Prosa fremd ist. Es schaut dem Volk aufs Maul und folgt ihm, d.h. es unterläuft die Endlichkeit von Inhalt, Idee oder Glaube: ist schon beim nächsten Satz, der nächsten Äußerung: ist auf dem Weg in die Unendlichkeit des Redens. Vom Genre des ideologischen Romans jedweder Couleur weicht es jedenfalls deutlich ab; es saugt sich voll mit der Verurteilung der gesellschaftlichen Ordnung und läßt sie gleichzeitig überschwappen wie eine Tasse, die zu klein ist, um die Sprachflut zu fassen.

Sicher werden einige, angefangen bei den oben genannten Autoren, diese Bemerkungen überzogen und tendenziös finden, und höchstwahrscheinlich werden sie dem Metier des Vortragenden die Schuld daran geben. Andere wieder mögen die hier formulierten Ansichten zu schematisch finden, um wahr zu sein. Wahr ist: sie sind schematisch, borniert, oberflächlich. Bestenfalls wird man sie als subjektiv oder elitär bezeichnen. Das wäre durchaus angemessen. Nur sollte man sich vor Augen halten, daß Kunst kein demokratisches Unterfangen ist, nicht einmal die Kunst der Prosa, die so aussieht, als könnte jeder sie beherrschen wie auch beurteilen.

Doch das in fast allen Bereichen menschlichen Strebens so willkommene demokratische Prinzip hat in mindestens zweien nichts zu suchen: in der Kunst und in der Wissenschaft. In diesen beiden Bereichen führt die Anwendung des demokratischen Prinzips zur Gleichsetzung von Meisterwerken mit dem letzten Dreck, zur Gleichsetzung der Entdekkung von Neuland mit Ahnungslosigkeit. Sich einer solchen Gleichung widersetzen heißt, Prosa als Kunstform anerkennen; und genau diese Anerkennung zwingt einen, auf grausamste Art zu differenzieren.

Ob es einem gefällt oder nicht, Kunst ist ein linearer Prozeß. Um sich vor Rückschritten zu bewahren, setzt die Kunst den Begriff des Klischees ein. Die Geschichte der Kunst ist geprägt von Hinzufügung und Verfeinerung, von Ausweitung der Perspektive menschlicher Sensibilität, von Anreicherung oder häufiger noch Komprimierung der Ausdrucksmittel. Jede neu in die Kunst eingebrachte psychologische oder ästhetische Wirklichkeit ist für den nächsten Praktiker der Kunst schon alt. Mißachtet ein Autor dieses von Hegel etwas abweichend formulierte Gesetz, legt er für sein Werk automatisch den Status von Schundliteratur fest.

Ginge es nur um sein Schicksal oder das seines Werks, wäre das nicht einmal so schlimm. Auch daß das Angebot von Schund eine Nachfrage nach Schund schafft, ist nicht weiter schlimm. Die Kunst als solche ist dadurch nicht gefährdet: sie nimmt sich immer derer an, die zu ihr gehören, so wie es bei den Armen und im Tierreich geschieht. Schlimm ist an Prosa, die keine Kunst ist, daß sie das Leben, das sie beschreibt, entwürdigt, das Individuum in seiner Entwicklung zurückwirft. Prosa solcher Art bietet einem Endlichkeiten, wo Kunst Unendlichkeiten geboten hätte, Bequemlichkeit statt Herausforderung, Trost statt eines Urteilsspruchs. Kurz, sie verrät den Menschen an seine metaphysischen oder gesellschaftlichen Feinde, deren Zahl in beiden Fällen Legion ist.

So herzlos es in mancher Hinsicht klingen mag: die russische Prosa hat den Zustand, in dem sie sich heute befindet, selbst verschuldet. Das Bedauerliche ist, daß sie weiter in diesem Zustand verharrt, da sie sich nicht ändert. Hier die Politik ins Spiel zu bringen ist daher ein Oxymoron oder vielmehr ein Circulus vitiosus – füllt doch die Politik nur das Vakuum, das die Kunst in Herz und Sinn der Menschen hinterlassen hat. Auch für andere Literaturen gäbe es aus der Misere der russischen Literatur dieses Jahrhunderts etwas zu lernen; den russischen Schriftstellern kann man, da Platonow tot ist, ihr Tun noch eher verzeihen als ihren hiesigen Kollegen, daß sie sich mit Banalitäten abgeben, während Beckett lebt.

1984

Über das Gedicht »1. September 1939« von W. H. Auden*

I

Das Gedicht vor Ihnen hat 99 Zeilen, und wenn die Zeit es erlaubt, nehmen wir uns jede einzeln vor. Das mag umständlich erscheinen, ist es sogar, doch wenn wir so verfahren, haben wir eine bessere Möglichkeit, etwas über seinen Autor zu erfahren und gleichzeitig über die Strategie eines lyrischen Gedichts im allgemeinen. Denn dies ist ein lyrisches Gedicht trotz seines Gegenstandes.

Da jedes Kunstwerk, gleichgültig ob Gedicht oder Kuppelbau, verständlicherweise ein Selbstporträit seines Schöpfers ist, wollen wir uns nicht zu sehr damit quälen, den Unterschied zwischen der Person des Autors und dem lyrischen Helden des Gedichts herauszufinden. In der Regel sind solche Unterscheidungen ziemlich bedeutungslos, schon weil der lyrische Held stets der Selbstentwurf eines Autors ist.

Der Autor dieses Gedichts ist, wie Sie bereits wissen, nachdem Sie es auswendig lernen mußten, ein Kritiker seines Jahrhunderts, doch er ist auch Teil dieses Jahrhunderts. Deshalb ist seine Kritik an ihm fast immer auch gleichzeitig Selbstkritik, und das verleiht seiner Stimme in diesem Gedicht ihre lyrische Pose. Sollten Sie glauben, es gäbe andere Rezepte für erfolgreiche dichterische Operationen, sind Sie reif für die Vergessenheit.

Wir werden den sprachlichen Gehalt dieses Gedichtes untersuchen, denn es ist der Wortschatz, der den Unterschied zwischen Dichtern ausmacht. Wir werden auch den Gedanken Beachtung schenken, die der Dichter äußert, genauso wie seinen Reimschemata, denn es sind letztere, die den ersteren

* Diese Vorlesung wurde als Teil eines Kurses über moderne Dichtung an der Columbia University gehalten. Helen Mandley und Ann Sherrik Pyne, Teilnehmer des Kurses, haben sie aufgenommen und abgeschrieben. Der englische Originaltext des Gedichts ist auf den Seiten 305–307 abgedruckt.

das Gefühl der Unvermeidlichkeit verleihen. Ein Reim macht aus einem Gedanken ein Gesetz; und in einem gewissen Sinn ist jedes Gedicht eine linguistische Gesetzessammlung.

Manche von Ihnen haben bereits gemerkt, daß Auden über sehr viel Ironie verfügt, ganz besonders in diesem Gedicht. Ich hoffe, wir gehen auf eine Weise vor, die gründlich genug ist, um Sie erkennen zu lassen, daß diese Ironie, diese leichte Hand, das Merkmal einer abgrundtiefen Verzweiflung sind – was bei Ironie ja ohnehin häufig der Fall ist. Zusammenfassend hoffe ich, daß Sie am Ende dieses Kurses dem Gedicht dasselbe Gefühl entgegenbringen, das es ins Leben gerufen hat: das der Liebe.

2

Dieses Gedicht, dessen Titel sich hoffentlich selbst erklärt, entstand kurz nachdem unser Dichter sich an diesen Küsten niederließ. Sein Fortgehen verursachte daheim eine beträchtliche Aufregung: Man bezichtigte ihn der Flucht vor dem Feind, warf ihm vor, er habe sein Land in einer Zeit der Gefahr im Stich gelassen. Nun, diese Gefahr kam in der Tat, doch erst einige Zeit, nachdem der Dichter England verlassen hatte. Außerdem war genau er es gewesen, der seit einem Jahrzehnt immer wieder vor ihrem – also der Gefahr – Vormarsch gewarnt hatte. Nun ist es aber bei Gefahren so, daß man trotz aller Hellsichtigkeit den Zeitpunkt ihres Eintreffens nicht voraussagen kann. Und die Mehrzahl seiner Ankläger waren genau diejenigen gewesen, die nie eine Gefahr hatten aufziehen sehen: die Linke, die Rechte, die Pazifisten, usw. Außerdem hatte sein Entschluß, in die Vereinigten Staaten zu übersiedeln, sehr wenig mit Weltpolitik zu tun: die Gründe waren eher privater Natur. Darüber werden wir, hoffentlich, später noch reden. Im Augenblick kommt es nur darauf an, daß sich unser Dichter zum Ausbruch des Krieges auf einem neuen Territorium befindet und zwei Zuhörerkreise ansprechen muß: den daheim und den direkt vor ihm. Schauen wir uns an, welche Folgen dieser Umstand für seine Sprache hat. Also los ...

I sit in one of the dives
On Fifty-second Street
Uncertain and afraid
As the clever hopes expire
Of a low dishonest decade:
Waves of anger and fear
Circulate over the bright
And darkened lands of the earth,
Obsessing our private lives;
The unmentionable odour of death
Offends the September night.

Fangen wir mit den ersten beiden Zeilen an: »I sit in one of the dives / on Fifty-second Street ...« Warum, glauben Sie, fängt das Gedicht derart an? Warum zum Beispiel diese Präzision in »Fifty-second Street«? Wie präzise ist das überhaupt? Nun, es ist präzise insofern, als Fifty-second Street einen Ort angibt, der nirgendwo in Europa liegen kann. So weit, so gut. Und ich glaube, Auden wollte hier ein wenig die Rolle eines Journalisten oder, wenn Sie so wollen, eines Kriegskorrespondenten spielen. Der Anfang klingt deutlich nach Reportage. Der Dichter sagt so etwas wie: »Ich berichte Ihnen das aus ...«, er ist ein Korrespondent, der sich an seine Leute in England wendet. Und hier stoßen wir auf etwas sehr Interessantes.

Betrachten Sie das Wort »dive« [*Höhle*]. Das ist ja nicht gerade britisches Englisch – genausowenig wie »Fifty-second Street«. Für des Dichters angenommene Rolle als Reporter haben die Wörter einen sofortigen Nutzen: Seinem Publikum daheim sind sie gleichermaßen exotisch. Damit sind wir bei einem Aspekt von Audens Werk, der uns einige Zeit lang beschäftigen wird: die Fesselung durch die amerikanische Sprache – eine Faszination, die wohl einer der Gründe für sein Herkommen war. Dieses Gedicht entstand 1939, und in den folgenden fünf Jahren sind seine Zeilen buchstäblich übersät mit Amerikanismen. Fast ekstatisch fügt er sie seiner vornehmlich englischen Redeweise ein, deren Oberfläche – wie die Oberfläche englischer Gedichte ganz allgemein – durch Worte wie »dives« und »raw towns« eine beachtliche Belebung erfahren. Wir werden sie uns einzeln vornehmen, denn

Wörter und ihr Klang sind für einen Dichter wichtiger als Gedanken und Überzeugungen. Bei Gedichten steht am Anfang immer noch das Wort.

Am Anfang dieses bestimmten Gedichtes ist es jenes »dive«, und es ist vermutlich verantwortlich für alles, was folgt. Auden mag dieses Wort offensichtlich, und wenn auch nur, weil er es zuvor noch nicht benutzt hatte. Aber dann denkt er: »Na ja, die in England könnten denken, mein Sprachgefühl sei verschlampt, ich ließe mir einfach diese neuen amerikanischen Appetithäppchen auf der Zunge zergehen.« Deshalb reimt er zunächst einmal »dives« mit »lives« [*Leben*], was schon an sich genug sagt und dazu noch einen alten Reim wiederbelebt. Zum zweiten gibt er dem Wort eine Einschränkung, indem er sagt: »one of the dives« [*eine der Höhlen*] und damit das Exotische in »dives« abmildert.

Gleichzeitig verstärkt der Ausdruck »one of the« die erniedrigende Wirkung der Tatsache, daß man sich überhaupt in einer Höhle befindet, ein Effekt, der Audens Rolle als Reporter sehr gut bekommt. Denn er stuft sich ja hier ziemlich niedrig ein: physisch niedrig, und das heißt mitten im Getümmel. Schon dieses verstärkt das Gefühl der Wahrhaftigkeit: dem Kerl, der von dort spricht, hören wir eher zu. Noch überzeugender wird die Sache durch das »Fifty-second Street«, denn Zahlen werden schließlich in der Dichtkunst sehr selten eingesetzt. Wahrscheinlich war sein erster Einfall die Zeile: »I sit in one of the dives« [*Ich sitze in einer der Höhlen*], doch dann entschied er, daß »dives« für die Fans daheim sprachlich zu mächtig sein könnte, deshalb fügte er hinzu: »on Fifty-second Street«. Das macht die Sache ein wenig leichter, denn die 52. Straße zwischen der Fifth und Sixth Avenue war damals die Jazzszene des gesamten Kosmos. Deshalb übrigens auch das Element des Synkopischen, das in den Halb-Reimen dieser Dreifüßer durchklingt.

Denken Sie daran, die zweite, nicht die erste Zeile Ihres Gedichtes zeigt, wie das Versmaß weitergeht. Es verrät einem erfahrenen Leser auch die Nationalität eines Autors, etwa, ob er Amerikaner oder Brite ist. (Die zweite Zeile eines Amerikaners ist normalerweise ziemlich gewagt: In ihr reibt sich die vorgefaßte Musik des Versmaßes mit dem sprachlichen Inhalt; ein Brite neigt dagegen normalerweise dazu, in der zweiten Zeile das eintreten zu lassen, was die erste Zeile verspricht, er stellt seine eigene Sprache erst in der dritten oder – wahrscheinlicher noch – in der vierten Zeile vor.) (Vergleichen Sie einmal, wie Thomas Hardy Tetrameter – oder sogar Pentameter – eingesetzt hat mit ähnlichen Bemühungen von E. A. Robinson, besser noch mit Robert Frost.) Trotzdem ist von größerer Bedeutung, daß die zweite Zeile das Reimschema einführt.

»On Fifty-second Street« löst alle diese Aufgaben. Es macht Ihnen klar, daß es ein Gedicht in Trimetern sein wird, daß der Autor fest genug zupackt, um als Einheimischer gelten zu dürfen, daß der Reim unregelmäßig sein wird, höchstwahrscheinlich voller Assonanzen (»afraid« [*ängstlich*] folgt auf »street« [*Straße*]), das alles in Richtung auf eine Erweiterung (denn »bright« [*hell*] reimt sich mit »street« über »afraid«, das dann in »decade« aufgeht). Für die britischen Leser von Auden wird das Gedicht genau hier seinen wirklichen Anfang finden, in dieser so unterhaltsamen wie beiläufigen Atmosphäre des »Fifty-second Street«, die ziemlich unerwartet kommt. Aber unser Autor wendet sich nicht länger nur an Briten, das ist vorbei. Die Einleitung, und das ist das Schöne daran, ist eine Doppellösung, denn »dives« und »Fifty-second Street« signalisieren den amerikanischen Lesern, daß Auden auch deren Sprache spricht. Hält man sich vor Augen, was das Gedicht ganz direkt bewirken sollte, dann ist diese Wahl der Sprache ganz und gar nicht überraschend. In einem Gedicht, das Auden etwa zwanzig Jahre später zur Erinnerung an Louis MacNeice schrieb, wünschte er sich, »wenn möglich ein kleiner atlantischer Goethe zu werden«. Ein außerordentlich bedeutsames Zugeständnis. Und das entscheidende Wort hier, glauben Sie es oder nicht, ist nicht Goethe, sondern »atlantisch«. Denn Auden schwebte seit dem Anfang seiner Laufbahn als Dichter das Gefühl vor, daß die Sprache, in der er schrieb, transatlantisch war, oder noch besser: imperial; imperial nicht im Verständnis eines britischen Vizekönigs von Indien, sondern in dem Sinn, daß Sprachen Reiche schaffen. Denn Reiche werden weder durch politische noch militärische Kräfte zusammengehalten, allein durch Sprache. Nehmen Sie zum Beispiel Rom, oder besser noch, das hellenistische Griechenland, das unmittelbar nach dem Tod von Alexander dem Großen in kleine Teile zerfiel (und der starb ja noch sehr jung). Was die Griechen für Jahrhunderte zusammenhielt, ihre politischen Zentren waren schon lange zusammengebrochen, waren die »magna lingua Greca« und das Latein. Reiche sind vor allem anderen kulturelle Entitäten; und das läuft über Sprache, nicht über Legionen. Wenn Sie also auf englisch schreiben wollen, sollten Sie alle Dialekte und Redewendungen beherrschen, von Fresno bis Kualalumpur. Anderenfalls könnte die Bedeutung dessen, was Sie zu sagen haben, die Grenzen Ihrer kleinen Gemeinde nicht wesentlich überschreiten. Auch das ist natürlich sehr empfehlenswert, außerdem könnte der berühmte »kleine Stein, der alles ins Rollen bringt«, Sie trösten. So weit, so gut. Doch andererseits hätten Sie jede Möglichkeit, Bürger der Großen Englischen Sprache zu werden.

Das klingt vielleicht demagogisch, aber es wird nicht weh tun. Und jetzt wieder zurück zu Auden: Ich glaube, die gerade erwähnten Überlegungen haben eine Rolle gespielt, als er sich entschied, England den Rücken zu kehren. Außerdem hatte er zu Hause schon einen respektablen Ruf. Was ihm vermutlich bevorstand, war der Eintritt ins literarische Establishment. In einer sorgfältig geschichteten Gesellschaft führt nämlich kein Weg daran vorbei. Also machte er sich wieder auf den Weg, und den erweiterte die Sprache. Für ihn hatte ja ohnehin jenes Reich nicht nur seine Dimensionen im Raum, sondern in der Zeit – er konnte sich aus jeder Quelle, jedem Niveau und jeder Geschichtsepoche des Englischen bedienen. Da lag es auf der Hand, daß jemand, dem so häufig vorgeworfen wurde, er angelte aus dem Oxford Encyclopaedic Dictionary sehr alte, obskure, zeitbeladene Wörter, kaum der Safari widerstehen konnte, die Amerika anbot.

Wie auch immer, »Fifty-second Street« schlägt eine Glocke an, die Menschen auf beiden Seiten des Atlantiks zum Zuhören bringt. Am Anfang eines jeden Gedichts muß der Dichter jene Aura der Kunst und des Künstlichen austreiben, die wie eine Wolke über dem Verständnis des Publikums von Dichtkunst liegt. Der Dichter muß überzeugend sein, einfach –

wahrscheinlich genauso wie sein Publikum. Er muß mit dessen Sprache reden, und das um so mehr, wenn es dessen Sprache ist, mit der er umgehen muß.

»I sit in one of the dives / On Fifty-second Street« erfüllt diese Bedingungen. Wir hören die ausgeglichene, zuversichtliche Stimme von einem von uns, von einem Reporter, der zu uns in unserer Sprache spricht. Und während wir uns gerade darauf vorbereitet haben, daß er auf diese verläßliche Weise weitermacht, gerade, als wir diese öffentliche Stimme erkannt haben und von deren Trimetern in das allgemein Geregelte gewiegt wurden, stürzt uns der Dichter in die sehr private Aussage von »uncertain and afraid« [*unsicher und ängstlich*]. So redet kein Reporter; das ist eher die Stimme eines verängstigten Kindes als die eines Agentur-Journalisten im Trenchcoat. Wofür stehen »unsicher« und »ängstlich«? Zweifel! Und genau hier fängt dieses Gedicht – genauso wie alle Poesie, genauso wie alle Kunst – wirklich an: im Zweifel oder mit Zweifeln. Ganz plötzlich ist die Sicherheit dieser Höhle in der Fifty-second Street entwichen und den Leser beschleicht das Gefühl, daß sie nur deshalb eingesetzt wurde, weil der Dichter von Anfang an »unsicher und furchtsam« war: genau deshalb krallte er sich an diesen Konkretheiten fest. Doch jetzt ist das Vorspiel vorbei, die Sache wird ernsthaft.

Wenn wir uns von Zeile zu Zeile vorarbeiten, sollten wir nicht nur deren Inhalt und Funktion für den Gesamtplan des Gedichtes untersuchen, sondern auch auf die individuelle Unabhängigkeit und Stabilität der Zeilen achten; wenn ein Gedicht nämlich die Zeiten überdauern soll, sollte es besser aus festen Ziegeln errichtet sein. Unter diesem Gesichtspunkt ist die erste Zeile ein wenig wackelig. Schon weil das Metrum gerade erst eingeführt wurde, und darüber ist sich der Dichter im klaren. Sie klingt nach natürlicher Sprache und ist ganz entspannt und aufwandslos wegen der Handlungen, die sie beschreibt. Wichtig, daß sie Sie nicht auf die nächste Zeile vorbereitet, weder metrisch, noch was den Inhalt betrifft. Nach »I sit in one of the dives« ist alles möglich: Pentameter, Hexameter, ein Couplet, was Sie wollen. »On Fifty-second Street« hat deshalb eine größere Bedeutung als der Inhalt nahelegt, denn diese Zeile schmiedet das Gedicht an sein Metrum.

Die drei Hebungen in »On Fifty-second Street« geben der Zeile etwas von der Verläßlichkeit der Straße selbst. Obwohl sich das Sitzen »in one of the dives« nicht gerade einer traditionellen poetischen Haltung anschmiegt, ist die Neuheit eher vorläufig, wie alles, was sich mit dem Fürwort »I« [*Ich*] verbindet. »On Fifty-second Street«, beansprucht da eine andere Gültigkeit, denn das klingt unpersönlich und enthält außerdem eine Zahl. Die Verbindung dieser beiden Aspekte, verstärkt durch die Regelmäßigkeit der Betonung, machen den Leser zuversichtlich und rechtfertigen, was immer folgen mag.

Gerade deshalb überrascht ihn »uncertain and afraid« um so stärker, in dieser Zeile liegt nichts Konkretes, keine Hauptwörter, keine Zahlen, nur zwei Adjektive wie zwei kleine Springbrunnen der Panik, die im Magen hochschnellen. Der Wechsel der Sprache vom Öffentlichen zum Privaten geschieht ganz abrupt: die offenen Vokale am Anfang der beiden einzigen Wörter dieser Zeilen rauben den Atem und lassen den Leser allein angesichts der konkreten Stabilität der Welt, die nicht auf die Fifty-second Street begrenzt ist. Ganz offensichtlich verweist diese Zeile nicht nur auf einen Zustand des Geistes. Trotzdem bemüht sich der Dichter um eine Erklärung; vermutlich weil er kein besonderes Interesse daran hat, in irgendeinen Abgrund hineinzurutschen, den zu betrachten ihn seine Heimatlosigkeit vielleicht verleitet. Diese Zeile könnte genausogut auch aus dem Gefühl seines Nicht-in-eins-Seins mit der unmittelbaren Umgebung diktiert worden sein (wenn Sie so wollen, in dem Sinne, daß das eigene Fleisch selten mit *irgendeiner* Umgebung übereinstimmt). Ich würde mich sogar zu der Behauptung versteigen, daß dieses Gefühl den Dichter ständig begleitete; lediglich persönliche, oder – wie in diesem Fall historische Umstände – verstärkten den Fall.

Er hat also ganz recht, wenn er hier nach einer Erklärung für den beschriebenen Gemütszustand greift. Das ganze Gedicht erwächst aus diesem Greifen. Betrachten wir, wie es weitergeht:

As the clever hopes expire
Of a low dishonest decade

Zunächst einmal: Hier tritt er einem beträchtlichen Teil seiner englischen Leser auf die Füße. »The clever hopes« [*Die schlauen Hoffnungen*] repräsentieren hier viele Vorgänge: den Pazifismus, die Politik des Appeasement, Spanien, das Münchner Abkommen – für alle jene Ereignisse, die in Europa dem Faschismus den Vormarsch erleichterten, genauso wie heute der Vormarsch des Kommunismus erleichtert wurde durch Ungarn, die Tschechoslowakei, Afghanistan und Polen. Um beim letzteren Land zu bleiben, der 1. September 1939, der unserem Gedicht seinen Titel gab, ist der Tag, an dem deutsche Truppen in Polen einfielen und der Zweite Weltkrieg begann (ein klein wenig Geschichte sollte doch nicht schaden, oder?). Der Anlaß des Kriegs war also die britische Garantie für die polnische Unabhängigkeit, das war der casus belli. Jetzt schreiben wir das Jahr 1981, und wie steht es heute mit der polnischen Unabhängigkeit, 40 Jahre später? Vom reinen Rechtsstandpunkt aus gedacht war also der Zweite Weltkrieg umsonst. Aber ich schweife ab ... Jedenfalls haben die Briten diese Garantie gegeben, und für Auden hatte diese Aussage noch eine Bedeutung. Auf den kleinsten Nenner gebracht, erinnerte sie immer noch an die Heimat, daher die Klarheit und Bitterkeit seiner Haltung gegenüber »clever hopes«. Trotzdem liegt die hauptsächliche Rolle dieser Verbindung in dem Versuch des Helden, seine Furcht durch Rationalisierung zum Schweigen zu bringen. Und das würde auch angehen, ständen da nicht die »clever hopes«, ein Widerspruch in sich. Es ist zu spät für eine Hoffnung, wenn diese schlau ist. Beruhigend an diesem Ausdruck ist nur das Wort »hope«, denn es beschwört eine Zukunft, die gemeinhin mit Verbesserung in Verbindung gebracht wird. Das Nettoergebnis dieses Oxymorons ist schlicht satirisch. Dennoch, unter den Umständen der Zeit ist Satire einerseits fast unethisch, andererseits nicht genug. So läßt der Autor seine Faust herunter mit seinem »of a low dishonest decade« [*eines seichten, ehrlosen Jahrzehnts*], einer Zeile, die für alle zuvor erwähnten Ereignisse des Nachgebens gegenüber aller brutaler Gewalt steht. Doch bevor wir uns auf diese Zeile konzentrieren, bitte ich Sie, auf den epigrammatischen Wert des »dishonest decade« zu achten: dank der Verwandtschaft der Betonungen und des gemeinsamen Anfangskonsonanten stellt »dishonest« eine Art geistigen Reim für »decade« dar. Aber vielleicht betrachten wir damit die Sache genauer als es ihr gut tut.

Warum denken Sie, sagt Auden: »low dishonest decade«? Teilweise, weil das Jahrzehnt tatsächlich sehr tief gesunken ist – in dem Maße, in dem man Hitler anerkannte, gewannen auch die Argumente an Boden, besonders auf dem europäischen Kontinent, daß die Sache irgendwie schon in Ordnung kommen würde. Schließlich hatten alle diese Nationen schon zu lange miteinander zu tun gehabt, außerdem war die Erinnerung an die Schlächtereien des Ersten Weltkriegs noch frisch in ihren Erinnerungen, da konnte man sich eine neue Jagdsaison schlecht vorstellen. Für viele wäre es eine reine Tautologie gewesen. Diese Mentalität hat der große polnische Spötter Stanislaw Jerzy Lec (dessen »Ungekämmte Gedanken« Auden sehr bewunderte) in der folgenden Bemerkung bestens beschrieben: »Ein Held, der eine Tragödie überlebt, ist kein tragischer Held.« Das mag schick klingen, übel macht nur, daß ein Held häufig eine Tragödie überlebt und dann in einer weiteren stirbt. Daher jedenfalls jene »clever hopes«.

Indem er »low dishonest decade« hinzufügt, erklärt sich Auden zu einem Richter. Ganz allgemein gesagt stimmt uns ein Substantiv mit mehr als einem Adjektiv, besonders wenn niedergeschrieben, eher mißtrauisch. Gemeinhin geschieht so etwas zum Ausdruck einer Emphase, doch der Veranstalter kennt sein Risiko. Das führt mich zu einem Kommentar in Klammern: In einem Gedicht sollten Sie Ihre Adjektive auf eine Mindestzahl begrenzen. Sollte ein Zauberer Ihr Gedicht mit seinem Tuch überdecken und dann alle Adjektive entfernen, muß die Seite noch ausreichend schwarz sein, weil Substantive, Adverbien und Verben die Stellung halten. Bei einem kleinen Tuch sind Ihre besten Freunde die Hauptwörter. In diesem Sinne sollten Sie nie zulassen, daß identische Teile von Sprachen sich reimen. Bei Substantiven geht es, bei Verben sollte es nicht geschehen, bei Adjektiven ist es tabu.

1939 ist Auden natürlich ein so alter Hase im Geschäft, daß er weiß, was passiert, wenn zwei oder mehr Adjektive erscheinen. Trotzdem läßt er genau dies in den zwei Ausrufen stehen, die außerdem beide noch pejorativ sind. Was glauben Sie, warum? Um das Jahrzehnt zu verdammen? Aber »dishonest« hätte dafür genügt. Außerdem war Auden nie selbstgerecht, noch wäre es ihm entgangen, daß er selbst ein Teil dieses Jahrzehnts gewesen war. Ein Mann wie er hätte nie einen negativen Ausdruck benutzt, ohne sich selbst darin erkannt zu haben. Mit anderen Worten, wenn immer Sie etwas Negatives ausprobieren wollen, versuchen Sie, es auf sich selbst anzuwenden, um es voll auskosten zu können. Anderenfalls könnte Ihre Kritik nicht mehr bedeuten, als daß Sie etwas Unangenehmes aus sich herauslassen wollen. Wie jede Selbsttherapie hilft es ein wenig ... Nein, ich glaube, der Grund für die Benutzung der Adjektive hintereinander liegt in des Dichters Wunsch, den rationalen Abscheu mit physischer Gravität zu untermauern. Er will diese Zeile einfach ein für allemal versiegeln, und das schwere, einsilbige »low« besorgt das. Wie ein Hammer schlägt hier der Trimeter nieder. Auden könnte gesagt haben: »sick« [*krank*] oder »bad« [*schlecht*]; »low« ist dagegen stabiler, außerdem schwingt darin das Verruchte einer Höhle. Wir haben es hier nicht nur mit dem ethischen Aspekt zu tun, sondern auch mit der tatsächlichen Topographie der Stadt, weil der Dichter das ganze Unterfangen auf einem Straßenniveau halten will.

Waves of anger and fear
Circulate over the bright
and darkened lands of the earth
Obsessing our private lives;

Die »waves« [*Wellen*] sind natürlich die des Radios, obwohl die Stellung des Wortes – genau nach »dishonest decade« und am Beginn eines neuen Satzes – Erleichterung versprechen, einen Wechsel des Tons; der normale Leser betrachtet »waves« eher in einer romantischen Stimmung. Nun sitzt ein Gedicht genau auf der Mitte einer Seite, zunächst einmal von unglaublich viel Weiß umgeben, jedes Wort, jedes Komma trägt eine gewaltige – im Vergleich zum unbenutzten Platz – Last von Anspielungen und Bedeutungen. Die Worte tragen ganz einfach zuviel Gewicht, besonders am Anfang und am Ende der Zeile. Das ist nicht Prosa. Das ist wie ein Flugzeug am weißen Himmel, und jede Schraube, jede Mutter ist wichtig. Deswegen nehmen wir uns ihrer einzeln an ...

»Anger and fear« [*Zorn und Furcht*] stehen vermutlich für den Inhalt dieser Sendungen: die deutsche Invasion in Polen und die Reaktion der Welt einschließlich der britischen Kriegserklärung gegen Deutschland. Vielleicht war es genau der Gegensatz dieser Berichte zu der amerikanischen Szene, die unseren Dichter hier seine Rolle als Agenturjournalist einnehmen ließ. Auf jeden Fall ist die Anspielung auf die Presse verantwortlich für die Wahl des Verbums »circulate« [*sich ausbreiten*] in der nächsten Zeile, doch nur zum Teil.

Direkter verantwortlich für dieses Verbum ist das Wort »fear«, Ende der vorausgegangenen Zeile, nicht nur, weil dieses Gefühl ständig auftritt, sondern wegen der Unberechenbarkeit, die mit dem Gefühl in Verbindung gebracht wird. »Waves of anger and fear« liegt einen Ton zu hoch über der kontrollierten, ausbalancierten Sprache der vorhergehenden Zeile, deshalb entschließt sich der Dichter zu einem ernüchternden, technischen, bürokratischen, jedenfalls gefühllosen »circulate«. Und gerade wegen dieses gefühllosen, technischen Verbums kann er in aller Sicherheit – d.h. ohne gefühlsmäßig oberflächlich zu erscheinen – jene anspielungsgeladenen Ausdrücke »bright and darkened« [*hell und verfinstert*] einsetzen, die gleichzeitig die aktuelle und politische Physiognomie des Globus widerspiegeln.

»Waves of anger and fair« sind das Echo auf des Dichters eigenen Bewußtseinszustand in »uncertain and afraid«. Wie auch immer bestimmt das letztere die Bedingungen für das erstere, genauso wie für »Obsessing our private lives« [*nehmen Besitz von unseren Privatleben*]. Das Schlüsselwort in dieser Zeile lautet eindeutig »obsessing«, denn es teilt uns nicht nur mit, wie wichtig diese Nachrichtensendungen im Radio oder diese Sensationsschlagzeilen sind, die Zeile vermittelt uns auch ein Gefühl der Scham, das durch die gesamte Strophe verläuft und einen häßlichen Schatten auf die Worte »our private lives« wirft, bevor wir die Botschaft verstehen. Damit wird die Haltung eines Reporters, der zu uns und über uns spricht, zur Chiffre für einen von sich selbst angewiderten Moralisten, und »our private lives« werden zur Schönfärberei von etwas, das man nicht aussprechen will, für etwas, das die Verantwortung für die letzten beiden Zeilen der Strophe übernimmt:

> The unmentionable odour of death
> Offends the September night.

Hier spüren wir wieder einmal die britische Sprache, das riecht nach einem Wohnzimmer: »unmentionable odour« [*unaussprechlicher Geruch*]. Der Dichter schenkt uns hier zwei Euphemismen hintereinander: Ein Epitheton und eine Sache; die gerümpfte Nase können wir fast sehen. Dasselbe gilt für »offends« [*verletzt*]. Im Euphemismus steckt normalerweise die Gelähmtheit der Furcht. Gleich doppelt grauenvoll werden diese Zeilen durch die Mischung aus der realen Angst des Dichters und einer oberflächlichen Sprechweise, die den Unwillen seiner Zuhörerschaft nachäfft, die Dinge beim richtigen Namen zu nennen. Die Abscheu, die Sie in diesen beiden Zeilen entdecken, hat sehr viel weniger mit dem »odour of death« [*Geruch des Todes*] als solchem zu tun und dessen Nähe zu unseren Nasenflügeln als mit der Sensibilität, mit der dieser Geruch als »unaussprechlich« behandelt zu werden pflegte. Im ganzen betrachtet liegt dem wichtigsten Geständnis dieser Strophe »uncertain and afraid« nicht so sehr der Ausbruch des Krieges zugrunde als die Gefühlsstimmung, die ihn beschleunigte und deren sprachliche Form die letzten beiden Zeilen nachbilden. Machen Sie nicht den Fehler, diese als eine Parodie zu betrachten: ganz und gar nicht. Sie erfüllen ganz einfach ihre Aufgabe, alles und jeden in den Brennpunkt einer kollektiven Schuld zu bringen. Der Autor versucht nur, auf das Ergebnis zu deuten, zu dem eine zivilisierte, euphemistische, abgeklärte Sprache und alles, was damit zusammenhängt, führen, und das ist das Verderben. Das ist natürlich ein etwas starkes Gefühl, um so eine Strophe zu Ende zu bringen, daher läßt Ihnen der Dichter ein wenig Raum zum Atmen, daher die »September night« [*Septembernacht*].

Und obwohl diese »September night« nicht ganz so verlaufen ist wie geplant, weil einiges mit ihr angestellt worden ist, handelt es sich immer noch um eine Septembernacht, und als solche erweckt sie eher erträgliche Anspielungen. An dieser Stelle geht es dem Dichter darum – einmal abgesehen von seinem generellen Wunsch, historisch präzise zu sein –, der nächsten Strophe den Weg zu ebnen: derlei Erwägungen sollten wir nie aus dem Auge verlieren. Deshalb erhalten wir hier eine Mischung von naturalistischen und höchst lyrischen Elementen, die Stiche ins Herz und in den Bauch versetzen. Zuletzt spricht in der Strophe jedoch das Herz, wenngleich auch ein verwundetes: »the September night«. Das verschafft nicht gerade eine große Erleichterung, doch man fühlt, daß uns irgendein Ort noch geblieben ist. Verfolgen wir also, wohin unser Dichter uns führt, nachdem er uns mit »September night« daran erinnert hat, daß das, was wir lesen, ein Gedicht ist.

3

Die zweite Strophe beginnt mit der vorsätzlichen, ich würde sagen, pedantischen Überraschung von:

> Accurate scholarship can
> Unearth the whole offence
> From Luther until now
> ...

Nach »September night« hätten Sie sicherlich alles andere erwartet. Auden ist der am wenigsten vorausberechenbare Dichter. In der Musik müßte man ihn Joseph Haydn gegenüberstellen. Bei Auden können Sie nie die nächste Zeile voraussehen, selbst wenn das Versmaß völlig konventionell ist. Das muß auch so sein ... Warum beginnt er hier wohl mit »Accurate scholarship« [*Exakte Gelehrsamkeit*]?

Nun, er fängt eine neue Strophe an, daher gelten seine unmittelbare Sorge und Absicht einer Veränderung des Tons, um der Monotonie zu entgehen, die eine Wiederholung des Strukturmusters stets verspricht. Zweitens, und wichtiger noch: Er ist sich voll bewußt, wie streng und wie wirksam der vorausgegangene Satz ist, und diese Art der Lehrmeinung möchte er nicht fortführen. Er sorgt sich ganz einfach um die Autorität eines Dichters, der in den Augen seiner Leser a priori recht hat. Hier will er zeigen, daß er objektiv und gefühlsneutral reden kann. »Accurate scholarship« soll an dieser Stelle jeden möglichen romantischen, poetischen Schatten vertreiben, den die Sprache der ersten Strophe möglicherweise auf das ethische Argument geworfen haben könnte.

Dieser Drang nach Objektivität, trockenem Ton usw. ist für die moderne Dichtung Fluch und Segen zugleich. Eine ganze Menge Gurgeln sind daran erstickt. Die von T. S. Eliot zum Beispiel, wobei allerdings dieselbe Kraft ihn zu einem hervorragenden Kritiker machte. Einer der Vorzüge von Auden liegt darin, daß er es verstand, diesen Druck seinen lyrischen Zielen gefügig zu machen. Zum Beispiel, wenn er wie hier in dieser kühlen, pedantischen Stimme spricht: »Accurate scholarship can / Unearth the whole offence . . .« Trotzdem fühlt man unter der Maske der Objektivität den nur schlecht kontrollierten Zorn. Mit anderen Worten: Die Objektivität zeigt sich als das Ergebnis eines kontrollierten Zorns. Halten Sie das fest! Und achten Sie auch auf die Pause hinter »can« [*kann*], dem Wort am Ende der Zeile, das sich ganz schwach mit »done« [*getan*] reimt, was aber für eine Auseinandersetzung noch zu weit entfernt ist. Nach dieser Pause erscheint »unearth« [*ausgraben*] als ein falsches, emphatisches Verbum; es ist ein wenig zu hervorgehoben und weckt gehörige Zweifel an der Fähigkeit dieser Gelehrsamkeit, überhaupt etwas auszugraben.

Die Verteilung von Betonungen wie mit dem Metronom in beiden Zeilen verstärkt die Abwesenheit von Gefühlen, eine bekannte Eigenschaft von akademischen Unterfangen. Ein aufmerksames Ohr stellt sich jedoch bei »the whole offence« [*das ganze Ärgernis*] auf: Ganz so akademisch ist die Ablehnung hier nicht. Vielleicht geschieht das hier, um die zuvor erwähnte Lebendigkeit des »unearth« auszubalancieren, doch ich habe da meine Zweifel. Der Dichter verfällt auf diesen umgangssprachlichen Ton der Ablehnung wohl nicht so sehr, um die Genauigkeit der akademischen Ergebnisse in Zweifel zu stellen, als vielmehr jene galante, abgeklärte Haltung, die so wenig mit ihrem Gegenstand gemein hat: Weder bei »Luther«, noch »now« [*jetzt*]. Zu diesem Zeitpunkt geht langsam die gesamte Eitelkeit (»Doch, doch, wir können logisch vorgehen«), die diese Strophe trägt, dem Autor auf die Nerven. Bei »has driven a culture mad« [*hat eine Kultur verrückt gemacht*] macht sich Auden endlich frei und läßt das Wort heraus, das ihn schon zu lange auf der Zungenspitze juckte: »mad«.

Ich habe das Gefühl, daß er dieses Wort außerordentlich liebt. Das sollte jeder, dessen Muttersprache englisch ist. Mit diesem Wort läßt sich viel abdecken, wenn nicht alles. Außerdem gehört »mad« fest zum Sprachschatz englischer Schulkinder, der für Auden eine Art sancta sanctorum war. Nicht so sehr wegen seiner »happy childhood« [*glücklichen Kindheit*] oder seiner Erfahrung als Lehrer, vielmehr, weil er wie jeder Dichter nach dem Lakonischen strebte. Das Wort taugte gut zur Beschreibung des Zustands der Welt und des Redners geistiger Verfassung und kündigt zudem eine Sprachform an, die am Ende dieser Strophe voll entfaltet sein wird. Doch gehen wir jetzt zur nächsten Zeile:

»Find what occured at Linz« [*rausfinden, was in Linz geschah*]. Ich wette, Sie wissen mehr über Luther als über das, was in Linz passierte. Linz ist jene Stadt in Österreich, in der Adolf Hitler, auch bekannt als Adolf Schiklgruber, seine Kindheit verbrachte; dort ging er zur Schule, dort wurde sein Denken geprägt usw. Er wollte Maler werden, bewarb sich an der Wiener Kunstakademie, wurde aber abgewiesen. Schade um die Kunst, wenn man an die Energie dieses Mannes denkt. So wurde er ein umgedrehter Michelangelo. Auf Krieg und Malerei kommen wir aber noch später, untersuchen wir jetzt den lexikalischen Gehalt dieser Strophe: hier stoßen wir nämlich auf einen interessanten Punkt.

Unterstellen wir einmal, daß das, was wir gerade über den Gebrauch von »mad« bei Schulkindern gesagt haben, stimmt. »What occurred at Linz« bezieht sich auch auf eine Gymnasialerfahrung: die des jungen Schiklgruber. Natürlich wissen wir nicht genau, was dort geschah, doch mittlerweile glauben wir ja alle an die Theorie der »prägenden Jahre«. Die nächsten beiden Zeilen lauten: »What huge imago made/A psychopathic god«. »Imago« ist natürlich reiner psychoanalytischer Jargon. Es bedeutet das Bild einer Vaterfigur; das ein Kind, dem der wirkliche Vater fehlt, für sich selbst entwirft – wie es beim jungen Adolf der Fall war – und das die weitere Entwicklung des Kindes beeinflußt. Anders gesagt: An dieser Stelle zerreibt unser Dichter das Schulwissen zum feinen Staub der Psychoanalyse, die wir heute einatmen, ohne es zu merken. Achten Sie auch auf die Schönheit dieses dreifachen Reims, der »mad« und »god« über den Assonanten »made« verbindet. Zart, aber unaufhaltsam öffnet der Dichter den Weg zu den letzten vier Zeilen dieser Strophe, die jeder lebende Mensch in sein/ihr Gehirn eintätowieren lassen muß. In der gesamten Strophe geht es darum, »accurate scholarship« (eine neue Version von »clever hopes«) der simplen Moral entgegenzustellen, die da heißt: »Die, denen Böses geschieht, werden es mit Bösem vergelten.« Diese Elementarsätze kennt jeder, sogar die Schulkinder; das heißt, sie gehören ins Unbewußte. Um sie seiner Leserschaft ins Bewußtsein zu schlagen, muß Auden Sprachformen gegeneinander ausspielen, denn Kontraste verstehen wir am ehesten. So setzt er die offensichtlich gebildeten Elemente von: Linz/Luther/imago gegen die atemberaubende Einfachheit der letzten beiden Zeilen. Ist er erst einmal bei »A psychopathic god« [*ein psychopathischer Gott*] angelangt, irritiert ihn schon fast sein Bemühen, sowohl den Argumenten der Gegenseite gerecht zu werden wie der Notwendigkeit, das eigene herrschende Gefühl zurückzuhalten. Und deshalb stimmt er »I and the public know« [*Ich und die Öffentlichkeit wissen*] wie ein Oratorium an, läßt die Vokabel von der Kette und führt jenes Wort ein, das alles erklärt: Schulkinder.

Nein, hier setzt er nicht Gerissenheit und Unschuld einander gegenüber. Und betreibt auch keine Analyse ohne Diplom. Natürlich kannte er die Schriften von Freud (er hat sie sogar sehr früh gelesen, bevor er nach Oxford kam). Es geht ihm ganz einfach darum, den gemeinsamen Nenner einzuführen, der uns mit Hitler verbindet, denn seine Zuhörer – oder seine Patienten – sind nicht eine gesichtslose Autorität, das sind wir alle, denen zu irgendeinem Zeitpunkt Böses geschehen ist. Auden sieht Hitler als ein menschliches Phänomen, nicht nur als eines der Politik. Deshalb bedient er sich des Freudianischen Ansatzes, denn der verspricht eine Abkürzung zur Wurzel des Problems, zu seinem Ursprung.

Auden ist nämlich ein Dichter, den vor allem der Zusammenhang zwischen Ursache und Wirkung interessiert, die Lehren Freuds sind ihm dabei ein Mittel, nicht der Endzweck. Zum anderen, wenn auch nicht vordringlich: Wie jede andere Lehre erweitert auch diese das Vokabular des Dichters. Er schleckt aus jeder Pfütze. Hier gelingt ihm mehr als nur ein kleiner Schuß aus dem Hinterhalt auf »accurate scholarship« als Möglichkeit, das Böse im Menschen zu erklären. Er sagt uns, daß wir alle böse sind, denn stimmen wir nicht alle diesen letzten vier Zeilen zu? Und wissen Sie, warum? Weil sie letztendlich klingen wie eine äußerst verdichtete Wiedergabe des Gedankens der Erbsünde.

Aber in diesen vier Zeilen steckt noch mehr. Denn, da sie nahelegen, daß in uns allen ein Hitler steckt, nagen sie an unserer Entschlossenheit, ihn zu verdammen (oder die Deutschen). Da schwingt sogar, wenn auch nur zart, etwas von jenem »Dürfen wir denn Richter sein?« mit – spüren Sie es auch, oder sind das nur meine Nasenflügel? Und doch glaube ich, es zu entdecken. Aber wenn es zu entdecken ist, wie erklären Sie sich diese Schwingung?

Zunächst einmal schreiben wir erst den 1. September 1939, noch ist sehr wenig von dem gesamten Verhängnis tatsächlich passiert. Außerdem könnte es sein, daß die Wirkung dieser vier Zeilen den Dichter so hypnotisiert hat, daß er die Nuance übersah (die Zeilen wirken auch, als wären sie sehr leicht gekommen). Doch Auden war ein Dichter von einem anderen Schlag, außerdem wußte er, schließlich war er in Spanien gewesen, was Krieg zu jener Zeit bedeutete. Die wahrscheinlichste Erklärung liegt wohl darin, daß Auden nach seinen Jahren in Oxford einige Zeit in Deutschland verbracht hatte. Er hatte mehrere Reisen dorthin gemacht, einige davon lang und glücklich.

Das Deutschland, das er besuchte, war das Deutschland der Weimarer Republik – das beste Deutschland, das es bislang in diesem Jahrhundert gegeben hat – wenn Sie Ihren Lehrer fragen. Kein Vergleich zu England, weder was Armut noch Lebendigkeit betrifft, denn die Bevölkerung, das waren die, die – besiegt, verkrüppelt, verarmt, verwaist – den Ersten Weltkrieg überlebt hatten, dessen erstes Opfer die alte kaiserliche Reichsordnung gewesen war. Das gesamte soziale Netz, zu schweigen von der Wirtschaft, war aus allen Bindungen geraten. Das politische Klima hochgradig lebhaft. Deutschland unterschied sich von England auch – ganz vorsichtig gesagt – im Klima der Permissivität, was all jene Phänomene betraf, die man um den Begriff der Dekadenz gruppiert, insbesondere in der Bildenden Kunst. Es war die Zeit, in der der Expressionismus mächtig herausbrach, jener »ismus«, als dessen Gründungsväter die deutschen Künstler der damaligen Zeit gelten. Da wir gerade beim Thema der expressionistischen Kunst sind, deren vornehmliche visuellen Eigenschaften gebrochene Linien, nervöse, groteske Formbrüche von Objekten und Figuren sind, grelle und grausame Lebhaftigkeit von Farben – hier kann man sich der Vorstellung nicht erwehren, daß der Zweite Weltkrieg die größte Show dieser Kunst war. Als ob die Leinwände dieser Künstler aus ihren Rahmen gestiegen wären und sich über die Landmasse von Eurasien gelegt hätten. Deutsch war auch die Sprache von Freud; in Berlin mußte sich Auden mit jenem großen Arzt in engster Nähe auseinandersetzen. Um eine längere Geschichte abzubrechen: lesen Sie die ›Berlin-Stories‹ von Christopher Isherwood, sie erfassen die Atmosphäre des Ortes und der Zeit viel besser als irgendwelche Filme, die Sie gesehen haben mögen.

Die Machtergreifung Hitlers kündete fast alldem ein Ende an. In den Augen der europäischen Intellektuellen bedeutete sein Vormarsch damals nicht so sehr einen Triumph des Willens als einen Triumph des Vulgären. Für den homosexuellen Auden, der ursprünglich wohl nur wegen der Knaben nach Berlin gezogen war, war das Dritte Reich auch so etwas wie die Vergewaltigung dieser Jugendlichen. Die Jungen würden ins Feld müssen und dort töten oder getötet werden. Andernfalls würden sie an den Rand der Gesellschaft gedrückt, eingekerkert usw. In einem bestimmten Sinne nahm er den Nationalsozialismus wohl ganz persönlich: als einen absoluten Feind des Sinnlichen, des Subtilen. Und damit hatte er natürlich recht. Auden dachte in Beziehungen von Ursachen und Wirkung, er erkannte schnell, daß das Böse nur gedeihen kann, wenn zuvor der Boden fruchtbar gemacht würde. Seine Wahrnehmung der Ereignisse in Deutschland war geschärft und vertieft durch sein direktes Wissen um das Böse, das all diesen Leuten bereits angetan worden war, bevor die Nazis je an die Oberfläche gekommen waren. Damit meinte er wohl den Friedensvertrag von Versailles und den Umstand, daß diese Jungen selbst Kinder des Kriegs waren, die unter seinen Folgen gelitten hatten: unter Armut, Not und Vernachlässigung. Und er kannte sie zu gut, um überrascht zu sein, daß sie sich häßlich benahmen, egal, ob mit oder ohne Uniform; er kannte sie gut genug, nicht über »evil in return« erstaunt zu sein, vorausgesetzt, es lagen günstige Umstände vor, in denen das Böse begangen werden konnte.

Schulkinder sind nämlich der bedrohlichste Haufen; daher nehmen sowohl die Armee wie der Polizeistaat die Struktur einer Schule wieder auf. Für unseren Dichter – und das ist hier wichtig – bedeutete Schule nicht nur die »formenden Erfahrungen«. Schule war die einzige Sozialstruktur, die er je durchlaufen hatte (als Schüler und als Lehrer), deshalb wurde sie für ihn eine Metapher des Seins. Insbesondere für einen Engländer heißt es wohl: einmal ein Junge, immer ein Junge. Deshalb waren für ihn die Verhältnisse in Deutschland so einleuchtend, und deshalb will er wohl am 1. September 1939 die Deutschen nicht in Bausch und Bogen verdammen. Außerdem ist jeder Dichter selbst ein wenig ein Führer: er will über Ansichten herrschen, denn der Gedanke verlockt ihn, er wüßte es besser – was nur ein kleiner Schritt von dem Gedanken entfernt liegt, daß man besser *ist.* Verdammen wäre auf Überlegenheit hinausgelaufen; vor diese Möglichkeit gestellt, entscheidet sich Auden lieber dafür, Trauer auszudrücken als ein Urteil zu sprechen.

Diese Vorbehalte gründen teilweise auf einer verletzten Empfindsamkeit, sie enthüllen einen verzweifelnden Moralisten, dessen einziges Mittel der Selbstkontrolle der jambische Trimeter ist; und dieser Trimeter lohnt es ihm mit der zurückhaltenden Würde, die er enthält. Man wählt übrigens das eigene Versmaß nicht aus, das geschieht umgekehrt, denn das Metrum gibt es schon länger als irgendeinen Dichter. Anfangs summen sie einem nur im Kopf – manchmal, weil sie jemand verwendet hat, den man gerade gelesen hat – meistens jedoch, weil sie gewissen Bewußtseinszuständen entsprechen (dazu gehören auch moralische Urteile), oder sie enthalten eine Möglichkeit, einen bestimmten Zustand in Zaum zu halten.

Wenn man sein Geschäft beherrscht, dann versucht man, die Form zu modifizieren, etwa, indem man die Anlage der Strophe variiert oder eine Zäsur verschiebt – oder durch eine Überraschung im Inhalt: durch das, was man in diese bekannten Zeilen hineinfüllt. Ein geringerer Dichter würde sich mehr sklavisch an das Versmaß halten, ein besserer versuchen, es zu beleben, wenn auch nur, indem er ihm einen Stoß versetzte. Es ist möglich, daß W.B. Yeats's Gedicht »Easter 1916« den Anstoß für Audens Zeilen gab, besonders, weil eine Ähnlichkeit des Inhalts vorliegt. Es ist aber genauso gut möglich, daß Auden gerade Swinburnes »In the Garden of Proserpine« noch einmal gelesen hatte: Man liebt ja manchmal Melodien trotz der Texte, und die Großen lassen sich nicht unbedingt nur von Ebenbürtigen beeinflussen. Wie auch immer, wenn Yeats dieses Versmaß benutzte, um seine Gefühle auszudrükken, versuchte Auden, sie durch dasselbe Mittel zu kontrollieren. Für Sie bedeutet das, daß es nicht an der Rangordnung der Dichter liegt, das Versmaß kann verschiedenen Aufgaben genügen. Und vielen anderen auch. Fast allen. Zurück zur Sache. Warum, glauben Sie, fängt wohl die dritte Stophe so an:

4

Exiled Thucydides knew
All that a speech can say
About democracy . . .

Eine Strophe ist kein Einfall, der sich selbst erzeugt: das Ende der einen ruft zwingend nach der anderen. Dieser Zwang ist zunächst einmal rein akustisch und erst später didaktisch (obwohl man die beiden nicht voneinander trennen sollte, insbesondere beim Analysieren). Es liegt eine Gefahr darin, daß die vorhergegebene Musik eines sich wiederholenden Musters der Strophe dazu neigt, den Inhalt zu dominieren oder sogar festzulegen. Für einen Dichter ist es außerordentlich schwierig, sich gegen das Diktat einer Melodie aufzulehnen.

Soweit ich weiß, ist die Elf-Zeilen-Strophe von »1. September 1939« Audens eigene Erfindung, und die Unregelmäßigkeit des rhythmischen Schemas funktioniert als eingebautes Mittel gegen das Abschlaffen. Halten Sie das fest! Nichtsdestotrotz hat der Umfang einer Strophe von elf Zeilen die Wirkung, daß der Dichter beim Beginn einer neuen Strophe zunächst einmal der musikalischen Vorgabe der gerade geschriebenen Zeilen entkommen muß. Auden hat hier ein ganz besonders schwieriges Stück Arbeit vor sich, gerade wegen der dichten, epigrammatischen, atemberaubenden Schönheit des vorausgegangenen Vierzeilers. Und deshalb führt er Thukydides ein – einen Namen, mit dem Sie wohl am wenigsten gerechnet hätten. Es handelt sich hier mehr oder weniger um dieselbe Technik, die er schon anwandte, als er »accurate scholarship« neben »the September night« stellte. Aber sehen wir uns die Zeile etwas genauer an.

»Exiled« [*verbannt*] ist ja ein ziemlich beladenes Wort. Hier klingen hohe Töne nicht nur inhaltlich, sondern auch durch die Vokale. Doch da dieser Ausdruck direkt nach einer deutlich rissigen Zeile kommt, und da er eine Zeile beginnt, von der wir annehmen, daß sie den Vers wieder auf sein geregeltes Maß bringt, tönt »exiled« hier leiser ... Warum denkt jetzt unser Dichter wohl an Thukydides, und was hat dieser Thukydides gewußt? Ich vermute, hier gab den Ausschlag, daß der Dichter selbst versuchte, den Historiker für sein eigenes Athen zu spielen; um so mehr, als auch seine Zuhörer in Gefahr schweben, und er sich darüber klar ist, daß selbst wenn seine Botschaft – insbesondere die letzten vier Zeilen – so eloquent vorgetragen wird wie nur möglich, er dazu verdammt ist, nicht gehört zu werden. Von daher erklärt sich die Müdigkeit, die die Zeile durchdringt, von daher auch das Aushauchende in »exiled«: Er hätte es auch auf seine eigene physische Situation anwenden können, doch nur in einer Moll-Tonart, denn dieses Adjektiv birgt die Gefahr der Selbstüberhöhung.

Einen anderen Schlüssel zum Verständnis dieser Zeilen finden wir in Humphrey Carpenters hervorragender Biographie von Auden. Dort kann man nachlesen, daß unser Dichter etwa zu jener Zeit die Geschichte des Peloponnesischen

Krieges von Thukydides noch einmal las. Der Peloponnesische Krieg kündigte den Tod des klassischen Griechenlands an, so wie wir es kennen. Der Wandel, den dieser Krieg bewirkte, war in der Tat ein drastischer: er bedeutete das Ende von Athen und von allem, für das diese Stadt stand. Perikles, dem Thukydides die bewegendste Rede über Demokratie in den Mund legte, die Sie je lesen werden – er redet, als hätte Demokratie keine Zukunft mehr, was sie im griechischen Sinn ja auch wirklich nicht hatte –, dieser Perikles wird fast über Nacht im Bewußtsein der Öffentlichkeit durch wen ersetzt? Durch Sokrates. Die Betonung liegt nicht mehr auf der Identifizierung mit der Gemeinschaft, mit der »polis«, sie liegt jetzt auf dem Individualismus. An sich kein schlechter Umschwung, nur ebnet er den Weg für die kommende Atomisierung der Gesellschaft, mit all den Übeln, die dort schlummern ... Unser Dichter, der sich zumindest aus geographischen Gründen mit Thukydides identifizieren kann, erkennt also auch, welcher Wandel für die Welt, wenn Sie so wollen, für unser Athen, sich am Himmel abzeichnet. Anders gesagt, auch er spricht hier am Vorabend des Krieges, doch anders als Thukydides nicht mit dem Vorteil des Rückblicks, sondern in einer realen Vorwegnahme der zukünftigen Gestalt der Dinge – besser ihrer Ruinen.

»All that a speech can say« [*alles, was eine Rede sagen kann*] ist trotz aller Wehmut eine Zeile der Selbstbeherrschung. Sie unterstützt das von Ermüdung geprägte persönliche Band zu Thukydides, denn Sprache können nur mißachten, die sie beherrschen: Dichter oder Historiker. Ich würde fast noch hinzufügen, daß jeder Dichter auch ein Historiker der Sprache ist, allerdings würde ich da ungern ins Detail gehen. Auf jeden Fall handelt es sich bei »speech« offensichtlich um eine Anspielung auf die Begräbnisrede, die Thukydides dem Perikles in den Mund gelegt hat. Andererseits ist natürlich ein Gedicht selbst eine Rede, und der Dichter versucht, sein Unterfangen zu schmälern, bevor irgend jemand anderes – Kritiker oder Umstände – das für ihn besorgen. Der Dichter bringt Sie also um ihre Reaktion des »Was soll's?«, indem er dasselbe sagt, bevor das Gedicht zu Ende ist. Trotzdem tut er das nicht, um sich abzusichern, es bezeichnet weder seine Gerissenheit, noch sein Selbstbewußtsein, sondern Bescheidenheit und wird ausgelöst durch den Moll-Ton der ersten beiden Zeilen. Auden ist wahrlich der bescheidenste Dichter der englischen Sprache; im Vergleich zu ihm wirkt selbst Edward Thomas noch überheblich. Denn Audens Tugenden sind nicht allein durch sein Gewissen bestimmt, sondern durch das Maß seiner Silben, eine noch überzeugendere Stimme.

Achten Sie aber auf dieses »About democracy« [*über Demokratie*]! Was für eine zusammengepreßte Zeile! Die Betonung liegt hier natürlich auf dem begrenzten – oder schicksalhaften – Vermögen von Sprache an sich: einem Gedanken, mit dem sich Auden ausführlich schon in seinem Gedicht »In Memory of W.B.Yeats« auseinandergesetzt hat. Dort schreibt er: »... poetry makes nothing happen« [*Dichtung macht nichts geschehen*]. Doch dank der zusammengepreßten, fast aus dem Ärmel geschüttelten Form dieser Zeile dringt das Schicksal weiter vor bis zu »democracy«. Und »democracy« reimt sich optisch wie klanglich mit »say«. Mit anderen Worten: Die Hoffnungslosigkeit von »speech« ist verbunden mit der Hoffnungslosigkeit ihres Gegenstandes, sei es »democracy« oder »what dictators do« [*was Diktatoren tun*].

Auffallend an dieser Zeile über »dictators« – verglichen mit »about democracy« ist die lebhaftere Verteilung von Betonungen, die jedoch weniger für des Autors Abneigung gegenüber Diktatoren steht, als für seinen Versuch, die Schwere einer fortschreitenden Ermüdung des Lesers zu bewältigen. Achten Sie auch darauf, wie er in »dictators do« untertreibt. Die schon fast unerträgliche Überlegenheit der Silbenzahl des Substantivs »dictators« über das Verb »do« hebt den Euphemismus in dieser Verbindung noch besonders hervor. Man spürt hier die große Vielzahl all der Dinge, deren ein Diktator fähig ist, und nicht zufällig reimt sich »do« (das hier die Rolle des »unmentionable« in der ersten Strophe spielt) mit »new« [*neu*].

»The elderly rubbish they talk/To an apathetic grave ...« spielt sicherlich auf die gerade erwähnte Begräbnisrede des Perikles an. Allerdings flößt diese Stelle hier ein wenig mehr Angst ein, denn sie verwischt den Unterschied zwischen der Rede des Historikers (und damit gleichzeitig der des Dichters) zu dem, was die Tyrannen von sich geben. Diese Verwischung geschieht durch das Adjektiv »apathetic« [*teilnahmslos*], das eher für eine Menge als für ein Grab passen würde. Denkt man länger darüber nach, paßt das Adjektiv für beides. Denkt man noch länger darüber nach, setzt es »crowd« [*Menge*] mit »grave« [*Grab*] gleich. »An apathetic grave« ist natürlich Auden in Spätlese: mit Definitionen, deren Nähe zum Objekt den Leser blenden. Dem Autor geht es hier also nicht um die Nutzlosigkeit von Diktatoren, sondern um das Schicksal von Sprache par excellence.

Man könnte eine solche Einstellung der eigenen Kunst gegenüber natürlich durch die Bescheidenheit des Autors erklären, durch seinen Versuch, in den Hintergrund zu treten. Doch man darf nicht vergessen, daß Auden genau acht Monate zuvor, am 26. Dezember 1938, in New York angekommen war, dem Tag, an dem die Republik in Spanien zusammenbrach. Das Gefühl der Hilflosigkeit, das diesen Dichter, der bis dahin häufiger und genauer vor dem Vormarsch des Faschismus gewarnt hatte, als irgend jemand sonst auf seinem Gebiet, an diesem Septemberabend befiel, sucht einfach Trost in der Parallele mit dem griechischen Historiker, der sich nicht weniger ausführlich vor zwei Jahrtausenden mit demselben Phänomen auseinandergesetzt hat. Mit anderen Worten: Wenn Thukydides schon seine Griechen nicht überzeugen konnte, welche Chancen hat da ein moderner Dichter mit schwächerer Stimme und einer größeren Menge?

Die genaue Liste der Dinge, die in dem Buch von Thukydides »analyzed« [*analysiert*] werden, d.h. die Art, in der Auden sie aufführt, legt eine historische Perspektive nahe: Vom altmodischen »enlightenment« [*Aufklärung*] über »habit-forming pain« [*Schmerz, der zur Gewohnheit wird*] bis zu dem »mismanagement« [*Mißwirtschaft*] unserer Tage. Der Ausdruck »habit-forming pain« stammt natürlich nicht vom Stempel des Dichters (obwohl er erstaunlich ähnlich klingt): Er hat ihn sich lediglich aus dem Jargon der Psychoanalyse besorgt. Das macht er häufig – und Sie sollten das auch tun. Dafür gibt es diesen Jargon. Er spart Zeit und erweckt häufig den Eindruck eines einfallsreicheren Umgangs mit der Sprache. Außerdem gebrauchte Auden dieses zusammengestellte

Beiwort als eine Art Hommage an Thukydides. Es liegt schließlich an Homer, daß wir das klassische Griechenland mit Bindestrich-Definitonen in Verbindung bringen ... Wie dem auch sei, die Abfolge dieser Einzelpunkte zeigt, daß der Dichter das gegenwärtige Übel bis zu seinen Wurzeln verfolgt: Ein Vorgang, der wie jeder Rückblick der eigenen Stimme einen Klageton verleiht.

Es gibt für diese Abfolge aber auch noch einen gewichtigeren Grund, denn für Auden ist »September 1, 1939« ein Gedicht des Übergangs. Das heißt, das, was Sie über die sogenannten drei Stufen unseres Dichters gelesen haben – Freud, Marx, Religion – wird hier auf zwei Zeilen kondensiert. Denn während »habit-forming pain« einen deutlichen Finger zurück auf den Wiener Doktor weist, wie »mismanagement« auf die Politische Ökonomie, so kommt das einsilbige »grief« [*Trauer*], das Ergebnis der gesamten Abfolge, nein, ihr Höhepunkt, direkt aus der Bibel und zeigt, wohin es unseren Mann in Wirklichkeit treibt. Und die Gründe für dieses Treiben, für das Auftauchen dieser dritten, religiösen Stufe, die das »grief« ankündigt, sind für den Dichter genauso persönlicher wie historischer Natur. Unter den Umständen, die das Gedicht beschreibt, würde sich ein ehrlicher Mensch keine Mühe geben, zwischen den beiden zu unterscheiden.

Ich hoffe, es ist klar geworden, daß Thukydides nicht nur deswegen hier auftaucht, weil Auden ihn gerade las, sondern weil das Dilemma eine gewisse Verwandtschaft zeigte. Das Deutschland der Nazis glich langsam einer Art von Sparta, besonders im Licht der militärischen Tradition Preußens. Unter diesen Umständen entsprach die zivilisierte Welt dem klassischen Athen, und sie war genauso bedroht. Außerdem war auch der neue Diktator redselig. Wenn diese Welt für irgend etwas reif war, dann war es Rückschau.

Doch es gibt hier eine Besonderheit. Sobald man einmal den Apparat der Rückschau in Bewegung gesetzt hat, gerät man in das Durcheinander, daß alle möglichen Dinge über einen unterschiedlichen Grad an zeitlicher Entfernung verfügen, da sie alle der Vergangenheit angehören. Wie und auf welcher Basis trifft man eine Auswahl? Emotionale Nähe zu dieser oder jener Tendenz, diesem oder jenem Vorkommnis?

Rationale Bewältigung ihrer Bedeutung? Reines akustisches Vergnügen an einem Wort oder einem Namen? Warum, zum Beispiel, greift Auden »enlightenment« auf? Weil Aufklärung für Zivilisation, für kulturelle und politische Verfeinerung steht, die man mit »democracy« in Verbindung bringt? Um der Bedeutung der »habit-forming pain« den Weg zu bahnen? Und was sind die Kräfte, auf die »enlightenment« anspielt, die diesen Weg ebnen? Oder geht es vielleicht um den Akt der Rückschau selbst: um dessen Ziel und um dessen Sinn?

Ich glaube, Auden suchte sich dieses Wort heraus, weil die Aufklärung, mit einem großen »A« geschrieben, die Herberge der Ursachen jener Mißstände ist, über die wir reden, nicht Sparta. Um es treffender auszudrücken: Was meiner Meinung nach dem Dichter durch den Kopf, oder wenn Sie so wollen, durch sein Unterbewußtsein ging (ich muß hier allerdings wiederholen: Schreiben ist eine sehr bewußte Tätigkeit, die das Unbewußte für das eigene Ziel einsetzt, nicht umgekehrt), war eine Suche in mehreren Richtungen nach diesen Ursachen. Und bei dieser Suche tauchte zunächst einmal Jean-Jacques Rousseaus Idee des »Edlen Wilden« auf, der von unvollkommenen Institutionen zugrundegerichtet wurde. Daher natürlich die Notwendigkeit, diese Institutionen zu verbessern, daher also das Konzept des »Idealen Staates«. Daher auch ein Fächer von sozialen Utopien, von Blutvergießen, um sie zustandezubringen und deren logische Folge: ein Polizeistaat.

Weil sie so weit von uns entfernt liegen, sind die Griechen für uns immer so etwas wie eine archetypische Währung, dasselbe gilt für ihre Historiker. Und bei einem didaktischen Gedicht hat man mehr Erfolg beim Publikum, wenn man ihm einen Archetypen vorwirft. Auden wußte das, deshalb erwähnt er an dieser Stelle Herrn Rousseau nicht beim Namen, obwohl dieser Mann fast allein verantwortlich für die Vorstellung eines idealen Herrschers ist; der heißt in diesem Fall Herr Hitler. Auch hatte der Dichter unter den obwaltenden Umständen wohl keine größere Lust, selbst solch einen Franzosen zu entlarven. Schließlich geht es in einem Gedicht von Auden immer darum, ein allgemeines Muster menschlichen

Verhaltens aufzustellen, und dafür eignen sich Geschichte und Psychoanalyse besser als deren Nebeneffekte. Ich glaube ganz einfach, daß den Dichter, der über diese Situation nachdachte, die Aufklärung sehr stark beschäftigte, und so schlich sie sich in das Gedicht, wie sie sich in die Geschichte schlich.

Da wir uns gerade beim Thema des »Edlen Wilden« befinden, möchte ich mir trotzdem noch eine weitere Abschweifung gestatten. Dieser Ausdruck kam doch auf Grund der Weltreisen im Zeitalter der Entdeckungen in Umlauf. Es waren wohl die großen Kapitäne – Männer wie Magellan, La Pérouse, Bougainville und andere, die diesen Begriff prägten. Sie dachten ganz einfach an die Bewohner jener neu entdeckten tropischen Inseln, die sie vermutlich deshalb stark beeindruckten, weil sie die Besucher nicht beim lebendigen Leibe verspeisten. Das ist natürlich ein Scherz, ein geschmackloser dazu, wie ich hinzufügen muß.

Der Reiz, den die Vorstellung eines »Edlen Wilden« auf die Literaten und in deren Gefolge auch auf die übrige Gesellschaft ausübte, hing sehr deutlich mit einer sehr vulgären öffentlichen Vorstellung vom Paradies zusammen, d.h. mit einem allgemein verstümmelten Verständnis der Bibel.

Die fußte ganz einfach auf der Vorstellung, daß auch Adam nackt gewesen war, sowie auf der Abwehr der Vorstellung von Erbsünde (darin waren natürlich die Damen und Herren der Aufklärung nicht die ersten, noch sollten sie die letzten bleiben). Beide Haltungen – insbesondere die letztere – waren vermutlich eine Reaktion gegen die Allgegenwart und Überflüssigkeit der Katholischen Kirche. In Frankreich, genauergenommen, war es eine Reaktion gegen den Protestantismus.

Doch wer immer die Vorfahren, der Gedanke war seicht, wenn nur deswegen, weil er den Menschen schmeichelte. Wie Sie wissen, bringt Schmeicheln nicht sehr weit. Im besten Falle verlagert es die Betonung – in diesem Falle die Schuld –, dadurch, daß den Menschen gesagt wird, sie seien von Natur aus gut, schlecht seien die Institutionen. Das heißt, wenn es um etwas schlecht bestellt ist, ist es nicht dein Fehler, sondern der eines anderen. In Wahrheit aber sind sowohl Menschen wie Institutionen zu nichts gut, denn letztere, um es vorsichtig auszudrücken, sind das Ergebnis der ersteren. Dennoch entdeckt jede Epoche – ja sogar jede Generation – diese herrliche Spezies, den »Edlen Wilden«, für sich neu und überhäuft ihn mit ihren politischen und ökonomischen Theorien. Wie in den Tagen der Weltreisen ist der »Edle Wilde« von heute meistens von eher dunkler Hautfarbe und wohnt in den Tropen. Heute reden wir von der »Dritten Welt« und weigern uns, zuzugestehen, daß unsere Begeisterung, dort Rezepte zu verpassen, die bei uns versagt haben, nur eine umgekehrte Form von Rassismus darstellen. Nachdem sie erledigt hatte, was in den Gemäßigten Klimazonen in ihrer Macht stand, ist die große französische Idee gewissermaßen zu ihrem Ursprung zurückgekehrt: um Tyrannen al fresco zu züchten.

So viel zum »Edlen Wilden«. Achten Sie auch auf andere Reime in dieser Strophe, die nicht weniger gehaltvoll sind als »knew – do« und »say – democracy – away«: »talk – book«, »grave – grief«, und schließlich jenes »again«, das den gewohnheitsbildenden Aspekt von »pain« verstärkt. Hoffentlich wissen Sie auch, daß in sich selbst ruhende »mismanagement and grief« zu schätzen: hier finden Sie die gewaltige Distanz zwischen Ursache und Wirkung in nur einer Zeile bewältigt. Genau, wie es uns die Mathematik lehrt.

5

Warum beginnt er wohl diese Strophe mit der Erwähnung von »this neutral air« und warum ist diese Luft neutral? Zunächst einmal macht er es, um seine Stimme von der gefühlsbeladenen Zeile zu lösen, die vorausging; da ist jede Form der Neutralität willkommen. Außerdem wird dadurch die Vorstellung von der Objektivität des Dichters verstärkt. Vor allen Dingen aber steht hier »this neutral air«, weil dies ein Gedicht über den Ausbruch des Krieges und Amerika bis auf weiteres noch neutral ist; d. h. das Land ist noch nicht in den Krieg eingetreten. Wieviele von Ihnen wissen übrigens, wann das geschah? Na ja, macht nichts! Und schließlich steht an dieser Stelle »this neutral air«, weil kein besseres Adjektiv für Luft existiert. Was könnte passender sein? Sie wissen vielleicht, daß jeder Dichter mit diesem Problem kämpft: Wie beschreibt man ein Element? Unter den vieren gibt nur die Erde eine Handvoll von Adjektiven her. Um Feuer steht es schlimmer, bei Wasser ist es zum Verzweifeln, und die Luft entzieht sich jeder Frage. Ich glaube auch nicht, daß der Dichter hier davongekommen wäre, hätte da nicht die Politik mitgespielt. Halten Sie das fest.

Worum geht es überhaupt in dieser Strophe? Zumindest in deren erster Hälfte? Zunächst einmal verlagert der Autor den Brennpunkt von der Vergangenheit in die Gegenwart. Um die Wahrheit zu sagen, hat er sich bereits in den letzten zwei Zeilen der vorausgegangenen Strophe auf diesen Weg gemacht: »mismanagement and grief:/We must suffer them all again.« Auf diese Weise schließt die Vergangenheit. Wenn sich die Gegenwart öffnet, klingt es ein wenig verhängisvoll:

Into this neutral air
Where blind skyscrapers use
Their full height to proclaim
The strength of Collective Man ...

Zunächst einmal: Warum sind Wolkenkratzer blind? Es klingt wie ein Paradox, doch es liegt an ihrem Glas, an ihren Fenstern. Das heißt, ihre Blindheit entspringt genau der Zahl ihrer »Augen«. Ihrer Argusaugen, wenn Sie so wollen. Genau nach diesen eher furchterregenden als majestätischen blinden Wolkenkratzern kommt das Verb »use« [*benutzen*], das neben allem anderen den Grund enthüllt, warum sie errichtet worden sind. Und in all seiner unbeseelten Kraft kommt dieses Wort zu schnell und zu abrupt, so daß völlig bewußt wird, zu was »blind skyscrapers« [*blinde Wolkenkratzer*] fähig sind, wenn das Wort »use« gilt. Jedoch benutzen sie nichts oder niemanden, außer »their full height« [*ihre volle Höhe*]. Sie erhalten hier das fürchterliche Gefühl von überflüssiger Selbsterhaltung, das sich ganz fest an diese Strukturen bindet. Diese Beschreibung trifft Sie nicht durch ihre Erfindung, sondern indem sie von Ihren Erwartungen stiehlt.

Denn Sie erwarten von Ihren Wolkenkratzern, daß sie belebt sind, vermutlich auf eine häßliche Weise, wie es in der Dichtung Mode ist. Doch die Wendung »use/Their full height«, achtlos wie eine Auslage von künstlichen Penisen, gibt ihnen eher etwas Passives: vielleicht wegen ihrer Blindheit. Blindheit, bitte beachten Sie das, ist ihrerseits eine Form der Neutralität. Als Ergebnis fühlen Sie die Tautologie dieser Luft und dieser Gebäude, eine Gleichsetzung, bei der kein Teil für den anderen verantwortlich ist.

Wie Sie sehen, malt der Dichter hier eine Stadtschaft, die Skyline von New York. Zum einen für sein Gedicht, doch hauptsächlich aus der Begierde seiner Augen heraus, macht er dieses Bild zu einem *Paysage moralisé* (oder *démoralisé*, wie es hier der Fall ist). Die Luft ist durch die Gebäude gekennzeichnet, die in sie hervorspringen und genauso durch die Politik der Erbauer und der Bewohner. Umgekehrt kennzeichnet sie die Gebäude, indem sie sie auf ihren Fenstern widerspiegelt und sie blind, neutral macht. Schließlich ist die Beschreibung eines Wolkenkratzers ein in des Wortes wahrem Sinne großer Auftrag. Die einzige erfolgreiche Lösung, die mir dabei einfällt, ist jene berühmte Zeile von Lorca über den »grauen Schwamm«. Auden liefert Ihnen hier ein psychologisches Äquivalent für den Postkubismus, denn die »full height« dieser Strukturen künden nicht von »the strength of collective man« [*der Kraft des kollektiven Menschen*], sondern vom Ausmaß seiner Gleichgültigkeit, die der einzig mögliche Gemütszustand dieses kollektiven Menschen ist. Halten Sie bitte fest, daß dieser Anblick für den Autor neu ist, halten Sie zudem bitte fest, daß Beschreibung und Aufzählung Formen der Erkenntnis, ja solche der Philosophie sind. Ich bitte um Entschuldigung, aber anders kann man epische Dichtung nicht erklären.

Diese unbewegte »strength of collective man« in einem Zustand schrecklicher Passivität bezeichnet des Dichters vornehme Aufmerksamkeit während des Gedichtes und insbesondere während dieser Strophe. So sehr er die Solidität dieser Republik schätzt (ich denke, dafür steht auch der kollektive Mensch), in dessen »neutral air« »Each language pours its vain/Competitive excuse« [*jede Sprache ihre eitle, wetteifernde Entschuldigung verströmt*], erkennt er doch in ihr die Züge all jener Dinge, die die Tragödie erst ausgelöst haben. Diese Zeilen hätten auch auf der anderen Seite des Atlantiks geschrieben worden sein können. »Competitive excuse« dafür, nichts unternommen zu haben, um Herrn Hitler aufzuhalten, ist, neben vielem anderen, ein gezielter Schuß auf die Welt des Geschäftslebens. Ausgelöst wurden dieser Ausdruck jedoch wie die Zeilen »Out of the mirror they stare/Imperialism's face/And the international wrong« eher aus einer terminologischen Trägheit, die deutlicher zurück auf seine marxonianische (zusammengesetzt aus Marx und Oxford) Periode weist, als auf eine Überzeugung, daß der Dichter wahre Schuldige gefunden habe. Jedenfalls beschwört »Out of the mirror they stare« weniger jene lauernden Gespenster als vielmehr diejenigen, die ihrem Anblick im Spiegel standhalten können. Und damit sind nicht so sehr »jene« gemeint, die man gemeinhin anklagt als »wir«, die schließlich auch nicht so selbstgefällig in diesem »euphoric dream« [*euphorischen Traum*] leben, den wir uns leisten können, nachdem wir jene unbezwinglichen Strukturen errichtet haben, die aus der Wirtschaftskrise herausgewachsen sind.

»September 1, 1939« ist zunächst einmal ein Gedicht über Scham. Wie Sie sich erinnern, steht der Dichter selbst unter einem gewissen Druck, weil er England verlassen hat. Das hilft ihm, die zuvor erwähnten Gesichter im Spiegel zu unterscheiden: er erkennt darin sein eigenes. Der Redner ist nicht länger ein Reporter; in dieser Strophe hören wir eine Stimme, erfüllt mit der Klarheit der Verzweiflung über unser aller Mittäterschaft an den Ereignissen, die dieses Datum auslösten, und erfüllt von des Redners Unvermögen, jenen »kollektiven Menschen« handeln zu lassen. Im übrigen war Auden in Amerika ein Neuankömmling, vielleicht fühlte er sich unsicher, wie weit er moralisch das Recht hatte, die Einheimischen zum Handeln aufzurufen. Es ist schon eigenartig, wie im zweiten Teil dieser Strophe die Reime ein wenig schäbig geraten und weniger anmaßend. Die Tonlage wird weder persönlich noch unpersönlich, sondern rhetorisch. Was als eine majestätische Vision begann, schrumpft zusammen zu der Ästhetik einer Fotomontage von John Heartfield. Und ich glaube, der Dichter hat es gefühlt. Daher die geschickt verpackte Lyrik der Eingangszeilen der nächsten Strophe dieses Liebeslieds an den Innenraum.

6

Faces along the bar
Cling to their average day:
The lights must never go out,
The music must always play,
All the conventions conspire
To make this fort assume
The furniture of home;
Lest we should see where we are,
Lost in a haunted wood,
Children afraid of the night
Who have never been happy or good.

Diese Strophe ist eine wahre Delikatesse: eine großartige Fotografie in Worten – nicht von Heartfield, sondern von Cartier-Bresson. »Out of the mirror the stare« ebnet den Weg für »faces along the bar« [*Gesichter längs der Bar*], denn man kann diese Gesichter nur im Spiegel einer Bar sehen. Im Gegensatz zur Litfaßsäulensprache der letzten Zeilen der vorausgegangenen Strophe redet hier eine private Stimme: hier befinden wir uns in einer privaten, in einer intimen Welt, die keiner Erklärung bedarf. Eine umzäunte Weide, eine Miniatur von Geborgenheit: eine Festung. Man hat einmal über Auden gesagt, daß er in all seinen Schriften immer ein besonderes Augenmerk auf die Zivilisation hielt. Um genauer zu sein: er behielt immer im Auge, ob es dort, wo sich seine Personen oder er aufhielten, sicher war, ob sie auf festem Boden standen. Denn jeder Boden ist sozusagen verdächtig. Und die Schönheit dieser Strophe liegt genau in der Unsicherheit, die unter ihr liegt. Unsicherheit ist nämlich die Mutter der Schönheit, deren eine Definition lautet, daß sie einem nicht gehört. Jedenfalls ist das eine der häufigsten Empfindungen, die mit Schönheit einhergehen. Wenn also Unsicherheit beschworen wird, fühlen Sie die Nähe der Schönheit. Unsicherheit ist ganz einfach ein wacherer Zustand als Sicherheit, daher schafft sie ein besseres lyrisches Klima. Schönheit stellt sich immer von außen ein, nicht von innen. Und genau das geschieht in einer Strophe.

Denn jede Beschreibung ist eine Nach-Außen-Stellung des Gegenstands: ein Schritt beiseite, damit man ihn sehen kann. Deshalb ist auch die Bequemlichkeit, die der Dichter in den ersten Zeilen dieser Strophe beschreibt, an deren Ende fast völlig verschwunden. »Faces along the bar/Cling to their average day« klingt noch ganz sicher, vielleicht mit der Ausnahme des Verbs »cling« [*hängen*], doch das steht am Anfang der zweiten Zeile, ziemlich weit entfernt von einer herausragenden Stellung, deshalb müssen wir uns nicht so sehr darum kümmern. »The lights must never go out/The music must always play« klingt auch beruhigend, sieht man einmal davon ab, daß die beiden »musts« [*müssen*] vor der Möglichkeit warnen, daß man zuviel für selbstverständlich gegeben hält. In der Wendung »The lights must never go out« vernehmen wir weniger die Überzeugung, daß Bars die ganze Nacht über geöffnet sein sollen als vielmehr die nervöse Hoffnung, daß es nicht zu militärischen Verdunklungsbefehlen kommt. In ihrem Zusammenspiel von Untertreibung und Naivität versucht die Zeile »The music must always play« diese Unsicherheit zu vertuschen, versucht sie zu verhindern, daß aus ihr eine Angst spricht, die im selbstbewußt-stockenden Ton der »conventions conspire« [*Moden verschwören sich*] droht, hörbar zu werden: Denn für einen so gemütlichen Ort wie diese Bar bedeutet das Aneinanderreihen zweier längerer, aus dem Lateinischen stammenden Worte ein zu hohes Maß an Rationalisierung.

Die nächste Zeile muß alles wieder unter Kontrolle bringen, um die ursprüngliche, angemessen entspannte Atmosphäre der Strophe wiederherstellen; das leistet der Ausdruck »this fort« [*diese Festung*] ganz vorzüglich. Es ist ganz interessant, an dieser Stelle nachzuverfolgen, wie der Dichter zu seiner vorgesehenen Aussage kommt, daß die Bar für ihn »home« [*Heim*] bedeutet, so entmutigend diese Aussage in all ihrer Deutlichkeit auch sein mag. Er braucht dafür sechs Zeilen, in denen jedes Wort seinen zögernden Beitrag zum Aufbau des kurzen Verbs »is« [*ist*] leistet, das zum Zustandekommen jener bestürzenden Vorstellung notwendig ist. Das verrät Ihnen einiges über die Komplexität hinter jedem »is« und über des Autors Widerwillen, diese Gleichsetzung zuzugeben. Achten Sie auch auf die bewußt gewählte Assonanz von »assume« [*annehmen*] und »home« und auf die stille Verzweiflung hinter dem Wort »furniture« [*Möbel*], was sehr wohl unser Synonym für »home« ist. Denn die Konstruktion »The furniture of home« ist schon in sich selbst ein Bild der Zerstörung. Sobald dies erledigt ist, sobald der Leser durch die Mischung aus voraussagbarem Versmaß und erkennbarem Detail eingelullt worden ist, geht mit »Lest we should see where we are« [*damit wir nicht sehen, wo wir sind*] diese ganze Suche nach Trost in Rauch auf. Dabei versüßt jenes viktorianische »lest« die bittere Medizin der übrigen Zeile. Und dieses Echo aus dem 19. Jahrhundert führt Sie in »a haunted wood« [*der verwunschene Wald*]. Dort ist es noch laut genug, um das »never« [*nie*] der Wendung »who have never been happy or good« [*die nie glücklich noch gut gewesen*] zu rechtfertigen. Letzteres wieder ein Echo auf jene Schulkinder am Ende der zweiten Strophe. Dieses zweite Echo wirft einfach das Thema des Unbewußten zurück. Das ist auch höchste Zeit, denn dieses Thema ist notwendig zum Verständnis der nächsten Strophe. Lassen Sie uns aber auf unserem Weg dorthin das Märchenhafte, eindeutig Englische der letzten beiden Zeilen festhalten, die nicht nur das Eingeständnis menschlicher Unzulänglichkeit verstärken, sondern auch dazu beitragen, daß das Echo im Auftakt der nächsten Strophe verhallt. Also her damit.

7

The windiest militant trash
Important Persons shout
Is not so crude as our wish:
What mad Nijinsky wrote
About Diaghilev
Is true of the normal heart;
For the error bred in the bone
Of each woman and each man
Craves what it cannot have,
Not universal love
But to be loved alone.

»Windiest« [*windigst*] ist hier eine sehr englische Wendung. Außerdem schmuggelt dieser Ausdruck aus der alten Heimat auch die Vorstellung der alten Heimat von Herbst ein, die, in meinem Verständnis, wenigstens zum Teil für den Inhalt dieser Zeile verantwortlich ist. Denn wie Sie alle wissen, ist es im September in New York heiß und schwül. In England und in der Tradition der englischen Dichtkunst steht der Name dieses Monats aber für den Herbst schlechthin. Nur der Oktober könnte ihn noch übertreffen. Natürlich denkt der Dichter an das politische Klima, doch er hat sich vorgenommen, die Beschreibung in den Begriffen des realen Wetters zu halten, das in der alten Heimat und in den anderen betroffenen Gebieten gilt, also in Europa. Mich erinnert dieser Anfang irgendwie an die erste Strophe von Richard Wilbur's »After the Last Bulletins«, in der er beschreibt, wie der kalte Wind den Abfall durch die Straßen der großen Stadt bläst. Ich kann mich im Verständnis dieser Zeile täuschen, denn schließlich steht da das Wort »militant«, das nur schwer in meine Interpretation paßt. Dennoch, irgendetwas sagt mir, daß man »windiest« zunächst einmal wörtlich nehmen muß, und erst danach in seiner abwertenden Bedeutung.

Mit dem Ausdruck »Important Persons shout [*wichtige Personen brüllen*] befinden wir uns auf dem sichereren Grund einer Zurschaustellung unserer Unzufriedenheit. In Verbindung mit »The windiest militant trash« enthält diese Zeile – gerade weil es sich um einen so kraftvollen Nebensatz handelt – das stets willkommene Versprechen, die Schuld bei jemand anderem abzuladen, bei den Autoritäten. Doch sobald wir bereit sind, dieses Gefühl voll auszukosten, taucht das spöttische Moment auf:

> Is not so crude as our wish ...
> [*Ist nicht so roh wie unser Wunsch*]

Womit uns nicht nur der Sündenbock genommen und unsere eigene Verantwortung für den mißlichen Stand der Dinge festgehalten wurde, sondern worin wir erfahren, daß wir schlimmer sind als die, denen wir die Schuld zuschieben, denn »wish« ist der Assonant zu »trash« [*Schund*], und da bleibt uns nicht einmal der Trost, daß beide Worte durch einen exakten Reim gleichgesetzt wurden. Die nächsten zwei Zeilen weisen die wichtigste Aussage ein, die der Dichter in diesem Gedicht macht: »What mad Nijinsky wrote/About Diaghilev. . .« In dieser unserer Stadt, in der das Ballett das vornehm-bürgerliche Pendant zu einem Fußballspiel darstellt, muß man vermutlich gar nicht darauf eingehen, wer hier wer ist. Trotzdem: Nijinsky war bis in die zwanziger Jahre dieses Jahrhunderts der Star des legendären »Ballet Russe« in Paris. Diese Truppe wurde von Sergej Diaghilev geleitet, einem berühmten Impressario, der für eine Vielzahl von Durchbrüchen in der Modernen Kunst verantwortlich war, eine Art Renaissance-Gestalt von sehr starker Persönlichkeit, doch vor allem ein Ästhet. Er hatte Nijinsky entdeckt und war dessen Liebhaber. Später heiratete Nijinsky, und Diaghilev kündigte seinen Vertrag. Kurz darauf wurde Nijinsky verrückt. Ich erzähle Ihnen das alles nicht, weil das so bekannt ist, sondern um Ihnen die Herkunft eines Wortes – tatsächlich ist es nur ein Konsonant – etwas weiter unten in der Strophe zu erklären. Es gab übrigens verschiedene Versionen, warum Diaghilev Nijinsky feuerte: weil er mit dem Standard seiner Tanzkunst nicht mehr zufrieden war, weil es Zeichen gab, daß Nijinsky schon früher verrückt geworden war, weil dessen Ehe genau das verdeutlichte usw. Ich möchte nur nicht, daß Sie ein zu einfaches Bild von Diaghilev gewinnen, einmal wegen der Rolle, die sein Name in dem Gedicht spielt, hauptsächlich aber, weil er ein einzigartiger Mann war. Aus denselben Gründen möchte ich auch nicht, daß sie Nijinsky zu simpel sehen, und sei es auch nur, weil Auden am Ende dieser Strophe wörtlich aus dessen Tagebuch zitiert, das er in einem Zustand nahe der geistigen Umnachtung verfaßte. Ich empfehle Ihnen dieses Tagebuch sehr nachdrücklich – es hat die Stimmung und die Intensität der Bibel. Deshalb ist wichtig »What mad Nijinsky wrote/About Diaghilev« [*was der verruchte Nijinsky über Diaghilev schrieb*]. Soweit zu unserem Spiel: Wer ist wer? Was Geistesgestörte über Gesunde sagen ist normalerweise von Interesse und häufig zutreffend. Das »Is true« [*stimmt auch*] in der Zeile »Is true of the normal heart« zeigt, daß Auden hier, wenn auch unabsichtlich, das

Prinzip des Heiligen Narren anwendet: das heißt die Vorstellung, daß der Heilige Narr recht hat. Das Wort »fool« [*Narr*] trifft auf Nijinsky, denn er ist ein Darsteller; auf »holiness« [*Heiligkeit*] paßt seine Verrücktheit, wie sie sich in seinen Schriften widerspiegelt, die einen starken religiösen Zug offenbaren. Wie Sie wissen, ist auch unser Dichter nicht frei von letzterem Gefühl: »the error bred in the bone/of each woman and each man« beschreibt nicht nur die Auswirkungen von Erziehung auf das Unbewußte, da hallt auch das Echo der Bibel; »each woman and each man« [*jedes Weib und jeder Mann*] verstärkt und verzerrt dieses Echo gleichermaßen. Hier kämpft das Konkrete gegen die Anspielung. Was Nijinskys Aussage jedoch Gewicht verleiht, ist eher seine »foolishness« [*Narrheit*] als seine »holiness«, denn als Darsteller handelt er, technisch gesprochen, im Auftrag der »universal love« [*universellen Liebe*]. Ich empfehle Ihnen dazu die Lektüre von Audens »Ballad of St. Barnaby«, dort läßt er sich breiter über dieses Thema aus – es ist ein Werk des sehr späten Auden.

»The error«, der Irrtum also, liegt natürlich in der Selbstsüchtigkeit, die tief in jedem von uns sitzt. Der Autor versucht, auf den Grund der Tragödie zu zielen, und dabei bewegt sich seine Argumentation wie eine Kamera von außen (Politik) ins Innere (Unterbewußtsein, Instinkt). Dort trifft er jene Sehnsucht nicht nach »universal love/but to be loved alone«. Die Unterscheidung geht hier nicht so sehr auf den Gegensatz zwischen Christen und Heiden, oder Fleisch und Geist, wie zwischen großzügig und selbstsüchtig, d. h. zwischen Geben und Nehmen, mit einem Wort: zwischen Nijinsky und Diaghilev, oder besser noch zwischen Lieben und Haben.

Beachten Sie, was Auden hier macht: Er präsentiert das Undenkbare: einen neuen Reim auf »love«: er reimt »love« mit »Diaghilev«! Betrachten wir, wie das passiert. Ich möchte wetten, daß er diesen Reim schon länger im Kopf hatte. Wichtig ist aber, daß die Arbeit leichter ist, wenn »love« zuerst und »Diaghilev« danach kommt. Doch der Inhalt zwingt, den Dichter »Diaghilev« an die erste Stelle zu setzen, und das schafft eine Reihe von Schwierigkeiten. Einmal, weil es ein fremder Name ist, und der Leser die Betonung falsch setzen könnte. Deshalb fügt Auden eine sehr kurze, komprimierte

Zeile, »About Diaghilev« hinter die regelmäßig betonte Zeile »What mad Nijinsky wrote«. Abgesehen von der Regelmäßigkeit des Taktes bereitet diese Zeile den Leser auch auf die Möglichkeit eines fremden Namens vor und erlaubt ihm, die Betonungen ganz nach eigener Willkür zu setzen. Diese Freiheit bereitet die Eigenmächtigkeit im Gebrauch des Trochäus der nächsten Zeile vor, in der »Diaghilev« praktisch ohne Betonung verläuft. Da setzt ein Leser dann höchstwahrscheinlich die Betonung auf die letzte Silbe, was dem Autor sehr entgegenkommt, denn somit reimt sich »lev« und »love«: Was könnte schöner sein?

Allerdings enthält der Name den einem englischen Ohr oder Auge fremden Ton »gh«, dessen man sich besser annehmen sollte. Schuldig an dieser Fremdheit ist die Stellung des »h« nach dem »g«. Deshalb mußte der Dichter offenbar einen Reim nicht nur für »lev« finden, sondern auch für »ghilev« oder vielmehr »hilev«. Was ihm auch gelingt: Es ist das »have« in der Wendung »Craves what it cannot have« [*ersehnt, was es nicht haben kann*], eine großartige Zeile: die Energie von »Craves« stößt mit dem Kopf gegen die Mauer des »what it cannot have«. Das vollzieht sich nach demselben, außerordentlich starken Muster wie in »For the error bred in the bone«. Dann läßt der Autor für einen Moment seine Leser sich in der Zeile »Of each woman and each man« entspannen. Worauf er sie für diese Entspannung wieder zur Kasse bittet, und zwar mit jenem monosyllabischen »Craves what it cannot have«. Diese Syntax ist so hart, fast gezwungen, d.h. sie ist kürzer als die natürliche Rede, kürzer als ihr Gedanke oder endgültiger. Gehen wir trotzdem noch einmal zurück zu »have«, denn das Wort hat weitreichende Konsequenzen.

Wenn Auden »Diaghilev« auf »love« direkt gereimt hätte, hätte das bedeutet, die beiden einander gleichzusetzen, und dabei wäre wohl sowohl dem Dichter wie seinen Lesern ein gewisses Unbehagen gekommen. Indem er aber jenes »have« dazwischensetzt, erzielt er einen wahnsinnigen Treffer. Denn jetzt wird das Reimschema zur Aussage: »Diaghilev-have-love« oder vielmehr »Diaghilev cannot have love«. Diaghilev steht hier für die Kunst. Was unter dem Strich ergibt, daß

»Diaghilev« mit »love« gleichgesetzt wird, doch nur über das Zwischenglied »have«, und »having« ist, wie wir gelernt haben, das Gegenteil von »loving«, was wiederum, Sie erinnern sich, für Nijinsky steht, der das »giving« verkörpert. Die Folgerungen aus diesem Reimschema sind so weitreichend, daß Ihnen dabei Schwindelgefühle kommen können, und wir haben jetzt schon zu viel Zeit für diese Strophe verwendet. Ich möchte aber, daß Sie zuhause diesen Reim noch einmal für sich selbst analysieren: er enthält vielleicht mehr, als der Dichter selbst enthüllen wollte, als er ihn einsetzte. Ich möchte damit nicht Ihren Appetit anreizen, noch möchte ich überhaupt nahelegen, daß Auden all dieses bewußt tat. Im Gegenteil: Er griff instinktiv nach diesem Reimschema, oder wenn Sie das Wort mehr lieben, im Unbewußten. Doch genau deswegen ist die Untersuchung so interessant: nicht weil Sie Ihnen Zugang zu dem Unbewußten eines Fremden verschafft (im Falle eines Dichters existiert das ohnehin kaum, weil es vom Bewußtsein absorbiert, oder böse ausgebeutet wird), sie erkennen ganz einfach, bis zu welchem Grad ein Schriftsteller das Werkzeug seiner Sprache ist und wie seine ethischen Wahrnehmungen zunehmen, je schärfer seine Ohren werden.

Im ganzen gesehen hat diese Strophe die Aufgabe, das zu vollenden, was die vorige angegangen hat, d.h. nach den Ursachen der Mißstände zu forschen. Und dabei ist Auden bis ins Mark vorgedrungen. Danach braucht man natürlich eine Pause. Diese Pause kommt in der Gestalt der nächsten Strophe, die mit weniger ausgefeiltem Denken und auf einer allgemeineren, populäreren Sprachebene arbeitet.

8

From the conservative dark
Into the ethical life
The dense commuters come,
Repeating their morning vow;
»I will be true to the wife,
I'll concentrate more on my work«,

And helpless governors wake
To resume their compulsory game:
Who can release them now,
Who can reach the deaf,
Who can speak für the dumb?

Vielleicht ist das die am wenigsten interessante Strophe im Gedicht, doch auch sie hat ihre Juwelen. Das hübscheste Werkstück sind die beiden Eingangszeilen, die die Reise vom Unbewußten zu einer vom Verstand beherrschten, d.h. ethischen Existenz, vom Schlaf zur Tat, von »dark« [*dunkel*] nicht zum Licht, sondern zum »life« [*Leben*]. Die wirkungsvollsten Reime in dieser Strophe lauten »dark-work-wake«, was zum Inhalt auch gut paßt. Es ist, wie zuvor, ein Reimen in Assonanten und zeigt Ihnen, welche Möglichkeiten in diesem Reimmuster stecken, denn wenn Sie nach »dark« bei »wake« ankommen, wird Ihnen klar, daß man »wake« auch noch in eine andere Richtung treiben könnte. Sie könnten z. B. nach »wait-waste-west« schreiten, usw. Unter rein didaktischen Gesichtspunkten ist von dem Dreischritt »dark-work-wake« der Teil »dark-work« von größerem Interesse, denn »dark« hat ja wahrscheinlich eine doppelte Bedeutung. Mich erinnert das an ein Couplet in Audens »Letter to Lord Byron«:

Man is no center of the Universe
And working in an office makes it worse.

Und darin – ich meine in dem »Letter« – liegt Ihre einzige Chance, »happy«, wenn vielleicht auch nicht »good« zu werden.

Das Versmaß der ersten sechs Zeilen dieser Strophe stimmt vorzüglich auf das Gefühl einer Zugreise ein: in den ersten vier Zeilen geht alles sehr glatt, und dann wird man aufgerüttelt, zunächst durch »will« und dann wieder durch »more« [*mehr*]. Beide legen die Ursprünge jeder Betonung bloß und sagen auch etwas über die Wahrscheinlichkeit, daß diese Versprechen gehalten werden. Bei »And helpless governors wake« gewinnt das Versmaß sein Gleichgewicht und nach dem schwelgenden »To resume their compulsory game« wird die Strophe durch drei rhetorische Fragen abgebremst, deren letzte den Zug völlig zum Stehen bringt: »Who can release them now, / Who can reach the deaf, / Who can speak for the dumb?«

»The dens commuters« [*die dichten Pendlerscharen*] sind wahrscheinlich das, worauf »to be loved alone« [*allein geliebt zu werden*] hinsteuert: eine Herde. Das Wort »conservative«, das hier vor »dark« gesetzt wird, ist ein weiteres Beispiel der für Auden typischen, blendenden Exaktheit der Definitionen. Wir sind dem ein paar Strophen zuvor bereits in »neutral air« begegnet, ein anderes Beispiel ist »necessary murder« [*notwendiger Mord*] in einem hinreißenden Gedicht aus dieser Periode, das den Titel »Spain« trägt. Diese Nebeneinanderstellungen des Dichters wirken und haften im Gedächtnis, weil ihre Einzelteile gnadenlos Licht – oder besser Dunkel – auf den jeweiligen Gegenüber werfen; d. h. nicht nur ist Mord notwendig, sondern die Notwendigkeit selbst ist mörderisch. Und genauso ist Konservatives dunkel. Deshalb kommt auch das »ethical life« [*ethisches Leben*] in der nächsten Zeile wie ein zweifacher Dämpfer: Denn man erwartet »ethical light« [*ethisches Licht*]. Die positive Standardwendung wird plötzlich durch Furcht entfremdet: »life« ist ein Überbleibsel von »light«. Im ganzen zeigt die Strophe eine entseelte, mechanische Existenz, in der die »governors« [*Herren*] auf keinerlei Weise den Beherrschten überlegen sind, noch sind sie in der Lage, der sie umgebenden Schwermut zu entkommen, an der sie selbst mitgewoben haben.

Und was ist wohl der Ursprung, die Wurzel all dieser Zusammenfügungen des Autors? Von Wendungen wie »necessary murder«, »artificial wilderness« [*künstliche Wildnis*], in dem Gedicht »The shield of Achilles«, »important failure« [*wichtiger Fehlschlag*] in dem Gedicht »Musée des Beaux Arts«, um nur ein paar Beispiele zu nennen? Selbstverständlich, es ist eine Intensität der Aufmerksamkeit, doch über diese Fähigkeit verfügen wir doch alle, oder? Aber um solche Ergebnisse hervorzubringen, muß diese Fähigkeit doch noch durch irgend etwas verstärkt werden. Und was verstärkt in einem Dichter, insbesondere in diesem Dichter? Es ist das Prinzip des Reims. Es ist dieselbe Mechanik des Instinkts, die für jene blendenden Definitionen verantwortlich ist und die einem erlaubt, wahrzunehmen, daß sich »Diaghilev« und

»love« miteinander reimen. Sobald diese Mechanik einmal in Bewegung gesetzt worden ist, kann sie nichts mehr aufhalten, sie wird zu einem Instinkt. Sie formt, um es vorsichtig zu sagen, die Arbeitsweise ihres Gehirns mehr als eine Beziehung; sie wird zu ihrer Erkenntnisweise. Und das macht das ganze Unterfangen der Dichtkunst so wertvoll für unsere Art. Denn es ist das Prinzip des Reims, das einem ermöglicht, die Nähe zwischen scheinbar verschiedenen Wesen zu erfühlen. Alle Verbindungen, die Auden stiftet, klingen deshalb so wahr, weil sie Reime *sind.* Diese Nähe zwischen Gegenständen, Ideen, Vorstellungen, Ursachen und Wirkungen – diese Nähe selbst *ist ein Reim:* manchmal ein vollkommener, häufiger ein Assonant, oder nur für die Augen. Wenn sie erst einmal einen Instinkt für Reime entwickelt haben, macht Ihnen die Wirklichkeit vielleicht mehr Spaß.

9

Das Gedicht ist jetzt 77 Zeilen lang, und neben dem Inhalt verlangt auch der schiere Umfang nach einer Auflösung. Die Beschreibung der Welt wird ihrerseits zu einer Welt. Wenn der Dichter also hier schreibt »All I have is a voice« [*alles was ich habe, ist eine Stimme*], dann zeigt das in viele Richtungen und bietet nicht nur die lyrische Entspannung für eine ethische Anspannung. Die 78. Zeile gibt nicht nur des Autors Verzweiflung über die condition humana, so wie sie dargestellt ist, wieder, sondern auch sein Gefühl der Zwecklosigkeit einer Darstellung. Verzweiflung allein wäre schmackhafter, denn sie kann man immer noch im Zorn oder Resignation aufheben, beides vielversprechende Pfade für einen Dichter, natürlich insbesondere der Zorn. Dasselbe gilt auch für die Zwecklosigkeit, egal ob man ihr mit Ironie oder mit Nüchternheit begegnet, sie trägt ihren Lohn in sich.

Stephen Spender schrieb einmal über Auden, daß dieser bei allen Qualitäten als Diagnostiker sich nie erlauben würde, eine Therapie vorzuschlagen. »All I have is a voice« heilt dagegen, denn indem der Dichter die Tonlage wechselt, wechselt er auch die Blickebene. Diese Zeile ist einfach höher gestimmt als alle ihre Vorgänger. Wie Sie wissen, fallen in der Dichtkunst Tonalität und Inhalt zusammen, wenn die Tonalität nicht das Ergebnis des Inhalts ist. Was Töne betrifft, so bestimmt die Höhe die Haltung.

Wichtig an dieser 78. Zeile ist die Verlagerung von einer unpersönlichen Objektivität der Beschreibung auf einen sehr persönlichen, subjektiven Ton. Zum zweiten und eigentlich zum letztenmal verwendet der Autor die Ich-Form »I«. Und dieses »I« ist nicht mehr in den Trenchcoat eines Reporters gepackt: man hört in dieser Stimme unheilbaren Schmerz, trotz allem stoischem Timbre. Dieses »I« ist scharf und findet ein etwas gedämpftes Echo in dem Wort »lie« [*Lüge*] am Ende der nächsten Zeile. Doch denken Sie bitte daran, daß die beiden hochgestimmten I's unmittelbar auf das »deaf« und das »dumb« der vorausgegangenen Strophe folgen, das schafft einen beachtlichen akustischen Gegensatz.

Nur der Takt kontrolliert hier den Schmerz, und »sorrow controlled by meter« sollte Ihnen als vorläufige Definition von Bescheidenheit, wenn nicht der ganzen Dichtkunst genügen. Bei Dichtern sind Stoizismus und Starrköpfigkeit normalerweise nicht so sehr das Ergebnis ihrer privaten Philosophien und Vorneigungen als ihrer Erfahrungen mit der Bemessung von Silben, und so heißt auch die Therapie. Wie das gesamte Gedicht ist auch diese Strophe eine Suche nach einer verläßlichen Tugend, die am Ende den Suchenden zu sich selbst führt.

Doch damit greifen wir ein wenig voraus. Lassen sie uns auf die gebotene Art weitermachen. Was die Reime angeht, bietet diese Strophe nichts Spektakuläres. »Voice-choice-police« und »lie (authority)-sky-die« sind schon ganz in Ordnung; mit »brain-alone« zeigt der Dichter aber, daß mehr in ihm steckt. Noch glanzvoller ist jedoch »folded lie/The romantic lie in the brain«. Innerhalb von zwei Zeilen werden »folded« [*gefaltet*] und »lie« [*Lüge*] gleich zweimal eingesetzt. Das geschieht natürlich aus Gründen der Hervorhebung, was aber die Frage noch nicht beantwortet, was hier hervorgehoben wird. »Folded« verweist natürlich auf »paper« [*Papier*], daher ist »lie« die Lüge eines gedruckten Mords, sehr wahrscheinlich die eines Massenblatts. Doch dann erhalten wir die

Einschränkung mit der Wendung »The romantic lie in the brain«. Eingeschränkt wird hier nicht die »lie« selbst, obwohl ihr hier ein anderes Adjektiv vorausgeht, sondern das Hirn, das in Falten liegt.

In der Zeile »All I have is a voice« sind natürlich eher Nüchternheit und ihre Nebenprodukte zu vernehmen als die Ironie, die nichtsdestotrotz in dem kontrollierten Zorn des Ausdrucks »the folded lie« herauszuhören ist. Trotzdem liegt der Wert der 78. Zeile weder in den unterschiedlichen Wirkungen von Verzweiflung und Vergeblichkeit, noch in ihren wechselseitigen Beziehungen; am klarsten hören wir aus dieser Zeile die Stimme der Bescheidenheit, in der – den Umständen entsprechend – stoische Untertöne mitschwingen. Auden läßt sich hier nicht nur auf Wortspiele ein: Diese beiden Zeilen paraphrasieren einfach jenen »error bred in the one/Of each woman and each man«. Man könnte auch sagen, er bricht den Knochen auf und zeigt uns jene Lüge (jenen Irrtum) im Inneren. Warum macht er das hier? Weil er die Vorstellung einer »universal love« gegenüber »to be loved alone« ein für allemal klarstellen will. »The sensual man-in-the-street« genauso wie »authority« [*Autorität*] und »the citizen« [*der Bürger*] oder »the police« [*die Polizei*] sind einfach Ausarbeitungen des Themas »Each woman and each man«, gleichzeitig sind sie Nebenprodukte des Arguments für eine isolationistische Haltung der Vereinigten Staaten zur damaligen Zeit. »Hunger allows no choice/To the citizen or the police«, diese beiden Zeilen enthalten ganz einfach ein jedem einleuchtendes Argument für das Vorhandensein eines gemeinsamen Nenners unter den Menschen, und es wird angemessen leise vorgetragen. Auden strebt hier nach einer typisch englischen Direktheit in der Sprache – genau weil seine angestrebte These sich auf einem sehr hohen Niveau bewegt; das heißt, er denkt offenbar, daß man über Dinge wie »universal love« am besten streiten kann, wenn man auf ganz elementare Logik zurückgreift. Davon abgesehen gefällt ihm, glaube ich, dieser eingefrorene, ausweglose Bewußtseinszustand, aus dessen Nähe zur Wahrheit eine solche Behauptung entsteht. (Hunger läßt einem übrigens noch eine Wahl, nämlich noch hungriger zu werden, doch das ist hier nicht wichtig.) Auf jeden Fall beseitigt die Sache mit dem Hunger die Möglichkeit von kirchlichen Assoziationen in der folgenden Zeile, die ganz entscheidend für seine gesamte Behauptung ist: »We must love one another or die«.

Wegen dieser Zeile hat der Autor später das ganze Gedicht aus seinem Werk gestrichen. Nach verschiedenen Aussagen tat er das, weil er die Zeile anmaßend und unwahr fand. Weil, wie er sagte, wir ohnehin sterben müssen. Er versuchte, sie zu ändern, doch es langte nur zu einem »We must love one another *and* die«, einer Platitüde mit einem irreführenden Hauch von Tiefe. Also strich er das Gedicht aus seiner Nachkriegssammlung »Collected Poems«. Daß wir es heute vor uns liegen haben, verdanken wir Audens literarischem Testamentsvollstrecker, Edward Mendelson, der nach dem Tod des Dichters die Viking-Ausgabe erstellte, und dessen Einleitung das beste ist, was ich je über Auden gelesen habe. Stimmte Audens Urteil über diese Zeile? Nun, ja und nein. Er war offensichtlich sehr gewissenhaft, und wenn man im Englischen gewissenhaft ist, bedeutet das, die Dinge wörtlich zu nehmen. Zudem sollten wir in Betracht ziehen, daß er bei der Revision dieser Zeile bereits über den Vorteil des Rückblicks verfügte: nach dem Gemetzel des Zweiten Weltkriegs hätte jede Version ein wenig makaber geklungen. Dichtung ist nicht Reportage, ihre Nachrichten sollten eine permanente Bedeutung haben. Man könnte auch sagen, daß Auden hier einen Preis für die Pose entrichtet, die er zu Anfang des Gedichtes eingenommen hat. Trotzdem muß ich sagen, wenn ihm diese Zeile unwahr erschien, so hatte er den Fehler nicht bei sich selbst zu suchen.

Denn die damals aktuelle Bedeutung der Zeile hieß natürlich: »We must love one another or kill«, oder »we'll be killing one another in no time«. Nachdem er nur einmal nur über eine Stimme verfügte, und diese nicht gehört oder befolgt wurde, geschah genau, was er vorausgesagt hatte: Töten. Doch, um es noch einmal zu sagen: angesichts des ganzen Ausmaßes an Gemetzel des Zweiten Weltkriegs bereitete es wenig Freude, sich als Prophet erwiesen zu haben. So entschloß sich der Dichter, jenes »or die« wörtlich zu nehmen. Vielleicht fühlte er sich dafür verantwortlich, das Geschehen nicht abgewendet haben zu können. Schließlich hatte er dieses Gedicht ja nur verfaßt, um Einfluß auf die öffentliche Meinung zu nehmen.

10

Doch es ging nicht nur um den Vorteil des Rückblicks. Daß der Dichter sich nicht sehr sicher bei der Anordnung dieser Zeile fühlte, erweist sich auch beim Anfang der nächsten Strophe: »Defenceless under the night...« [*schutzlos unter der Nacht*] Zusammen mit »Our world in stupor lies« [*erstarrt liegt unsere Welt*] läuft das auf das Geständnis hinaus, beim Überzeugen versagt zu haben. Gleichzeitig ist »Defenceless under the night« die Zeile im Gedicht, die am meisten lyrisch klingt und in der Höhe ihrer Stimmung selbst »all I have is a voice« übertrifft. In beiden Fällen stammt der lyrische Charakter aus jenem Gefühl, das er in seinem Gedicht »In memory of W. B. Yeats« »human unsuccess« [*menschlicher Nicht-Erfolg*] nennt, aus seinem eigenen »rapture of distress«, dem Entzücken am Unglück.

Diese Zeile, die direkt auf »We must love one another or die« folgt, ist eindringlicher persönlich gehalten und springt von der Ebene der Rationalisierung zu der der reinen Bloßstellung von Gefühlen, in den Bereich der Offenbarungen. Unter technischen Gesichtspunkten bedeutet »We must love one another or die« das Ende der Straße der Vernunft. Danach gibt es nur noch ein Gebet. Und dorthin steigt »Defenceless under the night«, wenn nicht sprachlich, so doch tonal. Als ob er gefühlt hätte, daß ihm die Dinge entgleiten könnten, daß die Stimmlage in die Nähe von einem vibrierenden Jammern gelangen könnte, unterbietet sich der Dichter mit der Zeile »Our world in stupor lies«. Doch so energisch er auch versucht, seine Stimme hier und in den folgenden vier Zeilen nach unten zu drücken, die magische Formel, die das »We must love one another or die« ausgesprochen hat, wird fast gegen des Dichters eigenen Willen durch »Defenceless under the night« noch verstärkt und will nicht weichen. Im Gegenteil, sie dringt durch seine Abwehr in dem Maße, in dem er sie aufbaut. Diese Zauberformel ist von kirchlicher Art, d.h. durchdrungen von einem Gefühl der Unendlichkeit; und dank ihrer Allgemeinheit werfen Worte, wie »everywhere«, »light«, »just« dieses Gefühl unwissentlich wie ein Echo zurück – trotz der geballten Einschränkungen in Worten wie »dotted« [*gepunktet*] und »harmonic« [*harmonisch*]. Und wenn der Dichter seine Stimme schon fast völlig im Zaum zu haben scheint, bricht dieser Zauberspruch in einem atemberaubenden Mittelding zwischen Flehen und Beten mit voller lyrischer Kraft hervor:

May I, composed like them
Of Eros and of dust,
Beleaguered by the same
Negation and despair,
Show an affirming flame.

Hier liegt, neben allem anderen, ein Selbstporträt vor, das in eine Definition der Spezies abschweift, und diese Definition ergibt sich aus der Absichtserklärung des »May I« [*darf ich*], und nicht so sehr aus der Präzision der nächsten drei Zeilen. Zusammen genommen bringen sie jedes »May I« hervor. Mit anderen Worten, was hier vorliegt, ist Wahrheit, die Lyrik ergibt, oder noch besser, Lyrik, die Wahrheit wird; was hier vorliegt, ist ein Stoiker, der betet. Das mag noch nicht die Definition der Spezies sein, aber das ist ganz sicherlich ihr Ziel.

Auf jeden Fall beschreibt es die Richtung, die der Dichter einschlug. Vielleicht finden Sie diesen Schluß ein wenig frömmelnd, und vielleicht fragen Sie sich, wer »die Gerechten« sind – die legendären 36, oder jemand bestimmtes – oder wie diese »affirming flame« [*zustimmende Flamme*] aussieht? Doch man seziert nicht einen Vogel, um den Ursprung seines Gesangs herauszufinden: sezieren sollte man Ihr Ohr. Auf jeden Fall jedoch werden Sie sich um die Alternative in »We must love one another or die« herumdrücken, und ich glaube nicht, daß Sie sich das leiten können.

1984

W. H. Auden
September 1, 1939

I sit in one of the dives
On Fifty-Second Street
Uncertain and afraid
As the clever hopes expire
Of a low dishonest decade:
Waves of anger and fear
Circulate over the bright
And darkened lands of the earth,
Obsessing our private lives;
The unmentionable odour of death
Offends the September night.

Accurate scholarship can
Unearth the whole offence
From Luther until now
That has driven a culture mad,
Find what occurred at Linz,
What huge imago made
A psychopathic god:
I and the public know
What all schoolchildren learn,
Those to whom evil is done
Do evil in return.

Exiled Thucydides knew
All that a speech can say
About Democracy,
And what dictators do,
The elderly rubbish they talk
To an apathetic grave;
Analysed all in his book,
The enlightenment driven away,
The habit-forming pain,
Mismanagement and grief:
We must suffer them all again.

Into this neutral air
Where blind skyscrapers use
Their full height to proclaim

The strength of Collective Man,
Each language pours its vain
Competitive excuse:
But who can live for long
In an euphoric dream;
Out of the mirror they stare,
Imperialism's face
And the international wrong.

Faces along the bar
Cling to their average day:
The lights must never go out,
The music must always play,
All the conventions conspire
To make this fort assume
The furniture of home;
Lest we should see where we are,
Lost in a haunted wood,
Children afraid of the night
Who have never been happy or good.

The windiest militant trash
Important Persons shout
Is not so crude as our wish:
What mad Nijinsky wrote
About Diaghilev
Is true of the normal heart;
For the error bred in the bone
Of each woman and each man
Craves what it cannot have,
Not universal love
But to be loved alone.

From the conservative dark
Into the ethical life
The dense commuters come,
Repeating their morning vow,
»I *will* be true to the wife,
I'll concentrate more on my work,«
And helpless governors wake
To resume their compulsory game:
Who can release them now,
Who can reach the deaf,
Who can speak for the dumb?

All I have is a voice
To undo the folded lie,
The romantic lie in the brain
Of the sensual man-in-the-street
And the lie of Authority
Whose buildings grope the sky:
There is no such thing as the State
And no one exists alone;
Hunger allows no choice
To the citizen or the police;
We must love one another or die.

Defenceless under the night
Our world in stupor lies;
Yet, dotted everywhere,
Ironic points of light
Flash out wherever the Just
Exchange their messages:
May I, composed like them
Of Eros and of dust,
Beleaguered by the same
Negation and despair,
Show an affirming flame.

September 1939

Einem Schatten zu Gefallen

I

Wenn ein Schriftsteller auf eine andere als seine Muttersprache zurückgreift, so tut er das entweder aus Notwendigkeit, wie Conrad, aus glühendem Ehrgeiz, wie Nabokov, oder wegen der größeren Entfremdung, wie Beckett. Ich gehöre in eine andere Spielklasse, aber in New York, im Sommer 1977, nachdem ich fünf Jahre in diesem Land gelebt hatte, kaufte ich in einem kleinen Schreibmaschinenladen auf der Sixth Avenue eine tragbare »Lettera 22« und schreibe seither (Essays, Übersetzungen, bisweilen ein Gedicht) auf englisch aus einem Grund, der nur sehr wenig mit dem oben Erwähnten zu tun hat. Meine einzige Absicht, damals wie heute, bestand darin, mich in größere Nähe zu dem Mann zu befinden, den ich für den klügsten Kopf des 20. Jahrhunderts hielt: Wystan Hugh Auden.

Mir war natürlich vollkommen die Zwecklosigkeit meines Unterfangens bewußt, nicht so sehr, weil ich in Rußland und in seine Sprache geboren wurde (die ich nie aufgeben werde – und hoffentlich gilt umgekehrt das gleiche) als wegen der Intelligenz dieses Dichters, der meiner Meinung nach nichts Ebenbürtiges gegenübersteht. Ich war mir der Sinnlosigkeit dieser Anstrengung um so mehr bewußt, als Auden damals bereits seit vier Jahren tot war. Doch für mich war das Schreiben auf englisch der beste Weg, ihm nahezukommen, unter seinen Bedingungen zu arbeiten, nach den Regeln seines Gewissens beurteilt zu werden – und wenn schon nicht nach den seinen, so doch was immer in der englischen Sprache diese Gewissensregeln möglich machte. Diese Worte, die ganze Struktur dieser Sätze zeigen jedem, der nur eine einzige Strophe oder einen einzigen Absatz von Auden gelesen hat, wie ich darin versage. Mir ist allerdings ein Versagen nach seinen Standards lieber als ein Erfolg nach den Standards von anderen. Außerdem wußte ich von Anfang an, daß ich versagen mußte; ob diese Art Nüchternheit von mir selbst stammt, oder ob ich sie aus seinen Schriften geborgt habe, kann ich nicht länger sagen. Ich hoffe nur, daß ich beim Schreiben in seiner Sprache nicht das Niveau seiner intellektuellen Operationen, die Höhe seiner Perspektive herabsetze. Mehr kann man für einen Mann nicht tun, der besser war: in seinem Sinne weitermachen, und das ist es wohl, worum es in Zivilisationen geht.

Im Temperament, und auch sonst, das wußte ich, war ich von ihm verschieden, bestenfalls würde ich als sein Nachahmer betrachtet werden. Doch auch das hätte mir noch als Kompliment gegolten. Außerdem verfügte ich noch über eine zweite Verteidigungslinie: Ich konnte mich immer auf meine russischen Werke zurückziehen, die mich mit einigem Zutrauen erfüllten, und die er vielleicht eher – hätte er die Sprache beherrscht – geschätzt hätte. Mein Wunsch, auf englisch zu schreiben, hatte nichts mit irgendeinem Gefühl der Zuversicht, der Zufriedenheit oder der Behaglichkeit zu tun; es war ganz einfach der Wunsch, einem Schatten zu gefallen. Natürlich spielten dort, wo er sich damals befand, Sprachgrenzen keine größere Rolle, doch irgendwie hatte ich das Gefühl, daß er es lieber hätte, wenn ich mich ihm gegenüber auf englisch verständlich machte. (Als ich es allerdings vor elf Jahren auf dem grünen Rasen von Kirchstetten ausprobierte, hat es nicht geklappt; mein damaliges Englisch taugte besser zum Lesen und Zuhören als zum Reden. Vielleicht war das nur gut so.) Anders gesagt, wenn man nicht alles zurückgeben kann, was man empfangen hat, versucht man zumindest, mit derselben Münze zurückzuzahlen. Schließlich hat Auden das selbst so gemacht, als er die »Don Juan«-Strophe für seinen »Letter to Lord Byron« erborgte, oder Hexameter für sein »Shield of Achilles«. Jemandem den Hof zu machen, verlangt immer ein gewisses Maß an Selbstopfer und Anpassung, um so mehr, wenn man um einen reinen Geist wirbt. Als es ihn noch in Fleisch und Blut gab, hat dieser Mann so viel geleistet, daß der Glaube an die Unsterblichkeit seiner Seele irgendwie unvermeidbar wird. Er hinterließ uns ein Evangelium, das durch eine Liebe entstanden und mit ihr gefüllt war, die alles andere als endlich war – eine Liebe, die unser Fleisch nicht fassen kann und die daher Worte braucht. Wenn es keine Kirchen gäbe, hätte man leicht auf diesem Dichter eine errichten können, und ihr vornehmstes Gebot würde etwa lauten wie diese Zeilen von ihm:

If equal affection cannot be,
Let the more loving one be me.

2

Das einzige, was ein Dichter der Gesellschaft schuldet, ist gut zu schreiben. Da er sich in der Minderheit befindet, bleibt ihm nichts anderes übrig. Kommt er dieser Pflicht nicht nach, versinkt er in Vergessenheit. Die Gesellschaft andererseits schuldet dem Dichter nichts. Da sie, qua definitionem, die Mehrheit ist, sieht sie für sich selbst andere Optionen als Gedichte zu lesen, gleichgültig, wie gut sie geschrieben sind. Diese Nicht-Wahrnehmung führt dazu, daß die Gesellschaft auf jene Sprachebene herabsinkt, in der sie das leichte Opfer eines Demagogen oder Tyrannen wird. Das ist die Art, wie eine Gesellschaft in Vergesseheit sinkt; allerdings kann ein Tyrann natürlich versuchen, seine Untertanen durch ein spektakuläres Blutbad davor zu bewahren.

Ich habe Auden zum erstenmal vor zwanzig Jahren in Rußland in eher holperigen und lustlosen Übersetzungen gelesen, die ich in einer Anthologie zeitgenössischer englischer Poesie fand und die den Untertitel trug »From Browning to Our Days«. »Our Days« waren die des Jahres 1937, als der Band veröffentlicht wurde. Überflüssig, hinzuzufügen, daß kurze Zeit später alle beteiligten Übersetzer, genauso wie der Herausgeber, M. Gutner, verhaftet wurden, viele von ihnen kamen um. Überflüssig hinzuzufügen, daß in den nächsten vierzig Jahren keine andere Anthologie englischer Gegenwartsdichtung in Rußland erschien und daß der erwähnte Band ein begehrtes Objekt für Sammler wurde.

Eine Zeile von Auden in dieser Anthologie erregte jedoch meine Aufmerksamkeit. Wie ich später herausfand, stammte sie aus der letzten Strophe seines Gedichts »No Change of Place«, die eine fast klaustrophobische Landschaft beschreibt, in der »no one goes / Futher than railhead or the ends of piers, / Will neither go nor send his son ...« Dieses letzte Stück »will neither go nor send his son ...« faszinierte mich durch die Mischung aus negativer Weite und allgemeinem Menschenverstand. Meine künstlerische Nahrung bestand bis dahin aus im wesentlichen gefühlsbetonten und selbstgerechten russischen Gedichten, deshalb registrierte ich sofort dieses Rezept, dessen Hauptbestandteil die Zurückhaltung war. Dichterische Zeilen verstehen sich gut darauf, aus dem direkten Kontext in eine universale Bedeutung herüberzuwandern. So kam es, daß sich der drohende Wink des Absurden, den die Zeile »will neither go nor send his son« immer wieder dann in meinem Hinterkopf bemerkbar machte, wenn ich etwas zu Papier bringen wollte.

Man nennt das wohl einen Einfluß, nur ist das Gefühl des Absurden nie eine Erfindung des Dichters, sondern ein Widerschein der Wirklichkeit; Erfindungen sind selten erkennbar. Was man hier dem Dichter zu verdanken haben mag, ist nicht das Gefühl selbst, sondern seine Verarbeitung: ruhig, ohne Emphase, ohne Pedal, fast *en passent.* Für mich war diese Bearbeitung deswegen besonders bedeutsam, weil mir diese Zeile in den frühen sechziger Jahren begegnete, als das absurde Theater seine Hochkonjunktur erlebte. Vor diesem Hintergrund stach Audens Umgang mit dem Gegenstand nicht nur deshalb hervor, weil er damit so viele andere deklassiert hatte, sondern auch wegen einer beachtlich unterschiedlichen ethischen Botschaft. Sein Vorgehen in dieser Zeile lehrt – wenigstens mich – so etwas wie: Schrei nicht: »Haltet den Dieb!«, selbst wenn der Dieb gerade läuft (obwohl, würde ich hinzufügen, er genauso aussieht wie du. Gerade deshalb schrei nie: »Haltet den Dieb!«)

Für einen Dichter bedeutet die Erwähnung seiner Erfahrungen im Gefängnis – überhaupt jede Art von Mühsal – soviel wie für den Durchschnittsbürger das Angeben mit berühmten Namen. Trotzdem muß ich erwähnen, daß sich meine nächste Gelegenheit, einen genaueren Blick auf Auden zu werfen, zu einer Zeit ergab, als ich gerade in den Norden verbracht worden war, in ein kleines Dorf, verloren zwischen Sümpfen und Wäldern, nahe dem Polarkreis. Diesmal besaß ich eine Anthologie auf Englisch, ein Freund hatte sie mir aus Moskau geschickt. Sie enthielt eine ganze Menge Yeats, den ich damals für ein wenig zu oratorisch und schlampig im Versmaß hielt, und Eliot, dem damaligen Dichterkönig Osteuropas. Ich hatte vor, Eliot zu lesen. Doch durch puren Zufall öffnete sich das Buch bei »In Memory of W. B. Yeats«. Ich war damals jung, und daher besonders begierig auf Elegien als literarisches Genre, da ich niemanden um mich hatte, der sein Leben dafür geben würde, eine solche für mich zu schreiben. So las ich sie vielleicht etwas gieriger als alles andere, und ich dachte häufig, daß die auffälligste Eigenart an diesem Genre in dem unbewußten Versuch der Autoren lag, sich selbst darzustellen. Fast jedes Gedicht, das den Zusatz »in memoriam« enthält, ist damit übersät – oder befleckt. So verständlich diese Tendenz auch ist, häufig entstehen aus so einem Gedicht grüblerische Auslassungen des Autors über das Thema Tod, aus denen wir mehr über ihn selbst als über den Verblichenen erfahren. Bei Auden war nichts davon zu finden, mehr noch, bald wurde mir klar, daß sogar der ganze Aufbau daraufhin angelegt war, dem toten Dichter Tribut zu zollen, indem er in – umgekehrter Reihenfolge – des großen Iren eigene Stilentwicklung nachahmte – bis zu ihren Anfängen: In den Tetrametern des dritten – und letzten – Teils des Gedichts.

Wegen dieser Tetramenter, insbesondere wegen der acht Zeilen dieses dritten Teils, begriff ich, was für einen Dichter ich da las. Diese Zeilen überschatteten für mich jene erstaunliche Beschreibung des »dark cold day«, Yeats's letzten Tages, durch ihr schauderndes

The mercury sank in the mouth of the dying day.

Sie überschatteten auch jene unvergeßliche Darstellung des befallenen Körpers als einer Stadt, deren Vororte und Plätze sich wie nach einer niedergeschlagenen Rebellion nach und nach leeren. Sie überschatteten sogar jene Aussage der Epoche

. . . poetry makes nothing happen . . .

Sie, diese acht Zeilen in Tetrametern, die diesen dritten Teil des Gedichtes klingen lassen wie die Mischung aus einer

Hymne der Heilsarmee, einer Totenklage und einem Kinderreim, lauteten wie folgt:

Time that is intolerant
Of the brave and innocent,
And indifferent in a week
To a beautiful physique,

Worships language and forgives
Everyone by whom it lives;
Pardons cowardice, conceit,
Lays its honours at their feet.

Ich weiß noch, wie ich in dieser kleinen Holzhütte saß, durch das quadratische, bullaugengroße Fenster auf die nasse, lehmige Schmutzstraße blickte, auf der sich ein paar Hühner verlaufen hatten, und nur zur Hälfte glaubte, was ich gerade gelesen hatte, zur anderen Hälfte überlegte, ob mir mein mangelhaftes Englisch nicht einen Trick spielte. Ich hatte dort eine riesige Schwarte von einem englisch-russischen Wörterbuch zur Verfügung, und ich durchblätterte es Seite für Seite, überprüfte jedes Wort, jede Anspielung, in der Hoffnung, daß mir die Aussage erspart bliebe, die mich da aus dem Buch anstarrte. Ich wollte wohl einfach nicht glauben, daß schon 1939 ein englischer Dichter gesagt hatte: »Time ... worships language«, und trotzdem war die Welt immer noch dieselbe geblieben.

Doch dieses eine Mal widersprach mir das Wörterbuch nicht. Auden hat in der Tat gesagt, daß Zeit (nicht *die* Zeit) Sprache verehrt, und der Zug der Gedanken, den diese Aussage in mir in Bewegung setzte, rollt bis auf den heutigen Tag. »Worship« ist nämlich eine Haltung des Niederen gegenüber dem Höheren. Wenn Zeit Sprache verehrt, dann bedeutet das, daß Sprache größer oder älter als Zeit ist, die ihrerseits älter und größer als Raum ist. Das war mir beigebracht worden, und genauso fühlte ich es auch. Wenn also Zeit – was ja synonym ist mit Gottheit, nein, diese sogar aufsaugt – Sprache verehrt, woher kommt dann Sprache? Denn die Gabe ist stets kleiner als der Gebende. Und ist dann nicht

Sprache ein Behältnis für Zeit? Und liegt es nicht daran, daß Zeit sie verehrt? Und ist nicht ein Lied, oder ein Gedicht oder sogar die Sprache selbst mit ihren Zäsuren, Pausen, Spondei usw. ein Spiel, das Sprache veranstaltet, um Zeit neu zu strukturieren? Und sind nicht jene, von denen Sprache »lebt«, auch die, von denen Zeit lebt? Und wenn ihnen Zeit »vergibt«, tut sie das aus Großzügigkeit oder aus Notwendigkeit? Und ist Großzügigkeit nicht ohnehin eine Notwendigkeit?

So kurz und waagerecht diese Zeilen waren, sie schienen mir unglaublich in die Höhe gerichtet. Außerdem wirkten sie wie aus dem Ärmel geschüttelt, fast plauderhaft: Metaphysik in der Verkleidung des gesunden Menschenverstandes, gesunder Menschenverstand als Couplets aus dem Kindergarten. Diese Schichten der Verkleidung allein lehrten mich, was Sprache ist, und ich erkannte, daß ich einen Dichter las, der die Wahrheit sprach – oder durch den die Wahrheit sich Gehör verschaffte. Wenigstens klang es deutlicher nach Wahrheit als alles andere, was ich in jener Anthologie herausfinden konnte. Und vielleicht klang es gerade wegen dieses Hauchs von Unwichtigkeit so, die ich im sinkenden Tonfall der folgenden Zeilen verspürte: ». . . forgives / Everyone by whom it lives; / Pardons cowardice, conceit, / Lays its honours at their feet.« Diese Worte standen da, dachte ich, einfach, um das Gravitätische jenes »Time . . . worships language« aufzuheben. Über diese Zeilen könnte ich immer so weiterreden, aber ich könnte es nur jetzt. Dort und damals war ich einfach überwältigt. Neben anderem wurde mir klar, daß man aufmerken muß, wenn Auden seine geistreichen Kommentare und Bemerkungen macht, in denen er stets die Zivilisation im Auge behält, ganz gleich, was sein unmittelbares Thema (oder sein Zustand) ist. Ich spürte, daß ich es mit einer neuen Art eines metaphysischen Dichters zu tun hatte, einem Mann von beängstigender lyrischer Begabung, der sich selbst als Beobachter öffentlicher Sitten verkleidete. Und ich hatte den Verdacht, daß diese Wahl der Maske, die Wahl dieses Idioms, weniger mit Stil und Tradition zu tun hatte, als mit der persönlichen Bescheidenheit, die ihm nicht so sehr ein bestimmter Glaube als vielmehr sein Gespür für die Natur von Sprache auferlegte. Bescheidenheit wählt man nicht.

Ich mußte meinen Auden noch lesen. Dennoch, nach »In Memory of W. B. Yeats« war mir klar, daß ich einem Autor gegenüberstand, der bescheidener war als Yeats oder Eliot, dessen Seele weniger verdrießlich war als deren, wenn auch, fürchtete ich, nicht weniger tragisch. Im Rückblick darf ich jetzt sagen, daß ich nicht völlig falsch lag, und daß, wenn je ein Drama in Audens Stimme lag, es sich nicht um sein persönliches Drama, sondern um ein öffentliches oder existentielles handelte. Er fügte sich nie selbst in den Mittelpunkt eines tragischen Bildes; allenfalls teilte er mit, daß er dabeigewesen war. Später sagte er mir: »Johann Sebastian Bach hatte wahnsinniges Glück. Wenn er das Lob Gottes singen wollte, schrieb er einen Choral oder eine Kantate und wandte sich direkt an den Allmächtigen. Wenn heutzutage ein Dichter dasselbe will, muß er sich der indirekten Rede bedienen.« Dasselbe träfe wohl auch auf's Gebet zu.

3

Während ich dies niederschreibe, fällt mir auf, daß die erste Person Singular ihr häßliches Haupt alarmierend häufig nach vorn drängt. Doch der Mensch ist, was er liest; mit anderen Worten: sehe ich dieses Fürwort, entdecke ich Auden mehr als irgend jemanden sonst: Der Fehltritt spiegelt nur das Ausmaß wider, in dem ich diesen Dichter gelesen habe. Natürlich lernen alte Hunde keine Tricks mehr, Hundebesitzer hingegen ähneln schließlich ihren Tieren. Kritiker und insbesondere Biographen von Schriftstellern mit einem ausgeprägten Stil übernehmen, wenn auch unbewußt, die Ausdrucksweise der Beschriebenen. Um es einfach auszudrücken: Das, was man liebt, verändert einen selbst bisweilen so stark, daß man die eigene Identität verliert. Ich will gar nicht sagen, daß mir das passiert ist, ich will nur nahelegen, daß jene sonst so trocken gegerbten »Ichs« und »Meins« ihrerseits eine Form der indirekten Rede darstellen, deren Gegenstand Auden ist.

Für die Angehörigen meiner Generation, die sich für Dichtung in England interessierten – und ich kann nicht behaupten, daß es davon viele gab – waren die sechziger Jahre die

Epoche der Anthologien. Ausländische Studenten und Gelehrte, die nach Rußland anläßlich eines akademischen Austauschprogramms gekommen waren, pflegten sich verständlicherweise vor ihrer Heimreise von allem Extra-Ballast zu befreien, und Gedichtbände kamen dabei zuerst. Sie verkauften sie, fast umsonst, an Antiquariate, die ihrerseits dann exorbitante Preise verlangten. Der Sinn hinter dieser Auspreisung war ganz einfach: Er schreckte die Einheimischen davor, westliche Güter zu kaufen, und der Fremde war fort, bevor er die Diskrepanz bemerken konnte.

Doch, wenn man einen Verkäufer kannte, was bei häufigen Besuchen unweigerlich geschieht, konnte man jene Art von Vereinbarung treffen, die jeder Buch-Jäger genau kennt: Man tauschte eins gegen das andere, oder zwei oder drei Bücher für eins, oder man kaufte ein Buch, las es, brachte es zurück und bekam auch das Geld dafür zurück. Als ich freigelassen worden und in meine Vaterstadt zurückgekehrt war, war ich außerdem selbst eine Art von Berühmtheit, und in einigen Buchläden behandelte man mich sehr freundlich. Wegen dieser Berühmtheit besuchten mich machmal auch Studenten aus Austauschprogrammen, und da man eine fremde Türschwelle nicht mit leeren Händen überschreiten soll, brachten sie gewöhnlich Bücher mit. Mit einigen dieser Besucher schloß ich eine enge Freundschaft, die wiederum dazu führte, daß meine Regale erheblich an Umfang gewannen.

Ich liebte sie sehr, diese Anthologien, nicht nur wegen ihrer Inhalte, sondern auch wegen des süßlichen Geruchs ihrer Einbände und der gelben Farbe der Seitenränder. Sie fühlten sich so amerikanisch an und hatten tatsächlich Taschenformat. In einer Trambahn oder in einem Park konnte man sie aus der Tasche ziehen, und selbst wenn der Text nur zur Hälfte oder einem Drittel verständlich war, radierten sie sofort die aktuelle Wirklichkeit aus. Meine Lieblinge waren übrigens die Werke von Louis Untermeyer und Oscar William – denn sie enthielten Fotos der Beiträger, die die Phantasie nicht weniger anheizten als die Zeilen selbst. Stundenlang konnte ich die Züge eines Dichters in einem kleineren Schwarz-Weiß-Kasten untersuchen, und versuchte dabei herauszufinden, um was für eine Person es sich dabei handelte, versuchte dabei, ihn zu beleben, das Gesicht mit den zur Hälfte oder zu einem Drittel verstandenen Zeilen in Übereinstimmung zu bringen. Später, unter Freunden, tauschten wir uns über unsere wilden Vermutungen aus und über die Bruchstücke von Klatsch, die uns bisweilen erreichten, und wenn wir dann einen gemeinsamen Nenner entwickelt hatten, sprachen wir unser Urteil. Noch einmal mit dem Vorteil des Rückblicks gesprochen: Häufig lagen unsere Wahrsagungen gar nicht so weit daneben.

So sah ich zum ersten Mal Audens Gesicht. Es war ein fürchterlich abstraktes Foto – ein wenig zu gelehrt, den Schatten zu didaktisch eingesetzt: es sagte mehr über den Fotografen aus als über sein Modell. Nahm man dieses Bild zur Grundlage, mußte man entweder schließen, daß das Modell ein naiver Ästhet war, oder daß die Züge zu neutral für seinen Beruf waren. Ich zog die zweite Version vor, teilweise, weil es eine Eigenschaft der Audenschen Dichtkunst war, einen neutralen Ton zu halten, teilweise, weil die Pose des Anti-Heroen die idée fixe unserer Generation war. Es ging darum, so auszusehen wie jeder andere: einfache Schuhe, Arbeitermütze, Jacke und Schlips vorzugweise grau, kein Bart, kein Schnauzer. Wystan war erkennbar.

Genauso erkennbar, so weit sogar, daß einen die Gänsehaut überlief, waren die Zeilen von »September 1, 1939«, die nach außen hin die Ursprünge jenes Kriegs erklärten, der die Wiegen meiner Generation bestimmt hatte, jenes Gedichtes, das auch uns selbst beschrieb wie ein authentischer Schnappschuß in Schwarz und Weiß.

> I and the public know
> What all schoolchildren learn,
> Those to whom evil is done
> Do evil in return.

Dieser Vierzeiler streunerte aus seinem Zusammenhang, er setzte Sieger und ihre Opfer gleich. Ich bin dafür, daß jede Staatsregierung ihn auf die Brust jedes Säuglings tätowieren läßt, nicht nur wegen seiner Botschaft, sondern auch wegen seiner Tonsetzung. Das einzig akzeptable Argument gegen ein solches Vorgehen bestünde darin, daß Auden auch bessere Zeilen geschrieben hat. Was würden Sie mit den folgenden machen:

Faces along the bar
Cling to their average day:
The lights must never go out,
The music must always play,
All the conventions conspire
To make this fort assume
The furniture of home;
Lest we should see where we are,
Lost in a haunted wood,
Children afraid of the night
Who have never been happy or good.

Wenn Ihnen das noch zu sehr nach New York, nach Amerika klingt, was halten Sie dann von diesem Couplet aus »The Shield of Achilles«, das wenigstens in meinen Ohren sich ein wenig anhört wie ein Grabgedicht Dantes auf eine Handvoll osteuropäische Staaten:

... they lost their pride
And died as men before their bodies died.

Wenn Ihnen eine solche Barbarei zuwider ist, wenn Sie die zarte Haut schonen wollen, die verletzt werden könnte, gibt es noch sieben andere Zeilen im selben Gedicht, die in die Tore eines jeden existierenden Staates gemeißelt werden sollten, mehr noch, in die Tore zu unserer ganzen Welt:

A ragged urchin, aimless and alone,
Loitered about that vacancy, a bird
Flew up to safety from his well-aimed stone:
That girls are raped, that two boys knife a third,
Were axioms to him, who'd never heard
Of any world where promises were kept.
Or one could weep because another wept.

Stünden dort diese Zeilen, würden Neuankömmliche nicht über die Natur dieser Welt getäuscht, stünden dort diese Zeilen, würden die Bewohner der Welt nicht Demagogen für Demi-Götter halten.

Man muß kein Zigeuner sein, oder Lombroso, um an die Beziehung zwischen der Gestalt eines Individuums und seiner Handlungen zu glauben. Schließlich basiert unser Schönheitssinn darauf. Doch wie sollte ein Dichter aussehen, der schrieb:

> Altogether elsewhere, vast
> Herds of reindeer move across
> Miles and miles of golden moss,
> Silently and very fast.

Wie soll ein Mensch aussehen, der so gerne metaphysische Wahrheiten in die Langeweile des gesunden Menschenverstands übertrug, der so gerne das erstere im zweiteren entdeckte? Wie soll jemand aussehen, der im sorgfältigsten Umgang mit der Schöpfung einem mehr über den Schöpfer erzählt als irgendein unverschämter Agnostiker, der sich Abkürzungen durch die Sphären erlaubt? Sollte nicht eine Sensibilität, einzigartig in ihrer Verbindung von Ehrlichkeit, klinischer Zurückhaltung, kontrollierter Lyrik, wenn schon nicht in einer einzigartigen Anordnung von Gesichtszügen, so doch wenigstens in einem spezifischen, ungewöhnlichen Ausdruck resultieren? Und könnten solche Züge oder solch ein Ausdruck von einem Pinsel erfaßt werden, von einer Kamera festgehalten?

Mir gefiel der Vorgang der imaginären Hochrechnung von diesem Foto in der Größe einer Briefmarke. Immer langt man nach einem Gesicht, immer möchte man, daß sich ein Ideal materialisiert, und Auden war damals sehr nahe an einem Ideal. (Zwei weitere waren Beckett und Frost, doch ich wußte, wie sie aussahen; wie furchterregend auch immer, die Entsprechung zwischen ihren Fassaden und ihren Handlungen war offensichtlich.) Später sah ich natürlich andere Aufnahmen von Auden in einem hereingeschmuggelten Magazin oder in anderen Anthologien. Doch sie fügten nichts Neues hinzu. Der Mann entzog sich Linsen, oder sie liefen dem Mann hinterher. Ich fragte mich langsam, ob eine Form der Kunst in der Lage war, eine andere darzustellen, ob das Visuelle das Semantische verstehen könnte.

Eines Tages dann – ich glaube, es war im Winter 1968 oder 1969 – gab mir in Moskau Nadeshda Mandelstam, die ich dort besuchte, noch eine Anthologie zeitgenössischer Dichtung, ein sehr hübsches Buch, reich illustriert mit großen Schwarz-Weiß-Fotografien von, wenn ich mich recht erinnere, Rollie McKenna. Ich fand, wonach ich gesucht hatte. Ein paar Monate später borgte sich jemand das Buch, ich habe die Fotografie nie wieder gesehen, trotzdem erinnere ich sie sehr deutlich.

Das Bild war offenbar irgendwo in New York aufgenommen worden, auf einer Straßenüberquerung – entweder in der Nähe von Grand Central oder bei der Columbia University, wo die Amsterdam Avenue überbrückt wird. Auden stand da, er schaute, als ob man ihn überrascht hätte, im Gehen, die Augenbrauen erstaunt hochgezogen. Die Augen waren dagegen schrecklich ruhig und neugierig. Das Datum muß vermutlich in den späten vierziger oder im Anfang der fünfziger Jahre gelegen haben, bevor sich die berühmten Falten, die Phase des ungemachten Betts, auf seinen Zügen breitmachte. Alles, vielleicht fast alles, wurde mir plötzlich klar. Der Kontrast, besser vielleicht noch, das Ausmaß der Ungleichheit zwischen jenen der Form nach überrascht hochgezogenen Augenbrauen und der Intensität seines Blicks entsprachen für mich direkt dem formalen Aspekt seiner Zeilen (zwei hochgezogene Augenbrauen = zwei Zeilen) und der blendenden Präzision ihres Inhalts. Aus dem Buch starrte mich der gesichtsförmige Gegenpart eines Couplets an, einer Wahrheit, die man auswendig kennen sollte. Die Züge waren regelmäßig, sogar schlicht. In diesem Gesicht lag nichts außergewöhnlich Poetisches, kein Zug von Byron, nichts Dämonisches, Ironisches, Habichtartiges, Adlerförmiges, Romantisches, Verwundetes usw. Es war eher das Gesicht eines Arztes, der Ihrer Geschichte ruhig zuhört, obwohl er weiß, daß Sie krank sind. Ein Gesicht, das auf alles vorbereitet war, die Globalsumme eines Gesichts.

Es war ein Ergebnis. Sein blankes Starren war das direkte Produkt jener blendenden Nähe zwischen Gesicht und Objekt, die Ausdrücke schuf, wie »voluntary errands«, »necessary murder«, »conservative dark«, »artificial wilderness« oder »triviality of the sand«. Es vermittelte das Gefühl, wie wenn eine kurzsichtige Person die Brille absetzt, nur daß die Schärfe dieses Augenpaares weder etwas mit Kurzsichtigkeit noch mit der Kleinheit der Objekte zu tun hat, sondern mit deren tiefsitzenden Drohungen. Es war der starre Blick eines Manns, der weiß, daß er diese Drohungen nicht beseitigen kann, der jedoch entschlossen ist, für Sie die Symptome und auch die Krankheit selbst zu beschreiben. Das war nicht, was man »Sozialkritik« nannte – schon deswegen nicht, weil die Krankheit nicht sozial war, sie war existentiell.

Man hat diesen Mann fälschlich für einen Sozialkommentator gehalten oder einen Diagnostiker, oder etwas ähnliches. Am häufigsten wurde ihm vorgeworfen, daß er keine Therapie vorzuschlagen habe. Ein wenig hatte er sich das wohl auch selbst eingebrockt, indem er zunächst auf freudianische, später auf marxistische, danach auf kirchliche Terminologie zurückgriff. Die Therapie lag dabei aber genau im Gebrauch dieser Terminologien, denn sie sind einfach verschiedene Dialekte, in denen man über ein und dieselbe Sache reden kann, und das ist Liebe. Es ist der Tonfall, in dem man zu den Kranken spricht, der sie heilt. Dieser Dichter begab sich nicht als Chirurg, sondern als Pfleger zu den schlimmsten, oft tödlichsten Krankheitsfällen der Welt, und jeder Patient weiß, daß es die Pfleger sind, nicht die Schnitte, die einen wieder auf die Beine bringen. Es ist die Stimme eines Pflegers, also die der Liebe, die aus der Schlußrede des Alonso an Ferdinand in »The Sea and the Mirror« klingt:

> But should you fail to keep your kingdom
> And, like your father before you, come
> Where thought accuses and feeling mocks,
> Believe your pain ...

Im Moment Ihrer endgültigen Niederlage wird kein Arzt und kein Engel, am wenigsten werden Ihre Liebsten oder Verwandten so sprechen: nur ein Pfleger oder ein Dichter, aus Erfahrung genauso wie aus Liebe.

Und ich staunte über diese Liebe. Ich wußte nichts von Audens Leben: weder von seiner Homosexualität, noch von seiner Vernunftehe mit Erika Mann usw. – nichts. Was ich ganz klar fühlte, war, daß diese Liebe über ihr Objekt hinausschießen würde. Aber in meinem Verstand – besser in meiner Vorstellung – war es Liebe, die durch Sprache ausgedehnt oder beschleunigt wurde, durch die Notwendigkeit, sie auszudrücken; und Sprache – so viel wußte ich bereits – hat ihre eigene Dynamik und neigt, besonders in der Dichtung dazu, ihre selbstauslösenden Mechanismen zu gebrauchen: Versmaß und Strophen, die den Dichter weit jenseits seiner ursprünglichen Bestimmung befördern. Die zweite Wahrheit über Liebe in der Dichtung, die man aus den Schriften liest, lautet, daß sich die Gefühle eines Schriftstellers unvermeidlich dem linearen und unaufhaltsamen Fortschreiten der Kunst unterordnen. In der Kunst sichert dies einen höheren Grad von Lyrik, im Leben das Entsprechende an Isolierung. Und wenn es nur aufgrund seiner stilistischen Gewandheit gewesen wäre, hätte dieser Mensch ein ungewöhnliches Maß von Verzweiflung kennen müssen, wie es viele seiner bezauberndsten, hypnotisierendsten Gedichte vorführen. Denn in der Kunst resultiert Leichtigkeit meist aus der Schwermut, die ihre Abwesenheit hervorruft.

Und trotzdem war es Liebe, durch Sprache verewigt, gleichgültig – denn die Sprache war Englisch – gegenüber den Geschlechtern und vertieft durch einen heftigen Schmerz, denn auch Schmerz muß schließlich vielleicht ausgedrückt werden. Nun ist Liebe qua definitionem sich selbst bewußt und neugierig auf jede neue Situation. Als ich das Foto von Rollie McKenna betrachtete, freute ich mich, daß das Gesicht, das da gezeigt wurde, keine neurotischen oder andere Züge des Zwangs trug, daß es bleich war, gewöhnlich, nicht etwas ausdrückte, sondern statt dessen absorbierte, was immer vor seinen Augen vor sich ging. Wie herrlich wäre es, dachte ich, solche Gesichtszüge zu haben, und ich versuchte, im Spiegel die Grimasse nachzuäffen. Natürlich mißlang mir das, doch ich wußte, daß es mir mißlingen würde, denn von solch einem Gesicht konnte es nur eines geben. Es zu imitieren war unnötig, es existierte bereits in der Welt, und die Welt schien mir angenehmer, weil irgendwo dort draußen dieses Gesicht war.

Sie sind etwas Besonderes, die Gesichter von Dichtern. Der Theorie nach sollte dem Leser das Aussehen eines Autors gleichgültig sein: Lesen ist keine narzißtische Tätigkeit, genausowenig wie Schreiben, doch so bald man einmal hinlänglich viel von den Werken eines Dichters mag, beginnt man, über dessen Erscheinung nachzudenken. Vermutlich hängt das mit dem Argwohn zusammen, daß Liebe einem Kunstwerk der Erkenntnis der Wahrheit gleicht, jedenfalls in dem Ausmaß, indem sie die Kunst ausdrückt. Da wir von Natur aus unsicher sind, wollen wir den Künstler sehen, den wir mit seiner Arbeit identifizieren, so daß wir beim nächsten Mal wissen, wie Wahrheit in Wirklichkeit aussieht. Dieser Nachforschung entkommen nur die Autoren des Altertums, weshalb sie wohl, teilweise, als Klassiker betrachtet werden; die verallgemeinerten Züge aus Marmor, die in den Nischen von Bibliotheken nisten, stehen in direktem Verhältnis zu der absolut archetypischen Bedeutung ihres Œuvre. Aber wenn man liest

> ... To visit
> The grave of a friend, to make an ugly scene,
> To count the loves one has grown out of,
> Is not nice, but to chirp like a tearless bird,
> As though no one dies in particular
>
> And gossip were never true, unthinkable ...

dann steigt das Gefühl hoch, daß hinter diesen Zeilen nicht ein blonder, brünetter, bleicher, dunkelhäutiger, faltiger oder glattgesichtiger konkreter Autor steht, sondern das Leben selbst; und *diesem* würde man gerne begegnen. *Dieses* wüßte man gerne in engster menschlicher Nähe. Hinter diesem Wunsch verbirgt sich nicht Eitelkeit, sondern eine gewisse Physik des Menschen, die kleine Partikel zu einem großen Magneten hinziehen, obwohl man schließlich Audens eigene

Worte zitiert: »Ich habe drei große Dichter kennengelernt, jeder von ihnen ein besonders kolossaler Hurensohn«. Ich: »Wen?« Er: »Yeats, Frost, Bert Brecht« (Bei Brecht hatte er unrecht: Brecht war kein großer Dichter.)

4

Am 6. Juni 1972, etwa 48 Stunden, nachdem ich Rußland sehr überstürzt verlassen hatte, stand ich mit meinem Freund Carl Proffer, Professor für Russische Literatur an der University of Michigan, der nach Wien geflogen war, um mich dort zu treffen, in dem kleinen Dorf Kirchstetten vor Audens Haus und erklärte dessen Besitzer, warum wir dort waren. Dieses Treffen wäre fast nicht zustandegekommen.

Im nördlichen Österreich gibt es drei Kirchstetten. Wir waren durch alle drei gefahren und gerade dabei umzukehren, als der Wagen in eine ruhige, enge Landstraße bog, und wir einen hölzernen Pfeil mit der Aufschrift »Audenstraße« sahen. Wenn ich mich recht erinnere, hieß die Straße früher »Hinterholz«, weil sie hinter den Wäldern zum örtlichen Friedhof führte. Die Umtaufe hatte vermutlich ebensoviel mit der Bereitschaft der Dorfbewohner zu tun, sich dieses »memento mori« zu entledigen, wie mit ihrer Achtung vor dem großen Dichter, der in ihrer Mitte lebte. Der Dichter betrachtete die Situation mit einer Mischung aus Stolz und Verlegenheit. Eindeutigere Gefühle hegte er jedoch gegenüber dem örtlichen Pfarrer, dessen Name Schicklgruber war: Auden konnte sich das Vergnügen nicht verkneifen, ihn als »Pfarrer Schicklgruber« anzureden.

All das sollten wir später erfahren. Inzwischen versuchte Carl Proffer, einem untersetzten, heftig schwitzenden Mann in rotem Hemd und breiten Hosenträgern, die Jacke über dem Arm, ein Stoß Bücher darunter, zu erklären, warum wir gekommen waren. Der Mann war gerade mit dem Zug aus Wien gekommen, und da er über den Hügel gestiegen war, fehlt ihm der Atem und die Lust auf Unterhaltung. Wir wollten schon aufgeben, als er plötzlich begriff, was Carl Proffer sagte. Er rief: »Unmöglich!« und lud uns ins Haus ein. Das war Wysten Auden, und das war weniger als zwei Jahre vor seinem Tod.

Lassen Sie mich versuchen klarzustellen, wie all dies zustandegekommen war. 1969 hatte mich George L. Kline, ein Professor für Philosophie in Bryn Mawr in Leningrad besucht. Professor Klein übersetzte meine Gedichte ins Englische für die Penguin-Ausgabe, und als wir den Inhalt des kommenden Buchs besprachen, fragte er mich, von welchem Schriftsteller ich mir am liebsten eine Einleitung wünschte. Ich nannte Auden – denn England und Auden waren für mich Synonyme. Doch damals war die Aussicht, daß mein Buch in England veröffentlicht würde, völlig unrealistisch. Das einzige, was diesem Vorhaben einen Anschein von Realität verlieh, war seine völlige Illegalität unter sowjetischem Recht.

Trotzdem wurden die Dinge in Bewegung gesetzt. Auden erhielt das Manuskript, las es, und es gefiel ihm immerhin soweit, daß er eine Einleitung schrieb. Als ich daher nach Wien kam, trug ich Audens Adresse in Kirchstetten bei mir. Wenn ich an die folgenden drei Wochen in Österreich und später in London und in Oxford zurückdenke und mir noch einmal unsere Unterhaltungen durch den Kopf gehen lasse, höre ich seine Stimme häufiger als meine, obwohl ich zugeben muß, daß ich ihn gehörig mit Fragen über die zeitgenössische Dichtung quälte, insbesondere über die Dichter selbst. Das war aber verständlich, denn der einzige englische Satz, von dem ich wußte, daß ich ihn fehlerfrei beherrschte, war: »Mr. Auden, was denken Sie über ...« – und dann folgte ein Name.

Vielleicht war das auch gut so, denn was hätte ich ihm erzählen können, das er nicht bereits auf die eine oder andere Weise wußte. Natürlich hätte ich ihm erzählen können, daß ich verschiedene seiner Gedichte ins Russische übersetzt hatte und sie zu einer Zeitschrift in Moskau brachte; doch es handelte sich zufällig um das Jahr 1968, die Sowjets marschierten in die Tschechoslowakei ein, und eines Abends sendete die BBC Audens »The Ogre does what Ogres can ...«, das war das Ende dieses Unternehmens. (Vielleicht hätte er mich wegen dieser Geschichte geliebt, doch ich hatte keine sehr hohe Meinung von mir als Übersetzer.) Daß ich noch nie eine gelungene Übersetzung seiner Werke in irgendeiner Sprache gelesen hatte, die ich auch nur vage kannte? Das wußte er selbst vielleicht nur zu gut. Daß ich überglücklich war, als ich eines Tages von seiner Verehrung der Triade Kierkegaards erfuhr, die für viele von uns der Schlüssel zur menschlichen Spezies war? Aber ich hatte Angst, es nicht ausdrücken zu können.

Da war es besser, zuzuhören. Weil ich Russe war, redete er über russische Schriftsteller. »Mit Dostojewskij würde ich ungern unter demselben Dach leben«, pflegte er zu sagen. »Der beste russische Schriftsteller ist Tschechow« – »Warum?« – »Er ist der einzige aus eurem Volk, der gesunden Menschenverstand besitzt.« Oder er stellte mir Fragen nach jenem Phänomen, das ihn an meinem Vaterland am meisten verdutzte: »Ich habe gehört, daß die Russen immer die Scheibenwischer von geparkten Autos stehlen. Warum?« Doch meine Antwort – weil es keine Ersatzteile gibt – stellte ihn nicht zufrieden: Offenbar schwebte ihm eine weniger durchsichtige Lösung vor, und da ich ihn gelesen hatte, begann ich fast, selbst eine zu sehen. Dann bot er mir an, einige meiner Gedichte zu übersetzen. Das brachte mich gewaltig durcheinander. Wer war ich denn schon, daß Auden mich übersetzen sollte? Ich wußte, daß einige meiner Landsleute wegen seiner Übersetzungen mehr gewonnen hatten, als ihre Zeilen verdienten; doch irgendwie konnte ich mir den Gedanken nicht gestatten, daß *er* für *mich* arbeiten sollte. Deshalb sagte ich: »Mr. Auden, was halten sie von ... Robert Lowell?« »Ich mag keine Männer«, lautete die Antwort, »die hinter sich eine rauchende Spur heulender Frauen lassen.«

Während meiner Wochen in Österreich kümmerte er sich um meine Angelegenheiten mit der Sorgfalt einer gütigen Mutterhenne. Das begann damit, daß mich unerklärbare Telegramme und andere Post unter der Adresse »c/o W. H. Auden« erreichten. Dann schrieb er an die Academy of American Poets und forderte sie auf, mich finanziell zu unterstützen. So erhielt ich mein erstes amerikanisches Geld – $ 1000,-, um genau zu sein – und damit kam ich bis zu meinem ersten Zahltag an der University of Michigan aus. Er empfahl mich seinem Agenten, gab mir Instruktionen, wen ich treffen, wem ich aus dem Weg gehen sollte, er stellte mich seinen Freunden vor, schirmte mich vor Journalisten ab, und erwähnte mit Bedauern, daß er seine Wohnung am St. Mark's Place aufgegeben habe – ganz so, als plante ich, mich in seinem New York niederzulassen. »Es wäre gut für Sie. Schon deswegen, weil es in der Nähe eine armenische Kirche gibt, und die Messe ist besser, wenn man die Worte nicht versteht. Sie können doch kein Armenisch, oder?« Ich konnte nicht.

Dann kam für mich aus London – c/o W. H. Auden – eine Einladung, am Internationalen Dichtertreffen in der Queen Elizabeth Hall teilzunehmen, und wir buchten denselben Flug mit British European Airways. Hier konnte ich ihm ein wenig von seiner Güte zurückzahlen. Wie es der Zufall wollte, hatte ich während meines Aufenthalts in Wien Freundschaft mit der Familie Razumovsky geschlossen (Nachfahren des Graf Razumovsky der Beethoven Quartette). Olga Razumovsky arbeitete damals für Austrian Airlines. Als sie hörte, daß W. H. Auden und ich denselben Flug nach London gebucht hatten, rief sie BEA an und legte den dort Zuständigen nahe, uns wie Könige zu behandeln. Was auch passierte. Auden war erfreut, und ich war stolz.

Mehrmals während dieser Zeit drängte er mich, ihn beim Vornamen zu nennen. Natürlich widerstrebte mir das – nicht nur wegen meiner Gefühle für ihn als Dichter, sondern auch wegen unseres Altersunterschieds: Russen sind in diesen Angelegenheiten außerordentlich heikel. Schließlich sagte er in London: »So geht das nicht. Entweder nennst du mich Wystan, oder ich muß dich als Mr. Brodsky anreden.« Das klang so grotesk, daß ich aufgab. »Ja, Wystan«, sagte ich. »Was immer du sagst, Wystan.« Danach gingen wir zur Lesung. Er beugte sich über das Lesepult und erfüllte den Raum mehr als eine halbe Stunde lang mit den Zeilen, die er auswendig kannte. Wenn ich mir je gewünscht habe, daß die Zeit anhalten könnte, so war es damals, in dieser großen, dunklen Halle am südlichen Ufer der Themse. Unglücklicherweise tat sie das nicht. Doch ein Jahr danach, drei Monate, bevor er in einem Hotel in Österreich starb, lasen wir noch einmal zusammen. In demselben Saal.

5

Zu jener Zeit war er fast 66. »Ich *mußte* nach Oxford ziehen. Ich bin bei guter Gesundheit, doch ich brauche jemanden, der auf mich aufpaßt.« Soweit ich bei meinem Besuch im Januar 1973 sehen konnte, paßten nur die vier Wände des Cottages aus dem 16. Jahrhundert auf ihn auf, das ihm das College überlassen hatte, und ein Dienstmädchen. Im Speisesaal drängten ihn die Mitglieder der Fakultät vom Kalten Büffet, das waren wohl die Manieren englischer Schulen, Knaben bleiben Knaben. Als ich sie mir anschaute, mußte ich jedoch an eine jener blendenen Annäherungen an die Wahrheit denken, die Wystan einmal verfaßt hatte: »triviality of the sand«.

Dieses Herumgealber war einfach eine Variation auf das Thema: Die Gesellschaft hat keine Verpflichtung gegenüber einem Dichter, besonders gegenüber einem alten Dichter. Was heißt: Die Gesellschaft würde einem Politiker von vergleichbarem Alter, vielleicht sogar einem älteren, zuhören, doch nicht einem Dichter. Dafür gibt es eine Vielzahl von Gründen, sie reichen vom Anthropologischen zum Speichelleckerischen. Doch die Schlußfolgerung ist einfach und unausweichlich: Die Gesellschaft hat kein Recht zu klagen, wenn ein Politiker sie erledigt. Denn, wie Auden einmal in seinem »Rimbaud« schrieb:

> But in that child the rhetorician's lie
> Burst like a pipe: the cold had made a poet.

Wenn die Lüge so in »that child« explodiert, was geschieht ihr dann in einem alten Mann, der die Kälte viel deutlicher spürt? Aus dem Mund eines Fremden mag es anmaßend klingen, doch das tragische Verdienst von Auden als Dichter lag genau darin, daß er seinen Versen jegliche Form der Täuschung entzogen hatte, sei es die eines Rhetorikers oder die eines Barden. So etwas entfremdet einen nicht nur den Mitgliedern der Fakultät, sondern auch den eigenen Kollegen, denn in jedem von uns steckt jener pickelige Knabe, den es nach Erhebung dürstet.

Wenn diese Vergötterung von Pickeln zur Kritik wird,

betrachtet sie die Abwesenheit von Erhabenheit als Schlampigkeit, Trägheit, Gewäsch, Verfall. Einem solchen Kritiker würde es gar nicht gefallen, daß ein alternder Dichter das Recht hat, schlechter zu schreiben – sollte das tatsächlich der Fall sein – daß es überhaupt nichts Unappetitlicheres gibt als unwürdiges Alter, das »Liebe entdeckt« und die Transplantate von Affendrüsen. Wenn das Publikum die Wahl hat zwischen ungestüm und weise, wird es immer ersteres wählen, (und nicht deshalb, weil sich in dieser Wahl eine demographische Gegebenheit widerspiegelt, oder wegen der »romantischen« Eigenart von Dichtern, jung zu sterben, sondern wegen des dieser Spezies angeborenen Unwillens, über hohes Alter nachzudenken, geschweige denn, seine Konsequenzen). Traurig an diesem Festhalten an der Unreife ist, daß dieser Zustand selbst alles andere als permanent ist. Ach, wenn er es nur wäre! Dann könnte alles durch die Furcht der Spezies vor dem Tode erklärt werden. Dann wären alle jene »Ausgewählten Gedichte« von so vielen Dichtern unschuldig wie das Umtaufen von »Hinterholz« durch die Bürger von Kirchstetten. Wenn es nur um die Furcht vor dem Tode ginge, dann hätten sich dies Leser, und die aufmerksamen Kritiker besonders, non stop selbst besorgen müssen, um damit dem Beispiel ihrer geliebten jungen Autoren zu folgen. Doch solches geschieht nicht.

Die wahre Geschichte, die dem Festklammern unserer Spezies an der Unreife unterliegt, ist viel trauriger. In ihr geht es nicht um des Menschen Unwillen, vom Tode zu erfahren, sondern um seinen Wunsch, nichts über das Leben zu wissen. Doch Unschuld ist das letzte, das künstlich erhalten werden kann. Deshalb müssen Dichter – insbesondere jene, die lange währten – in ihrem Gesamtwerk, nicht in Auszügen gelesen werden. Der Anfang macht nur dann einen Sinn, wenn es ein Ende gibt. Denn anders als Romanschriftsteller erzählen uns Dichter die gesamte Geschichte: Nicht nur durch ihre eigenen Erfahrungen und Gefühle, sondern – und das ist für uns am meisten bedeutend – durch die Sprache selbst, durch die Worte, die sie letztlich wählen.

Wenn ein alternder Mann noch die Feder halten kann, hat er die Wahl: Er kann seine Memoiren schreiben oder ein

Tagebuch führen. Der Natur ihrer Kunst nach sind Dichter Tagebuchschreiber. Häufig gegen ihren eigenen Willen führen sie am ehrlichsten Buch über das, was (a) ihren Seelen passiert, sei es wie sie sich weiten, sei es – was häufiger der Fall ist – wie sie sich zusammenziehen, und (b) über ihr Sprachgefühl; denn sie sind die ersten, für die Worte ihren guten Ruf verlieren oder entwertet werden. Ob wir es mögen oder nicht, wir müssen hier nicht nur erfahren, was Zeit dem Menschen zufügt, sondern was Sprache Zeit zufügt. Und lassen Sie uns nicht vergessen, daß es die Dichter sind, »by whom it (language) lives«. Dieses Gesetz lehrt einen Dichter eine größere Rechtschaffenheit als es jeder andere Glaube vermag.

Genau deshalb läßt sich auf W. H. Auden eine Menge errichten. Nicht nur, weil er bei seinem Tod doppelt so alt war wie Christus, oder wegen Kierkegaards »Prinzip der Wiederholung«. Er diente einfach einer unendlichen Menge, größer als alles, mit dem wir sonst zu tun haben, und er ist ein Zeuge über ihre Verfügbarkeit; und mehr noch: er macht sie bewohnbar. Ganz vorsichtig gesagt, sollte jeder Mensch wenigstens einen Dichter von Buchdeckel zu Buchdeckel kennen. Wenn schon nicht als Führer, so doch als Maßstab. W. H. Auden könnte beide Funktionen sehr wohl erfüllen, schon weil die beiden Hölle und Limbo gleichen.

Er war ein großer Dichter (in diesem Satz stimmt nur die Vergangenheitsform nicht, es gehört zur Natur der Sprache, daß sie die eigenen Leistungen unweigerlich ins Präsens rückt), und ich betrachte es als einen ungeheuren Glücksfall, ihn kennengelernt zu haben. Aber selbst wenn ich ihn nie getroffen hätte, hätte es immer noch die Möglichkeit seines Werks gegeben. Man sollte dem Schicksal dankbar sein, dieser Möglichkeit ausgesetzt gewesen zu sein, von diesen Geschenken überhäuft worden zu sein, die um so unschätzbarer sind, als sie für niemandem im besonderen bestimmt waren. Das mag man eine Großzügigkeit des Geistes nennen, doch der Geist braucht einen Menschen, um wieder gebrochen zu werden. Durch diese Brechung wird nicht der Mensch heilig: der Geist wird menschlich und verständlich. Dieses – und die Tatsache, daß Menschen endlich sind – reicht aus, um jenen Dichter zu verehren.

Aus welchen Gründen auch immer er den Atlantik überquerte und Amerikaner wurde, das Ergebnis war, daß er die beiden Idiome des Englischen verschmolz und ein – ich paraphrasiere jetzt eine seiner eigenen Zeilen – unser transatlantischer Horaz wurde. Auf welche Weise auch immer dienten alle seine Reisen – durch Länder, durch die Höhlen der Seele, durch Doktrinen und Glauben – nicht so sehr, seine Argumente zu verbessern als seine Sprache zu erweitern. Wenn Dichtung für ihn je eine Frage des Ehrgeizes war, dann lebte er lange genug, bis sie für ihn einfach ein Mittel der Existenz wurde. Daher seine Autonomie, seine Gesundheit, sein Gleichgewicht, seine Ironie, seine Gelassenheit – in einem Wort: seine Weisheit. Was immer es auch sein mag, ihn zu lesen ist eine der sehr wenigen Möglichkeiten (wenn nicht die einzige), die uns bleibt, um uns anständig zu fühlen. Ich frage mich aber, ob er das bezweckte.

Das letztemal sah ich ihn im Juli 1973 bei einem Abendessen bei Stephen Spender in London. Wystan saß da am Tisch, eine Zigarette in seiner rechten Hand, ein Kristallglas in seiner linken, und er redete über kalten Lachs. Sein Stuhl war zu niedrig, daher hatte die Dame des Hauses ihm zwei zerfledderte Bände des Oxford English Dictionary auf den Platz gelegt. Damals dachte ich, daß ich den einzigen Menschen vor mir sah, der das Recht hatte, diese Bände als seinen Sitz zu benutzen.

1983

Rede zur Abschlußfeier

Meine Damen und Herren des Examensjahrgangs 1984!

Wie wagemutig oder vorsichtig zu sein Sie sich auch vorgenommen haben, im Laufe Ihres Lebens werden Sie unweigerlich in Kontakt kommen mit dem, was man das Böse nennt. Ich meine damit nicht etwas aus einem Schauerroman, sondern, um das mindeste zu sagen, eine greifbare soziale Realität, die Sie auf keine Weise kontrollieren können. Kein noch so guter Wille, kein noch so schlaues Kalkül wird dieses Zusammentreffen verhindern. In der Tat, je mehr Kalkül dabei ist, je vorsichtiger Sie sind, desto größer ist die Wahrscheinlichkeit dieses Treffens und um so stärker seine Wirkung. Das Leben ist derart, daß das, was wir als das Böse ansehen, sich fast überall zeigt, wenn vielleicht auch nur, weil es in der Verkleidung des Guten daherkommt. Sie werden es niemals sehen, wie es über Ihre Schwelle kommt und sich vorstellt: »Hallo, ich bin das Böse!« Hier zeigt sich seine sekundäre Beschaffenheit, doch der Trost, den man daraus gewinnen könnte, wird schal durch seine Häufigkeit.

Es wäre daher ein Gebot der Vorsicht, wenn Sie Ihre Vorstellungen vom Guten aufs genaueste prüften, wenn Sie gewissermaßen Ihre gesamte Garderobe prüften, um zu sehen, welches Ihrer Kleidungsstücke einem Fremden passen möchte. Natürlich könnte das Ihre ganze Zeit in Anspruch nehmen, und das sollte es auch. Sie werden überrascht sein, wieviele Dinge, die Sie als gut und als Ihnen gehörig betrachteten, ohne große Änderungen Ihrem Feind angemessen wären. Sie könnten sich sogar zu fragen beginnen, ob es nicht Ihr Spiegelbild sei, denn daß es so menschlich ist, ist am Bösen das eigentlich Interessante. Um es zurückhaltend auszudrükken: nichts kann leichter gewendet und verkehrt herum getragen werden, als unsere Auffassungen von sozialer Gerechtigkeit, Bürgersinn, einer besseren Zukunft usw. Eines der sichersten Anzeichen von Gefahr ist die Anzahl derer, die Ihre Ansichten teilen, und nicht etwa, weil so viel Übereinstimmung allzu leicht zur Uniformität degeneriert, als vielmehr auf Grund der Wahrscheinlichkeit – großen Zahlen immer eigen –, daß das edle Gefühl vorgetäuscht ist.

Aus demselben Grund sind extremer Individualismus, selbständiges Denken, Launenhaftigkeit, ja, wenn Sie so wollen: Exzentrizität, der beste Schutz gegen das Böse. Das heißt, alles was nicht vorgegeben, vorgetäuscht, imitiert werden kann; etwas, mit dem selbst ein erfahrener Betrüger nicht glücklich sein könnte. Mit anderen Worten, etwas das man nicht mit anderen teilen kann, wie die eigene Haut; nicht einmal mit einer Minderheit. Das Böse liebt einfach das Solide. Es hängt sich immer an die große Masse, den selbstgewissen Granit, die ideologische Reinheit, die gedrillten Armeen und die ausgeglichenen Konten. Seine Neigung zu diesen Dingen hat vermutlich etwas mit der ihm innewohnenden Unsicherheit zu tun; aber, noch einmal, diese Erkenntnis ist ein schwacher Trost, wenn das Böse triumphiert.

Und das tut es: in vielen Teilen der Welt und in uns selbst. Angesichts seiner Größe und Intensität, angesichts vor allem der Müdigkeit derer, die ihm sich widersetzen, muß heute das Böse nicht als ethische Kategorie, sondern als ein physisches Phänomen betrachtet werden, das nicht nach Teilchen gemessen werden kann, sondern geographisch zu vermessen ist. Aus diesem Grunde hat die Tatsache, daß ich über all dies zu Ihnen spreche, nichts zu tun mit Ihrer Jugend, Ihrer Frische und daß Sie über eine reine Weste verfügen. Nein, die Weste ist dunkel vor Schmutz, und der Glaube entweder an Ihr Können oder Ihren Willen, sie zu reinigen, fällt schwer. Der Zweck meiner Rede ist lediglich, Ihnen eine Form des Widerstandes vorzuschlagen, die eines Tages hilfreich sein könnte; eine Form, die Ihnen helfen könnte, aus dem Zusammentreffen mit dem Bösen vielleicht weniger beschmutzt hervorzugehen, wenn auch nicht unbedingt siegreicher als Ihre Vorgänger. Natürlich denke ich an die berühmte Geschichte vom Darreichen der anderen Backe.

Ich nehme an, daß Sie auf die eine oder andere Weise von Interpretationen dieses Verses aus der Bergpredigt durch Leo Tolstoj, Mahatma Gandhi, Martin Luther King Jr. und vielen anderen gehört haben. Ich nehme an, mit anderen Worten, daß Ihnen das Konzept des gewaltlosen oder passiven Widerstands vertraut ist, dessen zentrales Prinzip darin besteht, Böses mit Gutem, also nicht Gleiches mit Gleichem zu vergelten. Die Tatsache, daß die Welt heute so ist, wie sie ist, legt zumindest nahe, daß man diesem Konzept nicht unbedingt weltweit anhängt. Es gibt zwei Gründe für seine Unpopularität. Erstens bedarf es zur Umsetzung dieses Konzepts eines Restes von Demokratie. Genau daran aber fehlt es sechsundachtzig Prozent der Welt. Zweitens sagt dem Opfer der gesunde Menschenverstand, daß ihm das Darreichen der anderen Backe und der Verzicht, Gleiches mit Gleichem zu vergelten, bestenfalls einen moralischen Sieg einbringt, also etwas ziemlich Unwichtiges. Das natürliche Zögern, noch einen weiteren Körperteil einem Schlag auszusetzen, wird durch den Verdacht gerechtfertigt, daß dieses Verhalten das Böse nur noch anstachelt und verstärkt; daß nämlich der Gegner einen moralischen Sieg mit seiner eigenen Unverschämtheit verwechselt.

Es gibt noch andere, ernstere Gründe, um mißtrauisch zu sein. Wenn nicht schon der erste Schlag dem Kopf des Opfers den Geist ausgetrieben hat, könnte es erkennen, daß das Darreichen der anderen Backe hinausläuft auf ein Spiel mit des Angreifers Schuldgefühl, von seinem Karma ganz zu schweigen. Der moralische Sieg an sich könnte sich schließlich als gar nicht so moralisch herausstellen, und zwar nicht nur, weil dem Leiden häufig etwas Narzißhaftes anhängt, sondern auch, weil es das Opfer überlegen, besser also als der Feind, erscheinen läßt. Doch wie böse auch immer Ihr Feind ist, wichtig bleibt, daß er ein Mensch ist; und obwohl wir außerstande sind, andere wie uns selbst zu lieben, so wissen wir wohl, daß sich das Böse dann einnistet, wenn man sich für besser als einen anderen hält. (Denn allein darum erhielten Sie ursprünglich den Schlag auf die rechte Backe.) Das Beste also, was zu erhoffen ist, wenn man seinem Feind die andere Backe darreicht, besteht darin, daß man ihn auf die Nutzlosigkeit seiner Tat hinweist. »Sieh«, sagt die andere Backe, »was du schlägst, ist nur Fleisch. Nicht ich bin es. Meine Seele kannst du nicht zerschmettern.« Schlimm an dieser Haltung ist natürlich, daß der Feind diese Herausforderung durchaus annehmen könnte.

Die folgende Szene spielte sich vor zwanzig Jahren auf einem der zahlreichen Gefängnishöfe in Nordrußland ab. Um sieben Uhr morgens wurde eine Zellentür aufgestoßen, und auf der Schwelle stand ein Gefängniswärter, der sich an die Insassen wie folgt wendete: »Bürger! Das Wärterkollektiv dieses Gefängnisses fordert euch, die Insassen, zum sozialistischen Wetthacken des Holzes heraus, das auf unserem Hof gestapelt ist«. In jener Gegend gibt es keine Zentralheizung, und die örtliche Polizei besteuert, will man es so nennen, mit zehn Prozent ihrer Bestände die Holzhandelsgesellschaften in der Nähe. Zu jener Zeit, von der ich spreche, sah der Gefängnishof geradezu wie der Hof einer Holzhandlung aus: die Stapel waren zwei bis drei Stockwerke hoch und ließen selbst das einstöckige Viereck des Gefängnisses winzig erscheinen. Daß Holz gehackt werden mußte, war klar, obwohl sozialistische Wettbewerbe dieser Art schon vorher stattgefunden hatten. »Und was ist, wenn ich nicht daran teilnehme?« fragte einer der Gefangenen. »Na, dann gibt's nichts zu essen für dich«, antwortete der Wärter.

Die Äxte wurden an die Gefangenen verteilt und das Holzhacken begann. Gefangene und Wärter leisteten ernsthafte Arbeit. Mittags waren alle erschöpft, besonders aber die unterernährten Gefangenen. Eine Pause wurde angesagt, und die Leute setzten sich zum Essen – mit Ausnahme des Burschen, der die Frage gestellt hatte. Der schwang weiter seine Axt. Die Gefangenen und die Wärter machten sich über ihn lustig, sagten etwas über Juden, die man ja normalerweise für pfiffige Leute hielte, wohingegen aber dieser Mann ... und so weiter. Sie setzten, schon etwas lustloser geworden, nach der Pause ihre Arbeit fort. Um vier Uhr hörten die Wärter auf, denn ihre Schicht war zu Ende; etwas später hörten auch die Insassen auf. Weiter schwang der Mann seine Axt. Mehrmals wurde er – von beiden Seiten – zum Aufhören gedrängt, aber er hörte nicht. Es schien, als ob er einen bestimmten Rhythmus gefunden hätte, den er nicht brechen wollte; oder war er besessen von dem Rhythmus?

Den anderen schien er wie ein Automat zu sein. Fünf Uhr, sechs Uhr, die Axt ging immer noch auf und nieder. Die Gefangenen und die Wärter sahen ihm nun angespannt zu, und der sardonische Ausdruck auf ihren Gesichtern wich nach und nach einem Ausdruck der Verstörung und dann des Entsetzens. Um halb acht hörte der Mann auf, stolperte in seine Zelle und fiel in Schlaf. Während der restlichen Dauer seiner Gefängniszeit erging kein Aufruf mehr zum sozialistischen Wettstreit zwischen Wächtern und Gefängnisinsassen, obwohl die Holzstapel immer höher wurden.

Ich nehme an, der Bursche konnte das durchhalten – zwölf Stunden Holzhacken ohne Unterbrechung –, weil er damals noch recht jung war. Er war, in der Tat, erst vierundzwanzig. Nur ein bißchen älter als Sie. Ich glaube allerdings, daß es für sein Verhalten an jenem Tag einen anderen Grund gegeben haben könnte. Es ist durchaus möglich, daß der junge Mann – gerade weil er jung war – sich an die Worte der Bergpredigt besser erinnerte als Tolstoj und Gandhi. Weil der Menschensohn die Angewohnheit hatte, in Triaden zu sprechen, könnte sich der junge Mann daran erinnert haben, daß es mit den in Frage kommenden Versen:

> sondern, wenn dir jemand einen Streich gibt auf deine rechte
> Backe,
> dem biete die andere auch dar

nicht genug ist, sondern weitergeht mit:

> Und wenn jemand mit dir rechten will und deinen
> Rock nehmen, dem laß auch den Mantel.
> Und wenn dich jemand nötigt eine Meile,
> so gehe mit ihm zwei.

Werden diese Verse vollständig zitiert, dann haben sie in der Tat wenig zu tun mit gewaltlosem oder passivem Widerstand, mit den Prinzipien, daß man Gleiches nicht mit Gleichem vergelten und Gutes für Böses geben solle. Die Bedeutung dieser Zeilen ist alles andere als passiv, denn sie legen nahe, daß man das Böse durch Übererfüllung absurd werden lassen kann; sie legen des Bösen Wandel ins Absurde nahe mittels der Verzwergung seiner Forderungen durch gigantische Folgsamkeit, die den erlittenen Schaden abwertet. Dies versetzt das Opfer in eine sehr aktive Position, nämlich in die Position des geistigen Aggressors. Moralisch ist der hier mögliche Sieg nicht, sondern existentiell. Die andere Backe erregt hier nicht das Schuldgefühl des Gegners (das er durchaus zum Verstummen bringen kann), sondern sie setzt seine Sinne und Fähigkeiten der Bedeutungslosigkeit des ganzen Unterfangens aus, wie bei jeder Form von Massenproduktion.

Erlauben Sie mir, Sie daran zu erinnern, daß wir hier nicht über eine Situation sprechen, in der es um einen fairen Kampf geht. Wir sprechen über eine Situation, in der man sich von Anfang an in einer hoffnungslos unterlegenen Lage befindet, in der man nicht zurückschlagen kann, und in der die Wahrscheinlichkeit geradezu überwältigend gegen einen spricht. Mit anderen Worten, wir sprechen über die besonders dunklen Stunden im Leben, da einem das Gefühl moralischer Überlegenheit über den Gegner keinen Trost bietet, da man bei diesem Gegner schon längst nicht mehr Scham oder gar Sehnsucht nach verlorengegangenen Skrupeln hervorrufen kann, da man selbst nur über Gesicht, Jacke, Mantel verfügt und ein Paar Füße, die immer noch ein oder zwei Meilen weit gehen können.

In dieser Situation gibt es wenig Raum für taktische Manöver. Deshalb sollte der Entschluß, die andere Backe darzureichen, eine kühl durchdachte Entscheidung sein. Ihre Aussichten zu gewinnen, wie schlecht sie auch sein mögen, hängen davon ab, ob Sie wissen, was Sie tun – oder nicht. Wenn Sie Ihr Gesicht vorneigen, die Backe dem Gegner zugewandt, dann sollten Sie wissen, daß dies nur der Anfang Ihres Leidensweges und der Anfang des Verses ist – und Sie sollten bereit sein, sich selbst die ganze Sequenz hindurch zu sehen, durch alle drei Verse aus der Bergpredigt. Anderenfalls wird eine einzige Zeile Sie, aus dem Kontext gerissen, verkrüppeln.

Wer seine Ethik auf einem falsch zitierten Vers fußen läßt, zieht sich sein Verderben selbst zu, oder man landet als ein geistiger Bourgeois auf dem weichsten Ruhekissen: dem der eigenen Überzeugungen. In beiden Fällen (zu den letzteren, den eigentlich unerträglichsten, gehören die Mitglieder wohlmeinender Bewegungen und steuerbefreiter Organisationen) gibt man dem Bösen dadurch etwas preis, indem das Verständnis seiner Schwächen verzögert wird. Denn das Böse, daran darf ich Sie erinnern, ist nur menschlich.

Eine Ethik, die auf diesem falsch zitierten Vers ruht, hat nach Gandhi, außer der Regierenden Hautfarbe, in Indien nichts verändert. Doch ist es gleichgültig aus der Sicht eines Hungernden, wer ihn hungern läßt. Ich erlaube mir sogar zu behaupten, daß der Hungrige selbst einen Weißen als Verantwortlichen für seine traurige Lage vorzieht, wenn auch nur, weil der böse soziale Zustand auf diese Weise von außen zu kommen scheint und vielleicht gar weniger wirksam ist als ein Leiden, das von den eigenen Leuten verursacht wird. Hat ein Ausländer die Führung, dann bleibt noch Raum für Hoffnung, für Illusionen.

Im Rußland nach Tolstoj unterminierte eine auf diesem falsch zitierten Vers beruhende Ethik die Widerstandskraft der Nation gegenüber dem Polizeistaat. Was daraus folgte, ist nur allzu vertraut: sechzig Jahre des Darreichens der anderen Backe verwandelten das Angesicht der Nation in eine einzige große Prellung, so daß der heutige Staat, seiner Gewalttätigkeit müde, dieses Gesicht nur noch bespuckt. Desgleichen das Gesicht der Welt. Wenn Sie also, anders ausgedrückt, das Christentum verweltlichen, wenn Sie die Lehren Christi in politische Begrifflichkeit übersetzen wollen, dann brauchen Sie mehr als modernen politischen Hokuspokus: Sie müssen den Ausgangstext haben – wenigstens im Kopf, wenn er schon keinen Platz in Ihrem Herzen gefunden hat. Da Er weniger ein guter Mensch war als ein göttlicher Geist, ist es tödlich, auf Kosten Seiner Metaphysik auf Seiner Güte herumzureiten.

Ich muß zugeben, daß ich mich ein wenig unwohl fühle, wenn ich über diese Dinge spreche: denn es ist eine äußerst private Angelegenheit, ob man die andere Backe darreicht oder nicht. Der Zusammenprall findet immer nur eins-zu-eins statt. Es ist immer Ihre Haut, Ihre Jacke, Ihr Mantel, und es sind Ihre Glieder, die das Gehen zu besorgen haben. Jemandem zum Umgang mit diesen Dingen zu raten, gar zu drängen, ist, wenn auch nicht ganz falsch, so doch unverschämt. Ich möchte hier nur erreichen, daß Ihnen ein Klischee genommen wird, das so viele verletzt und so wenig bewirkt hat. Ich möchte Ihnen auch die Vorstellung davon einprägen, daß Sie nicht besiegt sind, solange Sie Haut, Jacke, Mantel und Glieder haben, wie auch immer Ihre Chancen stehen mögen.

Es gibt da aber noch einen besseren Grund, warum man sich bei der öffentlichen Diskussion dieser Dinge ungemütlich fühlen sollte; und dabei geht es nicht nur um die Ihnen eigene natürliche Zurückhaltung, Ihr eigenes junges Ich als zukünftiges Opfer zu sehen. Nein, es ist vielmehr bloße Nüchternheit, die mich unter Ihnen auch zukünftige Bösewichter vermuten läßt, und es ist einfach schlechte Strategie, wenn man die Geheimnisse des Widerstands mitteilt im Angesicht des potentiellen Feindes. Was mich vielleicht von der Anklage des Hochverrats oder, schlimmer noch, der weiteren Verlängerung des taktischen Status quo befreien könnte, ist die Hoffnung, daß das Opfer immer einfallsreicher sein wird, origineller in seinem Denken und wagemutiger als der Bösewicht. Daher die Chance des Opfers, daß es siegen könnte.

Williams College, 1984

Flucht aus Byzanz

Für Véronique Schiltz

1

Im Bewußtsein der Tatsache, daß jede Beobachtung von den persönlichen Eigenarten des Beobachters beeinträchtigt wird – das heißt, daß sie allzu häufig seinen psychologischen Zustand statt der beobachteten Realität widerspiegelt –, empfehle ich, das folgende mit dem gebotenen Maß an Skepsis, wenn nicht mit umfassendem Mißtrauen anzugehen. Das einzige, was der Beobachter als Rechtfertigung für sich in Anspruch nehmen kann, ist, daß auch er über ein Quentchen Realität verfügt, im Ausmaß vielleicht geringer, doch von der Qualität her dem Gegenstand der Erforschung in nichts nachstehend. Zweifellos läßt sich dadurch, daß man sich im Augenblick der Beobachtung seiner selbst völlig bewußt ist, ein Anschein von Objektivität erreichen. Ich glaube nicht, daß ich dazu imstande bin; jedenfalls ging mein Ehrgeiz nicht darauf. Gleichwohl hoffe ich doch, daß etwas dergleichen stattgefunden hat.

2

Mein Verlangen, nach Istanbul zu kommen, ist niemals ganz echt gewesen. Ich bin mir nicht einmal sicher, ob solch ein Wort – »Verlangen« – hier angebracht ist. Andererseits läßt es sich kaum eine bloße Schrulle oder einen unbewußten Drang nennen. Sei es also ein Verlangen, und halten wir fest, daß es zum Teil als Folge eines Versprechens entstanden ist, das ich mir 1972 gegeben habe, als ich meine Heimatstadt, das heißt, Leningrad, für immer verließ – nämlich die bewohnte Welt entlang des Längen- und Breitengrades (d.h. des Pulkowo-Meridians) zu umfahren, auf dem Leningrad liegt. Inzwischen ist der Breitengrad mehr oder weniger erledigt; was den Längengrad betrifft, so ist die Situation alles andere als befriedigend. Doch wenigstens Istanbul liegt nur ein paar Grade westlich von jenem Meridian.

Das soeben erwähnte Motiv ist nur unwesentlich ausgefallener als der ernsthaftere Grund, ja, der Hauptgrund, über den ich ein wenig später etwas sagen werde, oder als ein paar völlig frivole zweit- oder drittrangige Beweggründe, die ich sofort preisgeben möchte, damit es mit derlei Nebensächlichkeiten hier und jetzt sein Bewenden hat: (a) es war diese Stadt, in der mein Lieblingsdichter, Konstantin Kavafis, um die Jahrhundertwende drei bedeutsame Jahre verbrachte; (b) ich habe aus irgendeinem Grunde immer gedacht, daß ich hier in Wohnungen, Geschäften und Kaffeehäusern eine Atmosphäre noch unversehrt vorfinden würde, wie sie gegenwärtig überall sonst völlig verschwunden zu sein scheint; (c) ich hoffte, in Istanbul, in den Außenbezirken der Geschichte, jenes »überseeische Quietschen einer türkischen Matratze« zu hören, wie ich es vor gut zwanzig Jahren eines Nachts auf der Krim zu vernehmen meinte; (d) ich wollte gern einmal als »Effendi« angeredet werden; (e) – Doch ich fürchte, das Alphabet ist nicht lang genug, um all diese lächerlichen Vorstellungen unterzubringen (obwohl es vielleicht ja besser ist, sich von derlei Unfug in Bewegung setzen zu lassen, da sich so die Enttäuschung am Ende leichter ertragen läßt). Deshalb wollen wir zum versprochenen »Hauptgrund« kommen, auch wenn es vielen vorkommen mag, als verdiene er bestenfalls das »f« im Katalog meiner *bêtises.*

Dieser »Hauptgrund« stellt den Gipfel der Ausgefallenheit dar. Er hat mit der Tatsache zu tun, daß ich vor einigen Jahren, während ich mit einem Freund, einem amerikanischen Byzantinisten, sprach, auf den Gedanken kam, daß das Kreuz, das Konstantin am Vorabend seines Sieges über Maxentius im Traum sah – das Kreuz, das die Inschrift trug »In diesem Zeichen wirst du siegen« – in Wirklichkeit kein christliches Kreuz war, sondern ein städtebauliches, nämlich die Kreuzung, die das Grundelement jeder römischen Siedlung bildete. Eusebius und anderen zufolge brach Konstantin, inspiriert von seiner Vision, sogleich in Richtung Osten auf. Nach

Troja, das er ganz plötzlich wieder aufgab, fiel seine Wahl auf Byzanz zur Gründung der neuen Hauptstadt des römischen Imperiums – also des Zweiten Roms. Die Folgen dieser seiner Ortsverlegung waren so bedeutsam, daß ich, ob nun zu Recht oder nicht, den Drang verspürte, diese Stätte zu sehen. Schließlich habe ich zweiunddreißig Jahre an einem Ort verbracht, der als Drittes Rom bekannt ist, und etwa eineinhalb Jahre im Ersten. Folglich brauchte ich noch das Zweite, und sei es nur für meine Sammlung.

Doch wollen wir das alles auf ordentliche Weise abhandeln, soweit sich das eben machen läßt.

3

Ich kam auf dem Luftweg in Instanbul an und verließ es ebenso, wodurch ich es in meinem Bewußtsein wie einen Virus unter dem Mikroskop isoliert habe. Wenn man das anstekkende Wesen jeglicher Kultur in Betracht zieht, scheint der Vergleich nicht unverantwortlich. Während ich diese Bemerkungen niederschreibe, im Hotel Ägäis in einem kleinen Ort, der Sunion heißt – am südöstlichen Ende von Attika, vierzig Meilen von Athen entfernt, wo ich vor vier Stunden gelandet bin –, komme ich mir wie der Träger einer speziellen Infektion vor, trotz beständiger Impfungen durch die »klassische Rose« des verstorbenen Wladislaw Chodasewitsch, denen ich mich während des größeren Teils meines Lebens unterzogen habe. Ich fühle mich auf Grund dessen, was ich gesehen habe, tatsächlich fiebrig; daher denn auch eine gewisse Sprunghaftigkeit in allem, was folgt. Ich glaube, daß mein berühmter Namensvetter ein ähnliches Erlebnis gehabt hat, als er sich mühte, die Träume des Pharao zu deuten – obwohl es eine Sache ist, Deutungen heiliger Zeichen zu verkünden, wenn die Spur noch heiß ist (oder eher warm), und eine ganz andere, wenn inzwischen eineinhalbtausend Jahre vergangen sind.

4

Apropos Träume. In den frühen Morgenstunden des heutigen Tages im Hotel Pera Palace in Instanbul erblickte auch ich etwas – etwas äußerst Monströses. Der Schauplatz war die Abteilung für Philologie der Universität von Leningrad, und ich kam mit jemandem die Treppe herab, den ich für Professor D. E. Maximow hielt, nur daß er eher wie Lee Marvin aussah. Ich erinnere mich nicht mehr, worüber wir sprachen, aber darauf kommt es auch nicht an. In einer dunklen Ecke des Treppenabsatzes, wo sich das Dach sehr niedrig herabsenkte, erregte eine wüste Szene meine Aufmerksamkeit. Ich sah dort, wie drei Katzen mit einer riesigen Ratte kämpften, gegen die sie winzig wirkten. Als ich über die Schulter sah, bemerkte ich, daß eine Katze von der Ratte zerfetzt worden war und sich krampfartig im Todeskampf auf dem Boden wand. Ich entschied mich, den Ausgang der Schlacht nicht zu beobachten – ich weiß nur noch, daß die Katze ruhig wurde –, und während ich Bemerkungen mit Marvin-Maximow austauschte, ging ich weiter die Treppe hinab. Ich wachte auf, ehe ich die Halle erreichte.

Zunächst einmal, ich liebe Katzen über die Maßen. Dann sollte ich hinzufügen, daß ich niedrige Dächer nicht ausstehen kann; daß der Ort nur scheinbar die Abteilung für Philologie war, denn die ist nur zwei Stockwerke hoch; daß seine schmutzig-graubraune Farbe die der Fassaden und Innenräume von Istanbul war, insbesondere der Büros, die ich in den letzten paar Tagen besucht hatte; daß die Straßen dort verwinkelt, dreckig, schrecklich holprig und von Abfall übersät sind, der dauernd von räuberischen Straßenkatzen durchstöbert wird; daß die Stadt und alles, was darin ist, stark nach Astrachan und Samarkand riecht; und daß ich mich am Abend zuvor zur Abreise entschlossen hatte – doch davon später. Kurz, es reichte, um sich das Unbewußte zu besudeln.

5

Konstantin war zunächst und allererst ein römischer Imperator – der den westlichen Teil des Imperiums beherrschte – und für ihn mußte »In diesem Zeichen wirst du siegen« natürlich vor allem eine Ausdehnung seiner eigenen Herrschaft, seiner Kontrolle über das ganze Imperium bedeuten. Es ist ja nichts Neues, die unmittelbare Zukunft aus den Innereien eines Hahnes vorherzusagen oder sich eine Gottheit als eigenen Befehlshaber in den Dienst zu nehmen. Zudem ist die Kluft zwischen absolutem Ehrgeiz und äußerster Frömmigkeit nicht gar so groß. Doch selbst wenn er ein wahrer und eifriger Anhänger des Glaubens gewesen wäre (was verschiedentlich in Zweifel gezogen wurde, insbesondere angesichts seines Verhaltens seinen Kindern und seiner Familie gegenüber), muß »siegen« für ihn nicht nur die militärische Bedeutung des Klingenkreuzens gehabt haben, sondern auch eine administrative – das heißt Gründung von Siedlungen und Städten. Und der Grundriß jeder römischen Siedlung ist exakt ein Kreuz: eine zentrale Hauptstraße, die in nordsüdlicher Richtung verläuft (wie der Corso in Rom), schneidet eine ähnliche Straße, die in ostwestlicher Richtung verläuft. Von Leptis Magna bis hin nach Castricum wußte jeder Bürger des Imperiums immer, in welcher Richtung von der Hauptstadt er sich befand.

Selbst wenn das Kreuz, von dem Konstantin zu Eusebius sprach, das des Erlösers war, bildete das Prinzip der Siedlungsplanung un- oder unterbewußt einen wesentlichen Bestandteil seines Traumes. Im übrigen war im vierten Jahrhundert das Symbol für den Erlöser gar kein Kreuz; es war der Fisch, ein griechisches Akrostichon für den Namen Christi. Und was das Kreuz der Kreuzigung selbst betrifft, so ähnelte es eher dem T des russischen (und lateinischen) Alphabets als dem Kreuz, wie es Bernini im Treppenhaus von St. Peter dargestellt hat und wie wir es uns heute vorstellen. Was immer Konstantin im Sinn gehabt haben mag oder nicht, die Ausführung der Anweisungen, die er im Traum empfangen hatte, nahm zuallererst die Form einer territorialen Expansion nach Osten an, und das Entstehen eines Zweiten Roms war die vollkommen logische Folge dieser Ausdehnung nach Osten. Da er allen Berichten zufolge über eine dynamische Persönlichkeit verfügte, hielt er eine vorwärtsgerichtete Politik für völlig natürlich. Um so mehr, wenn er denn tatsächlich ein wahrer Anhänger des Glaubens war.

War er es oder war er es nicht? Was immer die Antwort sein mag, es ist der genetische Code, der zuletzt lachte. Denn sein Neffe war nun einmal niemand anderes als Julian Apostata.

6

Jede Bewegung über eine ebene Fläche, die nicht von physischer Notwendigkeit diktiert wird, ist eine räumliche Form der Selbstvergewisserung, sei es die Errichtung eines Imperiums oder sei es der Tourismus. In diesem Sinne unterschied sich mein Grund, nach Istanbul zu gehen, nur wenig von dem Konstantins. Insbesondere, wenn er denn wirklich zum Christen wurde – das heißt aufhörte, ein Römer zu sein. Allerdings habe ich wohl eher Grund, mich der Oberflächlichkeit zu zeihen; und im übrigen sind die Ergebnisse meiner »displacements« bei weitem weniger folgenreich. Ich hinterlasse nicht einmal Photographien, die »vor dem Hintergrund« irgendwelcher Mauern aufgenommen wurden, geschweige denn ein paar Mauern selbst. In diesem Sinne bin ich sogar dem beinahe sprichwörtlichen Japaner unterlegen. (Es gibt nichts Erschreckenderes für mich als die Vorstellung des Familienphotoalbums eines durchschnittlichen Japaners: lächelnd und untersetzt, er/sie/beide vor dem Hintergrund von allem, was die Welt an Vertikalem zu bieten hat – Statuen, Fontänen, Kathedralen, Türme, Moscheen, antike Tempel etc. Am wenigsten, so nehme ich an, Buddhas und Pagoden.) *Cogito ergo sum* macht Platz für *Kodak ergo sum*, wie *cogito* seinerzeit über »ich erschaffe« triumphiert hat. Mit anderen Worten, das ephemere Wesen meiner Gegenwart und meiner Motive ist nicht weniger absolut als die physische Handgreiflichkeit der Aktivitäten Konstantins und seiner Gedanken, seien sie nun wirklich oder nur angenommen.

7

Die elegischen Dichter Roms vom Ende des ersten Jahrhunderts v. Chr. – insbesondere Properz und Ovid – machen sich offen über ihren großen Zeitgenossen Vergil und seine *Äneis* lustig. Das mag erklärlich sein aus persönlicher Rivalität heraus oder aus beruflicher Mißgunst oder dem Gegensatz zwischen ihrer Vorstellung von Dichtung als persönlicher, privater Kunst und einer Auffassung von Dichtung als einer staatsbürgerlichen Angelegenheit, einer Form von Staatspropaganda. (Das mag wahr klingen, ist aber gleichwohl von der Wahrheit weit entfernt, da Vergil nicht nur Verfasser der *Äneis* war, sondern auch der *Bucolica* und der *Georgica*.) Es mag auch Überlegungen rein stilistischer Natur gegeben haben. Es ist durchaus möglich, daß vom Standpunkt der Elegiker aus das Epos – jede Epik, einschließlich der Vergils – ein rückständiges Phänomen war. Die Elegiker waren alle Schüler der Dichterschule von Alexandria, die eine Tradition von kurzer Verslyrik hervorgebracht hatte, wie wir sie aus heutiger Dichtung kennen. Die Vorliebe Alexandrias für Kürze, Dichte, Gedrängtheit, Konkretheit, Gelehrsamkeit und Didaktik und die Beschäftigung mit dem Persönlichen war, so scheint es, die Reaktion der griechischen Literatur auf ein Übermaß an literarischen Formen der archaischen Periode: gegen das Epos, das Drama; gegen Mythologisierung, um nicht zu sagen, gegen Mythenschöpfung schlechthin. Eine Reaktion, wenn man darüber nachdenkt – obwohl sich das nicht empfiehlt –, die sich gegen Aristoteles richtet. Die alexandrinische Tradition nahm all diese Dinge auf und paßte sie dem Rahmen der Elegie oder der Ekloge an: dem beinahe hieroglyphischen Dialog bei der letzteren, der illustrativen Funktion des Mythos *(exempla)* bei der ersteren. Mit anderen Worten, wir finden eine gewisse Tendenz zu Verkleinerung und Verdichtung (als Strategie der Dichtung, in einer Welt zu überleben, die immer weniger Neigung hat, ihr Beachtung zu schenken, wenn nicht als eine direktere, unmittelbarere Strategie, Herz und Verstand der Leser und Hörer zu beeinflussen), als, man höre und staune, Vergil mit seinen Hexametern und seiner gigantischen »Gesellschaftsordnung« erscheint.

Ich möchte hier hinzufügen, daß die Elegiker nahezu ausnahmslos das elegische Distichon benutzten, einen Doppelzeiler, in dem sich ein daktylischer Hexameter mit einem daktylischen Pentameter verbindet; auch daß sie, wiederum nahezu ausnahmslos, von der Rhetorikschule zur Dichtung gekommen waren, wo sie sich für einen juristischen Beruf ausgebildet hatten (als Advokaten: Disputierende im modernen Sinne). Nichts korrespondiert besser mit dem rhetorischen Denksystem als das elegische Distichon, das in Minimalform ein Mittel bot, zwei Standpunkte auszudrükken, ganz abgesehen von einer ganzen Palette von Intonationsfärbungen, welche die beiden kontrastierenden Versmaße ermöglichten.

All das jedoch sei als Parenthese vermerkt. Keinesfalls in Klammern steht jedoch der Tadel, den die Elegiker eher auf ethischem als auf metrischem Gebiet gegen Vergil richteten. Besonders interessant ist in dieser Hinsicht Ovid, der in seiner Begabung zum Schreiben dem Verfasser der *Äneis* keineswegs nachsteht und psychologisch unendlich viel subtiler ist. In »Dido an Äneas«, einer seiner *Heroiden* – einer Sammlung fiktiver Briefe, die die Standardheldinnen der Liebesdichtung an ihre entweder dahingegangenen oder untreuen Geliebten richten –, beklagt sich die Königin von Karthago über Äneas, der sie verlassen hat, auf etwa folgende Weise: »Ich hätte ja verstanden, wenn du mich verlassen hättest, weil du entschlossen warst, nach Hause zurückzukehren, zu deiner Sippschaft. Doch du machst dich auf zu unbekannten Ländern, einem neuen Ziel, einer neuen, noch nicht gegründeten Stadt, um dann, wie es scheint, das nächste Herz zu brechen.« Und so weiter. Sie deutet sogar an, daß Äneas sie schwanger zurückläßt und daß einer der Gründe für ihren Selbstmord ihre Angst vor der Schande ist. Doch das gehört nicht zur Sache, um die es geht. Worauf es hier ankommt, ist, daß Äneas in Vergils Augen ein Held ist, der von den Göttern geleitet wird. In Ovids Augen ist er ein gewissenloser Schuft, der sein eigenes Verhalten – seine Bewegung über eine ebene Fläche – der göttlichen Vorsehung zuschreibt. (Was die Vorsehung betrifft, so hat auch Dido ihre eigenen teleologischen Erklärungen, doch das ist eher bedeutungslos, wie auch unsere allzu bereitwillige Annahme, daß Ovid eine antistaatsbürgerliche Haltung vertreten hätte.)

8

Die alexandrinische Tradition war eine griechische: eine der Ordnung (Kosmos), der Proportionen, der Harmonie, der Tautologie von Ursache und Wirkung (so im Ödipuszyklus) – eine Tradition der Symmetrie und des geschlossenen Kreises, der *Rückkehr zum Ursprung*. Und es ist Vergils Vorstellung von linearer Bewegung, sein lineares Existenzmodell, welches die Elegiker bei ihm so ärgerlich finden. Man sollte die Griechen nicht allzu sehr idealisieren, doch kann man ihnen ihr kosmisches Prinzip nicht nehmen, das sowohl Himmelskörpern wie Küchenutensilien ihre Gestalt gibt.

Vergil, so scheint es, war der erste – jedenfalls in der Literatur –, der das lineare Prinzip anwandte: sein Held kehrt niemals zurück; er geht immer nur fort. Möglicherweise lag das in der Luft; wahrscheinlicher ist, daß es von der Ausdehnung des Imperiums diktiert wurde, das Ausmaße erreicht hatte, die menschliches »displacement« tatsächlich irreversibel machten. Das ist genau der Grund, weshalb die *Äneis* unvollendet geblieben ist: sie durfte nicht – ja, konnte eigentlich nicht – abgeschlossen werden. Und das lineare Prinzip hat nichts zu tun mit dem »femininen« Charakter des Hellenismus oder der »Männlichkeit« der römischen Kultur – oder mit Vergils eigenen sexuellen Neigungen. Es geht darum, daß das lineare Prinzip, da es in sich eine gewisse Verantwortungslosigkeit gegenüber der Vergangenheit entdeckt – eine Verantwortungslosigkeit, die mit der linearen Vorstellung der Existenz zusammenhängt –, die Neigung hat, diese mit einem detaillierten Zukunftsentwurf auszugleichen. Das Ergebnis ist entweder eine »rückwärtsgerichtete Prophezeiung«, wie die Gespräche von Anchises in der *Äneis*, oder gesellschaftlicher Utopismus oder die Vorstellung von ewigem Leben – d.h. das Christentum. Der Unterschied zwischen diesen Entwürfen ist nicht sehr groß. Tatsächlich ist es diese Ähnlichkeit, und nicht die »messianische« Vierte Ekloge, die es praktisch erlaubt, von Vergil als dem ersten christlichen Dichter zu sprechen. Wenn ich es gewesen wäre, der *Die Göttliche Komödie* geschrieben hätte, dann hätte ich diesen Römer im Paradies untergebracht: für hervorragende Verdienste um das lineare Prinzip und dessen logischen Abschluß.

9

Das Delirium und der Schrecken des Ostens. Die staubige Katastrophe Asiens. Grün nur auf dem Banner des Propheten. Hier wächst nichts als Schnurrbärte. Ein schwarzäugiger, vor-dem-Abendessen-mit-Stoppeln-übersäter Teil der Welt. Scheiterhaufenglut, mit Urin gelöscht. Dieser Geruch! Eine Mischung aus fauligem Tabak und schweißiger Seife und Unterwäsche, die wie ein zweiter Turban um Lenden gewikkelt ist. Rassismus? Aber ist es nicht nur eine Form der Misanthropie? Und dieser Sand, der einem allenthalben in die Schnauze fliegt, sogar in der Innenstadt, und einem die Welt aus den Augen sticht – und doch empfindet man sogar dafür noch Dankbarkeit. Allenthalben Beton, mit der Struktur von Kothaufen und der Farbe eines umgewühlten Grabes. Ach, dieser ganze kurzsichtige Abschaum – Corbusier, Mondrian, Gropius –, der die Welt wirksamer verstümmelt hat als jede *Luftwaffe*! Snobismus? Aber es ist doch nur eine Form der Verzweiflung. Die örtliche Bevölkerung in einem Zustand totaler Abgestumpftheit, sich in schmierigen Snack-Bars die Zeit vertreibend, den Kopf wie bei einem umgekehrten *Namas* zum Fernsehschirm geneigt, wo jemand dauernd jemand anderen zusammenschlägt. Oder sie teilen Karten aus, deren Buben und Neunen die einzige ihnen zugängliche Abstraktion darstellen, das alleinige Mittel zur Konzentration. Misanthropie? Verzweiflung? Doch was will man anderes von jemandem erwarten, der die Apotheose des linearen Prinzips überdauert hat. Von einem Menschen, der keinen Ort hat, an den er zurückkehren kann? Von einem großen Exkrementologen, Sakrophagen und dem möglichen Verfasser von *Sadomachia*?

Als Kind seines Zeitalters – d. h. des vierten Jahrhunderts A. D., oder besser n. V. (nach Vergil) – konnte sich Konstantin (ein Mann der Tat, wenn auch vielleicht allein deshalb, weil er Kaiser war) nicht nur als Verkörperung, sondern auch als Instrument des linearen Existenzprinzips betrachten. Byzanz war für ihn nicht nur symbolisch, sondern auch buchstäblich ein Kreuz, eine Kreuzung von Handelswegen, Karawanenstrecken etc. – von Osten nach Westen wie von Norden nach Süden. Das allein schon mag seine Aufmerksamkeit auf diesen Ort gelenkt haben, der der Welt (im siebten Jahrhundert v. Chr.) etwas gegeben hatte, das in allen Zungen dasselbe bedeutet: Geld.

Geld interessierte Konstantin gewiß außerordentlich. Wenn er denn so etwas wie Größe besaß, dann höchstwahrscheinlich in finanzieller Hinsicht. Wenn es ihm auch als Schüler Diokletians nicht gelang, des Meisters hohe Kunst zu lernen, wie man Autorität delegiert, so hatte er doch in einer zweifellos geringeren Kunst Erfolg: um den modernen Begriff zu gebrauchen, er stabilisierte die Währung. Der römische Solidus, der unter seiner Herrschaft eingeführt wurde, hat die Rolle unseres Dollars über siebenhundert Jahre lang gespielt. In diesem Sinne bedeutete der Wechsel der Kapitale nach Byzanz eine Verlegung der Bank zur Münzanstalt.

Man sollte sich vielleicht auch vor Augen halten, daß die Philanthropie der christlichen Kirche zu dieser Zeit, wenn auch vielleicht keine Alternative zur Staatswirtschaft, so doch zumindest eine Zuflucht für einen beträchtlichen Teil der Bevölkerung, die Habenichtse, war. Zum Großteil gründete sich die Popularität des Christentums nicht so sehr auf die Vorstellung der Gleichheit der Seelen vor dem Herrn als vielmehr auf die – für die Habenichtse – greifbaren Früchte eines organisierten Systems gegenseitigen Beistands. Auf seine Weise war es eine Kombination aus Lebensmittelmarken und dem Roten Kreuz. Weder der Neuplatonismus noch der Isis-Kult haben irgend etwas dieser Art organisiert. Und darin lag, offen gesagt, ihr Fehler.

Man mag des langen und breiten darüber sinnen, was in

Konstantins Herz und Verstand hinsichtlich des christlichen Glaubens vor sich ging, doch als Imperator konnte ihm die organisatorische und ökonomische Effizienz gerade dieser Kirche nicht entgehen. Und im übrigen bringt es die Verlegung der Hauptstadt an den äußersten Rand des Imperiums mit sich, daß dieser Rand zum eigentlichen Zentrum wird und sich daher ein ebenso ausgedehnter Raum auf der anderen Seite eröffnet. Auf der Weltkarte würde das Indien entsprechen: das Ziel aller uns bekannten imperialen Träume, vor oder nach der Geburt Christi.

II

Staub! Diese unheimliche Substanz, die einem ins Gesicht weht! Sie verdient Aufmerksamkeit; sie sollte nicht hinter dem Wort »Staub« verborgen bleiben. Ist sie einfach nur aufgewirbelter Schmutz, der außerstande ist, einen Ort für sich zu finden und so die eigentliche Essenz dieses Teiles der Welt bildet? Oder ist sie die Erde, die danach strebt, sich in die Luft zu erheben, sich von sich selbst zu lösen, wie der Geist vom Körper, wie der Körper, der sich der Hitze ergibt? Regen verrät das wahre Wesen dieser Substanz, wenn sie sich in schwarzbraunen Rinnsalen unter den Füßen hindurchschlängelt, auf die Pflastersteine zurückgeworfen wird und hinab und fort in die verschlungenen Arterien dieses urzeitlichen *kislak* fließt und doch nicht in der Lage ist, sich hinreichend anzusammeln, um Pfützen zu bilden, auf Grund der zahllosen spritzenden Räder, die zahlenmäßig den Gesichtern der Bewohner überlegen sind und diese Substanz davontragen, zum Klang brüllender Hupen, über die Brücke nach Asien hinein, nach Anatolien, Ionien, Trapezunt und Smyrna.

Wie überall im Osten gibt es hier unzählige Schuhputzer jeden Alters mit ihren exquisiten messingbeschlagenen Kästen, wo sie ihren Bestand an Schuhcreme in runden, hauchdünnen Kupferbehältern unter kuppelförmigen Deckeln aufbewahren. Wie kleine Moscheen ohne Minarette. Die Allgegenwart des Berufs erklärt sich von dem Schmutz her, von dem Staub, der einem den blitzenden Mokassin, in dem sich vor fünf Minuten noch das ganze Universum spiegelte, mit einem grauen, undurchdringlichen Puder bedeckt. Wie alle Schuhputzer sind diese Menschen große Philosophen. Oder besser ausgedrückt, alle Philosophen sind nur Putzer großer Schuhe. Aus diesem Grunde ist es auch nicht gar so wichtig, ob man Türkisch kann.

12

Wer schaut sich heutzutage noch wirklich Landkarten an, studiert Umrisse, berechnet Entfernungen? Niemand, mit Ausnahme vielleicht von Urlaubern und Autofahrern. Seit der Erfindung des Knopfes, auf den man drückt, tut es nicht einmal mehr das Militär. Wer schreibt noch Briefe, in denen er die Sehenswürdigkeiten aufführt, die er gesehen, und die Gefühle analysiert, die er dabei gehabt hat? Und wer liest solche Briefe? Nach uns wird nichts bleiben, das den Namen Korrespondenz verdient. Selbst junge Leute, die offenbar jede Menge Zeit haben, lassen es bei Postkarten bewenden. Menschen in meinem Alter nehmen zu solchen gewöhnlich Zuflucht, weil sie irgendwo in der Fremde Momente der Verzweiflung erleben oder einfach um die Zeit totzuschlagen. Und doch gibt es Orte, bei deren genauerer Betrachtung auf einer Landkarte man sich für einen kurzen Augenblick der Vorsehung verwandt fühlt.

13

Es gibt Orte, wo Geschichte unausweichlich ist, wie ein Autobahnunfall – Orte, wo die Geographie Geschichte provoziert. Ein solcher ist Istanbul alias Konstantinopel alias Byzanz. Eine wildgewordene Verkehrsampel, bei der alle drei Farben zugleich aufflackern. Nicht Rot-Gelb-Grün, sondern Weiß-Gelb-Braun. Natürlich auch Blau: für das Wasser, für die Bosporus-Marmara-Dardanellen, die Europa von Asien trennen – aber ist dem auch so? Ach, all diese natürlichen Grenzen, diese unsere Meerengen und Uralgebirge! Wie wenig sie jemals bedeutet haben für unsere Heere oder Kulturen, und noch weniger für Nicht-Kulturen – wenngleich sie für Nomaden tatsächlich ein bißchen mehr bedeutet haben mögen als für Herrscher, die sich vom linearen Prinzip inspirieren und im vorhinein von einer begeisternden Vision der Zukunft rechtfertigen ließen.

Hat nicht das Christentum genau deshalb triumphiert, weil es ein Ziel bot, das die Mittel rechtfertigte, weil es einen auf Zeit – d.h. ein ganzes Leben lang – von der Verantwortung lossprach? Weil der nächste Schritt, weil überhaupt jeder Schritt in jeder Richtung logisch wurde? War nicht – zumindest in geistigem Sinne – das Christentum ein anthropologischer Nachhall der nomadischen Existenz, ihre Metastase in die Psychologie des seßhaften Menschen? Oder besser ausgedrückt, fiel es nicht schlicht mit rein imperialen Bedürfnissen zusammen? Sold allein konnte doch kaum ausgereicht haben, um einen Legionär (für den der Sinn seiner Laufbahn doch gerade in einer Abfindung für treue Dienste, in der Demobilisierung und Zuteilung eines Fleckchens Landes bestand) von der Stelle zu bewegen. Er bedurfte auch einer inspirierenden Motivation; denn sonst verwandeln sich die Legionen in den Wolf, den nur Tiberius an den Ohren zurückzerren konnte.

14

Eine Folge kann auf ihre Ursache kaum anders als mit Billigung zurückblicken. Und noch weniger kann sie den Ursachen für irgend etwas mißtrauen. Die Beziehungen zwischen Wirkung und Ursache entbehren in der Regel des rationalen, analytischen Elementes. In der Regel sind sie tautologisch und erscheinen im besten Falle im Lichte des Enthusiasmus, den letztere für erstere hegt.

Deshalb sollte man nicht vergessen, daß das Glaubenssystem, das sich Christentum nennt, aus dem Osten gekommen ist, und aus demselben Grunde sollte man nicht vergessen, daß eine der Leitideen, von denen sich Konstantin nach dem Sieg über Maxentius und der Vision des Kreuzes überwältigen ließ, das Verlangen war, zumindest physisch dem

Ursprung jenes Sieges und jener Vision näher zu sein: dem Osten. Ich habe keine rechte Vorstellung, was zu jener Zeit in Judäa vor sich ging, doch ist zumindest klar, daß Konstantin auf ziemlich viele Hindernisse gestoßen wäre, wenn er sich auf dem Landwege dorthin hätte begeben wollen. In jedem Falle hätte es schlicht dem gesunden Menschenverstand widersprochen, jenseits des Meeres eine Hauptstadt zu gründen. Es ist auch durchaus denkbar, daß eine Abneigung gegen Juden bei Konstantin eine Rolle gespielt hat.

Die Vorstellung, daß der Osten eigentlich das metaphysische Zentrum der Menschheit ist, hat etwas Amüsantes und auch ein wenig Beunruhigendes an sich – oder etwa nicht? Das Christentum ist ja nur eine unter einer beträchtlichen Anzahl von Sekten innerhalb des Imperiums gewesen – wenngleich zugegebenermaßen die aktivste. Allein schon auf Grund seiner Größe ist das Römische Imperium unter Konstantins Herrschaft in nicht unbeträchtlichem Maße ein veritabler Jahrmarkt oder Basar für Glaubensbekenntnisse gewesen. Mit Ausnahme der Kopten und des Isis-Kultes jedoch lag der Ursprung all dieser Glaubenssysteme, die im Angebot waren, tatsächlich im Osten.

Der Westen bot nichts an. Seinem Wesen nach war der Westen Kunde. Da sollten wir also zartfühlend mit dem Westen umgehen, und zwar gerade auf Grund seines Mangels an derartiger Erfindungskraft, für den er ja einen ziemlich hohen Preis bezahlt hat, der auch den Vorwurf exzessiver Rationalität mit einschließt, den man bis zum heutigen Tage hören kann. Treibt nicht auf diese Weise ein Verkäufer den Preis seiner Waren hoch? Und wohin geht er, wenn seine Schatztruhen einmal überquellen?

15

Wenn denn die römischen Elegiker die Einstellung ihres Publikums überhaupt in irgendeiner Weise spiegelten, darf man doch annehmen, daß unter Konstantins Herrschaft – d. h. vierhundert Jahre nach den Elegikern – Argumente wie »Das Vaterland ist in Gefahr« oder »Pax Romana« ihren Bann und ihre Überzeugungskraft verloren hatten. Und wenn die Behauptungen von Eusebius richtig sind, dann stellt es sich so dar, daß Konstantin nicht mehr und nicht weniger als der erste Kreuzritter war. Man darf die Tatsache nicht aus den Augen verlieren, daß das Rom Konstantins nicht mehr das Rom des Augustus oder auch der Antoninen war. Im großen und ganzen war es nicht mehr das antike Rom: es war das christliche Rom. Was Konstantin nach Byzanz brachte, war dem Begriff nach nicht mehr klassische Kultur: es war schon die Kultur eines neuen Zeitalters, zusammengebraut im Zeichen des Monotheismus, welcher nun dem Polytheismus – d. h. seiner eigenen Vergangenheit, mit dem ganzen Gesetzesgeist und so weiter – den Status des Götzendienstes zuwies. Und das sollte schon ein Fortschritt sein.

16

An dieser Stelle möchte ich eingestehen, daß meine Vorstellungen hinsichtlich der Antike sogar mir ein wenig gewagt vorkommen. Ich verstehe den Polytheismus auf schlichte und daher zweifellos unangemessene Weise. Für mich ist Vielgötterei ein System spiritueller Existenz, in welchem jede Form menschlicher Tätigkeit, von der Fischerei bis hin zur Betrachtung der Sternenkonstellationen, durch die jeweiligen Gottheiten geheiligt wird. Ein Individuum, das über den entsprechenden Willen und die Phantasie verfügt, vermag so in seiner Tätigkeit deren metaphysische, unendliche Grundlage zu erkennen. Und umgekehrt kann der eine oder andere Gott je nach Laune einem Menschen zu jeder Zeit erscheinen und eine Zeitlang von ihm Besitz ergreifen. Das einzige, was von letzterem verlangt ist, wenn er denn den Wunsch hat, daß dieses eintritt, ist, daß er sich »reinigen« muß, damit diese Visitation stattfinden kann. Dieser Prozeß der Reinigung (Katharsis) kann sehr verschieden sein und hat individuellen (Opfer, Wallfahrt, irgendein Gelübde) oder öffentlichen Charakter (Theater, Sportwettkämpfe). Der heimische Herd unterscheidet sich nicht vom Amphitheater, das Stadion nicht vom Altar, die Statue nicht von der Bratpfanne.

Eine Weltsicht dieser Art kann, so nehme ich an, nur unter Bedingungen der Seßhaftigkeit existieren: wenn der Gott deine Adresse kennt. Es überrascht mich nicht, daß die Kultur, die wir die griechische nennen, auf Inseln entstanden ist. Ebensowenig ist es eine Überraschung, daß ihre Früchte ein Jahrtausend lang den gesamten Mittelmeerraum einschließlich Roms hypnotisiert haben. Und wiederum überrascht es nicht, daß Rom – keine Insel – im Verlaufe des Wachstums seines Imperiums vor dieser Kultur davongelaufen ist. Die Flucht begann tatsächlich mit dem Kaisertum und der Vorstellung von absoluter Macht, da in jener intensiv politischen Sphäre Polytheismus mit Demokratie gleichbedeutend war. Absolute Macht – Autokratie – war leider gleichbedeutend mit Monotheismus. Könnte man sich einen vorurteilsfreien Menschen vorstellen, dann müßte ihm der Polytheismus weitaus anziehender erscheinen als der Monotheismus, und sei es auch nur auf Grund des Selbsterhaltungstriebes.

Doch einen solchen Menschen gibt es nicht; nicht einmal Diogenes mit seiner Lampe würde ihn bei hellichtem Tage finden. Da ich mich der Kultur, die wir antik oder klassisch nennen, eher verpflichtet fühle als dem Selbsterhaltungstrieb, kann ich nur sagen, daß dieser Götzendienst, je länger ich lebe, einen desto stärkeren Reiz auf mich ausübt, und mir der Monotheismus in seiner reinen Form desto gefährlicher vorkommt. Es führt nicht sehr weit, so nehme ich an, diesen Gedanken zu forcieren und die Sache beim Namen zu nennen, tatsächlich ist jedoch der demokratische Staat der geschichtliche Triumph des Götzendienstes über das Christentum.

17

Das konnte Konstantin natürlich nicht wissen. Ich nehme an, er spürte intuitiv, daß es Rom nicht mehr gab. Der Christ in ihm verband sich mit dem Herrscher auf natürliche und, so fürchte ich, prophetische Weise. Schon in seinem »In diesem Zeichen wirst du siegen« hört das Ohr das Machtstreben heraus. Und ein »Sieg« war es in der Tat – mehr noch, als selbst er es sich vorstellen konnte, denn das Christentum in

Byzanz währte zehn Jahrhunderte lang. Doch war es, so muß ich leider sagen, ein Pyrrhus-Sieg. Denn der Charakter dieses Sieges war es, was die Westkirche dazu zwang, sich von der Ostkirche zu distanzieren. Das heißt, das geographische Rom von dem projizierten, von Byzanz. Die Kirche als Braut Christi von der Kirche als Gemahlin des Staates. Und es ist durchaus möglich, daß sich Konstantin in seinem Drang nach Osten eigentlich vom politischen Klima des Ostens leiten ließ – von dem dortigen Despotismus, dem jegliche Erfahrung von Demokratie abging, was seinen eigenen Kategorien kongenial entsprach. Das geographische Rom bewahrte auf die eine oder andere Weise immer noch Erinnerungen an die Rolle des Senats. In Byzanz gab es derlei Erinnerungen nicht.

18

Heute ist mein fünfundvierzigster Geburtstag. Ich sitze mit nacktem Oberkörper im Hotel Lykabettos in Athen, bin schweißgebadet und nehme Unmengen von Coca-Cola zu mir. Ich kenne keine Menschenseele in dieser Stadt. Am Abend, als ich ausging, um irgendwo etwas zu essen, fand ich mich inmitten einer äußerst erregten Menschenmenge wieder, die etwas Unverständliches schrie. Wenn ich nicht irre, ging es um bevorstehende Wahlen. Ich drängte mich irgendeine endlose Hauptstraße entlang, die von Menschen und Fahrzeugen verstopft war. Autohupen heulten in meinen Ohren, ich verstand kein Wort, und plötzlich dämmerte es mir, daß dies im Grunde das Leben nach dem Tode ist – daß das Leben aufgehört hatte, aber die Bewegung fortdauerte; nichts anderes ist die Ewigkeit.

Vor fünfundvierzig Jahren hat mir meine Mutter das Leben gegeben. Sie ist vorletztes Jahr gestorben. Letztes Jahr starb mein Vater. Ich, ihr einziges Kind, gehe die abendlichen Straßen von Athen entlang, Straßen, die sie nie gesehen haben noch jemals sehen werden. Die Frucht ihrer Liebe, ihrer Armut, ihrer Sklaverei, in der sie gelebt haben und starben – ihr Sohn geht in Freiheit spazieren. Da er in der Menschenmenge nicht mit ihnen zusammenprallt, wird ihm klar, daß er sich irrt, daß es doch nicht die Ewigkeit ist.

19

Was hat Konstantin gesehen und was nicht, als er sich die Landkarte von Byzanz ansah? Er sah, um es milde auszudrücken, eine *tabula rasa.* Eine kaiserliche Provinz, die von Griechen, Juden, Persern und dergleichen besiedelt war – eine Bevölkerung, mit der umzugehen er gewohnt war, typische Untertanen des östlichen Teils seines Imperiums. Die Sprache war Griechisch, doch das war für den gebildeten Römer wie Französisch für einen russischen Adligen im neunzehnten Jahrhundert. Konstantin sah eine Stadt, die in das Marmarameer hinausragte, eine Stadt, die sich leicht verteidigen ließ, wenn man sie einfach mit einer Mauer umgab. Er sah die Hügel dieser Stadt, die irgendwie an jene von Rom erinnerten, und wenn er sich mit dem Gedanken trug, etwa einen Palast oder eine Kirche zu errichten, so wußte er, daß der Blick aus den Fenstern wirklich überwältigend sein würde: nämlich auf ganz Asien. Und ganz Asien würde offenen Mundes die Kreuze bestaunen, die diese Kirche krönen würden. Man könnte ihn sich auch vorstellen, wie er mit dem Gedanken spielte, den Zugang für jene Römer zu kontrollieren, die er hinter sich gelassen hatte. Sie wären gezwungen, ganz Attika zu durchqueren oder den Peloponnes zu umsegeln, um hierher zu gelangen. »Diesen werde ich hereinlassen, den da nicht.« In solchen Begriffen dachte er sich zweifellos seine Version des irdischen Paradieses. Ach, all diese Begriffe setzen den Träumen des Menschen Grenzen! Und er sah auch, wie Byzanz ihm Beifall zollen würde als dem Schutzherrn gegen die Sassaniden und gegen unsere – Ihre und meine, verehrte Damen und Genossen – Vorfahren von der anderen Seite der Donau. Und er sah ein Byzanz, das das Kreuz küßt.

Was er nicht sah, war die Tatsache, daß er es mit dem Osten zu tun hatte. Gegen den Osten Krieg zu führen – oder sogar den Osten zu befreien – und dort auch tatsächlich zu wohnen, das sind zwei ganz verschiedene Dinge. Trotz all seiner griechischen Prägung gehörte Byzanz einer Welt mit völlig anderen Vorstellungen von dem Wert menschlicher Existenz an, als sie im Westen geläufig waren: also in Rom – wie heidnisch es auch immer war. Für Byzanz war Persien zum Beispiel bei weitem realer als Hellas, und sei es auch nur in militärischem Sinne. Und die graduellen Unterschiede dieser Realität spiegelten sich zwangsläufig in dem Blick, mit dem diese künftigen Untertanen ihren christlichen Herrn betrachteten. Während in Athen immerhin einem Sokrates in einem öffentlichen Gericht der Prozeß gemacht werden und er ganze Reden zu seiner Verteidigung halten konnte – drei an der Zahl! –, wäre solch ein Sokrates etwa in Isfahan oder Bagdad schlicht auf der Stelle gepfählt oder gehäutet worden, und damit hätte es sich gehabt. Es hätte keine platonischen Dialoge gegeben, keinen Neuplatonismus, nichts: wie es sie auch nicht gab. Es hätte nur den Monolog des Korans gegeben: wie es ihn gab. Byzanz war eine Brücke nach Asien, doch der Verkehr, der über diese Brücke ging, floß in entgegengesetzter Richtung. Gewiß, Byzanz nahm das Christentum an, doch ward es diesem Glauben gegeben, sich dort zu orientalisieren. Auch darin liegt in nicht geringem Maße die Wurzel zu der späteren Feindseligkeit der Römischen Kirche gegenüber der Ostkirche. Es stimmt, daß das Christentum in Byzanz nominell ein Jahrtausend überdauerte, doch was für eine Art von Christentum es war und was für eine Sorte von Christen, das ist eine andere Sache.

Ach, ich fürchte, ich werde sagen, daß all die byzantinischen Scholastiker, die ganze byzantinische Gelehrsamkeit und der kirchliche Eifer, das Papstkaisertum, die theologische und administrative Selbstgewißheit, all diese Triumphe des Photius und seiner zwanzig Anathemata – daß all das auf den Minderwertigkeitskomplex des Ortes zurückgeht, auf die Auseinandersetzung des jüngsten Patriarchats mit seiner eigenen ethnischen Heterogenität. Die denn schließlich auch dort, wo ich nun stehe, ihren dunkelhaarigen, nivellierenden Sieg über die unglaublich hochgespannten geistlichen Bestrebungen, die es hier gab, davongetragen hat und sie zum Gegenstand einer wehmütigen, wenngleich widerstrebenden geistigen Archäologie hat verkümmern lassen. Und – noch einmal, ach – ich fürchte, ich werde hinzufügen, daß dies (und nicht nur niederträchtiges, rachsüchtiges Angedenken) der Grund dafür ist, daß Rom, welches die Geschichte unserer Zivilisation ohnehin manipuliert hat, das byzantinische Jahrtausend aus der Erinnerung tilgte. Woran es wiederum liegt, daß ich überhaupt hier stehe. Und daß der Staub mir die Nasenlöcher verstopft.

20

Wie veraltet hier alles ist! Nicht alt, altehrwürdig, antik oder nur altmodisch, sondern veraltet. Hier kommen alte Autos zum Sterben her, und werden statt dessen zu *dolmuşlar*, zu öffentlichen Taxis; eine Fahrt darin ist billig, holprig und derart nostalgisch, daß man das Gefühl bekommt, sich in der falschen, unbeabsichtigten Richtung zu bewegen – zum Teil, weil die Fahrer selten Englisch sprechen. Der Flottenstützpunkt der Vereinigten Staaten hier hat vermutlich all diese Dodges und Plymouths aus den fünfziger Jahren an einen hiesigen Unternehmer verkauft, und jetzt pirschen sie die Schlammwege von Asia Minor entlang, klappernd, würgend und keuchend vor offenkundigem Unvermögen, an dieses strapaziöse Nachleben zu glauben. In so weiter Ferne von Dearborn; in so weiter Ferne vom verheißenen Schrottplatz!

21

Und Konstantin sah weiterhin nicht – oder genauer, er sah nicht vorher –, daß der Eindruck, den die geographische Lage von Byzanz auf ihn gemacht hatte, ein naheliegender war. Daß östliche Potentaten, wenn auch sie einen Blick auf die Landkarte warfen, ähnlich beeindruckt sein mußten. Wie es ja auch wirklich der Fall war – und das mehr als einmal – mit hinreichend beklagenswerten Folgen für das Christentum. Bis zum siebten Jahrhundert waren die Reibungen zwischen Ost und West militärischer Art, nach dem Einheitsmotto »ich ziehe dir die Haut bei lebendigem Leibe ab«, und wurden mit Waffengewalt gewöhnlich zugunsten des Westens entschieden. Wenn das auch nicht die Beliebtheit des Kreuzes im Osten erhöhte, so erweckte es doch auf alle Fälle Respekt für dasselbe. Doch was sich gegen das siebte Jahrhundert über dem gesamten Osten erhoben hatte und anfing, ihn zu beherrschen, war der Halbmond des Islam. Und in der Folgezeit führten die militärischen Begegnungen zwischen Osten und Westen, was immer der Ausgang war, zu einer allmählichen, doch beständigen Erosion des Kreuzes und einem wachsenden Relativismus byzantinischer Anschauungen als Konsequenz aus zu engem und zu häufigem Kontakt zwischen den beiden heiligen Zeichen. (Wer weiß, ob nicht die schließliche Niederlage der Bildstürmerei damit zu erklären ist, daß es ein Gefühl der Unzulänglichkeit des Kreuzes als Symbol gab und die Notwendigkeit bestand, der antifigurativen Kunst des Islam visuelle Konkurrenz entgegenzusetzen? Ob es nicht die alptraumartige arabische Ornamentik war, die Johannes Damaskenos anspornte?)

Konstantin sah nicht vorher, daß der Antiindividualismus des Islam den Boden von Byzanz so begünstigend finden sollte, daß das Christentum gegen das neunte Jahrhundert nur allzu bereit sein würde, nach Norden zu fliehen. Er hätte natürlich gesagt, daß es keine Flucht, sondern vielmehr die Expansion des Christentums war, von der er – zumindest theoretisch – geträumt hatte. Und viele würden zustimmend nicken: ja, eine Expansion. Doch hatte das Christentum, wie es Rus im neunten Jahrhundert von Byzanz empfing, schon absolut nichts mehr mit Rom gemein. Denn auf seinem Wege nach Rus hatte das Christentum nicht nur Togen und Statuen hinter sich gelassen, sondern auch Justinians Corpus iuris. Zweifellos, um sich die Reise zu erleichtern.

22

Nachdem ich mich entschlossen hatte, Istanbul zu verlassen, machte ich mich auf die Suche nach einer Schiffahrtsgesellschaft, die die Linie Istanbul-Athen befährt, oder noch besser die Linie Istanbul-Venedig. Ich klapperte verschiedene Büros ab, doch wie es so oft im Osten zugeht: je näher man seinem Ziel kommt, desto obskurer werden die Mittel, mit denen man es erreicht. Am Ende nahm ich zur Kenntnis, daß ich in den nächsten zwei Wochen weder in Istanbul noch in Smyrna in See stechen konnte, weder auf einem Passagierschiff noch auf einem Frachter oder Tanker. In einem der Reisebüros riet mir eine korpulente türkische Dame, die – einem Ozeandampfer gleich – eine gräßliche Zigarette paffte, ich solle es bei einer Gesellschaft versuchen, die den – wie ich mir zunächst einbildete, australischen – Namen Bumerang trug. Bumerang entpuppte sich als ein verlottertes Büro, das nach abgestandenem Tabak roch, mit zwei Tischen, einem Telephon, natürlich einer Weltkarte an der Wand und sechs gedrungenen, schwermütigen dunkelhaarigen Männern, die vom Nichtstun schon ganz apathisch geworden waren. Das einzige, was ich aus dem Mann, der der Tür am nächsten saß, herausbringen konnte, war die Information, daß Bumerang mit sowjetischen Kreuzfahrten im Schwarzen Meer und im Mittelmeer zu tun hatte, doch daß in dieser Woche keine Schiffe fuhren. Ich frage mich, woher der junge KGB-Leutnant stammt, der diesen Namen ersonnen hat. Aus Tula? Tscheljabinsk?

23

Eine Wiederholung fürchtend, möchte ich trotzdem noch einmal festhalten: wenn der byzantinische Boden sich für den Islam als dermaßen günstig erwies, so lag das höchstwahrscheinlich an der ethnischen Zusammensetzung der Bevölkerung – einer Mischung aus Rassen und Nationalitäten, die weder eine lokale noch eine globale Erinnerung an irgendeine kontinuierliche Tradition von Individualismus hatten. Verallgemeinerungen fürchtend, möchte ich hinzufügen, daß der Osten zu allererst eine Tradition des Gehorsams, der Hierarchie, des Profits, des Handels und der Anpassungsfähigkeit bedeutet: eine Tradition also, die den Prinzipien eines moralisch Absoluten ganz und gar fremd ist, dessen Rolle hier – ich meine, was die Intensität der Empfindung angeht – von der Vorstellung von Verwandtschaft, von Familie ausgefüllt wird. Ich sehe voraus, daß es Einwände geben wird, und ich bin sogar bereit, sie zu akzeptieren, ganz oder teilweise. Doch zu welch extremer Idealisierung des Ostens wir auch immer neigen mögen, es wird uns niemals gelingen, ihm auch nur im entferntesten einen Anschein von Demokratie zuzuschreiben.

Und ich spreche hier von dem Byzanz vor der Türkenherrschaft: dem Byzanz Konstantins, Justinians, Theodoras – jedenfalls dem christlichen Byzanz. Immerhin erfahren wir von Michael Psellos, dem byzantinischen Historiker des elften Jahrhunderts, der in seiner *Chronographia* die Herrschaft Basileios' II. darstellt, daß der Premierminister des Basileios, der gleichfalls Basileios hieß, der illegitime Stiefbruder des Kaisers war und deswegen in seiner Jugend einfach kastriert wurde, um jedwedem Anspruch auf den Thron zu begegnen. »Eine natürliche Vorsichtsmaßnahme«, so lautet der Kommentar des Historikers, »da er es als Eunuch nicht versuchen würde, den Thron vom legitimen Erben zu usurpieren.« Psellos fügt hinzu: »Er war mit seinem Geschick vollkommen versöhnt und dem Herrscherhaus aufrichtig zugetan. Schließlich handelte es sich ja um seine Familie.« Wir wollen festhalten, daß dies während der Regierungszeit Basileios' II. (A. D. 976–1025) geschrieben wurde, und Psellos das Ereignis ganz nebenbei als Routineangelegenheit – die es ja auch wirklich war – am byzantinischen Hof erwähnt. Wenn das A. D. war, wie steht es dann um v. Chr.?

24

Und woran messen wir ein Zeitalter? Läßt sich ein Zeitalter überhaupt messen? Wir sollten auch festhalten, daß sich das, was Psellos beschreibt, vor der Ankunft der Türken abspielt. Es sind noch keine Bajesid-Mohammed-Süleimans zugegen, nichts dergleichen. Im Moment sind wir noch dabei, heilige Texte auszulegen, Krieg gegen Häresien zu führen, uns zu Gesamtkonzilien zu versammeln, Kathedralen zu errichten und Traktate zu verfassen. Das geschieht mit der einen Hand. Mit der anderen kastrieren wir einen Bastard, damit es, wenn er heranwächst, keinen zusätzlichen Anspruch auf den Thron gibt. Das ist nun in der Tat die östliche Einstellung zu den Dingen – zum menschlichen Körper insbesondere –, und um welche Epoche oder welches Jahrtausend es sich auch immer handelt, ist irrelevant. So überrascht es kaum, daß die Römische Kirche Byzanz den Rücken kehrte.

Doch es muß hier auch etwas über jene Kirche gesagt werden. Es war für sie ganz natürlich, sich von Byzanz abzuwenden, sowohl aus den oben angeführten Gründen als auch deshalb, weil Byzanz – dieses neue Rom – das eigentliche Rom völlig preisgegeben hatte. Mit Ausnahme der kurzlebigen Bemühungen Justinians, den Zusammenhalt des Imperiums wiederherzustellen, war Rom ganz und gar sich selbst und seinem Schicksal überlassen, und das hieß, den Westgoten, den Vandalen und wer immer sonst noch die Neigung verspürte, alte oder neue Rechnungen mit der vormaligen Hauptstadt zu begleichen. Man kann Konstantin verstehen: er war im Ostreich geboren worden und verbrachte seine ganze Kindheit am Hof Diokletians. In diesem Sinne war er, wenngleich ein Römer, kein Mann des Westens, außer von seiner Amtsstellung her oder seitens seiner Mutter. (Sie soll in Britannien geboren worden sein und war als erste am Christentum interessiert – und zwar in einem Maße, daß sie später im Leben nach Jerusalem reiste und dort das Wahre Kreuz entdeckte. Mit anderen Worten, in jener Familie war es die Mama, die gläubig war. Und obwohl es Grund genug gibt, Konstantin als wahres Muttersöhnchen zu betrachten, wollen wir dieser Versuchung widerstehen – überlassen wir das lieber den Psychiatern, da wir auf dem Gebiet keine Zulassung haben.) Man kann, wir wollen das wiederholen, Konstantin verstehen.

Was die Einstellung der nachfolgenden byzantinischen Kaiser zum ursprünglichen Rom betrifft, so ist sie komplexer und eigentlich weniger leicht zu erklären. Gewiß, sie hatten bei sich im Osten Probleme in Hülle und Fülle, sowohl mit ihren Untertanen als auch mit ihren unmittelbaren Nachbarn. Gleichwohl sollte der Titel eines römischen Kaisers, so möchte man meinen, doch gewisse geographische Verpflichtungen nach sich gezogen haben. Das Ganze liegt natürlich daran, daß die Römischen Kaiser nach Justinian zumeist aus immer östlicheren Provinzen kamen, aus den traditionellen Rekrutierungsreservoiren des Imperiums: Syrien, Armenien und so weiter. Rom war für sie im besten Falle eine Idee. Einige von ihnen sprachen wie die Mehrheit ihrer Untertanen kein einziges Wort Latein und hatten niemals den Fuß in jene Stadt gesetzt, die auch schon damals ziemlich Ewig war. Und doch betrachteten sie sich alle als Römer, nannten sich so und unterzeichneten als solche. (Etwas Derartiges läßt sich auch heute noch in den zahlreichen und vielfältigen Dominien des Britischen Empire beobachten, oder denken wir – damit wir uns den Hals nicht allzu sehr nach Beispielen verdrehen müssen – an die Ewenken, die sowjetische Staatsbürger sind.)

Mit anderen Worten, Rom blieb sich selbst überlassen, und ebenso erging es der Römischen Kirche. Man müßte zu weit ausholen, um die Beziehungen zwischen der Ostkirche und der Westkirche zu beschreiben. Es ließe sich jedoch festhalten, daß im allgemeinen die Preisgabe Roms bis zu einem gewissen Grad der Römischen Kirche zum Vorteil ausgeschlagen ist, wenn auch nicht in jeder Hinsicht.

25

Ich hatte nicht erwartet, daß diese Anmerkungen zu meiner Reise nach Istanbul so umfänglich werden würden, und ich fange an, ungeduldig zu werden, sowohl mit mir selbst wie mit dem Material. Andererseits bin ich mir darüber im klaren, daß ich keine andere Gelegenheit haben werde, über all diese Dinge zu sprechen, oder falls doch, so werde ich sie bewußt verpassen. Von jetzt an verspreche ich mir und jedem, der bis hierher gekommen ist, mich kürzer zu fassen – obwohl ich im Moment das Ganze am liebsten fallenlassen würde.

Wenn man zur Prosa Zuflucht nehmen muß, einem Verfahren, das dem Verfasser dieser Zeilen äußerst verhaßt ist, und zwar eben aus dem Grunde, daß sie jeder Form der Disziplin ermangelt, außer jener, die sich während des Arbeitsprozesses herstellt – wenn man also Prosa benutzen muß, wäre es besser, sich auf Einzelheiten, auf Beschreibungen von Orten und Atmosphäre zu konzentrieren: d.h. auf Dinge, auf die zu treffen der Leser vermutlich keine Gelegenheit hat. Denn der Großteil des Vorangegangenen wie auch alles Nachfolgende dürfte früher oder später jedem in den

Sinn kommen, da wir alle auf die eine oder andere Weise von Geschichte abhängig sind.

26

Der Vorteil der Isolation der Römischen Kirche bestand vor allem in den natürlichen Vorzügen, die jegliche Form der Autonomie mit sich bringt. Mit Ausnahme der Römischen Kirche selbst hätte nahezu nichts und niemand ihre Entwicklung zu einem abgeschlossenen, festgefügten System verhindern können. Die denn auch tatsächlich stattfand. Die Verbindung zwischen Römischem Recht, das in Rom ernster genommen wurde als in Byzanz, und der spezifischen Logik der inneren Entwicklung der Römischen Kirche führte zu dem ethisch-politischen System, das den Kern der »westlichen« Auffassung von Staat und individuellem Dasein bildet. Wie nahezu alle Trennungen war auch die zwischen Byzanz und Rom keineswegs eine totale; eine ganze Menge an gemeinsamem Eigentum verblieb. Doch läßt sich allgemein feststellen, daß diese westliche Auffassung um sich selbst herum eine Art von Kreis zog, den der Osten in rein begrifflichem Sinne niemals übertreten hat, und in dessen weiten Grenzen das herausgebildet wurde, was wir als westliches Christentum bezeichnen oder verstehen – mitsamt der Weltsicht, die es beinhaltet.

Der Nachteil eines jeden Systems, und sei es eines vollkommenen, ist der, daß es ein System ist – d.h. daß es per definitionem bestimmte Dinge ausschließen, sie als systemfremd betrachten und so weit wie möglich in den Bereich des Nicht-Existenten verbannen muß. Der Nachteil des Systems, das in Rom ersonnen wurde – der Nachteil des westlichen Christentums – bestand darin, daß man unwissentlich die Vorstellungen des Bösen reduziert hat. Vorstellungen beruhen immer auf Erfahrung. Für das westliche Christentum war die Erfahrung des Bösen eine Erfahrung, wie sie sich im Römischen Recht widerspiegelt; dazu gehörte auch das unmittelbare Wissen von den Christenverfolgungen durch die Kaiser vor Konstantin. Das ist sicherlich nicht wenig, doch weit davon entfernt, die Realität des Bösen erschöpfend zu erfassen. Durch die Trennung von Byzanz überantwortete das westliche Christentum den Osten der Nicht-Existenz und reduzierte so seine eigene Vorstellung des negativen Potentials des Menschen um ein beträchtliches, vielleicht sogar gefährliches Maß.

Wenn heute ein junger Mann mit einem automatischen Gewehr auf das Hochhaus einer Universität steigt und plötzlich Passanten mit einem Kugelhagel eindeckt, wird ihn ein Richter – vorausgesetzt natürlich, daß der junge Mann entwaffnet und vor Gericht gestellt wird – als geistesgestört einstufen und in eine Nervenklinik einweisen lassen. Doch dem Wesen nach läßt sich das Verhalten des jungen Mannes nicht von der Kastration des königlichen Bastards unterscheiden, wie sie von Psellos berichtet wird. Und ebensowenig läßt es sich in eine andere Kategorie einordnen, wenn ein iranischer Imam Zehntausende seiner Untertanen hinmetzelt, um seine Auffassung vom Vermächtnis des Propheten durchzusetzen. Oder wenn Dschugaschwili* die Maxime aufstellt: »Für uns ist niemand unersetzlich«, wie es im Verlauf der großen Säuberungen geschah. Der gemeinsame Nenner all dieser Taten ist die antiindividualistische Vorstellung, daß menschliches Leben im Grunde nichts ist – d.h. die Abwesenheit der Maxime, daß menschliches Leben heilig ist, und sei es auch nur, weil es einzigartig ist.

Ich bin weit davon entfernt zu behaupten, daß die Abwesenheit dieser Vorstellung ein rein östliches Phänomen ist; das ist nicht der Fall – und das macht es um so erschreckender. Doch hat das westliche Christentum während der Entwicklung all der Begriffe von Welt, Gesetz, Ordnung, Normen menschlichen Verhaltens und dergleichen, die auf christlichen Vorstellungen beruhen, den unverzeihlichen Fehler begangen, um seines eigenen Wachstums und schließlichen Triumphes willen die Erfahrung, die Byzanz hätte beitragen können, zu vernachlässigen. Es war eben eine Ausgrenzung. Daher denn auch all die – mittlerweile – täglichen Geschehnisse, die uns so sehr überraschen; daher jene Unfähigkeit von

* Stalin, Anm. d. Üb.

Staat und Individuum, angemessen zu reagieren, die sich darin zeigt, daß die zuvor erwähnten Phänomene mit Worten wie Geisteskrankheit, religiöser Fanatismus und was sonst noch alles belegt werden.

27

Im Topkapi, dem früheren Sultanspalast, der zu einem Museum umgewandelt wurde, sind heutzutage in einer besonderen Kammer die Gegenstände ausgestellt, die mit dem Leben des Propheten verbunden und dem Herzen jedes Muselmanen heilig sind. In mit exquisiten Einlegearbeiten verzierten Schatullen werden die Zähne des Propheten und Locken vom Haupte des Propheten aufbewahrt. Überall hängen alle möglichen Schwerter, Dolche, zerfallende Hautstücke irgendeines Tieres, auf denen die noch erkennbaren Buchstaben eines Sendschreibens des Propheten an irgendeine wirkliche historische Gestalt zu sehen sind, nebst anderen heiligen Texten. Während man diese betrachtet, möchte man dem Schicksal danken, daß man die Sprache nicht kennt. Für meinen Teil, so dachte ich, habe ich am Russischen genug. In der Mitte des Raums liegt in einem goldgefaßten Glaswürfel ein dunkler Gegenstand, den ich nur mit Hilfe der Aufschrift identifizieren konnte. Diese bronzene Einlegearbeit lautete auf Türkisch und Englisch: »Abguß eines Fußabdruckes des Propheten«. Schuhgröße 18, mindestens, dachte ich, während ich das Ausstellungsstück anstarrte. Und dann überlief es mich: der Yeti!

28

Byzanz wurde, wenn ich nicht irre, zu Lebzeiten Konstantins in Konstantinopel umbenannt. Was die Schlichtheit von Vokalen und Konsonanten anbelangt, war der neue Name vermutlich bei den seldschukischen Türken beliebter, als es Byzanz je gewesen war. Doch Istanbul klingt eigentlich auch recht türkisch – für das russische Ohr jedenfalls. Tatsache ist jedoch, daß Istanbul ein griechischer Name ist, der sich, wie der Reiseführer mitteilt, von den griechischen Wörtern *stin poli* herleitet, was schlicht Stadt bedeutet. *Stin? Poli?* Ein russisches Ohr? Wer hört denn hier wen? Hier, wo *bardak* (Bordell auf Russisch) Glas bedeutet, wo *durak* (Narr) Haltestelle bedeutet. *Bir bardak çay* – ein Glas Tee; *otobüs durağı* – Bushaltestelle. Wie gut, daß »otobüs« wenigstens nur zur Hälfte Griechisch ist.

29

Für jemanden, der unter Kurzatmigkeit leidet, gibt es hier nichts zu tun – es sei denn, er mietet sich für den ganzen Tag ein Taxi. Für jemanden aus dem Westen, der nach Istanbul kommt, ist die Stadt bemerkenswert billig. Wenn man den Preis in Dollar, Mark oder Franc umrechnet, kosten einige Dinge hier so gut wie gar nichts. Diese Schuhputzer noch einmal, zum Beispiel, oder Tee. Es ist eine seltsame Empfindung, wenn man menschlicher Tätigkeit zuschaut, die keinen monetären Ausdruck hat: ihr Wert läßt sich nicht bemessen. Man fühlt sich in einer Art von Himmel, von Urwelt; wahrscheinlich ist es dieses Gefühl, sich in einer anderen Welt zu befinden, was die berühmte »Faszination« des Ostens für den knauserigen Scrooge aus dem Norden ausmacht.

Ach, dieser Schlachtruf der ergrauenden Blondine: »Bargain!« Hört da nicht sogar ein englisches Ohr den Kehllaut? Und ach, dieser Ausruf: »Ist das nicht reizend, Schatz?«, in wenigstens drei europäischen Sprachen, und das Rascheln wertloser Geldscheine unter dem forschenden Blick dunkler, wachsamer Augen, die sonst dazu verdammt sind, vom Fernsehapparat und der umfangreichen Familie gestört zu werden. Ach, diese Touristen mittleren Alters, die von ihren vorstädtischen Kaminkonsolen aus dem Hause getrieben und über die ganze Welt hin verstreut werden! Und doch, so vulgär und dumm sie auch sind, ihre Suche ist doch weitaus unschuldiger und mit besseren Folgen für die Einheimischen verbunden als die einer redegewandten klugscheißerischen Pariserin oder des geisten Lumpenproletariats, das Joga, Buddhismus oder Mao schon satt hat und jetzt in die Tiefen des Sufi, der Sunna, des schiitischen »geheimen« Islam etc. vordringt. Da geht natürlich kein Geld von einer Hand zur anderen. Vor die Wahl gestellt zwischen dem eigentlichen und dem geistigen Bourgeois, ist man bei ersterem besser dran.

30

Was als nächstes geschah, weiß jeder: von wer weiß woher traten die Türken auf den Plan. Es ist offenbar nicht ganz klar, woher sie wirklich kamen; allem Anschein nach von sehr weit her. Was sie an die Gestade des Bosporus gebracht hat, ist ebenfalls nicht so ganz klar. Pferde, nehme ich an. Die Türken – genauer die *tuyrks* – waren Nomaden, so hat man uns in der Schule beigebracht. Der Bosporus stellte sich natürlich als Hindernis heraus, und hier entschlossen sich die Türken aus heiterem Himmel, den Weg, den sie gekommen waren, nicht zurückzuwandern, sondern sich statt dessen niederzulassen. All das klingt wenig überzeugend, doch lassen wir es einmal bei dem, wie man es uns beigebracht hat. Was sie von Byzanz-Konstantinopel-Istanbul wollten, ist unstrittig: sie wollten in Konstantinopel sein – also mehr oder weniger dasselbe, was Konstantin selbst wollte. Vor dem elften Jahrhundert hatten die Türken kein gemeinsames Symbol. Dann trat es auf den Plan. Wie wir wissen, war es der Halbmond.

In Konstantinopel jedoch befanden sich Christen; die Stadtkirchen krönte das Kreuz. Die Liebesaffäre, die die *tuyrks* – allmählich zu Türken werdend – mit Byzanz hatten, dauerte annähernd drei Jahrhunderte. Die Beharrlichkeit wurde belohnt, und im fünfzehnten Jahrhundert überließ das Kreuz seine Kuppeln dem Halbmond. Das übrige ist gut dokumentiert, und man braucht nicht weiter darauf einzugehen. Was sich jedoch festzuhalten lohnt, ist die auffallende Ähnlichkeit zwischen »dem, was war« und »dem, was wurde«. Denn die Bedeutung von Geschichte liegt im Wesen der Strukturen, nicht im Stil des Dekors.

31

Die Bedeutung von Geschichte! Wie, auf welche Weise soll der Stift mit dieser Häufung von Rassen, Sprachen und Glaubensbekenntnissen fertigwerden: mit dem vegetativen – nein, zoologischen – Fortschreiten der Verwitterung des Turmes von Babel, an deren Ende ein Individuum sich eines schönen Tages zwischen den Trümmerhaufen dabei ertappt, daß es mit Schrecken und Entfremdung auf die eigene Hand oder auf sein Fortpflanzungsorgan blickt, nicht in Wittgensteinscher Manier, sondern eher besessen von einem Gefühl, daß diese Dinge gar nicht ihm gehören, sondern Teile irgendeines Do-it-yourself-Spielbaukastens sind: Einzelheiten, Scherben in einem Kaleidoskop, durch das nicht etwa die Ursache auf ihre Wirkung blickt, sondern der blinde Zufall dem Tageslicht entgegenblinzelt. Ungetrübt vom wehenden Staub.

32

Der Unterschied zwischen geistlicher und weltlicher Macht war im christlichen Byzanz nicht sehr augenfällig. Nominell war der Imperator dazu verpflichtet, die Ansichten des Patriarchen in Betracht zu ziehen, und das geschah tatsächlich auch oft. Andererseits ernannte der Imperator oft den Patriarchen und war – oder hatte Gründe, sich selbst dafür zu halten – dem Patriarchen gegenüber ein höhergestellter Christ. Ganz zu schweigen von der Vorstellung des Gottesgnadentums, die schon per se den Kaiser von der Notwendigkeit entbinden konnte, sich um irgend jemandes metaphysische Bedenken überhaupt zu kümmern. Und so war es auch, und das spielte, in Verbindung mit gewissen mechanischen Wunderwerken, für die Theophilos eine große Vorliebe hatte, eine entscheidende Rolle bei der Übernahme des Christentums durch Rus im neunten Jahrhundert. (Übrigens hatte der Herrscher von Byzanz diese Wunder – den Thron, der sich in die Luft erheben konnte, die metallene Nachtigall, die brüllenden Löwen aus demselben Material und anderes – mit geringen Änderungen von den persischen Nachbarn übernommen.)

Etwas sehr Ähnliches geschah auch mit der Hohen Pforte, das heißt mit dem Ottomanischen Reich alias dem moslemischen Byzanz. Wieder haben wir eine Autokratie, schwer militarisiert und noch ein wenig despotischer. Das absolute Staatsoberhaupt war der Padischah oder Sultan. Neben ihm jedoch existierte der Großmufti, eine Stellung, in der sich geistliche und administrative Autorität verbanden, ja, eigentlich identisch waren. Der ganze Staat wurde von einem ungeheuer komplexen hierarchischen System aufrechterhalten, in dem das religiöse – oder, um es passender auszudrücken, unerschütterlich ideologische – Element die Oberhand hatte.

In rein strukturellen Begriffen ist der Unterschied zwischen dem Zweiten Rom und dem Ottomanischen Reich nur in zeitlichen Einheiten zu fassen. Woran liegt es also? Ist es der Geist des Ortes? Sein böser Genius? Der Geist bösen Zauberbanns – *portscha* auf Russisch? Woher übrigens haben wir dieses Wort *portscha*? Könnte es nicht von porte kommen? Es ist nicht so wichtig. Es genügt, daß wir sowohl Christentum wie *bardak* und *durak* von diesem Ort übernommen haben, wo die Menschen sich im fünften Jahrhundert mit der gleichen Unbekümmertheit zum Christentum bekehrten, mit der sie im fünfzehnten Jahrhundert zum Islam übertraten (obwohl die Türken nach dem Fall Konstantinopels die Christen keineswegs verfolgten). Der Grund für beide Bekehrungen war derselbe: Pragmatismus. Nicht, daß das an den Ort gebunden ist; das hat mit der Spezies zu tun.

33

Ach, all diese zahllosen Osmans, Mohammeds, Murads, Bajesids, Ibrahims, Selims und Süleimans, die ihre Vorgänger, Rivalen, Brüder, Eltern und Nachkommenschaft hinmetzeln – im Falle von Murad II. oder III. (was macht das schon aus?) achtzehn Brüder hintereinander – mit der Regelmäßigkeit, mit der ein Mann vor den Spiegel tritt und sich rasiert. Ach, all diese endlosen, ununterbrochenen Kriege: gegen die Ungläubigen, gegen die eigenen, aber schiitischen Moslems, um das Reich auszudehnen, um ein Unrecht zu rächen, ohne jeden

Grund und zur Selbstverteidigung. Und, ach, diese Janitscharen, die Elitetruppe, die zunächst dem Sultan ergeben war, sich dann aber zu einer abgesonderten Kaste entwickelte, die nur ihre eigenen Interessen im Sinn hatte. Wie vertraut das alles ist, einschließlich all des Gemetzels! All jene Turbane und Bärte, diese Uniform für Köpfe, welche nur von einem Gedanken besessen sind – Massaker – und deshalb, nicht etwa weil der Islam es verbietet, jemanden oder etwas Lebendiges abzubilden, absolut nicht voneinander zu unterscheiden sind! Und vielleicht »Massaker« gerade deshalb, weil alle einander dermaßen ähneln, daß sich ein Verlust gar nicht feststellen läßt. »Ich massakriere, also bin ich.«

Und was könnte grob gesprochen tatsächlich dem Herzen des vormaligen Nomaden näher sein als das lineare Prinzip, die Bewegung über eine Fläche, in welcher Richtung auch immer? Hat nicht einer von ihnen, wieder so ein Selim, während der Eroberung von Ägypten gesagt, daß er als Herr von Konstantinopel Erbe des Römischen Imperiums sei und deshalb ein Anrecht auf all die Länder habe, die je zu diesem gehörten? Klingen diese Worte nach Rechtfertigung oder klingen sie nach Prophezeiung oder nach beidem? Und klingt nicht derselbe Ton vierhundert Jahre später in der Stimme Ustryalows und der Slawophilen der Letzten Tage des Dritten Rom an, deren scharlachrotes, dem Janitscharenmantel ähnliches Banner passenderweise einen Stern mit dem Halbmond des Islam verband? Und dieser Hammer, ist er nicht ein abgewandeltes Kreuz?

Diese nicht endenden, tausend Jahre währenden Kriege, diese endlosen Traktate scholastischer Interpretation der Kunst des Bogenschießens – könnten sie nicht verantwortlich sein für die Entwicklung einer Fusion von Staat und Armee in diesem Teil der Welt, für den Begriff von Politik als Fortsetzung des Krieges mit anderen Mitteln und für die phantasmagorischen, wenngleich ballistisch zu verwirklichenden Phantasien von Konstantin Ziolkowskij, dem Großvater der Rakete?

Ein Mensch mit Vorstellungsvermögen, insbesondere ein ungeduldiger, könnte stark versucht sein, diese Fragen mit Ja zu beantworten. Doch vielleicht sollte man nichts übereilen;

vielleicht sollte man innehalten, um ihnen die Chance zu geben, sich in »verworfene« Fragen zu verwandeln, auch wenn das ein paar Jahrhunderte dauern sollte. Ach, diese Jahrhunderte, die bevorzugte Maßeinheit der Geschichte, die das Individuum der Notwendigkeit enthebt, persönlich die Vergangenheit zu werten, und ihm den ehrenhaften Status eines Opfers der Geschichte verleiht.

34

Im Gegensatz zur Eiszeit bewegen sich Zivilisationen welcher Art auch immer von Süden nach Norden, als wollten sie das Vakuum füllen, das die Eismassen auf dem Rückzug hinterlassen haben. Tropischer Wald vertreibt allmählich die Nadelbäume und den Mischwald – wenn nicht durch Blattwerk, dann durch Architektur. Man bekommt manchmal das Gefühl, daß sich im Barock, im Rokoko und noch im Stil Schinkels einfach die unbewußte Sehnsucht einer Spezies nach seiner äquatorialen Vergangenheit ausdrückt. Farnartige Pagoden passen durchaus auch ins Bild.

Was Breitengrade betrifft, so sind es nur Nomaden, die sich auf ihnen bewegen, und normalerweise von Osten nach Westen. Nomadische Wanderbewegungen sind nur innerhalb einer bestimmten Klimazone sinnvoll. Die Eskimos rutschen innerhalb des Polarkreises herum, die Tartaren und Mongolen in den Grenzen der Schwarz-Erd-Zone. Die Kuppeln von Jurten und Iglus, die Kegel von Zelten und Wigwams.

Ich habe die Moscheen von Zentralasien gesehen, von Samarkand, Buchara, Chiwa: echte Perlen moslemischer Architektur. Wie Lenin nicht gesagt hat, ich kenne nichts Besseres als die Schah-i-Sindah, wo ich etliche Nächte am Boden zugebracht habe mangels eines anderen Ortes, wohin ich mein Haupt hätte betten können. Ich war damals neunzehn Jahre alt, doch hege ich zärtliche Erinnerungen an diese Moscheen, wenngleich keineswegs deswegen. Sie sind Meisterwerke an Proportion und Farbe; sie legen Zeugnis ab von der lyrischen Schönheit des Islam. Ihr Glasurschimmer, ihr Saphirgrün und Kobaltblau prägen sich der Netzhaut ein, nicht zuletzt auf Grund des Gegensatzes zu den gelbbraunen Tönen der umgebenden Landschaft. Dieser Gegensatz, diese Erinnerung an eine (wenigstens) farbliche Alternative zu der wirklichen Welt mögen sehr wohl Vorwand für ihre Entstehung gewesen sein. Man spürt tatsächlich in ihnen eine Idiosynkrasie, eine Selbstversunkenheit, ein Streben, sich zu vollenden, zu vervollkommnen. Wie Lampen in der Dunkelheit. Besser: wie Korallen in der Wüste.

35

Wogegen Istanbuls Moscheen den Islam als Triumphierenden darstellen. Es gibt keinen größeren Widerspruch als eine triumphierende Kirche – oder eben keine größere Geschmacklosigkeit. Auch St. Peter in Rom leidet darunter. Doch erst einmal die Moscheen von Istanbul! Diese ungeheueren, zu Stein gefrorenen Kröten, die auf der Erde hocken und sich nicht rühren können. Nur die Minarette, die in erster Linie (prophetisch, so sei es geklagt) Boden-Luft-Raketen ähneln – nur sie künden von der Richtung, zu der die Seele sich dereinst erheben soll. Diese flachen Kuppeln, die an Topfdeckel oder gußeiserne Kessel erinnern, sie sind unempfänglich dafür, was der Himmel bedeutet: sie bewahren, was sie enthalten, statt den Menschen zu ermutigen, den Blick emporzurichten. Ach, dieser Zeltkomplex! Der Zwang, sich auf dem Boden auszubreiten. Der Zwang zum *Namas.**

Als Silhouetten auf den Hügeln erwecken sie gegen den Sonnenuntergang einen machtvollen Eindruck: die Hand greift zum Photoapparat, wie die eines Spions, der eine militärische Einrichtung entdeckt hat. Sie haben wirklich etwas Bedrohliches an sich – etwas Unheimliches, Außerirdisches, Galaktisches, total Hermetisches, Muschelartiges. Und all das von schmutziggrauer Farbe, die bei den meisten Gebäuden in Istanbul vorherrscht, und alles vor dem Türkishorizont des Bosporus.

Und wenn der Stift davon absieht, ihre namenlosen, wahr-

* musl. Gebet, Anm. d. Üb.

haft gläubigen Baumeister ästhetischer Fühllosigkeit zu zeihen, so liegt das daran, daß es die Hagia Sophia war, die den Ton für diese sich an den Boden schmiegenden, kröten- und krebsartigen Konstruktionen angab, ein bis zum äußersten christliches Gebäude. Konstantin, so wird behauptet, hat den Grundstein gelegt; erbaut wurde sie jedoch unter der Herrschaft von Justinian. Von außen kann man sie überhaupt nicht von den Moscheen unterscheiden, oder diese von ihr, denn das Schicksal hat sich mit der Hagia Sophia einen grausamen (oder eben doch nicht so grausamen) Scherz erlaubt. Unter dem Sultan Wie-immer-sein-überflüssiger-Name-auch-war wurde unsere Hagia Sophia in eine Moschee umgewandelt.

Wie Veränderungen auch immer vor sich gehen, diese erforderte nicht viel Mühe: alles, was die Moslems zu tun hatten, war, vier Minarette an jeder Seite der Kathedrale zu errichten. Was sie auch taten; und schon war es unmöglich, die Hagia Sophia von einer Moschee zu unterscheiden. Das heißt, die Moscheen stellen den logischen Endpunkt der Architekturmaßstäbe von Byzanz dar, denn es war genau der hockende Pomp dieses christlichen Tempels, dem die Erbauer der Moscheen Bajesid, Süleiman und der Blauen Moschee, um nicht ihre geringeren Glaubensgenossen zu erwähnen, nachzueifern strebten. Und doch sollte man sie dafür nicht tadeln, denn einerseits war es ja zur Zeit ihrer Ankunft in Konstantinopel die Hagia Sophia, die am höchsten die gesamte Landschaft überragte; vor allem jedoch war die Hagia Sophia in sich schon keine römische Schöpfung. Sie war ein östliches – oder genauer gesagt, ein sassanidisches – Produkt. Und ähnlich hat es auch keinen Sinn, jenem Sultan Wie-heißt-er-doch – war es Murad? – dafür Vorwürfe zu machen, daß er eine christliche Kirche zu einer Moschee gemacht hat. In dieser Umwandlung spiegelte sich etwas wider, was man ohne großes Nachdenken für eine tiefreichende östliche Gleichgültigkeit gegenüber Problemen metaphysischer Natur halten könnte. Was jedoch in Wirklichkeit dahinter stand und jetzt noch steht, in ganz ähnlicher Weise wie bei der Hagia Sophia mit ihren Minaretten und mit ihrem christlich-moslemischen Schmuck im Inneren, ist ein Empfinden, eingeflößt sowohl durch Geschichte wie durch die arabische Ornamentik, daß alles in diesem Leben miteinander verwoben ist – daß in bestimmtem Sinne alles nur ein Muster in einem Teppich ist. Den man mit Füßen tritt.

36

Es ist eine monströse Vorstellung, doch nicht ohne eine gewisse Wahrheit. Wir wollen also versuchen, uns damit auseinanderzusetzen. Ihren Ursprung hat sie im östlichen Prinzip der Ornamentik, deren Grundelement ein Vers aus dem Koran ist, ein Zitat des Propheten: gestickt, eingraviert, in Stein oder Holz geschnitten und graphisch übereinstimmend mit eben diesem Prozeß des Stickens, Gravierens, Schneidens, bedenkt man die arabische Form der Schrift. Mit anderen Worten, es geht um den dekorativen Aspekt von Kalligraphie, den dekorativen Gebrauch von Sätzen, Wörtern und Buchstaben – mit einer rein visuellen Einstellung zu diesen. Wir wollen übersehen, daß eine solche Einstellung zu Worten (und auch Buchstaben) unakzeptabel ist, und nur klarstellen, daß sie unausweichlich zu einer buchstäblich räumlichen – nämlich sich durch ausgeprägt räumliche Mittel ergebenden – Wahrnehmung jeglicher sakralen Aussage führt. Halten wir fest, daß dieses Ornament von der Länge der Zeile und dem didaktischen Charakter der Aussage abhängt, die oft schon in sich reichlich ornamental ist. Erinnern wir uns daran: die Einheit des östlichen Ornaments ist der Satz, das Wort, der Buchstabe.

Die Einheit – das Hauptelement – der Ornamentik, die sich im Westen entwickelte, war der Einschnitt im Kerbholz, der verzeichnete, daß ein Tag vergangen war. Ein solches Ornament ist mit anderen Worten zeitlicher Natur. Daher sein Rhythmus, seine Tendenz zur Symmetrie, sein wesensmäßig abstrakter Charakter, der den graphischen Ausdruck einem Rhythmusgefühl unterordnet. Seine extreme Front gegen Antididaktisches. Sein Beharren – mittels Rhythmus oder Wiederholung – auf Abstraktion von seiner Einheit, von dem, was schon einmal ausgedrückt worden ist. Kurz, seine Dynamik.

Ich möchte auch anmerken, daß die Einheit dieser Ornamentik – der Tag oder die Idee des Tages – jede Erfahrung in sich aufnimmt, einschließlich derer, die eine sakrale Aussage darstellt. Das legt die Folgerung nahe, daß das schmucke kleine Zierband an einer griechischen Vase dem Muster in einem Teppich überlegen ist. Was uns wiederum zum Nachdenken darüber führt, wer denn mehr der Nomade ist, der, der im Raum wandert, oder der, der durch die Zeit streift. Wie (auch buchstäblich) überwältigend die Idee nun immer sein mag, daß alles miteinander verwoben ist, daß alles bloß Muster in einem Teppich ist, den man mit Füßen tritt, so gibt sie doch offen der Vorstellung Raum, daß alles zurückbleibt – der Teppich ebenso wie die eigenen Füße darauf.

37

Ach, ich sehe Einwände auf mich zukommen! Ich sehe einen Kunsthistoriker oder einen Ethnologen, der sich mit Zahlen oder Tonscherben in den Händen zum Kampf gegen alles wappnet, was oben behauptet wurde. Ich sehe jemanden mit Brille auf der Nase vor mir, der eine indische oder chinesische Vase mit einem Meandermuster oder einen Architrav, der dem schmucken kleinen griechischen Zierband gleicht, hereinträgt und ausruft: »Nun, was ist denn hiermit? Ist Indien (oder China) etwa nicht der Osten?« Schlimmer noch, es könnte sich herausstellen, daß die Vase oder der Teller aus Ägypten oder einem anderen Teil Afrikas stammt, aus Patagonien oder Mittelamerika. Hervorsprudeln wird ein Erguß von Beweisen und unwiderlegbaren Fakten, daß die präislamische Kultur figurativ war, daß deshalb der Westen auf diesem Gebiet dem Osten einfach hinterherhinkt, daß das Ornament per definitionem nichtfunktional und daß Raum größer ist als Zeit. Oder daß ich, zweifellos aus politischen Gründen, Anthropologie an die Stelle von Geschichte setze. Etwas in der Art, oder Schlimmeres.

Was kann ich darauf sagen? Und muß ich überhaupt etwas sagen? Ich bin mir nicht sicher, doch möchte ich dessenungeachtet hervorheben, daß ich, wenn ich diese Einwände nicht vorhergesehen hätte, gar nicht zur Feder gegriffen hätte – daß der Raum für mich etwas Geringeres und weniger Kostbares ist als die Zeit. Nicht weil er geringer ist, sondern weil er etwas Dingliches ist, während Zeit die Idee von etwas Dinglichem ist. Bei der Wahl zwischen einem Ding und einer Idee ist die letztere immer vorzuziehen, sage ich.

Und ebenso sehe ich auf mich zukommen, daß es keine Vase geben wird, keine Tonscherben, keinen Teller, niemanden mit Brille auf der Nase. Daß keine Einwände erhoben werden, daß das Schweigen die Herrschaft davonträgt. Weniger als Zeichen der Zustimmung denn als eines der Gleichgültigkeit. Darum wollen wir unsere Schlußfolgerung noch ein wenig böser formulieren und hinzufügen, daß ein Bewußtsein von Zeit eine zutiefst individualistische Erfahrung ist. Daß jeder Mensch sich im Laufe seines Lebens früher oder später in der Lage von Robinson Crusoe findet, der Kerben schnitzt und sie, nachdem er vielleicht sieben oder zehn gezählt hat, mit einem Kreuz durchstreicht. Das ist der Ursprung des Ornamentes, unabhängig davon, welche Zivilisationen vorausgegangen sind oder welcher der betreffende Mensch zugehört. Und diese Kerben sind eine zutiefst einsame Angelegenheit, denn sie isolieren das Individuum und zwingen es zu einer Einsicht in die – wenn schon nicht Einzigartigkeit, so doch – Autonomie seiner Existenz in der Welt. Das ist es, was die Grundlage unserer Zivilisation ausmacht, welcher Konstantin zugunsten des Ostens den Rükken gekehrt hat. Um auf dem Teppich zu landen.

38

Ein normaler, staubiger, schwitzender Sommertag in Istanbul. Obendrein ist Sonntag. Eine Menschenherde, die unter den Kuppeln der Hagia Sophia einherschlendert. Dort droben, dem Auge unzugänglich, sind Mosaiken, die entweder Könige oder Heilige darstellen. Etwas tiefer, dem Auge zugänglich, nicht jedoch dem Verstand, befinden sich runde, metallen aussehende Schilder mit Zitaten des Propheten in Gold auf dunkelgrüner Emaille, die wie Klöppelspitzen wirken. Monumentale Kameen mit gewundenen Buchstaben, die die Schatten von Jackson Pollock oder Kandinsky heraufbeschwören. Und jetzt bemerke ich eine Schlüpfrigkeit: die Kathedrale schwitzt. Nicht nur der Boden, sondern auch der Marmor der Wände. Der Stein schwitzt. Ich erkundige mich, und man erklärt mir, daß ein starker Temperaturumschwung die Ursache ist. Ich komme zu dem Schluß, daß es an meiner Anwesenheit liegt, und gehe fort.

39

Um ein gutes Bild seines Geburtslandes zu bekommen, muß man entweder seine Mauern hinter sich lassen oder eine Landkarte ausbreiten. Doch wie schon zuvor angemerkt – wer schaut heutzutage denn noch Landkarten an?

Wenn sich Zivilisationen – welcher Art auch immer – tatsächlich wie die Vegetation in der umgekehrten Richtung der Eiszeitgletscher ausbreiten, also von Süden nach Norden, wo hätte sich denn dann Rus mit seiner gegebenen geographischen Lage vor Byzanz überhaupt verkriechen können? Nicht nur das Rus Kiews, sondern ebenso das Moskaus und dann auch der ganze Rest zwischen Donez und Ural. Und offengestanden sollte man Timur und Dschingis Khan dankbar sein, daß sie den Vorgang ein wenig verlangsamt haben, indem sie Byzanzens Blumen ein wenig erfrieren ließen – oder eher zertrampelten. Es stimmt nicht, daß Rus die Rolle des Schutzschildes für Europa gespielt und den Westen vor dem mongolischen Joch bewahrt hat. Es war Konstantinopel, damals noch Bollwerk der Christenheit, das diese Rolle gespielt hat. (Nebenbei bemerkt, entwickelte sich 1402 im Schatten der Mauern von Konstantinopel eine Situation, die um Haaresbreite zu einer Katastrophe für das Christentum und damit wirklich für die gesamte damals bekannte Welt geführt hätte: Timur traf auf Bajesid. Zum Glück richteten sie ihre Waffen gegeneinander: Rassenrivalität, so scheint es, trat zutage. Hätten sie sich mit vereinten Kräften gegen den Westen gewandt – das heißt in die Richtung, in die sie sich beide bewegten –, dann würden wir heute die Landkarte mit einem mandelförmigen, vorherrschend haselnußbraunen Auge betrachten.)

Rus konnte Byzanz nicht entrinnen – ebensowenig wie der Westen Rom entrinnen konnte. Und so, wie der Westen sich Epoche für Epoche immer mehr mit römischen Kolonnaden und römischer Gesetzlichkeit überzog, sollte Rus nun einmal Byzanzens natürliche geographische Beute werden. Wenn jenem die Alpen im Wege standen, so war für dieses das einzige Hindernis das Schwarze Meer, das zwar tief ist, sich bei Analyse aber letztlich als recht flach erweist. Rus empfing oder übernahm alles aus den Händen von Byzanz: nicht nur die christliche Liturgie, sondern auch das christlich-türkische System der Staatsführung (das allmählich immer türkischer wurde, weniger verwundbar, ideologisch immer militärischer), ganz abgesehen von dem beträchtlichen Wortschatz. Das einzige, was Byzanz auf dem Weg nach Norden als Ballast abwarf, waren seine beträchtlichen Häresien – seine Monophysiten, seine Arianer, seine Neuplatoniker und so fort – worin doch gerade das Wesen seines gelehrten und geistigen Lebens bestanden hatte. Doch andererseits fand die Expansion nach Norden zu einer Zeit statt, als die Vorherrschaft des Halbmondes im Wachsen begriffen war, und die rein physische Macht der Hohen Pforte hypnotisierte den Norden in weitaus größerem Maße als die theologischen Polemiken aussterbender Scholastiker.

Am Ende hat der Neuplatonismus doch immerhin in der Kunst triumphiert, oder etwa nicht? Wir wissen, woher unsere Ikonen stammen, wir wissen dasselbe von unseren Kirchen mit den Zwiebeltürmen. Wir wissen auch, daß es für den Staat nichts Leichteres gibt, als Plotins Maxime den eigenen Zielen dienstbar zu machen, nach der es die Aufgabe des Künstlers sei, eher Ideen zu interpretieren als die Natur nachzuahmen. Und was Ideen betrifft – in welcher Weise unterscheidet sich der verblichene M. Suslow (oder wer immer heute den ideologischen Napf auskratzt) von dem Großen Mufti? Worin besteht der Unterschied zwischen dem Generalsekretär und dem Padischah – oder eben dem Imperator? Und wer ernennt den Patriarchen, den Großwesir, den Mufti oder den Kalifen? Worin besteht der Unterschied zwischen dem Politbüro und dem Großen Diwan? Und ist es nicht vom Diwan zur Ottomane nur ein Schritt?

Ist mein Geburtsland jetzt nicht ein Ottomanisches Imperium – von der Ausdehnung, der militärischen Macht und der Bedrohung des Westens her? Stehen wir jetzt nicht vor den Toren Wiens? Und ist die Bedrohung nicht um so größer, als sie von dem bis zur Unkenntlichkeit – nein, Kenntlichkeit! – orientalisierten Christentum ausgeht? Ist sie nicht größer, weil sie verführerischer ist? Und was hören wir in jenem Geheul des verblichenen Miljukow unter der Kuppel der kurzlebigen Duma? »Die Dardanellen werden unser sein!« Ein Echo von Cato? Die Sehnsucht eines Christen nach seiner heiligen Stätte? Oder immer noch die Stimme von Bajesid, Timur, Selim, Mohammed? Und wo wir schon dabei sind, zu zitieren und zu interpretieren, was hören wir aus der Falsettstimme Konstantin Leontiews heraus, der Falsettstimme, die die Luft eben Istanbuls zerschnitt, als er dort in der Botschaft des Zaren diente: »Rußland muß schamlos regieren.« Was hören wir in diesem widerlichen, prophetischen Ausruf? Den Geist des Zeitalters? Den Geist der Nation? Oder den Geist des Ortes?

40

Verhüte Gott, daß wir noch weiter im Türkisch-Russischen Wörterbuch nachgraben. Nehmen wir das Wort »*çay*«, das in beiden Sprachen »*Tee*« bedeutet, wo immer es auch herstammt. Der Tee in der Türkei ist wunderbar – besser als der Kaffee – und kostet wie das Schuheputzen nach allen bekannten Währungen nahezu gar nichts. Er ist stark, hat die Farbe eines durchsichtigen Ziegelsteins, doch ist seine Wirkung nicht übertrieben anregend, weil er in einem *bardak* serviert wird, einem fünfzig-Gramm-Glas, mehr nicht. Von allen Dingen, auf die ich in dieser Mischung aus Astrachan und Stalinabad traf, ist er das beste. Der Tee – und der Anblick der Konstantinsmauer, die ich nicht gesehen hätte, wenn mir nicht das Glück zuteil geworden wäre, auf einen gaunerischen Taxifahrer zu treffen, der, statt auf direktem Wege zum Topkapi zu fahren, durch die ganze Stadt kurvte.

Man kann die Ernsthaftigkeit der Absichten des Erbauers

an der Höhe und der Breite der Mauer und an der Qualität des Mauerwerks ermessen. Demnach war es Konstantin äußerst ernst: die Ruinen, wo man auf Zigeuner, Ziegen und junge Leute treffen kann, die ihre zarteren Körperteile feilbieten, könnten auch heute noch jeder Armee bei einem Stellungskrieg standhalten. Wenn man andererseits Zivilisationen vegetativen – mit anderen Worten, ideologischen – Charakter zugesteht, dann war die Errichtung der Mauer reine Zeitverschwendung. Gegen Antiindividualismus, um das mindeste zu sagen, gegen den Geist von Relativismus und Gehorsam bieten weder Mauer noch Meer einen Schutz.

Als ich schließlich beim Topkapi angekommen war und mich, nachdem ich einen Großteil seiner Ausstellungsstücke flüchtig angeschaut hatte – vornehmlich die Sultanskaftane, die linguistisch und visuell der Garderobe der moskowitischen Herrscher entsprechen –, auf den Weg zum Gegenstand meiner Pilgerschaft, dem Serail, machte, war mein trauriger Willkommensgruß an der Tür dieses wichtigsten Etablissements der Welt ein Schild, auf dem es auf Türkisch und Englisch hieß: WEGEN RESTAURATION GESCHLOSSEN. »Ach, wenn es doch so wäre!« rief ich innerlich aus und versuchte, meiner Enttäuschung Herr zu werden.

41

Die Realität, wie sie ist, führt immer zur Suche nach dem Schuldigen – genauer, nach einem Sündenbock. Dessen Herden auf den geistigen Feldern der Geschichte grasen. Doch als Sohn eines Geographen denke ich, daß Urania älter ist als Klio; von den Töchtern Mnemosynes ist sie, glaube ich, die älteste. An der Ostsee geboren, einem Ort, der als Fenster nach Europa gilt, habe ich folglich immer so etwas wie ein rechtmäßiges Interesse an diesem Fenster nach Asien gehabt, mit dem wir auf demselben Längengrad lagen. Aus vielleicht kaum zureichenden Gründen haben wir uns als Europäer betrachtet. Und dementsprechend habe ich mir die Bewohner von Konstantinopel als Asiaten vorgestellt. Von diesen beiden Annahmen hat sich nur die erste als vertretbar erwiesen. Ich sollte vielleicht auch zugeben, daß Ost und West in meinem Kopf vage eine Entsprechung zu Vergangenheit und Zukunft bildeten.

Wenn man nicht am Wasser geboren ist – und obendrein am Rande eines Imperiums –, plagt man sich selten mit dieser Art von Differenzierung. Eigentlich sollte jemand wie ich doch als erster Konstantin als jemanden betrachten, der den Westen in den Osten gebracht hat, also ebenbürtig Peter dem Großen: wie er ja von der Kirche selbst auch gesehen wird. Wenn ich länger auf jenem Meridian geblieben wäre, würde ich das tun. Doch das war nicht der Fall, und so tue ich es nicht.

Für mich ist Konstantins Bemühen nur eine Episode im allgemeinen Drang des Ostens nach Westen, einem Drang, der weder von der Anziehung eines Teils der Welt für einen anderen motiviert ist noch von dem Verlangen der Vergangenheit, die Zukunft zu absorbieren – wenn es einem auch zuweilen und an manchen Orten, zu denen Istanbul gehört, so vorkommt. Dieser Drang, so fürchte ich, ist magnetisch, evolutionär; er hat vermutlich mit der Richtung zu tun, in der sich dieser Planet um seine Achse dreht. Er nimmt verschiedene Formen an – die einer Faszination durch ein Glaubensbekenntnis, die eines nomadischen Dranges, die von Kriegen, Völkerwanderungen und dem Fluß des Geldes. Die Galata-Brücke ist nicht die erste, die über den Bosporus gebaut wurde, wie es einem der Reiseführer glauben machen möchte; die erste wurde von Dareios gebaut. Ein Nomade reitet immer gen Sonnenuntergang.

Oder aber er schwimmt. Die Meerenge ist etwa eine Meile breit, und was eine »blonde Kuh« vollbringen konnte, die sich vor dem Zorn der Gattin Jupiters flüchtete, brachten gewiß auch die finsteren Söhne der Steppen zuwege. Oder ein liebeskranker Leander oder ein liebesüberdrüssiger Lord Byron, die planschend die Dardanellen überquerten. Bosporus! Vielgetragener Wasserstreifen, das einzige Tuch, das nun wirklich Urania gehört, wie sehr Clio sich auch müht, es selbst anzuziehen. Es bleibt faltig, und besonders an grauen Tagen würde niemand sagen, daß es von Geschichte befleckt worden ist. Seine Oberflächenströmung wäscht sich im Norden von Konstantinopel rein – und deshalb heißt das Meer vielleicht das Schwarze. Dann macht es einen Salto zum Grund und entweicht in Gestalt einer Tiefenströmung zurück ins Marmara – das Marmor-Meer –, vermutlich um sich auszubleichen. Der Reingewinn ist jene staubig flaschengrüne Farbe: die Farbe der Zeit selbst. Der Sohn der Ostsee erkennt sie unweigerlich, wird das alte Gefühl nicht los, daß diese rollende, ruhelose, plätschernde Substanz selbst die Zeit ist oder daß die Zeit so aussehen würde, könnte man sie kondensieren oder photographieren. Das ist es, so denkt er, was Europa von Asien trennt. Und der Patriot in ihm wünscht sich, der Streifen wäre breiter.

42

Zeit, zum Schluß zu kommen. Wie ich sagte, gab es keine Schiffe von Istanbul oder Smyrna. Ich bestieg ein Flugzeug und landete nach weniger als zwei Stunden Flug über die Ägäis durch eine Luft, die einmal nicht weniger bewohnt war als der Archipel drunten, in Athen.

Vierzig Meilen von Athen entfernt steht in Sunion an der Spitze eines Felsens, der zum Meer hin abfällt, ein dem Poseidon geweihter Tempel, der fast zu gleicher Zeit – ein Unterschied von etwa fünfzig Jahren – wie der Parthenon in Athen erbaut wurde. Er steht hier seit zweieinhalbtausend Jahren.

Er ist zehnmal kleiner als der Parthenon. Um wieviel schöner er ist, ließe sich schwer sagen; es ist nicht klar, was man als Maßeinheit für Vollkommenheit ansehen sollte. Er hat kein Dach.

Keine Seele ist zugegen. Sunion ist heute ein Fischerdorf mit ein paar modernen Hotels und liegt weit unten. Dort auf dem Kamm des dunklen Felsens sieht das Heiligtum aus der Ferne aus, als sei es sanft vom Himmel herabgesenkt und nicht auf der Erde errichtet worden. Marmor hat mehr mit den Wolken gemein als mit dem Boden.

Fünfzehn weiße Säulen, verbunden durch eine weiße Marmorbasis, stehen in ebenmäßigen Abständen. Zwischen ihnen und der Erde, zwischen ihnen und dem Meer, zwischen ihnen und dem blauen Himmel von Hellas gibt es niemanden und nichts.

Wie praktisch überall in Europa hat Byron auch hier seinen Namen in die Basis einer Säule geritzt. Auf seinen Fußspuren bringt der Bus Touristen; später holt er sie wieder ab. Die Erosion, die deutlich der Oberfläche der Säulen zusetzt, hat nichts mit Verwitterung zu tun. Es sind die Pocken von Blicken, Linsen, Blitzlichtern.

Dann senkt sich die Dämmerung herab, und es wird dunkler. Fünfzehn Säulen, fünfzehn vertikale weiße Körper in ebenmäßigem Abstand auf der Spitze des Felsens begegnen der Nacht unter offenem Himmel.

Wenn sie die Tage zählten, kämen sie auf eine Million solcher Tage. Aus der Entfernung ähneln ihre weißen vertikalen Körper im abendlichen Dunst einem Ornament, dank der gleichen Abstände zwischen ihnen.

Eine Idee von Ordnung? Das Symmetrieprinzip? Rhythmusgefühl? Götzendienst?

43

Vermutlich wäre es klüger gewesen, Empfehlungsbriefe mitzunehmen oder wenigstens zwei oder drei Telephonnummern vor der Abreise nach Istanbul aufzuschreiben. Das habe ich nicht getan. Vermutlich wäre es sinnvoll gewesen, sich mit jemandem zu befreunden, Berührung zu suchen, das Leben der Stadt von innen zu betrachten, statt die einheimische Bevölkerung als eine fremde Masse abzutun, statt die Menschen als Unmenge von psychologischem Staub in den Augen zu betrachten.

Wer weiß? Vielleicht hat meine Einstellung zu Menschen auf ihre eigene Weise ebenfalls einen Hauch des Ostens an sich. Wo komme ich denn schließlich her? Dennoch, in einem bestimmten Alter bekommt ein Mensch die eigene Spezies satt, wird es müde, sein Bewußtsein und sein Unbewußtes abzuklappern. Eine weitere, zehn weitere Geschichten von Grausamkeit? Noch zehn oder hundert Beispiele menschlicher Niedrigkeit, Dummheit, Beherztheit? Auch Misanthropie sollte schließlich ihre Grenzen haben.

Also genügt es, einen Blick ins Wörterbuch zu werfen und festzustellen, daß auch *katorga* (Zwangsarbeit) ein türkisches Wort ist. Und es genügt, auf einer türkischen Landkarte irgendwo in Anatolien oder Ionien eine Stadt namens Niğde (russisch für Nirgendwo) zu entdecken.

44

Ich bin weder Historiker noch Journalist oder Ethnograph. Bestenfalls bin ich ein Reisender, ein Opfer der Geographie. Nicht der Geschichte, wohlgemerkt, sondern der Geographie. Das ist es, was mich immer noch mit dem Land verbindet, in dem geboren zu werden mir beschieden war, mit unserem berühmten Dritten Rom. Deshalb interessiere ich mich weder sonderlich für die Politik der heutigen Türkei noch für das, was mit Atatürk geschah, dessen Porträt die schmierigen Wände noch des letzten Kaffeehauses wie auch die türkische Lira ziert, eine nicht-konvertierbare Währung, die eine unwirkliche Form der Bezahlung für wirkliche Arbeit darstellt.

Ich bin nach Istanbul gekommen, um die Vergangenheit anzuschauen, nicht die Zukunft – da letztere hier gar nicht existiert: was immer es davon gegeben hat, ist ebenfalls nach Norden gegangen. Hier gibt es nur eine wenig beneidenswerte, drittrangige Gegenwart des Volkes, emsig, jedoch ausgeplündert von der Intensität der Lokalgeschichte. Nichts wird hier mehr geschehen, abgesehen vielleicht von Straßenunruhen oder einem Erdbeben. Oder vielleicht entdeckt man Öl: es herrscht ein fürchterlicher Gestank nach Schwefelwasserstoff im Goldenen Horn, von dem aus sich bei Überquerung der öligen Fläche ein herrliches Panorama der Stadt bietet. Doch das ist unwahrscheinlich. Der Gestank rührt von dem Öl her, das aus rostigen, lecken, nahezu durchlöcherten Tankern sickert, die die Wasserstraße durchqueren. Man könnte schier seinen Lebensunterhalt damit bestreiten, würde man allein dieses Öl raffinieren.

Ein solches Projekt jedoch würde einem Einheimischen als allzu unternehmungslustig vorkommen. Die Einheimischen sind von Natur aus eher konservativ, selbst wenn sie Geschäftsleute oder Händler sind; was die Arbeiterklasse betrifft, so wird sie durch die Bettellöhne nicht ohne Widerstand, aber doch fest in einer traditionellen konservativen Mentalität gefangengehalten. In seinem eigenen Element fühlt sich hier ein Einheimischer nur in den sich unendlich verzweigenden – nach Mustern, die denen der Teppiche oder der Moscheenwände verwandt sind – netzähnlichen, gewölbten Galerien des Basars, der das Herz, der Kopf und die Seele Istanbuls ist. Es ist eine Stadt in einer Stadt; auch er ist für Jahrhunderte erbaut. Der läßt sich nicht nach Westen, Norden und nicht einmal nach Süden transportieren. GUM, Bon Marché, Macy's und Harrods zusammengenommen und ins Quadrat erhoben sind nur Kinderkram verglichen mit diesen Katakomben. Auf seltsame Weise erweckt der Basar in Istanbul auf Grund der Girlanden gelber Hundert-Watt-Birnen und des endlosen Überzugs aus Bronze, Perlen, Armbändern, Silber und Gold unter Glas, um nicht wieder einmal die Teppiche zu erwähnen und die Ikonen, Samoware, Kruzifixe und so weiter, den Eindruck – ausgerechnet – einer orthodoxen Kirche, wenn auch gewunden und verzweigt wie ein Zitat des Propheten. Eine ausgedehnte Version der Hagia Sophia.

45

Zivilisationen bewegen sich entlang der Längengrade; Nomaden (einschließlich unserer modernen Krieger, da der Krieg ja ein Nachklang des nomadischen Instinktes ist) entlang von Breitengraden. Das scheint wiederum eine weitere Variante des Kreuzes zu sein, das Konstantin sah. Beide Bewegungen besitzen eine natürliche (pflanzliche oder tierische) Logik, über welche nachdenkend man sich gar leicht in einer Position wiederfindet, in der man nicht mehr fähig ist, irgend jemanden für irgend etwas zu tadeln. In einem Zustand, der als Melancholie bekannt ist – oder noch genauer, als Fatalismus. Man kann das dem Alter zuschreiben, oder dem Einfluß des Ostens, oder, wenn man die Phantasie anstrengt, christlicher Demut.

Die Vorzüge dieses Zustandes liegen auf der Hand, da sie selbstsüchtiger Natur sind. Denn man erreicht ihn, wie alle Formen der Demut, immer auf Kosten der stummen Hilflosigkeit der Opfer der Geschichte, der vergangenen, gegenwärtigen und zukünftigen; er ist ein Nachhall der Hilflosigkeit von Millionen. Und wenn man nicht in einem Alter ist, in dem man ein Schwert aus der Scheide ziehen oder auf eine Plattform klettern kann, um auf ein Menschenmeer seinen Abscheu gegenüber Vergangenheit, Gegenwart und dem, was noch kommen soll, herauszubrüllen; wenn es eine solche Plattform nicht gibt oder das Meer vertrocknet ist, dann bleiben immer noch Gesicht und Lippen, um – hervorgerufen durch die Perspektive, die sich sowohl dem inneren wie dem bloßen Auge eröffnet – ein leichtes Lächeln der Verachtung zustandezubringen.

46

Und damit, mit diesem Lächeln auf den Lippen kann man die Fähre besteigen und zu einer Tasse Tee in Asien aufbrechen. Zwanzig Minuten später kann man in Çengelköy an Land gehen, ein Kaffeehaus direkt am Ufer des Bosporus aufsuchen, sich setzen und Tee bestellen, und während man den Geruch verwesenden Seetangs einatmet, kann man, ohne den zuvor erwähnten Gesichtsausdruck zu ändern, die Flugzeugträger des Dritten Rom beobachten, wie sie langsam durch die Tore des Zweiten fahren auf ihrem Weg zum Ersten.

1985

Joseph Brodsky

Erinnerungen an Leningrad

Aus dem Amerikanischen
von Sylvia List und Marianne Frisch

Band 9539

In seinen *Erinnerungen an Leningrad* beschreibt J. Brodsky die anderthalb Zimmer eines riesigen alten Petersburger Hauses, die er ab dem Zweiten Weltkrieg über zwanzig Jahre mit seinen Eltern bewohnte. Eigentlich war es nur ein Raum, in dem sich Brodsky mit einer Konstruktion aus Brettern, Ziegeln und Regalen eine Enklave abtrennte, die durch eine Schrankwand zu betreten war. In der Beschreibung dieses Zimmers verdichtet sich die Erinnerung an die Eltern, an die Stadt Petersburg, wie Brodsky Leningrad zu benennen vorzieht: es wird zum Paradigma für die verlorene Welt. Zugleich steht es auch für das »warme Zimmer«, das er – ein inzwischen Heimatloser – in der Dichtung gefunden hat.

Fischer Taschenbuch Verlag

fi 767 / 4

Joseph Brodsky

Römische Elegien
und andere Gedichte

Aus dem Russischen von Felix Philipp Ingold

Band 9540

»Brodsky ist ein Dichter von höchster Kultiviertheit; souverän bedient er sich der literarischen Überlieferungen, die er nach Modellen und Archetypen menschlichen Verhaltens abfragt. In diesem Sinn behandelt er die Problematik des Einzelnen gegenüber dem Zentrum der Macht. Das ist große philosophische Lyrik, welche die beiden Pole unserer Existenz umspannt: die Liebe, wie sie erlebt und erlitten wird, und den Tod als Vorahnung, als Angst. Der Liebe, wie dem Tod nähert sich Brodsky in diesen Gedichten mit einer Intensität an, die religiös genannt werden darf und die ihn als authentischen Nachfolger der großen metaphysischen Dichter Englands aufweist. Und gerade als Russe kann Brodsky, indem er eine alte westliche Tradition wieder aufnimmt, die Einheit der europäischen Kultur glaubhaft machen.«

Fischer Taschenbuch Verlag

fi 764 / 4

Joseph Brodsky

Gedichte

Deutsch von
Heinrich Ost und Alexander Kaempfe

Band 9232

Schon in seinem ersten Gedichtband, der 1965 in New York erschien, stellte sich Joseph Brodsky, damals gerade 25 Jahre alt, als eines der außergewöhnlichsten Talente der zeitgenössischen russischen Lyrik vor. Heute gilt Brodsky als der größte russische Dichter der Gegenwart. Es ist als nutze er Versmaß und Reim als ästhetische Hürde, die er berücksichtigen, aber zugleich spielerisch überwinden will. So entsteht in Brodskys Lyrik eine faszinierende Spannung von Tradition und Modernität. Neben Gedichten mit Metrum und Reim enthält dieser Band nichtstrophische Gedichte und auch schon Beispiele der früher für Brodsky charakteristischen Gedankenlyrik. Sie alle zeugen von seinem zentralen Interesse an der Gedichtstruktur und seiner virtuosen Handhabung der poetischen Form. Brodskys vielschichtige Lyrik überrascht durch die Modernität der Sprache und der Bilder, durch den präzisen Blick, der die Wirklichkeit verfremdend erhellt und die ungewöhnliche Metapher.

Fischer Taschenbuch Verlag

fi 766 / 4

Joseph Brodsky

Marmor

Aus dem Russischen von
Peter Urban

Band 9541

Im 2. Jahrhundert nach unserer Ära spielt das bislang einzige Stück von Joseph Brodsky. Publius und Tullius, zwei Römer, sitzen in einem der oberen Stockwerke eines riesenhaften Gefängnisturms, umgeben von marmornen Büsten der klassischen Dichter, und streiten. Für den einen ist die komfortable Behausung mit TV und Telefon und regelmäßigem Essen nichts als ein Kerker, für den weiseren Publius ist diese Zelle ein Sinnbild, die Zeit zu begreifen. Der Raum, in dem die beiden ihr unendliches Endspiel sprechen, ist außerhalb der Zeit: Vor den Fenstern wird Natur über Kameras simuliert, Essensgerüche werden in die Zelle geleitet, die Illusion von Wirklichkeit ist perfekt. Und überall stehen die Marmorbüsten der klassischen Dichter, die einst das reiche Leben der Menschen beschrieben haben.

»Nicht Passionen stehen im Vordergrund, alles dient ihm zur Reflexion über Fragen des Seins und der Zeit. Die Lyrik Joseph Brodskys zeichnet ein pessimistisches geschichtliches Weltbild: Liebe verschwindet, wertvolle Denkmäler werden zerstört. Nur die Sprache der Dichtung widersteht der alles verschlingenden Zeit.«

Kerstin Holm in der *Frankfurter Allgemeinen Zeitung*

Fischer Taschenbuch Verlag

fi 768 / 5

Elaine Feinstein

Marina Zwetajewa

Eine Biographie

Aus dem Englischen von Hans J. Schütz

Band 11284

Marina Zwetajewa, neben Anna Achmatowa eine der größten russischen Dichterinnen dieses Jahrhunderts, veröffentlichte 1910 auf eigene Kosten ihren ersten Gedichtband, der ihr den Zugang zu Moskauer Literatenkreisen öffnete und ihr selbst das Gefühl gab, zur Dichterin bestimmt zu sein. Bei einem Aufenthalt auf der Krim lernte sie ihren späteren Mann Sergej Efron kennen, dem sie ihr ganzes Leben lang emotional verbunden blieb - trotz anderer Liebesbeziehungen und ihrer »Brief-Lieben« zu Rilke und Pasternak. Nach Krieg, Revolution und Bürgerkrieg entschloß sie sich denn auch ihrem Mann in die Emigration nach Berlin, Prag, später nach Paris zu folgen – eine Zeit der Mühsal und Armut, da die ganze Last, ihre Familie zu erhalten, auf ihren Schultern lag. Als sie 1939 in die Sowjetunion zurückkehrte, war ihre Kraft erschöpft, und sie wählte 1941 den Freitod.

Fischer Taschenbuch Verlag

fi 2065 / 1

Ossip Mandelstam

Das Rauschen der Zeit
Gesammelte »autobiographische« Prosa der 20er Jahre
Herausgegeben und übersetzt von Ralph Dutli. Band 9183

Mitternacht in Moskau
Die Moskauer Hefte
Gedichte 1930 - 1934. Russisch und Deutsch
Herausgegeben und übersetzt von Ralph Dutli. Band 9184

Gedichte
Aus dem Russischen übertragen von Paul Celan
Band 5312

Über den Gesprächspartner
Gesammelte Essays I
1913 - 1924
Herausgegeben und übersetzt von Ralph Dutli
Band 11862

Gespräch über Dante
Gesammelte Essays II
1925 - 1935
Herausgegeben und übersetzt von Ralph Dutli
Band 11863

Im Luftgrab
Ein Lesebuch
Herausgegeben von Ralph Dutli
Mit Beiträgen von Paul Celan,
Joseph Brodsky, Pier Paolo Pasolini und Philippe Jaccottet
Band 9187

Fischer Taschenbuch Verlag

fi 1804 / 5

Russische Literatur

Andrej Bitow
Die Rolle
Roman
Aus dem Russischen von Alexander Kaempfe
Band 9578

Daniil Charms
Zwischenfälle
Mit Zeichnungen des Autors
Herausgegeben von Lola Debüser
Aus dem Russischen von Ilse Tschörtner
Band 11123

Fjodor Dostojewski
Verbrechen und Strafe
Roman
Aus dem Russischen von Swetlana Geier
Band 12997

Fasil Iskander
Tschik
Geschichten aus dem Kaukasus
Aus dem Russischen von Alexander Kaempfe
Band 9190

Viktor Jerofejew
Die Moskauer Schönheit
Roman
Aus dem Russischen von Beate Rausch
Band 11410

Anatoli Pristawkin

Schlief ein goldnes Wölkchen

Roman

Aus dem Russischen von Thomas Reschke

Band 12061

Das Schicksal sowjetischer Waisenkinder steht im Mittelpunkt dieses bewegenden Romans, in dem der Autor auch die alptraumartigen Erlebnisse seiner eigenen Kindheit festgehalten hat. Im Jahr 1944 werden die Zwillingsbrüder Saschka und Kolka Kusmin – unzertrennlich wie *ein* Wesen mit vier Augen, Händen und Beinen – mit einem Kindertransport aus einem nahe bei Moskau gelegenen Waisenhaus in den Kaukasus gebracht. Hier soll es Essen in Hülle und Fülle geben, und die entsetzlich unter dem Hunger leidenden Zwillinge haben sich aus freien Stücken für den Transport gemeldet. Zunächst erscheint der Kaukasus als eine Art Paradies. Die Kinder finden Arbeit in einer Konservenfabrik und in der hübschen, jungen Regina Petrowna eine Art idealer Ersatzmutter. Was die russischen Siedler nicht wissen können, daß in dem zwangsweise entvölkerten Kaukasus bewaffnete Tschetschenen, die der Aussiedlung entgehen konnten, in den Bergen darauf lauern, an den russischen »Kolonisatoren« blutige Rache zu nehmen. Als russische Miliz gegen die verschanzten Rebellen vorgeht, kommt es zu einem blutigen Massaker in der Kinderkolonie. Kolkas Zwillingsbruder Saschka wird auf unvorstellbar grausame Art getötet. Kolka selbst gehört – dank der Hilfe eines tschetschenischen Jungen – zu den wenigen Überlebenden.

Fischer Taschenbuch Verlag

fi 1964 / 2

Anatoli Pristawkin

Wir Kuckuckskinder

Roman

Aus dem Russischen von Thomas Reschke

Band 11343

Vom Schicksal sowjetischer Dissidenten-Kinder, die während der Diktatur Stalins unter falschem Namen und in Unkenntnis ihrer Identität in Sonderheimen großgezogen wurden, erzählt dieser erschütternde Roman, der 1991 mit dem Deutschen Jugendliteraturpreis ausgezeichnet wurde. Eine Handvoll Zöglinge, der jüngste ist sechs, der älteste fünfzehn Jahre alt, lebt unter unmenschlichen Bedingungen gegen Ende des Zweiten Weltkriegs in einem Kinderheim der Sowjetunion, dem sogenannten »Spez«. Sie alle hören auf den Namen Kukuschkin, was Kuckuck heißt. Eines Tages erhält Sergejs, das älteste Kuckuckskind, Besuch von einer »Tante«, der ehemaligen Freundin seines verschollenen Vaters. Sie überreicht dem Jungen ein Sparbuch im sagenhaften Wert von 100 000 Rubel und erzählt, daß Sergejs Vater, ein namhafter Flugzeugkonstrukteur, als sogenannter Volksfeind verhaftet wurde. Daraufhin beschließen die Kinder eine waghalsige Reise nach Moskau zu unternehmen, in der Hoffnung, daß Stalin, der ja »der beste Freund der Kinder« ist, ihnen bei der Suche nach ihren wirklichen Eltern helfen könnte. Auf ihrer abenteuerlichen Odyssee erleben sie seitens der Erwachsenen jedoch überwiegend Feigheit und Brutalität. Als sie ihr Elend und die sinnlose Grausamkeit der anderen nicht länger ertragen können, rebellieren sie und rächen sich an ihren Peinigern. Aber diese schlagen unerbittlich zurück.

Fischer Taschenbuch Verlag

fi 1965 / 2